숙향전 전집 1

김진영·차충환 편저

도서
출판 박이정

머리말

「숙향전」은 고소설 작품 가운데 최고의 걸작 중 하나이다. 전기수(傳奇叟)가 동대문 밖 여러 곳을 오르내리며 이야기를 구연(口演)할 때 단골 레퍼토리의 하나였고, 따라서 청중들이 열렬히 몰입했던 대상 작품 중 하나였을 뿐만 아니라, 원래는 한글로 되어 있으되 그것을 한문으로 다시 번역하면서까지 향유하고자 했던 식자층(識者層)도 존재했었다는 사실 등이 그 점을 여실히 증거하고 있다.

「숙향전」의 독자와 청중들은 아마도 이선과 숙향의 애절한 사랑, 온갖 간난과 시련을 극복하고 마침내 성취하고야 만 그들의 사랑에 먼저 감동했으리라. 또 어버이를 잃고 동서로 개걸하는 그 어린 숙향에 자신들의 고단한 삶을 비추어보면서 무한한 동정심을 보내고, 반대로 부모와의 상봉에 이르러서는 숙향보다 오히려 더 큰 희열을 느끼면서 이야기를 대했으리라. 이에 더하여 그네들은 삶이란 스스로의 의지만으로는 가능하지 않고, 언제나 더 높은 존재의 도움을 받아야만 가능하다는 것, 그 신령한 절대자는 인간들의 선의(善意)를 무척 좋아해 선의의 인간이기만 하면 시종 인생의 행로를 열어주고 안내해준다는 믿음, 그네들은 「숙향전」의 이러한 메시지에도 깊이 침잠했으리라.

한편 「숙향전」은 오늘날의 시각으로 봐서도 의미심장한 바가 있다. 근대 합리적 사고란 그것의 긍정적인 측면에도 불구하고, 일면 상당히 편협한 점이 있다. 범박하게 말해 눈에 보이는 것만을 인식과 사고의 대상으로 삼고, 항상 이차원적이고 분석적인 태도로 세계를 재단하는데만 몰두하는 바, 그 협소성을 비판하지 않을 수 없다. 그에 비하여 「숙향전」에 그려진 세계 혹은 세계관은 대단히 입체적이고 원대하다. 천상과 지상의 왕래가 자유롭고 의식과 무의식의 경계가 없다. 또한 현실과 꿈, 이성과 광기 등의 그 이원성도 이미 초극되고 있다. 이를 두고 혹자는 그것을 중세적 관념주의 혹은 비과학적 사고의 산물로 치부해버릴 수도 있겠다. 물론 이성적으로는 이해할 수 없는 측면이다. 그러나 우리 인간들의 심층 심리엔 항상 근원동일성을 지향하고자 하는 욕망이 자리하고 있고, 예술을 하는 목적도 아마 여기에 있을지 모르겠다. 「숙향전」의 세계는 바로 이러한 인간들의 심리적 욕망이 상징적으로 펼쳐져 있는 세계라고 할 만하다. 이렇게 볼 때 「숙향전」의 세계란 더 이상 닫혀 있는 고전의 세계가 아니라 미래형으로 열려 있는 세계라 하겠다.

이제 이러한 「숙향전」의 세계를 보다 쉽고 편리하게 감상하고 연구하여 당대인들의 사고 방식이나 삶의 흔적을 체험하고, 나아가 오늘을 사는 사람들에게도 뜻깊은 교훈을 전달하고자 「숙향전」 이본 전집을 펴내고자 한다. 원자료로서의 가치를 보존하고자 현대 정서법에 준하여 띄어쓰기만 했는데, 이 속에는 당대 하층민들의 생기발랄한 생활 방식도 묻어 있고, 반대로 상층 양반들의 진중한 품격도 배어 있으며, 오늘날에도 여전히 유효한 존재론적 의미까지도 내포되어 있다. 우리는 이를 통해 우리 선인들의 삶을 이해함은 물론 나 자신의 삶의 의미와 구원의 길도 심중하게 되물어볼 수 있을 것이다.

이렇게 전집으로 묶을 수 있게 귀중한 자료를 제공해주신 각 이본의 소장자 및 소장 기관에 우선 감사의 말을 전하고 싶다. 그리고 박사학위 논문으로 「淑香傳 硏究」를 집필하면서 많은 이본의 수합(收合)을 위해 정성을 쏟은 車充煥 박사께도 고마운 마음을 전한다. 아울러 영리를 돌보지 않고 흔쾌히 출판을 허락해준 박이정출판사의 박찬익 사장님께도 고마움을 표하고 싶다.

1999. 7.
渼山 金鎭英 씀

일러두기

1. 원문 상태 그대로 옮기되 띄어쓰기만 했다. 띄어쓰기는 현대 정서법상의 띄어쓰기를 원칙으로 하였다.

2. 원문에 오자(誤字)나 탈자(脫字)가 있더라도 수정·가감하지 않고 그대로 놓아두어 원자료로서의 가치를 보존하고자 하였다. 그리고 판독이 불가능한 글자에 대해서는 그 숫자만큼 '□' 표시하되, 판독 불가능한 글자가 많을 경우 해당 부분에 그 사실을 적시해 놓았다.

3. 면수(面數) 표시는 각편이 전집(全集)·선집(選集)·총서(叢書) 류에 영인되어 있는 경우에는 해당 전집·선집·총서의 면수(面數)에 의거하여 표시했고, 원본에 이미 면수가 표시되어 있는 이본의 경우(세창서관본)에는 그에 준하여 표시했다. 그 외 각 기관에 소장되어 있는 개별 이본에 대해서는 장수(張數)가 아니라 면수(面數)를 기준으로 표시했다.

4. 새로운 이본이 시작될 때마다 해당 이본의 서지사항을 간략히 소개했으며, 대상본의 소재처도 밝혀놓았다.

5. 각 이본의 명칭은 소장자 또는 소장처, 그리고 발행 기관의 이름을 기준으로 하여 붙이되, 구분이 필요할 경우 약칭을 괄호 안에 부기했다.

6. 작업 대상 이본의 선정과 선정된 이본의 배열 순서 등 본 전집의 구성과 관계되는 사항은 제1권 서두의 「「숙향전」 이본 개관」이라는 글에서 상세히 설명해 놓았다.

차 례

「숙향전」 이본 개관

여기서는 「숙향전」 이본의 종류와 특징, 그리고 전체 이본의 계열과 계통을 알아보면서, 동시에 이본의 선정 배경의 배열 순서를 본 전집의 체제와 관련된 주지 사항을 간략히 지적하기로 한다.

1. 이본의 종류와 특징

1) 판본

① 국립도서관본
② 김동욱소장본
③ 파리동양어학교본

「숙향전」 판본은 완판(完板), 안성판(安城板) 등은 없고 경판본(京板本)만 3종이 현전한다. 이 중에서 국립도서관본, 김동욱소장본은 각각 상권이 낙질되어 전자(前者)는 하권만, 후자(後者)는 중·하권만 남아 있다. 그러나 파리동양어학교본은 상(20장)·중(21장)·하(23장) 3권이 온전하게 갖추어진 완질본이다. 한편 국립도서관본과 파리동양어학교본은 동형동판이고, 김동욱본은 상·하두 권짜리이지만, 내용 전개에 있어서는 3종이 완전히 동일하다. 따라서 본 전집에서는 파리동양어학교본을 작업 대상 이본으로 선정했다. 파리동양어학교본은 고유 단락 및 기본 줄거리는 여타 이본과 대동소이하나, 각 단락의 세부 전개에 있어서 생략과 축약이 심해 「숙향전」 본래의 모습과는 일정한 거리가 있는 이본이다.

2) 필사본

(1) 국문본(국한문혼용본 포함, 총 24종)

① 박순호소장본(5종) : "슉향젼권지초"(박순호A본), "슉향젼이라 쵸"(B본), "슉향젼 권지단"(C본), "슉향젼"(D본), "슉향초젼"(E본)

여기서 A본과 B본은 한 두 글자의 차이 외에는 완전히 동일하다. 그리고 C본과 D본은 각각 별종의 이본이 아니라 한 이본의 상권과 하권에 해당하는 이본이며, 또 이들은 경판본을 거의 그대로 전사한 이본이다. 한편 E본은 제목이 암시하듯이, 내용의 여기저기를 뽑아 두서 없이 필사한 것으로서, 내용 전개가 뒤죽박죽이다. 따라서 이본으로서의 가치가 없다. 본 전집에서는 박순호A본만을 작업 대상 이본으로 선정했다.

박순호A본의 특징을 간략히 정리하면 다음과 같다. 첫째, 작품의 서두에서 김전과 거북간의 시혜-보은 내용이 생략되어 필사자의 개작 의식이 반영되어 있는 듯 하나, 나중에 가서는 김전과 거북간의 그 사건을 서술함으로써, 결과적으로 서술상의 오류를 범하고 있다는 점. 둘째, 세부 전개에 있어 부연이 심하다는 점. 셋째, 숙향이 사향의 모함으로 장승상댁에서 쫓겨나와 표진강에 투신하기 직전, '충열당'(다른 이본에는 전혀 나오지 않는 말)이라는 사당에 자신의 억울한 사정과 회포를 기록해 둔 내용이 삽입되어 있는 등 여타 이본에는 없는 내용이 많이 추가되어 있다는 점 등이다. 요컨대 박순호A본은 세부 전개나 작품이 주는 분위기 등에서 「숙향전」의 원모습과는 상당한 거리가 있는 이본이라고 할 수 있다.

② 정신문화연구원본(3종) : "슉향젼 권지단"(정문연A본), "슉향젼"(B본), "슉향젼 ᄒᆞ"(C본)

정문연A본은 줄거리 전개에 있어 비교적 온전한 형태를 유지하고 있어서 「숙향전」 본래의 모습과 상당히 가까운 것처럼 보인다. 특히 이선의 선약(仙藥) 탐색 부분은 현전의 어느 이본보다도 원형을 유지하고 있는 것처럼 보인다. 이선의 선약 탐색 부분은 상당한 분량을 차지하지만 생략해도 무방한 대목들도 많다. 그럼에도 불구하고, 별다른 생략이나 축약 없이 필사되어 있는데, 이것은 정문연A본이 기본적으로 부연과 확대 서술을 지향했기 때문이다. 자세히 살펴보면 문장 단위나 구문 단위에서 가급적이면 서술을 부연하고 확대하고자 한 흔적이 역력하다. 이로 말마암아 타본에는 없는 내용이 삽입되기도 했다. 반면에 정문연A본에는 문맥이 어색하거나 잘못된 부분이 많이 나타난다. 이로 볼 때, 정문연A본의 필사자는 「숙향전」의 원형을 빠짐없이 전사(轉寫)하면서 동시에 일부 대목을 부연·삽입·확대하는 등 비교적 충실한 전사 태도를 견지했으나, 문장 서술 능력은 그리 좋지 않았던 것 같다.

정문연B본은 전반적인 내용은 여타 이본과 대동소이하나, 어휘 사용에 있어서 여타 이본과 차이를 보이는 부분이 있고, 또 일부 개작된 부분도 보이는 이본이다. 가령 어휘 사용에 있어서, 숙향이 이상서의 동산에 와서 마고할미의 분묘를 끌어안고 울고 있을 때, 그 울음 소리를 듣고 찾아온 사람을 타본에는 "유부"라고 표기하고 있는데, B본에는 "겻이비"로 표기하고 있다는 점이 그러하고, 개작된 사례는, 황제가 숙향을 정열부인에 봉했을 때, 타본에는 신하들이, 이선은 현재 5품 벼슬을 하고 있는데 그 아내를 1품으로 할 수 없다고 상소를 올리는 대목이 일반적으로 전개되고 있는데, 여기서는 신하들의 그와 같은 이의 제기가 없다. 그것은 황제가 숙향을 정열부인에 봉하면서 동시에 이선도 1품에 해당하는 벼슬을 주었기 때문이다. 이러한 사정으로 볼 때, 정문연B본은 비교적 변개를 많이 가한 이본으로서, 「숙향전」 본래의 형태와는 일정한 거리가 있어 보인다.

정문연C본은 문맥이 현대어 문법과 방불할 정도로 정제되어 있을 뿐 아니라 타본에는 없는 내용이 대폭 부연·삽입되어 있고, 또 서술 내용이 주는 느낌과 서술 방법이 여타 이본들과 전혀 다른 이본으로서, 원본과는 상당한 거리가 있는 이본으로 보인다. 하나의 예만 들어보면, "할미 니선의 진졍 소회을 드르니 참 가련흔지라 할미 니선을 위로 왈 옛 글의 일너쓰되 셰스는 금상척이요 싱이는 쥬일비라 동각의 셜중미라도 먹어야 경이 잇다 흐옵고 초로갓튼 인싱이 부운 갓튼 셰상의 살면은 멋날 살이요 인간 칠십 고릭희라 우리 한 번 죽어지면 뉘라 셔 한 잔 먹즈 권흐리요 권권홀 졔 한 즌 먹스이다 디장뷔 셰상의 나셔 아녀즈 하나로 심여흐여 오장을 상케 흐오며 쳥츈 꽂짜온 얼골의 슈심으로 엇지 괴탄흐 느익가"(25~26면)와 같은 대목은 타본에는 전혀 나오지 않는 부분이다. 또 「숙향전」에 나오는 마고할미는 천상적 존재로서 형상되는 것이 일반적인데, 위의 인용문의 내용에서는 전혀 그런 면이 보이지 않는다. 이처럼 서술 내용이 주는 느낌이 상당히 일상적이다.

이상과 같이 정신문화연구원본 3종은 각각 개별적인 특징을 가지고 있는 이 본으로 판단되므로, 3종 모두 본 전집의 작업 대상에 포함시키기로 한다.

③ 김광순소장본(3종) : "숙향젼권지이라"(김광순A본), "숙향전 권지샹흐"(B 본), "제목 없음"(C본)

김광순A본은 기본 줄거리는 온전히 갖추고 있으나, 생략과 축약이 심하고 무 엇보다도 문맥이 자연스럽지 못한 이본이다. 이 외에도 서술 내용이 원래의 형 태와는 전혀 다르게 되어 있는 부분, 세부 전개에서 부연되거나 삽입된 부분 등 도 많이 발견된다. 요컨대 김광순A본은 「숙향전」원래의 모습과는 상당한 거리 가 있는 이본이다. 몇가지 예를 들어보면, 첫째, 장승상부부가 숙향을 만나기 전에 꿈을 꾸는데, 여기서의 꿈 내용이 여타 이본과는 전혀 다르고, 또 꿈을 꾸 는 주체가 다른 이본에는 부부가 모두 꿈을 꾸거나 그렇치 않으면 부인이 꾸는 것으로 되어 있는데, 여기에서는 장승상 혼자 꾸는 것으로 개작되어·있다. 둘 째, 이선이 조장으로부터 숙향이 놓은 자수(刺繡)를 구한 후 제목을 직접 써넣 는 대목, 이상서부부가 숙향을 만난 후 교자(轎子)를 보내 데려오려 할 때, 낙 양 옥(獄)에서의 핍박을 후회하는 대목 등이 삽입되어 있다. 셋째, 필사자 자신 의 문식(文識)을 적극 드러내고 있다는 점과 문체가 율독적(律讀的)이라는 점이 다. 문식의 노출은 특히 전고(典故)와 한시(漢詩) 형식의 활용으로 나타나고 율 독적 문체는 감회 서술에서 많이 나타난다.

김광순B본과 C본은 다소 특수한 관계에 있는 이본이다. B본은 처음부터 숙향이 놓은 자수를 마고할미가 시장에 가서 팔려고 하는데, 처음에는 그 자수의 가치를 아는 사람이 없다가 얼마후 조장이라는 사람이 등장하는 "잇쩌 남군 짜의 큰 쟝ᄉ 됴쟝"이라는 부분까지이고, C본은 "의란 사람이 본더 물식을 잘 아러보던의"부터 끝까지다. 따라서 내용이 바로 이어지고 있다. 그러나 자체(字體)는 전혀 다르다. 결국 두 사람이 동원되어 완결지은 이본으로 볼 수 있겠는데, 필사자가 달라 각각의 개별 이본으로 볼 수도 있겠다. 그러나 내용이 정확히 이어지고 있어서 박순호C.D본처럼 한 이본의 전반부와 후반부로 보는 것이 타당할 것 같다. 본 전집에서도 B.C본을 합해서 하나의 이본으로 간주했다. 김광순 B.C본은 문맥이 어색하고 특히 이야기의 후반부에서 개작이 많이 일어났다는 것 외에는 「숙향전」 원본과 매우 가까운 이본으로 보인다. 이처럼 김광순A과 B.C본은 각각의 위상을 가지는 중요한 이본이므로 본 전집에 포함시키기로 한다.

④ 고려대만송문고본(2종) : "숙향전권지단"(만송A본), "제목 없음"(B본)

만송A본은 경판본을 거의 그대로 전사한 이본이다. 따라서 본 전집에는 포함되지 않는다. 만송B본은 현전 이본 중 「숙향전」 본래의 모습과 가장 거리가 먼 이본으로 보인다. 몇 가지 특징을 짚어보면 다음과 같다. 첫째, 타본에는 없는 대목이 대거 삽입되어 있다는 점. 이 점은 이선과 숙향의 몽중 체험 중에 두드러지게 나타난다. 이선은 대성사에서, 숙향은 마고할미 집에서 각각 꿈을 꾸는데, 꿈 속에서 두 사람은 천상 서왕모의 요지연을 구경하게 된다. 여기서 두 사람은 천상 선관 선녀로서의 본래 신분을 되찾게 되고, 옥황상제 앞에서 숙향이 이선에게 반도와 계화를 전해주면서 은근한 정회를 주고 받는 사건이 그려진 후, 월궁소아의 명령에 따라 숙향이 요지연 구경에 대한 감회를 노래하는데, 타본에는 없는 이 노래가 한시 구절과, 그 한시 구절의 풀이 형식으로 자세하게 서술되어 있다. 그리고 이선 역시 숙향의 노래에 차운(次韻)하여 화답하는데, 그 대목도 새로 삽입되어 있다. 이 외에도 국문 시가 형식이 몇 군데 삽입되어

있기도 하다. 둘째, 개작된 부분도 여러 군데 보인다는 점. 가령 이상서부인의
회임(懷妊) 십삭(十朔)이 되었을 때, 이상서가 황제의 명초(命招)를 받고 황성
에 머물게 되는데, 어느날 밤 자신의 부인이 벼락을 맞는 꿈을 꾸게 된다. 이에
놀라 몽사(夢事)를 황제에게 알리게 되고, 황제가 해몽(解夢)하는 것이 일반적
인 양상인데, 여기에서는 황제가 아니라 '왕혼'이라는 태사(太師)가 황제의 역할
을 대신하는 것으로 개작된 것이 대표적이다. 셋째, 한문투가 역력하다는 점.
이 점이 가장 큰 특징이다. 이로 볼 때, 비록 내용의 일부분만 남아 있어 단정
할 수는 없으나, 한문본을 다시 국문으로 번역한 것이 아닌가 한다. 그러나 현
전하는 한문본 중에는 만송B본의 모본(母本)이라고 할 수 있는 이본은 없다.
이처럼 만송B본은 작은 분량에 불과하지만, 상당히 특징적인 이본이므로 본 전
집에 포함시키기로 한다.

⑤ 성균관대도서관본(2종) : "淑香傳 上/淑香傳 二"(성대A본), "淑香傳"(B본)

성대A본은 경판본을 거의 그대로 전사한 이본이다. 경판본 중 김동욱소장본
이나 파리동양어학교본처럼 3권으로 분권된 것은 물론이고, 음운표기나 어휘 사
용에 있어서도 한 두 글자의 차이 외에는 완전히 일치한다. 성대B본은 매면(毎
面) 12행, 매행(毎行) 24자 내외, 총 87장 172면으로 되어 있는 필사본으로
서, 처음 1면이 "왕연의 구환ᄒ던 거북이 은혜를 갑노라 ᄒ고 이 구슬을 쥬도다
가지고 오니라 이젹의 김젼이"로 시작되는 것으로 보아 1면 정도가 탈락된 것으
로 보인다. 그리고 마지막에도 몇 장이 낙장되어 있다. 성대B본은 기본 줄거리
를 거의 그대로 지니고 있는 이본이기는 하되, 현전 이본 중 어느 이본과도 일
치하지 않는 부분이 들어가 있는 등 비교적 변개가 많이 이루어진 이본이다. 한
가지 사례만 들면, 「숙향전」 이야기에는 양왕의 처가 매향을 잉태할 때, 양왕이
꾼 꿈의 내용이 나오는데, 여타 이본에는 "외얏 남기 졉을 ᄒ면 번셩ᄒ리라 ᄒ
고 가이라"라는 서술 다음에 바로 "과년 그달부터 틱긔 잇셔 십샥만의"(정문연A
본, 164면) 아이가 탄생하더라는 식으로 전개되고 있다. 그러나 성대B본에는
"더기 셜즁민ᄂ 젼싱의 능허션의 ᄯᅡᆯ노셔…운운(云云)"처럼 매향의 전생 내력에

대한 서술자의 발화가 첨가되어 있다. 매향의 전생 내력은 이선이 선약(仙藥)을 구할 때 봉래산에서 만난 구로선으로부터 전해듣는 것으로 서술되는 것이 일반적인데, 성대B본에는 이처럼 매향의 탄생 장면에 서술되는 것으로 변개되어 있는 것이다. 또한 성대B본은 전반적으로 훼손 정도가 심하고, 특히 빠진 구문이 많아 문맥이 통하지 않는 부분이 많다. 그런데 성균관대도서관본은 현재 열람만 가능하고 유통이 되지 않아 그 전모를 볼 수가 없다. 따라서 본 전집 구성에서 부득이 제외될 수밖에 없다.

⑥ 연세대도서관본(2종) : "슉향젼이라"(91장본, 연대A본), "슉향젼이라"(9장본, B본)

연대A본은 총 91장 181면의 필사본으로서, 마지막 2장 정도가 낙장되어 있으나 완결본에 가까운 이본이다. 매면 11행 매행 29자 내외로 되어 있으나, 뒷부분에는 매면 12~13행에 매행 35자 내외로 촘촘하게 필사되어 있는 부분도 있다. 연대A본은 현전 이본 중 정문연B본과 거의 동일하다. 자세한 것은 위에서 설명한 정문연B본의 특징을 참고하기 바란다. 두 이본의 선후 관계를 추정해 본다면, 아마도 연대A본이 선본(先本)이고 이 연대A본을 저본으로 삼아 이루어진 것이 정문연B본이 아닌가 한다. 그 근거로는 첫째, 연대A본은 완결본에 가까운 데 정문연B본은 내용의 전반부와 후반부가 낙장된 이본이라는 점. 둘째, 정문연B본에는 축약으로 인한 오류와 오자(誤字)·탈자(脫字) 등이 많은 데 비해 연대A본은 그렇지 않다는 점. 이 점은 반대로 생각해서 정문연B본의 오류와 오자 등을 연대A본에서 수정했다고도 볼 수 있으나, 그러기에는 정문연B본의 필사 상태가 너무나 좋지 못하다. 정문연B본의 필사는 매우 난삽하고 지나치게 흘려써서 내용의 대강을 알지 못하고는 도저히 따라 읽을 수 없을 정도로 되어 있다. 이러한 이본을 수정해가면서 새로이 필사했을 가능성은 거의 없다. 연대B본은 총 9장 17면, 매면 10행 23자 내외로 되어 있는 미완본이다. 그러나 7장 14면에서 8장 16면까지는 16행으로 행간(行間)이 촘촘하게 되어 있다. 이 이본은 연대A본을 저본으로 삼아 그대로 베끼다가 중도에 그만둔 이본이다. 그런

데 연세대도서관본 역시 도서관 사정으로 열람만 가능하고 유통이 되지 않아 그 전모를 볼 수가 없다. 따라서 본 전집 구성에서 부득이 제외될 수밖에 없다.

⑦ 심수관가소장본(2종) : "淑香傳"(43면, 심씨A본), "淑香傳"(B본)

심씨B본에 일어역(日語譯)이 병기(倂記)되어 있다는 점, 심씨B본이 A본보다 분량이 훨씬 많다는 점 외에는 두 이본이 거의 같다. 그러나 두 이본간의 직접적인 관련은 없는 것으로 보인다. 그것은 관련이 있는 경우란 A본이 미완본이므로, A본의 필사자가 B본을 저본으로 필사하다가 중도에 그만둔 것만을 상정할 수 있는데, 완결본인 B본에는 서술이 온전한데 A본은 같은 부분에 서술상 오류가 나타나고 있는 점으로 볼 때, 서로간에 관련성이 없는 것은 분명하다. 추정컨대 두 사람이 동일 저본을 대상으로 필사하다가, A본의 필사자는 필사를 중간에 그만둔 것으로 보이고, B본의 필사자는 일어역을 병행하면서 필사를 했거나, 아니면 일어역은 나중에 다른 사람이 한국말을 학습하기 위해 표시한 것이 현전하는 심씨B본이 아닌가 한다. 심씨본은 '비바당(腹), 앏픠(前), 곳(花), 니르러(至), 빼(時), 됴흔(好), 남긔(木)' 등에서 볼 수 있는 것처럼 사용된 어휘와 두음법칙, 구개음화, 된소리되기 등 음운 규칙의 적용면에서 여타 이본보다 고형을 유지하고 있다. 뿐만 아니라 세부 전개에서도 여타 이본보다는 가장 온전한 형태를 유지하고 있다. 이 점은 아마도 이 이본들이 일본인들의 한국말 학습서로 활용되었기 때문에, 이야기의 행문(行文)에는 새로 손을 대지 않고 필사했기 때문이 아닌가 한다. 그러나 축약과 생략이 분명해보이는 서술 구문이 간헐적으로 나타나고, 이로 인해 문맥의 소통이 자연스럽지 못한 구문이 눈에 띄는 점으로 볼 때 전사본(轉寫本)임이 틀림없다. 심씨본의 또다른 특징은 국한 문혼용으로 되어 있다는 점인데, 이렇게 된 것은 필사할 때 한자로 옮길 수 있는 것은 모두 한자로 바꿔 필사했기 때문이다. 이 점은 가령 '생각→生覺', '지금→至今', '그 땅을 차지ᄒ여→그 땅을 次知ᄒ여', 'ᄉ향이란 종년이→四香이란 從女이', '안거늘→安居늘' 등에서 여실히 볼 수 있고, 또 한자로 옮기면서 뜻을 곡해한 경우, 가령 '견츠로 듯ᄌ오니→天子로 듯ᄌ오니' 등에서도 분명히 확인할 수 있다. 요컨대 심씨본은 일찍부터 일본에서 유통된 이본이라는 점, 비록 미완본이거나 낙장된 이본이지만 「숙향전」 본래의 모습을 간직하고 있다는 점, 표기형태가 다소 특이하다는 점 등으로 볼 때, 가치 있는 이본으로 판단되므로 2종 모두 본 전집에 포함시키기로 한다.

⑧ 국립도서관본 : "슉향젼하"(국도본)

국도본은 서술의 구체적인 수준에서 새로 삽입되거나 부연된 부분이 눈의 띄나, 대체로 「숙향전」 본래의 모습을 온전히 갖추고 있는 이본으로 판단된다. 삽입된 예를 하나만 들어보면, 이선이 불고이취(不告而娶)한 사실을 알고 난 후, 이상서는 이선을 경성으로 불러올리는데, 여타 이본에는 이선을 경성으로 오게한 사실만이 서술되어 있으나, 국도본에는 이상서의 분노의 심정과 경성으로 빨리 올라오라는 내용이 담긴 편지가 구체적으로 서술되고 있다. 국도본은 비록 내용의 일부만이 남아 있으나, 다소 특징적인 이본이므로 본 전집에 포함시키기로 한다.

⑨ 김동욱소장본 : "숙향전"(나손본)

나손본 역시 작품 서두의 차이점 외에는 「숙향전」 본래의 모습을 충실히 필사한 이본으로 보인다. 나손본의 특징은 작품 초반에 대폭적인 개작이 일어났다는 점이다. 특히 김전이 장회의 사위가 되는 과정이 타본과는 전혀 다르다. 여타 이본에는 이 부분이 대체로 다음과 같은 순서로 전개되어 있다. 즉 '장회가 사위를 구하다.→장회가 김전이 어지다는 소문을 듣다.→김전에게 구혼하다.→김전이 납폐(納幣)할 것이 없어 거북으로부터 얻은 구슬을 대신 보내다.→장회의 부인이 납폐물을 보고 가난함을 불평하다.→장회가 구슬의 귀중함을 알고 김전을 사위로 맞아들이다.→얼마후 장회부부가 죽다.'와 같은 전개 방식이 그것이다. 그러나 나손본에는 '장회가 사위를 구하다.→장회가 어느날 초당에서 글을 읽고 있는데, 한 소년이 들어와 배움을 청하다. 이 소년은 바로 김전이다.→장회는

김전이 운수선생의 아들임을 알고, 김전에게 혼인했는지를 묻는다. 김전이 부모
가 구몰하고 가난하여 혼인하지 못했다고 하다.→이에 장회가 자기 딸과 혼사
(婚事)를 정하다.→김전이 집으로 돌아와 길일을 기다리다.'와 같은 순서로 전개
되어 있어, 일반적인 전개 양상과는 전혀 다름을 알 수 있다. 그러나 이 후의
서사 전개는 정문연A본 등과 거의 같다. 따라서 나손본은 대상 저본을 필사하
면서, 작품 서두에서는 대폭적인 개작을 감행했다가 뒤로 가면서부터는 저본을
거의 그대로 전사(轉寫)한 것으로 보인다. 나손본 역시 본 전집에 포함하기로
한다.

⑩ 연경도서관본 : "淑香傳"(연경본)

　연경본은 개작·부연·삽입 등이 많이 일어나 「숙향전」 본래의 모습과는 상당
한 거리가 있는 이본이다. 연경본의 대체적인 특징은 다음과 같다. 첫째, 개작
된 대목이 많다는 점. 「숙향전」에는 후사(後嗣)를 잇기 위해 이상서가 재취(再
娶)를 들이고자 하는 내용이 있는데, 여타 이본에는 이 문제로 이상서부부가 갈
등을 일으키는 것으로 전개되어 있으나, 연경본에는 오히려 부인 왕씨가 부실
(副室)을 취하라고 권유하는 것으로 되어 있다. 또 이선과 숙향의 혼인 직전에,
마고할미가 이선에게 '숙향이란 이름을 가진 아이가 셋이 있는데 운운(云云)'하
는 대목이 있는데, 연경본에는 이 대목이 노전(蘆田)의 화덕진군이 발화하는 것
으로 개작되어 있다. 둘째, 서술 내용의 부연과 삽입이 많이 나타난다는 점. 이
러한 현상은 일일이 예거할 수 없을 정도로 많다. 현전 이본 중 분량으로 봤을
때 이 연경본이 가장 긴데, 그것은 서술 내용이 현저히 확대되어 있을 뿐 아니
라 새로운 내용이 많이 삽입되었기 때문이다. 서술의 부연·확대 현상은 특히
인물의 심리를 드러낼 때 많이 나타난다. 가령 「숙향전」에는 이선이 몽중에서
숙향을 만난 후 숙향에 대한 그리움을 절절하게 표백하는 대목이 있는데, 이 부
분을 보면 여타 이본과는 달리 마치 애정전기소설의 서술 형태를 연상시킬 정도
로 내용이 곡진하고 분량도 상당히 부연되어 있다. 삽입 현상 역시 많이 나타나
는데, 타본에는 없는 축문(祝文), 상소문(上訴文), 천상계 인물의 노래 등이 삽

입되어 있고, 특히 이선이 선약(仙藥)을 찾기 위해 선계(仙界)를 주유하는 장면
에는 이선이 경유하는 나라가 여러 개 더 추가되어 있는 등 분량이 상당히 늘어
나 있다. 이 외에도 연경본은 결말 처리가 타본과는 전혀 다른데, 「숙향전」의
결말은 대부분 이선과 숙향이 승천하는 것으로 끝난다. 그러나 연경본에는 승천
은 물론 인물들의 죽음조차도 서술되어 있지 않다. 그리고 타본에는 숙향을 구
해준 도적을 만나 그에게 벼슬을 내리는 대목이 있는데, 연경본에는 이러한 내
용이 없다. 이상과 같이 연경본은 상당히 특징적인 면모를 보여주는 이본이다.
따라서 본 전집에 포함하기로 한다.

⑪ 이화여대도서관본 : "슉향젼승하"(이대본)

  이대본은 현전의 어느 이본보다도 문맥이 자연스럽게 되어 있다. 전반적으로
축약 현상이 많이 드러나지만, 그 축약이 문맥의 불통(不通) 현상을 초래할 정
도로 심한 것은 아니다. 이를 통해 볼 때, 이대본의 필사자는 문장 구성 능력이
비교적 뛰어났던 것으로 보이고, 또 제문(祭文)의 삽입을 통해 알 수 있는 바,
문식(文識)도 상당한 수준에 있었던 사람이 아닌가 한다. 또 이대본에는 오기
(誤記)·오자(誤字)나 문장의 누락이 거의 없다. 이 점 역시 이대본의 장점이
다. 요컨대 이대본은, 비록 작품 후반부 이선의 선약 탐색 대목에서 몇 나라가
생략되어 있는 등 다소간의 변개가 있지만, 작품의 전모를 파악하는데는 전혀
문제가 없는 비교적 선본(善本)에 해당하는 이본이다. 특히 문장의 소통이 자연
스러워 향유물로서도 높은 가치를 지니는 이본이다. 아울러 이대본은 심씨본과
거의 같은 것으로 보아, 「숙향전」 본래의 모습과 가장 근접해 있는 것으로 보인
다. 따라서 이대본은 본 전집에 포함시키기로 한다.

⑫ 경도대도서관본 : "淑香傳 上"(경도대본)

  최근 조희웅(曹喜雄) 교수에 의해 그 존재 사실이 알려지면서 심씨B본과 거
의 일치함이 밝혀져 있다. 자세한 것은 조희웅·송원효준, 「『숙향전』 형성 연대

재고-일본측 자료를 중심으로」, 고전문학연구 12집(한국고전문학연구회, 1997)
에 실려 있는 사진과 설명을 참조하기 바란다. 필자는 이 이본을 확인하지 못했
다. 따라서 본 전집에 포함시키지 않기로 한다.

(2) 한문본(총 10종)

① 국립도서관본(4종) : "少娥記"(丁巳本), "梨花亭奇遇記"(壬申本), "再世奇遇
   記"(국도A본), "이화졍긔젹"(국도B본)
② 김동욱소장본(3종) : "淑香傳"(나손A본), "淑香傳上下"(나손B본), "李太乙傳"
③ 고려대만송문고본 : "再世奇遇記"(만송본)
④ 고려대도서관본 : "제목 없음"(고대본)
⑤ 정신문화연구원본 : "淑香傳"(정문연본)

「숙향전」 한문본에 대해서는, 이상구(李尙九) 교수에 의해 한차례 종합적으로
검토된 바 있다.(李尙九, 「淑香傳의 文獻的 系譜와 現實的 性格」 고려대 박사논
문, 1994) 여기에서는 이상구 교수의 연구 성과를 간략히 정리하는 것으로 대
신하고자 한다.
   이상구 교수는 먼저 한문현토본인 회동서관본(1916a), 일본어역(日本語譯)
필사본을 포함한 12종의 이본들을 4계열로 나누고 각 계열 내의 선후 관계와
계열간의 관계를 상세히 검토한 바 있다. 4개의 계열과 각 계열의 특징을 요약
하면 다음과 같다.

   · 丁巳本系 : 丁巳本, 壬申本, 국도B본, 만송본, 李太乙傳, 고대본.
   · 나손A본계 : 나손A본, 정문연본.
   · 나손B본계 : 나손B본, 한문현토본, 일역본(日譯本).
   · 국도A본계 : 국도A본.

   a. 丁巳本系 : 이 계열에 속하는 이본 6종은 서로간의 편차가 거의 없으며,

대체로 여러 경로를 통해 형성된 이본들이다. 이 계열에 속하는 이본들이 국문본과 가장 유사한데, 국문본을 저본으로 삼아 한역(漢譯)했기 때문이다.

b. 나손A본계 : 이 계열에 속하는 두 이본은 몇몇 자구의 출입(出入) 외에는 전혀 차이가 없다. 그러나 나손A본이 선본(先本)이다. 그리고 나손A본계는 丁巳本系에 비해 내용이 비교적 많이 확장되어 있다. 이를 비롯한 여러 근거로 봤을 때, 나손A본계는 丁巳本系를 저본으로 삼아 부연·확장한 이본이다.

c. 나손B본계 : 한문현토본은 나손B본을 저본으로, 일본어역본은 한문현토본을 저본으로 삼아 형성된 것이다. 나손B본계는 숙향과 후토부인의 만남, 화덕진군의 구원, 이선이 봉래산으로 선약을 구하러가는 대목 등 주로 도선적(道仙的) 요소와 결부되어 있는 삽화들이 빠져있는 등 국문본은 물론 한문본의 여타 계열과도 확연히 구분된다.

d. 국도A본계 : 국도A본은 丁巳本系 한문본을 저본으로 하되, 일정하게 나손B본계를 참조한 이본이다. 따라서 국도A본은 이들보다 후대에 이루어진 것이다.

이상이 한문본에 대한 대체적인 내용이거니와, 본 전집 구성에서는 국문본만을 총괄해서 한데 모아 작업했고, 한문본은 일단 제외했다.

3) 활자본(총 14종)

덕흥서림본 3종(1915, 1917, 1920), 대창서원본(1920), 보급서원본(1920), 태화서관본(1923), 한흥서림본(1925), 삼광서림본(1925), 회동서관본 3종(1916a, 1916b, 1925), 영창서관본(1925), 신구서림본(1926), 세창서관본(1951)

한문현토본인 회동서관본(1916a) 외에는 모두 국문본으로서, 페이지 수와 표기법에 있어서 약간 다를 뿐 내용이나 분량에 있어서는 완전히 일치한다. 따라서 연구 자료로서는 어느 것을 이용하더라도 관계가 없다. 필자는 1951년 세창서관(世昌書館)에서 발행한 세창서관본만 구해볼 수 있었다. 세창서관본은 활자본 시대에 걸맞게 현대어가 많이 등장하고 있다는 점이 우선 눈에 띄는 현상이다. '생산', '겨울', '결혼' 등의 어휘 사용에서 그 점을 여실히 알 수 있다. 또 생략과 삽입 뿐만 아니라, 타본과는 전혀 다르게 개작된 대목도 있다. 가령 이선이 마고할미의 거짓말을 듣고 남양 땅 김전의 집을 찾아갔을 때, 타본에는 김전은 없고 김전의 하인이 이선을 맞이하는 것으로 되어 있으나, 여기에서는 김전이 직접 이선을 맞아들이는 것으로 개작되어 있다. 이처럼 세창서관본은 개작·부연·삽입·생략 등이 부분적으로 나타나지만, 이대본처럼 비교적 「숙향전」의 본래 모습과 가까운 것으로 보인다. 본 전집에서는 세창서관본을 대상으로 삼았다.

4) 재일(在日)소장본(3종)

　동경대아천문고본, 소창문고본, 동양문고본

　재일소장본은 앞에 소개한 심수관가소장본 2종과 경도대본까지 포함하면 총 6종이 되는 셈이다. 그러나 동경대아천문고본 등 3종은 최근에 조희웅(曹喜雄) 교수에 의해 그 존재 사실만 알려졌을 뿐(조희웅 외, 위의 논문 참조), 실체는 확인되지 않고 있다. 따라서 본 전집에는 포함되지 않는다.

5) 기타

　일본어역(日本語譯) 필사본 1종 : 한문본 중 나손B본계 해설 참조.

2. 전체 이본의 계열과 계통

이상에서 검토한 내용을 바탕으로해서 현전 이본들의 계열과 계통을 표로 나
타내면 다음과 같다.(단, 한문본은 제외)

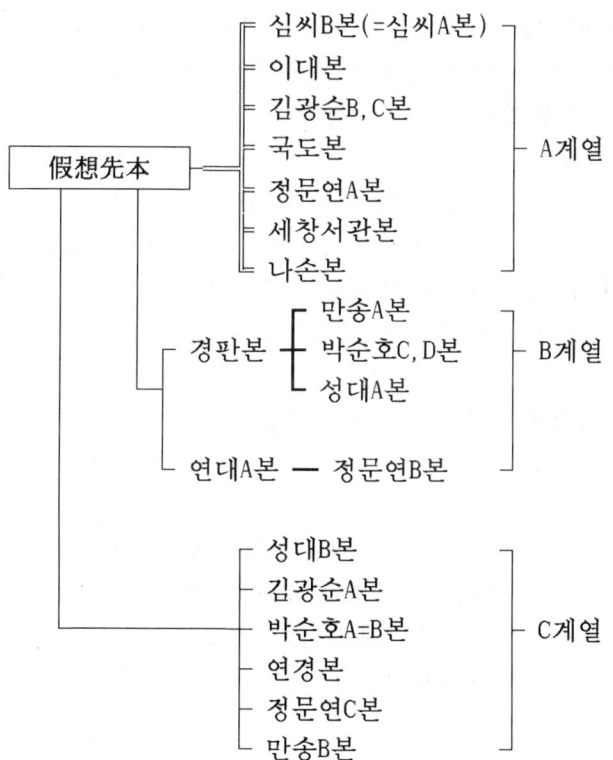

※ ────── : 직접적인 영향 관계가 있는 것.
   ════ : 밀접한 관련이 있는 것.
   ──── : 거리가 다소 먼 것.

위의 표를 통해 우리는 현전 국문본 「숙향전」 이본들이 대략 세 계열을 형성하고 있음을 알 수 있다.

각 계열의 특징을 약술하기 전에 먼저 가상선본(假想先本)에 대해서 간략히 설명하기로 한다. 여기서 설정한 가상선본은 「숙향전」의 조본(祖本)과 가장 가까운 형태의 선본(先本)을 말한다. 현전 이본의 선본(先本) 단계에는 많은 이본들이 존재했을 것이고, 그들 중에는 조본(祖本)과 거의 같은 이본뿐만 아니라, 반대로 변개가 많이 이루어진 이본들도 있었을 것이다. 그러나 이러한 사정을 다 고려해서 계열·계통을 논의하는 것은 거의 불가능하다. 이에 여기에서는 조본(祖本)과 가장 가까운 형태의 가상선본을 전제한 가운데 현전 이본들의 특징과 계열을 살펴본 것이다.

그러면 각 계열의 특징을 간단히 정리하기로 한다. A계열에 속하는 이본들은 가상선본을 비교적 충실히 필사한 이본들이고, 따라서 「숙향전」의 원모습을 가장 온전히 유지하고 있는 이본들이다. 그리고 B계열에 속하는 이본들은 계통을 형성하고 있다는 점이 특징이다. 그러나 이 계열에 속하는 이본들은 가상선본과는 다소간 거리가 있어 「숙향전」의 원모습과는 일정한 차이가 있다. C계열은 내용 전개에 있어 생략·삽입·부연·변개 등으로 인해 「숙향전」의 원모습과는 상당한 거리가 있는 이본들이다. 또한 개별 이본들간의 관계도 불투명하다는 특징을 지닌다.

요컨대 가상선본을 기준으로 볼 때, A계열에 속하는 이본들이 「숙향전」 본래의 모습에 가장 근접하고, 그 다음으로 B계열, C계열의 순서로 그 관계가 정립될 수 있겠다. 그리고 각 계열 내에서도 심씨B본을 처음으로 해서 아래로 내려올수록 가상선본과의 거리가 차츰 멀어지는 것으로 봐도 무방하겠다.

3. 선정된 이본과 전집의 체재

전집 구성에 선정된 이본은 1장의 해설 과정에서 밝혀놓았는 바, 순서대로 다시 정리하면 파리동양어학교본, 박순호A본, 정신문화연구원A, B, C본, 김광순A본, 김광순B · C본, 고려대만송B본, 심수관가A본과 B본, 국립도서관본, 김동욱소장본, 연경도서관본, 이화여대도서관본, 세창서관본 등 총 15종이다. 그리고 각 권에 귀속되는 대상 이본과 배열 순서는, 위의 표에서 볼 수 있는 바, 가상선본과의 근접성을 기준으로 심씨A본, 심씨B본, 이대본, 김광순B · C본, 국도본, 정문연A본, 세창서관본을 이와 같은 순서로 전집 1권에 묶고, 나손본, 파리동양어학교본, 정문연B본, 김광순A본, 박순호A본, 연경본, 정문연C본, 만송B본을 이와 같은 순서로 전집 2권에 묶기로 한다.

이로써 성대도서관본, 연대도서관본, 재일소장본 3종 등 그 전모를 확인할 수 없거나 공개되지 않은 이본, 그리고 해설과정에서 설명한 바, 동일 전사본을 제외한 모든 국문 이본들을 한 자리에 수합하게 되었다. 아직 도처에 숨어 있는 이본도 다소간 있을 수 있겠으나, 그것은 향후 소개되기를 바랄 뿐 지금으로서는 기약할 수 없는 일이고, 따라서 우리는 본 전집에 수합된 15종을 「숙향전」 국문본의 총량으로 이해해도 무방하겠다. 이를 통해 보다 알찬 이해와 감상이 지속되기를 기대해 마지 않는다.

심수관가소장본(심씨A본)

　이위응(李渭應)이 1964년 일본 구주(九州) 묘대천(苗代川)에 있는 심수관가(沈壽官家)에서 발견하여 사진으로 담아온 필사본으로서, 현재 한국어문학회 편, 『고전소설선』(형설출판사, 1972)에 영인되어 있다. 표제(標題)와 내제(內題)는 모두 한문으로 "淑香傳"이라 표기되어 있고, 매면(每面) 18행 매행(每行) 20자 내외, 총 43면의 국한문혼용으로 된 미완본이다. 표기 형태가 고형을 유지하고 있는 등 「숙향전」의 형성 시기와 관련하여 주목되는 이본이다. 현재 원본과 똑같은 영인본 형태로 일본 가고시마현립도서관(國立鹿兒縣立圖書館)에 보관되어 있다. 면수(面數) 표시에서 '상,하' 표시는 각 면의 상단과 하단을 말한다.

심수관가소장본(심씨A본)

淑香傳

148-하

淑香傳

녜 宋時節의 南陽 따의셔 사는 金典이란 사롭이 이시되 二八의 文章의 글을 일으니 일홈난 션비들이 듯듯와 못듯더라 그 父親은 雲水先生이라 才德이 兼全ᄒᆞ니 皇帝 諫議太夫와 吏部尙書를 ᄒᆞ이시되 終時 辭讓ᄒᆞ고 밧지 아니ᄒᆞ고 山中의셔 죽으니 집이 凄凉ᄒᆞ더라 ᄒᆞ는 金典이 벗 錢送ᄒᆞ려 ᄒᆞ고 酒饌을 ᄀᆞ초와 나귀게 싯고 盤河믈을 건너더니 믈ᄀᆞ의 서너 사롬이 큰 거복을 잡어 그어 머으려 하거늘 典이 말려 왈 그 즘싱을 보니 니마의 하늘 天字 잇고 비바당의 님금 王字이시니 一定 非常ᄒᆞᆫ 즘싱이니 죽이지 말고 믈의 노흐라 그 사롭들이 對曰 제 비록 非常ᄒᆞ나 우리들 겨므도록 그믈질ᄒᆞ되 고기 ᄒᆞ나도 잡지 못ᄒᆞ고 이것만 어더시니 말니지 마르쇼셔 金典이 그 거복을 보니 눈믈을 흘니며 죽기를 셜워ᄒᆞᆫ 形狀이여놀 殘忍히 너겨 그 가져가는 壺果를 주고 밧고와 믈의 노ᄒᆞ니 그 거복이 날회여 드러가며 金典을 向ᄒᆞ여 ᄌᆞ로 도라보고 가더라 이듬ᄒᆡ예 金典이 洞庭湖의 가 벗 보고 도라

149-상

오더니 이□ 쟝마히 졋눈지라 白雲橋란 ᄃᆞ리의 臨ᄒᆞ여 반은 건너셔 前後 다 문허지고 ᄃᆞ리 우희 믈이 올나 危急ᄒᆞ여 一行 벗들은 다 ᄶᅥ 죽게 되엿더니 맛춤 ᄃᆞ리 기동을 붓들고 痛哭ᄒᆞ며 믈 셔□ᄒᆞ매 그 기동이 ᄆᆞ자 ᄶᅥ나니 임의 죽게 되엿더□ 믈속으로셔 磨板ᄀᆞᆺ튼 거시 믈의 ᄯᅥ거놀 典이 그 기동□ ᄇᆞ리고 그 우희 오르니 그거시 믈의 ᄶᅥ셔 발을 허위니 瞬息의 믈ᄀᆞ의 다ᄃᆞ라 붓거놀 金典이 精

神을 출혀 언덕의 씌여 ᄂ려보니 그거시 몸으란 믈속의 ᄀ초고 마리만 믈□□
내여ᄀ늘 즈셔히 보니 額上의 하ᄂᆯ 天字 分明이 잇ᄀ늘 典이 謝禮ᄒ려 홀제 그
거시 믄득 □□□□□ᄌ튼 □□吐ᄒ□ 典의 앏픠 므지개ᄌ치 셰오기□ 典이
더옥 惶怯ᄒ□ 無數히 절ᄒ더니 믄득 그 氣運은 업고 다만 □□ 알만ᄒ 그슬 둘
이 노혀시되 빗치 燦爛ᄒ고 속의 은은ᄒ 글지 이시되 ᄒ나흔 목숨 壽字요 ᄯᅩ ᄒ
나흔 복 福字여ᄂᆯ 典이 믄득 生覺ᄒ되 이ᄂ 반ᄃ시 盤河水□□ 노흔 거복이 恩
惠를 갑노라 날을 救ᄒ고 이 그슬을 즈고 가도다 ᄒ여 믈을 向ᄒ여 無數히 謝禮
ᄒ고 집의 도□□□ 이젹의 金典의 時年이 二十歲라 집이 艱難ᄒ여

149-하

娶妻를 못ᄒ엿더니 穎川 ᄯ히 張會란 사ᄅᆷ이 功名의 ᄯᅳᆺ이 업서 벼슬을 아니ᄒ되
代代名家 子孫이라 財物이 有餘ᄒ되 아들이 업고 다만 一女子라 人物이 卓越ᄒ
고 孝誠이 奇特ᄒ매 사회를 골히더니 金典이 어지단 말 듯고 媒婆를 보내여 求
婚ᄒ니 金典이 送采홀 거시 업서 다만 구슬 둘을 보내엿더니 張會夫人이 보고
왈 公侯富家의셔 求婚홀 이 구룸못듯 ᄒ거ᄂᆯ 굿티여 金典의게 許ᄒ시니 이제 納
采ᄒ 거슬 보오매 그 艱難을 可히 알리로소이다 張會 對曰 婚姻論財ᄂ 夷狄之道
라 제 비록 간난ᄒ나 우리 有餘ᄒ니 무ᄉᆷ 財物을 貪ᄒ리잇□ 그러나 千萬金 엇
기ᄂ 쉬오되 이 구슬 엇기ᄂ 나라 □으로도 엇기 極키 어렵고 이ᄂ 天下 極ᄒ
보비니이다 ᄒ고 卽時 玉匠을 블러 그 구슬로 玉指環 ᄒ 雙을 만ᄃ라 쏠을 주고
卽時 擇日ᄒ여 金典을 마ᄌ니 吉日 奠鴈의 아름다은 風彩와 慧逸ᄒ 擧動을 比홀
디 업더라 金典이 娘子로 더브러 交拜홀시 鴛鴦이 綠水의 놀며 翡翠 連理枝의
깃드림 ᄀᆺ트라 金典이 張會 집의 온 十年만의 張會夫妻 다 棄世ᄒ거ᄂᆯ 禮로써
營葬ᄒ고

150-상

그 世事를 다 맛□니 富貴 天下의 읏듬이로되 나히 三十의 臨ᄒ여시되 ᄒ 子息
이 업스매 金典夫妻 名山大川의 至誠으로 아니 빈 곳이 업스되 ᄆᆺ춤내 子息이

업스니 每日 셜워ᄒᆞ더니 ᄒᆞᄅᆞ는 秋七月 望日의 金典夫妻 望月樓의 올나 ᄃᆞᆯ구경ᄒᆞ
더니 믄득 하ᄂᆞᆯ로셔 흰 □ ᄒᆞᆫ 가지 張氏 앏픠 ᄯᅥ러지거늘 보니 梨花도 아니요
梅花도 아니로되 ᄆᆞᆰ은 향내 진동ᄒᆞ거늘 張氏 크게 怪異히 너겨 金典을 請ᄒᆞ여
뵐졔 忽然 狂風이 니러나 그 곳지 散散이 훗터지거늘 金典夫妻 ᄀᆞ장 셔운ᄒᆞ여
ᄒᆞ더니 그날 밤의 張氏 ᄭᅮᆷ을 ᄭᅮ니 금듯거비 품의 드러뵈거늘 張氏 놀나 ᄭᆡ여 金
典ᄃᆞ려 ᄭᅮᆷ 말을 니ᄅᆞ니 典이 對曰 어제 桂花 그ᄃᆡ 앏픠 ᄯᅥ러지고 ᄭᅮᆷ이 ᄯᅩ ᄒᆞᆫ 이
러ᄒᆞ니 하ᄂᆞᆯ이 반ᄃᆞ시 貴子를 點指ᄒᆞ시도다 ᄒᆞ더니 果然 그ᄃᆞᆯ부터 胎氣이시니
典이 크게 깃거 아ᄃᆞᆯ 나기를 祝手ᄒᆞ더라 十朔만의 張氏 病이 重ᄒᆞ여 飮食을 먹
지 못ᄒᆞ니 金典이 憫忙ᄒᆞ여 醫藥을 親히 ᄒᆞ더니 乙丑 四月 初八日의 怪異ᄒᆞᆫ 五
色 구룸이 집안의 두로 ᄭᅵ□ᄆᆞᆰ은 향내 振動ᄒᆞ거늘 一家 上下 하 驚惶ᄒᆞ더니

150-하

밤듕은 ᄒᆞ여 고온 계집 아ᄒᆡ 둘이 玉燈의 블을 켜 들고 드러와 金典ᄃᆞ려 왈 이
제 夫人이 오시니 그ᄃᆡ는 밧긔 나□ 집안을 修洒ᄒᆞ쇼셔 ᄒᆞ고 張氏 房으로 드러
가거늘 典이 아모란줄 모로고 밧긔 나가 집 內外를 修洒ᄒᆞ더니 믄득 奇異ᄒᆞᆫ 香
내 振動ᄒᆞ거늘 뎐이 크게 疑心ᄒᆞ여 夫人이 죽을가 두려 ᄀᆞ만이 窓 틈으로 여어
보니 張氏 불셔 아기를 나흐니 그 계집이 香믈의 싯겨 夫人겻ᄃᆡ 누이고 밧그로
나가거늘 典이 그 가는 ᄃᆡ를 보려 ᄒᆞ고 ᄯᅡ라나가니 불셔 간ᄃᆡ 업더라 典이 크게
괴이히 너겨 □□房의 드러와 보니 張氏 氣絶ᄒᆞ엿거늘 ᄭᆡ오니 張氏는 자다가 ᄭᅢᆫ
듯 ᄒᆞ더라 金典夫妻 아기를 보니 ᄯᆞᆯ 子息이오 燈下의 곳ᄀᆞᄐᆞᆫ 얼굴이 非常ᄒᆞ고
ᄆᆞᆰ은 香내 房안의 振動ᄒᆞ엿거늘 金典夫妻 깃브미 比ᄒᆞᆯᄃᆡ 업셔 因ᄒᆞ여 아기 일홈
을 淑香이라 ᄒᆞ고 字는 月宮仙이라 ᄒᆞ다 漸漸 ᄌᆞ라매 얼굴이 곳지 븟그리며 ᄃᆞᆯ
이 無光ᄒᆞ고 沈魚落鴈之態 比□□ 업스며 ᄒᆞ는 일이 아희 ᄀᆞᆺ지 아니ᄒᆞ니 金典夫
妻 愛之重之ᄒᆞ나 힝혀 短命ᄒᆞᆯ□ 크게 念慮ᄒᆞ여 天下의

151-상

일홈난 相者 王均을 請ᄒᆞ여 淑香의 相을 뵈니 王均이 니ᄅᆞ되 이 아기 相은 人間

사룸이 아니라 月宮姮娥의 精氣룰 가져시니 一定 貴히 되려니와 다만 王帝끠 得
罪ᄒ고 塵世의 歸鄕와시니 前生罪룰 이生의 와 다 갑픈 후에야 반ᄃ시 됴혼 時
節을 보올 거시니 先分은 極키 險ᄒ고 後分은 ᄀ장 좃ᄉ와이다 ᄒ거늘 金典曰
後分 善惡은 아지 못ᄒ□ 先分은 우리 아직 옷밥을 그리지 아니ᄒ니 엇지 苦行
홀 일이 이시리오 王均이 크게 웃고 니ᄅ□ 사룸이 八字ᄂ 定치 못ᄒᄂ니 내 비
록 지죄 업ᄉ오나 이 아기 四柱와 相을 보오니 五歲예 父母룰 여희옵고 定處업
시 ᄃ니오며 十五歲예 니ᄅ러 다섯 번 죽을 厄을 지낸 후□ 十七歲예 夫人을 封
ᄒ고 二十이 ᄎ오면 父母룰 만나 大平榮華로 지나다가 七十의 ᄎ오면 도로 天上
으로 □나가올 八字로소이다 金典夫妻 이 말을 잇지 아니ᄒ□ 크게 疑心ᄒ여 生
月生時와 일홈을 金字로□ 錦囊의 녀허 淑香의 옷의 치와ᄃ니 슉향이 五歲예 니
ᄅ러□ 時節이 어즈러워 賊兵이 荊楚 따흘 침노□□ 百姓들이 깁픈 山中으로 避
亂ᄒ매 金典도 家屬을 거ᄂ리□

151-하

江陵으로 가더니 中路의 니ᄅ러 賊兵을 만나 行莊과 奴僕을 다 일고 다만 그 안
히 張氏와 淑香을 업고 죽□로써 ᄃ라나ᄃ니 盜賊이 漸漸 갓갓이 오고 金典도
盡力ᄒ여ᄃ 덧□ 못ᄒ니 典이 罔極ᄒ여 울며 張氏ᄃ려 왈 盜賊이 急히 ᄯ로고 내
氣運이 盡ᄒ여시니 우리 둘이 다 사라나면 淑香ᄀ튼 ᄌ식을 或 다시 어더 보려
니와 우리 다 죽으면 身體들 뉘 거두며 父母의 祭祀들 뉘 ᄒ리오 아모리 情事
罔極고 殘忍ᄒ나 슉향은 아직 예 두고 우리만 避ᄒ엿다가 事定後의 다시 와 ᄃ
려가써이다 張氏 이 말을 듯고 슬피 울며 왈 나는 淑香과 ᄒ더 잇다가 죽□ 거
시오니 郞君은 우리룰 앗기지 마ᄅ시고 몬져 亂을 避ᄒ엿다□ 後日의 도라와 우
리 母女의 骸骨이나 갈므쇼셔 典이 大聲痛哭ᄒ며 니ᄅ되 ᄎ마 그더를 브리고 내
홈자 살 길을 圖謀ᄒ리오 출아로 세히 ᄒ더셔 죽어 魂魄이 서로 ᄯ나지 아니ᄒ
리라 ᄒ고 안코 니지 아니ᄒ거늘 張氏 울며 니ᄅ되 그 말숨이 그르다 男子되□
엇지 우리ᄀ튼 妻子룰 어더 가 못 어드리잇가 千金ᄀ□ 몸을 엇지 죠고만 兒女
子의게 걸리켜 죽으려 ᄒ시ᄂ니잇가 ᄲᆯ리 몬져 피ᄒ쇼셔 典이 울며 마리룰 흔들
고 ᄒ더□

152-상

죽기롤 願ᄒ거ᄂᆞᆯ 張氏 罔極ᄒ여 울며 왈 郎君이 이러틋 固執ᄒ시니 淑香은 아직
여긔두고 우리만 가새이다 ᄒ고 淑香을 바희 틈의 안치고 玉指環 ᄒ 짝을 슉향
의 옷 안고롬의 미고 죡박 ᄒ나과 밥 ᄒ덩이롤 주며 달내여 니ᄅᆞ되 너는 잠간
여긔 이셔 비골프거든 이 밥 먹고 □ᄆᆞᄅ거든 이 박으로 져 믈 써먹고 쩌나지
말고 잇거라 우리 來日 와 드려가마 ᄒ고 눗츨 ᄒ딕 다히고 술아져 울며 춤아
쩌나지 못ᄒ여 ᄒ며 淑香은 제 母親 치마를 □고 슬피 울며 니ᄅᆞ되 아비님아 날
을 ᄇᆞ리시고 어이 홈자 가시려 ᄒ시ᄂ□ 나도 가새이다 ᄒ고 ᄯᆞ라나니 그 慘慘
ᄒ 形狀이 鬼神이라도 感動ᄒ며 日光이 無色ᄒ더라 金典夫妻 罔極ᄒ여 울며 니
ᄅᆞ되 내 ᄯᆞᆯ아 우지 말고 ᄀᆞ만히 안잣거□ 소리ᄒ면 盜賊이 알고 와셔 죽이ᄂᆞ니
라 ᄒ□ 도라보□ 도적이 불셔 갓갓이 오거ᄂᆞᆯ 典이 罔極ᄒ여 張氏 손을 잇글고
山中으로 드ᄅ니 淑香이 소리롤 미이ᄒ여 술□ 울며 니ᄅᆞ되 어마님은 어이 날을
ᄇᆞ리시고 가시□□잇가 부듸 來日 와 드려가쇼셔 ᄒ며 술아셔 술피우니 愁雲이
茫茫ᄒ고 日色□ 慘慘ᄒ더라 金典夫妻 ᄃ□

152-하

나며 淑香의 哀寃ᄒ 소□롤 드ᄅ니 肝腸이 ᄭᆞᆫ허지고 가슴이 며여지ᄂᆞᆫ 듯ᄒ여 눈
믈이 니음차시니 앏픠 어두워 듯지 못ᄒ더라 盜賊이 다ᄃᆞ라 淑香을 보고 問曰
네 어버이 어□□나 바로 니ᄅ지 아니ᄒ면 죽이리라 슉향이 울며 왈 날을 ᄇᆞ리
고 ᄃᆞ라나시니 내 어디로 간 줄 알리오 盜賊□ 怒ᄒ여 죽이려ᄒ거ᄂᆞᆯ 其中의 ᄒ
도적이 殘忍이 너겨 말려 니ᄅᆞ되 제 父母 ᄇᆞ리고 가니 저는 어린 거시 비골파
셜워우ᄂᆞᆫ디 므슴 罪로 어린 아히롤 죽□리오 내 이 아히 相을 보니 非常ᄒᆞᆫ지라
後日의 貴히 될 아희니 죽이지 못ᄒ리라 ᄒ고 여긔 이시면 반ᄃ□ 猖狼의 患을
보리라 ᄒ고 어버다가 幽谷驛 ᄆᆞ을의 두고 가며 니ᄅ□ 내게도 너만ᄒ 子息이
잇더니 이러ᄒᆞᆫ가 不祥고 殘忍ᄒ□ 네 父母 ᄇᆞ리고 가며 죽키 셜워ᄒ여시랴 ᄒ고
가더라 淑香이 혼자 아모ᄃᆞ로 갈 줄 몰나 어미만 브ᄅ며 울고 ᄃᆞᆫ□□ 보ᄂᆞᆫ 사ᄅᆞᆷ

들이 不祥히 너겨 눈믈 아니디리 업더라 이 뗴 날은 져믈고 人跡이 끈허시니 비
눈 골프고 갈 바롤 아지 못ㅎ여 던블 밋디 依止ㅎ여 안자 어□만 브릇지지며 우
노라 □니 혼 진납이 슬픈 고기

153-상

혼덩이□ 믈러다가 주거눌 먹으니 비눈 브르나 이 뗴 秋九月이라 밤이면 춘브롬
이 니릇나니 발리 슬허 두 손으로 쥐고 □드여 우더니 한새 여려믄이 느려와 눌
개로 淑香의 一身을 두로 덥프니 칩치 아니ㅎ더라 날이 새매 淑香이 父母롤 기
드리며 우노라 ㅎ니 혼 갓치 느라와 淑香의 무□희 안자 우다가 느라가며 오락
가락ㅎ거눌 淑香이 울며 그 갓치롤 ᄯᆞ라가니 여러 뫼홀 너머 큰 ᄆ을이 잇거눌
ᄆ을 가온더로 드러가며 술피 어미롤 브르니 보눈 사롬이 블상이 너겨 一定 亂
中의 어버이 일혼 □□□다 제 父母 져 아희롤 일코 죽키 셜워ㅎ려 ㅎ고 飮食을
주□ 먹이고 눈믈 아니디리 업스며 淑香의 避亂ㅎ여 東西□ 或 기르고져 ㅎ니
져희도 避亂ㅎ여 東西로 奔走ㅎ매 □□지 못ㅎ더라 이적의 金典이 張氏롤 山中
의 깁피 곰초고 밤의 ᄀ만이 느려와 淑香을 ᄎᄌ니 蹤跡이 업거눌 一定 죽도다
ㅎ여 一場을 痛哭ㅎ고 도라와 張氏ᄃ려 니르니 당시 이 말을 듯고 氣絶ㅎ거눌
金典이 붓드러 위로ㅎ여 니르되 淑香이 어린 거시 멀니눈 못갈□□□ 一定 죽어
시면 身體눈 이실거시로되 蹤跡이 업스니 이눈

153-하

반드시 아모나 ᄃ려가눈지라 前日 王均의 말을 生覺ㅎ시고 하 셜워말ᄅ쇼셔 張
氏 大聲痛哭ㅎ며 니르되 □ㅎ던 形狀이며 니르던 말이 귀예 錚錚ㅎ고 눈의 暗暗
ㅎ거든 엇지 셟□□ᄌ오리오 ㅎ고 晝夜 時時로 痛哭ㅎ니 눈의셔 피나더라 이 뗴
淑香이 ᄆ을 사롬들도 다 나가고 갓치도 일코 혼자 울며 바쟈니다가 멀니 브라
보니 山 우희 사롬들이 往來ㅎ거눌 人家만 녀겨 山을 브라고 가니 山은 疊疊ㅎ
고 믈은 非常ㅎ니 갈 셰 업스 罔極ㅎ여 길ᄀ의 안자 우드니 믄득 靑鳥 곳 봉으
리롤 믈고 느라와 손동의 안자□□ 淑香이 비골프믈 因ㅎ여 그 곳봉을 먹으니

눈이 붉고 비브르며 精神이 싁싁ᄒ며 몸의 香내 振動ᄒ더라 니□ 그 새 가는 디
롤 ᄯᆞ라 □어 고개롤 넘어가니 山谷의 ᄒᆞᆫ 宮殿이 즈옥ᄒᆞᆫ디 그 새 큰 門으로 드
러가거늘 ᄯᆞ라 드러가니 ᄒᆞᆫ 계집 사롬이 마ᄌ 나와 淑香을 안코 드러가 큰 殿의
노ᄒᆞ니 ᄒᆞᆫ 夫人이 花冠을 쓰고 黃金較倚예 안자다가 淑香을 마자 풀을 미러 東
邊 白玉較倚예 坐롤 請ᄒᆞ거늘 淑香이 아모리 ᄒᆞᆯ 줄 모르고 다만 울 ᄲᅮᆫ이여늘 夫
人이 니르되 仙女 人間의 ᄂᆞ려와 더러온 믈을 만이 □셔 계시니 精神이 밧고와
계시도다 ᄒᆞ고 侍女롤 命ᄒᆞ여 瓊液을

154-상

밧ᄌᆞ오라 ᄒᆞᆫ대 侍女 瑠瑚盞의 琥珀臺롤 밧쳐 이슬ᄀᆞᆺ튼 차롤 부어다가 ᄭᅮ러 두리
거늘 淑香이 바다먹으니 맛□맛ᄀᆞᆺ트되 ᄀᆞ장 향긔롭더라 먹은 후의야 天上 일
과 人間의 ᄂᆞ려와 父母롤 일코 바자니며 苦行ᄒᆞᆫ는 일이 歷歷이 알고 비록 아희
몸이나 ᄆᆞ음은 어룬이라 卽時 니러나 그 夫人게 謝禮ᄒᆞ여 왈 妾은 天上의 得罪
ᄒᆞ고 人間의 ᄂᆞ려와 苦楚히 ᄃᆞ니옵ᄂᆞᆫ디 어엿비 녀기셔 ᄃᆞ려다가 待接ᄒᆞ오시니
至極感激ᄒᆞ여이다 夫人이 웃고 왈 仙女 날을 아라보ᄂᆞ니잇가 淑香日 人間의 와
精神이 밧□엿ᄉᆞ오니 ᄌᆞ시 아지 못ᄒᆞ올시이다 夫人日 이 ᄯᅡ흔 明司界오 나는 后
土夫人이로시이다 仙女 人間의 ᄂᆞ려와 고ᄒᆡᆼ을 겻그시매 져□긔 프론 진납이 한
새와 金雀靑鳥롤 보내엿습더니 보시니잇가 淑香이 다시 니러 謝禮ᄒᆞ여 왈 다 보
왓ᄉᆞ오며 夫人의 하놀 ᄀᆞᆺᄌᆞᆫ 恩德을 萬分之一이나 갑ᄉᆞ올가 ᄇᆞ라ᄂᆞ이다 夫人이
正色고 日 나는 下界 죠고만 神靈이오 仙女는 月宮 웃뜸 仙女라 비록 一時 人間
의 ᄂᆞ려오셔 苦行을 보시나 그런 말숨을 어이 ᄒᆞ시ᄂᆞ니잇가 仙女 依托ᄒᆞ□디 업
습고 ᄯᅩ흔 가실□□ 하 머오니 그 ᄉᆞ이예 苦行을

154-하

만히 지내실 거시오매 □이 가시라□ 이리 뫼셔 왓ᄉᆞ오나 오□은 져므러ᄉᆞ오니
쉬여 來日 가쇼셔 ᄒᆞ고 잔치롤 排設□□ 款待ᄒᆞ니 飮食器皿이며 鋪陳風物이 極
키 奢麗ᄒᆞ더라 夫人이 ᄌᆞ로 경익을 勸ᄒᆞ니 淑香이 精神이 漸漸 새로와 人間 일

은 닛지고 天上 일만 生覺흘더라 夫人씌 問왈 妾이 前日 뭇즈오니 明司界는 十
王계신더라 ᄒ오니 올스오니잇가 夫人曰 그러ᄒ니이다 淑香曰 그러ᄒ오면 十王
殿이 어디 잇느니잇가 夫人曰 예셔 머지 아니ᄒ니이다 淑香曰 人間 父母 亂中의
죽엇스오면 十王殿의 왓스올 거시오니 반가이 만나보오리잇가 夫人曰 人間 父母
는 人間의 盤石ᄀᆞᆺ지 平安히 계시고 그 사름들도 常例 사름이 아니오 蓬萊山 仙
官仙女로셔 人間의 歸鄕왓스오니 限이 ᄎ오면 蓬萊로 도라가실 거시오 이리로는
오시지 아니ᄒ오리이다 淑香이 반겨 問日 人間의 나가오면 父母롤 만나 보오리
잇가 夫人曰 仙女 月官의 계실졔 姮娥씌 得罪ᄒ여 굿기게 되오니 奎星이 玉帝씌
슬아 救하신 恩惠 잇습더니 이제 奎星이 得罪ᄒ여 人間의 ᄂᆞ려와 南郡 ᄯᅡ 張承
相의 夫人이 되엿스오니 仙女는 몬져

155-상

張承相 집으로 가 계셔 恩惠를 十年을 갑프신 後의 大乙眞君을 만나 因ᄒ여 父
母를 만나보실 거시니 그리ᄒ노라 ᄒ오□ 十五年이 되리이다 淑香이 놀나 왈 人
間 苦行을 生覺ᄒ오면 흘니 十年 맛즈오니 출하로 自處ᄒ여 죽고져 ᄒᆞᄂᆞ이다 夫
人曰 仙女 아모리 죽고져 ᄒ여도 天上의셔 罪를 重이 어더 계시매 人間의 ᄂᆞ려
와 다섯 번 죽을 厄을 지낸 후에야 天上罪롤 免□□□ 죠흔 時節을 보실 거시니
져 ᄠᅢ 盜賊을 만나 죽을 번ᄒ여 계시고 이제 明司界예 ᄃᆞ녀 가시니 두 번 厄은
디내□ 계시나 이 앏 세 익이 잇스오니 操心ᄒᆞ쇼셔 淑香이 歎曰 하늘이 그대도
록 무이 녀기실샤 ᄒ고 서로 瓊液을 勸ᄒᆞ드니 믄득 扶桑의 鷄聲이 들니거늘 夫
人曰 오날 仙女를 뫼와 말슴 無窮ᄒ오되 가실 ᄠᅢ 느져 가오니 平安히 가쇼셔 淑
香이 한숨지며 왈 人間 길이 아득ᄒ오니 어디 가 依托ᄒ오리잇가 夫人曰 가오실
길을 내 自然 지시ᄒ오려니와 아직 張承相夫人씌 依托ᄒ여 恩惠를 몬져 갑프시
리이다 淑香이 問日 張承相宅이 예셔 언마나 ᄒ니잇가 夫人曰 예셔 一千三百里
오나 그는 念慮마로쇼셔 ᄒ고 니러나 金盆의 심근 나모 여름 ᄒᆞᆫ 가지를 것고 쥐
고 나와 白鹿을 命ᄒ여 그 가지를 블□□□ 淑香

155-하

드려 니ᄅᆞ되 이 사슴을 투시고 가면 빅록 萬里라도 瞬息의 가시리이다 ᄂᆞ리시는 곳의셔 시장ᄒᆞ실 거시니 져 나모 여름을 ᄯᅡ 잡ᄉᆞ오쇼셔 淑香이 夫人끠 百番 謝禮ᄒᆞ여 下直고 그 白鹿을 투니 구름을 헤치고 ᄂᆞᆫᄃᆞ시 가매 아모란 줄 모롤너라 ᄒᆞᆫ 고디 다ᄃᆞ라 그 사슴이 ᄂᆞ려셔거늘 淑香이 ᄂᆞ리며 믄득 비골프거늘 그 나모 여름을 ᄯᅡ 먹으니 비는 브ᄅᆞ되 天上 일은 아득ᄒᆞ고 人間 苦行만 生覺ᄒᆞ니 도로 아히 ᄆᆞᄋᆞᆷ이 되여 그 사슴이 믈가 두리더라 둘은 西山의 쩌러지고 새벼밤의 秋風은 츤디 새소리 凄凉ᄒᆞ여 슬픈 ᄆᆞᄋᆞᆷ을 도더오니 淑香이 아모더도 갈 줄 모로고 寂寞ᄒᆞᆫ 山下의 슬픈 ᄆᆞᄋᆞᆷ을 定지 못ᄒᆞ여 自然 疲困ᄒᆞ매 ᄒᆞᆫ 나모 밋티 조으니 이 곳든 張承相宅 東山이러라 이젹의 南郡 짜 張承相이란 사ᄅᆞᆷ은 녜 漢젹 張子房의 後裔라 일홈은 嵩니 早年 及第ᄒᆞ여 名望이 極ᄒᆞ니 朝廷의 아니혼 벼슬이 업고 三十前의 承相이 되여 三朝를 셤기니 富貴 天下의 웃뜸이오 朝廷이 勳國大臣이라 稱ᄒᆞᄃᆞ니 神宗朝의 니ᄅᆞ러 論議 大端ᄒᆞ매 벼슬을 辭

156-상

讓ᄒᆞ고 나지 아니ᄒᆞ더니 그 째 外方의 盜賊이 만히 니러나니 承相도 間涉ᄒᆞ단 말이 믿츠니 朝廷이 皇帝끠 엿ᄌᆞ와 張嵩을 千里밧긔 歸鄕보내엿ᄃᆞ니 오래지 아니ᄒᆞ여 天幸으로 蒙放ᄒᆞ니 故鄕의 도라와 家業을 다ᄉᆞ리니 奴婢田畓과 金銀寶貝 一國의 웃뜸이로되 다만 男女間 子息이 업ᄉᆞ매 晝夜 셜워ᄒᆞᄃᆞ니 一日은 承相과 夫人 꿈의 ᄒᆞᆫ 仙女 구름속으로셔 ᄂᆞ려와 桂花 一枝ᄅᆞᆯ 주며 왈 그디 前生罪 重ᄒᆞ여 無子息ᄒᆞ게 ᄒᆞ엿더니 눔의게 曖昧이 잡피여 셜워홀시 이 곳을 주ᄂᆞ니 잘 看事ᄒᆞ라 오래면 自然 됴흔 일이 이실라 ᄒᆞ고 믄득 간디 업거늘 夫人이 꿈을 ᄭᅢ여 이 말ᄉᆞᆷ을 承相끠 술오니 承相이 ᄯᅩ흔 놀나 왈 내 꿈과 혼가지오니 이런 怪異ᄒᆞᄋᆞᆫ 일이 업ᄂᆞ이다 우리 無子息ᄒᆞ여 每日 셜워ᄒᆞ오니 하늘이 도으셔 子息을 點指ᄒᆞ시도소이다 그러나 우리 나히 半白이 지나시니 이제 엇지 子息 이시믈 ᄇᆞ라리오 ᄒᆞ시고 自然 悲感ᄒᆞ여 涙水ᄅᆞᆯ ᄂᆞ리오시며 니러나 草堂의 나오니 녜 업던 五色 구름이 東山의 어리엿고 奇異ᄒᆞᆫ 香내 東山 다히로셔 나거늘 承相이 홈

잔 말슴으로

156-하

니르되 이 때는 秋節이라 五色 구롬 씨일 째 아니오 남긔 닙픠 곳이 딘 후니 香
내 날 째 아니로되 어더셔 괴이혼 향내 나는고 ᄒᆞ여 竹杖을 집 東山의 올나 徘
徊ᄒᆞ더니 혼 牧丹 남긔 새 닙픠 나고 곳이 滿發혼 가온디 혼 계집 아히 안자 조
을거늘 承相이 大驚ᄒᆞ여 夫人을 請ᄒᆞ려 ᄒᆞ시고 侍女를 急피 브르시는 소리□ 그
아히 놀나 씨여 울거늘 承相이 問曰 네 엇던 아히완디 이 깁픈 東山의 어이 드
러와 孤單이 안자시며 네 일홈은 무□□며 父母는 뉘라 ᄒᆞᄂᆞ뇨 淑香이 엿ᄌᆞ오되
小女의 일홈은 淑香이옵고 父母의 일홈과 居住는 모로오며 어마님이 날을 드려
다가 바회 틈의 안치고 가며 來日 와 드려가마 ᄒᆞᄋᆞ더니 終時히 오지 아니ᄒᆞᄋᆞ
거늘 依托ᄒᆞ올 고지 업ᄉᆞ와 길노셔 바자니옵더니 엇던 즘싱이 어버다가 여긔 두
고 가더이다 承相이 니르되 一定 亂中의 父母 일흔 아히로다 ᄒᆞ시고 夫人을 請
ᄒᆞ여 오니 夫人이 淑香의 얼굴을 보매 分明이 꿈의 뵈던 仙女ᄀᆞ고 말소리 더욱
ᄀᆞ거늘 夫人이 반기 너기셔 承相긔 술오되 이는 하늘이 주신 子息이오니 우리
잘 기로새이다 ᄒᆞ고 親히 안코 드러가 飮食 먹이시며 옷 ᄀᆞ라 닙피시고 품자 기
르시며 親子息ᄀᆞ지 ᄉᆞ랑ᄒᆞ시더라 淑香이

157-상

漸漸 ᄌᆞ라 七歲의 다드로니 얼굴이 絶色이오 비호지 아닌 글과 온간 繡노키와
모롤 일이 업스니 夫人이 더욱 ᄉᆞ랑ᄒᆞ더라 淑香이 十三歲 되매 夫人이 命ᄒᆞ여
家事를 다 맛기시니 淑香이 承相兩位를 至誠으로 셤기며 모든 奴婢를 威嚴과 仁
德으로 브리고 內外 祭祀를 極盡히 슘피니 열사롬이라도 밋지 못ᄒᆞᆯ너라 承相夫
妻는 淑香의 ᄒᆞ는 일마다 두굿겨 부디 承相과 ᄀᆞᄐᆞᆫ 家門을 굴희여 婚姻ᄒᆞ여 後
事를 맛□고져 ᄒᆞ시고 奴婢들도 淑香ᄒᆞ는 일을 아니 降伏ᄒᆞ리 업스되 其中의 四
香이란 從女이 본디 奸惡혼지라 承相宅 世事를 제 맛다시매 제 世事 饒富ᄒᆞ더니
淑香이 맛든 후로부터 四香이 손뗄고 믈너나 每日 怨望ᄒᆞ여 淑香을 謀害고져 ᄒᆞ

더라 淑香이 十五歲예 니르러 얼굴이 더옥 싁싁ᄒ고 ᄒᄂ 일이 나날 새로오니 夫人이 承相게 엿ᄌ와 어진 家門의 婚姻을 定고져 ᄒ더니 三月三日의 淑香이 承相과 夫人을 뫼시고 永春堂의 올나 봄 경을 求景ᄒ며 잔지ᄒ더니 져녁 갓치 淑香의 앏픠 와 술픠 울고 가거늘 淑香이 놀나 夫人게 엿ᄌ오되 이ᄂ 반ᄃ시 妾의게 니치 아니ᄒ도시이다 承相이 卽時 占卜ᄒ시고 니르시되 네 니르 아닌 兆로다 ᄒ시니

157-하

夫人도 極키 念慮ᄒ셔 이날 잔치를 즐기치 아니ᄒ시고 罷ᄒ시다 四香이 이날 夫人 寢房의 드러가 夫人의 金鳳釵 承相의 玉粧刀를 盜賊ᄒ엿다가 淑香의 函의 금초왓더니 三日만의 夫人이 洞內 慶宴의 가려 ᄒ시고 鳳釵를 어드니 둔 고더 업거늘 크게 놀나시며 ᄯ혼 怪異히 너겨 衣籠을 다 내여 어드니 承相의 粧刀도 ᄯ혼 업거늘 더옥 驚動ᄒ여 종□을 다 블너 鞠問ᄒ더니 四香이 밧그로셔 드러와 거즛 모로ᄂ 쳐고 夫人게 알외되 宅의 므슨 큰 일이 잇ᄉᄂ지 이리 擾亂ᄒ니잇가 夫人曰 前朝적 授賜ᄒ신 玉粧刀와 金鳳釵ᄂ 우리 집 極ᄒ 寶貝라 無端히 간ᄃ 업ᄉ니 이ᄂ 종들의 일이라 어이 아니 츠ᄌ리오 四香이 夫人 앏픠 갓가이 나아가 ᄀ만이 엿ᄌ오되 져쓴긔 淑香氏 夫人 寢房의 드러가 世間을 뒤여보더니 무어신지 금초와 當身 房으로 가져갓ᄉ오니 게 가 어더보쇼셔 夫人曰 淑香의 ᄆᄋ미 鐵石ᄀ거늘 엇지 날을 몰뇌여 가져가리오 四香□ ᄯᄒ 엿□오되 녜ᄂ 그러치 아니ᄒᆞᆸ더니 요ᄉ이 婚姻 말숨이 잇ᄉ오매 當身 世事를 봇태려 ᄒᆞᆸ고 그러ᄒ온지 종들 보ᄂ더 ᄀ장 흐린 일이 만ᄉ오나 承相과 夫人

158-상

□□□ 하 重이 너깁시매 종들도 보온 일이 만□오되 敢히 알외지 못ᄒᆞᆸ더니이다 夫人이 이 말숨을 드르시고 疑心ᄒ셔 淑香의 房의 가 무르시되 일흔 거시 만ᄒ니 或 네 房의 나왓ᄂ가보다 淑香이 對曰 내 아니 가져왓ᄉ거든 어이 내 房의 잇ᄉ오리잇가 ᄒ고 世間을 다 내여 夫人 앏픠셔 여러뵈니 果然 粧刀와 鳳釵

드럿ᄂᆞ지라 夫人이 보시고 怒ᄒᆞ여 니ᄅᆞ시되 네 아니 가져와시면 엇지 네 函의
드러ᄂᆞ니 ᄒᆞ시고 粧刀鳳釵를 가지시고 바로 承相ᄭᅴ 나아가 엿ᄌᆞ오되 우리ᄂᆞ 淑
香을 兩班의 子息이라 ᄒᆞ여 親子息ᄀᆞ치 貴히 너기ᄋᆞᆸ더니 常人의 ᄌᆞ식이온지 行
實이 無狀ᄒᆞ와 우리를 속겨 承相의 粧刀와 내 鳳釵를 盜賊ᄒᆞ여 제 函의 ᄀᆞᆷ초와
두고 終時 긔이다가 이제 내게 들켜ᄉᆞ오니 이 일을 어이 處置ᄒᆞ오리잇가 承相이
ᄯᅩᄒᆞᆫ 驚訝ᄒᆞ셔 왈 鳳釵ᄂᆞ 계집의 ᄂᆞ리게니 져믄 거시 或 가지고져ᄒᆞ여 가져가시
려니와 粧刀ᄂᆞ 제게 當치 아닌 거시니 그 일이 ᄀᆞ장 殊常ᄒᆞ오니 아직 生覺ᄒᆞ여
보새이다 四香이 겻티 셧다가 엿ᄌᆞ오되 淑香이 요ᄉᆞ이ᄂᆞ 녜과 다ᄅᆞ와 繡도 노□
□ 글도 지어 밧사ᄅᆞᆷ을 주오며 밧사ᄅᆞᆷ도 窺窺히 出入ᄒᆞ오니 그 ᄯᅳᆺ을 아지□ᄒᆞᆯ너
이다 承

158-하

相이 이 말ᄉᆞᆷ을 드ᄅᆞ시고 悖然 大怒曰 제 나히 ᄎᆞ시□ 一定 밧사ᄅᆞᆷ으로 서로 通
ᄒᆞ미 잇도다 집인의 두엇다ᄂᆞ 不測ᄒᆞᆫ 일을 볼 거시니 ᄲᆞᆯ니 내여보내쇼셔 夫人
이 淑香의 房의 드러오니 淑香이 마리 싸 졋거ᄂᆞᆯ 夫人이 責ᄒᆞ여 니ᄅᆞ시되 우리
無子息ᄒᆞ매 晝夜 설워ᄒᆞ다가 너를 어드니 얼굴과 ᄒᆞᄂᆞᆫ 일이 非常ᄒᆞ거ᄂᆞᆯ 一定 兩
班의 子息이로다 ᄒᆞ여 픔자 길너 親子息ᄀᆞ치 ᄉᆞ랑ᄒᆞ여 집안 世事를 맛겨 우리와
ᄀᆞᆺᄐᆞᆫ 家門을 ᄀᆞᆯ회여 配匹을 삼아 우리 後事를 傳고져 ᄒᆞᄂᆞᆫ 줄을 너도 임의 아랏
고 우리 집이 비록 有餘치 못ᄒᆞ나 奴婢 數千□요 田畓이 千餘石 디기요 金銀이
數十萬金이라 이만 ᄒᆞ여도 네 一生이야 아니 平安ᄒᆞ랴 鳳釵粧刀를 가지고져 ᄒᆞ
면 날ᄃᆞ려 니ᄅᆞ다 긔 무어시 貴ᄒᆞ여 아니주며 鳳釵ᄂᆞ 계집의게 當ᄒᆞᆫ 거시니 가
져도 올커니와 承相의 粧刀ᄂᆞ 네게 當치 아니ᄒᆞ거ᄂᆞᆯ 뉘를 주려ᄒᆞ고 가져왓던다
우리 죽은 後은 鳳釵와 粧刀 어디 가리요 나ᄂᆞ 너와 情이 泰山ᄀᆞᆺᄐᆞ나 承相이 져
리 大怒ᄒᆞ여 ᄒᆞ시니 엇지ᄒᆞ리오 네 닙던 衣服과 쓰던 世間을 가지고 아직 近處
종의 집의 나가 머물면 承相이 셩 止息ᄒᆞᆫ 後의 從容히 엿ᄌᆞᆸ□ 드려 오마 ᄒᆞ□□

159-상

슬픈 무음을 이긔치 못ᄒ여 눈물이 비오듯 ᄒ더라 淑香이 再拜ᄒ고 슬피 울며
엿ᄌ오되 淑香은 前生罪惡이 重ᄒ□ 五歲예 父母롤 여희옵고 東西奔走ᄒ며 定處
업시 ᄃ니오며 굼기지워 지내온 쌔 흔두 쌔오리잇가 한숨과 눈물로 지내옵더니
하늘이 구버 보오셔 사슴이 妾을 ᄃ려다가 宅 東山□ 두고 가오니 承相과 夫人
겨오셔 極키 ᄉ랑ᄒ오셔 貴ᄒ온 衣服과 죠흔 珍味로쎠 먹이시고 親子息ᄀᆺ지 날
로 더 ᄉ랑ᄒ오시니 妾의 뜻은 다ᄅ 生覺이 업ᄉ와 承相兩位를 一生 □□□ 至
誠으로 孝養ᄒ옵다가 百歲後의 다시곰 情誠을 다ᄒ여 祭祀롤 밧ᄃ옵다가 妾이
ᄯ흔 죽ᄉ와 墓下의 흙이 되여 地下의 가와도 承相兩位를 다시 뫼와 하늘ᄀᆺᄌᆞ온
恩德을 萬分之一이나 갑ᄉ오려 晝夜 願이옵더니 엇지 하늘ᄀᆺᄌᆞ오신 夫人을 속겨
一刻 ᄉ이예 天殃닙ᄉ올 일을 ᄒ리잇가 ᄒ며 金鳳釵ᄂ 妾의게 當ᄒ온 거시오
니 或 그리 혜올시 올습거니와 粧刀ᄂ 當치 아닌 거시왓ᄉ오니 엇지 疑心치 아
니ᄒ오리잇가 夫人겨오셔 妾 ᄉ랑ᄒ오미 날로 더ᄒ오시니 鳳釵롤 주오쇼셔 ᄒ여
도 주어실ᄃᆺ ᄒ옵고 承相兩位 別世ᄒ오신 後의 粧刀鳳釵 뉘게 가올 거시라 미리
盜賊ᄒ리잇가 이ᄂ 반ᄃ시

159-하

ᄉ이예 奸人이 反間ᄒ여 妾을 謀害고져 ᄒ온 일이옵거□ 그리치 아닌즉 鬼神이
가져다가 妾의 房의 두엇습거나 妾은 百番 죽어도 敢히 發明ᄒ올 길이 업ᄉ오니
이제 案前의셔 죽습거든 妾의 비롤 칼로 ᄶᅡ여 네 길거리여 다라두어시면 往來ᄒ
ᄂ 사룸이 妾이 曖昧ᄒ온 줄을 아라보온 後에야 惡名을 벗습고 죽어 地下의 가
와도 눈을 곰ᄉ올가 ᄇ라ᄂ이다 夫人겨오셔 妾의 알외ᄂ 말슴을 ᄇ리지 마로쇼
셔 ᄒ고 하늘을 우러러 슬피 우다가 自手ᄒ려 ᄒ거늘 夫人이 淑香의 辭色을 보
니 죠곰도 顔色□□ 變치 아니ᄒ고 ᄒᄂ 말이 節節히 올ᄒ매 夫人도 ᄭᅢ ᄃ ᄅ셔
ᄉ이예 反間을 두도다 ᄒ여 淑香이 因ᄒ여 죽을가 疑心ᄒ여 브러 니ᄅ시되 네
말이 올ᄒ니 내 이제 드러가 承相ᄭᅴ 이 ᄉ연을 술아 怒를 □□시게 홀 거시니
秋毫도 用慮말고 잇거라 ᄒ셔늘 淑香이 그 말슴을 感激ᄒ여 울며 니러 謝禮ᄒ더

니 四香이 드러와 거줏 丞相 말숨으로 夫人끠 엿주오되 淑香의 行實이 不測ᄒ거
눌 엇지 至今 머므로 두고 무슴 말숨을 ᄒ시ᄂ니잇가 쉬이 내여 보내쇼셔 ᄒ시
더이다 夫人이 이 말숨을 드르시고 뉘웃처 눈물을 흘리시며 니르시되 丞相이 져
리 노ᄒ여 ᄒ시니 셩 프러실듯 아직 박긔 나가 죵의 집의 머믈면 네 □의

160-상

從容히 엿주와 ᄃ려올 거시니 生心도 죽을 意事 말□□드리라 淑香이 절ᄒ고 엿
주오되 夫人겨오셔 妾의 일로 丞相끠 責을 듯주오시니 妾의 罪 더옥 萬番 죽ᄉ
와도 甘受로시이다 ᄒ고 죽기를 □올거눌 夫人이 淑香의 손을 잡고 울며 왈 널
로 ᄒ여곰 이럿톳ᄒ게 ᄒᄆ 내 顚倒히 丞相끠 술오온 罪로다 ᄒ시며 無數히 恨
歎ᄒ시더니 四香이 또 丞相 말숨으로 夫人끠 엿주오되 우리ᄂ 淑香을 兩班의 子
息만 녀겨 ᄉ랑ᄒ여 집의 두엇더니 常人의 子息이 顯然ᄒ여 이졔부터 아히 거시
이러톳 ᄒ오니 집이 □□다가ᄂ 將來 큰 變을 뵈여 우리 家門을 辱되게 ᄒ올둣
ᄒ오니 ᄲᆯ니 내여보내시고 이리오쇼셔 ᄒ시데이다 夫人이 더옥 슬픈 ᄆᆞ음을 定
치 못ᄒ여 눈물을 無數히 흘리시며 錦香이란 從女을 블너 淑香의 닙던 衣服과
쓰던 世間을 내여다가 주라 ᄒ시며 크게 우러시니 淑香이 엿주오되 져쓤긔 永春
堂의셔 져녁 갓치 妾의 앏피셔 셰 반 울고 가옵거눌 스스로 生覺ᄒ오되 하늘이
날을 무이너기셔 므슴 變을 뵈시ᄂ더라 ᄒ엿ᄉ옵더니 千萬夢寐밧긔 이러 不測ᄒ온
惡名을 엇게 ᄒ오니 이ᄂ 하□□ 妾을 죽게 ᄒ시미라 굿티여 天意룰 거ᄉ려사올
거시라 世間과 衣服을 가져가오리잇가 다만

160-하

어미 妾을 여희올제 玉指環 ᄒᆞᆫ 작을 주옵고 갓숩더니 긔나 가져다가 죽ᄉ와 地
下의 가 어미룰 뵈새이다 ᄒ고 슬피 울며 제 房으로 드러가거눌 夫人이 慘酷히
너기셔 밧비 丞相끠 나가 술아 왈 내 싱각ᄒ오니 鳳釵와 粧刀룰 가지고 淑香의
房의 가 뵈며 니르기를 우리 집 極ᄒᆞᆫ 보비라 쟈랑ᄒ고 因ᄒ여 넛고 와셔 曖昧ᄒ
온 淑香을 盜賊ᄒ여 갓다 ᄒ옵고 騷動ᄒ여 져룰 내티려 ᄒ오니 그런 不祥ᄒ온

일이 업스와이다 이는 妾이 니즘헐흔 타시오니 救호쇼셔 承相曰 四香 와 夫人겨
셔 淑香의 行實을 忿히 너겨 부디 내치고져 호신다 호오매 夫人을 뜻을 밧즈와
□이 내치소셔 호엿습더니 이 어인 말슴이니잇가 내 뜻도 그러호더이다 夫人 말
슴으로 호쇼셔 夫人이 크게 깃거 즉시 드러와 淑香드려 니르고져 호더니 承相이
夫人을 머므러 曰 내 밤의 흔 꿈을 꾸니 紅桃花 가지예 鸚鵡를 바다 길드리드니
흔 즁이 와 돗치로 紅桃花 가지롤 버히니 鸚鵡 놀나 느라나 뵈니 긔 어인 일인
지 오늘은 져무토록 무어슬 일흘듯 호와 心懷 不平호오니 夫人은 날을 爲호여
됴흔 술을 가져오라 호셔 慰勞호쇼셔 夫人이 侍女룰 블너

161-상

酒饌을 가져오라 호여 承相끠 드리더니 이 째 四香이 窓밧긔셔 夫人을 말슴을
듯고 淑香의 房의 드러가 니르되 承相겨오셔 자너룰 그저 두엇다 호시고 크게
怒호셔 夫人은 面責호시며 날로 호여곰 자너를 드려다가 近處의 두지 말고 멀니
좃차 보내라 호여 계시니 쉬이 나가새 호며 驅迫호여 니르되 됴흔 옷밥의 싸이
여 福이 도되여 그런 不測흔 일을 호여 하눌 フ툿신 夫人□□ 자네 지위예 承相
끠 責을 보시게 호느뇨 호고 쉬이 나오라 催促호니 淑香이 울며 니르되 夫人이
드러오시거든 下直이나 엿줍고 가지라 흔대 四香이 쑤지저 니르되 므슴 面目으
로 夫人을 다시 보고져 호는다 夫人도 責을 드르시고 怒호여 안자 계시매 이제
드러올셰 업스니 쉬이 나가새 힝혀 더듸다 호시고 내게 罪 이실 거시니 어셔 가
쟈 호고 손목을 쓰을거늘 淑香이 罔極호여 눈믈을 흘니며 夫人을 다시 못보고
가는 줄을 더옥 셜워 四香의게 계유 비러 제 房의 드러가 손가락을 쌔므로 피내
여 離別詩 一篇을 지어 窓前의 쓰고 눈믈 쓰리며 나오니 四香이 등을 미러 催促
호는지라 淑香이 罔極흔 듕 四香의 驅迫호믈 닙어 드려던 죵도 다시 못보고 大
門 밧긔 나오니 四香이 門을 다드며 니르되 이 近處의

161-하

이시면 承相이 아르시고 잡어다가 죽이실 거시니 멀니 가라 호더라 淑香이 훌일

업서 大聲痛哭ᄒᆞ여 나가더니 앏픠 큰 믈이 잇거ᄂᆞᆯ 그 믈의 ᄲᅡ저 죽고져 ᄒᆞ며 하
ᄂᆞᆯᄭᅴ 表拜ᄒᆞ여 왈 淑香은 前生의 罪 重ᄒᆞ와 父母ᄅᆞᆯ 일즉 여희ᅌᆞᆸ고 定處업시 ᄃᆞ
니ᅌᆞᆸ다가 天幸으로 張承相宅의 依止ᄒᆞ여ᅀᆞᆸ더니 惡名을 닙ᄉᆞ와 ᄂᆡ티오믈 닙ᄉᆞ오
니 어□가 依托ᄒᆞ오리잇가 父母ᄅᆞᆯ 다시 만나 보ᅀᆞᆸ지 못ᄒᆞᅌᆞᆸ고 이 믈의 ᄲᅡ져 죽
ᄉᆞ오니 天地日月星辰은 어엿비 너기오셔 張承相宅으로 ᄒᆞ여곰 淑香의 曖昧ᄒᆞ오
믈 볼키 □□□ ᄒᆞ오시고 黃泉의 가와 父母를 ᄎᆞ자 보ᅌᆞᆸ게 ᄒᆞ쇼셔 ᄒᆞ고 슬피 痛
哭ᄒᆞ니 愁雲이 慘慘ᄒᆞ고 悲風이 颯颯ᄒᆞ며 草木이 우ᄂᆞᆫᄃᆞᆺ ᄒᆞ고 行人이 눈믈 아니
지리 업더라 ᄒᆡᄂᆞᆫ 西山의 넘어가고 嬌禽은 믈ᄀᆞ의셔 슬피우니 淑香이 더옥 슬프
懷抱를 이긔지 못ᄒᆞ여 紅裳을 부혀 잡고 彷徨ᄒᆞ다가 믈의 ᄲᅱ여드니 길가는 사ᄅᆞᆷ
들이 놀나 救ᄒᆞ려 ᄒᆞ니 믈결이 흉용ᄒᆞᆫᄃᆡ 淑香이 믈 속의 ᄌᆞᆷ기지 아니ᄒᆞ고 거믄
磨板ᄀᆞᆮᄐᆞᆫ 거슬 ᄐᆞ고 셔시되 믈셰 急ᄒᆞ매 사ᄅᆞᆷ이 드러가지 못ᄒᆞ여 能히 救치 못
ᄒᆞ더니 믄득 五色 구롬이 四面으로 기이며

162-상

ᄉᆞ양마리ᄒᆞᆫ 계집 아희 둘이 蓮葉舟ᄅᆞᆯ 밧비 저어와 니ᄅᆞ되 龍女ᄂᆞᆫ 우리 夫人을
뫼시고 비예 오ᄅᆞ쇼셔 그 磨板ᄀᆞᆮᄐᆞᆫ 거시 믄득 變ᄒᆞ여 고온 계집이 되여 淑香을
안코 비예 오ᄅᆞ거ᄂᆞᆯ 그 두 아희 淑香게 지비ᄒᆞ여 왈 夫人이 千金ᄀᆞᆮᄐᆞᆫ 몸을 ᄇᆞ리
려 ᄒᆞ실ᄉᆡ 우리 등의 姮娥의 命을 밧ᄌᆞ와 蓮葉舟ᄅᆞᆯ ᄐᆞ고 救ᄒᆞ오려 밧비 오ᅌᆞᆸᄃᆞ
니 玉河水의 와 呂東賓 李謫山을 만나 술내라 ᄒᆞᅌᆞᆸ고 잡고 놋치 아니ᄒᆞ오매 趁
時 못 왓ᅀᆞᆸ더니 龍女ᄂᆞᆫ 어디로셔부터 밋처 와 救ᄒᆞ시니잇가 龍女 答曰 녯날 四
海 龍王이 水晶宮의 모다 잔치ᄒᆞᆯ 제 내 ᄉᆞ랑ᄒᆞ 侍女 琉璃盞을 ᄭᆡ려시매 罪닙을
가 두려 곰초고 술치 아 ᄒᆞ엿더니 父王이 怒ᄒᆞ셔 날을 盤河水의 ᄂᆡ티셔ᄂᆞᆯ 믈ᄀᆞ
의 나왓다가 漁夫의 잡피여 거의 죽게 되엿ᄃᆞ니 맛춤 金尙書 救ᄒᆞ시믈 닙어 사
라시매 그 恩惠ᄅᆞᆯ 갑ᄉᆞ올가 晝夜 願이ᅌᆞᆸ더니 어제 龍王이 王京의 朝會갓ᅀᆞᆸ더니
王皇겨오셔 傳敎ᄒᆞ시되 月宮少娥 得罪ᄒᆞ고 人間의 歸鄕보내여 盤野山의 盜賊을
만나 죽을 厄을 보고 后土府의 드러가 죽을 厄을 보며 表津믈의 ᄲᅡ져 죽을 厄과
蘆田의 가 블의 타 죽을 厄과 洛陽 獄中의 갓텨 죽을 厄을 뵌

162-하

後에야 太乙星을 만나 二子一女를 나고 貴히 되리라 ㅎ□드라 ㅎ옵고 이 믈 직
흰 龍王을 블려 分付ㅎ시되 月宮少娥 表津의 싸지거든 죽게 말고 困게만 ㅎ여
보내라 ㅎ시거늘 내 金尙書 恩惠를 갑고져 ㅎ여 왓숩더니 이제 仙女 ᄃ려가시니
다시 보새이다 ㅎ고 믈을 平地ᄀᆺ지 가더라 淑香이 精神을 출혀 그 仙女ᄃ려 問
曰 그 사름은 엇던 女子완디 날을 救ㅎ고 믈을 平地ᄀᆺ시 가느니잇가 仙女 對曰
져는 東海 龍王의 第三女요 表津 龍王의 夫人이라 前日 夫人 아바님 恩德의 사
라낫ᄉ오니 이제 밧비 와 救ㅎ옵고 가느이다 淑香曰 나는 八字 崎區ㅎ여 父母를
여희고 人間 微賤흔 거위지라 依托홀 곳이 업서 늄의 집 雇工사리 ㅎ다가 曖昧
흔 惡名을 싯고 춤아 世上의 잇지 못ㅎ여 믈의 싸져 죽으려 ㅎ옵는디 날을 爲ㅎ
여 萬里蒼波의 受苦로이 와 救ㅎ시고 쏘흔 夫人이라 稱ㅎ시니 至極感激ㅎ여이다
仙女 웃고 니ᄅ되 夫人이 人間의 ᄂ려오셔 니와 더러은 내롤 만히 쏘여 계시고
塵間 飮食을 잡ᄉ와 계시매 우리롤 몰라보시는도시이다 ㅎ고 玉壺롤 기우려 琉
璃盞의 이슬ᄀᆺ튼 차를 부

163-상

주거늘 淑香이 바다 마시니 그제야 月宮少娥로셔 上帝앏픠 近侍ㅎ는 太乙仙과
서로 글지어 唱和ㅎ고 玉兎의 月鍊丹이란 藥을 盜賊ㅎ여 太乙 준 罪로 人間의
謫下흔 일과 그 두 아희믈은 月宮의셔 브리던 侍女줄 알고 붓들고 一邊 痛哭ㅎ
며 一邊 반가오믈 이긔지 못ㅎ여 오래 슬피 우다가 니ᄅ되 나는 天上罪惡이 重
ㅎ여 人間의 苦行ㅎ는 일은 測量치 못ㅎ려니와 父母롤 못 어더보는 일과 張承相
집의셔 惡名을 어더 싯치 못흔 일을 셜워ㅎ노라 仙女 對曰 다 恨치 마로쇼셔 夫
人이 人間 父母님도 蓬萊山 仙官仙女로셔 天上의 得罪ㅎ고 人間의 ᄂ려와 夫人
을 여희시고 晝夜 肝腸을 서겨써 前生罪롤 贖게 ㅎ온 일이요 夫人도 前生罪로
父母롤 여희시고 苦行을 지나신 後에야 天上罪롤 속게 ㅎ엿ᄉ오나 張承相집의는
十年 緣分이 잇ᄉ오니 그도 恨치 마로쇼셔 오직 四香이란 女은 夫人을 曖昧히
惡名시룬 罪롤 姮娥 玉帝의 엿ᄌ와 별악티게 ㅎ엿ᄉ오니 夫人 曖昧ㅎ온 일은 張

承相 夫妻 다 알고 사룸 브려 믈フ의 와 춧다가 못호여

163-하

가스이다 다만 夫人이 天上의 得罪호실 제 다슷 번 죽을 厄을 보시게 호엿스오
매 세 익은 지나시오나 이 앏픠 두 厄이 잇스오니 操心호쇼셔 淑香이 놀나 왈
이제 므슴 厄이 쏘 잇다 호느뇨 仙女 對曰 蘆田의 가 火灾룰 보시고 洛陽 獄中
의 갓텨 受刑호실 厄 보시고 半年을 空房으로 지나신 後에야 太乙眞君을 뫼와
榮華룰 보시고 因호여 父母룰 만나보시리이다 淑香이 눈믈 흐리며 왈 以前 지난
苦行을 生覺호면 天地 罔極호거든 이제 쏘 두 厄이 잇다 호니 엇지호□요 張承
相 夫人 날 向호여 至極호시던 거시오 쏘흔 나의 曖昧흔 줄을 아라계시니 반ᄃ
시 날을 生覺고 슬허호실지라 이제 다시 그리 가셔 이 앏 오는 두 厄을 免고져
호노라 仙女曰 하눌이 임의 定호온 일이오니 任意로 못호실 거시오 張承相집 오
로 게시면 太乙眞君 계신디 스이 머오매 못 만나보실 거시오 太乙星을 못 만나
시면 父母룰 다시 이生의셔는 못 어더보실 거시니 自然 가실 고지 이시리이다
淑香曰 太乙眞君은 어디 와 겨시며 이生 姓名은 무어시라 호엿느뇨 仙女 答曰
洛陽 따 李魏公의 貴子 되여 富貴로 누리계

164-상

호엿느이다 淑香이 한숨디며 왈 흔가지로 罪룰 짓고 엇지 眞君은 人間의 느려와
貴히 되게 호시고 나는 므슴 일로 罪룰 그리 重히 磨鍊호셔 이대도록 苦行을 滋
甚이 겻게 定호시리오 仙女曰 처음의 夫人이 몬져 罪룰 일호내신 연□오 眞君은
王帝 香案前의 一時 써나지 못호는 벼술로 王帝 極키 스랑호시매 人間의 謫下호
실 셰 아니오되 姮娥 請罪호시니 王帝 마지못호오셔 人間의 내치셔도 貴히 되게
호엿느니이다 淑香이 嘆息호여 왈 眞君 계신 디는 언마나 호며 못만난 前은 뉘
게 依托호며 父母는 언제 만나보리오 仙女 對曰 眞君 계신 디는 예셔 三千三百
里오나 그는 勤心마로쇼셔 夫人이 혼자 陸路로 가게 되오면 一年內예도 得達치
못호오려니와 이 蓮葉舟룰 트 계시니 瞬息間의 가실 거시오 天台山 麻姑할미 夫

人을 救ᄒ오려 볼셔 人間의 ᄂᆞ려와 기ᄃ리고 잇ᄉ오니 依托ᄒ올 곳은 임의 定ᄒ
엿ᄂᆞ니이다 하 슬허마로쇼셔 ᄒ고 비ᄅᆞᆯ 두로혀 놋고 凌波曲을 브니 비 ᄉᆞᆯ가듯
ᄒ더라 ᄒᆞᆫ 곳의 니ᄅᆞ러 仙女 비ᄅᆞᆯ 머므르고 니ᄅᆞ되 볼셔 다 왓ᄉ오니 夫人은 ᄂᆞ
려 東다히 길로 向ᄒ쇼셔 自然 救濟ᄒ올 사롬이 잇ᄉ오리이다 ᄒ고 洞庭橘

164-하

ᄀᆞᆺ튼 거슬 둘을 주며 니ᄅᆞ되 가시다가 시당ᄒ실 거시니 이거슬 잡ᄉ오쇼셔 ᄒ고
서로 離別ᄒ기ᄅᆞᆯ 슬허ᄒ더라 淑香이 빈예 ᄂᆞ리며 도라보니 볼셔 간ᄃᆡ 업더라 淑
香이 슬픈 ᄆᆞ음을 定치 못ᄒᆞ여 눈믈을 홀니며 東다히 길로 向ᄒᆞ여 가더니 두어
ᄂᆞ는 가셔 비 심이 골프거ᄂᆞᆯ 그 귤ᄀᆞᆺ튼 거슬 먹으니 비는 브ᄅᆞ되 天上 일을 다
닛치고 人間 苦行만 生覺ᄒᆞᆯ네라 믄득 싱각ᄒᆞ되 져믄 계집이 色옷 닙고 혼자 ᄃᆞ
니다가 길히□ 더러온 辱을 볼가 두려 ᄆᆞ음집을 ᄎᆞ자 드러가 헌옷 밧고와 닙고
ᄂᆞ치 거믄 칠ᄒᆞ고 ᄒᆞᆫ 눈 멀고 ᄒᆞᆫ 플 ᄒᆞᆫ 다라 져는 病人인 체ᄒᆞ여 막대ᄅᆞᆯ 집고
길로 바자니니 보는 사롬들이 보고 니ᄅᆞ되 져믄 아히 不祥ᄒᆞᆫ 病人이 되엿□다
ᄒ□ 嗟歎ᄒᆞ리 만더라 이적 張承相夫人이 承相을 뫼와 盞 밧줍더니 承相이 半醉
ᄒᆞ시매 夫人曰 내 니즘허란 타ᄉᆞ로 淑香을 曖昧ᄒᆞ온 惡名을 닙□ ᄒᆞ오니 그런
不祥ᄒᆞ온 일이 업ᄂᆞ이다 承相曰 져믄 아히 曖昧ᄒᆞᆫ 말을 듯고 죽키 ᄆᆞ음을 구치
리잇지 블너오라 ᄒᆞ쇼셔 慰勞ᄒᆞ새이다 夫人이 이 말ᄉᆞᆷ을 드ᄅᆞ시고

165-상

感激ᄒᆞ여 侍女ᄅᆞᆯ 브ᄅᆞ라 ᄒᆞ실ᄉᆡ 四香이 드러오며 술오되 으마 으마 그런줄 모로
올샤 ᄒᆞ며 嗟歎ᄒᆞ거ᄂᆞᆯ 夫人이 問曰 긔 어인 말고 四香이 엿ᄌᆞ오되 淑香을 兩班
의 아기닌가 너겻ᄉᆞᆸ더니 진짓 常人이 子息이러이다 夫人이 承相의 오신 ᄉᆞ이예
제 房의 드러가 무어신지 뭉동□□ 치마셥피 곰초와 가치고 밧비 大門으로 내닷
ᄉᆞᆸ거ᄂᆞᆯ 그 가져가는 거슬 보려ᄒᆞᆸ고 ᄯᆞ라가오니 힝혀 잡필가 ᄒᆞ여 더옥 急피
닷ᄉᆞ오니 小婢 ᄑᆞᆯ셰 업ᄉᆞ와 워셔 니ᄅᆞ되 어이 夫人의 下直도 아니ᄒᆞ고 가는다
ᄒᆞ오니 날을 驅迫ᄒᆞ여 내치는 ᄃᆡ 下直ᄒᆞ여 무엇ᄒᆞ랴 깁픈 房의 갓ᄃᆞ여 잇다가

밧긔 나오니 눔의 드러던 새몸 ⽨튀여라 ᄒ오며 엇던 ᄉ나희과 둘이 가오며 서
로 손목 잡고 戲弄ᄒ며 가더이다 夫人이 크게 놀나 니ᄅ시되 내 부듸 저롤 보고
홀말이 이시니 샐리 ᄯ라가 드려오라 ᄒ시니 四香이 夫人 보시는 듸는 밧비 가
는 체ᄒ고 밧긔 나가 ᄆ올집의 잇다가 ᄀ장 이윽ᄒ여 드러오되 숨차ᄒ는 텨ᄒ고
헐헐ᄒ며 엿ᄌ오되 볼셔 멀리 갓숩거놀 애뻐 ᄯ라가 夫人 말솜을 닐오니 淑香이
입을 비족비족ᄒ여 니ᄅ되 내 얼골

165-하

내 才操 가지고 어듸 가 그만ᄒ 옷밥을 못 어드리오 ᄒ옵고 온갓 비아져온 말을
無數히 ᄒ오며 그 ᄒᆫ가지로 가옵□ 行人과 온갓 희롱을 慘酷히 ᄒ오니 小婢等
各宅□□□ 行實을 그리 厄測이 ᄒ옵는 양을 못 보왓숩□니 淑香의 ᄒ옵는 行實
을 보오니 측고 더럽ᄉ오믈 춤아 입의 알□□ 못ᄒ올시이다 홀제 믄득 밧그로셔
ᄒᆫ 듕이 드러오거□ 承相이 보시매 그 듕이 얼굴이 非常ᄒ거놀 夫人을 최□ᄒ시
고 니ᄅ 마ᄌ니 그 즁이 揖ᄒ고 안거놀 承相이 問曰 그듸 어듸 이시며 무슴 일
을 爲ᄒ여 오신고 그 듕이 對曰 나는 果然 天僧이올너니 王帝 命을 밧ᄌ와 承相
집 玉石을 分別ᄒ라 왓ᄉ오니 上下 奴婢를 다 블러내쇼셔 承相이 놀나시며 曰
내 집의 各別 玉石 ᄀᆯ휠 일이 업ᄉ온듸 天僧은 受苦로이 □도다 그 듕이 니ᄅ되
玉石ᄀᆯ힐 일이 업다 ᄒ시나 淑香과 四香의 일을 ᄌᆞ시 아ᄅ시니잇가 承相이 밋처
對答치 못ᄒᆞ여셔 四香이 내ᄃ라 니ᄅ되 淑香은 본듸 비러먹는 거어지라 承相兩
位 어엿비 너기셔 ᄃ려다가 夫人 寢房의 두고 됴흔 옷밥의 親女ᄀᆺ치 ᄉ랑ᄒ시ᄃᆞ
니 제 行實이 不測ᄒ여 承相의 玉粧刀와 夫人의 金鳳釵를 盜賊ᄒ여 제 函의 곰

166-상

초고 긔이다가 夫人ᄭᅴ 들켜 내티엿거놀 이 즁은 엇던 즁이완듸 天僧인 체ᄒ고
宰相宅 內近ᄒᆫ 듸 드러□ 어즈러온 말로 淑香을 伸寃고져 ᄒ는다 ᄉ나히 從을
블러 져 듕을 근매로 져ᄌᆞ쇼셔 天僧이 웃고 니ᄅ되 네 承相宅 世事를 맛다 오갓
슬 盜賊질ᄒ다가 淑香이 世事맛던 후러□ 네 任意로 盜賊질 못ᄒ매 每日 淑香을

謀害고져 □□가 三月三日의 淑香이 承相兩位를 뫼셔 永春堂의셔 잔치홀 제 네
鳳釵粧刀를 盜賊ᄒ엿다가 淑香의 函의 녀어 淑香 盜賊ᄒᆫ 톄ᄒ고 거즛 夫人 말슴
과 承相□□슴을 爲造ᄒ여 往復ᄒ고 夫人이 承相끠 나온 ᄉ이예 淑香을 驅迫ᄒ
여 등미러 내티고 드러와 허무ᄒᆫ 말로 夫人을 소겨 엿줍고 브르라 가는 쳐ᄒ고
ᄆ올집의 숨엇다가 드러와 無□ᄒᆫ 말로 承相과 夫人을 소기나 하늘은 소기지 못
ᄒ리라 ᄒ고 ᄉ매로셔 조고만 북시른 수리를 내여 空中의 더디더니 그 즁이 수
리우회 올나셔며 霹靂소리 天地震動ᄒ고 번개블이 집안의 照耀ᄒ거늘 承相夫妻
와 奴僕들이 짜히 업ᄃ려 祝手ᄒᄃ니 동희ᄀᆺᄐᆫ 블이 ᄂ려와 四香이 별□타니 一
家 다 놀나 氣絶ᄒ엿다가 이윽ᄒ여

166-하

人事를 출혓더라 夫人도 계유 精神을 출혀 울며 니□□ 四香녀는 淑香을 謀害ᄒ
고 天罰을 닙어 죽을시 올커니와 어엿블샤 曖昧ᄒᆫ 淑香은 어듸 가 依托ᄒ엿ᄂᆫ고
제 엇던 房의나 보쟈 ᄒ시고 을며 드리가보니 닙던 衣服이며 쓰던 世間이 依舊
ᄒ고 네 업던 피로 쓴 글지 窓前의 完然ᄒ고 窓의 □린 눈믈이 ᄆ르지 아니ᄒ엿
거늘 夫人이 더옥 슬허 ᄋᆯᄋᆞ시며 그 글을 보니 ᄒ여시되 五歲예 父母를 여희니
하늘끠 罪를 重이 엇도다 十年을 承相宅의 依托ᄒ□ 夫人 恩德이 河海ᄀᆺᄯ다 一
朝의 曖昧ᄒᆫ 惡名을 닙으니 살□□ 업도다 明天이 아ᄅ실진대 曖昧ᄒᆫ 惡名을 벗
게 ᄒ쇼셔 ᄒ엿더라 夫人이 글을 보시고 淑香이 一定 죽쏘다ᄒ여 슬피 痛哭ᄒ시
다가 承相끠 나와 술오되 四香은 제 罪로 天罰닙어 죽을시 올ᄉ거니와 어엿분
淑香좃자 죽엇ᄉ오니 承相을 妾을 爲ᄒ여 奴僕을 만히 보내오셔 淑香의 身體나
어더오라 ᄒ쇼셔 承相曰 夫人겨셔 淑香 죽을 줄을 어이 아ᄅ시ᄂ니잇가 夫人이
울며 曰 淑香이 나가며 피로 離別詩를 지어 窓前의 써시되 이리이리 ᄒ엿더이다
承相이 드ᄅ시고 ᄯᅩ훈 悲愴이 너기셔 눈믈을 흘

167-상

니시고 奴僕을 보내고겨홀 제 맛춤 承相의 族下 張源이란 션비 왓더니 이 말을

듯고 엿스오되 내 오올 제 表津믈ㄱ의 모양 이러이러ㅎ 계집 아희 울며 하놀씌
表拜ㅎ는 양을 보고 왓숩더니 一定 그 아희□로시이다 承相이 반겨 드르시고 卽
時 壯奴 여러믄을 보내어 表津믈ㄱ의 가 초자 드려오라 ㅎ시다 종들이 命을 듯
고 一時의 밧비 表津믈ㄱ의 두로 촛다가 못ㅎ여 近處 村民ᄃ□ 무르니 볼셔 믈
의 빠져 죽다 ㅎ거놀 도라와 □□□□ 엿ᄌ오니 承相□□드르시고 殘忍히 너기
셔 눈믈□□ 嗟歎ㅎ기를 마지 아니ㅎ시고 夫人은 大聲痛哭ㅎ시□ 飮食을 全廢ㅎ
고 時時로 슬피 브르□□□ 痛哭ㅎ시거눌 承相이 慰勞ㅎ여 왈 淑香이 비록 親子
息이라도 제 短命ㅎ여 죽으면 홀일 업숩거눌 夫人이 너모 過哀ㅎ시니 病드러실
가 念慮ㅎᄂ이다 夫人曰 天幸으로 淑香을 엇ᄌ오니 그 아롬다온 얼굴과 孝誠이
至極ㅎ옵더니 一朝의 惡名 어더 非命의 죽ᄉ와 魚肉이 되오니 엇지 셟기룰 □□
□잇가 출하로 내 죽어 魂魄이 □가지로 依托고져 ㅎᄂ이다 ㅎ고 울기를 □치지
아니

167-하

□니 承相 極키 念慮ㅎ셔 畵師룰 어더 淑香의 畵像을 그려 夫人을 慰勞고져 ㅎ
실시 어론 종 張碩이 뫼셧다가 엿ᄌ오되 淑香氏 十歲前의 小人이 업고 祿柳亭의
가 鞦韆굿 보옵더니 長沙 짜히 잇는 趙章이란 畵員이 보옵고 니르오되 天下 國
色 畵像을 다 보왓시되 이 아기 얼굴ᄀ튼 絶色은 못보왓ᄂ라 ㅎ□ 卽時 畵像을
그려 갓스오니 그 사름을 초자 그 畵像□ 求ㅎ여 夫人씌 드리쇼셔 承相이 크게
□□ 卽時 □金을 주어 보내여 그 畵像을 사오니 果然 淑香□□ 사라왓는듯 ㅎ
거눌 夫人씌 드리니 보시고 반가오믈 이□□□ㅎ여 안코 구을며 우르시다가 寢
房의 걸고 앏픠 卓床 놋고 온갓 飮食을 常時 먹는 양으로 朝夕으로 버려놋고 時
時로 슬허ㅎ시더라 이적의 淑香이 혼자 울며 東다히 길로 向ㅎ여 가더니 흔 들
히 千野萬野ㅎᄃ 굴숩피 하놀의 ᄌ옥ㅎ여시매 □길이 아득ㅎ여 굴습플 依止ㅎ고
□더니 밤듕은 ㅎ여 믿친 브룸이 니르나며 四面八方의 블이 ᄌ옥ㅎ엿거놀 淑香
이 크게 놀나 □모리 홀 줄을 몰나 罔極ㅎ더니 블이 四面으로

168-상

□□□□의 오거눌 淑香이 罔極ᄒ여 痛哭□□□□ 비러 왈 前生□ 罪 重ᄒ여
이生의셔 일즉 父母를 여희옵고 □西 丐乞ᄒ와 千千萬萬ᄒ온 苦行을 견디여 苟
且히 사옵기는 아모려나 父母를 다시 만나 보오려 ᄒ엿습더니 이 짜의셔 블의
틱 죽게 되엿ᄉ오니 明天은 어엿비 너기샤 살나 내오시면 父母의 얼굴을 다시
보올가 ᄇ라ᄂᆞ이다 ᄒ며 슬피 痛哭ᄒᄃᆞ니 忽然 훈 老翁이 아모디로셔 온□□□
□□대룰 집고 淑香의 앏픽 셔셔 니ᄅ되 네 엇던 □□□□ 이리 갑픈 굴밧틱 와
火災를 만낫는다 淑香이 □□中의 老翁을 보고 반가와 손을 못거 이러 왈 亂中
의 父母룰 일습고 定處업시 ᄃᆞ니옵다가 길을 그릇드러 이 짜히 와 火災룰 만나
죽게 되엿ᄉ오니 老父 德分의 救濟ᄒ시믈 ᄇ라ᄂᆞ이다 그 老翁이 니ᄅ되 네 아니
닐러도 내 알거니와 블셰 하 急ᄒ니 네 닙은 옷을 다 버서 □엿던 고디 놋고 네
몸만 내 등의 업피라 홀 제 블곳치 □셔 옷시 다하시니 그 老翁이 쏘매로셔 블
근 부체룰 내여 붓츠니 淑香□□더는 블이

168-하

오지 아니ᄒ더라 淑香이 옷을 다 버서ᄇ리고 □□ 그 老翁의 등의 업피니 그 老
翁이 어버다가 그 들을 건너여 놋코 니ᄅ되 네 나 곳 아니면 블는 크니와 蘆田
三百里룰 어이 잘 지나갈다 淑香이 절ᄒ여 問曰 老丈계신디는 어디며 尊號는 뉘
시니잇가 老翁이 웃고 니ᄅ되 나는 南天門 직흰 火德眞君이라 ᄒ고 옷ᄉ매 훈
幅을 쩌혀 주며 □□되 일로 아리나 ᄀ리워고 닛거라 이제는 火災룰 免ᄒ여시니
將來 貴히 되리라 ᄒ고 믄득 간□□□□ 淑香이 슬피 울며 東다이로 向ᄒ여
가ᄃᆞ니 □□□ 벌거벗고 가기 悶忙ᄒ여 길ᄀ 덤블을 依止ᄒ여 안자 우□□ 훈
할미 광조리룰 녑픠 찌고 가ᄃ마 淑香의 □틱 안즈며 니ᄅ되 엇던 아히완디 져
리 벌거벗고 길ᄀ의 안잣는다 어버의게 매맛고 내쳐온다 눔의 거슬 盜賊질 ᄒ다
가 좃쳐온다 블한당을 만나 닙엇던 옷을 다 아이고 왓는다 淑香曰 나는 본디 어
버이 업슨 비러먹는 아히니 눔의 것 盜賊훈 일도 업고 내 것 눔의계 아인 바도

업스되 自然 困ᄒ여 □잔ᄂ이다 할미 웃고 니르되 □어버이 □스면 어디로셔 나
시며 네 父母 盤野山□□□□

169-상

가시니 내□□나 다르며 張承相집 鳳釵□□□□□와시니 눔의 것 盜賊ᄒ나 다르
며 蘆田의 와 火災롤 □왓시니 블한당 마즈나 다르랴 淑香이 크게 놀나 왈 할미
ᄂ 엇지 눔의 일을 그리 아르시니잇가 할미 왈 눔이 니르거늘 드럿노라 크니와
이제 어디로 가려ᄒᄂ다 淑香이 對曰 依托ᄒ올 디 업스와 길ᄀ의 안잔ᄂ이다 할
미 왈 그러□ 나도 無子息훈 寡母러니 날과 살면 됴흘로다마는 네 못슬 病人이
니 측ᄒ하다 그러나 집□□□□날□훈가지로 이시미 엇더ᄒ뇨 淑香曰 할미 집의
다려□□ 바리지 아니려 ᄒ시면 좃차 가오려니와 집이 예셔 □□□□□지 내 이
리 벌거이 섯고 비 만히 골프오니 憫忙ᄒ여이다 할미 광조리로셔 술믄 ᄂ믈 훈
줌을 내여주며 니르되 아직 □나 먹으라 ᄒ거늘 淑香이 그 ᄂ믈을 바다먹으니
비브르고 몸의 香내 振動ᄒ며 精神이 싁싁ᄒ더라 할미 ᄯ 옷버서 닙피고 어셔
가쟈 ᄒ거늘 淑香이 할미를 ᄯ라 두어 고개를 넘어가니 므움이 ᄀ장 盛ᄒ더라
훈 뫼 아리 니러러 할미 ᄀ릇쳐 니르되 이 집이 내 집이라 ᄒ거늘 淑香이 드러
가 □□□□치 아니ᄒ되 秀麗ᄒ고 집이 크□□□□□□□

169-하

精潔ᄒ고 世間이 만치 아니ᄒ되 素淡ᄒ더라 집안의 아히 ᄒ나도 업고 □만 靑獅
子ᄀᄐ 삽살게 ᄒ나히 이셔 淑香을 보고 마즈 내ᄃ라 고리 티리며 반겨ᄒ□□
淑香이 집의 온 반둘이로되 終時 病人인 쳬 ᄒᄃ니 홀는 할미 니르되 내 그디
얼굴을 보니 ᄀ을 둘이 거믄 구룸 속의 ᄲ인 듯ᄒ고 病處를 술피니 眞實로 病人
이 아니니 날을 소기지 말라 淑香이 웃고 對答지 아니ᄒ거눌 할미 니르되 내 집
은 술집이라 므올 □□□이 □□出入ᄒᄂ디 져리 추이ᄒ고 이시면 보는 □□□
죽기 축ᄒ여 ᄒᄂ니 눗치나 싯고 지은 옷이나 □□닙고 잇거라 ᄒ고 술폴라 가
더라 淑香이 여러 날 할미집의 □□보니 ᄉ나희 업슬시 올고 므을 사롬도 간대

로 出入지 아니ᄒ거눌 淑香이 梳洗룰 다스리고 새옷 ᄀ라닙고 紗窓을 지혀 안자
繡질 ᄒ드니 할미 드러와 보고 크게 깃거

심수관가소장본(심씨B본)

　　재일(在日) 심수관가(沈壽官家)에 소장되어 있는 국한문혼용 필사본으로 상·하 두권으로 된 이본이다. 하권에는 표제와 내제에 모두 "淑香傳 下"라고 되어 있으나, 상권에 해당하는 같은 곳에는 단지 "淑香傳"이라고만 되어 있다. 그리고 상·하권 모두 완결본이 아닌 낙장본이다. 상권은 총 24장 48면, 하권은 총 87장 174면으로 되어 있으며, 매면 9행 매행 23자 내외가 된다. 원문 오른쪽에 일어역(日語譯)이 병기(倂記)되어 있는 점이 특징인데, 본서에서는 생략했다. 온전한 모습은 조희웅·송원효준, 「『숙향전』 형성연대 재고-일본측 자료를 중심으로」, 『고전문학연구』 12집(한국고전문학회, 1997)에 실려 있는 사진을 참조할 수 있다. 현재 원본과 똑같은 영인본 형태로 가고시마현립도서관(國立鹿兒縣立圖書館)에 보관되어 있다.

심수관가소장본(심씨B본)

淑香傳

1

淑香傳

네 宋時節의 南陽 짜의셔 사는 金典□□□□□□되 二八의 文章의 글을 일으니 일홈□□□□□□와 못듯더라 그 父親은 雲水先生이라 才□□□□□□ 皇帝 諫議太夫와 吏部尙書를 ᄒᆞ이시되 □□□ᄒᆞ고 밧지 아니ᄒᆞ고 山中의셔 죽으니 집이 凄凉□□□ 홀ᄂᆞᆫ 金典이 벗 餞送ᄒᆞ려 ᄒᆞ고 酒饌을 ᄀᆞᆺ초와 □□□ 싯고 盤河믈을 건너더니 믈ᄀᆞ의 서너 사롬이 큰 거복□□□□□ 먹으려 하고ᄂᆞᆯ 典이 말려 왈 그 즘싱을

2

□□□□□□ᄂᆞᆯ 天字 잇고 비바당의 님금 王字 이시니 一定 非常ᄒᆞᆫ 즘싱이니 죽이치 말고 믈의 노ᄒᆞ라 그 사롬들이 對曰 제 비록 非常ᄒᆞ나 우리들 져므도록 □□질ᄒᆞ되 고기 ᄒᆞ나도 잡지 못ᄒᆞ고 이것만 어더시니 □□□ 마ᄅᆞ쇼셔 金典이 그 거복을 보니 눈믈을 흘니며 □□□ 셜워ᄒᆞᄂᆞᆫ 形狀이여ᄂᆞᆯ 殘忍히 녀겨 그 가져□ □□□□ 주고 밧고와 믈의 노ᄒᆞ니 그 거복이 날회□□□□□□□을 向ᄒᆞ여 ᄌᆞ로 도라보고 가더라 이듬□□□□□□□湖의 가 벗 보고 도라오더니 이 ᄺᅢ 쟝마 □□□□□□

3

橋란 ᄃᆞ리의 臨ᄒᆞ여 반은 건너셔 □□□□□□ ᄃᆞ리 우희 믈이 올나 危急ᄒᆞ여 一行 □□□□□게 되엿더니 맛춤 ᄃᆞ리 기동을 붓□□□□□ 믈 셰 急ᄒᆞ매

그 기동이 ᄆ자 ᄯ더나니 임의 □□□□□ ᄆᆯ속으로셔 磨板ᄀᆞᆺᄐᆫ 거시 ᄆᆯ의 ᄯᅥ거
□□□□ 기동을 ᄇ리고 그 우희 오르니 그거시 ᄆᆯ의 ᄯᅥ□□□ 허워니 瞬息의
ᄆᆯ가의 다ᄃ라 붓거늘 金典□□□□ 출혀 언덕의 ᄭᅵᆨ여 ᄂ려보니 그거시 몸으란
ᄆᆯ□□□□□ 마리만 ᄆᆯ 밧긔 내여거늘 ᄌ셔히 보니 額上□□□

4

□□ 分明이 잇거늘 典이 謝禮ᄒ려 홀제 그□□□□ 입으로셔 안게ᄀᆞᆺᄐᆫ 거슬 吐
ᄒ여 典의 앏픠 므□□□□ 셰오늘 典이 더옥 惶㤼ᄒ여 無數히 절ᄒ더니 □□
그 氣運은 업고 다만 져빌알만ᄒᆫ 구슬 둘이 □□□되 빗치 燦爛ᄒ고 속의 은은
ᄒᆫ 글지 이시되 □□□ 목슴 壽字요 ᄯᅩ혼 ᄒ나흔 복 福字여늘 □□□□ 生覺ᄒ
되 이ᄂᆫ 반ᄃ시 盤河水의셔 노흔□□□□□ 갑노라 날을 救ᄒ고 이 구슬을 주
고 가□□□□□ 向ᄒ여 無數히 謝禮ᄒ고 집의 도라오다 □□□□□

5

年이 二十歲라 집이 艱難ᄒ여 娶妻를 못ᄒ엿더니 潁川 ᄯᅡ히 張會란 사ᄅᆷ이 功名
의 ᄯᅳᆺ이 업서 벼슬을 아니ᄒ되 代代名家 子孫이라 財物이 有餘ᄒ되 아돌이 업고
다만 一女子라 人物이 卓越ᄒ고 孝誠이 奇特ᄒ매 사회를 ᄀᆯ히더니 金典이 오지
단 말 듯고 媒婆를 보내여 求婚ᄒ니 金典이 送采홀 거시 업서 다만 구슬 둘을
보내엿더니 張會夫人이 보고 왈 公候富家의셔 求婚홀 이 구룹못ᄃᆞᆺ ᄒ거늘 굿티
여 金典의게 許ᄒ시니 이제 納采ᄒᆫ 거슬 보오매 그 艱難을 可히 알리로소이다
張會 對曰 婚姻

6

論財ᄂᆫ 夷狄之道라 제 비록 간난ᄒ나 우리 有餘ᄒ니 무슴 財物을 貪ᄒ리잇가 그
러나 千萬金 엇기ᄂᆫ 쉬오되 이 구슬 엇기ᄂᆫ 나라 힘으로도 엇기 極키 어렵고 이
ᄂᆫ 天下 極ᄒᆫ 보비니이다 ᄒ고 卽時 玉匠을 블러 그 구슬로 玉指環 ᄒᆫ 雙을 ᄆᆫ

ᄃ라 쏠을 주고 卽時 擇日ᄒ여 金典을 마즈니 吉日 翼鴈의 아롬다온 風彩와 慧
逸ᄒ 擧動을 比홀 디 업더라 金典이 娘子로 더브러 交拜홀ᄉᆡ 鴛鴦이 綠水의 놀
며 翡翠 連理枝의 깃드림 ᄀᆺᄐ라 金典이 張會 집의 온 十年만의 張會夫妻 다

7

棄世ᄒ거놀 禮로써 營葬ᄒ고 그 世事롤 다 맛ᄃ니 富貴 天下의 읏듬이로되 나히
三十의 臨ᄒ여시되 혼 子息이 업스매 金典夫妻 名山大川의 至誠으로 아니 빈 곳
이 업스되 ᄆᆞᆺ춤내 子息이 업스니 每日 셜워ᄒ더니 홀는 秋七月 望日의 金典夫妻
望月樓의 올나 돌구경ᄒ더니 믄득 하놀로셔 흰 곳 ᄒ 가지 張氏 앏픠 ᄶᅥ러지거
놀 보니 梨花도 아니요 梅花도 아니로되 묽은 향내 진동ᄒ거놀 張氏 크게 怪異
히 녀겨 金典을 請ᄒ여 뵐제 忽然 狂風이 니러나 그 곳지 散散이 훗터지거놀 金
典夫妻 ᄀ장 서운ᄒ여 ᄒ

8

ᄃ니 그날 밤의 張氏 ᄭᅮᆷ을 ᄭᅮ니 금듯거비 품의 드러뵈거놀 張氏 놀나 ᄭᆡ여 金典
ᄃ려 ᄭᅮᆷ 말을 니ᄅ니 典이 對曰 어제 桂花 그ᄃᆡ 앏픠 ᄶᅥ러지고 ᄭᅮᆷ이 ᄯᅩ혼 이러
ᄒ니 하놀이 반ᄃ시 貴子롤 點指ᄒ시더다 ᄒ더니 果然 그둘부터 胎氣 이시니 典
이 크게 깃거 아둘 나기롤 祝手ᄒ더라 十朔만의 張氏 病이 重ᄒ여 飮食을 먹지
못ᄒ니 金典이 憫忙ᄒ여 醫藥을 親히 ᄒ더니 己丑 四月 初八日의 怪異ᄒ 五色
구롬이 집안의 두로 ᄭᅵ고 묽은 향내 振動ᄒ거놀 一家 上下 하 驚惶ᄒ더니 밤듕
의 ᄒ여 고온 계집 아히 둘이

9

玉燈의 블을 켜 들고 드러와 金典ᄃ려 왈 이제 夫人이 오시니 그디는 밧긔 나가
집안을 修洒ᄒ쇼셔 ᄒ고 張氏 房으로 드러가거놀 典이 아모란줄 모로고 밧긔 나
가 집 內外롤 修洒ᄒ더니 믄득 奇異ᄒ 香내 振動ᄒ거놀 典이 크게 疑心ᄒ여 夫

人이 죽을가 두려 ▽만이 窓 틈으로 여어보니 張氏 볼셔 아기를 나흐니 그 계집
이 香물의 싯겨 夫人겻디 누이고 밧그로셔 □거늘 典이 그 가는 디롤 보려 ᄒ고
ᄯᅡ라나기니 볼셔 간디 업더라 典이 크게 괴이히 녀겨 밧비 房의 드러와 보니 張
氏 氣絶ᄒ엿거늘 ᄭᅵ오니

10

張氏논 자다가 ᄭᅵᆫ둣 ᄒ더라 金典夫妻 아기를 보니 ᄯᆞᆯ 子息이오 燈下의 곳ᄀᆞᆺᄐ
얼굴이 非常ᄒ고 묽은 香내 房안의 振動ᄒ엿거늘 金典夫妻 깃브미 比ᄒᆞᆯ디 업고
因ᄒ여 아기 일홈을 淑香이라 ᄒ고 字논 月宮仙이라 ᄒ다 漸漸 ᄎᆞ라매 얼굴이
곳지 붓그리며 ᄃᆞᆯ이 無光ᄒ고 沈魚落鴈之態 比ᄒᆞᆯ디 업스며 ᄒᄂᆞᆫ 일이 아히 ᄀᆞᆺ지
아니ᄒ니 金典夫妻 愛之重之ᄒ나 힝혀 短命ᄒᆞᆯ가 크게 念慮ᄒ여 天下의 일홈난
相者 王均을 請ᄒ여 淑香의 相을 뵈니 王均이 니ᄅᆞ되 이 아기 相은 人間 사롬이

11

아니라 月宮姮娥의 精氣롤 가져시니 一定 貴히 되려니와 다만 王帝끠 得罪ᄒ고
塵世의 歸鄕와시니 前生罪롤 이生의 와 다 갑픈 후에야 반ᄃ시 됴흔 時節을 보
올 거시니 先分은 極키 險ᄒ고 後分은 ᄀᆞ장 됴ᄉᆞ와이다 ᄒ거늘 金典曰 後分 善
惡은 아지 못ᄒ나 先分은 우리 아직 옷밥을 그리지 아니ᄒ니 엇지 苦行ᄒᆞᆯ 일이
이시리오 王均이 크게 웃고 니ᄅᆞ되 사롬이 八字논 定치 못ᄒᄂᆞ니 내 비록 지죄
업스오나 이 아기 四柱와 相을 보오니 五歲예 父母롤 여희옵고 定處업시 ᄃᆞ니오
며 十五歲예 니러러 다섯 번

12

죽을 厄을 지낸 후에 十七歲예 夫人을 封ᄒ고 二十이 ᄎᆞ오면 父母롤 만나 大平
榮華로 지다다가 七十의 ᄎᆞ오면 도로 天上으로 올나가올 八字로소이다 金典夫妻
이 말을 잇지 아니ᄒ나 크게 疑心ᄒ여 生月生時와 일홈을 金字로 써 錦囊의 녀

허 淑香의 옷의 치와두니 淑香이 五歲예 니르러는 時節이 어즈러워 賊兵이 荊楚 싸홀 침노ᄒᆞ니 百姓들이 깁픈 山中으로 避亂ᄒᆞ매 金典도 家屬을 거ᄂᆞ리고 江陸 으로 가더니 中路의 니르러 賊兵을 만나 行莊과 奴僕을 다 일고 다만 그 안히 張

13

氏와 淑香을 업고 죽기로써 ᄃᆞ라나ᄃᆞ니 盜賊이 漸漸 갓갓이 오고 金典도 盡力ᄒᆞ 여 닷치 못ᄒᆞ니 典이 罔極ᄒᆞ여 울며 張氏ᄃᆞ려 와 盜賊이 急히 ᄯᆞ로고 내 氣運이 盡ᄒᆞ여시니 우리 둘이 다 사라나면 淑香ᄀᆞᄐᆞᆫ ᄌᆞ식을 或 다시 어더 보려니와 우 리 다 죽으면 身體들 뉘 거두며 父母의 祭祀들 뉘 ᄒᆞ리오 아모리 情事 罔極고 殘忍ᄒᆞ나 슉향은 아직 예 두고 우리만 避ᄒᆞ엿다가 事定後의 다시 와 ᄃᆞ려가새이 다 張氏 이 말을 듯고 슬피 울며 왈 나는 淑香과 ᄒᆞᆫ디 잇다가 죽을 거시오니 郎

14

君은 우리를 앗기지 마르시고 몬져 亂을 避ᄒᆞ엿다가 後日의 도라와 우리 母女의 骸骨이나 갈므쇼셔 典이 大聲痛哭ᄒᆞ며 니르되 ᄎᆞ마 그디를 ᄇᆞ리고 내 홈자 살 길을 圖謀ᄒᆞ리오 출아로 세히 ᄒᆞᆫ디셔 죽어 魂魄이 서로 ᄯᅥ나지 아니ᄒᆞ리라 ᄒᆞ고 안코 니지 아니ᄒᆞ거늘 張氏 울며 니르되 그 말ᄉᆞᆷ이 그르다 男子되여 엇지 우리 ᄀᆞᄐᆞᆫ 妻子를 어디 가 못 어드리잇가 千金ᄀᆞᄐᆞᆫ 몸을 엇지 죠고만 兒女子의게 걸 리켜 죽으려 ᄒᆞ시ᄂᆞ니잇가 ᄲᆞ리 몬져 피ᄒᆞ쇼셔 典이 울며 마리를 흔들고 ᄒᆞᆫ디셔 죽기를

15

願ᄒᆞ거늘 張氏 罔極ᄒᆞ여 울며 왈 郎君이 이러틋 固執ᄒᆞ시니 淑香은 아직 여긔두 고 우리만 가새이다 ᄒᆞ고 淑香을 바희 틈의 안치고 玉指環 ᄒᆞᆫ ᄶᆞᆨ을 淑香의 옷 안고롬의 미고 쪽박 ᄒᆞ나과 밥 ᄒᆞᆫ덩이를 주며 달내여 니르되 너는 잠간 여긔 이

셔 비골프거든 이 밥 먹고 목무르거든 이 박으로 져 믈 쩌먹고 쩌나지 말고 잇
가라 우리 來日 와 드려가마 ᄒᆞ고 눗츨 흔디 다히고 술아져 울며 참아 쩌나지
못ᄒᆞ여 ᄒᆞ며 淑香은 제 母親 치마를 잡고 슬피 울며 니르되 아비님아 날을 ᄇᆞ리
시고 어이 홈

16

자 가시려 ᄒᆞ시ᄂᆞᄂᆞ 나도 가새이다 ᄒᆞ고 ᄯᆞ라나니 그 慘慘호 形狀이 鬼神이라도
感動ᄒᆞ며 日光이 無色ᄒᆞ더라 金典夫妻 罔極ᄒᆞ여 울며 니르되 내 ᄯᆞᆯ아 우지 말고
ᄀ만히 안잣거라 소리ᄒᆞ면 盜賊이 알고 와셔 죽이ᄂᆞ니라 ᄒᆞ고 도라보니 盜賊이
볼셔 갓갓이 오거놀 典이 罔極ᄒᆞ여 張氏 손을 잇글고 山中으로 드르니 淑香이
소리를 믜이ᄒᆞ여 슬피 울며 니르되 어마님은 어이 날을 ᄇᆞ리시고 가시ᄂᆞ니잇가
부디 來日 와 드려가쇼셔 ᄒᆞ며 술아져 슬피 우니 愁雲이 茫茫ᄒᆞ고 日色이

17

慘慘ᄒᆞ더라 金典夫妻 드라나며 淑香의 哀冤호 소리를 드르니 肝腸이 ᄯᅳᆫ허지고
가슴이 며여지ᄂᆞᆫ 둧ᄒᆞ여 눈물이 니음차시니 앏픠 어두워 둧치 못ᄒᆞ더라 盜賊이
다드라 淑香을 보고 問曰 네 어버이 어디 가나 바로 니르지 아니ᄒᆞ면 죽이리라
淑香이 울며 曰 날을 ᄇᆞ리고 드라나시니 내 어디로 간 줄 알리오 盜賊이 怒ᄒᆞ여
죽이려ᄒᆞ거놀 其中의 호 盜賊이 殘忍이 너겨 말려 니르되 제 父母 ᄇᆞ리고 가니
저는 어린 거시 비골파 셜워 우ᄂᆞᆫ디 므슴 罪로 어린 아

18

히를 죽이리오 내 이 아히 相을 보니 非常ᄒᆞᆫ지라 後日의 貴히 될 아히니 죽이지
못ᄒᆞ리라 ᄒᆞ고 여긔 이시면 반드시 猜狼의 患을 보리라 ᄒᆞ고 어버다가 幽谷驛
ᄆᆞ을의 두고 가며 니르니 내게도 너만호 子息이 잇더니 이러ᄒᆞ가 不祥고 殘忍ᄒᆞ
다 네 父母 ᄇᆞ리고 가며 죽키 셜워ᄒᆞ여시랴 ᄒᆞ고 가더라 淑香이 홈자 아모더로

갈 줄 몰나 어미만 브르며 울고 든니니 보는 사름들이 不祥히 너겨 눈믈 아니디 리 업더라 이 빼 날은 져믈고 人跡이 쯘허시니 비는

19

골프고 갈 바롤 아지 못ᄒᆞ여 던블 밋디 依止ᄒᆞ여 안자 어미만 브르지지며 우노 라 ᄒᆞ니 ᄒᆞᆫ 진납이 슬픈 고기 흔덩을 므러다가 주거늘 먹으니 비는 브르나 이 빼 秋九月이라 밤이면 츤브롬이 니르나니 발이 슬허 두 손으로 쥐고 업드여 우 더니 한새 여려 문이 ᄂᆞ려와 늘개로 淑香의 一身을 두로 덥프니 칩치 아니ᄒᆞ더 라 날이 새매 淑香이 父母롤 기드리며 우노라 ᄒᆞ니 ᄒᆞᆫ 갓치 ᄂᆞ려와 淑香의 무롭 희 안자 우다가 ᄂᆞ라가며 오락가락ᄒᆞ거늘 淑香이 울며 그 갓

20

치롤 쏘라가니 여러 뫼흘 너머 큰 ᄆᆞ올이 잇거늘 ᄆᆞ올 가온디로 드러가며 슬피 어미롤 브르니 보는 사름이 불샹이 너겨 一定 亂中의 어버이 일흔 아희로다 제 父母 져 아희롤 일코 죽기 셜워ᄒᆞ려 ᄒᆞ고 飮食을 주워 먹이고 눈믈 아니지리 업 ᄉᆞ며 淑香의 非常ᄒᆞᆫ 얼굴을 보고 或 기르고져 ᄒᆞ니 저히도 避亂ᄒᆞ여 東西로 奔 走ᄒᆞ매 드리지 못ᄒᆞ더라 이적의 金典이 張氏롤 山中의 김피 곰초고 밤의 ᄀᆞ만이 ᄂᆞ려와 淑香을 츠즈니 蹤跡이 업거늘 一定 죽도다 ᄒᆞ여

21

一場을 痛哭ᄒᆞ고 도라와 張氏드려 니르니 張氏 이 말을 듯고 氣絶ᄒᆞ거늘 金典이 붓드러 위로ᄒᆞ여 니르되 淑香이 어린 거시 멀니는 못갈 거시오 一定 죽어시면 身體는 이실 거시로되 종적이 업ᄉᆞ니 이는 반드시 아모나 드려가는지라 前日 王 均의 말을 生覺ᄒᆞ시고 하 셜워마르쇼셔 張氏 大聲痛哭ᄒᆞ며 니르되 저 ᄒᆞ던 形狀 이며 니르던 말이 귀예 錚錚ᄒᆞ고 눈의 暗暗ᄒᆞ거든 엇지 셜기롤 츰으리오 ᄒᆞ고 晝夜 時時로 痛哭ᄒᆞ니 눈의셔 피나더라 이 빼 淑香이 ᄆᆞ올 사름

22

들도 다 나가고 갓치도 일코 혼자 울며 바자니다가 멀니 브라보니 山 우희 사람
들이 往來ᄒ거놀 人家만 녀겨 山을 브라고 가니 山은 疊疊ᄒ고 믈은 重重ᄒ니
갈 셰 업스 罔極ᄒ여 길ᄀ의 안자 우드니 믄득 靑鳥 곳 봉으리롤 믈고 ᄂ라와
손등의 안자거놀 淑香이 비골프믈 因ᄒ여 그 곳봉을 먹으니 눈이 볽고 비브르며
精神이 싁싁ᄒ며 몸의 香내 振動ᄒ더라 니러 그 새 가ᄂ 디롤 ᄯ라 두어 고개롤
넘어가니 山谷의 혼 宮殿이 조옥ᄒ디 그 새 큰 門으로 드러가거놀 ᄯ라 드러가
니 혼 계집 사람이 마

23

ᄌ 나와 淑香을 안코 드러가 큰 殿의 노ᄒ니 혼 夫人이 花冠을 쓰고 黃金 較倚
예 아자다가 淑香을 마자 풀을 미러 東邊 白玉 較倚예 坐롤 請ᄒ거놀 淑香이 아
모리 홀 줄 모ᄅ고 다만 울 뿐이여놀 夫人이 니ᄅ되 仙女 人間의 ᄂ려와 더러온
믈을 만히 자셔 계시니 精神이 밧고와 계시도다 ᄒ고 侍女롤 命ᄒ여 瓊液을 밧
ᄌ오라 ᄒ대 侍女 璘瑚盞의 琥珀臺롤 밧쳐 이슬ᄀ튼 차롤 부어다가 ᄭ러 드리거
놀 淑香이 바다먹으니 맛은 졋맛ᄀᄐ되 ᄀ장 향긔롭더라 먹은 후에야 天上 일과
人間의 ᄂ려와

24

父母롤 일코 바자니며 苦行ᄒ던 일이 歷歷이 알고 비록 아히 몸이나 ᄆᄋᆷ은 어룬
이라 卽時 니러나 그 夫人게 謝禮ᄒ여 왈 妾은 天上의셔 得罪ᄒ고 人間의 ᄂ려와
苦楚히 ᄃ니옵ᄂᆫ디 어엿비 너기셔 ᄃ려다가 待接ᄒ오시니 至極 感激ᄒ여이다 夫
人이 웃고 왈 仙女 날을 아라보시ᄂᆫ니잇가 淑香曰 人間의 와 精神이 밧긔엿ᄉ오
니 ᄌ시 아지 못ᄒ올시이다 夫人曰 이 ᄯ흔 明司界오 나는 后土夫人이로시이다
仙女 人間의 ᄂ려와 苦行을 겻그시매 져즘긔 프론 진납이 한새와 金雀靑鳥롤

25

보내엿습더니 보시니잇가 淑香이 다시 니러 謝禮ᄒ여 왈 다 보왓스오며 夫人의 하늘 ᄀᆞᆺ온 恩德을 萬分之一이나 갑스올가 ᄇᆞ라ᄂᆞ이다 夫人이 正色고 曰 나는 下界 죠고만 神靈이오 仙女ᄂᆞᆫ 月宮 읏뜸 仙女라 비록 一時 人間의 ᄂᆞ려오셔 苦行을 보시나 그런 말ᄉᆞᆷ을 어이 ᄒᆞ시ᄂᆞ니잇가 仙女 依托ᄒᆞ실디 업습고 ᄯᆞ혼 가실 고지 하 머오니 그 ᄉᆞ이예 苦行을 만히 지내실 거시오매 쉬이 가시라쟈 이리 뫼셔 왓스오나 오늘은 져므러스오니 쉬여 來日 가쇼셔 ᄒᆞ고 잔치를 排設ᄒᆞ여 款待ᄒᆞ니

26

飮食器皿이며 鋪陳風物이 極키 奢麗ᄒᆞ더라 夫人이 ᄌᆞ로 瓊液을 勸ᄒᆞ니 淑香이 精神이 漸漸 새로와 人間 일은 닛지고 天上 일만 生覺ᄒᆞᆯ더라 夫人끠 問曰 妾이 前日 듯ᄌᆞ오니 明司界ᄂᆞᆫ 十王계신디라 ᄒᆞ오니 올스오니잇가 夫人曰 그러ᄒᆞ니이다 淑香曰 그러ᄒᆞ오면 十王殿이 어디 잇ᄂᆞ니잇가 夫人曰 예셔 머지 아니ᄒᆞ니이다 淑香曰 人間 父母 亂中의 죽엇스오면 十王殿의 왓스올 거시오니 반가이 만나보오리잇가 夫人曰 人間 父母ᄂᆞᆫ 人間의 盤石ᄀᆞᆺ지 平安히 계시고 그 사롬들도 常例 사

27

롬이 아니오 蓬萊山 仙官女로셔 人間의 歸鄕왓스오니 限이 ᄎᆞ오면 蓬萊로 도라가실 거시오 이리로ᄂᆞᆫ 오시지 아니ᄒᆞ오리이다 淑香이 반겨 問曰 人間의 나가오면 父母를 만나 보오리잇가 夫人曰 仙女 月宮의 계실제 姮娥끠 得罪ᄒᆞ여 굿기게 되오니 奎星이 玉帝끠 술아 救하신 恩惠 잇습더니 이제 奎星이 得罪ᄒᆞ여 人間의 ᄂᆞ려와 南郡 ᄯᅡᆼ 張承相의 夫人이 되엿스오니 仙女ᄂᆞᆫ 몬져 張承相 집으로 가 계셔 恩惠를 十年을 갑프신 後의 大乙眞君을 만나 因ᄒᆞ여 父母를 만나보실

28

거시니 그리ᄒᆞ노라 ᄒᆞ오면 十五年이 되리이다 淑香이 놀나 왈 人間 苦行을 生覺
ᄒᆞ오면 흘니 十年 맛즈오니 출아로 自處ᄒᆞ여 죽고져 ᄒᆞᄂᆞ이다 夫人曰 仙女 아모
리 죽고져 ᄒᆞ여도 天上의셔 罪를 重이 어더 계시매 人間의 ᄂᆞ려와 다섯 번 죽을
厄을 지낸 후에야 天上罪ᄅᆞᆯ 免ᄒᆞ시고 죠혼 時節을 보실 거시니 져 ᄣᆡ 盜賊을 만
나 죽을 번ᄒᆞ여 계시고 이제 明司界예 ᄃᆞ녀 가시니 두 번 厄은 디내여 계시나
이 앏 세 익이 잇ᄉᆞ오니 操心ᄒᆞ쇼셔 淑香이 歎曰 하늘이 그대도록 무이 녀기

29

실샤 ᄒᆞ고 서로 瓊液을 勸ᄒᆞᄃᆞ니 믄득 扶桑의 鷄聲이 들니거ᄂᆞᆯ 夫人曰 오늘 仙
女를 뫼와 말슴 無窮ᄒᆞ오되 가실 ᄯᆡ 느저 가오니 平安히 가쇼셔 淑香이 한숨지
며 왈 人間 길이 아득ᄒᆞ오니 어ᄃᆡ 가 依托ᄒᆞ오리잇가 夫人曰 가오실 길을 내 自
然 지시ᄒᆞ오려니와 아직 張承相夫人ᄭᅴ 依托ᄒᆞ여 恩惠를 몬져 갑ᄑᆞ시리이다 淑香
이 問曰 張承相宅이 예셔 언마나 ᄒᆞ니잇가 夫人曰 예셔 一千三百里오나 그는 念
慮마로쇼셔 ᄒᆞ고 니러나 金盆의 심근 나모 여롬 ᄒᆞᆫ 가지를 것고 쥐고 나와

30

白鹿을 命ᄒᆞ여 그 가지를 ᄲᅳᆯ의 걸고 淑香ᄃᆞ려 니ᄅᆞ되 이 ᄉᆞ슴을 ᄐᆞ시고 가면 비
록 萬里라도 瞬息의 가시리이다 ᄂᆞ리시ᄂᆞᆫ 곳의셔 시장ᄒᆞ실 거시니 져 나모 여롬
을 ᄯᅡ 잡ᄉᆞ오쇼셔 淑香이 夫人ᄭᅴ 百番 謝禮ᄒᆞ여 下直고 그 白鹿을 ᄐᆞ니 구롬을
헤치고 ᄂᆞᄂᆞᆫᄃᆞ시 가매 아모란 줄 모롤너라 ᄒᆞᆫ 고ᄃᆡ 다ᄃᆞ라 그 ᄉᆞ슴이 ᄂᆞ려셔거
ᄂᆞᆯ 淑香이 ᄂᆞ리며 믄득 비골프거ᄂᆞᆯ 그 나모 여롬을 ᄯᅡ 먹으니 비는 브르되 天上
일은 아득ᄒᆞ고 人間 苦行만 生覺ᄒᆞ니 도로 아ᄒᆡ ᄆᆞᄋᆞᆷ이 되여 그 ᄉᆞ슴이 믈가 두

31

리더라 돌은 西山의 ᄯᅥ러지고 새베밤의 秋風은 춘ᄃᆡ 새소리 凄凉ᄒᆞ여 슬픈 ᄆᆞᄋᆞᆷ

을 더오니 淑香이 아모더로 갈 줄 모로고 寂寞혼 山下의 슬픈 무옵을 定치 못ᄒ
여 自然 疲困ᄒ매 혼 나모 밋더셔 조으니 이 곳은 張承相宅 東山이러라 이적의
南郡 짜 張承相이란 사롬은 녜 漢적 張子房의 後裔라 일홈은 嵩니 早年 及第ᄒ
여 名望이 極ᄒ니 朝廷의 아니혼 벼술이 업고 三十前의 承相이 되여 三朝를 셤
기니 富貴 天下의 웃씀이오 朝廷이 勳國大臣이라 稱ᄒᄃ니

32

宗朝의 니러러 論議 大端ᄒ매 벼술을 辭讓ᄒ고 나지 아니ᄒ더니 그 때 外方의
盜賊이 만히 니러나니 承相도 間涉ᄒ단 말이 밋츠니 朝廷이 皇帝끠 엿ᄌ와 張嵩
를 千里밧긔 귀향보내엿ᄃ니 오래지 아니ᄒ여 天幸으로 蒙放ᄒ니 故鄕의 도라와
家業을 다ᄉ리니 奴婢田畓과 金銀 보비 一國의 웃씀이로되 다만 男女間 子息이
업스매 畫夜 셜워ᄒᄃ니 一日은 承相과 夫人 꿈의 혼 仙女 구롬속으로셔 ᄂ려와
桂花 一枝를 주며 왈 그더니 前生罪 重ᄒ여 無子息ᄒ

33

게 ᄒ엿ᄃ니 눕의게 曖昧이 잡피여 셜워홀시 이 곳을 주ᄂ니 잘 看事ᄒ라 오래
면 自然 됴혼 일이 이실이라 ᄒ고 믄득 간디 업거눌 夫人이 꿈을 씨여 이 말숨
을 承相끠 술오니 承相이 쏘혼 놀나 왈 내 꿈과 혼가지오니 이란 怪異혼 일이
업ᄂ이다 우리 無子息ᄒ여 每日 셜워ᄒ오니 하눌이 도으셔 子息을 點指ᄒ시도소
이다 그러나 우리 나히 半白이 지나시니 이제 엇지 子息 이시믈 ᄇ라리오 ᄒ시
고 自然 悲感ᄒ여 淚水를 ᄂ리오시며 니러나 草堂의 나오니 녜 업던 五色 구롬
이

34

東山의 어리엿고 奇異혼 香내 東山 다히로셔 나거눌 承相이 홈잔 말숨으로 니른
되 이 째ᄂ 秋節이라 五色 구롬 씨일 째 아니오 남긔 닙피 곳지 진 휘니 香내

날 째 아니로되 어디셔 괴이호 香내 나는고 호며 竹杖을 집고 東山의 올나 徘徊
호더니 호 牧丹 남긔 새 닙피 나고 곳지 滿發호 가온디 호 계집 아히 안자 조을
거늘 承相이 大驚호여 夫人을 請호려 호시고 侍女를 急피 브르시는 소리예 그
아히 놀라 씨여 울거늘 承相이 問曰 네 엇던 아히완디 이 깁픈 東山의 어이 드
러와 孤單이 안자

35

시며 네 일홈은 무어시며 父母는 뉘라 호느뇨 淑香이 엿즈오되 小女의 일홈은
淑香이옵고 父母의 일홈과 居住는 모르오며 어마님이 날을 드려다가 바회 돔의
안치고 가며 來日 와 드려가마 호옵더니 終時의 오지 아니호옵거늘 依托호올 고
지 업스와 길노셔 바자니옵더니 엇던 즘싱이 어버다가 여긔 두고 가더이다 承相
이 니르되 一定 亂中의 父母 일혼 아히로다 호시고 夫人을 請호여 오니 夫人이
淑香의 얼굴을 보매 分明이 꿈의 뵈던 仙女곳고 말소리 더옥 곳거늘 夫人이 반
기 너기셔 承相끠

36

숣오되 이는 하놀이 주신 子息이오니 우리 잘 기로새이다 호고 親히 안코 드러
가 飮食 먹이시며 옷 그라 닙피시고 폼자 기르시며 親子息곳지 스랑호시더라 淑
香이 漸漸 즈라 七歲의 다드로니 얼굴이 絶色이오 비호지 아닌 글과 온갇 綉노
키와 모롤 일이 업스니 夫人이 더옥 스랑호더라 淑香이 十三歲 되매 夫人이 命
호여 家事를 다 맛기시니 淑香이 承相兩位를 至誠으로 셤기며 모든 奴婢를 威嚴
과 仁德으로 브리고 內外 祭祀를 極盡히 슮피니 열사롬이라도 밋지 못홀너라 承
相夫

37

妻는 淑香의 호는 일마다 두굿겨 부디 承相과 곳튼 家門을 굴히여 婚姻호여 後

事를 맛기고져 ᄒ시고 奴婢들도 淑香ᄒᄂᆞᆫ 일을 아니 降伏ᄒ리 업스되 其中의 四
香이란 從女이 본디 奸惡ᄒ지라 承相宅 世事를 제 맛다시매 제 世事 饒富ᄒ더니
淑香이 맛든 후로부터 四香이 손ᄲᅳᆯ고 믈너나 每日 怨忙ᄒ여 淑香을 謀害고져 ᄒ
더라 淑香이 十五歲예 니르러 얼굴이 더옥 셕셕ᄒ고 ᄒᄂᆞᆫ 일이 나날 새로오니
夫人이 承相게 엿ᄌᆞ와 어진 家門의 婚姻을 定고져 ᄒ더니

38

三月三日의 淑香이 承相과 夫人을 뫼시고 永春堂의 올나 봄 경을 求景ᄒ며 잔ᄌᆡ
ᄒ더니 져녁 갓치 淑香의 앏픠 와 술픠 울고 가거늘 淑香이 놀나 夫人게 엿ᄌᆞ오
되 이ᄂᆞᆫ 반ᄃᆞ시 妾의게 니치 아니ᄒ도시이다 承相이 卽時 占卜ᄒ시고 니ᄅᆞ시되
네 니치 아닌 兆로다 ᄒ시니 夫人도 極키 念慮ᄒ셔 이날 잔치를 즐기치 아니ᄒ
시고 파ᄒ시다 四香이 이날 夫人 寢房의 드러가 夫人의 金鳳釵와 承相의 玉粧刀
를 盜賊ᄒ엿다가 淑香의 函의 곰초왓더니 三日만의 夫人이 洞內 慶宴의 가려 ᄒ
시고 鳳釵를 어드니 둔 고디

39

업거늘 크게 놀나시며 ᄯᅩᄒ 怪異히 너겨 衣籠을 다 내여 어드니 承相의 粧刀도
ᄯᅩᄒ 업거늘 더욱 驚動ᄒ여 종들을 다 블너 鞫問ᄒ더니 四香이 밧그로셔 드러와
거즛 모로ᄂᆞᆫ 쳬ᄒ고 夫人게 알외되 宅의 므슨 큰 일이 잇습ᄂᆞᆫ지 이리 요란ᄒ니
잇가 夫人曰 前朝적 授賜ᄒ신 玉粧刀와 金鳳釵ᄂᆞᆫ 우리 집 極ᄒ 寶貝라 無端히
간ᄃᆡ 업스니 이ᄂᆞᆫ 종들의 일이라 어이 아니 ᄎᄌᆞ리오 四香이 夫人 앏픠 갓가이
나아가 ᄀᆞ만히 엿ᄌᆞ오되 져쯤긔 淑香氏 夫人 寢房의 드러가 世間을 뒤여보더니
무어신지

40

곰초와 當身 房으로 가져갓ᄉᆞ오니 게 가 어더보쇼셔 夫人曰 淑香의 ᄆᆞ음이 鐵石

ᄀ거늘 엇지 날을 몰뇌여 가져가리오 四香이 ᄯᅩ 엿ᄌᆞ오되 녜는 그러치 아니ᄒᆞᆸ
더니 요ᄉᆞ이 婚姻 말ᄉᆞᆷ이 잇ᄉᆞ오매 當身 世事를 봇태려 ᄒᆞᆸ고 그러ᄒᆞ온지 죵들
보ᄋᆞᆸᄂᆞᆫᄃᆡ ᄀᆞ장 흐린 일이 만ᄉᆞ오나 承相과 夫人계ᄋᆞᆸ셔 하 重이 너기ᄋᆞᆸ시매 죵들
도 보온 일이 만ᄉᆞ오되 敢히 알외지 못ᄒᆞᆸ더니이다 夫人이 이 말ᄉᆞᆷ을 드르시고
疑心ᄒᆞ셔 淑香의 房의 가 무르시되 일흔 거시 만흐니 或 네 房의 나왓ᄂᆞᆫ가보다
淑香이 對曰 내 아니

41

가져왓습ᄂᆞᆫ 거을 어이 내 房의 잇ᄉᆞ오리잇가 ᄒᆞ고 世間을 다 내여 夫人 앏픠셔
여려뵈니 果然 粧刀와 鳳釵 드럿ᄂᆞᆫ지라 夫人이 보시고 怒ᄒᆞ여 니르시되 네 아니
가져와시면 엇지 네 函의 드러ᄂᆞᆫ니 ᄒᆞ시고 粧刀鳳釵를 가지시고 바로 承相의 나
아가 엿ᄌᆞ오되 우리는 淑香을 兩班의 子息이라 ᄒᆞ여 親子息ᄀᆞ치 貴히 너기ᄋᆞᆸ더
니 常人의 ᄌᆞ식이온지 行實이 無狀ᄒᆞ와 우리를 속겨 承相의 粧刀와 내 鳳釵를
盜賊ᄒᆞ여 제 函의 금초와 두고 終時 긔이다가 이제 내게 들켜ᄉᆞ오니 이 일을 어
이 處置ᄒᆞ오리잇가

42

承相이 ᄯᅩᄒᆞᆫ 驚訝ᄒᆞ셔 왈 鳳釵는 계집의 ᄂᆞ리게니 져믄 거시 或 가지고져ᄒᆞ여
가져가시려니와 粧刀는 제게 當치 아닌 거시니 그 일이 ᄀᆞ장 殊常ᄒᆞ오니 아직
生覺ᄒᆞ여 보새이다 四香이 겻티 셧다가 엿ᄌᆞ오되 淑香이 요ᄉᆞ이는 녜과 다르와
繡도 노흐며 글도 지어 밧사롬의 주오며 밧사롬도 窺窺히 出入ᄒᆞ오니 그 ᄯᅳᆺ을
아지 못ᄒᆞᆯ너이다 承相이 이 말ᄉᆞᆷ을 드르시고 悖然 大怒曰 제 나히 ᄎᆞ시니 一定
밧사롬으로 서로 通ᄒᆞ미 잇도다 집안의 두엇다가는 不測ᄒᆞᆫ 일을 볼 거시니 ᄲᆞᆯ니
내여보내쇼셔 夫人이 淑香

43

의 房의 드러오니 淑香이 마리 싸 졋거늘 夫人이 責ᄒ여 니르시되 우리 無子息
ᄒ매 晝夜 설워ᄒ다가 너를 어드니 얼굴과 ᄒ는 일이 非常ᄒ거늘 一定 兩班의
子息이로다 ᄒ여 품자 길녀 親子息ᄀᆺ치 ᄉ랑ᄒ여 집안 世事를 맛겨 우리와 ᄀᆺ튼
家門을 골히여 配匹을 삼아 우리 後事를 傳고져 ᄒ는 줄을 너도 임의 아랏고 우
리 집이 비록 有餘치 못ᄒ나 奴婢 數千口요 田畓이 千餘石 디기요 金銀이 數十
萬金이라 이만 ᄒ여도 네 一生이야 아니 平安ᄒ랴 鳳釵粧刀를 가지고져 ᄒ면 날
드

44

려 니르다 긔 무어시 貴ᄒ여 아니주며 鳳釵는 계집의게 當ᄒ 거시니 가져도 올
커니와 承相의 粧刀는 네게 當치 아니ᄒ거늘 뉘를 주려ᄒ고 가져왓던다 우리 죽
은 後면 鳳釵와 粧刀 어듸 가리요 나는 너와 情이 泰山ᄀᆺ트나 承相이 져리 大怒
ᄒ여 ᄒ시니 엇지ᄒ리요 네 닙던 衣服과 쓰던 世間을 가지고 아직 近處 종의 집
의 나가 머믈면 承相이 셩 止息ᄒ 後의 從容히 엿줍고 드려 오마 ᄒ시며 슬픈
ᄆᆞ음을 이긔치 못ᄒ여 눈믈이 비오듯 ᄒ더라 淑香이 再拜ᄒ고 슬피 울며 엿ᄌᆞ오
되 淑香은 前生

45

罪惡이 重ᄒ와 五歲예 父母를 여흽고 東西奔走ᄒ여 定處업시 둔니오며 굼기지
워 지내온 째 흔두 째오리잇가 한숨과 눈믈로 지냅더니 하늘이 구버 보오셔
사슴이 妾을 드려다가 宅 東山의 두고 가오니 承相과 夫人겨오셔 極키 ᄉ랑ᄒ오
셔 貴ᄒ온 衣服과 죠흔 珍味로써 먹이시고 親子息ᄀᆺ치 날로 더 ᄉ랑ᄒ오시니 妾
의 ᄠᅳᆺ은 다른 生覺이 업ᄉ와 承相兩位를 一生 묍고 至誠으로 孝養ᄒ옵다가 百
歲後의 다시곰 情誠을 다ᄒ여 祭祀를 밧듭다가 妾이 ᄯᅩ흔 죽ᄉ와 墓下의 흙

46

이 되여 地下의 가와도 承相兩位를 다시 뫼셔 하늘ᄀᄌ온 恩德을 萬分之一이나 갑ᄉ오려 晝夜 願이옵더니 엇지 하늘ᄀᄌᄌ오신 夫人을 속겨 一刻 ᄉ이예 天殃닙ᄉ올 일을 ᄒ리잇가 ᄒ믈며 金鳳釵ᄂ 妾의게 當ᄒ온 거시오니 或 그리 혜올시 올ᄉ거니와 粧刀ᄂ 當치 아닌 거시왓ᄉ오니 엇지 疑心치 아니ᄒ오시리잇가 夫人 계오셔 妾 ᄉ랑ᄒ오시미 날로 더ᄒ오시니 鳳釵롤 주오쇼셔 ᄒ여도 주오실듯 ᄒ옵고 承相兩位 別世ᄒ오신 後의 鳳釵粧刀 뉘게 가올 거시라 미리 盜賊ᄒ리잇가 이ᄂ 반ᄃ시 ᄉ이예

47

奸人이 反間ᄒ여 妾을 謀害고져 ᄒ온 일이옵거나 그리치 아닌즉 鬼神이 가져다가 妾의 房의 두엇ᄉ거나 妾은 百番 죽어도 敢히 發明ᄒ올 길이 업ᄉ오니 이제 案前의셔 죽ᄉ거든 妾의 비롤 칼로 ᄶᅵ여 네 길거리예 다라두어시면 往來ᄒᄂ 사롬이 妾이 曖昧ᄒ온 줄을 아라보온 後에야 惡名을 벗ᄉ고 죽어 地下의 가와도 눈을 ᄀᆷᄉ올가 ᄇ라ᄂ니다 夫人겨오셔 妾의 알외ᄂ 말ᄉᆷ을 ᄇ리지 마로쇼셔 ᄒ고 하늘을 우러러 슬퍼 우다가 自手ᄒ려 ᄒ거늘 夫人이 淑香의 辭色

48

을 □□□□□□ᄒᄂ 말이 節節히 올ᄒ매 夫人도 ᄶᅵᄃᄅ셔 ᄉ이예 反間을 두도다 ᄒ여 淑香이 因ᄒ여 죽을가 疑心ᄒ여 부러 니ᄅ시되 네 말이 올ᄒ니 내 이제 드러가 承相ᄭᅴ 이 ᄉ연을 술아 怒롤 프러시게 ᄒ올 거시니 秋毫도 用慮말고 잇거라 ᄒ셔늘 淑香이 그 말ᄉᆷ을 感激ᄒ여 울며 니러 謝禮ᄒ더니 四香이 드러와 거즛 承相 말ᄉᆷ으로 夫人ᄭᅴ 엿ᄌᄌ오되 淑香의 行實이 不測ᄒ거늘 엇지 至今 머므로 두고 므슴 말ᄉᆷ을 ᄒ시ᄂ니잇가

淑香傳 下

1

淑香傳 下

그 글의 ᄒ여시되○슬프다 슉향아 험홀샤 팔지야 오셰예 부모롤 여희고 동셔 개
걸ᄒ니 눕이 다 쳔히 녀기ᄂᆞᆫ도다 십년을 고공사리ᄒ니 ᄆᆞᄎᆞᆷ내 악명을 면티 못ᄒ
도다 삼싱연분이며 월하연분으로 니랑을 만낫더니 원앙굽 덥지 못ᄒ여 니별은
ᄆᆞᄉᆞᆷ 췬고 오쟉교 ᄭᅳ저시니 면목을 엇지보며 약슈 삼쳔니 ᄀᆞ려시니 쳥됴 쇼식
어렵도다 이싱이 박명ᄒ니 일마다 블힝ᄒ여 할미 ᄆᆞ자 셰샹을 니별ᄒ여시니 뎐
지ᄂᆞᆫ 비록

2

광대ᄒ나 ᄒᆞᆫ 몸 의탁이 어렵ᄯᅩ다 싱젼의 서로 만나 볼 긔약이 업스니 ᄉᆞ휘라도
눈을 곱지 못ᄒ리로다 ᄒ엿더라○싱이 이 글을 보매 할미 죽은 줄을 알고 낭지
의탁홀 고지 업서 반ᄃᆞ시 죽을가 의심ᄒ여 슬피 우다가 개롤 밥주어 먹이고 글
을 지어 개 목의 미고 경계ᄒ되 할미 죽어시니 낭지 너만 미더 의지ᄒ여시니 ᄲᆞᆯ
니 도라가 낭ᄌᆞ롤 안보케 ᄒ여라 그 개 마리롤 조와 응ᄒ더라 낭지 홈자 안자
슬허ᄒ더니 날은 황혼이 되여가고 인젹은 새로이 초ᄐᆞᆼ셩도 듯지 못

3

ᄒ니 괴탄ᄒᆞᆫ ᄆᆞ음을 이긔지 못ᄒ여 ᄌᆞ결코져 깁슈건을 들고 창젼을 지혀 셔셔
슬하져 우더니 멀니셔부터 무어시 소리ᄒ고 오거늘 낭지 더욱 두려 우룸을 긋치
고 드르니 소리ᄂᆞᆫ 나모 븨ᄂᆞᆫ 아희 소리 ᄀᆞᆺᄐᆞ되 얼굴은 즘싱이어늘 고이히 녀겨
창을 닷고 ᄀᆞ만이 숨어보니 그 즘싱이 바로 드러와 문을 발노 허위며 개소리 ᄒ
거늘 그제야 갠줄 알고 반겨 내ᄃᆞ라 등을 쓰다드므며 니ᄅᆞ되 네조차 날을 ᄇᆞ리
고 어디롤 갓던다 그 개 부리롤 수기거늘 보니 목의 민 거시 잇거늘 卽時 글너보

니 李郞의 手筆이여늘

4

펴보니 書의 ᄒ여시되○낭지 前生 이싱 긋기기는 다 仙의 罪라 이왕ᄉ는 닐너 쇽졀업거니와 ᄒ번 離別ᄒ매 消息이 永絶ᄒ고 西山의 빗긴 ᄒ́l와 東嶺의 돗는 돌을 對ᄒ여 ᄒ갓 肝腸만 서기더니 千萬意外예 靑獅子 娘子의 手札을 傳ᄒ매 슬허ᄒ는 얼굴을 對ᄒ엿는닷 반갑고 哀慘ᄒ며 할미조차 죽다ᄒ니 눌을 의지ᄒ엿는고 孤單홈이 보는닷 ᄒ여이다 苦盡甘來오 興盡悲來라 ᄒ여시니 僥倖 ᄇ라건대 이번 東堂 榜末의나 참예ᄒ오면 내 平生 所願을 일워 娘子의 苦行격던 그

5

恩惠를 갑ᄉ올가 밤낫 願ᄒ는 ᄯᆺ지오니 千金ᄀ튼 身을 가븨야이 ᄇ릴 計較말고 李生 도라가믈 기ᄃ리쇼셔 붓들 잡고 죵회를 드러 書案알픠 臨ᄒ니 精神이 아득ᄒ여 萬段情懷를 다 못 記錄ᄒᄂ니 다만 ᄇ라건대 사라도 ᄒᆞᆫ디 잇고 죽어도 ᄒᆞᆫ디 감을 원ᄒᄂ이다 ᄒ엿거늘○娘子 片紙를 보고 울며曰 皇城은 예서 五百里라 ᄒ거든 네 엇지 잘 ᄎᆞ자 갓던다 네 갈 줄 아던들 내 ᄆᆞᆷ의 미친 情懷를 아니 뎍어 記錄ᄒ랴 ᄒ더라 잇튼날 그 개 집안 四面을 발노 허위여 깁피 ᄑ고

6

一應 器皿을 므러다가 ᄑᆞᆫ디 넛코 도로 흙을 몌오거늘 娘子 生覺ᄒ되 이 즘싱이 非常ᄒ니 一定 將來 므슴 患을 볼가 저허 집안 거슬 므더두고 볼 거시라 ᄒ엿더니 三日만의 서너 사ᄅᆞᆷ이 ᄀ만이 와 여어보다가 가거늘 娘子 ᄀ장 疑心ᄒ여 ᄒ더니 이윽ᄒ여 쇼튼 아히 지나가며 니르되 그놈들이 모다 오늘밤의 此家의 드러와 도적딜ᄒ려 ᄒᄂᆫᄯ다 ᄒ거늘 娘子 그 아히를 請ᄒ여 ᄌᆞ셔이 무르니 答ᄒ되 앗가 오며 드르니 其者들이 니르되 此家이 本ᄃ́l 보비 만타ᄒ니 其宝貨난 劫奪ᄒ여 ᄂ호고 其

7

女은 逸色이라 ᄒ니 其女을난 ᄃ려다가 겨집삼쟈 ᄒ더이다 娘子 이 말을 듯고
天地 망극ᄒ여 아ᄆ리홀 줄을 몰나 개ᄃ려 경셰ᄒ되 너도 그 아히 니ᄅ는 말을
드론다 盜賊의게 辱보고 죽ᄂ니 출하리 할믜 墓側의 가 죽고져 ᄒ니 날을 위ᄒ
여 할믜 墳墓롤 ᄀᄅ치라 其狗 머리롤 조와 應ᄒ거늘 娘子 죽을 제 니브려ᄒ던
조혼 옷 두어 가지롤 보의 싸가지고 나셔니 其犬 눕고 니지 아니ᄒ거늘 心中의
답답ᄒ여 집의셔 죽고져 ᄒ되 郎君의 書事도 生覺ᄒ며 할믜 墓下의 브드이 뭇티
고져 ᄆ음을

8

ᄎᆷ고 잇더니 其狗 어두온 후의야 娘子의 멘 보홀 무러당긔거늘 두고가쟈 ᄒ는가
ᄒ여 버서 ᄯᅡᆼ의 노ᄒ니 其狗 보홀 므러 제 등의 언거늘 고이히 녀겨 노ᄒ로 얼
거믜고 막대롤 내여 딥프니 其狗 그제야 나셔거늘 ᄯᅩᆯ와가니 一山 기슭의 가 안
거늘 보니 ᄒᆫ 墳墓잇거늘 이거시 一定 할믜 墳墓로다 ᄒ고 븟들고 우더니 입 ᄯᅢ
ᄂᆫ 보롬믜라 李尙書과 夫人이 翫月樓의 올나 ᄃᆞᆯ구경ᄒ시더니 고요흔 밤의 ᄇ롬
길의 슬픈 우룸소리 들니거늘 夫人曰 이 깁픈 밤의 엇던 사룸이 슬퍼우ᄂ니 ᄎ
자보라 ᄒ신대 마ᄎᆷ

9

李生의 乳父 眼前의 갓가이 잇다가 其令을 뫼와 우는 소리롤 ᄎ자 엇던 사룸이
완디 깁픈 밤의 山中의 드러와 우는고 뭇거늘 娘子 처음은 그 盜賊만 녀겨 人事
롤 定치 못ᄒ여 ᄒ다가 계유 人事롤 출혀 보니 나히 六十은 ᄒ여 뵈고 形狀이
純良ᄒ여 뵈거늘 그제야 己往苦行ᄒ던 일과 李郞 만나 洛陽 獄中의 굿기든 일이
며 혼자 외로이 잇다가 盜賊을 만나 조쳐온 緣故롤 ᄌᆞ셔이 니ᄅ고 내 八字 險惡
ᄒ니 출하리 아니살만 ᄀᆞᆺ디 못ᄒ다 ᄒ여 自決흔 후의 할믜 墓側의나 뭇치고져

이 깁픈 山中의 드러와

10

우노라 그 사름이 이 말을 듯고 놀나 절ᄒᆞ고 알외되 果然 그러ᄒᆞ다소이다 小人
은 李郎의 乳父ᅌᅮ더니 夫人의 命을 밧자와 왓습더니 이 山中의 외로이 겨옵시디
마로시고 小人의 집으로 가사이다 娘子曰 그디는 郎君의 乳父라ᄒᆞ니 郎君보온ᄃᆞᆺ
반가오니 이제 죽어도 혼이 업스리로다 尙書계옵셔 날을 업시고져 ᄒᆞ시ᄂᆞᆫ디 그
디의 집의 가면 내게 도라오는 患은 내 죄니 죽어 앗갑지 아니ᄒᆞ나 乳父는 날을
위ᄒᆞ여 그디 집의 드려왓다 萬一 아르시면 一定 그디 죄 니블 거시니 其形狀을
어니 面目으로 보고 이실 거시라

11

가리요 나는 춤아 못갈노라 乳父曰 娘子의 말ᄉᆞᆷ이 至極 맛당ᄒᆞ여이다 小人이 이
제 도라가 此緣由를 알왼 후의 回報ᄒᆞ올 거시오니 暫間 기드리셔 死生을 가보야
이 마로쇼셔 ᄒᆞ고 ᄂᆞᆫ듯 가더라 其乳父 간 후의 개 옷보홀 믈어다가 娘子의 알
픠 노ᄒᆞ며 顯顯이 닙과쟈 ᄒᆞᄂᆞᆫ 形狀이 잇거늘 娘子 오오며 오솔 닙고 니른되 네
날을 이 오솔 닙과쟈 ᄒᆞ거늘 닙어시니 네 날 죽을 줄을 반ᄃᆞ시 아ᄂᆞ니 내 뭇칠
굿을 퓌여든 드러 죽을 거시니 흙을 덥헛다가 郎君이 萬一 도라오셔든 내 무덤

12

을 ᄀᆞᄅ치라 其狗 블이롤 흔드러 尙書宅 다히로 向ᄒᆞ여 ᄇᆞ라볼 ᄯᆞ롬이오 굿폴
계괴 업거늘 娘子 혜오되 尙書 아르시면 반드시 害코져 홀 거시니 눔의 手의 죽
ᄂᆞ니 스스로 죽으미 올타 ᄒᆞ고 □手巾으로ᄡᅥ 목을 미려ᄒᆞ니 其狗 手巾을 믈어ᄯᅳ
고 미지 못ᄒᆞ게 ᄒᆞ거늘 娘子 니른되 네 퓌라 ᄒᆞ여도 퓌지 아니ᄒᆞ고 날을 죽도
못ᄒᆞ게 ᄶᅩᄒᆞ 말니 사랏다가 郎君을 다시 보리라 ᄒᆞ거든 할믜 墳墓의 올나 안
잣다가 ᄂᆞ려 墳上을 向ᄒᆞ여 세 번 절ᄒᆞ고 도로 올나 安坐면 果然 네 ᄯᅳᆺ이 날을

죽과져 ᄒ미 아니라

13

ᄒ니 그 狗 卽時 墳上의 올라 安坐다가 三度 절ᄒ고 ᄂ려 娘子의 겨ᄐ 안거ᄂ
娘子 니ᄅ되 너ᄂ 非常홈이 비홀더 업슨 獸生이로다 네 내 말을 應홈으로 아직
죽기ᄅᆯ 춤노라 ᄒ며 其 슬프믈 이긔지 못ᄒ여 우더니 其 乳父 제 집의 도라가
제 家母ᄃ려 娘子의 辭緣을 ᄌ시이 니ᄅ고 夫人 眼前의 이 말ᄉᆷ을 엿ᄌᆸ고 도라
가지 못ᄒᆫ ᄉ이예 萬一 自決ᄒ셔도 밧비 가 직희라 ᄒ고 夫人ᄭ 드러가 其辭緣
을 ᄌ시이 알외니 仙이 皇城의 갈제 ᄒ던 말ᄉᆷ을 ᄭ드라 크게 놀나시고 ᄯᅩ ᄀᆯ오
샤되 나ᄂ 요ᄉ이 정신이 외밧고여 니저

14

다가 仙의 解産ᄒᆯ제 仙女 와 이리이리 니ᄅ거ᄂ 힝유 니쥴가 ᄒ여 記錄ᄒ엿더니
其記錄ᄒᆫ 거슬 가지고 尙書과 ᄒᆫ가지로 펴보니 ᄒ여시되 이 아기의 配匹은 南陽
ᄡ 金典의 娘 淑香이라 오늘 이시라 ᄒ엿거ᄂ 夫人이 尙書ᄭ 엿ᄌᆞ오되 이 계집
의 일홈이 淑香이라 ᄒ니 하늘이 定ᄒ오신 配匹이라 드려다가 두옵고 根本도 아
오며 自ᄒᄂ 道理도 보오며 仙이 도라와 處置ᄒᄂ 양을 보사이다 尙書 許諾ᄒ
거ᄂ 轎子ᄅᆯ 내여 侍女 열홀 보내며 드려오라 ᄒ시다 입 ᄯᅢ 娘子 비야흐로 우노
라 ᄒ니 ᄒᆫ 할미 와 절ᄒ고 알외되

15

져적의 呂僕射宅으로셔 娘子ᄅᆯ 마ᄌ신다 ᄒᆸ더니 其後의 듯ᄌᆞ오니 洛陽 獄中의
셔 굿기신다 ᄒ오되 뵈올 길이 업ᄉ와 嗟歎ᄲᆞᆫ이옵더니 앗가 하라비 와 니ᄅ되
娘子 이 고더 와 겨오셔 苦초이 계시더라 ᄒ오매 顚倒이 ᄎᄌᆞ와 뵈ᄂᆞ이다 ᄒ여
ᄂᆯ 娘子 니ᄅ되 할미 郞君의 乳母라 ᄒ니 반갑기 無窮ᄒ다 ᄒ고 슬허 한숨디더
니 믄득 乳父 와 알외되 뫼시라 왓ᄂᆞ이다 알외거ᄂ 娘子 서너 번 辭讓ᄒ다가 니

르되 夫人겨옵셔 브르시는디 아니가면 싀父母의 命을 거스리미니 事禮예 맛당티

아녀 가믄 가려니와 다만 卑賤흔 사롬이 엇지 轎

16

子로 가리오 乳父 엿즈오되 이는 夫人의 命이오니 萬一 轎子로 아니가오시면 小

人 等의게 罪 잇스올가 두려ᄒᆞᄂᆞ이다 娘子 마지 못ᄒᆞ여 轎子롤 ᄐᆞ니 左右 香燭

이 羅聯ᄒᆞ여 잇고 侍女 거륵ᄒᆞ더라 中門의 드러가니 侍女 여러문 쌍이 나와 娘

子롤 맛거놀 翫月樓 우희 轎子롤 노거놀 娘子 ᄂᆞ려 緩緩이 거러드러가니 尙書와

夫人 安坐계신거놀 두 번식 절ᄒᆞ여 뵈오니 尙書 請ᄒᆞ여 갓가이 안치고 嗟歎ᄒᆞ여

니르되 져럿툿 卓越ᄒᆞ거든 仙이 엇지 苦惑지 아니ᄒᆞ리오 ᄒᆞ시더라 夫人은 눈물

지시고 니르되 어엿

17

블샤 娘子야 鴻顔薄命이로다 愁心의 쓰여도 져리ᄒᆞ거든 ᄆᆞ음이 平安ᄒᆞ면 楊大眞

趙飛燕인들 엇지 미ᄎᆞ리오 인ᄒᆞ여 父母의 姓名居住며 年歲롤 무르시거놀 娘子

니러 절ᄒᆞ고 엿즈오되 五歲의 亂中의 父母롤 여희옵고 길노셔 바자니옵고 東西

介乞ᄒᆞ여 돈니옵더니 某處 사ᄉᆞᆷ이 업어다가 南郡 쌍 張丞相宅 東山의 두오니 其

宅이 ᄆᆞ춤 無後ᄒᆞ시매 十年을 길너내옵시니 어버의 姓名居住는 아지 못ᄒᆞᄂᆞ이다

尙書曰 南郡 쌍 張丞相은 張松뿐이라 其宅의 잇다가 엇지 梨花亭 할믜宅의 왓던

다 娘子

18

엿즈오되 其宅 僕 四香이 妾을 謀害ᄒᆞ와 丞相의 粧刀와 夫人 金鳳釵롤 盜賊ᄒᆞ엿

다가 妾의 房의 두고 妾이 盜賊ᄒᆞ온 양으로 讒訴ᄒᆞ여 丞相ᄭᅴ 알외오니 丞相이

大怒ᄒᆞ셔 내티오시니 發明ᄒᆞ올 길이 업스와 表津이란 물의 ᄲᅡ지오니 모쳐 採蓮

ᄒᆞ는 아ᄒᆡ들이 건져내오와 東다히 길노 가라ᄒᆞ옵거놀 孤單이 돈니옵다가 힝혀

辱볼가 저허 거즛 病人인 톄 ᄒᆞᆸ고 東西 介乞ᄒᆞᆸ더니 蘆田이라 ᄒᆞᆸᄂᆞᆫ ᄯᅡᆼ의
와 火災롤 만나오니 火德眞君이란 하라비 救ᄒᆞ여 살나내오되 오슬 다 티와스오
매 벗고 가옵지

19

못ᄒᆞ혀 몸을 덤블의 곱초옵고 우옵더니 梨花亭 할믜 지나가다가 보옵고 殘忍이
녀겨 ᄃᆞ려다가 두엇ᄉᆞᆸᄂᆞᆫ 거슬 呂僕射宅의셔 求婚ᄒᆞ오시며 할미 거스지 못ᄒᆞ온
일이옵고 倚托ᄒᆞ올 고지 업ᄉᆞ와 다만 쳥삽살개 ᄒᆞ나만 의지ᄒᆞ엿ᄉᆞᆸ더니 어제 져
녁의 盜賊의 形跡이 잇ᄉᆞᆸ거놀 妾이 홀노 生覺ᄒᆞ오되 눕의 手의 죽ᄉᆞᆫᄂᆞ니 할믜
墓側의 가 죽으려 ᄒᆞ여더니이다 尚書日 네 張丞相宅의셔 할믜宅을 몃둘만의 온
다 娘子 엿ᄌᆞ오되 蘆田이라 ᄒᆞᆸᄂᆞᆫ디 와 ᄒᆞᄅᆞ밤 자옵고 이튼날 왓ᄂᆞ

20

이다 尚書 大驚日 南郡셔 洛陽이 三千三百里니 千里馬롤 타셔도 그리 쉬이 못오
려든 이틀만의 온다 ᄒᆞ니 ᄀᆞ장 고이ᄒᆞ와 夫人이 ᄯᅩ 무르시되 네 일홈은 므어시
며 나흔 머치나 ᄒᆞ며 父母ᄂᆞᆫ 뉘라 ᄒᆞᄂᆢ 淑香이 엿ᄌᆞ오되 일홈은 淑香이옵고
나흔 十六歲옵고 生月生時ᄂᆞᆫ 己丑 四月 初八日 亥時옵고 父母의 姓名居住ᄂᆞᆫ 모
ᄅᆞ올소이다 夫人日 네 그리 오려셔 父母롤 여희여시면 엇지 父母의 姓名居住ᄂᆞᆫ
모로고 生月生時ᄂᆞᆫ ᄌᆞ시 아ᄂᆞᆫ다 娘子 엿ᄌᆞ오되 父母 여희올졔 ᄒᆞᆫ 錦囊을 치옵고
갓ᄉᆞ거놀 ᄌᆞ라온

21

후의 보오니 그리ᄒᆞ엿더이다 ᄒᆞ고 내여드리니 비단의 金字로 써시되 일홈은 淑
香이오 字ᄂᆞᆫ 月宮仙이오 己丑 四月 初八日 亥時라 ᄒᆞ엿더라 처음의 金典이 王均
의 말을 듯고 힝여 일홀가 疑心ᄒᆞ여 치왓더라 夫人이 괴특이 녀겨 니ᄅᆞ되 나토
내 아돌의 同甲이오 일홈도 仙이 解産ᄒᆞᆯ 제 仙女 와 니ᄅᆞ던 일홈이로되 姓을 모

로니 답답ᄒ다 尙書曰 其書을 보오니 金字로 寫시니 아니 金氏가 娘子 엿ᄌ오되
요ᄉ이 듯ᄌ오니 前日 洛陽令 ᄒ엿ᄉ던 金典이 父母라 ᄒ더이다마ᄂ 엇지 알니
잇가

22

尙書曰 果然 그러ᄒ면 죽ᄒ랴 夫人曰 金典의 門支 엇더ᄒ니잇가 尙書曰 吏部尙
書ᄒ던 雲水先生의 아들이니 죽ᄒ리잇가 夫人曰 오래면 自然 알니로소이다 ᄒ고
仙이 잇던 鳳游亭의 下處ᄒ라 ᄒ시다 仙이 부리던 待女들이 다 ᄉ랑ᄒ더라 이튼
날 夫人이 니ᄅ되 네 집의 므어시 잇ᄂ냐 娘子曰 衣服器皿을 다 뭇고 왓ᄉ오니
盜賊 곳 아니가져갓ᄉ오면 이시리이다 夫人曰 그디 곳 아니가면 어디 무든 줄을
아라 가져오리요 娘子 엿ᄌ오되 妾이 ᄃ려온 其狗 其所를 아오니 아니가와도 가
져오리

23

이다 ᄒ고 乳父를 블너 니ᄅ되 狗 조차 가라ᄒ거늘 夫人이 안ᄆ음의 괴이히 녀
기더라 이윽ᄒ여 乳父 사ᄅ 여러문의게 財物을 지고 와 엿ᄌ오되 므덧던 거슬
다 가져왓ᄉ오되 집안의 잇던 거ᄂ 다 업더이다 夫人曰 므든 고들 엇지 안다 엿
ᄌ오되 狗足노 허위ᄂ 고들 ᄑ 가져왓ᄂ이다 夫人이 ᄆ음의 괴이히 녀기더라 夫
人이 娘子ᄃ려 무ᄅ되 그디 계집의 일의 므슴 일을 비힛ᄂ다 娘子 엿ᄌ오되 어
버이 일 여희옵고 定處업시 ᄃ니옵던 거시오매 비혼 일은 업ᄉ거니와 본 곳 잇
ᄉ오면 형용이야 아니ᄒ리잇가

24

夫人이 비단 ᄒ 필을 내여주시며 니ᄅ되 尙書 요ᄉ이 皇城의 가실 거시니 冠帶
더러워시되 내 눈 어두어 못ᄒ니 前冠帶대로 ᄒ여보라 ᄒ시거늘 娘子 비단을 맛
다 가지고 房의 드러가보니 비단이 奇特디 아니ᄒ거늘 ᄆ음의 혜오되 이 거스로

는 尙書 冠帶를 못지을 거시로되 才操를 施驗ᄒᆞ려 ᄒᆞ시는쏘다 ᄒᆞ고 前의 쌧던 同色 비단을 내여 三日內예 지엇더니 侍女 보고 夫人끠 엿ᄌᆞ오되 娘子 불셔 冠帶를 못찻더이다 夫人이 笑曰 내 져머실 제 바ᄂᆞ질이 미츠리 업스되 冠帶 짓기ᄂᆞᆫ 닷새를 노티

25

못ᄒᆞ여거든 娘子 아므리 才操 能ᄒᆞ다 三日內 엇지ᄒᆞ리오 一定 거즛 거슬 ᄒᆞ엿쏘다 ᄒᆞ시고 娘子를 블너 무르시니 娘子 冠帶를 가져다가 드리며 엿ᄌᆞ오되 처음이오니 制度를 잘 못ᄒᆞ엿는가 ᄒᆞᄂᆞ이다 夫人이 보시고 긔특이 녀겨 니ᄅᆞ되 手品制度 前冠帶예셔 倍勝ᄒᆞ고 이 비단이 내준 거시 아니니 어듸셔 나뇨 娘子 엿ᄌᆞ오되 주어신 비단은 極盡치 못ᄒᆞᆸ거늘 妾이 할믜 집의 잇스올 제 심심ᄒᆞ와 ᄡᅥ온 비단이 잇ᄉᆞᆸ더니 色이 ᄀᆞᆺ습거늘 밧고와 지엇ᄂᆞ이다 夫人이 稱讚ᄒᆞ시고 冠帶를 가지고 尙書끠 가시니 尙書

26

닙어 보시고 니ᄅᆞ되 夫人이 年滿ᄒᆞ오신 後의ᄂᆞᆫ ᄆᆞ음의 맛당ᄒᆞᆫ 冠帶를 못닙어습더니 此冠帶ᄂᆞᆫ 夫人이 졈어실적도곤 잘ᄒᆞ여 계시니 늘게야 호ᄉᆞ호게 ᄒᆞ엿ᄂᆞ이다 夫人曰 비단은 엇더ᄒᆞ니잇가 答曰 極盡ᄒᆞ여이다 夫人曰 비단도 淑娘子의 ᄡᅮᆫ 배오 冠帶도 淑娘子의 손씨로소이다 尙書 大驚ᄒᆞ여 侍女를 命ᄒᆞ여 娘子를 請ᄒᆞ여 重賞ᄒᆞ시고 稱讚ᄒᆞ시기를 마지아니ᄒᆞ시더라 夫人이 笑曰 아들을 나아 이런 며ᄂᆞ리를 어더시니 이제도 妾을 疎薄ᄒᆞ시고 다ᄅᆞᆫ 듸 가실 ᄯᅳᆺ지 잇ᄂᆞ니잇가 ᄒᆞ시고 서로 우으시더라 一日은 皇

27

帝 命牌ᄒᆞ여 尙書를 브ᄅᆞ시니 尙書 行李를 출혀 明日노 길나려 ᄒᆞ시니 胸背를 보시고 니ᄅᆞ되 此冠帶 胸背 하 무형ᄒᆞ니 胸背를 엇고져 ᄒᆞ시거늘 夫人曰 아모

만갑슬 주온들 尚書品의 둘 胸背 쉬오리잇가 娘子 엿ㅈ오되 尚書品의는 무슴 胸背롤 부티ㄴ니잇가 夫人曰 尚書는 一品이라 白鶴을 부치ㄴ니라 娘子 엿ㅈ오되 妾이 暫間 繡딜을 아옵더니 ㅎ여 보사이다 夫人曰 그딕 才操 비록 非常ㅎ나 胸背는 녜ㅅ 繡과 다르고 行次 臨迫ㅎ여시니 미ㅊ ㅎ지 못ㅎ리라 娘子 새도록 胸背繡룰 노화

28

가지고 잇튼날 平明의 드러가니 夫人과 尚書 보시고 놀라 니르되 娘子는 진짓 神仙이이다 尚書 京城으로 가며 夫人의 請ㅎ여 日 夫人은 娘子롤 어엿비 녀기쇼셔 再三 請ㅎ니 夫人曰 내 平生 願이 아돌과 ㅈ튼 配匹을 엇고져 ㅎ더니 이런 仙女롤 어덧습거든 엇지 그름이 이시리잇가 ㅎ더라 尚書 皇城의 가 肅拜ㅎ오니 皇帝 引見ㅎ시더니 尚書의 冠帶와 胸背롤 보시고 問왈 魏公이 뎌 冠帶와 胸背롤 어딕 가 어든다 答曰 臣의 며느리 손씨로소이다 帝曰 卿의 아돌이 죽어ㄴ냐 엿ㅈ오되 사라ㄴ이다 내 卿의 冠帶롤 보니 비단 紋은 銀河

29

水롤 向ㅎ엿고 胸背는 雙일혼 鶴의 形狀이니 大바다 가온더 白鶴이 雙을 일코 孤單흔 톄라 卿의 아돌이 時方 사라시면 其 계집이 失雙흔 舉動을 놈이 알게 ㅎ여ㄴ뇨 尚書 절ㅎ고 엿ㅈ오되 聖上은 眞實노 日月의 精氣롤 두어 계시도소이다 ㅎ고 仙이 淑香어든 辭緣을 ──히 알외니 皇帝 稱讚 歎曰 계집의 節行이며 才操 古今의 업스니 卿의 忠孝롤 하늘이 아르셔 어진 사룸을 주시도다 ㅎ시고 賞賜 만히 ㅎ셔늘 魏公이 謝恩ㅎ고 도라와 皇帝 말슴을 夫人의 傳ㅎ고 賞賜ㅎ신 거슬 다 娘子롤 別給ㅎ

30

고 더욱 사랑ㅎ시도라 尚書宅의 이셔 ᄆ옴이 平安ㅎ니 얼굴이 녜예셔 새로온지

라 아니 稱讚ᄒ리 업더라 生이 大學의 이셔 狗보낸 후의 娘子의 消息을 몰나 도라오고쟌 ᄆᆞ음이 비야되 尙書 及第 못ᄒ 前일난 뵈지 말나 ᄒ여계시니 감히 오지 못ᄒ더니 이적의 大史員이 엿ᄌᆞ오되 요스이 년ᄒ여 大乙星이 大學의 빗최엿고 모든 별이 扈衛ᄒ여시니 分明이 大學의 엇진 사롬이 잇ᄂᆞᆫ가 ᄒᄂᆞ이다 皇帝 卽時 傳敎ᄒ샤 長安 션비롤 모화 謁聖홀시 仙이 壯元의 샌이니 皇帝 ᄀᆞ장 깃그샤 金門直史의 翰林學士롤

31

除授ᄒ시니 仙이 謝恩ᄒ고 家으로 도라올제 二路에 先文노코 오니 郡縣守令이 敬對아니리 업고 보는 재 다 稱讚ᄒ더라 洛陽의 다ᄃᆞ라 淑夫人믜 알외되 내 이리 貴히 되읍기 大聖寺 부쳐의 德이오니 갈 길의 몬져 謝禮ᄒ고 가올 거시니 夫人은 몬져 가오셔 慶讌 긔구롤 출오쇼셔 ᄒ고 大聖寺의 ᄃᆞ녀 娘子의 家의 오니 人跡이 업고 쑥바티 되엿거늘 罔極ᄒ여 쌍을 두드리며 하늘을 브르디디며 니ᄅᆞ되 娘子 날노 ᄒ여 苦行ᄒ다가 죽어시니 내 이제 公候되다 무어시 貴ᄒ리요 父母을 다시 보온 후에

32

娘子의 墓側의 가 ᄒᆞᆫ가지로 죽으리라 ᄒ고 家의 도라오니 父母 깃거 中門의 나와 마ᄌᆞ시되 仙이 華色이 업거늘 尙書 問曰 네 靑年의 及第ᄒ여 우리게 榮華롤 뵈니 ᄆᆞ음의 不足ᄒᆞᆫ 일이 업거늘 눈믈 흔젹이 잇고 낫치 愁色이 만흐뇨 仙이 기리 흔숨지고 對答 아니ᄒ거늘 夫人이 그 뜻을 알고 니ᄅᆞ되 淑娘子 죽엇ᄂᆞᆫ가 슬허ᄒᄂᆞᆫ다 내 네 뜻들 바다 집의 ᄃᆞ려완지 오랜지라 生이 엿ᄌᆞ오되 먼길의 驅馳ᄒ여 오옵다가 酒을 먹습기의 氣氳이 因ᄒ여 그러ᄒ여이다 ᄒ고 冠帶롤 벗고 欄干을 지혀 눕거늘 夫人이 등을

33

ᄆᆞ지며 侍女ᄅᆞᆯ 命ᄒᆞ여 娘子ᄅᆞᆯ 뫼셔오라 ᄒᆞ고 드러가시다 娘子 나와 翰林의 ᄉᆞ매
ᄅᆞᆯ 자바 니ᄅᆞ혀며 니ᄅᆞ되 氣氳이 因ᄒᆞᆸ실 거시니 妾의 房으로 가자이다 仙이
暫間 눈을 드러보고 반갑기ᄅᆞᆯ 測量치 못ᄒᆞ여 미친 사ᄅᆞᆷ 굿더라 生曰 僥倖으로 及
第ᄒᆞ여 벼슬ᄒᆞ니 榮華 極ᄒᆞ되 娘子ᄅᆞᆯ 위ᄒᆞ여 朝暮의 肝腸을 스로다가 올 길의
梨花亭의 드니 人跡이 업ᄉᆞ니 반남아 서근 肝腸이 거의 슬엇더니 오늘날 天幸으
로 娘子ᄅᆞᆯ 만나시니 이제야 므슴 不足ᄒᆞᆫ 일이 이시리잇가 ᄒᆞ고 娘子ᄅᆞᆯ ᄃᆞ리고
鳳游亭

34

으로 드러가니 보는 사ᄅᆞᆷ이 니ᄅᆞ되 져런 因緣을 尙書 엇지 말니려 ᄒᆞ시던고 ᄒᆞ
더라 學士 娘子ᄃᆞ려 할미 죽은 일을 무론대 娘子 한숨지고 曰 오늘은 榮華로 지
낼 날이오니 妾이 셜온 懷抱란 훗일 녯말삼아 ᄒᆞ사이다 ᄒᆞ더라 尙書宅의셔 三日
慶讌ᄒᆞ고 淑夫人宅의셔 三日 慶讌ᄒᆞ니 隣里親戚이 娘子 아니稱讚ᄒᆞ리 업더라 一
日은 尙書 學士ᄃᆞ려 曰 淑娘子 人物行實이 不足ᄒᆞᆫ디 업스되 네 날을 모로게 取
妻ᄒᆞ여시니 士林의 是非 잇고 梁王의 許婚ᄒᆞ여시니 엇치 ᄒᆞ리오 ᄒᆞ시거ᄂᆞᆯ 學士
엿ᄌᆞ오되 다 쉬온 일

35

이오니 小子 아니아라 ᄒᆞ리잇가 ᄒᆞ고 卽時 娘子 어든 前後曲節을 다ᄒᆞ여 上疏ᄒᆞ
니 皇帝 淑香의 일을 임의 드러계신지라 侍臣ᄃᆞ려 曰 이 계집의 節行이 古今의
웃틈이니 特命으로 貞烈夫人을 封ᄒᆞ노라 ᄒᆞ신대 諫官이 엿ᄌᆞ오되 계집의 벼슬은
男子의 品職을 존는 거시오니 李仙이 五品의 잇ᄂᆞᆫ디 그 계집을 몬져 一品 封
ᄒᆞᆸ기 맛당티 못ᄒᆞ여이다 帝曰 그러면 獨女는 비록 節行이 이셔도 벼슬을 못ᄒᆞ
려 ᄒᆞ시고 李仙을 도도와 諫議大夫 玉堂門顯의 翰林學士ᄅᆞᆯ 兼ᄒᆞ여 忠誠으로 셤
기니 皇帝 극키 ᄉᆞ랑

36

ᄒ시고 朝廷이 다 推尊ᄒ더라 梁王이 사ᄅᆞᆷ브려 婚姻을 催促ᄒ니 尙書 推托홀 일이 어려워 ᄒ거늘 仙이 엿ᄌᆞ오되 自然 公道로 이 頒홀 일이 잇ᄉᆞ오니 勤心마ᄅᆞ쇼셔 ᄒ더니 마ᄎᆞᆷ 荊楚 地方이 年惶ᄒ여 百姓이 서로 亂을 지어 댱ᄎᆞᆺ 紛紛ᄒ게 되여시니 皇帝 ᄀᆞ장 勤心ᄒ시거늘 仙이 엿ᄌᆞ오되 變化ᄒ기는 年惶도 ᄒᆞ오며 荊楚地境 官員이 百姓을 뎨어치 못ᄒᆞᆫ 일이니이다 비록 小臣이 才操 업ᄉᆞ오나 荊楚 ᄯᅡᆼ의 一守令이 되여 亂을 업시ᄒ리이다 皇帝 大喜ᄒᆞ샤 荊楚刺史롤 拜ᄒᆞ이시고 荊楚地方을 다 맛지시니 仙이

37

謝恩ᄒ고 家의 도라오니 尙書曰 大丈夫 되여셔 어버이 셤길 날은 덕고 님군 셤길 날은 만타ᄒ니 네 功名으로 가는 길히니 훈치 아니ᄒᆞ거니와 써나는 情이 섭섭ᄒ고 그 ᄯᅡ히 盜賊이 만타ᄒ니 ᄆᆞᆷ의 分別ᄒ노라 刺史 엿ᄌᆞ오되 此度 길은 우흐로 나라흘 위ᄒᆞ미오 아래로 梁王의 婚事롤 據絶홈이니 念慮마로쇼셔 ᄒ고 娘子ᄃᆞ려 曰 나는 皇命으로 몬져가오니 夫人은 미ᄎᆞ 오쇼셔 娘子 答曰 그리ᄒ오려니와 荊州셔 南郡이 언마나 ᄒᆞ니잇가 仙이 答曰 南郡은 荊州 屬ᄒᆞᆫ 고을이니 지나는 길이니이다 夫人曰 我 가올 길의 恩惠 갑ᄉᆞ올 ᄃᆡ 잇ᄉᆞ오니

38

엇지ᄒ리잇가 刺史曰 任意로 ᄒ쇼셔 ᄒ고 父母ᄭᅴ 下直ᄒ고 길을 가니라 이적의 荊楚 百姓이 刺史 새로 온단 말 듯고 殺肉을 行홀가 두려ᄒ더니 各官의 巡曆ᄒ며 어진 일난 벼슬을 놉피고 사오나온 일난 내지며 官穀을 흣터 百姓을 賑救ᄒ니 百姓이 感激ᄒ여 어진 百姓이 되여 刺史의 德澤을 못내 稱讚ᄒ더라 尙書 娘子ᄃᆞ려 니ᄅᆞ되 荊楚의 盜賊이 만흐니 그ᄃᆡ 보내기롤 念慮ᄒ더니 此제 임의 平定ᄒ엿고 刺史 그리워홀 거시니 쉬이 行次롤 출혀가라 娘子 卽時 祭奠을 ᄀᆞ초와

할믜 墳墓의 下直ᄒ고 삽살狗롤 飮食 만히 먹이고

39

등을 슬며 니르되 너 곳 아니런들 볼셔 此地 흙이 되여시라 ᄒ고 졍히 슬허ᄒ더
니 其狗 발노 ᄯᅡᆼ을 긔져겨 글ᄌᆞ롤 민ᄃ라시되 緣分이 盡ᄒ여시니 예셔 ᄯᅥ나ᄂᆞ이
다 ᄒ엿거늘 娘子 보고 大驚曰 널노 더브러 苦行을 ᄒᆞᆫ가지로 지내다가 이제 貴
히 되여시니 당당히 네 恩惠롤 갑프려ᄒ엿더니 이제 어ᄃ로 가려ᄒ는다 其狗 브
리로 할믜 墳上을 ᄀᆞ르치고 娘子ᄭᅴ 두 번 절ᄒ고 두어 거롬을 가더니 娘子롤 도
라보고 크게 흔소리 ᄒ니 우리ᄀᆞᆺ더라 믄득 거믄 구롬이 四面의 ᄭᅵ이고 간ᄃᆡ 업
거늘 娘子 눈믈지고 니르되 하늘 獸生이랏다 ᄒ고 棺槨

40

을 ᄀᆞᆺ초와 狗엿던 ᄃᆡ 뭇고 祭文지어 祭ᄒ고 길나 荊州로 가며 祭文 祭物을 ᄀᆞᆺ초
와 가더니 蘆田의 다ᄃ라 火德眞君의 德을 生覺ᄒ고 親히 祭ᄒ더니 술은 업고
져븨알만ᄒ 眞珠 담겻거늘 ᄆᆞ음의 괴이히 녀겨 가지고 가더니 알픠 큰 믈이 잇
거늘 무르되 이 믈이 表津이란 믈이냐 下人이 알외 揚津이란 믈이오니 表津믈
과 連ᄒ여ᄂᆞ이다 夫人曰 이 믈노 表津믈노 가리라 ᄒ셔늘 答ᄒ여 알의되 이 믈
노셔 表津으로 가려ᄒ오면 여러 바다흘 건너고 水路 險ᄒ오매 이 믈을 건너 셔
다히로 가ᄉᆞ이다 夫人이 ᄆᆞ음의 甚히 서운ᄒ여 ᄒ시더니 忽然

41

미친 ᄇᆞ람이 니러나 하늘의 다하고 船 가기 살가ᄃᆺ ᄒ니 舟中 사롬이 니러나 다
넉슬 일허 두려ᄒ더니 이윽고 ᄇᆞ룸이 자며 믈결이 고요ᄒ여 비는 從容ᄒ되 ᄀᆞ을
보지 못ᄒ여 시롬ᄒ더니 믈 우흐로셔 뎌소리 나거늘 夫人이 珠簾을 들고 보니
前의 表津믈의 ᄲᅡ져실제 건져낸 仙女러라 반겨 말을 뭇고져 ᄒ더니 그 비 ᄂᆞᆫ
ᄃᆺ시 디나가며 그 仙女 글을 읊프되 往年 今日의 이 믈의 와 淑娘子롤 만낫더니

今年 今日의 淑夫人을 만나도다 반갑다마는 人間이 번거ᄒᆞ여 말을 못ᄒᆞᄂᆞ니 어
디 가 火德眞君의 火光珠를 어더

42

모든 사름의 주림을 救ᄒᆞᆯ고 ᄒᆞ더라 夫人은 그 아ᄒᆡ 얼굴이며 소리를 아오되 舟
中 사름들은 모로더라 夫人이 싱각ᄒᆞ되 前日 蘆田의셔 火德眞君의게 祭ᄒᆞᆯ 제 어
든 구슬이 一定 火珠로다 ᄒᆞ고 쏠을 씨서 그릇시 담아 그 우희 火珠를 노하두니
절노셔 니겨 밥이 되엿거늘 모다 謝禮ᄒᆞ여 曰 夫人은 眞實노 天神이로다 ᄒᆞ더라
이윽ᄒᆞ여 ᄒᆞᆫ 고디 다드ᄅᆞ니 이는 表津이라 沙工이 大驚曰 揚津셔 表津이 一千九
百里니 順風을 만나도 열흘 너예 오기 어렵고 水路 險ᄒᆞ여 百의 ᄒᆞ나도 無事ᄒᆞ
리 업더니 此度은 ᄒᆞᄅᆞ

43

ᄉᆞ이예 와시니 실노 괴이타 ᄒᆞ더라 夫人이 龍王夫人을 위ᄒᆞ여 祭奠을 ᄀᆞ초고 祭
文지어 親히 祭ᄒᆞ더니 믈속으로셔 五色 구름이 니러나 비예 ᄌᆞ옥ᄒᆞ엿더니 이윽
고 雲이 거드며 祭物은 업고 그릇마다 온갓 宝珮 담겻고 술잔 가온디 ᄒᆞᆫ 구슬이
담겨시되 비츤 블빗ᄀᆞᆺ고 크기 올희알만 ᄒᆞ더라 夫人이 혜오되 一定 龍王이 欽饗
ᄒᆞ시도다 ᄒᆞ고 宝珮를 거두어 가지고 무터 ᄂᆞ리니 下人이 엿ᄌᆞ오되 此地은 荊州
屬ᄒᆞᆫ 南郡이니 바로 고을노 行次ᄒᆞ오시리잇가 夫人曰 南郡 張丞相宅이 어디니
게 가 下處ᄒᆞ라

44

下人이 卽時 南郡의 긔별ᄒᆞ니 大守 草伏이 卽時 威儀를 ᄀᆞ초와 親히 마자 張丞
相宅으로 갈ᄉᆡ 扈衛ᄒᆞᆫ 軍士 五百 手甲을 닙엇고 香블든 侍女 七宝壯嚴ᄒᆞ엿더라
夫人이 금덩ᄐᆞ고 風流自樂ᄒᆞ며 드러가니 보는 재 다 稱讚ᄒᆞ고 쏠둔 집이 아니
부러ᄒᆞ리 업더라 張丞相이 鋪陳帳幕을 빗나게 ᄀᆞ초와 迎春堂의 排設ᄒᆞ엿더니 입

째 졍히 三月이라 夫人이 迎春堂의 드러시며 張丞相이 밧긔 와 問案드리고 其夫
人이 春紅을 보내여 傳語ᄒ되 貴ᄒ온 힝ᄎ 더러온 디 오시니 光彩 비增ᄒ여이다

45

마춤 오늘이 祭事지내는 날이오매 卽時 뵈옵지 못ᄒ오니 主人의 녜 아니로소이
다 ᄒ여 계시거늘 貞烈夫人이 回答ᄒ되 지나가는 손이 下處홈도 多幸ᄒ옵거든
ᄒ믈며 致賀ᄒ오시니 不勝感激ᄒ여이다 ᄯᅩᄌᆞ온 婦女 허믈이 업ᄉ올 거시니 가을
재 뵈옵고 가리이다 丞相夫人이 春紅ᄃ려 問曰 其夫人이 人物이나 긔자ᄒ더냐
엿ᄌᆞ오되 三千侍女 侍衛ᄒ엿고 말슴도 侍女로 傳ᄒ오니 얼굴은 아지 못ᄒ오되
夫人이 지은 글이라 ᄒ고 侍女들이 외오옵거늘 듯ᄌᆞ오니 글은 잘 ᄒ시는가 시브
더이다 夫人曰

46

네 그 글을 외올소냐 春紅이 卽時 五十餘句롤 외와 알외니 그 글 뜻든 지난 히
迎春堂 봄을 만나니 뎌 玉階에 곳지 나의 더디 醉홈을 웃더니 올히 쏘 迎春堂
봄을 만나니 뎌 玉階에 곳지 날을 다시 보고 웃는쏘다 곳츤 반가온 ᄆᆞ음을 이긔
지 못ᄒ여 우오나 나는 네 일을 生覺ᄒ고 슬허ᄒ는쏘다 丞相曰 其詩 쓰든 文章
이로다마는 其宅이 처음으로 와셔 迎春堂을 前의 본ᄃᆞ시 ᄒ여시니 괴이타 ᄒ더
라 夫人이 迎春堂의셔 侍女로 더브러 □다가 밤이 깁픈 후의 자더니 꿈의 丞相
夫人 계신

47

디 드러가니 房안의 제 畵像을 걸고 前祭物을 버려두고 夫人이 울며 니르되 슬
프다 淑香아 너도 어더 가 사라시면 져 夫人ᄀᆞ치 貴히 될 거슬 엇지 죽은다 ᄒ
고 슬허ᄒ는 눈믈이 비오듯 ᄒ거늘 貞烈夫人이 其祭物은 다 먹고 ᄭᅵ드르니 고요
ᄒᆫ 밤의 녀편너 우름소리 잇거늘 侍女로 ᄒ여곰 드르라 ᄒ시니 侍女 도라와 엿

ᄌ오되 主人夫人이 우ᄅ시며 니ᄅ되 이리이리 ᄒ시더이다 ᄒ거늘 貞烈夫人이 歎
曰 夫人과 나는 혼ᄉᆼ 緣分이 아니로다 오늘이 내 表津믈의셔 죽던 날이니 날을
爲ᄒ여 祭ᄒ고 우ᄅ시는

48

ᄯᅩ다 ᄒ고 ᄆᆞ음의 感激ᄒ여 ᄒ더니 잇튼날 丞相夫人이 나신다 ᄒ여늘 貞烈夫人
이 各別이 衣服을 侈麗ᄒ고 마자 坐定ᄒ 후의 丞相夫人이 致賀ᄒ시고 인ᄒ여 잔
지를 시작ᄒ니 飮食器皿이 다 꿈의 보던 거시러라 貞烈夫人이 謝禮ᄒ여 알의오
되 遠路의 驅馳ᄒ여 오오니 氣力이 困ᄒ여 貴宅의 머므ᄋᆸ더니 極히 寬對ᄒᆞᆸ시
니 不勝感激ᄒ여이다 夫人이 問曰 夫人겨오셔 年歲 멋티나 ᄒ시니잇가 答曰 이
제야 二十이로소이다 丞相夫人이 기리 歎息ᄒ고 눈물을 흘니시거늘 貞烈夫人이
問曰 므슴

49

일을 爲ᄒ여 뎌리 슬허ᄒ시ᄂᆞ니잇가 答曰 前生罪 重ᄒ여 子息이 업ᄉᆸ더니 늣게
야 눔의 ᄯᅡᆯ 子息을 어더 기ᄅᆞᆸ더니 죽언디 다섯 ᄒᆡ옵고 오늘이 제 죽은 날이오
매 밤의 祭ᄉ지내ᄋᆸ더니 夫人이 죽은 子息의 同甲이올ᄉᆡ 子息을 生覺ᄒᆞᆸ고 슬
허ᄒᄂ이다 ᄒ고 서로 말슴ᄒᆞᆯᄉᆡ ᄀᆞ치 와 欄干 알픠셔 울거늘 貞烈夫人曰 前의도
ᄀᆞ치 뎌리 울오셔 이미ᄒᆞᆫ 淑香을 惡名 어더 죽다ᄒ더니 오늘은 므슴 일노 우는
고 丞相夫人이 大驚ᄒ여 問曰 夫人이 엇지 淑香의 일을 아ᄅ시ᄂᆞ니잇가 答曰 ᄒᆞᆫ
사름이 簇子를 ᄑᆞᆸ거늘

50

사셔 보오니 其簇子 題目의 淑香의 辭說을 다ᄒ엿더이다 貞烈夫人이 卽時 侍女
를 命ᄒ여 簇子를 가져다가 ᄇᆞ람벽의 걸고보니 사슴이 슉향을 어버다가 張丞相
宅 東山의 두니 牧丹미티셔 조을거늘 丞相이 竹杖딥고 親히 가보고 大驚ᄒ여 夫

人을 請ᄒ여 뵈던 形狀이며 迎春堂의셔 잔치홀 제 갓치 만나 근심ᄒ던 일이며 惡名엇고 夫人 眼前의셔 ᄒ던 일이며 제 房의셔 글짓던 形狀과 四香의게 驅迫ᄒ여 表津믈의 ᄲᅡ디던 일을 ᄎᆞ례로 歷歷히 그려시니 그 적 일이 눈의 버럿ᄂᆞᆫ듯 ᄒ거늘

51

丞相夫人이 보시고 소리나ᄂᆞᆫ 줄을 ᄭᅢᄃᆞᆺ지 못ᄒ여 痛哭ᄒ시거늘 貞烈夫人이 問曰 그림을 보시고 이러ᄐᆞᆺ시 슬허ᄒ시ᄂᆞ니잇가 妾이 前의 이 그림을 보왓ᄉᆞᆸ던 거시라 이 집 일홈이 迎春堂이요 맛줌 갓치 와 울거늘 위연이 ᄒᆞ온 말ᄉᆞᆷ을 夫人이 져리 슬허ᄒ시니 도로혀 未安ᄒ여이다 丞相夫人이 늦기고 말ᄉᆞᆷ을 못ᄒ시다가 계유 니ᄅᆞ되 이 그림이 우리 집을 歷歷히 그려시니 엇지 ᄭᅴ리잇가 ᄒ고 因ᄒ여 淑香이 어더 기ᄅᆞ던 일이며 四香이 별악맛던 일이며 表津믈의 가 죽엇던 일이며 妾이 病드러 죽게 되니 丞相이

52

畫像 사주신 일을 歷歷히 니ᄅᆞ니 貞烈夫人曰 친子息도 죽은 휘오면 닛ᄂᆞᆫ다 ᄒᆞᆸ거든 夫人겨오셔는 ᄒᄆᆞᆯ며 놈의 子息을 위ᄒ여 오래도록 새로이 슬허ᄒ시ᄂᆞ니잇가 答曰 이성의셔ᄂᆞᆫ 커니와 후성의도 닛줍기 어렵ᄉᆞ오니 夫人이 簇子롤 주오셔든 淑香 본ᄃᆞ시 가졋다가 死後의 가져갈져 ᄒᄂᆞ이다 貞烈夫人曰 夫人이 가지고져 ᄒ시니 갑슬 바ᄃᆞ리잇가마ᄂᆞᆫ 다만 刺史 甚히 ᄉᆞ랑ᄒ셔 重價롤 주고 사 계시니 重價 곳 주시면 풀고 가리이다 丞相夫人이 깃거 曰 내 집이 家難ᄒ와 重價ᄂᆞᆫ 업ᄉᆞᆸ거니와 淑香이 ᄌᆞ라거든 주려ᄒᆞᆸ고

53

金銀 田畓 奴婢 等物이 제 이제 죽엇ᄉᆞᆸ고 다ᄅᆞᆫ 子息이 업ᄉᆞ오니 어디 ᄡᅳ리잇가 이롤 드려든 풀고 가쇼셔 貞烈夫人이 對曰 淑香의 얼굴이 엇더ᄒ더니잇가 그 ᄉᆞ

라신 제 畫像을 두어 계시다 ㅎ오니 보옵고져 ㅎᄂ이다 答曰 내 자는 房의 두어 시니 보쇼셔 ㅎ고 혼가지로 드러가니 果然 제 아히적 얼굴을 그려 寢房의 거ᄅ 시고 靑紗帳을 ᄀ리오고 알픠 卓床을 노코 飮食을 버려 常時 먹는 양으로 ㅎ엿 거늘 貞烈夫人曰 夫人이 淑香을 至今 못니저 ㅎ시믄 져 고온 얼굴을 ᄉ랑ㅎ시미 로소이다 妾이 비록 곱든 아니ㅎ오나

54

淑香과 仿佛ㅎ여 뵈ᄂ니잇가 ㅎ며 畫冠을 벗고 아히 민ᄃ라 ㅎ고 香을 쥐고 畫 像겻티 셔니 모다 보고 놀나 니ᄅ되 畫像이 變ㅎ여 淑香시 되엿는가 夫人이 變 ㅎ여 畫像이 되엿는가 괴이혼 일도 보와다 ㅎ더라 丞相夫人이 보시고 반가오믈 이긔지 못ㅎ여 淑香이 사라는가 ㅎ며 말을 못ㅎ더니 이윽ㅎ여 人事ᄅ 출혀 니ᄅ 되 사ᄅ이 同生이라도 仿佛티 못ㅎ건만는 夫人은 淑香과 됴곰도 다르미 업스오 니 괴이ㅎ여이다 ㅎ며 다시곰 보시고 눈물을 금티 못ㅎ시거눌 貞烈夫人曰 夫人 이 이리 罔極ㅎ여 ㅎ오시니 도로혀 내 얼굴

55

뵈오미 不行ㅎ여이다 므든 죵들이 보고 淑娘子 다시 사라왓다 ㅎ고 눈물을 흘니 더라 丞相夫人曰 夫人 얼굴와 나히며 말소리 淑香과 ᄀᆺ스오니 이는 하늘이 날을 爲ㅎ여 夫人으로 ㅎ여곰 我家의 보내도소이다 貞烈夫人을 붓들고 痛哭ㅎ기를 마 지 아니ㅎ거눌 貞烈夫人曰 淑香이 사라 날ᄀᆺ티 되여 와시면 夫人의 ᄯᆯ지 엇더ㅎ 리잇가 ㅎ디 夫人이 答曰 眞實노 淑香이 사라 夫人ᄀᆺ치 되여오오면 우리 夫妻 末年의 아름다온 榮華를 보오미 측냥ㅎ리잇가마는 비록 사라스온들 夫人ᄀᆺ치 되 오믈 ᄇ라리잇가 丞相이 外堂의 계시더니 이 말

56

솜을 드르시고 ᄀ만히 드러와 문틈으로 여어보시며 曰 사ᄅ이 ᄀᆺ트니도 잇다 ㅎ

시고 歎息ㅎ시더라 貞烈夫人이 자던 房의 나와 머리롤 빗거늘 順香이란 종이 丞相夫人끠 엿ᄌ오되 其夫人이 아마도 淑香신가 ㅎᄂ이다 夫人曰 淑香이 表津물의 죽을시 的實ㅎ고 비록 사라신들 엇치 져리 貴히 되리오 順香이 ᄯㅗ 엿ᄌ오되 淑香氏ᄂ 左귀미티 샤마귀 잇스오니 小人이 다시 가보오리이다 ㅎ고 貞烈夫人 房의 가니 小詩 ᄒ나홀 지어 써시되 어려셔 夫人을 ᄯㅕ나 五年만의 도라와 나ᄂ 夫人兩位롤 아오되 夫人은 날을 모로ᄂ다 ㅎ엿거늘 順香이 悤忙이 드러와 承相兩

57

位끠 엿ᄌ오되 그 夫人이 淑香氏러이다 承相兩位 놀나 問曰 네 엇지 안다 엿ᄌ오되 글을 지어 을프시며 슬허ㅎ시더이다 그졔야 承相兩位 淑香을 붓들고 失聲痛哭曰 우리 너롤 여윈 후의 어너날 니ᄌ며 모진 목숨이 스스로 죽지 못ㅎ여 至今 사라 時時로 生覺ㅎ더니 이리 만나니 一邊 반갑고 ᄯㅗ흔 슬픔을 定지 못홀소다 ㅎ고 三日 잔치ㅎ며 녯말 니ᄅ고 깃거ㅎ더라 一日은 淑夫人이 告曰 이러구러 길히 오래오면 고을셔도 기ᄃ리고 父母 ᄎ자볼 날도 밧브오니 下直 알외ᄂ이다 承相夫妻 淑香을 붓들고 離別

58

ㅎ기롤 하 슬허ㅎ니 보ᄂ 사ᄅ이 아니 슬허ㅎ리 업더라 貞烈夫人이 길나 長沙ᄯᅡᆼ의 다ᄃᄅ니 모든 진나비 사슴 한새 갓치들이 뫼골의 모와셔 사ᄅ이 지나가되 피티 아니ㅎ거늘 下人들이 니ᄅ되 이 즘성이 녜ᄂ 업ᄃ니 어드러 와셔 사ᄅ을 두리지 아니ㅎ니 弓弩롤 노하 자브려 ㅎ거늘 夫人이 말나 ㅎ시고 長沙 고올의 奇別ㅎ여 米 셜흔 셤을 가져다가 밥을 지어 경셰ㅎ며 祭ㅎ니 그 즘성들이 그 밥을 먹고 믈너가거늘 혜오되 前日 날 救ㅎ던 즘성의 恩惠ᄂ 다 갑파시나 父母의 罔極흔 恩惠ᄂ 언제 갑플고 ㅎ고 가더니

59

桂陽이라 ᄒ거ᄂᆞᆯ 믄득 生覺ᄒ되 前의 할미 니ᄅᆞ되 桂陽大守 金典이 내 父親이라
ᄒ더니 이제야 만나보리로다 ᄒ고 甚이 깃거ᄒ더니 桂陽大守의 名帖을 보니 劉
道라 ᄒ엿거ᄂᆞᆯ 大驚ᄒ여 左右ᄃᆞ려 ᄀᆞᆯ오되 天下의 ᄯᅩ 桂陽이 잇ᄂᆞ냐 答曰 前大守
金典은 治令이 第一이라 刺史 赴任ᄒ신 후의 襄陽大守ᄅᆞᆯ 昇遷ᄒ시고 劉道ᄂᆞᆫ 새
로 왓다 ᄒᆞᄂᆞ이다 夫人이 ᄀᆞ장 서운ᄒ여 무ᄅᆞ되 예셔 襄陽이 언마나 ᄒ며 荊州
로 가ᄂᆞᆫ 길이냐 答曰 예셔 三百里여니와 水路路 가리이다 夫人이 襄陽으로 가고
져 ᄒ되 人馬 有□ᄒ고 是非 이실가 두려ᄒ더라 金典이 洛陽令

60

적의 淑香을 주기지 아니ᄒ니 魏公이 怒ᄒ여 桂陽大守ᄅᆞᆯ ᄒᆞ이엿ᄃᆞ니 李仙이 荊
州刺史로 온 後의 治令이 第一이라 ᄒ여 襄陽大守ᄅᆞᆯ ᄒᆞ이다 襄陽은 荊州 버금고
을이라 器具 刺史ᄀᆞᆺ더라 ᄒᆞᄂᆞᆫ 金典이 荊州刺史ᄭᅴ 뵈고 오더니 畔河믈ᄀᆞ의 오니
ᄒᆞᆫ 老丈이 바회 우희 거러안고 니지 아니ᄒ거ᄂᆞᆯ 下人들이 怒ᄒ여 비야흐로 辱ᄒ
려 ᄒ더니 金典이 其老翁을 보니 얼굴이 非常ᄒ거ᄂᆞᆯ 從者ᄅᆞᆯ ᄭᅮ죵ᄒ고 나아가 기
리 揖ᄒ고 셔시니 老丈이 본례 아니ᄒ고 더옥 驕慢ᄒ거ᄂᆞᆯ 典이 싱각ᄒ되 내 三
千鐵騎ᄅᆞᆯ 거ᄂᆞ려시니 보ᄂᆞᆫ 쟈 다 두려ᄒ거

61

ᄂᆞᆯ 此 사ᄅᆞᆷ이 가지록 驕慢ᄒ니 一定 신긔로온 사ᄅᆞᆷ이로다 나죵을 보리라 ᄒ고
두 번 절ᄒ니 그 老人이 다리ᄅᆞᆯ 무릅 우희 언고 ᄒᆞᆫ 풀을 벼개삼아 시ᄌᆞ리며 니
ᄅᆞ되 네 길만 갈 거시여ᄂᆞᆯ 네 너ᄃᆞ려 절ᄒ라 ᄒ더냐 典이 答曰 老丈의 나흘 恭
敬ᄒ여 절ᄒ니 허믈마로쇼셔 老丈曰 네 실노 어룬을 恭敬ᄒᆞᆯ 쟉시면 멀니셔 뵈여
든 내 보고져 시브면 보ᄅᆞᆯ 거시여ᄂᆞᆯ 네 사회 荊州刺史 德의 그만 벼슬ᄒ엿노라
ᄒ고 어룬을 업슈이 녀겨 당들이 알픠 와 므슴 말을 뭇고져 ᄒᄂᆞᆫ다 典이 ᄯᅩᄒᆞᆫ
怒ᄒ여 니ᄅᆞ되 내 老丈을 爲ᄒ여 절

62

ㅎ니 고마을샤 홀 거시여늘 엇지 도로혀 授辱ㅎ노뇨 내 본디 無子息ㅎ니 사회
德의 벼슬ㅎ리요 그 老人이 大怒曰 그러ㅎ면 淑香이는 하늘노셔 쩌러지며 쌍ㅎ
로셔 소사나냐 즘싱이 나ㅎ냐 어드러셔 낫는뇨 典이 大驚ㅎ여 다시 절ㅎ고 니ㄹ
되 져믄 거시 失禮ㅎ여시니 老丈은 赦罪ㅎ쇼셔 그 老人이 그제야 怒色이 업거늘
典이 다시 절ㅎ고 니ㄹ되 前生罪 重ㅎ여 無子息ㅎ옵다가 늘게야 똘 子息을 어덧
습더니 亂中의 일습고 至今 存亡을 모로오니 브라건대 老丈이 아ㄹ시거든 ㄱㄹ
치쇼셔 老人曰 淑香의 死生을 暫

63

間 드ㄹ노라마는 비 하 곱프니 말을 못ㅎㄴ라 金典이 卽時 行李의 飮食을 다 내
여 먹이되 비브ㄹ지 아니라 ㅎ거늘 下人을 命ㅎ여 店의 가 酒饌을 ㄵ초와 오라
ㅎ대 老人曰 下人이 댱만ㅎ여 오면 下人의 情誠이니 下人의 똘 간 디롤 니ㄹ리
로다 典이 親이 투갓던 물을 주고 술 고기 飮食을 만히 댱만ㅎ여다가 親히 ᄭ러
드리니 그 老丈이 다 먹고 니ㄹ되 술이 醉ㅎ여 니ㄹ지 못ㅎ니 너 ᄃ려온 所率을
다 보내고 홈자 게 잇다가 둣고 가라 ㅎ고 醉ㅎ여 줌을 들거늘 典이 從者를 다
보내고 홈자 셧더니 急흔 쇠나기 담아 브으니

64

平地의 믈이 丈이나 가고 金典의 엇게예 너머가되 움즉지 아니코 셧더니 또흔
츤브람이 니러나고 눈이 담아 본는ᄃ시 오니 典이 몸이 어러 오시 다 얼고 人事
룰 출ㅎ기 어려오되 움즉지 아니ㅎ고 셧더니 其老丈이 그제야 니러나 웃고 니ㄹ
되 네 ㅎ는 톄 보려ㅎ고 그리ㅎ엿더니 情誠이 至極ㅎ다 ㅎ고 스매로셔 블근 부
체롤 내여 브츠니 눈이 다 슬어지고 도로 녀롬의 되엿더라 典이 다시 절ㅎ고 니
ㄹ되 淑香이 간 고들 이제나 드ㄹ지이다 老人曰 淑香이 여러 고디 갓다ㅎ니 네

能히 초줄소냐 典曰 간 고지나 알게 ㅎ쇼셔 老人曰 盤若山 돌틈

65

의 ㅂ리고 가니 盜賊이 드려가다 ㅎ더라 쏘 幽谷驛의 두고 가니 靑鳥 金雀이 드
려다가 明司界예 后土夫人 宮中의 잇다 ㅎ더라 金典曰 그러면 볼셔 죽엇다소이
다 老人曰 后土夫人이 흰 사슴을 틱와 南郡 짱 張丞相집 東山의 두니 그 宅이
無子息ㅎ여 子息삼아 기르니 게 가 초자 보거시로다 典曰 一定 게 잇스오면 이
리로셔 바로 가려ㅎ노이다 老人曰 그 後의 드르니 丞相宅 四香이 謀陷ㅎ여 내티
니 表딘 龍宮의 가 산다ㅎ니 게 가 초자볼소냐 典曰 龍宮은 人世 아니니 一定
죽엇단 말이로소이다 身體들 엇지 어더보리잇가

66

老人曰 表津의 싸디니 銀河水의 採蓮ㅎ던 아히들이 蓮葉舟의 시러다가 白露洲
믈ᄀ의 두니 길을 그릇드러 蘆田의 와 자다가 산장의 블의 타 죽다 ㅎ니 게는
陸地니 埋骨툰 지나 보고 갈 거시로다 金典曰 볼셔 十年이 되여시니 진들 엇지
이시리잇가 老人曰 火災예 죽게 되여신 제 火德眞君이 救ㅎ여 麻姑할미 드려 人
間의 가다ㅎ니 브즈런이 초즈면 아니보랴 ㅎ거늘 典曰 人間이 하고 만ㅎ니 어더
가 止接ㅎ 줄을 알니잇가 간 고들 즈시 ᄀ르티쇼셔 老人曰 그디 淑香을 초즈려
홈은 므슴 일인고 對曰 늣

67

게야 어든 子息이오매 스랑이 가식지 아녀셔 일숩고 晝夜셜위ㅎ옵더니 天幸으로
老丈을 만나스오니 다시 어더 보올가 ㅎㄴ이다 老人이 눈섭을 씽긔고 니르되 그
리 스랑하면 므슴 緣故로 盤若山의 ㅂ리고 가며 그리 못 니저ㅎ면 洛陽 獄中의
이실제 본례 아니ㅎ고 늙은 날드려 여라 말 ㅎㄴ다 對曰 盤若山의 ㅂ릴제 情이
薄ㅎ 거시 아니라 夫妻 다 죽게 되엿스오니 브드이 ㅎ 일이옵고 洛陽의셔는 淑

香의 일홈과 年歲 비록 궃亽오나 어려셔 써나시니 面目이 換形ᄒ엿고 그 어버의
姓名을 모로매 分明이 내 子息인 줄을

68

몰라亽오니 나의 어지지 못ᄒ 죄옵거니와 원컨대 이제나 分明이 ᄀᄅ치쇼셔 老
人이 쇼왈 이 다 하ᄂᆞᆯ 命이니 그릇ᄒ 罪 아니라 나는 果然 이 믈 딕흰 龍王이러
니 져젹의 내 子息이 거복이 되여 믈ᄀᆡ 나와 노다가 漁父의게 잡펴신제 그디
와 救ᄒ시니 나도 子息을 爲ᄒ여 그디의 恩惠롤 갑프려ᄒ고 上帝끠 엿줍고 예
와 그디 子息 淑香 간 고들 니ᄅ려 ᄒ여시나 다만 그디 情誠을 보려ᄒ고 여러가
지로 믹밧더니 그디 정셩이 至極디 아니ᄒ면 淑香을 못볼 번 ᄒ여다 淑香이 다
숫 번 죽을 厄을 지내고 이제는

69

貴히 되여시니 早晩의 荊州刺史 夫人이 되여 올 거시니 다만 淑香의 굿기던 일
을 몰나시면 만나도 明白ᄒᆫ 일이 업슬 거시니 淑香 굿기던 일을 무르셔 내 말
궃거든 그디 子息인 줄을 알나 典이 謝禮曰 淑香이 비록 내 ᄌᆞ식이오나 써나지
오래오니 만나도 알 길히 업습더니 龍王이 니ᄅ오시니 감격ᄒ옵거니와 다시 뭇
줍ᄂᆞ니 時方 왓ᄂᆞᆫ 刺史의 夫人이 되여 오리잇가 老人曰 自然 알 거시니 다시 보
쟈 ᄒ고 믄득 간디 업거늘 典이 괴이히 녀겨 도라와 張氏드려 니ᄅ니 댱시 이
말을

70

듯고 하ᄂᆞᆯ끠 祝手ᄒ여 니ᄅ되 사라셔 슉향을 다시 보고 이제 죽다 무어시 관계
ᄒ리잇가마는 다만 刺史夫人을 오리라 ᄒ오니 어디 가 ᄎᆞ자 알니잇가 ᄒ고 슬허
ᄒ더라 貞烈夫人이 야양으로 가고져 ᄒ되 事勢 난쳐ᄒ여 둘비술 다 두로 徘徊ᄒ
며 歎ᄒ여 ᄀᆞᆯ오되 우리…(내용이 한 줄 가량 누락됨)…각ᄒ시는가 ᄒ더니 믄득

香내 震動ᄒ며 ᄒᆫ 쩨 구름이 쎄이며 七宝壯嚴ᄒᆫ 仙女 華冠을 쓰고 알픠 와 揖ᄒ고 엿ᄌᆞ오되 離別ᄒᆫ 後의 貴體 平安ᄒ시더니잇가 夫人이 ᄯᅩᄒᆫ 答禮ᄒ여 글오되 밤이 깁스오니 아믜신 줄을

71

아지 못ᄒᄂᆡ이다 其仙女 暫笑曰 夫人은 볼셔 날을 니져 겨시도소이다 나는 夫人 뫼셧던 麻故할미을러니 洞庭湖의 가 赤松子과 王子喬로 더브러 期約ᄒ고 밧비 가는 길이오되 녜 恩情을 닛지 못ᄒ여 暫間 뵈옵고 ᄒᆫ 말슴을 엿ᄌᆞ오려 ᄒᄂᆡ이다 夫人이 父母룰 보려 ᄒ시면 荊楚 쌍을 비록 도라도 보오려니와 바로 荊州로 가시면 이제 十年後의야 만나보오시리이다 ᄒ고 문득 간ᄃᆡ 업더라 夫人이 눈믈 지시고 歎息ᄒ여 글오되 할미 녯 情을 닛지 못ᄒ여 길을 ᄀᆞᄅ쳐시니 아므 是□ □□□□□□□

72

地을 다ᄃᆞ라 父母룰 ᄎᆞ자 보리라□□□□□□□□여 襄陽으로 가며 一路 守令의 夫人을 다 請ᄒ여 보시더니 襄陽의 다ᄃᆞ르니 大守 金典이 그 안해 張氏ᄃᆞ려 니ᄅᆞ되 刺史夫人이 大路룰 ᄇᆞ리고 桂陽으로셔브터 襄陽으로 오니 반ᄃᆞ시 畔河 龍王의 말이 올흔가 ᄒᄂᆡ이다 刺史夫人이 되여 오리라 ᄒ더니 一定 淑香이 우리룰 ᄎᆞ자오는가 ᄒᄂᆡ이다 張氏曰 妾의 꿈도 슈샹ᄒᆫ 일이시니 그 夫人 根本을 듯볼 거시라 ᄒ고 종을 블너 探情ᄒ니 張丞相 ᄯᆞᆯ이라 ᄒ여놀 ᄀᆞ장 서운ᄒ여 ᄒ더니

73

刺史夫人이 갓가이 왓다 ᄒ여놀 張氏 中路의 下處ᄒ고 구경ᄒ더니 一萬 水甲 니븐 軍士 侍衛ᄒ엿고 三千侍女 七宝壯嚴ᄒ고 左右의 버러셧고 夫人은 금덩을 ᄐᆞ고 風流自樂ᄒ며 드러오니 張氏 울며 니ᄅᆞ되 엇던 사름의 子息은 뎌리 貴히 되엿고 우리 淑香도 잇던들 뎌리 될 거슬 ᄒ고 슬허ᄒ기룰 마지아니ᄒ더라 貞烈夫

人이 下處의 드러시며 主人 室內를 請ᄒ니 張氏 感激ᄒ여 卽時 나와보니 貞烈夫人이 畵冠을 쓰고 七宝壯嚴ᄒ고 轎倚예 안고 三千侍女 侍衛ᄒ

74

여시니 보매 ᄀ장 嚴嚴ᄒ더라 張氏 操心ᄒ여 드러가니 夫人이 轎倚예 ᄂ려 풀미러 西邊 轎倚예 請ᄒ거늘 張氏 再三 辭讓ᄒ여 ᄀ오되 守令이 室內 敢히 刺史夫人과 對坐를 못ᄒ오려든 ᄒ믈며 貞烈夫人 眼前의 轎倚坐를 못ᄒ올소이다 夫人曰 主客이 되여ᄉ오니 벼슬品을 議論ᄒ오며 ᄯ혼 年齡을 아니보리잇가 ᄒ고 再三 請坐ᄒ신대 張氏 마지못ᄒ여 轎倚예 安坐며 問曰 夫人의 年歲 언마나 ᄒ시니잇가 夫人이 答曰 二十이로소이다 張氏 드르시며 눈믈 흐르ᄂ 줄을 찌돗지 못

75

ᄒ거늘 貞烈夫人曰 엇지 슬허ᄒ시ᄂ니잇가 張氏曰 ᄒ 쏠 子息을 두엇ᄉ다가 八字 薄福ᄒ여 亂中의 일허ᄉ더니 夫人 年歲과 同甲이오매 子息을 生覺ᄒ고 슬허ᄒᄂ이다 貞烈夫人이 ᄯ혼 슬허 ᄀ오되 나도 어려셔 父母를 여희엿ᄉ더니 우리 父母도 더러틋시 슬허ᄒ시ᄂ도소이다 張氏曰 夫人은 몃술 먹어 계셔 어디 가 므슴 일노 父母를 여희시고 뉘 집의셔 ᄌ라 뎌리 貴히 되시니잇가 夫人이 答曰 다ᄉ 술인 제 父母를 여희고 아모리ᄒ온 줄을 모르오되 길노셔 바자니올 제 ᄉ승이 어

76

버다가 張丞相宅 東山의 두오니 其宅 無後ᄒ셔 養女길너 내오셔 天幸으로 일이 되엿ᄂ이다 張氏 畔河 龍王의 말을 드르시매 張丞相宅의 기르단 말을 반겨 드르되 여러 고딕셔 굿기단 말이 업스니 감히 子息이란 말을 못ᄒ다가 張氏 잔을 勸홀 제 보니 夫人이 盞바들 제 玉脂環 ᄒ 싹을 쎠시되 淑香을 치와보낸 玉脂環ᄀᄒ거늘 張氏 問曰 夫人이 뎌 씬 玉脂環을 어디 가 어더계시니잇가 夫人이 答曰 父

母 離別ᄒ올 제 치오고 가신 거시라 비록 ᄒ 짝이오나 부모롤 보온듯 ᄒ오와 常時의 손의 버슨 적이

77

업ᄉ이다 張氏 드ᄅ시고 淑香인 줄을 아ᄅ시되 ᄯ 敢히 베프지 못ᄒ여 侍女롤 命ᄒ여 盛適函을 내여오라 ᄒ시고 울며 니ᄅ시되 大守 졈어 계실졔 벗보라 壺菓롤 가지시고 畔河믈노 가시더니 어부들이 거복을 자바 구어 먹으려 홀졔 殘忍이 녀겨 壺菓롤 주고 밧고와 믈의 노코 왓ᄉ옵더니 이듬ᄒᆡ의 白雲橋란 ᄃ리롤 건너다가 大雨롤 만나 거의 죽게 되엿ᄉ옵더니 그 거복이 와 救ᄒ여 내고 眞珠 둘을 주고 가되 그 眞珠 속의 隱隱ᄒ 글ᄌ 이시니 ᄒ나흔 分明ᄒ 福福字

78

요 ᄯ ᄒ나흔 목슴 壽字라 分明 ᄡᅥ시니 大守 妾의게 奉采ᄒ엿거늘 父母 보시고 奇特ᄒ 보비라 ᄒ셔 卽時 玉匠을 命ᄒ여 玉脂環 ᄒ 쌍을 민ᄃ라 주져늘 가졋ᄉ옵더니 늙게야 ᄒ ᄯᆞᆯ을 나흐되 셜 적의 하늘노셔 桂花 고지 내 알픠 ᄯᅥ러지고 날 적의 몱은 향내 집안의 震動ᄒ매 大守 그 아긔 일홈을 淑香이라 ᄒ고 字는 月宮仙이라 ᄒ엿ᄉ옵더니 淑香이 다ᄉ술인 제 亂을 만나 盤若山의 가 避亂ᄒ옵다가 盜賊이 急피 ᄶᅩ와오니 업고 갈셰 업ᄉ와 바희 틈의 녀코 갈 제 玉

79

脂環 ᄒ 짝을 안골홈의 치오고 갓ᄉ옵더니 至今 生死를 아지 못ᄒ고 晝夜 슬허ᄒ옵더니 뎌적의 大守 刺史끠 뵈옵고 오다가 ᄒ 老丈을 만나오니 淑香의 辭說을 이리이리 니르옵더라 ᄒ옵더니 이제 夫人 ᄶᅧ계신 玉脂環이 淑香 주은 玉脂環 ᄭᅩᆺᄉ오니 슬프믈 定티 못ᄒ올소이다 ᄒ고 函 가온디로셔 畔河 龍王의 말 記錄ᄒ 것과 玉脂環 ᄒ 짝을 내여 노흐니 夫人이 보시고 卽時 函을 내여 오라 ᄒ여 娘子의 四柱 젹은 것과 일홈쓴 글을 내여 노코 淑香

80

子 轎倚예 ᄂ리ᄃ라 張氏ᄅᆞᆯ 붓들고 울며 엿ᄌᆞ오되 어마님아 내 淑香이로소이다
ᄒᆞ니 張氏 놀나 氣絶ᄒᆞ엿다가 ᄭᅵ야보니 四柱의 쓴 글이 分別ᄒᆞᆫ 大守의 글시러라
그제야 分明이 알고 娘子ᄅᆞᆯ 안고 구울며 우니 侍女와 一郡 사ᄅᆞᆷ이 다 긔특이 녀
기고 金典은 하 깃거 미친 사ᄅᆞᆷ ᄀᆞᆺ치 길노 헤다히며 ᄆᆞ음을 定티 못ᄒᆞ더라 夫人
이 卽時 荊州 사ᄅᆞᆷ 보내여 父母 어든 辭緣을 刺史ᄭᅴ 알외니 刺史 書簡을 보고
大喜ᄒᆞ여 威儀ᄅᆞᆯ ᄀᆞᆺ초와 親히 襄陽으로 와 大守 夫妻ᄅᆞᆯ 보고 荊

81

楚 一路 守令의 室內ᄅᆞᆯ 다 請ᄒᆞ여 三日 잔치ᄒᆞ니 器皿 鋪陳은 니ᄅᆞ지 말녀니와
風流 소리 半空의 어리엿더라 보는 쟤 아니 稱讚ᄒᆞ리 업고 貞烈夫人 德을 아니
致賀ᄒᆞ리 업더라 이적의 諫議大夫 張承喜 말미ᄒᆞ여 이 ᄯᅡᆼ의 왓다가 宴의 참예ᄒᆞ
고 긔특이 녀겨 皇城의 도라가 皇帝ᄭᅴ 奏ᄒᆞᆯ시 皇帝 前의 淑香의 일을 드ᄅᆞ계신
디라 稱讚키ᄅᆞᆯ 마지아니ᄒᆞ시며 ᄀᆞᄅᆞ샤되 李仙이 刺史되매 盜賊이 化ᄒᆞ여 良民이
되여시니 李仙이 天下 ᄀᆞ음알 사ᄅᆞᆷ이니 ᄒᆞᆫ ᄯᅡᆼ 딕ᄒᆡᆯ 才

82

操 아니라 ᄒᆞ시고 卽時 傳敎ᄒᆞ셔 禮部尙書의 執金吾ᄅᆞᆯ 除授ᄒᆞ시고 金典으로 荊
州刺史ᄅᆞᆯ ᄒᆞ이시다 李仙이 詔書ᄅᆞᆯ 밧ᄌᆞᆸ고 大守ᄭᅴ 엿ᄌᆞ오되 내 皇帝ᄭᅴ 엿ᄌᆞ와 皇
城으로 오시게 ᄒᆞᆯ 거시니 平安이 겨오쇼셔 ᄒᆞ고 行李ᄅᆞᆯ 출히더라 金典의 夫妻
淑夫人을 ᄀᆞᆺ 만나며 無窮ᄒᆞᆫ 懷抱도 다 못 베포러 쉬이 ᄶᅥ나게 되니 섭섭ᄒᆞᆫ 情을
이긔지 못ᄒᆞ여 머리 ᄡᅡ지고 니지 아니ᄒᆞ거ᄂᆞᆯ 金典이 ᄀᆞᆯ오되 前의 十五年을 일코
못어더 볼 적도 잇ᄂᆞ니 天幸으로 다시 만나보고 우리

83

貴히 되기도 아긔 德이라 刺史ᄂᆫ 京城의 도라가 힘써 都謀ᄒᆞ여 우리를 皇城으로
쉬이 가게 ᄒᆞ라 貞烈夫人이 엿ᄌᆞ오되 비록 벼슬이 貴ᄒᆞ오나 父母를 여러 ᄒᆡ를
써낫습다가 ᄯᅩ 만나와 無窮ᄒᆞ온 愁懷를 다 베프지 못ᄒᆞ와 皇命의 잇ᄉᆞ와 離別
의 當ᄒᆞ오니 슬프읍고 罔極ᄒᆞ오믈 어이 測量ᄒᆞ리잇가 ᄒᆞ고 서로 붓들고 離別을
계유 ᄒᆞ다 李仙이 皇城의 도라와 肅拜아니ᄒᆞ고 闕門外예 가 辭職 上疏ᄒᆞ되 臣의
父子 同品이 맛당티 아니ᄒᆞ오니 벼슬을 ᄀᆞ라지이다 皇帝 詔書ᄒᆞ샤되

84

魏公을난 魏王을 封ᄒᆞ시고 李仙을난 兵部尙書의 楚公을 封ᄒᆞ시니 李仙의 父子
再三 上疏ᄒᆞ다가 못ᄒᆞ여 肅拜ᄒᆞ오니 皇帝 引見ᄒᆞ시고 淑香의 父母만난 辭緣을
ᄌᆞ시 무르시고 ᄀᆞ르샤되 卿의 너븐 德이니 朕이 ᄯᅩ흔 卿의 德을 ᄇᆞ라ᄂᆞ니 힘써
朕을 도으라 楚公이 謝恩ᄒᆞ고 因ᄒᆞ여 엿ᄌᆞ오되 張松이 曖昧이 破職ᄒᆞ엿ᄉᆞ오니
敢히 신원ᄒᆞ염죽 ᄒᆞ옵고 金典의 才操 刺史의 지나티이다 皇帝 ᄀᆞ로ᄉᆞ샤되 卿을 爲
ᄒᆞ여 張松을 叙用ᄒᆞ라 ᄒᆞ시고 張松을 救ᄒᆞ여 右丞相

85

을 ᄒᆞ이시고 金典은 擢用ᄒᆞ여 禮部尙書를 ᄒᆞ이시니 李仙이 謝恩ᄒᆞ고 도라오니라
張松 金典이 詔書를 보고 淑娘子의 德을 못내 稱讚ᄒᆞ며 即時 京都의 와 皇帝끠
謝恩ᄒᆞ니 皇帝 引見ᄒᆞ시고 傳教ᄒᆞ샤되 그더니 다 貞烈夫人의 德이니 楚公과ᄂᆞ
ᄒᆞᆫ가지로 ᄒᆞ여 朕을 도으라 ᄒᆞ시더라 楚公이 表지어 알외고 諸王 諸候과 公卿
太夫를 請ᄒᆞ여 樂逢宴을 七日을 ᄒᆞ니 呂僕射夫人이며 張丞相夫人이며 金尙書夫
人이 다 盞잡아 致賀ᄒᆞ더니 張丞相夫人은

86

前日 四香이로 ᄒᆞ여 淑香의 惡命시른 줄을 恨歎ᄒᆞ시고 슬허ᄒᆞ더라 金典夫人은

淑香 여회고 셜워ᄒᆞ던 일이며 貞烈夫人 굿기던 일을 坐中이 듯고 아니 嗟歎ᄒᆞ리 업더라 楚公이 魏王 宮殿과 張丞相 金尙書 宮을 ᄒᆞᆫ 고디 짓고 朝夕의 뫼셔 日日問安ᄒᆞ더라 梁王은 皇帝 셰자 아이라 다만 ᄒᆞᆫ ᄯᅩᆯ을 두어시되 人物과 行實이 ᄲᅢ혀나고 글을 잘ᄒᆞ니 사ᄅᆞᆷ들이 女中壯元이라 그 아기 셜 제 梁王이 夢의 ᄒᆞᆫ 老人이 와 니ᄅᆞ되 蓬萊山 雪中梅 그디 집의 ᄯᅥ러져시니 외앗남긔 가지 蕃盛

87

ᄒᆞ리라 ᄒᆞ더니 果然 그 ᄃᆞᆯ부터 孕胎ᄒᆞ여 ᄯᅩᆯ을 나ᄒᆞ니 因ᄒᆞ여 일홈을 梅香이라 ᄒᆞ고 字를 月宮仙이라 ᄒᆞ다 漸漸 ᄌᆞ라매 凡事 常女롭지 아니니 梁王이 ᄉᆞ랑ᄒᆞ샤 사회ᄅᆞᆯ ᄀᆞᆯᄒᆡ더니 李仙이 어진단 말을 듯고 梁王이 親히 魏王을 보아 求婚ᄒᆞ니 魏公이 許婚ᄒᆞ여ᄂᆞᆯ ᄀᆞ장 깃가ᄒᆞ더니 李仙이 다른 ᄃᆡ 取妻ᄒᆞᆫ단 말 듯고 大怒ᄒᆞ여 다른 ᄃᆡ 求婚ᄒᆞ려 ᄒᆞ시거ᄂᆞᆯ 娘子 울며 엿ᄌᆞ오되 忠臣은 不事二君이오 烈女ᄂᆞᆫ 不更二夫라 ᄒᆞ오니 父母 처음의 李仙의게 許ᄒᆞ시고 ᄯᅩ 이러틋

88

ᄒᆞ옵시니 妾은 죽ᄉᆞ와도 다른 家門의ᄂᆞᆫ 가지 아니ᄒᆞ올소이다 梁王曰 李仙이 사오나와 제 父母ᄅᆞᆯ 소기고 다른ᄃᆡ 取妻ᄒᆞ여시니 네 屬節업시 固執말나 娘子 니러 두 번 절ᄒᆞ여 曰 父母 後祀ᄅᆞᆯ 맛지려 ᄒᆞ시면 族下 여러히오니 맛당ᄒᆞ니ᄅᆞᆯ ᄀᆞᆯᄒᆡ여 養子ᄒᆞ옵시고 小女란 업ᄉᆞ니만 녀겨 ᄇᆞ려 두시면 終身토록 뫼오려니와 그러치 아니ᄒᆞ오면 世上의 잇지 아니ᄒᆞ올소이다 王后 殘忍히 녀겨 王ᄭᅴ 엿ᄌᆞ오되 제 임의 定ᄒᆞ엿ᄉᆞ오니 勸ᄒᆞᄆᆞᆯ 듯지 아니ᄒᆞ올 거시니 李仙이 이제 벼슬

89

이 楚公이 되엿ᄉᆞ오니 죡히 두 夫人을 ᄀᆞᄎᆞᆯ 거시니 이제 魏王을 보와 婚姻을 定ᄒᆞ쇼셔 梁王曰 王의 女子로 어이 尙書의 둘재 夫人은 ᄎᆞ마 못홀 거시오 ᄂᆞᆷ의 우음이 될 거시니 어이 ᄎᆞ마 ᄒᆞ리잇가 ᄒᆞ셔ᄂᆞᆯ 娘子 엿ᄌᆞ오되 李仙의 둘재 夫人은

크니와 그 집 雇工이 되여도 그는 붓그럽지 아니흐오려니와 다른 디는 죽스와도
가지 못흐올소이다 어이 둘재 夫人 되기롤 恨흐리잇가 梁王曰 네 쓰지 임의 그
러흐면 현마 어이흐리오 흐고 잇튼날 朝會예 드러가 魏王을 보아 曰 王이 前日
의

90

李仙을 許흐여 두시고 어이 비반흐시니잇가 魏王이 對曰 내 失信흔 일이 아니라
그 째예 聖上이 命牌흐여 브른셔눌 京城의 온 스이예 누으님이 無後흐여 仙을
侍養흐엿숩더니 불셔 다른 디 婚姻을 흐엿스오니 내 失信흐미 아니오 梁王을 보
오면 自然 慙愧흐더이다 皇帝曰 李仙이 淑香 만나믄 人義로 못홀 일이니 드토지
말고 다른 디 아롬다온 사회롤 굴흐여 엇지 못흐느냐 梁王이 奏曰 일이 順便흐
오면 구티여 드토리잇가마는 臣의 쏠이 이리이리 니른오니

91

글노 민망흐여이다 帝 굴오샤되 李仙이 어진 타스로 사롬마다 딕희고져 흐니 仙
의 벼슬이 楚公이 되여시니 두 夫人 엇기 足흐니 魏王은 許홀 거시로다 魏王이
奏曰 聖上이 저롤 브르옵셔 親히 傳敎흐오쇼셔 皇帝 卽時 命牌흐시니 仙이 그
뜻을 알고 가지 아니흐거눌 貞烈夫人曰 皇帝 브르시눈디 稱病흐고 가지 아니흐
시믄 므슴 緣故니잇가 尙書曰 오늘 諸王이 朝會흐눈디 날을 브르시니 一定 梁王
의 婚姻을 御前의셔 決흐려 흐시눈가 시브니 가지 아니흐느이다 夫人曰

92

相公이 비록 妾을 爲흐신 일이오나 臣子의 道理 아니로소이다 君父의 命 곳 잇
스오면 비록 死地예 들나흐셔도 辭讓치 못흐오려든 흐믈며 됴흔 姻緣을 지으려
흐시눈디 아니가려 흐시니 臣子의 道理예 맛당치 못흐여이다 尙書曰 御前의셔
婚姻을 定흐시면 마지못홀 거시니 夫人을 爲흐여 疏對코져 흐여도 梁王의 쏠이

오 皇帝 取婚ᄒᆞ신 사ᄅᆞᆷ이라 形勢 그러ᄒᆞ오매 처음의 拒絶ᄒᆞᆯ만 ᄌᆞ지 못ᄒᆞ니이다
貞烈夫人曰 그러티 아니ᄒᆞ여이다 梁王이 처음의 富貴ᄅᆞᆯ 貪

93

ᄒᆞ여 取ᄒᆞᄂᆞᆫ 일이 아니라 相公이 션븨적브타 魏公ᄭᆡ 許諾을 밧ᄌᆞ와 계신디 相公
이 妾을 어더 계시니 妾은 임의 榮華도 만히 보와ᄉᆞ옵고 두 아ᄃᆞᆯ의 ᄒᆞᆫ ᄯᅡᆯ을 나하ᄉᆞ
오니 恩德도 足ᄒᆞ엿ᄉᆞᆸ고 相公 德分의 父母도 만나보왓ᄉᆞᆸ고 張丞相宅 恩惠도 갑파
ᄉᆞ오니 이 밧긔 므어시 不足ᄒᆞᆫ 일이 잇ᄉᆞ오리잇가 相公이 뎌 夫人을 어드시고 妾
을 永永 ᄇᆞ리셔도 恨이 업ᄉᆞ올 거시니 뎨 비록 姦惡ᄒᆞ오나 仁義로 對接ᄒᆞ오면 므
슴 일 不安ᄒᆞ리잇가 相書曰 내 임의 定ᄒᆞ엿ᄉᆞ오니 夫人은 알 배 아니로소

94

이다 ᄒᆞ고 終時 가지 아니ᄒᆞ니 皇帝 御醫ᄅᆞᆯ 보내여 계시거ᄂᆞᆯ 李仙이 病든톄 ᄒᆞ
고 누어셔 醫員을 뵈니 醫員이 도라가 皇帝ᄭᆡ 엿ᄌᆞ오되 楚公의 病이 格別 重티
아니ᄒᆞ더이다 ᄒᆞ여ᄂᆞᆯ 帝ᄂᆞᆫ 줌줌ᄒᆞ여 계시고 梁王은 ᄀᆞ장 怒ᄒᆞ더라 오래지 아녀
셔 皇太后 病이 重ᄒᆞ시니 皇帝 極히 念慮ᄒᆞ시더니 一日은 ᄒᆞᆫ 道士 와 엿ᄌᆞ오되
이 病患은 仙藥 곳 아니오면 곳지지 못ᄒᆞ올 거시니 어진 臣下ᄅᆞᆯ ᄀᆞᆯᄒᆡ여 蓬萊山
開言草ᄅᆞᆯ 엇ᄌᆞ와 잡ᄉᆞ와야 말ᄉᆞᆷ을 ᄒᆞ실 거시오 天台山 闢耳茸

95

을 어더 귀예 녀호셔야 音聲을 드ᄅᆞ실 거시오 西海 龍王의 啓眼珠ᄅᆞᆯ 어더다가
눈을 쓰ᄉᆞ셔야 보실 거시니 어진 臣下ᄅᆞᆯ 보내옵셔 至誠으로 求ᄒᆞ쇼셔 ᄒᆞ여ᄂᆞᆯ 皇
帝 卽時 百官大臣을 모화 감즉ᄒᆞ니ᄅᆞᆯ 議論ᄒᆞ라 ᄒᆞ시니 梁王이 奏曰 朝廷의ᄂᆞᆫ 李
仙이만 ᄒᆞ니 업ᄉᆞ오니 李仙을 보내시면 一定 어더오리이다 ᄒᆞ여ᄂᆞᆯ 皇帝 卽時 命
牌ᄒᆞ여 傳敎ᄒᆞ샤되 朕이 본디 卿의 忠誠을 아ᄂᆞᆫ지라 이제 大后의 病이 危急ᄒᆞ여
死境의 臨ᄒᆞ여시니 朕을 爲ᄒᆞ여 蓬萊山 開言草와 天

96

台山 闥耳茸과 西海 龍王의 啓眼珠를 어더오면 朕이 天下를 둘히 눈화 半을 卿을 주리라 ᄒ셔ᄂᆞᆯ 李仙이 伏地ᄒ야 엿ᄌᆞ오되 臣이 임의 몸을 나라히 許ᄒ엿ᄉᆞ오니 엇지 죽기를 앗기리잇가 다만 蓬萊山은 하ᄂᆞᆯ 東南間의 잇다 ᄒᆞᆸ고 天台山은 西南間 잇ᄉᆞᆸ고 西海ᄂᆞᆫ 水府오니 이 세 고ᄃᆞᆯ 돈녀오노라 ᄒᆞ오면 日月이 모ᄌᆞ라올가 ᄒᆞᄂᆞ이다 ᄒᆞ고 下直고 집의 도라와 父母ᄭᅴ 下直ᄒᆞ고 가려ᄒᆞ거ᄂᆞᆯ 魏王이며 張丞相 金尙書宅의셔 우롬 소ᄅᆡ 震動ᄒᆞ더라 李仙

97

이 夫人ᄭᅴ 下直ᄒᆞ여 曰 男子 임의 몸을 나라히 許하엿ᄉᆞ오니 水火의 들나ᄒᆞ여도 辭讓티 못ᄒᆞ오려니와 夫人은 날을 爲ᄒᆞ여 쇽졀업시 슬허마르시고 父母를 至誠으로 셤기쇼셔 夫人曰 大丈夫 되여셔 나라 命을 밧ᄌᆞ와 가시며 므슴 일 슬허ᄒᆞ시ᄂᆞ니잇가 妾이 잇ᄉᆞ오니 分別마오시고 平安이 가오셔 수이 도라오시믈 千萬 ᄇᆞ라ᄂᆞ이다 尙書曰 이번 길이 도라오기를 定지 못ᄒᆞ올 거시니 져 窓밧긔 冬栢남그로 標ᄒᆞ여 누르거든 病드로다 ᄒᆞ시고 쩌러지거든 죽도다 ᄒᆞ고 北向

98

ᄒᆞ거든 無事히 오ᄂᆞᆫ쪼다 ᄒᆞ쇼셔 夫人曰 妾도 ᄯᅩᄒᆞᆫ 標ᄒᆞ사이다 ᄒᆞ고 玉脂環 ᄒᆞᆫ 雙을 주며 曰 이 거슬 가져가 계시다가 빗치 누르거든 妾이 病드도다 ᄒᆞ시고 검거든 죽도다 ᄒᆞ쇼셔 ᄒᆞ고 封ᄒᆞᆫ 片紙를 주며 曰 前日의 妾의 집의 잇ᄉᆞᆸ던 할미ᄂᆞᆫ 天台山 採藥ᄒᆞᄂᆞᆫ 麻故仙女오니 보셔든 傳ᄒᆞ오쇼셔 ᄒᆞ고 尙書 보ᄂᆞᆫ ᄃᆡᄂᆞᆫ 欣然ᄒᆞ되 안마음의ᄂᆞᆫ 슬프믈 이긔지 못ᄒᆞ여 눈물을 금지 못ᄒᆞ더라 尙書 父母ᄭᅴ와 淑夫人 張丞相 金典ᄭᅴ 다시 下直ᄒᆞ고 夫人으로 더브러 離別을

99

춤춤아 못ᄒ다가 서로 痛哭ᄒ고 써나 南海ㄱ의 다드라 비타 南다히로 向ᄒ여 가더니 길난 보름 만의 狂風이 어즈러이 니러나고 믈 가온대로셔 ᄒᆫ 獸生이 나니 머리는 두용박 ᄀᆞᆺ고 눈이 세히로되 블빗 ᄀᆞᆺ고 몸은 굴헝이 ᄀᆞᆺ고 기리는 쉰자히나 ᄒᆫ 거시 소리는 霹靂ᄀᆞᆺ더라 크게 소리질너 曰 너히 엇던 사름이완디 눔의 짱을 지나가며 당돌이 地稅도 아니코 無端히 디나가려 ᄒᆞᄂ다 너히 가져가는 보비룰 다 드리라 그러치 아니ᄒ면 너히 다 잡아먹으리라 ᄒ여놀 尙書 ᄀᆞ장 두려 절ᄒ

100

여 曰 我者 中國 兵部尙書 李仙이러니 皇大后 病重ᄒ시매 皇帝 命을 밧ᄌᆞ와 蓬萊山 仙藥 어드러 가오니 請컨대 길흘 許ᄒᆞ쇼셔 ᄒᆫ대 其獸生曰 네 나라히셔 尙書 벼슬을 녀긴들 이 海中 鬼神조차 貴히 녀기랴 잡말말고 수이 드리라 ᄒ고 비룰 잡아 뒤티락져티락ᄒ니 尙書 민망ᄒ여 哀乞曰 糧食밧긔는 가져가는 거시 업스니 줄 거시 업시라 ᄒ고 夫人의 玉脂環 ᄒᆫ 짝을 내여주니 그 獸生이 보고 大怒ᄒ여 曰 이거시 西海 龍王의 啓眼珠룰 어디 가 盜賊ᄒ엿

101

눈다 ᄒ고 비룰 잡아 ᄭᅳ을고 드르니 尙書와 비사롬들이 아므리 홀 줄을 모르더니 한 고디 다드르니 其獸生이 비룰 잡아믹고 尙書와 비사롬을 다 잡아 큰 宮殿으로 드러가 巡行갓다가 西海 龍宮의 啓眼珠 盜賊놈을 잡아와ᄂ이다 ᄒ고 玉脂環을 드려보내니 紅袍冠帶ᄒᆫ 官員이 나와 무르되 너히 엇던 사름이완디 龍宮 보비룰 盜賊ᄒ여 가지고 어디롤 가는다 ᄒ여놀 尙書曰 나는 中國 兵部尙書 李仙이옵더니 皇帝 命을 밧ᄌᆞ와 蓬萊山의 仙藥 어

102

드라 가옵더니 夫人과 離別훌 제 이 玉脂環을 주며 날 본ᄃᆞ시 거져가라 ᄒᆞ여늘
가져왓습더니 뎌 사ᄅᆞᆷ이 地稅내라 ᄒᆞ고 보채오매 줄 거시 업서 주어ᄂᆞ이다 其官
員이 드러가더니 ᄯᅩ 나와 므ᄅᆞ디 네 夫人은 뉘 ᄯᆞᆯ이며 일홈은 뉘라 ᄒᆞᄂᆞ뇨 尙書
曰 南陽 金典의 ᄯᆞᆯ이니 일홈은 淑香이니이다 ᄒᆞᆫ대 그 官員이 드러가더니 이윽ᄒᆞ
여 王이 나신다 ᄒᆞ고 宮中이 震動ᄒᆞ더니 王이 紅袍롤 닙고 通天官 쓰고 白玉笏
을 쥐고 親히 中門의 나와 尙書롤 맛거늘 尙書 惶恐ᄒᆞ여 伏

103

地ᄒᆞ여 뵈니 王이 붓드러 殿의 올나 坐定ᄒᆞ고 謝禮曰 나는 이 믈 딕흰 南海 龍
王이옵더니 尙書 이리 디나가실 줄을 어이 알니잇가 져적의 내 누의 父王ᄭᅴ 得
罪ᄒᆞ여 盤河믈의 귀향갓습더니 漁父의게 잡펴 거의 죽게 되엿습더니 金尙書 救
ᄒᆞ여 내여시되 恩惠 갑스올 길히 업스와 뎌 구슬 둘을 드려습더니 其眞珠 샹녜
구슬이 아니라 福福ᄌᆞ롤 가져시면 몸의 잡거시 犯티 못ᄒᆞ고 凶ᄒᆞᆫ 일을 만나도
길ᄒᆞᆫ 일이 되고 목숨 壽字는 죽은 사ᄅᆞᆷ의

104

우희 언져 두면 술이 석지 아니ᄒᆞ니 極ᄒᆞᆫ 보빈니이다 오늘 마춤 官員이 巡行갓
다가 보니 빅 가온ᄃᆡ 보빈예 氣氳이 하늘의 다하다 ᄒᆞ여늘 가보라 ᄒᆞ엿습더니
尙書 이 眞珠 가지고 가실 줄을 어이 알니잇가 尙書 對日 皇太后 病重ᄒᆞ시매 皇
帝 命을 밧ᄌᆞ와 蓬萊山 開言草와 天台山 闥耳茸과 西海 龍王의 啓眼珠롤 어더오
라 ᄒᆞ오되 蓬萊山이 海中의 잇다 ᄒᆞ올ᄉᆡ 이 믈을 지나가옵더니 人間 賤ᄒᆞ온 사
ᄅᆞᆷ을 極히 款對ᄒᆞ오시니 至極 惶恐ᄒᆞ여이다

105

王王日 尙書는 날을 모로셔도 나는 아옵ᄂᆞ니 尙書 蓬萊 곳 가시면 모든 仙官이

다 반겨ᄒᆞ올 거시니 藥은 어더오오려니와 예셔 蓬萊山이 三萬三千里오 열두 나
라흘 디나가실 거시니 어이 가실고 ᄒᆞᄂᆞ이다 尙書曰 예셔 中國이 언마나 ᄒᆞ니잇
가 王曰 三千里여니와 디나오신 디는 險ᄒᆞᆫ 고지 업습고 이 얇픈 ᄀᆞ장 險ᄒᆞ이다
尙書曰 여긔 오옵기도 힘을 다ᄒᆞ여 왓스오니 이제 三萬里룰 어이 得達ᄒᆞ리잇가
王曰 머올ᄲᅮᆫ 아니라 險ᄒᆞ디 ᄀᆞ장 만습고 弱水룰 連ᄒᆞ온 믈이오니 獸生의 짓

106

도 ᄭᅵᆺ안습고 쓰지 아니ᄒᆞ오니 人間 비로는 가시지 못ᄒᆞ리이다 尙書曰 그러ᄒᆞ오
면 蓬萊山을 得達티 못ᄒᆞ고 中路의셔 죽을소이다 王曰 내 親히 뫼셔 가오면 어
려온 일이 업스오려니와 天命 업시는 임의로 水宮을 븨오지 못ᄒᆞ올 거시오 尙書
도 苦行을 디내셔야 前生罪룰 贖ᄒᆞ실 거시오 尙書도 마지못ᄒᆞ여 親히 가시리이
다 ᄒᆞ고 잔치롤 排設ᄒᆞ여 待接ᄒᆞ더니 밧그로셔 ᄒᆞᆫ 仙女이 드러와 절ᄒᆞ고 安居눌
보니 나히 十五歲는 ᄒᆞ더라 王이 問曰 네 어더로셔 온다 그 少年이

107

對曰 스승님계셔 요ᄉᆞ이 大乙星이 得罪ᄒᆞ여 人間의 ᄂᆞ려가시니 이제 皇大后 病
重ᄒᆞ여 蓬萊山의 仙藥 어드라 갈 졔 네 家으로 디나갈 거시니 大乙을 뫼셔 蓬萊
山의 가 工夫을 두리면 仙官되기 쉬오리라 ᄒᆞ더이다 王이 大喜曰 뎌 尙書 大乙
이시니 네 뫼셔가면 疑心이 업스려니와 길히 險ᄒᆞ고 人間 服色으로는 못가실 거
시니 仙人의 衣服을 닙고 내 公文을 가져가쇼셔 ᄒᆞ여눌 尙書曰 뎌 小年은 뉘시
니잇가 王曰 내 세재 아돌이옵더니 神仙 工夫 ᄒᆞ옵노라 一光老의 弟子 되엿ᄂᆞ이
다 尙

108

書曰 내 이제 져 小年과 가오면 ᄃᆞ려온 사롬을 어이ᄒᆞ리잇가 王曰 예셔 도로 보
내쇼셔 ᄒᆞ고 처음의 자바온 鬼神을 命ᄒᆞ여 도로 ᄃᆞ려다가 노흐라 ᄒᆞ여눌 尙書

謝禮호여 下直호고 仙官의 衣服을 닙고 강ᄀ의 나오니 龍子 볽근 죠롱박 호나흘
가지고 기드리거늘 尙書 그 瓢舟롤 ᄐ니 젓지 아니호되 그 비 살가듯 호더라 龍
子曰 내 혼자 가는 길이오면 머믈더 업스오되 尙書 이제는 塵間 사름이시니 이
ᄯᅡᆼ히 往來롤 任意로 못호실 거시오 직흰 先王들이 잇스오니 브ᄃᆡ 父王의

109

公文을 反粘호올 거시니 아므디 가오셔도 나ᄒᆞ는 대로 호오쇼셔 尙書曰 水路의
는 龍王이 읏듬이니 水路路 가미 쉬오려든 므슴 일 陸路로 가 폐로이 反粘호고
머믈니오 龍子曰 水路路 가려호오면 ᄀ만이 가오려니와 힝혀 하늘이 아르시면
龍宮의도 일이 나읍고 地境 딕흰 山王의게도 됴티 아니호올 거시니 브ᄃᆡ 公文을
反粘호여 後患이 업게 호리이다 호고 가더니 흔 나라히 다ᄃᆞ르니 그 나라 일홈
은 回回國이라 게 사름은 바로 ᄃᆞ니지 못호여 도라ᄃᆞ니더라 게 딕흰 仙王은 井
星이란

110

별이라 龍子 믈ᄀ의 비롤 다히고 혼자 드러가 先王을 보고 公文을 드리니 그 仙
王이 보고 問曰 가느니 아니 大乙이냐 龍子 答曰 긔시니이다 흔대 卽時 公文을
反粘호여 주며 尙書롤 보고 반겨호되 尙書는 前의 본 적이 업스니 ᄀ장 恭敬호
더라 龍子 下直호고 ᄯᅩ 흔 나라히 다ᄃᆞ르니 그 나라 일홈은 含蜜國이라 게 사름
은 밥을 먹지 아니호고 ᄭᅮᆯ만 머금고 ᄃᆞ니도라 그 나라 仙王은 尾星이란 별이라
龍子 公文 드리니 그 仙王이 보고 曰 그ᄃᆡ 大乙을 드려

111

가거니와 이 앏픈 ᄀ장 險흔 ᄃᆡ 만흐니 操心호라 호고 公文을 反粘호여 주거늘
가지고 ᄯᅩ 흔 나라히 다ᄃᆞ르니 그 나라 일홈은 琉璃國이라 게 사름은 衣冠이 다
中國 사름 ᄀᆺ더라 게 딕흰 仙王은 箕星이란 별이라 龍子 公文을 드리니 그 仙王

이 보고 日 仙間의 凡人이 任意로 드러오리오 ᄒ고 公文을 反粘아니ᄒ여 주거ᄂᆞᆯ
龍子日 大乙이 人間의 ᄂᆞ려가 兵部尙書 ᄒ엿ᄉᆞᆸ더니 皇帝 命을 밧ᄌᆞ와 蓬萊山의
仙藥 어드라 가ᄋᆞᆸ더니 小子롤 보ᄋᆞᆸ셔 許ᄒᆞ쇼셔 그 仙王日

112

네 生心이나 塵間 사름을 여긔 드러오게 ᄒᆞ랴 怒色이 만터니 이윽ᄒᆞ여 公文을
反粘ᄒᆞ여 주며 日 이후란 汎濫ᄒᆞᆫ 일 말나 ᄒᆞ더라 龍子 尙書롤 ᄃᆞ리고 ᄯᅩ ᄒᆞᆫ 나
라히 다ᄃᆞᄅᆞ니 그 나라 일홈은 交義國이라 게 사름은 穀食을 먹지 아니ᄒᆞ고 차
만 먹고 ᄃᆞᆫ니니 몸이 가븨야와 ᄂᆞᄂᆞᆫᄃᆞᆺ ᄒᆞ더라 게 직흰 仙王은 奎星이란 별이라
그 ᄯᅡᆼ을 次知ᄒᆞ여 딕희여시니 行客이 百의 ᄒᆞ나도 無事ᄒᆞ리 ᄋᆞᆸ더라 龍子日 나ᄒᆞ
ᄂᆞᆫ 대로 ᄒᆞ쇼셔 ᄒᆞ고 尙書롤 강ᄀᆞ의 머므로고

113

龍子 몬져 드러가 先王ᄭᅴ 뵈니 奎星이 問日 네 어이온다 龍子日 小子ᄂᆞᆫ 大乙 ᄃᆞ
리ᄋᆞᆸ고 蓬萊山 開言草 어드라 가ᄋᆞᆸ더니 父王의 公文이 가오니 反粘ᄒᆞ여 가지이
다 ᄒᆞ여ᄂᆞᆯ 奎星이 大怒日 蓬萊山은 靈山이라 神仙도 上帝 命 업시ᄂᆞᆫ 간대로 往
來지 못ᄒᆞ거든 大乙이 비록 天上 사름이나 得罪ᄒᆞ여 人間의 ᄂᆞ려가시니 이제ᄂᆞᆫ
딘긱이 되엿거든 仙境을 任意로 드러오며 너희 南海 龍王이며 지나온 ᄯᅡᆼ 先王이
上帝 命 업시 塵客을 간대로 드러보

114

내랴 ᄒᆞ고 너과 李仙을 자바 가도고 上帝ᄭᅴ 奏聞ᄒᆞ여 回答을 본 後의 處置ᄒᆞ리
라 ᄒᆞ여ᄂᆞᆯ 龍子 至誠으로 비로되 듯지 아니ᄒᆞ고 자바다가 쉰 길이나 ᄒᆞᆫ 그리城
의 가도니 그 고든 地陷ᄀᆞᆺᄐᆞ여 하늘을 보지 못ᄒᆞᆯ너라 龍子 尙書ᄃᆞ려 日 此先王
이 본ᄃᆡ 거복ᄒᆞ여 아모의 말도 듯지 아니ᄒᆞ오니 내 밤의 逃亡ᄒᆞ여 스싱님ᄭᅴ 술
와 親히 와 請ᄒᆞ셔야 無事ᄒᆞ리이다 ᄒᆞ여ᄂᆞᆯ 尙書 罔極ᄒᆞ여 두려 日 하늘도 보지

못ᄒᄂ 디 내 혼자 이셔 어이ᄒᆞ며 ᄯᅩ 그디 逃亡ᄒᆞᆫ 줄을 奎星

115

이 알면 怒홀 거시니 어이ᄒᆞ리오 龍子曰 하 用慮마ᄅᆞ쇼셔 밤이 미처 새지 못ᄒᆞ여 도라오리이다 尙書曰 그러ᄒᆞ면 수이 도라오라 ᄒᆞᆫ대 龍子 下直ᄒᆞ고 밤의 ᄀᆞ만히 逃亡ᄒᆞ여 一光老의게 가니 스승님이 問曰 네 大乙星을 조차 蓬萊山의 가라 ᄒᆞ엿더니 어이온다 龍子 奎星을 만나 굿기ᄂᆞᆫ 일을 ᄌᆞ시 엿ᄌᆞ오니 一光老曰 그 손이 거복ᄒᆞ여 그려ᄒᆞ니 내 아니가면 救티 못ᄒᆞᆯ 거시라 ᄒᆞ고 卽時 구룸을 ᄐᆞ고 오시거늘 龍子 몬져 드러와 尙書ᄭᅴ 告ᄒᆞ더니 一光老 드러와 奎星을 보고

116

曰 大乙星이 天上의 得罪ᄒᆞ여 人間의 ᄂᆞ려가 苦行을 디내여 罪를 贖게 ᄒᆞ여 蓬萊山의 仙藥가지라 가ᄂᆞᆫ디 그디 가도와 두고 보내지 아니ᄒᆞᄂᆞ뇨 奎星曰 그 일은 아오되 困辱ᄒᆞ여 보내려 ᄒᆞ엿ᄉᆞᆸ더니 先生은 어이 아ᄅᆞ시니잇가 一光老曰 南海 龍王의 아ᄃᆞᆯ이 내 弟子 되여시매 아란노라 奎星曰 三日만 가도왓다가 困辱ᄒᆞ여 보낼소이다 一光老曰 皇大后 病이 危急ᄒᆞ여시니 노하 보내라 ᄒᆞ셔늘 奎星이 李仙과 龍子를 자바내여다가 니ᄅᆞ되 너히 塵間 사롬으로셔 당돌이 드러와 仙境

117

을 더러이니 그 罪 ᄀᆞ장 重ᄒᆞ니 구리城의 가도와 두고 一萬年이라도 노하 보내거니와 此後란 그런 汎濫ᄒᆞᆫ 일 말나ᄒᆞ고 尙書 몬져 나오며 怒ᄒᆞ니 龍子 尙書를 ᄃᆞ리고 謝禮ᄒᆞ고 下直ᄒᆞ려ᄒᆞ니 一光老曰 너는 아직 게 이시라 ᄒᆞ시니 龍子ᄂᆞᆫ ᄯᅥ러지고 尙書 몬져 나오며 도라보니 一光老와 奎星이 구룸을 ᄐᆞ고 空中의셔 風流自樂ᄒᆞ며 노더라 尙書 江ᄀᆞ의 와 龍子를 기ᄃᆞ리더니 ᄒᆞᆫ 사롬이 믈을 平地ᄀᆞ티 디나가다가 尙書를 보고 曰 네 體를 보니 龍王의 아니오 神仙도 아니오 俗客도 아니로되 어

118

더 가 龍王의 瓢舟롤 어더 투고 어디롤 向호여 가는다 尙書曰 나는 中國 兵部尙
書 李仙이옵더니 皇大后 病重호시매 皇帝 命을 밧즈와 蓬萊山 開言草 어드라 가
옵더니 브라건대 길을 フ르치쇼셔 其仙官이 大怒曰 네 나라히셔 尙書 벼슬호여
시나 녯글을 보지 못호엿는다 三神山 十洲란 말이 거즛말이냐 네 秦始皇 漢武帝
威嚴과 그 至誠으로도 무춤내 보지 못호엿거든 호믈며 그디의 微薄호 정誠으로
어이 蓬萊山을 브라보리오 헛슈고 말고

119

날조자 돈니며 仙境이나 구경호고 술집이나 춧쟈 호여놀 尙書 對曰 仙官의 말슴
이 올소오나 임의 臣子되여 國命을 밧즈와 中路의셔 머므지 못홀 거시니 내 목
숨이 뭇도록 돈니다가 終時 엇지 못호오면 현마 어이호리잇가 가올 길이나 フ르
티쇼셔 그 仙官曰 내 고래롤 투면 九萬八千里롤 瞬息의 돈니되 當時 蓬萊山이란
고들 보지 못호여시니 괴로이 헛슈고 말고 날과 人間으로 나가 술집이나 비호라
호고 비롤 자바 가지고 東다히로 가며 온갓 困辱을 호고 노티 아니

120

호니 尙書 민망호여 호더니 그 뒤히 호 仙官이 盤蕉닙 곳튼 거슬 투고 靑蛇劍을
두러메고 飄然이 오며 曰 謫仙아 어디롤 向호는다 그 仙官이 對曰 이 손이 미친
양호여 날두려 술집 フ르치라 호니 竹林의 酒家 フ르치라 가노라 호대 그 仙官
이 笑曰 뎌 손이 비록 塵客이나 한가이 와 술집을 춧즈니 어와 有益호 말이로다
그디 술갑슬 만히 가져왓느냐 尙書 對曰 나는 塵間 卑賤호 사롬이옵더니 皇大后
病重호시메 皇帝 命을 밧즈와 蓬萊山 開言草와 天台山 闘耳

121

茸을 어더오라 ᄒ시매 이 ᄯᅡᆼ의 드러왓ᄉᆞᆸ더니 져 仙官이 잡고 노티 아니ᄒᆞ오니
민망ᄒᆞ여이다 그 仙官曰 그ᄃᆡ 이 仙官을 모로ᄂᆞᆫ다 唐時節 翰林學子 李太白이라
이제 그ᄃᆡ롤 자바 술을 시기려ᄒᆞ니 뎌 술이 醉토록 먹이노라 ᄒᆞ면 萬斛酒롤 어
더야 홀 거시 술갑슬 만히 가져왓ᄂᆞᆫ다 尙書曰 ᄃᆞ려온 사ᄅᆞᆷ을 海神의게 다 아이
고 南海 龍王의 아ᄃᆞᆯ을 계요 비러가지고 오다가 ᄆᆞ자 일코 혼자 가오니 술갑시
ᄆᆞ어시 이시리잇가 그 仙官이 니ᄅᆞ되 네 夫人의 玉脂環을 ᄑᆞ라 날을 술을 아니

122

사 먹길다 ᄒᆞ고 ᄭᅳ을고 無數히 가더니 멀니셔 옥져소리 나거ᄂᆞᆯ 謫仙曰 洞濱아
져소리 아라ᄃᆞ롤소냐 洞濱曰 王子喬의 져소린니 어ᄃᆡ롤 가ᄂᆞᆫ고 보쟈 ᄒᆞ고 고래
롤 모라가니 그거시 소리롤 벽녁ᄀᆞᆺ티 지ᄅᆞ고 네 발을 一時의 허위니 샌ᄅᆞ기 살
ᄀᆞᆺ더라 뎌소리롤 ᄎᆞ자가니 ᄒᆞᆫ 仙官이 거문고롤 믈 우히 ᄯᅴ오고 그 우희 올나안
자셔 옥져롤 부다가 尙書롤 보고 曰 반갑다 大乙아 人間 滋味 엇더ᄒᆞ더니 尙書
對曰 皇大后 病重ᄒᆞ시매 皇帝 날롤 命ᄒᆞ여 蓬萊山 開言草

123

롤 어더오라 ᄒᆞ오셔ᄂᆞᆯ 가ᄂᆞ이다 ᄒᆞᆫ대 세 仙官이 안자 서로 웃더니 문득 ᄒᆞᆫ 仙女
蓮葉舟롤 ᄐᆞ고 츌酒롤 싯고 가거ᄂᆞᆯ 洞濱이 問曰 그ᄃᆡ 어ᄃᆡ 가ᄂᆞᆫ다 仙女 答曰 杜
牧之先生이 녯 벗 보려 ᄒᆞ시고 玉花水로 맛초와시니 그리로 가ᄂᆞ이다 ᄒᆞ여ᄂᆞᆯ 王
子喬曰 一定 大乙을 보려오ᄂᆞᆫ쏘다 謫仙曰 우리롤 술을 아니먹이려 ᄒᆞ고 술을 드
리라 ᄒᆞ니 仙女 거스지 못ᄒᆞ여 木酒롤 드리거ᄂᆞᆯ 謫仙이 ᄀᆞ득 부어먹고 ᄯᅩ 부어
잡고 曰 이 술을 우리만 혼자 먹고 져 손을 아니 먹이면 一定 無

124

聊ᄒᆞ여 홀 거시니 먹이쟈 ᄒᆞ면 人間 ᄯᅩᆼ 녀흔 갓부디예 木酒롤 만히 드러가면 偶

然 擾亂ᄒ랴 洞濱이 笑曰 그 부듸 그러ᄒ여도 前의 木酒 녀튼 부듸니 ᄯ도 드러가
다 무어시 해로오미 이시리오 謫仙曰 前부듸는 人間의 ᄂ려가 일코 이 부듸는
새로 민든 갓부듸니 木酒롤 녀허다가 터질가 疑心ᄒ노라 王子喬曰 터지거든 人
間의 ᄂ려가 물총으로 호아 미라 ᄒ고 아무커나 試驗ᄒ여 보쟈 ᄒ고 서로 戱弄
의 말을 無數히 ᄒ니 尙書는 붓그려 아무 말도 못ᄒ고 안자더니 믄득 西다히로

125

서 ᄒ 仙官이 乘槎롤 ᄐ고 오며 曰 그더니 녯을 보고 됴흔 술노 慰勞란 아니ᄒ
고 눔의 술을 아사 가지고 무슴 困辱을 그대도록 ᄒᄂ다 ᄒ고 尙書의 손목을 잡
고 안ᄌ며 曰 그더 ᄃ려가던 龍子 그더롤 일코 못어더ᄒ거늘 내 니ᄅ되 李謫仙
呂洞濱이 ᄃ려가시니 열두 나라흘 다 無事히 가실 거시니 그더 내 말을 미더 그
리 알고 蓬萊山으로 가라 ᄒ여시니 그더는 우리과 됴흔 술이나 먹으며 ᄒ가지로
蓬萊山으로 가쟈 ᄒ여놀 尙書 ᄀ장 깃거 謝禮ᄒ더라 그 仙官이 李仙ᄃ려 曰

126

그더 우리롤 아라볼소냐 尙書 對曰 人間 더러온 눈이 어이 알니잇가 杜牧之曰
져는 王子喬오 이는 呂洞濱이오 져는 李大白이오 나는 杜牧之라 先生의 그더와
우리 네 사룸이 至極ᄒ 버지러니 一光老의 말을 그더 蓬萊山으로 가기의 열두
나라 先王의게 困辱을 만히 보ᄂ니라 ᄒ여놀 우리 그더롤 爲ᄒ여 上帝ᄭᅴ 말미ᄒ
고 ᄂ려왓더니 謫仙이 그더의 ᄒᄂ 데 보려ᄒ고 戱弄ᄒ여시니 허믈티 말나 ᄒ여
놀 尙書 두 번 절ᄒ여 曰 브러 멀니와 보시는 일도 謝激ᄒᆞ옵거든 戱

127

弄의 말숨을 어이 허믈ᄒ리잇가 杜牧之曰 大乙이 前의는 우리롤 업슈이 녀기더
니 오놀은 이리 恭敬홀 줄을 어이 알니오 ᄒ고 서로 木酒롤 勸ᄒ며 가더니 믄득
靑衣童子 黃鶴을 ᄐ고 ᄂ려와 술오되 安期仙生겨오셔 오놀 先生니롤 織女宮으로

請ᄒ더이다 洞濱曰 그도 어론 버지 請ᄒ니 아니가지 못ᄒ리니와 大乙乙 어이ᄒ
고 가리오 杜牧之曰 내 일이 올 제 張騫이 蓬萊로 가거늘 내 鶴을 주고 張騫의
乘槎를 ᄐ고 왓더니 게 가 도로 밧고와 ᄐ고

128

밋ᄌ 갈 거시니 그더는 몬져 가쇼셔 ᄒ여늘 모다 깃거ᄒ며 尙書ᄃ려 曰 그디를
ᄠ러난 지 어래니 반가이 보고져 ᄒ여 ᄂ려왓더니 어론 버지 브르니 아니가지 못
ᄒ여 수이 離別ᄒ니 섭섭ᄒ미 無窮ᄒ오나 平安니 도라가쇼셔 오래지 아니ᄒ여셔
서로 만나보리라 ᄒ고 세 仙官이 몬져 가거늘 尙書 杜牧之로 더브러 東南間으로
가더니 ᄒᆫ 山이 하늘의 다핫고 五色 구름이 어려엿ᄂᆫᄃᆡ 杜牧之 ᄀᆞᄅ지며 曰 져
山이 蓬萊山이여니와 그더 져 山을 어이 올나가리오 尙書曰 져 山을 올나가여
藥

129

을 어드리잇가 杜牧之曰 뎌 山上峯의 올나가 九老仙이란 仙官이 이시니 그를 보
와 請ᄒ여야 어드리이다 ᄒ여늘 그 山 압픠 다ᄃᆞᄅ니 龍子 볼셔 강ᄀᆞ의 와 기ᄃ
리도다 杜牧之 尙書ᄃ려 曰 이제는 仙間의 다왓고 龍子도 만나시니 나는 가ᄂ라
ᄒ고 離別ᄒ기를 슬허ᄒ다가 가거늘 尙書 龍子ᄃ려曰 그더는 어더롤 갓던다 龍
子 對曰 交義國 先王을 보와 公文을 反粘ᄒ여 가지고 강ᄀᆞ의 오오니 볼셔 간ᄃᆡ
업습거늘 두루 ᄃᆞ니옵더니 杜牧之先生을 길희셔 만나보오

130

니 李謫仙이 ᄃᆞ려가시니 너는 모든 先王의게 告ᄒ고 예 와 기ᄃ리라 ᄒ셔늘 볼
셔 예 와 기ᄃ리더이다 尙書曰 其仙官들이 오며 戱弄을 하 困히 ᄒ니 민망ᄒ더
라 龍子曰 其仙官들이 다 尙書의 前生 벗님ᄂᆡ시니 반가온 ᄆᆞ음을 이기지 못ᄒ여
戱弄ᄒ여 계시거니와 그 仙官ᄂᆡ를 만나지 못ᄒ여 계시면 諸國을 다 도라 오노라

ᄒ오면 이제 半도 못ᄒ시리이다 ᄒ고 尙書를 ᄃ리고 仙中을 드러가더니 ᄒ 바희 하늘의 다하시니 果然 오롤 길히 아득ᄒ더러 尙書曰 져 놉픈 바

131

회롤 어이 오르리오 龍子曰 글난 窮心마로시고 내 등의 잠간 오르쇼셔 ᄒ여늘 尙書 龍子의 등의 오르니 龍子 變ᄒ여 黃龍이 되여 ᄒ 번 소리 소소니 그런 놉 픈 바희예 오르니 尙書 大喜ᄒ여 曰 그ᄃ의 셔조는 眞實노 신긔롭다 龍子曰 이 제는 仙間의 다 왓스오니 나는 믈ᄀ의 ᄀ 비롤 딕희엿스올 거시니 샹셰 져 골노 드러가 九老仙을 ᄎ자 至誠으로 開言草롤 求ᄒ여 가지시고 믈ᄀ으로 ᄂ려오쇼셔 尙書曰 비록 藥을 어드나 올 제 이 바희롤 어이 ᄂ리리오 龍子曰 ᄂ려오실 제

132

는 自然 쉬올 거시니 글난 念慮마로쇼셔 ᄒ고 ᄂ려가거늘 尙書 혼자 그 골노 드 러가더니 ᄒ 白頭老翁이 거문 쇼롤 ᄐ고 오다가 尙書롤 보고 놀나 問曰 그ᄃ 엇 던 사롬인다 尙書 두 번 절ᄒ여 曰 나는 中國 兵部尙書 李仙이옵더니 九老仙을 ᄎᄌᆞᆸᄂ이다 其老翁曰 져 沈香 나모 밋ᄐ 드러가면 노픈 바희 우희셔 바독 두는 仙官 이시니 게 가 무러보라 ᄒ여늘 尙書 그리로 드러가니 가는 길이 다 옥바희 요 五色 구룸이 어리엿는 고ᄃ 보비예 고티 萬發ᄒ엿고 그 속의 鸞鳳孔雀이 쌍 쌍이 ᄂ라

133

넘노니 진짓 仙間이러라 尙書 稱讚曰 人間의셔 三神山 잇단 말을 거즛말이라 ᄒ 엿더니 이 眞實노 三神山이라 ᄒ고 드러가더니 노픈 바희 우희셔 紅袍 닙은 仙 官과 靑袍 닙은 仙官이 안자 바독두거늘 尙書 멀니셔 伏地ᄒ여 절ᄒ되 其仙官들 이 본톄 아니ᄒ더니 漸漸 나아가 겻ᄐ 셔시되 본톄 아니ᄒ거늘 尙書 ᄀ장 민망 ᄒ여 ᄒ더니 믄득 靑衣童子 나와 茶롤 드리며 曰 엇던 俗客이 와셧ᄂ이다 ᄒ여

눌 그제여 尙書롤 도라보고 바득판을 믈니티고 曰 네 엇던 사롬이 눔의 仙間의
當

134

突이 도러와 仙境을 더러이는다 尙書 再拜ᄒ여 曰 나는 中國 李仙이옵더니 九老
仙을 보려 촛자왓ᄂ이다 ᄒ니 靑衣仙官이 問曰 九老仙을 보와 므슴 말을 ᄒ려는
다 尙書曰 皇太后 病重ᄒ시매 皇帝命을 밧ᄌ와 開言草롤 어드라 왓ᄂ이다 紅衣
仙官曰 九老仙을 보려ᄒ거든 져 山上峯의 올나가 보와라 尙書 그 山을 브라보니
놉기는 三千丈이나 ᄒ고 險ᄒ기 어롭댱을 셰온듯 ᄒ니 비록 몸의 눌개 이셔도
오롤 길이 업더라 尙書 민망ᄒ여 曰 뎌 山上峯의 오롤 길히 업ᄉ오니 德分

135

을 닙어지이다 靑袍仙官曰 그뒤 九老仙을 보와지라 홀시 길을 ᄀ릇지되 못올나
가면 우린들 어이ᄒ려오 紅袍仙官曰 人間셔 예 드러오기도 多幸ᄒ거든 危殆ᄒ
길을 촛ᄂ니 예셔 우리과 바독이나 두고 ᄒ가지로 노쟈 ᄒ여눌 尙書 니러 절ᄒ
여 曰 人間 더로온 몸이 仙境의 드러오기도 天幸이옵고 仙官니 ᄒ시는 말슴이
맛당ᄒ오되 다만 皇帝 命을 밧ᄌ와 왓ᄉ오니 아니도라가지 못ᄒ올 거시니 仙君
니 德分의 藥을 엇ᄌ와 가지이다 그 仙官曰 우리는 山水만 구경

136

ᄒ고 둔니는 神仙이라 藥은 아지 못ᄒ노라 ᄒ고 옷갓 戲弄의 말만 ᄒ니 尙書 ᄀ
장 민망ᄒ여 ᄒ더니 믄득 黃鶴톤 仙官이 ᄂ려와 굴오되 그뒤니 벗을 만나보고
반가온 懷抱란 아니ᄒ고 무슴 困辱을 그대도록 ᄒ는다 ᄒ고 尙書의 손을 잡고
曰 大乙아 人間 滋味 엇더ᄒ더니 雪中梅 그디롤 ᄯ라 人間의 ᄂ려가더니 만나본
냐 尙書曰 仙은 人間의 가 苦行쑨이오 滋味는 보지 못ᄒ여ᄂ이다 그 仙官이 大

笑曰 大乙이 볼셔 仙間 일을 니저도다 ᄒ고 童子롤 命ᄒ여 차롤 밧

137

ᄌᄌᄌ오라 ᄒ디 童子 卽時 琉璃盞의 琥珀臺롤 밧쳐 이슬ᄀᆺᄐ 차롤 드리니 尙書
바다 마시니 그제야 天上의셔 大乙仙君으로셔 作罪ᄒ고 人間의 귀향온 일과 上
帝끠 말미ᄒ여 蓬萊山의 가 凌虛仙의 쫄 雪中梅로 夫妻되엿던 일이며 左右의 안
존 仙官이 다 제 아래 버지런줄 알고 눈믈지며 曰 내 罪ᄂᆫ 重ᄒ여 人間의 ᄂᆞ려
갓스오나 그디닉 다 無事히 계시되 凌虛仙과 雪中梅ᄂᆫ 어디 갓ᄂᆞ뇨 其仙官曰 凌
虛仙의 쳐ᄂᆫ 人間의 ᄂᆞ려가 이제 禮部尙書 金典의 妻 되여시니 그디의 妻父母되

138

엿고 雪中梅ᄂᆫ 梁王의 ᄯ리 되여시니 그더의 둘재 夫人이 되리이다 尙書 기리
ᄒ숨지고 曰 凌虛仙 雪中梅ᄂᆫ 므슴 罪로 人間의 ᄂᆞ려가며 小娥ᄂᆫ 므슴 罪로 金
典의 쫄이 되고 雪中梅ᄂᆫ 므슴 일노 梁王의 쫄이 되엿ᄂᆞ뇨 九老仙曰 凌虛仙은
蓬萊 方丈 瀛洲山 구경갓다가 上帝끠 橘 進上ᄒᆯ 째 ᄂᆞ존 罪로 人間의 귀향가되
前生의 그디 小娥롤 爲ᄒ여 雪中梅롤 踈待ᄒ던 줄을 샤해 小娥롤 怨ᄒ던 거시라
前生 怨讐롤 後生 父母되여 서로 肝腸올 서기게 ᄒ고 雪中梅ᄂᆫ

139

上上帝끠 得罪ᄒ 일이 업시 제 父母와 그디롤 爲ᄒ여 보려ᄒ고 제 自願ᄒ여 弱
水의 ᄲᅡ져 죽어시매 이生의 와 貴히 되게 ᄒ여 梁王의 쫄이 되게 ᄒ여ᄂᆞ니이다
尙書曰 그러면 첫 夫人이 될 거슬 어이 小娥 몬져 되여ᄂᆞ뇨 九老仙曰 그디 人間
의 ᄂᆞ려가기도 小娥롤 爲ᄒ여 ᄂᆞ려가실ᄲᅮᆫ 아니라 계집은 다 月宮姮娥 ᄀᆞ음아ᄂᆞ
배라 小娥ᄂᆫ 姮娥의 아니라 비록 무이녀기시나 어이 돌보지 아니리요 그러ᄒᆞ므
로 첫 夫人의 되엿다가 그디과 홈긔 天上으로 올나오게 ᄒ엿고 雪中梅ᄂᆫ 그디
둘제 夫人이 되엿다

140

가 凌虛仙이 終身흔 後의야 미츳 올나오리이다 尚書曰 人間셔 梁王의 婚事를 拒
絕ᄒᆞ엿타가 이 苦行을 만나더니 죽어도 하늘이 定ᄒᆞ신 일이니 마지 못ᄒᆞ올소이
다 ᄒᆞ고 天上 일만 記錄ᄒᆞ고 人間 일을 니젓거늘 그 仙官曰 그ᄃᆡ 도라갈 ᄲᆡ 느
저시니 이 藥을 가지고 수이 도라가쇼셔 ᄒᆞ고 세 가지 藥을 주거늘 尚書 間曰
이 藥 일홈을 므어시라 ᄒᆞᄂᆞ뇨 九老仙曰 져 소용의 녀흔 藥은 還魂水요 져 플은
開言草요 이 丸藥은 後還丹이란 藥이니 이제 느저시니 그ᄃᆡ 도라가면 皇太后 볼
셔 죽어

141

실 거시니 그ᄃᆡ 가졋는 玉脂環을 太后의 身體 우희 □저시면 自然 서근 술이 내
살 거시니 져 소용의 믈을 입□치면 魂魄이 도라올 거시니 그제야 開言草를 머
금□면 말을 ᄒᆞ리라 ᄒᆞ여늘 尚書 ᄯᅩ問曰 이 丸藥은 어ᄃᆡ 쓰리요 仙官曰 이 丸藥
으란 그ᄃᆡ 간슈ᄒᆞ엿다가 나히 七十이 ᄎᆞ거든 七月 望日의 午時예 小娥와 ᄒᆞ나식
먹으라 ᄒᆞ고 ᄯᅩ흔 차를 勸ᄒᆞ거늘 尚書 바다 먹으니 그제야 龍子 강ᄀᆞ의셔 기ᄃᆞ
리는 일과 人間의 도라갈 일을 ᄭᆡᄃᆞ라 仙官ᄭᅴ 下直ᄒᆞ려 ᄒᆞ니 그 仙官이 니러나
尚書를

142

ᄃᆞ리고 강ᄀᆞ의 ᄂᆞ려와 餞送ᄒᆞ여 보내며 曰 수이 도라가시니 서로 懷抱를 프지
못ᄒᆞ오니 다시 天上으로 올나오셔든 고쳐 만나 반가이 즐기사이다 ᄒᆞ고 서로 離
別ᄒᆞ고 강ᄀᆞ의 ᄂᆞ려오니 龍子 尚書ᄃᆞ려 曰 갈 길흔 올 적과 다ᄅᆞ오니 비예 오ᄅᆞ
시며 눈을 暫間 ᄀᆞ므쇼셔 ᄒᆞ여늘 尚書 눈을 ᄀᆞ므고 잇더니 볼셔 南海 龍宮의 다ᄃᆞ
라더라 龍王이 尚書를 보고 ᄀᆞ장 깃거 請ᄒᆞ여 殿으로 드러가 큰 잔치 排設ᄒᆞ고
待接ᄒᆞ거늘 尚書 니러 龍王ᄭᅴ 謝禮ᄒᆞ여 曰 龍王 德分의 蓬萊山은 無事

143

이 든녀 왓습거니와 쏘 天台山 길을 ㄱㄹ치쇼셔 龍王曰 天台山은 人間의셔 머지
아니ᄒ오니 가시기ᄂᆫ 쉽ᄉ오나 麻姑仙女ᄅᆞᆯ 만나기 쉽지 아닐가 분별ᄒᄂᆞ이다 쏘
龍子ᄅᆞᆯ 블너 曰 네 쏘 尙書ᄅᆞᆯ 뫼셔 天台山을 ㄱㄹ치고 그리로셔 西海 누의님ᄭᅴ
내 말ᄉᆞᆷ으로 尙書 啓眼珠ᄅᆞᆯ 못어더ᄒᄉᆡᄂᆞᆫ 줄을 술와 어더□가 드리고 그리로셔
네 스승님ᄭᅴ 뵈옵고 도라오라 ᄒ셔ᄂᆞᆯ 龍子曰 그리ᄒᄋᆞ오리이다 ᄒ고 尙書ᄅᆞᆯ 뫼시
고 瓢舟ᄅᆞᆯ 토고 西다히로 가더니 ᄒ 고디 다ᄃᆞ라 龍子曰 이 山이 天台山

144

이오니 이 山을 두로 든니시며 麻姑仙女ᄅᆞᆯ ᄎᆞ자 보셔 藥을 求ᄒ여 오쇼셔 小子
ᄂᆞᆫ 暫間 西海 龍宮의 가 啓眼珠ᄅᆞᆯ 求ᄒ여 오리이다 ᄒ고 가니라 尙書 그 山을
ᄇᆞ라보니 千萬疊이나 ᄒ고 놉기ᄂᆞᆫ 하늘의 다핫ᄂᆞᆫᄃᆞᆺ ᄒ거ᄂᆞᆯ 尙書曰 져리 險ᄒ ᄯᅡ
히 혼자 든니다가 ᄒᆡᆼ혀 모진 獸生이나 만나면 어이ᄒ리오 龍子曰 此山은 靈山이
라 格別 險ᄒ 獸生이 업ᄉ오니 두려 마ᄅᆞ쇼셔 아므 사ᄅᆞᆷ을 보아도 恭敬ᄒ시고
繁華ᄒ ᄆᆞᄋᆞᆷ을 가지지 마ᄅᆞ쇼셔 ᄒᆡᆼ혀 그ᄅᆞᆺ 든니시면 도라가지 못ᄒ시리이다 ᄒ
여ᄂᆞᆯ 尙書

145

龍子ᄅᆞᆯ 西海로 보내고 혼자 山谷로 드러가더니 ᄒ 내ᄀᆞ의 다ᄃᆞᄅᆞ니 믈이 깁고
ᄃᆞ리 업거ᄂᆞᆯ 건너지 못ᄒ여 두로 바자니더니 믄득 東다히로셔 ᄒ 아ᄒᆡ 사슴을
토고 오거ᄂᆞᆯ 尙書 갈 길을 뭇고져 ᄒᄃᆞ니 그 아ᄒᆡ 발노 사슴을 구ᄅᆞ니 그 사슴
이 ᄂᆞ는ᄃᆞ시 ᄃᆞᄅᆞ니 가ᄂᆞᆫ 고들 보지 못ᄒᆞᆯ너라 尙書 그 사슴 가ᄂᆞᆫ ᄃᆡ로 ᄯᅩᆯ와 가
더니 山은 疊疊ᄒ고 人跡은 보지 못ᄒ니 민망ᄒ여 ᄒᄃᆞ니 ᄒ 소나모 아래 거위
지ᄀᆞᆺ튼 늙은 하라비 헌 누비옷 닙고 바희 안잣거ᄂᆞᆯ 尙書 나아가 절ᄒ고 問曰 麻
姑할미

146

어디 계시니잇가 그 하라비 對曰 이 山中의셔 사란 지 五萬年이로되 麻姑仙女란
말은 처음 듯노라 ㅎ여늘 尙書 쏘 問曰 이 다히 人間 잇느잇가 하 비골프니 아
무 거시나 어더 먹습고져 ㅎ오니 ㄱ른치쇼셔 그 老翁曰 此山中의 무슴 人家 이
시리요 ㅎ고 니러가거늘 尙書 쏘오려ㅎ니 볼셔 간더 업더라 尙書 내홀 건너지
못ㅎ여 믈ㄱ의 안더니 흔 듕 六環丈을 집고 디나가거늘 尙書 ㄱ장 恭順이 절ㅎ
고 問曰 麻姑仙女롤 보옵거져 ㅎ오니 어드러 가리잇가 그 듕이 曰 그 仙女롤

147

보와 무엇ㅎ려 ㅎ뇨 尙書曰 나는 中國 李仙이옵더니 皇大后 病重ㅎ시매 皇帝 命
을 밧즈와 闡耳茸 어드라 왓습더니 天子로 듯즈오니 麻姑仙女롤 보와야 어드리
라 ㅎ오니 츠즈려 ㅎ느이다 그 듕이 曰 이 내홀 건너 南다히로 가며 玉瀑洞이란
골을 츠자가쇼셔 尙書曰 믈이 깁고 드리 업스오니 민망ㅎ여이다 그 듕이 딥퍼던
六環丈을 믈의 내여더지니 變ㅎ여 큰 드리 되여 믈의 건너 노혓거늘 尙書 드리
롤 건너가 그 듕을 向ㅎ여 수업시 謝禮ㅎ니 그 듕이 믄득

148

空中의 올나 구롬을 틱고 尙書드려 曰 나는 果然 大聖寺 부톄러니 그더 길을 하
몰나 휼시 길을 ㄱ른치느니 玉瀑洞을 츠자가 麻姑仙女롤 츠자보려니와 皇大后
볼셔 죽어시니 급피 도라가라 ㅎ여늘 尙書 그 듕을 向ㅎ여 無數히 謝禮ㅎ고 南
다히로 가더니 左右의 春樹 桂樹와 긔특흔 곳나무 괴이흔 獸生들이 넘노라 쌍쌍
이 놀며 五色 구롬이 左右의 어려여시니 길을 分邊티 못홀너라 가지록 山은 疊
疊ㅎ고 人跡은 보지 못ㅎ니 민망

149

호여 호더니 沈香亭ㅈ 아래 옥바희 우희 훈 老翁이 안잣거눌 尚書 나아가 두 번
절호여 曰 玉瀑洞을 어드러 가느니잇가 훈대 그 老翁이 對答지 아니호고 노래
보르되 千年을 호긱 삼고 萬年을 훌눌 삼아 四海八方을 瞬息의 두니는 날두려
뉘라셔 갈 길을 뭇고셔 호느니 호고 바희 우희 히즈리니 목의 숨이 업서 죽어가
는 사롬굿거눌 尚書 고쳐 무롤세 업서 南다히로 가더니 山中으로셔 훈 계집이
흰 사슴을 ᄐ고 손의 天桃롤 들고

150

나오니 마리는 눈굿고 양ㅈ빗츤 桃花굿더라 尚書 두라드러 伏地호여 뵈고 고개
롤 드지 아니호고 間曰 玉瀑洞으로 가고져 호오니 길을 ᄀᄅ치쇼셔 훈대 그 할
미 수리예 느려 答禮호여 曰 郎君이 뉘시며 玉瀑洞을 츠자 므엇호려 호시느니잇
가 尚書曰 麻姑仙女 게 계시다 호오매 찻줍느이다 할미 쏘 問曰 麻姑할미 쏘 츠
자 므엇호려 호느니잇가 尚書曰 나는 中國 兵部尚書 李仙이옵더니 皇大后 病重
호시매 皇帝 날을 命호여 天台山 闢耳茸 어더오라 호옵셔눌

151

天子로 둣ㅈ오니 麻姑仙女 그 藥을 가져계시다 호오매 춧느이다 그 할미 曰 郎
君이 길을 그릇 드러와도소이다 내 山中의셔 사란지 五萬年이오니 山中 일이야
모롤 일이 이시리잇가마는 天台山이란 말은 오늘 初聞이오 麻姑仙女란 말은 더
옥 初聞이로소이다 尚書 對驚曰 그리면 此山 일홈은 므어시라 호노니잇가 할미
曰 此山 일홈은 瀑玉山이라 호고 골 일홈은 台天洞이라 호거니와 郎君이 임의
죽을 ᄶ이히 드러왓스오니 날이 져무러고 쏘훈 다른 더 人家 업스오니 내 집이

152

예셔 머지 아니호오니 내 집의 가 밤이나 새오고 來日 도라가 天台山을 츠ㅈ쇼

셔 尙書 對曰 그러ᄒᆞ오면 天台山은 어ᄃᆡ니잇고 할미 曰 나도 아무던 줄을 모로 올소이다 ᄒᆞ고 尙書롤 ᄃᆞ리고 뫼골노 드러가니 그 골 안히 훤츨ᄒᆞ여 人間의셔 보지 못ᄒᆞ던 곳과 奇異ᄒᆞᆫ 플이 ᄌᆞ옥ᄒᆞ여시니 香내 震動ᄒᆞ고 가는 길희 五色 구룸이 ᄌᆞ옥ᄒᆞ니 그 집 形狀이 皇帝 계신 宮闕ᄀᆞᆺ더라 그 할미 수리예 ᄂᆞ려 尙書롤 請ᄒᆞ여 曰 내 집이 본ᄃᆡ ᄉᆞ나히 업ᄉᆞᆫ 寡婦의 집이니 손

153

님 待接ᄒᆞᆯ 사롬이 업ᄉᆞ와 내 親히 待接ᄒᆞ게 되엿ᄉᆞ오니 허믈 마르시고 殿의 오ᄅᆞ쇼셔 ᄒᆞ여ᄂᆞᆯ 尙書 ᄀᆞ장 ᄉᆞ양ᄒᆞ여 曰 人間 賤ᄒᆞ온 몸이 貴ᄒᆞ온 仙境 보ᄋᆞᆸ기도 幸이ᄋᆞᆸ거든 生心이 다 敢히 殿의 올나 仙女와 對坐ᄒᆞ리잇가 그 할미 暫笑曰 집이 비록 더럽ᄉᆞ오나 다른 ᄃᆡ 가실ᄃᆡ 업ᄉᆞ오니 辭讓티 마르시고 오ᄅᆞ쇼셔 尙書 거ᄉᆞ다가 못ᄒᆞ여 殿의 오ᄅᆞ니 黃金 轎倚롤 分ᄒᆞ여 노코 東邊 轎倚예 請ᄒᆞ거ᄂᆞᆯ 업더여 마리를 드지 아니ᄒᆞ고 죽으무ᄅᆞ써 辭讓ᄒᆞ니

154

할미 怒ᄒᆞ여 曰 郞君의 가실 길을 ᄀᆞ라티지 못ᄒᆞᆯ소이다 尙書 민망ᄒᆞ여 轎倚예 안ᄌᆞ니 할미 侍女롤 블너 잔치 擧動을 츌히라 ᄒᆞ니 瞬息의 八珍味롤 ᄀᆞᆺ초와 드리니 前日 娘子의 집의셔 麻姑할미과 술먹을 제 먹던 飮食ᄀᆞᆺ거늘 안ᄆᆞ음의 혜오ᄃᆡ 飮食은 麻姑할미 飮食이로ᄃᆡ 그 얼굴과 音聲이 다르니 敢히 麻姑할미라 니ᄅᆞ지 못ᄒᆞ여 曰 듯ᄌᆞ오니 이 ᄯᅡ히 天台山이란 말ᄉᆞᆷ을 듯ᄉᆞᆸ고 계유 ᄎᆞ자왓ᄉᆞᆸ더니 ᄯᅩ 아니라 ᄒᆞ시니 天台山은 어ᄃᆡ

155

니잇가 할미 曰 天台山이란 말은 今時初聞이ᄋᆞᆸ거니와 드ᄅᆞ니 貴ᄒᆞᆫ 藥은 海中 靈山의 잇다ᄒᆞ오ᄃᆡ 그도 ᄯᅩ흔 거즛말이냥 ᄒᆞ여 녜 秦始皇 漢武帝 威嚴과 忠誠이 至極ᄒᆞ되 죽기롤 免티 못ᄒᆞ엿ᄂᆞ이다 郞君이 눔이 거즛말을 고지 듯고 괴로이 用

慮ᄒᆞ오셔 危殆ᄒᆞᆫ 더 가지 말고 내 말을 조ᄎᆞ시면 ᄀᆞ장 有理ᄒᆞ리이다 尙書曰 니ᄅᆞ시ᄂᆞᆫ 말ᄉᆞᆷ이 혹 조출 말ᄉᆞᆷ이오면 조ᄎᆞ리이다 할미 曰 나라희 功名이란거시 비록 榮華로오나 도로혀 極히 危殆ᄒᆞᆫ 일이

156

라 나도 녜 明士의 안해되여 ᄀᆞ장 饒富ᄒᆞ고 榮華로 디내더니 난편이 나라희 득罪ᄒᆞ여 이 ᄯᅡ히 귀향왓더니 襁褓의 ᄡᅵᆫ ᄯᅩᆯ을 ᄃᆞ리고 오니 볼셔 죽어시매 도라갈 길이 업셔 이 고디셔 녀롬지어 먹고 사ᄋᆞᆸ거니와 郞君도 나라 命을 밧ᄌᆞ와 왓ᄉᆞ오나 僊佯 藥을 어더 가시면 富貴 極ᄒᆞ고 묘흔 일이 만ᄉᆞ오려니와 죵시 못어더 가시면 도로혀 患을 면티 못ᄒᆞᆯ 거시니 처음의 내 몸 괴로이 가시지 마로쇼셔 尙書 對曰 니ᄅᆞ시ᄂᆞᆫ 말ᄉᆞᆷ이 至極 맛당ᄒᆞ오

157

나 임의 臣子되여 나라 命을 밧ᄌᆞ와 왓ᄉᆞ오니 내 목숨이 ᄆᆞᆺ도록 ᄃᆞ니ᄋᆞᆸ다가 終時 못 엇ᄌᆞ오면 죽어 地下의 가와도 붓그럽지 아니ᄒᆞ리이다 할미 大笑曰 郞君의 말ᄉᆞᆷ이 至極 忠孝ᄒᆞᆸ거니와 긔 다 거즛말이니이다 무슴 일 늠을 爲ᄒᆞ여 내 몸 괴로온 줄을 ᄭᆡᄃᆞᆺ지 못ᄒᆞᄂᆞ니잇가 내 집이 비록 가난ᄒᆞ오나 奴婢 萬餘口요 田畓이 數千石집이요 ᄲᅩᆼ남기 萬余株니 이만ᄒᆞ여도 平生 生애 足히 아니살니잇가 다만 내 흔 ᄯᅩᆯ이 이셔 長成ᄒᆞ여

158

시되 山中의셔 配匹엇기 쉽지 아녀 日月을 쇽졀업시 디내더니 오ᄂᆞᆯ은 郞君을 만나ᄉᆞ오니 이ᄂᆞᆫ 하늘이 定ᄒᆞ신 緣分이로소이다 ᄒᆞ고 侍女ᄅᆞᆯ 命ᄒᆞ여 아기ᄅᆞᆯ 나오라 ᄒᆞ니 尙書 민망ᄒᆞ여 고게ᄅᆞᆯ 수기고 아무 말도 못ᄒᆞ고 안자더니 이윽고 侍女 여러믄 ᄡᅡᆼ이 향블과 춋블을 볼키고 흔 處女ᄅᆞᆯ 뫼셔 나와 尙書ᄅᆞᆯ 對ᄒᆞ여 右邊 黃金 轎倚예 安居ᄂᆞᆯ 尙書 ᄀᆞ장 惶恐ᄒᆞ여 ᄂᆞ려 伏地ᄒᆞ여 고개ᄅᆞᆯ ᄃᆞᄃᆡ 아니ᄒᆞ니 할

미 曰 내 쫄을 醜鄙히 녀겨 고집저이

159

스영하시ᄂ니잇가 ᄒ고 侍女로 붓자와 轎倚예 올녀 안치거ᄂᆞᆯ 尙書 맛지 못ᄒ엿 轎倚예 오르며 그 處女를 얼풋 보니 貞烈夫人일시 的實ᄒ되 龍子 당부ᄒ던 말이 이시매 ᄆᆞ음을 操心ᄒ여 안잣더니 할미 曰 내 쫄이 얼굴이 비록 곱지 아니ᄒ오나 才德은 郎君의 配匹이 되ᄋᆞ기 不足지 아니ᄒ오니이다 ᄒ고 ᄯᅩ 할미 曰 내 늙 아 술이 취홈을 이긔지 못ᄒ여 暫間 드러가 쉬고져 ᄒ오니 아기네 뫼셔시라 ᄒ 고 니러 드러가거ᄂᆞᆯ 尙書 轎倚예 ᄂᆞ려 伏地ᄒ여 고

160

개를 드디 아니ᄒ거ᄂᆞᆯ 그 處女曰 尙書의 ᄆᆞ음과 情誠이 至極ᄒ시니 藥은 어더가 시려ᄂ뇨 볼셔 皇大后 업스시니 皇帝 尙書를 못 기ᄃᆞ려 민망ᄒ여 ᄒ시ᄂᆞᆫ디 朝廷 이 엿ᄌᆞ와 우리의 家屬을 죄주어지라 ᄒ되 皇帝 斟酌ᄒ오셔 아직 기ᄃᆞ려 보쟈 ᄒ여시니 브ᄃᆡ 수이 도라가쇼셔 ᄒ고 안흐로 드러가거ᄂᆞᆯ 尙書 그제야 貞烈夫人 일시 的實ᄒᆫ 줄을 알고 고개를 드러 말ᄒ려 ᄒ니 볼셔 드러가고 업스니 다시 브 르지 못ᄒ여 믈너와 客室의 자고 잇튼날 니러보니 ᄒᆞᆫ 나

161

모 亭子 미ᄐᆞ러라 尙書 괴이히 녀겨 글을 지어 沈吟ᄒ고 ᄒᆞᆫ 山谷노 너머가노라 ᄒ니 忽然 ᄒᆞᆫ 할미 광조리를 녑픠 ᄭᅵ고 ᄂᆞᄆᆞᆯ 키거ᄂᆞᆯ 尙書 나아가 절ᄒ여 問曰 天台山이 어디니잇가 그 할미 목안희 말노 니ᄅᆞ되 이 山이 天台山이니이다 尙書 ᄯᅩ 問曰 麻姑할미란 仙女 어디 계시니잇가 그 할미 니마의 손을 언고 ᄀᆞ장 이윽 이 보다가 曰 내 눈이 어두어 그ᄃᆡ를 ᄌᆞ시 모ᄅᆞ니 그ᄃᆡ 뉘시니잇고 내 麻姑할미 로소이다 이 늘근 날 ᄎᆞ자 무엇ᄒ려 ᄒ시ᄂᆞ니잇고 尙書 하 반겨 두 번 절ᄒ여 曰 나

162

는 洛陽 北村 李魏公의 아들 仙이옵더니 어이 할미 그덧 ᄉ이 날을 몰나보시ᄂ
니잇가 할미 對曰 써난지 오래고 나히 만하 忘倭되여 前일을 記錄지 못ᄒ올소이다
ᄒ고 또 問曰 淑娘子 無恙ᄒ시니잇가 ᄒ여늘 尙書 娘子의 片紙롤 傳ᄒ니 할미
그 片紙롤 보고 그제야 할미 제 본얼굴을 드러내고 曰 郞君과 우리 ᄉ이야 萬年
草라타 긔 무어시 관겨ᄒ리잇가 다만 情誠이 至極지 못ᄒ던면 이 싸히 와 藥을
못 어더가실 거시오 어제 郞君의 믹을 바다보오니 情誠이

163

至極ᄒ시매 此藥을 드리ᄂ니 반가온 情懷롤 니르고 말슴이나 죠용이 ᄒ고져 ᄒ
오되 어제 淑娘子의 말을 드르니 皇大后 불셔 죽다 ᄒ오니 急피 도라가쇼셔 ᄒ
고 ᄒ 버스술 주거늘 尙書 바다가지고 謝禮ᄒ려 ᄒ니 불셔 간더 업더라 尙書 강
ᄀ의 ᄂ려오니 龍子 불셔 비예 와 기ᄃ리더라 龍子曰 西海宮의 가오니 淑母겨옵
셔 啓眼珠 잇더니 金尙書 쫄 淑夫人이 表津의 와 祭홀 제 술잔의 다마 밧ᄌ와노
라 ᄒ시니 불셔 尙書宅의 가시니 급피

164

도라가쇼셔 ᄒ더이다 ᄒ고 尙書롤 請ᄒ여 비예 을니고 曰 눈을 暫間 ᄀ무쇼셔
ᄒ여늘 尙書 눈을 ᄀ무니 이윽고 ᄒ 고더 다ᄃ라 ᄂ리쇼셔 ᄒ여늘 尙書 눈을 써
보니 불셔 長安城 慶華란 물ᄀ의 니르더라 尙書 大喜ᄒ여 龍子ᄭᆡ 謝禮ᄒ고 서로
下直ᄒ고 皇城의 드러오니 皇大后 업ᄉ션지 二十日이라 술이 다 傷ᄒ여시니 尙
書 玉脂環으로 身體의 언ᄌ시니 漸漸 술이 내살며 산 사롬의 술ᄀᆺ더라 입의 開
言草롤 녀ᄒ니 이윽고 大后 니러안ᄌ며

165

말을 ᄒ시거눌 그제야 闢耳茸을 귀예 녀코 啓眼珠로 눈을 쓰스니 이젼 病이 다 업더라 皇帝 大喜ᄒ샤 李仙의 손을 잡고 藥 어드라 가 苦行ᄒ던 일을 무르시거 눌 尙書 ᄌ시 엿ᄌ오니 皇帝 稱讚ᄒ시며 曰 녜 秦始皇 漢武帝 至誠으로도 ᄆ춤 내 못어더온 藥을 卿이 어더와 大后롤 救ᄒ여시니 朕이 어이 前日 말을 背反ᄒ 리오 ᄒ시고 天下롤 둘히 논화 ᄒ나홀 가지라 ᄒ셔눌 尙書 伏地ᄒ여 엿ᄌ오되 陛下ᄂ 大后롤 爲ᄒ시고

166

臣은 陛下롤 爲ᄒᄋ온 일이오니 이ᄂ 다 臣子의 職分이오니 무슴 賞이 이시리잇가 이제 臣을 天下롤 논화 가지라 ᄒᄋᆸ시면 父母 妻子롤 다시 아니보ᄋᆸ고 陛下 眼 前의셔 죽으리이다 ᄒ고 마리롤 ᄯ히 두드리며 죽으려 ᄒ거눌 皇帝 李仙의 忠誠 을 感激이 녀기샤 詔書롤 ᄂ리와 李仙을 楚王으로 封ᄒ시고 金典으로 右丞相을 ᄒ이시니 楚王 李仙이 謝恩肅拜ᄒ고 집의 도라오니 父母와 張丞相 金尙書 다 죽 엇던 사룸 다시 본

167

둣 ᄒ여 반가온 ᄆᄋᆷ을 이긔지 못ᄒ여 큰 잔치롤 排設ᄒ여 慶賀ᄒ더니 皇帝 드 ᄅ시고 御前 風流롤 보내시더라 貞烈夫人이 楚王믜 술오되 郎君가신 後로ᄂ 冬 柏남기 漸漸 싀싁ᄒᄋᆸ더니 요스이ᄂ 가지 다 北向ᄒ거눌 一定 無事이 도라오시 ᄂᄯᅩ다 ᄒᄋ나 日夜의 念慮 부리온 스이 업ᄉ더니 홀ᄂ 꿈의 麻姑할미 와 니ᄅ 되 娘子 尙書롤 보려ᄒ시거든 날조차 가사이다 ᄒ고 날을 ᄃ리고 山中으로 가셔 큰 宮殿의

168

드러가니 尙書롤 만나 이리이리 숣고 안흐로 드러오니 할미 니ᄅ되 尙書 아무리

거스러도 梁王의 쏠을 둘재 夫人을 아니 삼지 못ᄒ리라 ᄒ더이다 楚王이 夫人의
말슴을 듯고 天台山 麻姑할믜 집의 가 ᄒ던 形狀 ᄀᆞᆺ거늘 尙書 謝禮ᄒ고 己往 말
과 ᄯᅩ 梁王의 쏠이 前生 凌虛仙의 쏠로셔 이싱의 와 梁王의 쏠이 되여 제 둘제
夫人될 줄을 ᄌᆞ시 니ᄅ니 貞烈夫人이 더욱 그 婚姻을 勸ᄒ더라 一日은 梁王이
魏王을 보와 曰 내 쏠은 楚王을 爲

169

ᄒ여 靑年寡婦 되리로소이다 前日을 生覺ᄒ여 보쇼셔 ᄒ여늘 魏王이 仙을 블너
勸ᄒ여 梁王의 쏠을 둘재 夫人을 封ᄒ니 皇帝 드러시고 詔書ᄅᆞᆯ ᄂᆞ리와 淑香으로
貞烈王妃ᄅᆞᆯ 封ᄒ시고 梅香으로 貞淑王妃ᄅᆞᆯ 封ᄒ시니 두 사ᄅᆞᆷ이 謝恩ᄒ고 서로
ᄉᆞ랑ᄒ기ᄅᆞᆯ 兄弟ᄀᆞᆺ치 ᄒ며 貞烈王妃도 梁王을 親父母ᄀᆞᆺ치 ᄒ고 貞淑王妃도 金尙
書ᄅᆞᆯ 親父母ᄀᆞᆺ치 셤기더라 貞淑王妃게 두 아ᄃᆞᆯ 한 쏠을 나ᄒ니 楚王의 明望이
朝廷의 읏틈이

170

러라 貞烈王妃의 못아ᄃᆞᆯ은 駙馬되여 兵部尙書ᄅᆞᆯ 兼ᄒ고 쏠은 皇大子 中宮이 되
고 둘재 아ᄃᆞᆯ은 征西大都督이 되여 五原 九天이란 ᄯᅡ히 가 오랑캐과 싸화 크게
이긔고 盜賊을 만히 자바 죽이더니 그 中의 한 놈을 주기려 홀식 믄거시 절노
ᄭᅳᆫ허지거늘 諸將이 一時예 쏘니 살이 보러지고 맛지 아니ᄒ거늘 都督이 보고 주
기지 말나 ᄒ고 종삼아 ᄃᆞ려왓더니 一日은 楚王이 五子ᄅᆞᆯ ᄃᆞ리고 皇城 百姓을
모화 正田의셔 사ᄅᆞᆷ 부티더니 其中의 그 오랑캐

171

사ᄅᆞᆷ을 만히 지오다 稱讚ᄒ거늘 貞烈王妃 水晶樓 우희셔 굿보다가 그 놈을 ᄌᆞ시
보니 盤若山의셔 어버다가 노코 가던 盜賊ᄀᆞᆺ거늘 놀나 卽時 楚王믜 술오되 그
놈ᄃᆞ려 무ᄅᆞ쇼셔 ᄒ여늘 楚王이 그놈ᄃᆞ려 曰 네 아某年의 盤若山의셔 救한 사ᄅᆞᆷ

이 업ᄂᆞ냐 그 놈이 오래 生覺다가 曰 그 적의 죽은 사ᄅᆞᆷ을 어이 알니잇가 다만 ᄒᆞᆫ 계집 아히 제 어버이롤 일ᄒᆞᆸ고 바희 틈의 안자 우ᄋᆞᆸ거늘 벗 盜賊이 주기려 ᄒᆞᆸ거늘 내 그 아히 相을 보오니

172

常例 사ᄅᆞᆷ이 아니여늘 一定 他日의 貴히 되일 아히라 ᄒᆞ여 게 두면 獸生의게 죽을가 ᄒᆞ여 어버다가 幽谷驛 ᄆᆞ을회 두고가니이다 ᄒᆞ여놀 楚王이 그ᄃᆞ로 王妃ᄭᅴ ᄉᆞᆯ오니 王妃 긔특이 녀기샤 大喜ᄒᆞ여 그 놈을 블너 親히 보시고 그 적 일을 다 니ᄅᆞ고 重賞ᄒᆞ시고 都督ᄭᅴ 닐너 도로 보내라 ᄒᆞ여놀 그 놈이 도라가기롤 즐기지 아니ᄒᆞ거놀 都督이 그 놈의 前後 일을 알외니 皇帝도 긔특이 녀기셔 鎭西將軍의 西凉大守롤 ᄒᆞ이여 盜賊을

173

막으라 ᄒᆞ시니 그 後로는 西方이 平定ᄒᆞ여 盜賊이 업더라 一日의는 張丞相이 ᄆᆞ든 家屬을 ᄃᆞ리고 宮中의셔 잔치ᄒᆞ더니 믄득 ᄒᆞᆫ 神仙ᄀᆞ튼 사ᄅᆞᆷ이 殿으로 드러오거늘 楚王이 ᄌᆞ시보니 呂洞濱이여늘 楚王이 마자 坐定ᄒᆞᆫ 後의 洞濱曰 그ᄃᆡ와 小娥롤 命牌ᄒᆞ샤 날노 ᄒᆞ여곰 ᄃᆞ려오라 ᄒᆞ셔늘 왔더니 ᄶᅢ 느저 가니 수이 가쟈 ᄒᆞ여늘 楚王이 曰 肉身이 어이 天上의 올나가리오 洞濱曰 九老仙 주던 藥이 어ᄃᆡ 가냐 ᄒᆞ여늘 그제야 ᄭᅢᄃᆞ라 貞烈王妃롤

174

請ᄒᆞ여 그 藥을 가져다가 一丸 식 먹으니 아들과 말도 못ᄒᆞ고 볼셔 몸이 ᄂᆞ라 空中을 洞濱과 ᄒᆞᆫ가지로 올나가니라 皇帝 드르시고 ᄀᆞ장 슬허ᄒᆞ시며 一邊 긔특이 녀기시더라 ᄆᆞ아들은 楚王을 封ᄒᆞ시고 셋재 아들은 禮部尙書롤 ᄒᆞ이시고 貞淑王妃는 金典夫妻롤 親父母ᄀᆞᆺ치 ᄒᆞ더라 楚王 업슨 五年만의 金典夫妻 王妃롤 ᄃᆞ리고 慶華믈의셔 船游ᄒᆞ더니 믄득 ᄒᆞᆫ 老翁이 ᄒᆞᆫ님 ᄇᆡ롤 트고 믈 우희로셔 ᄂᆞ려오거늘 보니 ᄇᆡ 左右의 白鶴 ᄒᆞ나

이화여대도서관본

　표제는 "슉향젼 샹하"이고, 내제는 각각 "슉향젼 샹"과 "슉향젼 하"로 되어 있는 상·하 두 권짜리 국문필사본이다. 매면 11행 매행 24자 내외로 되어 있으며, 상권은 60장 119면, 하권은 54장 107면 도합 114장 226면으로 된 완결본이다. 이화여대 한국문화연구원편, 『한국고대소설총서』 1권(단기 4291)에 영인되어 있다. 문맥이 자연스럽고 오자(誤字)·탈자(脫字) 등이 별로 발견되지 않는 등 현전 이본 중 비교적 선본(善本)에 해당하고, 또 활용이 용이해 그동안의 연구에서 주텍스트로 이용되어온 이본이다.

이화여대도서관본

숙향전 숭하

1

숙향전 숭
녯 송나라 시졀의 남양 ᄯᅥ의 ᄒᆞᆫ 명ᄉᆞ 잇시되 셩명은 김젼니라 춍명쥰아ᄒᆞ여 니
팔의 문장을 쳔망ᄒᆞ니 ᄉᆞ방 어진 션비 구롬 못덧 ᄒᆞ더라 그 부친은 운슈션싱이
니 도덕이 놉고 지죠 겸젼하미 황졔 특명을 나리와 티부와 니부숭셔를 제슈ᄒᆞ시
고 안거ᄉᆞ마로 여러번 부르시되 맛춤니 ᄉᆞ양ᄒᆞ고 나지 아니ᄒᆞ니 그 어진 덕을
칭찬ᄒᆞ더라 김젼니 일일은 쥬과를 셩비ᄒᆞ여 친구를 다리고 명산디쳔을 귀경할ᄉᆡ
쳥녀의 안ᄌᆞ 풍월도 을푸며 혹 탁죡도 ᄒᆞ고 죵일 노다가 도라올ᄉᆡ 반ᄒᆞ슈 압풀
지너더니 어부 슘ᄉᆞ인니 큰 거복을 잡아 ᄭᅯ어 먹으러 ᄒᆞ거날 김젼니 말여 왈 그
거복을 보니 이마 우의 ᄒᆞ날 쳔ᄶᆞ 잇고 발의 임금 왕ᄶᆞ 분명ᄒᆞ니 쥭이지 말

2

나 어부 디왈 이 짐싱이 비록 비상ᄒᆞ오나 우리 등이 져무도록 그물질 ᄒᆞ다가 괴
긔 ᄒᆞ낫도 잡지 못ᄒᆞ고 이것만 어더ᄉᆞ오니 말니지 마르소셔 김젼니 거복을 보니
눈물을 흘니며 쥭기를 셜어ᄒᆞ난 형숭을 뵈거날 김젼니 가져갓던 쥬과를 쥬고 밧
고와 물의 노ᄒᆞ니 그 거복 날호여 드러가며 김젼을 ᄌᆞ로 도라보고 가더라 그 이
듬히 김젼니 동졍호의 가 벗을 보고 도라오더니 잇ᄯᅥ난 화ᄉᆞ월이라 빅운교를 건
너다가 반을 제우 지나 큰 물이 니다라 젼후 다리 다 문어지미 동힝은 다 물의

쩌러져 죽고 긤견니 홀노 다리 지동을 안고 통곡ᄒ더니 물세 급ᄒ여 그 지동이
마즈 ᄭᆫ어지미 죽긔 되여더니 물속으로셔 판즈 갓탄 것시 물의 ᄯᅳ거날 긤견니
지동을 바리고 판즈 우의 오르니 그것시 물의 ᄯᅥ 발노 헤우며 순식의 물ᄭᅵ이 다
닷거

3

날 긤견니 졍신을 ᄎ려 언덕의 ᄲᅱ여 나리며 그것실 보니 몸은 물 속의 감초고
머리만 니여난디 이마의 ᄒ날 쳔ᄶᅩ 분명ᄒ거날 긤견니 구혼 은혜를 스례코져 할
졔 그것시 문득 입으로 안기 갓탄 것슬 토ᄒ니 긤견의 압히 무지게 갓탄 것시
잇거날 긤견니 더옥 황겁ᄒ여 무슈이 졀ᄒ더니 문득 무지게난 업고 다맛 제비알
만ᄒ 구실 두 ᄭᅵ 노혀시되 빗치 찰란ᄒ고 은은니 글즈 씨여시니 ᄒ나은 목슘 슈
ᄶᅡ요 ᄒ나은 복 복ᄶᅡ서날 긤견니 문득 싱각ᄒ되 이난 반다시 반ᄒ슈의 노혼 거
복이 은혜를 갑노라고 나를 구ᄒ고 이 구실을 쥬고 가도다 ᄒ고 물을 향ᄒ여 무
슈이 스례ᄒ고 집의 도라오니 잇ᄯᅢ 긤견의 나히 니십이로되 집이 간난ᄒ여 춰쳐
치 못ᄒ여더니 영쳔 ᄯᅡ 중회란 스람이 공명

4

의 ᄯᅳ지 업셔 벼살은 아니ᄒ나 디디 명가 즈손니요 직물이 유여ᄒ되 아달은 업
고 다만 ᄒ ᄯᆯ을 두어시니 인물이 쵸월ᄒ고 효셩이 지극ᄒ미 스회를 갈니더니
긤견니 어지단 말을 듯고 미파를 보니여 구혼ᄒ니 긤견니 납폐할 것시 업셔 다
만 그 구실 두 ᄭᅵ를 보니여더니 중회의 부인니 보고 왈 공후 부가의셔 구혼ᄒ미
구롬 갓거늘 굿티여 긤견으게 허락ᄒ시니 이제 납폐혼 것실 보미 그 간난ᄒ물
가히 알지라 장회 왈 혼인논지난 이젹의 도라 제 비록 간난ᄒ나 우리 유여ᄒ니
무슴 직물을 탐ᄒ리요 그러나 쳔만금 엇기난 쉬오나 이 구실은 나라 힘이라도
극히 엇기 어렵고 쳔ᄒ의 극혼 보비라 ᄒ며 즉시 옥졍인을 불너 그 구실노 옥지
환 ᄒ 숭을 만드라 ᄯᆯ을 쥬고 틱일ᄒ여 긤견을 마

5

지니 그 아름다온 풍치와 헤일혼 거동은 비할 디 업더라 김젼니 중낭ᄌ로 더부러 교비ᄒ미 금실지락과 견권지졍이 산히 갓더라 김젼니 중회 집의 온 십연 만의 중회부쳐 다 죽거날 례로셔 중ᄉᄒ고 그 가ᄉ를 밧드니 부귀 쳔하의 웃듬이로되 나히 사십의 ᄒ낫 ᄌ식이 업셔 부쳐 명산디쳔의 아니 빈 곳 업시나 맛춤니 ᄌ식이 업셔 미일 셜워ᄒ더니 잇쩌난 츈삼월 망간니라 김젼부쳐 망월누의 올나 달을 귀경ᄒ더니 문득 ᄒ날노셔 ᄒ ᄭᆺ ᄒ 가지 ᄌ시 압히 ᄯ러지거날 ᄌ세 보니 이화도 아니요 미화도 아니로되 말근 향니 진동ᄒ□날 ᄌ시 크게 고히ᄒ여 김젼을 쳥ᄒ여 뵈일 제 호련 광풍이 이러나 그 ᄭᆺ치 산산니 훗터지난지라 김젼부쳐 가중 셔우ᄒ더니 그날 밤의 ᄌ시

6

일몽을 어드니 금셩이 품의 드러뵈거날 ᄌ시 놀나 ᄭᅢ다르니 남가일몽이라 김젼다려 몽ᄉ를 말ᄒ니 김젼니 디왈 어제 게화 그디 압히 ᄯ러지고 몽ᄉ ᄯᅩ혼 여ᄎᄒ니 ᄒ날이 반다시 귀ᄌ를 졈지하시도다 과연 그달붓터 티긔 잇스니 김젼니 크게 짓거 아달 낫키를 츅슈ᄒ더라 십삭 만의 쟝시 병이 중ᄒ여 음식을 먹지 못ᄒ니 김젼니 민망ᄒ여 의약을 친니 권ᄒ더니 긔축 ᄉ월 초팔일의 긔이혼 향니 진동ᄒ며 오식 구롬이 집을 두로거날 일가 샹ᄒ 다 경동ᄒ더니 밤중은 ᄒ여 고온 게집 아히 두리 옥등의 불을 들고 드러와 김젼다려 일너 왈 이제 부인니 오시니 그디 빗비 나와 집안을 소쇄ᄒ라 ᄒ고 쟝시 방으로 드러가거날 김젼니 아모란줄 모르고 밧게 나와 집 니외를 소쇄ᄒ더니 문득 긔이혼 향니 진동

7

ᄒ거날 김젼니 크게 의심ᄒ여 가만니 충 틈으로 엿보니 쟝시 발셔 ᄋ긔를 나흔지라 그 게집이 향물의 ᄋ긔를 싯쳐 부인겻터 뉘이고 밧그로 나가거날 김젼니 가난 곳을 보려 ᄒ고 ᄯ라나가니 발셔 간디 업더라 김젼니 크게 고히ᄒ여 빗비

방의 드러가 보니 부인니 긔절호여거날 급히 씨오니 장시 주다가 씨난덧 호더라
김젼부쳐 익긔를 보니 똘이라 꼿갓탄 얼골이 비범호고 말근 향닉 방안의 진동호
거날 김젼부쳐 크게 짓거 익긔 일홈을 숙향이라 호고 주난 월궁션니라 호다 졈
졈 주리믹 얼골이 꼿치 붓그러 호며 날이 무광호고 침어낙안지티와 호난 일이
아히 갓지 아니호니 김젼부쳐 익중호나 힝여 단명할가 염여호여 쳔호 일홈난 승
주 왕균을 쳥호여 숙향의 상을 뵈이니 왕균니 이르되 이 익긔난

8

인간 스람 아니라 월궁항아의 졍긔를 타 낫스오니 젼성죄를 이싱의 와 다 갑푼
후의 반다시 죠흔 시졀을 볼 거시니 션분은 극히 험호나 후분은 죠흐리라 호거
날 김젼 왈 후분 션악은 아지 못호나 션분은 우리 아직 의식을 그리지 아니호니
엇지 고상할 일리 잇스리요 왕균니 크게 웃고 왈 스람의 팔주난 아지 못호나니
너 비록 지죠 업소오나 익긔 스쥬와 상을 보오니 오세예 부모를 이별호고 졍쳐
업시 단니다가 십오세 당호여 다셧 번 죽을 익을 지니고 십칠세의 부인을 봉호
고 니십의 부모를 만나 틱평영화로 지니다가 칠십이 되오면 도로 쳔상으로 올나
갈 팔주니다 김젼부쳐 이 말을 듯고 밋지 아니호나 크게 의심호여 싱월 싱시와
일홈을 금주로 써 금낭의 너어 숙향의 옷시 치와더니

9

과연 숙향이 오세를 당호미 시졀이 어지러워 젹병이 형초를 침노호니 빅셩들이
집푼 산중으로 피란호미 김젼도 가속을 거나려 강능으로 가더니 중노의 젹병을
만나 힝중과 노복을 다 일코 다만 중시와 숙향을 업고 죽을 힘을 니여 다라나더
니 도젹이 졈졈 갓가이 오고 김젼니 또흔 진력호여 닷지 못호니 졍히 망극호여
중시다려 왈 도젹이 급히 쏘로고 니 힘이 진호니 우리 두리 다 스라나면 숙향갓
튼 주식을 다시 보려니와 우리 다 죽으면 신쳬를 뉘 거두며 부모의 졔스를 뉘
밧드리요 아모리 인졍의 망극호고 졔 졍승이 잔잉호나 숙향을 니곳디 쑤고 잠간
피호엿다가 젹병이 지니간 후 다시 와 다려가스이다 중시 실피 울며 왈 나난 숙

향과 혼티 잇다가 죽을 거시니 우리

10

를 싱각지 말고 먼져 난을 피ᄒᆞ엿다가 후일 도라와 우리 모녀의 ᄒᆡᆯ골을 갈무ᄒᆞ쇼셔 검젼니 디셩통곡 왈 ᄎᆞ마 그ᄃᆡ를 ᄇᆞ리고 니 혼ᄌᆞ 살기를 도모ᄒᆞ리요 ᄎᆞ라로 ᄒᆞᆫ 곳디 죽어 혼ᄇᆡᆨ이 셔로 ᄯᅥ나지 아니ᄒᆞ리라 ᄒᆞ고 안코 이러나지 아니ᄒᆞ거날 중시 울며 왈 그ᄃᆡ 말이 그ᄅᆞ도다 남ᄌᆞ 되여 엇지 우리 갓ᄒᆞᆫ 쳐ᄌᆞ를 어더 가엇지 못ᄒᆞ리요 쳔금갓탄 몸을 엇지 조고만은 안녀ᄌᆞ으게 걸니키여 죽으릿가 ᄲᆞᆯ리 피ᄒᆞ쇼셔 검젼니 울며 머리를 훗트러 ᄒᆞᆫ 디셔 죽으려 ᄒᆞ거날 중시 울며 왈 낭군니 이럿텃 고집ᄒᆞ시니 슉향을 아직 니 곳디 ᄯᅮ고 우리만 가ᄉᆞ이다 슉향을 바회 틈의 안치고 옥지환 ᄒᆞᆫ 작을 옷고롬의 치우고 먹을 음식을 그럭의 만니 담아쥬어 왈 너난 줌간 니 곳디 잇셔 비

11

곱푸거든 이 밥을 먹고 목마르거든 져 물을 ᄯᅥ 먹고 잇시면 우리 니일 와 다려가마 ᄒᆞ고 낫틀 ᄒᆞᆫ 티 다이고 실피 울며 ᄎᆞ마 ᄯᅥ나지 못ᄒᆞ니 슉향이 제 모친 치민를 줍고 실피 울며 왈 어만임은 날 ᄇᆞ리고 혼ᄌᆞ 어디로 가시려 ᄒᆞ난잇가 나도 함께 가ᄉᆞ이다 ᄒᆞ며 ᄯᅳ라넛듸니 그 춤혹ᄒᆞᆫ 형승은 귀신도 감동할덧 ᄒᆞ며 일광이 무식ᄒᆞ더라 검젼부쳐 망극ᄒᆞ여 울며 이라되 니 ᄯᅡ라 우지 말고 가만니 안ᄌᆞ쓰라 소리 나면 도젹이 알고 왓셔 죽이나니라 ᄒᆞ고 도라보니 도젹이 발셔 갓가이 오난지라 검젼니 망극ᄒᆞ여 중시 손을 잇글고 산중으로 다라나니 슉향이 소리를 크게 ᄒᆞ여 왈 어만임은 엇지 나를 ᄇᆞ리고 가시난잇가 부디 니일 와 다려가소셔 ᄒᆞ며 실피 우니 슈운니 담담ᄒᆞ고 일식 춤춤하더라 검젼부쳐

12

다라나며 슉향의 이원ᄒᆞᆫ 쇼리를 드르니 간중이 ᄯᅳᆫ어지고 가슴이 ᄆᆡᆨ켜 눈물이 이

읍ᄎ 압피 어두어 닷지 못ᄒ더라 도적 다다라 숙향을 보고 문왈 네 어버이 어디 간지 바로 이르라 아니 이르면 죽이리라 숙향이 울며 왈 나를 바리고 다라나시 니 어디로 간지 엇지 알니요 도적이 노ᄒ여 죽이려 ᄒ니 그 즁의 ᄒᆞᆫ 도적이 잔 잉이 네겨 말여 왈 제 부모 바리고 가고 져 어린 것시 비곱파 우난디 무슴 죄로 죽이리요 니 이 아ᄒᆡ 숭을 보니 후일 귀히 되리니 죽이지 말나 이 곳디 ᄯᅮ면 반 다시 시랑의 밥이 되리라 ᄒ고 업어다가 역마을의 ᄯᅮ고 가며 이라되 나도 너와 갓탄 ᄌᆞ식이 잇더니 이러ᄒᆞᆫ가 불승ᄒ고 잔잉ᄒ다 너 부모 너를 바리고 오직 실 허ᄒ랴 ᄒ고 가거날 숙향이 혼ᄌ 안ᄌ 아모디로 갈쥴 몰나 어

13

미만 부르며 울고 단니니 보난 ᄉᆞ람드리 불승이 네겨 눈물 아니 지우리 업더라 잇ᄯᅥ 날이 져물고 인젹이 ᄭᅳᆫ어지니 비곱파 갈 바를 아지 못ᄒ여 덤풀밋티 의지 ᄒ여 어미만 부르며 우노라 ᄒ니 ᄒᆞᆫ 잘ᄂᆡ비 술문 괴괴 ᄒᆞᆫ 덩이를 무러다가 쥬거 날 먹으니 비는 부르나 잇ᄯᅥ 츄구월이라 밤이면 춘바람이 이러나니 발이 실려 두 손으로 붓들고 우더니 어디셔 황시 녀나무 마리 나라 나리로셔 숙향의 몸 을 두로 덥푸니 춥지 아니ᄒ더라 날이 ᄉᆡ미 숙향이 부모를 지다리며 우노라 ᄒ 니 ᄒᆞᆫ 간치 나라와 숙향의 무릅 우의 안ᄌ 우다가 나라가며 오락가락ᄒ거날 숙 향이 울며 그 간치를 ᄯᆞ라가니 여러 모흘 넘어 큰 마을이 잇거날 마을 가온디 드러가며 실피 부모를 부라니

14

보난 ᄉᆞ람이 불승이 네겨 왈 일졍 란즁의 부모를 일은 아ᄒᆡ로다 음식을 쥬어 먹 이며 그 비승ᄒᆞᆫ 얼골을 보고 지루고져 ᄒ나 져의도 피란ᄒ여 동셔 분쥬ᄒᆞ미 다 려가지 못ᄒ더라 이젹의 김젼니 즁시를 산즁의 집피 감초고 밤의 가만니 나려와 숙향을 ᄎᆞ지니 종젹이 업거날 일졍 죽도다 ᄒ고 통곡ᄒ며 도라와 즁시다려 이라 니 즁시 이 말을 듯고 긔졀ᄒ거날 김젼니 붓드러 위로 왈 숙향이 어리니 멀니난 가지 못할 것시요 일졍 죽어시면 신체나 잇실 것시로되 종젹이 업시니 이난 반

다시 뉘가 다려 갓난지라 전일 왕균의 말이 경영ᄒᆞ니 너무 셜어마르소셔 즁시
뎌셩통곡 왈 제 ᄒᆞ던 형승과 이르던 말이 눈 압히 완연ᄒᆞ니 엇지 셜우믈 참으리
요 쥬야통곡ᄒᆞ니 눈

15

의 피나더라 잇써 슉향이 그 마을 스람도 다 나가고 간치도 일코 울며 바중이며
멀니 바리보니 산 우의 스람이 왕니ᄒᆞ거날 인가만 네겨 바리고 가니 산은 쳡쳡
ᄒᆞ고 물은 즁즁ᄒᆞᆫ디 슉됴 투림ᄒᆞ여 긱회를 ᄌᆞ아니며 갈디 업셔 안즈 우노라 ᄒᆞ
니 쳥됴 꼿봉오리를 물고 손 등의 안커날 슉향이 비곱푸믈 견디지 못ᄒᆞ여 그 꼿
봉오리를 먹으니 눈니 말고 비불너 정신니 식식ᄒᆞ며 몸의 향니 진동ᄒᆞ더라 이러
나 그 시 가난 디로 ᄯᆞ라 두어 고기를 넘어가니 산곡의 ᄒᆞᆫ 궁궐이 잇난디 그 시
큰 문으로 드러가거날 슉향이 ᄯᆞ라 드러가니 ᄒᆞᆫ 계집이 마조 나와 슉향을 안고
드러가 큰 젼의 노ᄒᆞ니 ᄒᆞᆫ 부인니 머리의 화관을 쓰고 황금 교위의 안즈다가 슉
향을 마즈 팔을 밀어 동편 빅옥 교위

16

의 좌를 정ᄒᆞ거날 슉향이 아모리 할 쥴 모로고 다만 울분너러니 부인 왈 션녀
인간의 나려와 더러온 물을 만니 먹어시미 정신니 밧귀여 젼싱 일을 모로나이다
션녀를 명ᄒᆞ여 경익을 드리라 ᄒᆞᆫ 디 션녀 만호잔의 호박디를 밧쳐 잇실갓탄 것
슬 부어 드리거날 바다 먹으니 맛신 졋맛 갓고 가즁 향긔롭더라 먹은 후의 쳔승
일과 인간의 나려와 부모 일코 바즁이며 고승ᄒᆞᆫ 일을 일일이 알고 몸은 비록
아히나 마음은 어런니라 직시 이러나 부인게 스례 왈 첩은 쳔승의 득죄ᄒᆞ고 인
간의 나려와 고쵸이 단니거날 이디지 어엽비 네겨 디졉ᄒᆞ시니 지극 감격ᄒᆞ여이
다 부인니 웃고 왈 션녀 나를 아라보신잇가 슉향 왈 인간의 나려와 정신니 밧귀
여스노니 ᄌᆞ셰 아옵지 못ᄒᆞ나이다

17

부인 왈 이 ᄯᆞᆫ은 명ᄉᆞ게요 나는 후토부인니니다 션녀 인간의 나려와 고ᄉᆡᆼ을 젹
거시믜 져졈게 잔너비와 황ᄉᆡ며 금죽 쳥됴를 보너여ᄉᆞᆸ더니 보신잇가 숙향이 다
시 이러나 ᄉᆞ례 왈 다 보와ᄉᆞ오나 부인의 ᄒᆞ날갓탄 은혜를 갑ᄉᆞ올 길이 업ᄉᆞ오
니 부인 안젼의 시비나 되여 만분지일이나 갑ᄉᆞ올가 바러나이다 부인니 졍셩 고
왈 나는 ᄒᆞ게 죠고만은 신령이요 그ᄃᆡ는 월궁 읏듬 션녀라 비록 인간의 나려와
일시 고ᄉᆡᆼ을 지너나 그런 말ᄉᆞᆷ을 엇지 ᄒᆞ시난잇가 션녀 가실 곳지 ᄯᅩ흔 머오니
그 ᄉᆞ이 고ᄉᆡᆼ을 만너 지닐 거시오믜 쉬여 너일 가쇼셔 ᄒᆞ고 잔쳐를 비셜ᄒᆞ여 관
디ᄒᆞ니 음식과 보진 등물이 극히 화려ᄒᆞ더라 부인니 경읶을 ᄌᆞ로 권ᄒᆞ니 숙향의
졍신니 졈졈 시로와 인간 일은 잇쳐

18

지고 쳔ᄉᆞᆼ 일만 싱각ᄒᆞ더라 부인게 문왈 쳡이 젼일 듯ᄉᆞ오니 명ᄉᆞ게난 십왕이
게신더라 ᄒᆞ더니 그러ᄒᆞ온잇가 부인 왈 그러ᄒᆞ여이다 숙향 왈 그러ᄒᆞ오면 십왕
젼니 어딩잇가 부인 왈 머지아니ᄒᆞ니다 숙향 왈 인간 부모 란즁의 죽어시면 십
왕젼의 왓ᄉᆞ올 거시니 반가이 만나보오릿가 부인 왈 그ᄃᆡ 부모난 인간의 반셕갓
치 게시고 그도 인간 ᄉᆞ람이 아니요 봉ᄂᆡ산 션관 션녀로셔 인간의 귀양왓ᄉᆞ오니
한니 ᄶᆞ오면 봉ᄂᆡ로 가실 거시요 이 곳은 오지 아니ᄒᆞ리다 숙향이 반겨 문왈 인
간의 나가오면 부모를 만나 보오릿가 부인 왈 션녀 쳔ᄉᆞᆼ의 게실 ᄶᆡ 항아으게 득
죄ᄒᆞ여 죽게 되오니 규셩이 옥뎨게 술와 구훈 은혜 잇ᄉᆞᆸ더니 이제 규셩이 득죄
ᄒᆞ여 인간의 나려와 남군 ᄯᅡ 장

19

승샹 부인니 되여ᄉᆞ오니 션녀난 먼져 장승샹 집으로 가 겟셔 은혜를 십연을 갑
푼 후의 티을션군을 만나 인ᄒᆞ여 부모도 만나볼 거시니 그러ᄒᆞᄌᆞ면 이제 십오연
니 되리다 숙향이 놀나 왈 인간 고ᄉᆡᆼ을 싱각ᄒᆞ오면 ᄒᆞ로가 십연 갓ᄉᆞ오니 ᄎᆞ라

리 조쳐ᄒᆞ여 죽고져 ᄒᆞ나이다 부인 왈 션녀 아모리 죽고져 ᄒᆞ여도 쳔승의셔 죄를 중이 어더 게시미 인간의 나려와 다셧 번 죽을 익을 지닌 후의야 쳔승죄를 면ᄒᆞ고 죠흔 시졀을 보실 거시니 그리 아옵쇼셔 져졈게 도젹을 만나 죽을 변ᄒᆞ여 ᄒᆞᆫ 번 익을 당ᄒᆞ시고 이제 명ᄉᆞ게를 단여가오니 두 번 익을 지닌ᄉᆞ오나 이 압희 ᄯᅩ 세 번 익이 잇ᄉᆞ오니 죠심ᄒᆞ쇼셔 슉향이 탄왈 ᄒᆞ날이 그디도록 무이 네기실가 ᄒᆞ며 셔로 경익을 권ᄒᆞ더니

20

문득 부승의 계명셩이 들니거ᄂᆞᆯ 부인 왈 오날 션녀를 모셔 말숨 무궁ᄒᆞ오되 가실 ᄯᅢ 느져 가오니 평안니 가소셔 슉향이 흐슙짓고 왈 인간 질이 아득ᄒᆞ오니 어디 가 의탁ᄒᆞ오릿가 부인 왈 가실 질은 니 스스로 지시ᄒᆞ오려니와 아직 장승상 부인게 의탁ᄒᆞ여 은혜를 먼져 갑푸쇼셔 슉향이 문왈 중승승딕이 예셔 얼미나 ᄒᆞ니잇고 부인 왈 예셔 일쳔 삼빅 니오나 그난 염여마르쇼셔 ᄒᆞ고 이러나 금분의 심은 나무 여름 연 것 ᄒᆞᆫ 가지를 ᄭᅥᆨ거시고 나와 빅녹을 명ᄒᆞ여 그 나무가지를 ᄲᅮᆯ의 걸고 슉향다려 니라되 이 ᄉᆞ심을 타시면 비록 만 리라도 슌식의 가리니 나리시난 곳디 시즁ᄒᆞ실 거시니 이 나무 열미 ᄯᅩ 잡슈쇼셔 슉향이 부인게 빅빅 ᄉᆞ례ᄒᆞ여 ᄒᆞ직ᄒᆞ고 그 빅녹을 타니 구롬을

21

을 헷치고 나난다시 가니 아모딘 줄 모를너라 ᄒᆞᆫ 곳디 다다르니 그 ᄉᆞ심이 니여셔거ᄂᆞᆯ 슉향이 나려보니 비곱푸거ᄂᆞᆯ 그 나무 열미를 ᄯᅡ 먹으니 비는 부르되 쳔승 일이 아득ᄒᆞ고 인간 고승만 싱각ᄒᆞ니 도로 아ᄒᆡ ᄆᆞ음 되여 도라보니 ᄉᆞ심은 아니요 동산일네라 달은 셔산의 ᄯᅥ러지고 시베밤의 츄풍은 츳운디 시 쇼릭 쳐량ᄒᆞ여 실푼 마음을 도으니 슉향이 아모 디로 갈 줄 모르고 젹막 산중의 실푼 마음을 졍치 못ᄒᆞ여 ᄌᆞ연 피곤ᄒᆞ여 ᄒᆞᆫ 나무 밋ᄐᆡ셔 죠우더니 이 ᄯᅡᆫ은 장승승딕 동산나라 이젹의 남군 ᄯᅡᆫ 즁승승은 옛 한나라 장ᄌᆞ방의 후예라 일홈은 슘이니 쇼연 등과ᄒᆞ여 명망이 극ᄒᆞ여 아니ᄒᆞᆫ 벼슬이 업고 슘십젼의 승승이 되여 슘죠를

셥괴니 부귀 쳔흐의 웃듬이요 죠졍이 훈국디신니라

22

칭흐더니 신종죠 시졀의 이르러 논의 디단흐미 벼슬을 수양흐고 나지 아니흐더
니 잇쩌 외방 도젹이 만니 이러날시 승샹도 그 즁의 간셥흔단 말이 밋쳐 죠졍이
황졔게 쥬달흐여 쳔리 밧게 귀양보닛더니 오리지 아니흐여 쳔힝으로 봉방흐여
고향의 도라와 가업을 다스리니 노비 젼답과 금은 보픠 일국의 웃듬이로되 다만
남녀간 주식이 업시미 극히 셜워흐더니 일일은 승샹과 부인의 꿈의 흔 션녀 구
룸 속으로 나려와 계화 흔 가지를 쥬며 왈 네 젼셩의 죄 즁흐여 무주식흐게 흐
여더니 남으게 이미이 잡펴 셜음으로 지니미 이 꼿틀 쥬나니 줄 간슈흐라 오리
지 아니흐여 주연 죠흔 일이 잇스리라 흐고 문득 간디 업거날 부인니 꿈을 끼여
몽스를 승샹게 고흐니 승샹이 놀나 왈 나

23

도 과연 몽스 그러흐니 우리 무주식흐여 미일 셜워흐난 졍곡을 흐날이 술피스
주식을 졈지흐시도다 그러나 우리 나이 반 빅이 지닛시니 엇지 주식 낫키를 엇
지 바리리요 주연 비감흐여 눈물을 나리오고 초당의 나오니 예 업던 구룸이 동
산의 어리엿고 긔이흔 향니 진동흐거날 승샹이 혼주 말노 이라되 잇쩌 츄졀이라
오식 구룸 일 쩌 아니요 쏘흔 나무입과 꼿펠 쩌 아니라 어디셔 고이흔 향니 나
난고 흐며 죽중을 집고 동산의 올나 비회흐더니 모란화 나무의 입피 시로 퓌여
나고 꼿치 만발흔 디 흔 게집 아히 안주 죠울거날 승샹이 디경흐여 부인을 쳥흐
려 흐고 시녀를 급히 부르난 쇼리의 그 아히 놀니 끼여 울거날 승샹이 문왈 네
엇던 아히인디 이 집푼 동산의 드러와 고초이 안즈시며 일홈은 무

24

어시며 부모 뉘라 흐난요 숙향이 디왈 일홈은 숙향이옵고 부모의 셩명과 거쥬난

모로오며 어만임이 나를 다려다가 바회 틈의 안치고 니일 와 다려가마 ᄒ더니
종시 오지 아니ᄒ옵고 의탁ᄒᆯ 곳지 업셔 질의셔 바중이더니 엇던 검셩이 업어다
가 이 곳더 ᄯ고 가더이다 승상 왈 일졍 란즁의 부모 일은 아히로다 ᄒ고 부인
을 쳥ᄒ여 오니 부인니 슉향의 얼골을 본직 분명 꿈의 보던 션녀갓ᄒ지라 부인
니 반겨 승상게 고왈 이난 ᄒ날이 쥬신 ᄌ식이오니 졸 질니ᄉ이다 ᄒ고 친니 안
고 나려와 음식도 먹이며 옷도 가라입피고 친ᄌ식갓치 ᄉ랑하더니 슉향이 졈졈
ᄌ러 나이 칠셰의 인물이 졀식이요 비호지 안인 글과 온갓 슈 노키와 모를 것시
업스니 부인니 더옥 ᄉ랑ᄒ더라 슉향이 십슙셰 되미 명ᄒ여 가ᄉ

25

를 밋기니 슉향이 승상 양위를 지셩으로 셤기며 모든 노비를 은덕으로 부리고
졔ᄉ를 극진니 밧드니 어론니라도 밋지 못할네라 승상 양위 슉향의 ᄒ난 일을
일마다 눈쥬어 보며 승상과 갓튼 가문의 혼인ᄒ여 후ᄉ를 밋긔고져 ᄒ시고 노비
등도 슉향의 ᄒ난 일을 항복 아니리 업시되 그 즁 ᄉ향이란 죵연니 극히 간악ᄒ
지라 승상딕 범ᄉ를 졔 맛타실 ᄯ는 졔 집이 요부ᄒ더니 슉향이 맛튼후로난 ᄉ
향이 손털고 물너나미 일노 원망ᄒ여 미양 슉향을 모히코져 ᄒ더라 슉향이 십오
셰의 이르미 얼골이 더옥 식식ᄒ고 ᄒ난 일이 날노 시로오니 부인니 승상게 고
ᄒ여 어진 가문의 혼인을 졍코져 ᄒ더니 슴월 슴일의 슉향이 승상과 부인을 모
시고 영츈당의 올나 츈경을 귀경ᄒ며 잔치

26

ᄒ더니 견역 간치 슉향의 압히 와 울고 가거날 슉향이 놀나 부인게 엿ᄌ오되 이
난 반다시 쳡게 니치 아니ᄒ도쇼이다 승상이 졈ᄒ고 왈 과연 네게 니치 아니
ᄒ도다 부인도 극히 염여ᄒ여 이날 잔치의 질거지 아니ᄒ시고 파연ᄒ니라 이날
ᄉ향이 부인 침방의 드러가 부인 봉쳐와 승상의 중도를 도젹ᄒ여다가 슉향의 함
의 감쵸와더니 삼일 만의 부인니 동니 경연의 가려ᄒ고 봉쳐를 ᄎ지니 ᄯᆫ 곳더
업거날 크게 놀나 의농을 다 니여보니 승상의 중도 ᄯᅩᄒᆫ 업난지라 더옥 경동ᄒ

여 종들을 다 불너 궁문ᄒ더니 ᄉ향이 밧그로 드러와 거짓 모로난체 ᄒ고 부인
게 엿ᄌ오되 딕의 무신 큰 일이 잇셔 이리 요란ᄒ신잇고 부인 왈 전죠젹 ᄉ급ᄒ
신 옥중도와 금봉치난 우리 집 극ᄒ 보비라 무단니 업스니 이난 종

27

들이 가져간 비라 ᄉ향이 부인 압희 갓가이 나아가 가만니 엿ᄌ오되 져점게 숙
향이 부인 침방의 드러가 세간을 뒤여 보더니 무어실 감쵸와 제 방으로 가져가
더니 게 가 어더보쇼셔 부인 왈 ᄉ향의 마음이 쳘셕갓거늘 엇지 나를 몰니 가져
가리요 ᄉ향이 ᄯᅩ 엿ᄌ오되 전일은 그러치 아니ᄒ더니 요시 혼인 말슴 잇신
후로 제 세간의 보티려 ᄒ고 그러ᄒ옵난지 종들 보난 디 가증 히린 일 만ᄉ오되
승승과 부인게옵셔 극진니 네긔시민 노복 등이 감히 아뢰지 못ᄒ더이다 부인니
말을 듯고 의심ᄒ여 숙향의 방의 드러가 무러 왈 일은 것시 만으니 혹 네 방의
나왓난가 보라 숙향 왈 니 아니가져 왓습거든 엇지 니 방의 잇ᄉ오릿가 ᄒ고 세
간을 다 니여 부인 압희 뵈일시 과연 봉치와 중도 들어나난지라 부인니 보고

28

노ᄒ여 왈 너 아니 가져왓시면 엇지 네 함의 드럿난야 봉치와 중도를 가지고 ᄇ
로 승승게 나아가 엿ᄌ오되 우리난 숙향을 양반의 ᄌ식이라 ᄒ여 친ᄌ식 갓치
네겨더니 상인의 ᄌ식이라 힝실이 무상하여 우리를 속여 승승의 중도와 나의 봉
치를 제 방의 감쵸와 ᄯᅮ고 종시 긔이다가 이제 들어낫ᄉ오니 이 일을 엇지 쳐치
ᄒ오릿가 승승이 ᄯᅩᄒ 디경 왈 금봉치난 져의 노르기니 졀문 것시 혹 가지고져
ᄒ여 그러ᄒ려니와 중도난 제게 당치 못ᄒ 거시니 그 일이 슈승ᄒ나 아직 싱각
ᄒ여 보ᄉ이다 ᄉ향이 겻티 잇다가 엿ᄌ오되 숙향이 요시난 젼과 달나 슈도
노ᄒ며 글도 지어 문밧 ᄉ람을 쥬며 ᄯᅩᄒ 밤ᄉ람이 심히 츄립ᄒ오니 그 ᄯᅳ질 아
지못할너이다 승승이 말을 듯고 발련 디로 왈 제 나히

29

쓰니 일졍 밧스람을 통ᄒᆞ미로다 집안의 ᄶᅮ면 불칙ᄒᆞᆫ 변을 볼가 시푸니 ᄲᆞᆯ니 니
여보니쇼셔 부인니 슉향의 방의 드러가니 슉향이 머리를 쓰고 눈물을 흘여 옷깃
실 젹시거날 부인 칙왈 우리 무ᄌᆞ식ᄒᆞ미 쥬야셜워ᄒᆞ다가 너를 어드니 얼골과 ᄒᆞ
난 일이 비숭ᄒᆞ기로 일졍 양반의 ᄌᆞ식이라 ᄒᆞ여 고이 질너 친ᄌᆞ식갓치 스랑ᄒᆞ여
집안 졔ᄉᆞ를 다 밋겨 우리와 갓튼 가문의 졍혼ᄒᆞ여 후ᄉᆞ를 젼코져 홈은 너도 니
무 아랏고 우리 집이 비록 유여치 못ᄒᆞ나 노비 슈쳔 구요 젼답이 쳔여 셕 지긔
요 금은니 슈십 만너라 이만ᄒᆞ여도 너 일싱이야 아니편ᄒᆞ랴 봉치 즁도를 가지고
져 ᄒᆞ면 날다려 말ᄒᆞ면 그 무어시 귀ᄒᆞ여 아니쥬며 봉치난 게집으게 당ᄒᆞᆫ 것시
니 가져

30

가미 올커니와 즁도난 부당ᄒᆞ거날 뉘를 쥬려 ᄒᆞ고 가져 갓넌냐 우리 죽은 후면
그것시 다 어더로 가리요 나는 너와 졍의 틱산갓ᄒᆞ나 승승이 져더록 노ᄒᆞ시니
엇지ᄒᆞ리요 네 입던 의복과 시던 셰간을 가지고 아직 근쳐 죵의 집의 가 머물면
승승이 노를 춤으신 후 죵용이 고ᄒᆞ고 다려오마 ᄒᆞ며 실푼 마음을 익이지 못ᄒᆞ
여 눈물이 비오덧 ᄒᆞ더라 슉향이 지비ᄒᆞ고 실피 울며 고왈 슉향은 젼싱의 죄 즁
ᄒᆞ와 오셰의 부모를 여히고 동셔 표박ᄒᆞ여 졍쳐업시 단니올 졔 ᄒᆞᆫ숨과 눈물노
지니옵더니 ᄒᆞ날이 도으ᄉᆞ ᄒᆞᆫ 사심이 업다가 딕 동산의 ᄶᅮ고 가오니 승승과
부인게옵셔 극진니 무휼ᄒᆞ오셔 금의 옥셕으로 친ᄌᆞ식갓치 스랑ᄒᆞ시니 쳡의 싱각
은 승승 양위를 평싱 모시다

31

가 빅 셰 후의 다시 졍셩을 다ᄒᆞ여 졔ᄉᆞ를 밧드다가 쳡이 ᄯᅩᄒᆞᆫ 죽어 묘의 흘
키 되여 지ᄒᆞ의 가와도 승승 양위를 모셔 ᄒᆞ날갓탄 은혜를 만분지일이나 갑ᄉᆞ오
려 쥬야 원니옵더니 엇치 ᄒᆞ날갓ᄉᆞ온 부인을 속여 일각 ᄉᆞ이의 쳔익 입불 일을

흐옵고 흐물며 봉치난 첩으게 당흔 거시니 혹 고이치 아니흐옵건니와 중도난 당
치 아니흔 것시오니 첩인들 엇지 의심치 아니흐오릿가 이난 간인니 스이의 반간
흐여 첩을 모희코져 흔 일이옵거나 그러치 아니흔즉 귀신니 가져다가 첩의 방의
쑤어습난지 첩은 빅번 죽어도 감히 발명할 슈 업스오니 이제 안젼의 죽습거든
첩의 비를 갈나 스거리의 거러 쑤오면 왕니 인민니 혹 첩의 이미흔 줄 아라보온
후의 이 익명을 벗습고 지흐

<h2 style="text-align:center">32</h2>

의 도라가도 눈을 쌈을가 브리나이다 흐날을 우러러 실피 우다가 즈결코져 흐거
날 부인니 숙향의 스식을 보니 조곰도 안식을 변치 아니흐고 흐날게 축슈흐고
흐난 말이 낫낫치 올커날 부인니 씨다르스 이예 반간인가 의심흐여 숙향이 죽을
가 염여흐여 무러 이라되 네 말이 올흐니 니 이제 밧게 나가 이 스졍을 승승게
져져이 고흐여 노를 풀게 할 거시니 츄호도 염여말고 잇시라 흐거날 숙향이 그
말슴을 감격히 네겨 울며 이러 스례흐더니 스향이 드러와 거짓 승승의 말노 부
인게 젼흐여 왈 숙향의 힝실이 불칙흐거날 지금끗지 머무러 쑤고 무슴 말슴 흐
시난잇가 슈이 너여 보니라 흐더이다 부인니 이 말을 듯고 뉘웃쳐 눈물을 홀여
왈 승승이 져리 노흐여 게시니 셩 푸

<h2 style="text-align:center">33</h2>

러질 동안의 아직 밧게 종의 집의 나가 며물면 니 밤의 종용이 고흐여 다려올
거시니 싱심도 죽을 의스를 너지 말고 지다리라 숙향이 졀흐여 왈 부인게옵셔
첩의 일노 승승게 칙을 듯스오니 첩의 죄 만번 죽어도 갑지 못흐리로쇼이다 부
인니 숙향의 손을 잡고 울며 왈 너로 흐여곰 젼도히 이럿텃 흐문 니 승승게 미
리 고흔 죄로다 흐고 무슈이 흔탄흐더니 스향이 쏘 승승의 말슴으로 부인게 젼
흐되 숙향의 힝실이 이러틋 부졍흐오니 집안의 쑤면 중츠 큰 변을 너여 우리 가
문을 욕되게 할 거시니 쌜니 너여 보니고 곳 드러오쇼셔 흐더이다 부인니 더옥
실푼 마음을 졍치 못흐여 눈물을 무슈이 쑤리며 금향이란 종을 불너 숙향이 입

던 의복과 세간을 너여다가 쥬라 ᄒ시며 통곡ᄒ시니 슉향이

34

고왈 져졈게 영츈당의셔 견역 간치 쳡의 압희 세 번 울고 가거날 스스로 싱각ᄒ되 ᄒ날이 무잇네겨 무슴 변을 보니리라 ᄒ여더니 쳔만 몽미 밧게 이런 불칙ᄒ 익명을 입스오니 이난 ᄒ날이 나를 죽게 ᄒ시미라 굿티여 쳔의를 거스리릿가 의복과 세간은 가져가지 못ᄒ여도 쳡의 친모 쳡을 여힐제 옥지환 ᄒ 죡을 쥬고 가습더니 그것시나 가져 죽어 지ᄒ의 가 부모를 만나볼 ᄶᅵ 가고ᄒ리라 ᄒ고 실피 울며 드러가거늘 부인니 춤혹히 네겨 빗비 드러가 승승게 엿ᄌ오되 너 싱각ᄒ니 일젼의 봉치와 즁도를 가져 슉향의 방의 가 우리 집 큰 보비라 ᄒ고 ᄌ랑ᄒ 후의 인ᄒ여 잇고 왓셔 이미ᄒ 슉향을 도젹ᄒ여 갓다고 소동ᄒ여 져를 너치려 ᄒ오니 그런 불숭ᄒ 일이 업스오며

35

이것시 다 쳡의 이진 허물이오니 승승은 용셔ᄒ오쇼셔 승승 왈 스향이 왓셔 부인니 슉향의 힝실을 분니 네겨 부디 너치고져 ᄒ신다 ᄒ미 너 부인의 ᄯ질을 바다 슈이 너치라 ᄒ여더니 이 엇진 말슴이잇가 너 뜻도 그러ᄒ오니 부인 마음디로 ᄒ옵소셔 부인니 크게 짓거 즉시 드러와 슉향다려 이르고져 ᄒ더니 승승이 부인을 머물너 왈 너 밤의 꿈의 홍도화 가지를 썩그니 그 가온더 잉무 놀니 나라가 뵈이니 이 무슴 징죠온지 오날은 겨무도록 무엇슬 일은덧 ᄒ와 심회 불안ᄒ오니 부인은 나를 위로ᄒ여 죠흔 슐을 가져오쇼셔 부인니 시비를 불너 쥬찬을 가져오라 ᄒ여 승승게 드릴시 잇ᄯᅥ 스향이 충 밧게셔 부인의 말을 듯고 슉향의 방의 드러가 이라되 승승게옵셔 ᄌ니를 엿티ᄭᅥ지

36

ᄲᅮ엇다고 크게 노ᄒᄉ 부인을 면칙ᄒ시며 날노 ᄒ여금 ᄌ니를 다려다가 근쳐의

쑤지 말고 멀니 좃ᄎ 보너라 ᄒ시니 슈이 가라 ᄒ며 구박이 비경ᄒ여 왈 죠흔 음식과 금의예 ᄉ이여 그런 복이 업거날 엇지 불칭ᄒᆫ 일을 ᄒᆡᆼᄒ여 ᄒᆞ날갓탄 부인좃ᄎ 승ᄉᆞᆼ게 칙을 당케 ᄒᆞ난요 속히 나오라 지쵹ᄒ니 숙향이 실피 울며 왈 부인니 나오시거든 ᄒᆞ직이나 ᄒ고 가리라 ᄒ니 ᄉ향이 ᄭᅮ지져 왈 무신 면목으로 부인을 다시 보고져 ᄒᆞ난냐 부인도 칙을 드르시고 노ᄒ여 안즈시미 이리 올길 업스니 속히 나가라 만일 더듸면 나ᄭᅡ지 죄잇실 터이오니 어셔 가즈 ᄒ고 손목을 ᄭᅳ어너니 숙향이 망극ᄒ여 눈물을 흘니며 부인 못보고 가난 것실 더옥 실허ᄒ여 ᄉ향으게 제우 비러 제 방의 드러가 손ᄭᅡ락을 ᄭᅵ무러 피를

37

너여 니별시 일편을 지어 충젼의 ᄭᅵ고 눈물을 ᄲᅳ리며 나오니 ᄉ향이란 연니 등 미러 지쵹ᄒ난지라 숙향이 망극ᄒᆞᆫ 중의 ᄉ향의 구박을 입어 부리던 종도 다시 못보고 더문 밧게 나오니 ᄉ향이 문 밧게 나셔며 이르되 이 근쳐의 잇시면 승ᄉᆞᆼ이 아르시고 잡아다가 죽일 거시니 멀니 가라 ᄒ니 숙향이 할 슈 업셔 통곡ᄒ며 나오더니 가난 길 압히 큰 물 잇거날 그 물의 ᄲᅡ져 죽고져 ᄒ여 ᄒᆞ날게 포비ᄒ고 왈 숙향은 젼ᄉᆡᆼ죄 중ᄒ와 부모를 일직 여히옵고 졍쳐업시 단니다가 쳔ᄒᆡᆼ으로 장승ᄉᆞᆼ덕의 의지ᄒ여ᄉᆞᆸ더니 익명을 입고 이 물의 ᄲᅡ져 죽ᄉᆞ오니 쳔지 일월 셩신은 어엽비 네긔소셔 실피 통곡ᄒ니 슈운니 ᄎᆞᆷ담ᄒ고 비풍이 습습ᄒ며 초목이 실허ᄒ난듯 ᄒ며 ᄒᆡᆼ인도 눈물 아니 흘니리 업더라 ᄒᆡ난 ᄶᅥ러

38

져 셔산의 넘어가고 골싀난 물가의 실피 우니 숙향이 더옥 셔른 회포를 익이지 못ᄒ여 홍승을 부여줍고 방황ᄒ다가 물의 ᄲᅱ여드니 질 가난 ᄉ람이 구ᄒ려 ᄒ되 물결이 흉용ᄒᆫ듸 숙향이 물 속의 잠긔지 아니ᄒ고 거문 판ᄌᆞ갓튼 것실 타고 셧시되 물세 급ᄒ여 드러가 구치 못할네라 잇ᄯᅥ 엇던 게집 아히 둘리 연엽쥬를 타고 빗비 져어와 이라되 용녀난 우리 부인을 모시고 비예 오르소셔 그 판ᄌᆞ갓튼 것시 문득 변ᄒ여 고운 게집이 되여 숙향을 안고 비의 오르거날 그 두 녀동이

숙향으게 지비 왈 부인니 천금갓흔 몸을 바리려 ᄒ시미 우리 등이 항아의 명을
밧즈와 연엽쥬를 타고 구ᄒ려 빗비 오더니 오하슈의 와 녀동빈과 니젹션을 만나
술너라 ᄒ고 잡고 놋치 아니ᄒ미 진시치 못ᄒ여더니 용

39

녀난 어디로셔붓터 와 구ᄒ신잇가 용녀 답왈 옛날 ᄉ희 용왕이 슈졍궁의 모와
잔치할시 ᄉ랑ᄒ난 시녀 유리잔을 ᄭ여시미 죄 입을가 감초고 고치 아니ᄒ엿다
가 부왕이 아르시고 노ᄒᄉ 나를 반하슈의 넛치시미 물가의 나왓다가 어부으게
잡피여 죽게 되엿더니 맛춤 검승셔 구ᄒ물 입어 ᄉ라나시미 그 은혜를 갑지 못
할가 원ᄒ여습더니 어제 용왕이 옥경 조회 가숩다가 옥데게옵셔 젼교ᄒ시되 월
궁소이 득죄ᄒ고 인간의 귀양보ᄂ여 반야산의 도적 만나 죽을 익을 당ᄒ고 낙양
옥중의 갓치여 죽을 익을 본 후의야 틔을션을 만나 니즈 일녀를 ᄯᅮ고 귀히 되리
라 ᄒ시고 이 물 직킨 용신을 불너 분부ᄒ시되 월궁소이 포진의 ᄲᅢ질 거시니 죽
게 말고 곤케만 ᄒ여 보ᄂ라 ᄒ시거날 검승셔 은혜를

40

갑고져 ᄒ여 왓습더니 모든 션녀 다려가시니 다시 보ᄉ이다 ᄒ고 물을 평지갓치
힝ᄒ더라 숙향이 졍신을 ᄎ려 션녀다려 문왈 그 ᄉ람은 엇던 녀즈완디 나를 구
ᄒ고 물을 평지갓치 가난잇가 션녀 왈 져난 동히 용왕의 셋지 ᄯᅩᆯ이요 포진 용왕
의 부인니라 젼일 부인 아반임 은혜로 ᄉ라나시미 이제 빗비 와 구ᄒ고 가나이
다 숙향 왈 나난 팔즈 긔구ᄒ여 부모를 여히고 미쳔흔 거어지 되여 의탁할 곳지
업셔 남의 고공ᄉ리 ᄒ다가 이미흔 익명을 싯지 못ᄒ고 세승의 잇지 못ᄒ여 물
의 ᄲᅡ져 죽으려 ᄒ거날 나를 위ᄒ여 만경충파의 슈고로이 와 구ᄒ시고 ᄯᅩ흔 부
인니라 칭ᄒ시니 지극 감격ᄒ여이다 션녀 웃고 왈 부인니 인간의 ᄂ려와 더러
니를 만니 쉬여 게시고 인간 음식을 만니 먹어시미 우리를 몰나보시도소이다 옥
호

41

를 긔우려 유리잔의 이실갓흔 츳를 긔우려 쥬거날 슉향이 바다 마시니 그제야
월궁소아로 숭뎨 압히 근시ᄒ다가 티을션관과 셔로 글지어 화답ᄒ고 옥뎨의 월
련단을 도젹ᄒ여 쥰 죄로 인간의 젹ᄒ하여 고숭ᄒ난 일과 그 두 아히난 월궁의
셔 부리던 시비쥴 알고 일변 흔심ᄒ며 일변 반가오물 익이지 못ᄒ여 실허 왈 나
는 쳔승 죄악이 지즁ᄒ여 인간의 고숭ᄒ난 일을 청양치 못ᄒ거니와 부모를 못
어더보난 일과 즁승승덕의셔 익명 입고 싯지 못ᄒ난 일을 셜화ᄒ니 션녀 디왈
한치 마르쇼셔 부인의 인간 부모임도 다 봉니 ᄯ 션관 션녀로셔 쳔승의 득죄ᄒ
고 인간의 나려와셔 부인을 여히시고 쥬야 간즁 셕켜 젼싱죄를 속ᄒ게 ᄒ난 일
이요 부인도 젼싱죄로 부모를 여히고 고숭을 지니신 후의야

42

쳔승죄를 속ᄒ게 ᄒ여ᄉ오며 즁승승덕의 십여 연 연분만 잇실 다람이니 그도 흔
치 마르쇼셔 오직 ᄉ향이란 연은 부인을 이미이 익명입핀 죄로 항아 옥뎨게 아
뢰여 쳔벌을 치게 ᄒ여ᄉ오니 부인 이미흔 일은 즁승승부쳐 다 알고 ᄉ람 부려
물가의 와 찻다가 못ᄒ여 갓ᄉ오며 부인니 쳔승의 득죄ᄒ올졔 다섯 번 익을 보
게 흔지라 이제 세 번 익을 지니ᄉ오나 이 압히 두 번 익이 잇ᄉ오니 죠심ᄒ옵
소셔 슉향이 놀나 왈 ᄯ 무신 익이 잇난요 션녀 왈 노젼의 가 화지를 보시고 낙
양 옥즁의 가 슈형할 일을 보시고 반련 공방을 지니신 후의야 티을셩군을 뫼와
영화를 보시고 인ᄒ여 부모를 만나 보시리다 슉향이 눈물 홀여 왈 이젼 지닌 고
숭도 싱각ᄒ면 쳔지 아득ᄒ거든 이제 ᄯ 무익이 잇다 ᄒ니 즁ᄎ 엇지 ᄒ며 즁승
승 부인니 나의 이미흔 쥴 아라

43

게시면 반다시 나를 싱각고 실허ᄒ실지라 이제 다시 그 곳의 가 압히 오난 두
익을 면코져 ᄒ노라 션녀 왈 ᄒ날이 니무 졍ᄒ신 일이요 ᄯ 티을셩군을 못 만닐

것시요 션군을 못 만나면 부모를 이싱의셔 못만날 거스니 주연 가실 곳지 잇스
오리다 슉향 왈 그러ᄒ면 티을션군은 어디 게시며 이싱 셩명은 무어시라 ᄒ난요
션녀 왈 낙양 ᄯ 니위공의 귀ᄌ되여 부귀로 지니게 ᄒ엿나이다 슉향이 ᄒ슙짓고
왈 ᄒ가지로 죄를 짓고 엇지 션군은 귀히 되게 ᄒ고 나는 무슴 일노 이디지 죄
를 마련ᄒ여 고승을 만니 젹게 ᄒ난고 션녀 왈 부인니 쳐음의 죄를 이루어 니시
고 션군은 옥뎨 향안젼의 ᄒ시도 못 ᄶ러나난 벼슬릴분더러 옥뎨 극히 ᄉ랑ᄒ시미
인간의 젹ᄒ할 일 업스오되 항아 쳥죄ᄒ시니 옥뎨 마지 못ᄒᄉ 인간의 너려 셔
로 귀히 되게 ᄒ여

44

나이다 슉향이 탄왈 션군 게신 곳은 얼믜나 되며 못 만난 젼은 뉘게 의탁ᄒ며
부모난 언제 만나 보리요 션녀 왈 션군 게신 디는 예셔 슙쳔슙빅 니오나 그난
염여마옵소셔 부인니 뇩노로 혼즈 가시면 일연니라도 득달치 못ᄒ오려니와 이
연엽쥬를 탓스오니 순식간의 갈 것시요 쳔티산 마고할미 부인을 구ᄒ러 기다리
고 잇스오니 의탁할 곳은 니무 졍ᄒ여습거니와 션군을 만나 보신 후 부모 만나
긔 쉽스오니 너무 실허 마르쇼셔 ᄒ며 비를 두로혀 놋코 능파곡을 을푸니 비 쏠
가닷 ᄒ더라 ᄒ 곳의 이르러 션녀 비를 머무르고 이라되 발셔 다 왓스오니 부인
은 비의 나려 동디회로 향ᄒ여 가소셔 주연 구할 ᄉ람 잇스오리다 ᄒ고 구실갓
탓 것 두 기를 쥬며 왈 가시다가 시중ᄒ실 거시니 줍슈소셔 ᄒ고 셔로 니별ᄒ기
를 실허

45

ᄒ더라 슉향이 비의 나려 도라보니 발셔 간디 업난지라 슉향이 실푼 마음을 졍
치 못ᄒ여 눈물을 ᄲ리고 동디회로 향ᄒ여 가더니 비 심히 곱푼지라 션녀 쥬던
동졍귤갓탄 것슬 먹으니 비부르되 쳔승 일은 다 잇치고 인간 고승만 싱각히더라
문득 싱각ᄒ니 졀믄 게집 아히 시옷실 입고 질의 단니다가 더러온 욕을 볼가 두
려 촌가의 드러가 헌옷실 밧고와 입고 낫티 거문 칠ᄒ고 ᄒ 눈 멀고 ᄒ 팔과 ᄒ

다리 져난 병신니 되여 막디를 집고 질노 바중이니 보난 ᄉ람이 불ᄉᆼ타 이르더라 이젹의 중승ᄉᆼ 부인니 승ᄉᆼ을 모셔 잔을 밧죱더니 부인니 문득 탄왈 니 이짐헐ᄒᆞᆫ 타시로 우리 슉향을 ᄋᆡ미ᄒᆞᆫ ᄋᆡᆨ명을 입게 ᄒᆞ니 그런 춤혹ᄒᆞᆫ 일 업나이다 승ᄉᆼ 왈 졀문 아히 ᄋᆡ미한 말을 듯고 오죽 마음을 구치시랴 불너다가 우리 위

46

로ᄒᆞᄉᆞ이다 부인니 말솜 듯고 감격ᄒᆞ여 시녀로 ᄒᆞ여곰 급히 부르라 ᄒᆞ시니 ᄉᆞ향이 드러오며 ᄎᆞ탄ᄒᆞ긔를 마지 아니ᄒᆞ거날 부인니 문왈 그 우인 일이냐 ᄉᆞ향이 고왈 슉향을 양반의 ᄌᆞ식인가 네겨숩더니 진즛 ᄉᆼ인의 ᄌᆞ식이 분명ᄒᆞ더이다 부인님이 승ᄉᆼ게 드러오신 후의 제 방의 드러가 뭉둥그려 치미 압히 감초와 가지고 빗비 뒤문으로 니닷거날 그 가진 것슬 보려ᄒᆞ옵고 ᄯᅡ라가오니 힝여 잡필가 ᄒᆞ여 더옥 급히 도망ᄒᆞ오미 소비 ᄯᅳ를 슈 업ᄉᆞ와 크게 불너 이라되 엇지 부인게 ᄒᆞ직도 아니코 가난요 ᄒᆞ니 슉향이 ᄃᆡ답ᄒᆞ되 나를 구박ᄒᆞ여 니치난ᄃᆡ ᄒᆞ직ᄒᆞ여 무엇ᄒᆞ리 집픈 방의 갓치엿다가 나오니 농의 드럿덧 시 나라나옴 갓다 ᄒᆞ며 엇던 남ᄌᆞ와 두리 가며 셔로 손목 잡고 히롱ᄒᆞ며 가더이다 부인니 놀나 왈 니 부ᄃᆡ 져를 보고 할 말이 잇스니 ᄲᆞᆯ니 가 다려

47

오라 ᄉᆞ향이 부인 보난 ᄃᆡ는 급히 가난체 ᄒᆞ고 밧게 나와 마을 집의 잇다가 이윽ᄒᆞ여 드러오되 헐헐ᄒᆞ며 슘ᄎᆞ 하난체 ᄒᆞ고 엿ᄌᆞ오되 발셔 멀니 가숩거날 급히 가 죱고 부인 말솜을 이르온직 슉향이 닙을 ᄢᅵ쥭ᄢᅵ쥭ᄒᆞ며 왈 니 얼골과 지죠를 가지고 어ᄃᆡ 가 그만ᄒᆞᆫ 옷밥을 못 어드리요 온갓 비양진 말을 무슈이 ᄒᆞ고 ᄒᆞᆫ가지 가난 힝인과 온갓 히롱을 춤혹히 ᄒᆞ오니 소비 등도 힝실이 그리 칙칙ᄒᆞ고 더러오물 춤아 입의 격셔 아뢰지 못할쇼이다 잇ᄯᅢ 밧그로셔 ᄒᆞᆫ 즁이 드러오거날 승ᄉᆼ이 보니 그 즁의 얼골이 비ᄉᆼᄒᆞᆫ지라 부인을 치우고 이러나 마질시 그 즁이 읍ᄒᆞ고 안커날 승ᄉᆼ이 문왈 그ᄃᆡ난 어ᄃᆡ 잇시며 무삼 일을 위ᄒᆞ여 누지의 오신요 그 즁이 ᄃᆡ왈 나는 과연 쳔승이러니 옥뎨의 명을 밧ᄌᆞ와 승ᄉᆼ덕 옥셕을 분별

48

ᄒ라 ᄒ시미 왓ᄉ오니 승ᄒ 노비를 다 불너닉쇼셔 승승이 놀나 왈 너 집의 각별 옥셕 구별할 일 업ᄉ오니 쳔싱은 슈고로이 오시도다 쳔승 왈 옥셕 분간할 일 업 다 ᄒ나 슉향과 ᄉ향의 일을 ᄌ세 아르시난잇가 승승이 디답지 못ᄒ여셔 ᄉ향이 미리 니다라 이르되 슉향은 본디 비러먹난 거어지라 승승 양위 어엽비 녀겨 다 려다가 부인 침방의 쑤고 친ᄌ식갓치 ᄉ랑ᄒ더니 제 힝실이 불칙ᄒ여 승승의 옥 중도와 부인의 금봉치를 제 함의 감초고 긔망ᄒ다가 쳔로ᄒ여 닛쳣거날 이 중은 엇던 중이언디 ᄌ칭 쳔승이라 ᄒ고 지승딕 너근ᄒ 디 드러와 어지러이 슉향을 신원ᄒ난다 남종을 불너 져 중을 결박ᄒ여 큰 미로 궁문ᄒ여 보소셔 쳔승이 웃 고 왈 네 승승딕 모든 일을 맛타 온갓 것실 도젹질ᄒ다가 슘월 슘일의 승승이

49

부인을 쳥ᄒ여 영츈당의셔 잔치할 제 네 봉치와 중도를 도젹ᄒ여 슉향의 함의 넛코 슉향이 도젹ᄒ엿다 ᄒ고 거짓 승승의 말슘과 부인 말슘을 위죠ᄒ여 왕복ᄒ 고 부인니 승상게 나온 ᄉ이에 네 슉향을 구박ᄒ여 등미러 닉치고 드러와 허무 ᄒ 말노 속여 엿쥬고 부르러 가난체 ᄒ고 마을 집의 슘엇다가 빗비 드러와 무거 ᄒ 말노 온가지로 지어 아니ᄒ엿난다 너 승승과 부인은 만가지로 속여도 ᄒ날은 속이지 못ᄒ리라 ᄒ고 ᄉ미로셔 죠고만은 보북 실은 슈리를 닉여 공중의 쩌지고 그 중이 슈리 우의 올나셔며 이윽ᄒ여 흑운니 폐쳔ᄒ고 뇌셩벽역이 쳔지 진동ᄒ 며 번기 치거날 승승부쳐와 일가 노복이 다 업드려 축슈ᄒ더니 공중으로셔 동우 갓탄 불덩이 나려와 ᄉ향을 좁아녀여 벼락치니 일가가

50

놀나 긔졀ᄒ엿다가 이윽ᄒ여 인ᄉ를 ᄎ리더라 부인도 제우 인ᄉ를 ᄎ려 울며 왈

스향이란 연은 이미흔 숙향을 모힉흐여 너치고 이제 쳔벌을 마즈 죽을시 올컨니와 어엽분 숙향은 뉘 집의 가 고숭흐난고 제 잇던 방이나 드러가 보리라 흐고 울며 드러가 보니 입던 의복과 세간은 다 잇시되 예 업던 피로 신 글이 충젼의 잇고 눈물 쑤린 흔젹이 마르지 아니흐여거날 부인니 더욱 실허 울며 그 글을 보니 흐여시되 오세의 부모를 일코 흐날읻게 죄를 즁이 어덧도다 십연을 승승덕의 의지흐미여 부인의 은덕이 흐날갓치 놉푸도다 일조의 이미흔 누명을 입으니 낫칠 들고 어디로 향흐리요 명쳔은 소소이 술피시스 나의 이미흔 누명을 스희의 낫타니쇼셔 흐여거날 부인이 그 글을 보고 숙향이 일졍 죽도다 실피 울다가 승승게 고왈 스

51

향은 쳔벌을 마즈 신쳬도 업시 흐여시나 어엽분 숙향은 의지할 곳 업셔 죽을덧 흐오니 승승은 쳡을 위흐여 스람을 만니 보니여 숙향의 신쳬나 츠즈 쥬옵쇼셔 승승 왈 부인니 엇지 숙향 죽은 즐 아난잇가 부인니 울며 왈 숙향이 나갈 쩌 충젼의 니별시를 셧시되 이리이리 흐더이다 승승이 그 뜻을 아르시고 가긍이 녜겨 눈물을 쑤리더라 잇쩌 승승 족흔 즁완이란 스람이 왓다가 이 말을 듯고 왈 니 올 쩌 포진물가의 다다르니 모양이 니러니러흔 게집 아히 울며 흐날게 포비흐난 양을 보고 왓습더니 그 아히로쇼이다 승승이 그 말 듯고 가동 여러흘 보니여 포진물가의 가 스방으로 두로 츠즈오라 흐시니 노복 등이 즉시 포진물가의 가 츠지되 종젹이 업난지라 도라와 고왈 그 근쳐 마을 스람게 뭇스오니 발셔 물의 쌘져 죽다 흐더

52

이다 승승이 이 말을 드르시고 크게 놀리고 츠탄흐물 마지 아니흐더라 부인은 디셩통곡흐고 시시로 눈물 마를 제 업더니 승승이 위로 왈 숙향이 친즈식이라도 명이 쫄나 죽어스오니 너무 과렴마르소셔 제 남의 즈식으로 이미흔 일노 죽은 것실 싱각흐오니 그러흐거니와 부인니 너무 과도이 흐시니 즁츠 몸을 바리실가

ᄒ나이다 부인 왈 슉향이 이미ᄒᆫ 익명을 입고 죽어ᄉ오니 엇지 셜우믈 ᄎᆞᆷ으리요 ᄎᆞ후로 울기만 ᄒ고 음식을 전폐ᄒ니 승승이 크게 염여ᄒ여 공교ᄒᆫ 화공을 어더 슉향의 화ᄉᆞᆼ을 그려 부인을 위로코져 ᄒ실ᄉᆡ 어런 종 즁셩이 겻티 잇다가 엿ᄌ오되 슉향이 십셰 젼의 소인니 업고 노류젼의 가 폭쳔 귀경ᄒ노라 ᄒ오니 즁ᄉᆞ셩의 ᄉᆞ난 도즁이라 ᄒᆞ난 사람이 긔림을 줄 긔린다 ᄒ고 이긔 ᄉᆞᆼ을 보

<h2 style="text-align:center">53</h2>

고 이라되 니 평ᄉᆡᆼ의 화ᄉᆞᆼ과 국식을 다 보와시되 이 인긔갓탄 얼골은 못보왓다 ᄒ고 즉시 ᄉᆞᆼ을 긔려 갓ᄉ오니 됴즁의 집을 ᄎᆞᆽ가 그 화ᄉᆞᆼ을 구ᄒ옵쇼셔 승승이 크게 짓거 중ᄉᆞ ᄯᆡ의 가 됴즁을 ᄎᆞᆽ 그 화ᄉᆞᆼ을 구ᄒ니 됴즁 왈 어더셔 긔림 갑실 만니 쥬미 판지 오러라 ᄒ거날 승승이 굿티여 쳥ᄒ다가 못ᄒ여 그 긔림 판 곳더 가 물너달나 ᄒ시며 빅금 일빅 양을 니여 쥬니 그제야 그 화ᄉᆞᆼ을 니여 쥬거날 보니 이난 슉향이 과연 ᄉᆞ라 도라오난덧 ᄒ더라 그 화ᄉᆞᆼ을 가져와 부인게 드리니 부인니 보시고 반가오믈 익이지 못ᄒ여 안고 구울며 우다가 침방의 걸어 ᄯᅮ고 죠셕으로 음식을 난와 놋코 아니 실허할 날이 업더라 이젹의 슉향이 혼ᄌ 울며 동더희로 가더니 ᄒᆞᆫ 곳더 다다르니 너른 들의 갈숩피

<h2 style="text-align:center">54</h2>

ᄒ날의 다인 듯ᄒ미 갈 길을 찻지 못ᄒ여 갈 속으로 제우 질을 ᄎᆞᆽ 오더니 셔산의 날이 ᄯᅥ러지미 갈 슈풀을 의지ᄒ여 ᄌ더니 밤즁은 ᄒ여 찬바람이 급히 이러나며 ᄉᆞ면의 불이 ᄌ옥ᄒ여 오거날 슉향이 아모리 할 줄 몰나 망극ᄒ더니 그 불이 졈졈 갓가이 오거날 슉향이 울며 ᄒ날게 비러 왈 평ᄉᆡᆼ 죄악이 지즁ᄒ와 어려셔 부모를 일ᄉᆞᆸ고 쳔만 고ᄉᆡᆼ을 격ᄉ오며 발셔 몸을 바려 죽ᄉᆞ올 것슬 굿티여 ᄉᆞ라 이 고ᄉᆡᆼᄒ기난 ᄒᆡ여 부모를 다시 볼가 바리ᄉᆞᆸ더니 이 ᄯᆞᆼ의 와 ᄯᅩ 화지를 만나 죽게 되오니 소소ᄒᆞᆫ 명쳔은 살피ᄉ 죽기된 슉향을 구ᄒ옵쇼셔 ᄒ며 실피 통곡ᄒ더니 호련 ᄒᆞᆫ 노인니 막더를 집고 셧셔 이라되 엇더ᄒᆞᆫ 이희완더 이런 험ᄒᆞᆫ 화지를 만닌난다 슉향이 울며 난즁의 부

55

모를 일습고 의탁할 곳지 업셔 동셔 분쥬ᄒ옵다가 이 ᄯ의 와 화지를 당ᄒ여 죽게 되오니 노인의 덕분으로 살여 쥬옵쇼셔 노인 왈 너 이르지 아니ᄒ여도 나는 다 아노라 불 형세 급ᄒ니 너 가진 것과 옷실 버셔 너 셧던 곳의 놋코 네 몸만 니 등의 업피라 ᄒ거날 숙향이 옷실 버셔 노ᄒ니 불이 발셔 옷시 다엿더라 노인니 ᄉ미로셔 불근 붓치를 너여 붓치니 그 불이 노인 잇난ᄃ난 오지 아니ᄒ더라 노인니 숙향을 업어다가 노젼을 건너놋코 ᄉ미 ᄒ나흘 씌여 쥬며 왈 일노 아러를 기루고 동디흘 향ᄒ여 가라 화지난 면ᄒ여시나 ᄯ 낙양 옥중 익을 엇지 할고 타일 귀히 되여 ᄒᆡ여 이 곳디 오거든 너 은혜를 잇지 말나 숙향이 ᄉ례ᄒ고 문왈 노인은 어디 게시며 셩시난 뉘시요 노인니 웃고

56

왈 너 집은 남쳔문 밧긔요 나는 화덕진군니로다 나 곳 아니면 엇지 이 화지를 면ᄒ여시며 ᄯ 노젼 슴빅 니를 무스이 득달ᄒ랴 ᄒ고 문득 간디 업거날 숙향이 울며 동디흘 향ᄒ여 가더니 날이 시미 벌거벗고 가기도 어렵고 ᄯ흔 비곱파 움지기지 못ᄒ고 질ᄭ 슈풀을 의지ᄒ여 안잣노라 ᄒ니 문득 엇던 할미 광져리를 엽폐 끼고 가다가 숙향의 겻티 안지며 왈 네 엇더ᄒ 아히완디 졈잔은 것시 벌거벗고 디로변의 안즈 우난다 너 부모으게 미맛고 쫏겨여 나왓난냐 남의 집의 도젹질 ᄒ다가 쫏긔온다 불안당을 만나 옷실 벗기고 왓난야 숙향이 답왈 나는 본디 어버이 업난 아히니 닛칠 비도 업고 남으 것 도젹ᄒ 비도 업고 너 것도 일은 비 업시되 ᄌ연 곤ᄒ고 비곱파 안잣나이다 할미 소왈 어버이 업시면 어

57

디셔 나시며 부모를 바리고 단니니 닛치나 다르며 중승승딕 금봉치 ᄉ정으로 이리 왓스니 도젹이나 다르며 노젼의 와 입던 옷실 티와시니 불안당이나 다르랴

슉향이 놀나 왈 할미난 엇지 그 일을 다 아난요 남이 이르미 들엇노라 이제 어디로 가려ᄒ난요 슉향 왈 갈 곳지 업셔 예 안잣나이다 할미 왈 나난 무주식ᄒ 스람이어니와 네 승을 보니 진즛 병인의 츄ᄒ미 가이 업다 질가의 안주 우지 말고 너 집이나 직키고 나와 ᄒ가지 가미 엇더ᄒ요 슉향 왈 할미 나를 다려다가 바리지 아니ᄒ시면 ᄯ라가오런니와 할미 집이 예셔 얼미나 ᄒ온지 너 이리 벌거 버셔실분더러 비곱파 민망ᄒ여이다 할미 광져리로셔 술문 산치 ᄒ 줄기를 너여 쥬며 왈 아직 비곱푼디 이것시나 먹으라 슉향이 그 나물을 먹으니 비 부르고 향긔로와 졍

58

신니 황홀ᄒ지라 할미 ᄯ 옷실 버셔 입피고 어셔 가주 ᄒ거날 슉향이 할미를 ᄯ라 두어 고기를 넘어가니 가중 마을이 질비ᄒ더라 ᄒ 산 아리 다다라 할미 이라 되 이 곳지 너 집이라 ᄒ거날 슉향이 드러가 보니 그 집이 크지 아니ᄒ되 소담ᄒ고 아히 ᄒ나히 업고 다만 쳥잡스리 슉향을 보고 마조 나와 ᄭ리를 치며 반겨ᄒ더라 슉향이 할미 집의 드러와 종시 병신인체 ᄒ더니 ᄒ로난 할미 이로되 그디 얼골을 보니 츄칠월 긔망월이 구롬 속의 스인듯 ᄒ고 병셰를 주셰 보니 진실노 병인니 안인가 ᄒ노라 나를 속이지 말나 슉향이 웃고 디답지 아니ᄒ니 할미 ᄯ 가로되 너 집은 본디 슐집이라 마을 스람이 주쥬 츄립ᄒ니 져리 츄비ᄒ고 잇시면 남이 춤 밧트미 오직할가 낫치나 싯고 잇스라 ᄒ며 밧그로 나가거날 슉향이 여러

59

날 할미 집의 잇셔 보니 남졍이 업고 ᄯᄒ 졍묘ᄒ거날 그졔야 셰슈ᄒ고 옷실 가라입고 슈츙을 의지ᄒ여 슈질ᄒ더니 할미 드러오며 짓거하여 듸립더 안고 어엽불스 너 ᄯ리야 젼싱의 무슴 죄로 광한젼을 니별ᄒ고 인간의 나려왓셔 이디도록 고승ᄒ난고 슉향이 ᄒ슙짓고 왈 할미 나를 친주식갓치 네기시니 너 엇지 할미를 속이리요 나는 본디 양반의 주식으로 란중의 부모를 일코 의탁할 곳지 업셔 질

노 바중이옵더니 혼 스심이 업어다가 남군 싼 즁승슝딕 동산의 쑤고 가니 그 딕
이 쏘혼 무즈식ᄒ여 나를 친즈식갓치 질너 스랑ᄒ시더니 뜻밧게 이미혼 익명을
입고 술 쓰지 업셔 포진물의 쌘져 죽으려 ᄒ고 쒸여드니 문득 쳐련ᄒ난 두 아히
구ᄒ여 동딕호로 가라 ᄒ거날 졍쳐업시 오다가 노젼이란 곳의 와 즈

60

다가 불시의 불이 이러나 입분 의복을 다 틱우고 죽게 되여더니 맛춤 화덕진군
의 구ᄒ물 입어 제우 스라 할미를 만나 왓숩거니와 질의셔 혹 더러온 욕을 볼가
ᄒ여 병신인체 ᄒ여숩더니 달이 남도록 할미 집의 잇셔보니 잡인 츄립ᄒ난 일
업고 할미 날을 친즈식갓치 녜긔시니 나도 할미를 친부모갓치 셤길지라 원컨디
셔로 속이지 말고 빅연을 혼갈갓치 지너다가 죽어 혼 곳디 뭇치물 바리오며 만
일 내 몸을 그릇 지조ᄒ여 호탕혼 남즈와 밋친 벌이 봄꼿틈 보고 히롱ᄒ며 노류
즁화갓치 셰승의 몸을 바릴가 두려ᄒ나이다 할미 말을 듯고 옷갓실 염의고 졀ᄒ
여 왈 니 엇지 낭즈를 속여 일싱을 그룻되게 ᄒ오릿가 염여말고 가진 지조나 니
여씨오소셔 이후로 더옥 공경ᄒ고 날노 더 사랑ᄒ더라 숙향은 본디 총명혼지

61

라 비호지 아니ᄒ여도 인간 만스를 무불통지ᄒ며 자연 혼 슈질ᄒ여 제즈의 가
파라도 갑실 즁이 바다오니 할미 집이 졈졈 유여ᄒ더라 낭즈 할미 집의 드러온
이듬히 숨월 보롬날 할미난 술 팔너 가고 낭즈 혼즈 초당의 안잣더니 문득 쳥됴
나라와 민화 가지의 안즈 울거날 낭즈 헤오되 져 시도 날과 갓치 부모를 여힛난
가 엇지 혼즈 안즈 져리 우난고 싱각즈 ᄒ니 즈연 죠우더니 그 씨 이르되 낭즈
의 부모 멀니 게시니 나를 싼라가스이다 숙향이 짓거 쳥됴를 싼라 혼 곳디 다다
르니 빅옥연 가온디 구실디를 뭇고 그 우의 누각을 지어시되 산호 현판의 금즈
로 셔왕모 집이라 셧거날 그 집이 광치 찰란ᄒ며 엄위ᄒ여 바로 보지 못ᄒ며 감
히 드러가지 못ᄒ여 문 밧게셔 쥬져ᄒ더니 션관 션녀 학도 타고 혹 봉도 타고
승승이 드러갈 제 치운니 어린 곳의 녀

62

셧 용이 황금 슈리를 쓰어오니 이난 옥데 타신 연일네라 그 뒤의난 슘티 칠셩과
모든 션관니 츠례로 드러오고 쏘 셕가여러 드러오시난디 제불 쳔관과 관음나흔
니 시위ᄒ여시니 오식 구롬이 어리엿고 향뇌 진동ᄒ더라 그 힝츠 다 지나가되
슉향을 본체 아니ᄒ더니 이윽ᄒ여 흰 구롬이 이러나며 빅옥 교즈를 타고 흔 션
녀 빅연화 흔 가지를 손의 쥐고 단졍이 안즈스니 좌우의 무슈흔 션녀 시위ᄒ여
거날 이난 월궁항아러라 슉향을 보고 왈 반갑다 소이야 인간 고승이 엇더ᄒ뇨
나와 흔가지 드러가 요지나 귀경ᄒ고 가라 ᄒ거날 슉향이 그제야 청됴를 압세우
고 항아를 ᄯᅡ라 드러가니 그 집 경기와 시위흔 션동을 보민 두로 칭양치 못할네
라 슐을 너여오니 팔진미를 버리고 각각 풍유를 아뢰난디 흔 보살이 졀문 션관

63

을 뒤의 세우고 승데게 뵈온디 승데 그 션관을 불너 가라스디 티을아 인간 지미
엇더ᄒ뇨 소이를 츠즈본다 그 션관니 국궁ᄒ여 스례ᄒ더라 항아 옥데게 엿즈오
되 소이 네 번 죽을 익을 지니스오니 귀즈와 복녹을 졈지ᄒ쇼셔 승데 즉시 북두
칠셩을 명ᄒ여 슈흔 칠십을 졍ᄒ고 두 아달과 흔 ᄯᅩᆯ이며 복녹을 갓초 졈지ᄒ시
되 두 아달은 졍승이 되게 ᄒ고 ᄯᅩᆯ은 황후 되게 흔 후의 소이를 명ᄒᄉ 반도 두
기와 게화 흔 가지를 티을을 쥬라 ᄒ시거날 소이 명을 밧즈와 마지 못ᄒ여 흔
손의 반도를 옥반의 담아 들고 게화를 쥐고 티을을 쥬니 그 션관니 두 손으로
바드며 이윽히 소이를 눈쥬어 보거날 소이 그 모든 즁의 붓그러워 몸을 도로힐
제 슉향의 ᄭᅵᆫ 옥지환의 진쥬 ᄯᅥ러지거날 슉향이 즛고져 ᄒ더니 그 션관니 발셔
손의

64

쥐여거날 슉향이 붓그러오믈 익이지 못ᄒ여 젼의 오르고져 ᄒ더니 할미 슐을 팔

고 오며 이르되 봄날이 곤ᄒ나 무슴 잠을 그디도록 ᄌ난고 ᄒ며 ᄭᅵ오거날 숙향
이 할미 쇼리의 놀니 ᄭᅵ니 남가일몽이라 요지 경기 눈의 암암ᄒ고 풍옥 소리 귀
의 징징ᄒ더라 할미 왈 천승 셔왕모의 요지 경기를 보오니 진세승과 엇더ᄒ요
낭ᄌ 놀나 왈 니 앗가 꿈의 천승 요지 본줄 엇지 아르시고 말숨ᄒ시난잇가 할미
웃고 왈 낭ᄌ 쳥됴를 ᄯᅡ라 가시미 쳥됴의게 들어 아랏나이다 낭ᄌ 듯고 가중 고
힛 녜겨 몽중ᄉ를 ᄌ세 이른디 할미 왈 그런 조흔 경기를 보고 그져 바리미 앗
갑ᄉ오니 낭ᄌ난 슈를 노와 그 경승을 긔록ᄒ여 후세의 유젼ᄒ옵쇼셔 낭ᄌ 올히
녜겨 즉시 슈로셔 그 경을 노와 니니 할미 보고 칭찬 왈 낭ᄌ난 진실노 고금의
드문 지죠로다 아무커

65

나 혹 세승 사람이 이 긔림 쓰질 아라보리 잇실가 파라보쇼이다 낭ᄌ 왈 이 슈
갑신 천금이 ᄊ고 공역은 빅금이 ᄊ것만은 세승 사람이 뉘 알니요 오십금이나
쥬거든 파라 오쇼셔 할미 왈 두 ᄌ 비단의 뉘 오십금을 쥬고 사리요 아모리나
파라 보쇼이다 그 슈를 가지고 제ᄌ의 가니 아모도 술 지 업더니 남경 ᄉ의 됴
중이라 ᄒ난 중ᄉ는 본디 물식을 아난지라 그 슈를 보고 놀나 왈 이 슈를 뉘 노
왓난요 할미 왈 니 집의 졈잔은 ᄌ식이 노왓나이다 됴중 왈 할미 잇난 곳지 어
디뇨 할미 왈 나는 낙양 동촌 이화졍의 술파난 할미다 됴중이 그 갑실 뭇거날
할미 왈 나는 갑실 아지 못ᄒ니 그디 쥬고 시푼디로 쥬고 ᄉ 가소셔 됴중 왈 이
긔림 경은 비록 천금이 ᄊ고 공역은 빅금이 ᄊ되 공역갑만 쥬고 ᄉ노라 ᄒ고 빅
금을 쥬며 왈 이 긔림 쓰진 인간

66

사람이 모로리라 천승 요지 셔왕모란 신션니 옥뎨게 반도 진승ᄒ난 경이니 이난
천ᄒ의 웃듬 보비라 엇지 할미 ᄯᆯ이 노왓다 ᄒ리요 반다시 비승훈 사람이 노흔
비라 ᄒ고 가져가거날 할미 빅금을 바다 가지고 집의 도라와 됴중이란 사람이
ᄊ간 줄 이르니 낭ᄌ 탄식 왈 인간의도 물식 아난 사람이 잇다 ᄒ더라 됴중이

그 슈 어든 후로 심히 짓거ᄒᆞ여 쳔ᄒᆞ 문즁 명필을 어더 그 긔림 쓰절 글지어 시고져 ᄒᆞ되 엇지 못ᄒᆞ엿더니 낙양 북촌 니승셔의 아달 니션니 틱빅과 두목지의 문즁을 겸ᄒᆞ엿단 말을 듯고 크게 짓거 례물을 만니 갓초와 가지고 니션을 ᄎᆞᄌ 낙양 북촌을 가니라 잇ᄯᅥ 병부승셔 니졍이란 스람이 절머서붓터 황뎨 아롬다이 네기스 위공을 봉ᄒᆞ여 국스를 다 밋기려 할식 공이 스스로 헤오되 후세의 시비 잇실

67

가 져어ᄒᆞ여 칭병ᄒᆞ고 고향의 도라왓더니 황제 위공의 츙셩을 잇긔스 그 벼슬을 갈지 아니ᄒᆞ시고 병권을 다 가을 맛게 ᄒᆞ시니 금은 보픠 나라 긔구의 지지아니ᄒᆞ되 다맛 무ᄌᆞ식ᄒᆞ미 일성 ᄒᆞᄒᆞ더니 맛춤 칠월 망일의 위공이 부인 왕시로 더부러 완월누의 올나 달귀경ᄒᆞ더니 위공이 부인다려 왈 우리 부귀 조졍의 웃듬이요 ᄯᅩᄒᆞ 부인의 인물과 지죠 쳔ᄒᆞ의 숭이 업시되 다만 무ᄌᆞ식ᄒᆞ오니 후스를 젼할 곳지 업습고 우리 ᄯᅩᄒᆞ 의탁할 곳지 업스오니 싱각건디 니 벼슬이 두 부인을 ᄯᅵᆯ만 ᄒᆞ지라 부인의 싱각이 엇더ᄒᆞ신잇가 왕시 ᄒᆞ숩짓고 왈 승셔 위염이 두 부인분 아니라 열 부인니라도 엇지 못ᄒᆞ오릿가 승셔 우어 왈 우리 비록 무ᄌᆞ식ᄒᆞ나 혈마 엇지ᄒᆞ오릿가 부인은 염여마르쇼셔 왕시난 우승승 왕픠의 ᄯᆞᆯ이라 승셔 다른

68

부인 어드려 ᄒᆞ물 듯고 이날 밤의 좀을 이루지 못ᄒᆞ고 잇튼날 친졍의 도라와 부모게 엿ᄌᆞ오되 승셔 나를 ᄌᆞ식 업다 ᄒᆞ고 다른 부인을 엇고져 ᄒᆞ미 이리 왓나이다 승승 왈 불효 숨쳔의 무ᄌᆞ식ᄒᆞᆫ 죄 크다 ᄒᆞ니 네 분ᄒᆞ나 무ᄌᆞ식ᄒᆞ니 엇지 ᄒᆞ리요 부인 왈 듯스오니 디셩스 븟쳬님이 영험ᄒᆞ여 무ᄌᆞ식ᄒᆞᆫ 스람들이 지셩으로 발원ᄒᆞ면 혹 ᄌᆞ식을 ᄲᆞᆫ다 ᄒᆞ오니 나도 비러볼가 ᄒᆞ나이다 승승이 허ᄒᆞ거날 부인 니 즉시 집의 도라와 지게ᄒᆞ고 예단을 갓초와 디셩스 불젼의 지셩으로 여러 날 츅원ᄒᆞ고 도라왓더니 그날 밤 꿈의 ᄒᆞᆫ 부쳬 와 이르되 승셔 형벌이 엄ᄒᆞ여 무죄

혼 빅셩을 만니 죽여시미 무즈식ᄒ게 ᄒ여더니 부인의 졍셩이 지극ᄒ미 귀즈를 졈지ᄒ니 줄 지루라 ᄒ고 간디 업거날 부인이 꿈을 ᄭᅵ여 ᄒ날임게 빅비 축슈ᄒ고

69

슝셔게 젼후ᄉ를 져져 셜화ᄒ니 슝셔 드르시고 디경디히ᄒ여 ᄒ가지 축슈ᄒ고 침셕의 조우더니 혼 졀문 션관니 옥호를 줘고 나려와 두 번 졀ᄒ고 왈 나는 옥뎨 압희 잇난 티을션니러니 월궁의 득죄ᄒ여 닛치시미 갈 곳을 몰나 방황ᄒ더니 디셩ᄉ 부체 이 딕으로 지시ᄒ오미 왓나이다 ᄒ거날 슝셔 ᄭᅮᆷ을 ᄭᅵ여 부인다려 왈 어제난 부인 ᄭᅮᆷ의 그러ᄒ고 오날은 니 ᄭᅮᆷ의 ᄯᅩ 이러ᄒ오니 부인의 졍셩으로 디셩ᄉ 부체 은덕을 입은가 ᄒ나이다 과연 그달붓터 왕시 틱긔 잇시미 셩남ᄒ기를 미일 축슈ᄒ더니 그 이듬히 긔츅 ᄉ월 쵸팔일의 황제 슝셔를 명쵸ᄒ여 황셩의 가시고 부인니 혼즈 게시더니 그날 앗춈의 예 업던 오식 구롬이 집을 두로고 긔이혼 향니 진동ᄒ거날 부인니 고히 네겨 집안을 소쇄ᄒ더니

70

나진ᄒ여 호런 긔운니 좃치 못ᄒ거날 침셕의 누엇더니 이윽ᄒ여 츙 밧게 아롬다온 소리나고 ᄉ양머리 혼 션녀 두리 드러오며 왈 ᄭᅵ 느껴가오니 잠간 침셕의 누우쇼셔 ᄒ며 옷실 벳기거날 부인니 편니 누우며 ᄋᆡ긔를 나으니 옥동즈라 그 션녀 옥병의 물을 긔우려 ᄋᆡ긔를 싯쳐 부인겻틔 뉘이고 가려ᄒ거날 부인니 문왈 그디난 엇던 ᄉ람으로 이 더러온 곳디 와 슈고를 만니 ᄒ고 가려ᄒ난요 졍표코져 ᄒ오니 아직 머물미 엇더ᄒ요 답왈 우리난 인간 ᄉ람이 아니라 쳔샹의 희산 가음아는 션녀러니 슝뎨의 명을 밧즈와 ᄋᆡ긔 희산ᄒ난 양을 보고 오라 ᄒ시미 왓ᄉ거니와 이 ᄋᆡ긔 비필은 남양 ᄯᅩ의셔 오날 혼 씨의 날 거시니 빗비 가나이다 부인니 ᄉ례 왈 션녀 나를 위ᄒ여 누지의 오시니 감격ᄒ거니와 이 아히 비필 셩명은 뉘라 ᄒ며 뉘

71

집 녀즈 되여난잇가 션녀 답왈 쳔승 일홈은 월궁소이요 인간 일홈은 굄젼의 녀
즈 슉향이라 ᄒ고 ᄒ직ᄒ거날 부인니 즉시 긔록ᄒ여 쑤니라 이날 승셔 디궐의
머무더니 밤의 ᄒᆫ 꿈을 어드니 왕시를 베락쳐 보이거날 놀나 ᄭᆡ다라 의심ᄒ더니
날이 발그미 죠회예 드러가 황제게 엿즈오되 간밤 꿈의 신의 쳐를 베락쳐 뵈이
니 일졍 무슴 일이 잇난가 시푼지라 잠간 나아가 보와지이다 승 왈 경의 부인니
잉틱ᄒ여난냐 위공이 쥬왈 무즈식ᄒ옵다가 이졔야 틱긔잇셔 십삭이 찻나이다 승
왈 짐이 밤의 쳔문을 보니 틱을셩이 남양 북촌의 ᄶᅥ러지더니 반다시 경의 집의
왓도다 귀히 질너 짐을 도으라 위공이 스은ᄒ고 집의 도라오니 과연 아달을 나
앗거날 굇부물 졍치 못ᄒ여 그 아히 얼골을 보니 꿈의 보던 션관 갓거날 일홈

72

을 션니라 ᄒ고 즈난 틱을이라 ᄒ고 싱남ᄒᆫ 연유를 황제게 쥬달ᄒ니 황제 가증
굇거 즁승ᄒ시고 위공부쳐 벼슬을 도도시고 날노 은총이 융즁ᄒ더라 션니 졈졈
자리 슴셰의 글을 가라치니 진실노 영오ᄒ지라 오셰되미 모를 글이 업고 칠셰의
문중을 칭ᄒ니 아모도 밋치리 업셔 모다 칭ᄒ되 두목지 깅싱ᄒ엿다 ᄒ더라 십오
셰를 당ᄒ미 공경 틱부와 쳔ᄒ 부즈 구혼ᄒ리 구름 못덧 ᄒ되 션니 미양 이르되
니 비필은 월궁 소이 아니면 되리 업다 ᄒ더니 위공이 가증 맛당ᄒᆫ 메나리를 못
어들가 져어ᄒ더라 션니 일일은 부친게 엿즈오되 요스이 경셩의셔 동당을 보인
다 ᄒ오니 소즈 귀경코져 ᄒ나니다 승셔 왈 네 지조 격션에 지지아니ᄒ니 동당
을 보면 급졔홀 것시나 스람이 일즉 과거ᄒ면 단명ᄒ고 벼슬ᄒ면 즈죠 보지 못
할 거시니

73

너를 긔려 엇지ᄒ랴 아직 가지말나 션니 과거도 못가고 심심ᄒ여 근쳐의 죠흔
경을 귀경코져 ᄒ더니 삼월 망일의 아히 죵을 다리고 유산 귀경 갓다가 디셩스

의 드러가 두로 귀경호고 난간을 의지호여 호련 죠우더니 비몽간의 부체 와 이
르되 오날 셔왕모 요지의 모와 잔치혼다 호니 나와 혼가지 가 귀경호즈 호거날
션니 깃거 스례호고 쓰라 훈 곳의 다다르니 연화 만발훈 가온더 누각이 호날의
다인듯 호고 지동과 문충이 인간의 보지 못훈 비라 션관 션녀 슈십인니 부쥬호
며 위의 거동이 엄숙호거날 디셩스 부체 니션다려 왈 져 북편 오운 모든 탑 우
의 안즈 게신니난 옥황승데시고 그 뒤의난 칠셩이 모든 별을 거나려 안즈시며
쏘 동편 황금탑 우의 안즈 게시니난 월궁항아라 모든 션녀 시위호고 셔편 옥탑
우의

74

안즈 게시니난 셕가여러와 모든 제불제션니며 관음나호니 시위호여시니 니 먼져
드러가 안커든 그더 밋좃ㅊ 드러와 승데게 슉비호고 세존과 모든 션관으게 ㅊ례
로 뵈와라 니션 왈 위의 엄슉호니 동셔를 분별치 못할가 호나이다 붓체 웃고 스
미로셔 디초갓훈 것슬 너여 쥬며 왈 이것슬 먹으면 즈연 알니라 션니 바다 먹으
니 과연 쳔승 티을셩으로 득죄호고 인간의 귀양온 일을 역역히 알네라 좌즁 모
든 세존과 션관니 다 친호니라 션니 반가온 마음을 금치 못호여 붓체게 두 번
졀호고 스례 왈 이제야 젼싱 일을 다 알니로쇼이다 붓체 먼져 드러가거날 션니
미좃ㅊ 드러가 옥데게 슉비호고 모든 션관게 뵈오니 모다 반기며 승데 가라사더
티을아 인간 지미 엇더호던냐 네 소이를 ㅊ즈 본다 니션니 복지 스은혼더 승데
시녀를

75

명호여 반도 두 기와 계화 훈 가지로 션을 쥬시거날 션니 국궁호여 바드며 그
션녀를 눈쥬어 보니 션녀 붓그려호여 급히 도라셜 제 손의 끼엿던 옥지환의 진
쥬 쩌져 니션의 압히 쩌러지거날 션니 가만니 훈 손으로 줏더니 디셩스 즁들리
지식을 되려호고 셕종을 울니거날 그 쇼리의 놀나 끼니 요지 경기 눈의 암암호
고 픙유 쇼리 귀의 징징호며 손의 과연 진쥬 훈나흘 쥐여거날 고힛 녜겨 즉시

글을 지어 몽亽를 긔록ᄒᆞ고 불젼의 ᄒᆞ직ᄒᆞ고 집의 도라오니 이후로붓터 인간 부
귀와 공명의 ᄯᅳ지 업셔 미일 소이만 싱각ᄒᆞ고 스스로 글을 지어 마음을 위로ᄒᆞ
더니 일일은 종즈 드러와 고ᄒᆞ되 밧게 남경 ᄯᅡ 스람이 특별이 와 뵈오려 ᄒᆞ고
례단을 갓초와 드리나이다 션니 드러오라 ᄒᆞ여 보니 됴즁이 졀ᄒᆞ고 왈 니 슈노
흔 족즈 가음을

76

어더스오나 이난 인간 슈노흔 족즈 아니오라 쳔승 요지 경긔오니 제목 글을 엇
지 못ᄒᆞ여 쳔ᄒᆞ 문중 명필을 구ᄒᆞ더니 듯스오니 리랑게셔 문중 명필을 겸ᄒᆞ엿다
ᄒᆞ오미 불원쳔리ᄒᆞ옵고 왓스오니 큰 지죠를 잇긔지 마옵쇼셔 ᄒᆞ며 족즈를 니여
놋커날 션니 즈세 보니 꿈의 요지예 보던 경긔와 진쥬 줏던 형상을 역역히 긔려
거날 션니 크게 놀나 슈노흔 곳을 무론디 됴즁이 답왈 흔 스람이 파옵기 ᄭᅩ나이
다 션니 다시 보니 모든 션관의 노던 모양이 조곰도 어긔미 업거날 션니 반겨
다시 그 족즈 츌쳐를 무르니 됴즁이 혜오되 니랑이 놀니 무르니 힝여 이 딕 족
즈를 그 할미 도젹ᄒᆞ여 파랏난가 의심ᄒᆞ여 디왈 니랑게옵셔 이 족즈를 보고 엇
지 이디도록 놀니시난잇가 션 왈 젼의 보와시미 글노 놀리나니 난

77

곳을 긔이지 말고 이르라 됴즁이 감히 긔이지 못ᄒᆞ여 왈 슐 파난 할미으게 ᄭᅩ나
이다 션 왈 이난 션비의 당흔 물건니요 그디으게 부당ᄒᆞ니 너게 죠흔 족즈 잇스
니 밧고와 가미 엇더ᄒᆞ요 됴즁 왈 나는 본디 중亽라 니를 췸ᄒᆞ미니 본디 빅금을
쥬고 삿스오니 갑실 더 쥬오면 팔고 가리다 션니 즉시 니빅금을 쥬고 삿셔 놋
코 젼의 디셩亽의셔 꿈을 긔록ᄒᆞ여 지은 글을 금즈로 ᄡᅵ고 족즈를 만돌아 자난
방의 걸어 ᄯᅮ고 죠셕으로 보니 비록 인간의 잇시나 요지의 잇난듯 ᄒᆞ더라 그러
나 소이 잇난 곳질 츳고져 ᄒᆞ더니 일일은 니션니 ᄭᅵ다라 왈 나는 디셩亽 부체를
ᄯᅡ라 요지의 가 단여왓거니와 슈 노흔 스람은 엇던 스람인지 쳔승 요지경을 이
라이리 역역히 슈를 노왓난고 반다시 비승흔 스람의 지죠니 동촌 니화졍의 슐파

78

난 할미 파더라 흐니 그 할미를 츳지면 슈노흔 곳을 즈연 알니라 흐고 즉시 니
화경을 가니라 잇써난 츄칠월이라 숙향이 누각 우의셔 슈놋터니 맛춤 쳥됴 셕유
화 흔 가지를 물고 나라와 낭즈□ 압히 안잣다가 북으로 나라가거날 낭즈 고힛
네겨 그 시 가난 곳을 보노라 쥬렴을 것고 보더니 흔 소연니 쇼요관을 쓰고 치
의를 입고 쳥노시를 타고 할미 집을 향흐여 오거날 낭즈 즈세 보니 이 스람이
요지의셔 반도 밧다가 진쥬 가겨간 션관 갓거날 낭즈 마음의 심히 반가오나 일
변 놀나 쥬렴을 나리오고 가만니 안잣더니 그 소연니 할미 집 문 밧게 와 쥬인
을 뭇거날 할미 니다라 보니 그 소연은 북 니승셔의 귀공즈라 할미 마즈 쵸당의
드러가 좌를 졍흔 후의 할미 왈 낭군게셔 이런 누지의 오시니 지극 감격흐여이
라 니랑 왈 지너다가

79

할미 집 슐이 죳타 흐미 싱각고 드러와스니 흔 잔 먹어 엇더할고 할미 쇼왈 니
집의도 됴흔 슐이 잇시되 늘근니 버지 업셔 먹지 못흐더니 오날 쳔힝으로 공즈
를 만나스니 종일토록 먹스이다 흐며 드러가 즈긔판의 오식 졉시 담은 것슬 니
여오거날 본즉 그 음식이 인간의 업난 것시러라 니랑이 안마음의 슈숭이 네겨
취흐물 지다려 말을 니고져 흐더니 슐이 반취흐미 할미 먼져 우어 왈 낭군은 승
숭딕 귀공즈라 인간 팔진미도 죳컷만은 이것신 비록 쵸쵸흐나 먹어보쇼셔 니랑
왈 인간의셔 보지 못흐던 음식이니 먹긔 의심되여 근본을 알고져 흐노라 할미
왈 늘근니 할일 업셔 두로 단니다가 맛춤 남의 집의 비러온 음식이오니 니 쏘흔
모로나이다 먹어나 보쇼셔 니랑 왈 녯말의 흐여시되 일홈 모로난 음식은 먹지

80

말나 흐여시니 할미난 알거든 속이지 말나 할미 쇼왈 유리 졉시의 노힌 것슨 양

관초오니 동히 용왕의 집에 어더왔고 져 산호 접시의 노힌 것슨 금광초니 영쥬 구로션의 집에 어더왔고 져 호박 접시의 노힌 것슨 신광초니 쳔틱산 마고션녀 집의 가 어더온 것시요 져 디모 접시의 노힌 것슨 천광초니 만슈산 신션의 집에 가 어더온 것시라 초초ᄒ나 먹어 슈ᄒ지 안일 거시니 의심마옵고 먹어보쇼셔 니랑 왈 할미 말이 부허ᄒ듯 ᄒ니 실슝을 알지 못ᄒ리로다 할미 소왈 져 산호 접시의 담은 것슨 반도오니 요지 셔왕모 집의 가 어더왔나이다 니랑 왈 반도란 말이 더욱 의심되니 할미 말이 진실치 못ᄒ도다 할미난 인간 스람이라 용궁과 방승 만슈산 쳔틱산 영쥬 요지난 다 션경이라 진시황 ᄒ무뎨의 위염으로도 감히 그곳을 보

81

지 못ᄒ여거날 할미 긔력으로 엇지 보왓다 층ᄒ난요 할미 디소 왈 너 비록 긔력 업시나 슘신산과 스히 팔방을 단니옵거니와 낭군은 구츠이 남의 인도ᄒ물 지다리지 아니ᄒ난잇가 니랑 왈 너게 쳘니 노시 잇셔 가고 시푼 디 임으로 단니거든 엇지 남의 인도ᄒ여 단니리요 할미 디소 왈 낭군니 쳔리 노시 쑤어게시면 엇지 요지의 가실 쩌 그 노시를 타고 가지 아니ᄒ고 디셩ᄉ 부체를 ᄯ라가신잇가 니랑이 크게 놀나 졀ᄒ고 왈 할미 말슴이 지극 황공ᄒ여이다 과연 져졈게 유산갓다가 꿈의 요지예 가 단여 왔더니 할미 엇지 아난잇가 할미 왈 낭군게서 나를 근력업다 ᄒ오되 나는 션경을 지쳑갓치 단니나니 슁데 쥬신 반도와 게화는 뉘를 쥬어시며 소이를 엇지 쳐치ᄒ신잇가 니랑 왈 꿈은 다 허스라 아모리 ᄒ

82

줄 모로노라 할미 소왈 그것슨 꿈이라 ᄌ세 모로거니와 됴즁의 가져 슈도 꿈이 더잇가 니랑이 더욱 황홀ᄒ여 디셩ᄉ 부체 ᄯ라간 일과 됴즁으게 족ᄌ 쓴 일을 다 셜화ᄒ고 소이난 인간의 나려왔다 ᄒ되 종젹을 아지 못ᄒ여 오날 할미 집을 ᄎᄌ 온 ᄯ진 할미 그 슈를 파랏다 ᄒ미 그 슈 난 곳을 알어 온 일이라 ᄒ니 할미 소왈 소이의 난 곳은 니 알거니와 낭군은 소이를 ᄎᄌ 무엇ᄒ려 ᄒ난요 니랑

왈 소인난 ᄒ날이 날과 졍ᄒ 비필이라 부디 ᄎ지려 왓노라 할미 왈 낭군의 비필
을 숨으려 ᄒ거든 아주 찻지 마르소셔 니랑 왈 그 엇진 말고 할미 왈 낭군은 승
셔딕 귀공ᄌ라 가문과 부귀 쳔ᄒ의 읏듬ᄒ니 부마 아니되면 공경 디부의 아롬다
온 ᄉ회될지라 엇지 어린 소이를 ᄎᄌ 비필을 숨으리요 니랑 왈 소이 무슴 허물
이

83

잇난잇가 할미 왈 소인난 쳔승죄 즁ᄒ와 인간의 나려와 빈쳔ᄒ 소인의 ᄌ식이
되여더니 오세의 난즁의 부모를 여히고 거어지 되여 졍쳐업시 단니다가 도적을
만나 칼 마즈 ᄒ 팔 업고 포진물의 ᄲ져 죽게 되여더니 질 가난 힝인니 구ᄒ여
건져너니 두 눈니 쳥밍간이 되고 노젼이란 ᄯ의 와 ᄌ다가 화지를 만나 ᄒ 다리
졀고 ᄯ 후토부인 셩황을 덧드러 두 귀 먹고 입만 남아스나 불칙ᄒ 거어지라 ᄎ
ᄌ 실디 업나이다 니랑 왈 젼셩의 무신 죄 지즁ᄒ여 이더지 춤혹ᄒ 병인니 되야
난요 할미 왈 소이난 본디 월궁션녀로셔 승데 압희 근시ᄒ난 티을션군으로 더부
러 글지어 화답ᄒ고 옥퇴의 약을 도적ᄒ여 쥰 죄로 ᄌ심ᄒ 병신니 되엿다 ᄒ더
이다 니랑이 ᄒ슘짓고 왈 연분니 지즁ᄒ면 병인이라도 엇지 관계ᄒ리요 할미

84

난 소이 잇난 곳만 가라치라 니 ᄎᄌ 보리라 할미 왈 비록 ᄎᄌ도 그런 병인을
엇지 승셔딕 메나리 숨으리요 괴로이 ᄎ지 마르쇼셔 니랑 왈 부모 허치 아니ᄒ
시고 공후 부가의 ᄎᆔ쳐ᄒ라 ᄒ여도 나는 굿틔여 소이 아니면 밍셔코 ᄎᆔ쳐치 아
니ᄒ리라 소이 잇난 곳과 셩명을 ᄌ세 가라치쇼셔 할미 왈 소이 이곳 왓다가 써
난 지 오리라 이제 어난 곳의 잇난 쥴 ᄌ세 모로거니와 만일 낙양 ᄯ 김젼의 집
의 ᄎᄌ가 업거든 남군 ᄯ 즁승승딕의 가 ᄎᄌ보옵쇼셔 이셩 일홈은 슉향이라
ᄒ더이다 니랑이 말 듯고 직시 ᄒ직ᄒ고 집의 도라와 부모게 속여 고왈 형초 ᄯ
의 긧특ᄒ 문중이 잇다 ᄒ고 쳔ᄒ 명ᄉ 만니 가보오니 소ᄌ도 가보려 ᄒ나이다
ᄒ고 황금 빅양을 쳔리 노시의 싯고 바로 낙양 김젼의 집의 ᄎᄌ 가니 ᄒ 빅발

노인니 나와 뭇거날 니션니 답왈 나는 낙양

85

북촌의 스난 니위공의 아달이라 굄젼을 보러 왓나이다 노인 왈 굄젼의 부친은 운슈션싱이라 도덕이 놉파 황제 여러 번 니부숭셔로 부르시되 구치 스양ᄒᆞ여 나지 아니ᄒᆞ고 인ᄒᆞ여 입산슈도ᄒᆞ고 죽엇더니 황제 특별이 교지를 나리오스 어진 스람의 ᄌᆞ손니라 ᄒᆞ여 굄젼을 낙양 영을 제슈ᄒᆞ시니 직금 낙양 영으로 잇스오나 공ᄌᆞ난 무슴 일노 멀니와 챳난요 니션 왈 나난 본디 굄젼을 위ᄒᆞ여 온 비 아니라 이 집의 슉향이란 게집 아ᄒᆡ 잇다 ᄒᆞ미 보러 왓나이다 노인 왈 슉향은 굄젼의 ᄯᆞᆯ이러니 다셧 술 먹어 난을 당ᄒᆞ여 그 부모 반야산 바위 틈의 ᄯᅳ고 다라나시니 직금 스싱을 아지 못ᄒᆞ나니다 니션 왈 노인은 굄젼과 엇지 되난요 답왈 나는 니 딕 직킌 종이로쇼이다 니션이 다시 뭇지 아니ᄒᆞ고 비로 남군 ᄯᅡ 즁승승딕

86

을 ᄎᆞᆺ 가 승승게 유무를 드리니 승승이 즉시 나와 마ᄌᆞ 드러가 좌졍 후 승승이 문왈 공자 무슴 연고로 누지의 오신요 니션 왈 소ᄌᆞ난 낙양 북촌 니위공의 아달이옵더니 남양 ᄯᅡ 굄젼의 ᄯᆞᆯ 슉향이 승공딕의 잇다 ᄒᆞ오미 특별이 와 보옵고 구혼코져 ᄒᆞ나이다 승승이 말 듯고 눈물을 흘여 왈 과연 슉향이 다셧 술 먹어 굄싱이 업어다가 니 집 동산의 ᄯᅳ고 갓거날 우리 ᄯᅩ한 무ᄌᆞ식ᄒᆞ여 십연을 양뉵ᄒᆞ여더니 스향이란 종연니 모희ᄒᆞ여 니치미 포진물 가의 갓다 ᄒᆞ기로 스람을 보니여 ᄎᆞ지되 종격을 아지 못ᄒᆞ고 직금 스싱을 몰나 쥬냐 셜워ᄒᆞ나이다 니션 왈 소ᄌᆞ난 딕의 졍영 잇난 쥴 알고 왓스오니 비록 미쳔ᄒᆞᆫ 션비나 타일의 승공을 져바리지 아니ᄒᆞ리니 원컨디 츄탁지 마르소셔 승승 왈 슉향이 비록 친ᄌᆞ식이라도 니위공과

87

스돈 되기를 바리지 못흐려든 흐물며 ㅂ린 아히를 어더 니위공의 메나리 되면 노부 쪼흔 큰 덕을 입불 거시요 쪼 공주의 풍도를 보니 신짓 숙향과 아롬다온 승이라 엇지 긔망흐리요 니션 왈 듯ㅅ오니 숙향은 병신니라 촌보를 못흔다 흐더니 비록 ㅅ향이 구박흔들 혼주 어듸로 갓ㅅ오릿가 승승 왈 노부의 부인니 숙향을 여흰 후로 쥬야 엇지 못흐여 셜워흐거날 힘여 병이 날가 져허흐여 젼의 숙향의 화승 긔려간 ㅅ람 잇기로 즁가를 쥬고 ㅆ다가 부인니 벽승의 거러쭈고 쥬야 산 것 갓치 보니 공주 니 말을 밋지 아니흐거든 드러가 보라 흐고 니션의 손을 잇글고 부인 침실의 드러가니 과연 흔 족주 잇난듸 흔 게집 아히 손의 목단화를 쥐고 셧난 형용이 꿈의 요지예셔 반도 쥬던 션녀 얼골 갓거날 ㅁ음을 졍치 못흐여 왈

88

니 드르니 숙향은 흔 눈 멀고 흔 다리 져난 병신니라 흐더니 화승은 엇지 병쳐 업난잇가 승승 왈 숙향은 본듸 병이 업고 쪼 져 화승은 십세 젼 화승이라 십세 후난 얼골이 더옥 풍양흐더이다 니션 왈 소주 숙향을 위흐여 쳔리를 지쳑숨아 왓습다가 보지 못흐고 도라가오니 져 화승을 갑실 바드시고 쥬시면 은혜 무궁흐오니 가져온 것슨 업ㅅ오나 다만 황금 빅 양분 잇ㅅ오니 밧습고 쥬옵쇼셔 승승 왈 공주의 말 드르니 졍셩이 지극흐나 노부의 부인니 허락흐면 엇지 갑실 의논흐리요 져 족주를 마주 업시흐면 일졍 부인니 병 나 죽을 거시니 그난 못흐리로다 니랑이 할 슈 업셔 포진물 가의 와 두로 츠지되 족젹이 업더니 문득 흔 노인니 이르되 슘연 젼의 모양이 여추 여추흔 게집 아히 장승

89

승덕으로붓터 이 물가의 와 ㅅ향의 모히 입어 비명의 죽엇나이다 니랑이 그 노인의 말을 올키 듯고 비감흔 졍회를 익이지 못흐여 가져온 금을 프라 향촉을 갓

쵸와 제ᄒ더니 문득 우흐로셔 제 쇼리 나거늘 ᄇ리보니 ᄒ 동ᄌ 머리의 연화를 ᄭᅩᆸ고 일럽편쥬를 타고 ᄡᅡᆯ갓치 오거날 니랑이 동ᄌ다려 도라갈 길을 뭇고져 ᄒ더니 그 동ᄌ 니랑의 압히 와 이르되 낭군은 슉향을 보고져 ᄒ거든 이 비의 오르쇼셔 니랑이 반겨 즉시 노시와 ᄒᆫ가지 비의 오르니 동ᄌ 비를 도로혀 놋코 제만 불고 안자스되 비 가미 ᄡᅡᆯ 갓더라 ᄒᆫ 곳의 다ᄃᆞᆯ아 동ᄌ 제를 근치고 왈 나는 이 물 직킨 신령이러니 져젹게 슉향이 이 물의 와 ᄲᅡᆫ져 죽거늘 니 구ᄒᆞ여 져 질노 보니시니 낭군도 져 질노 가쇼셔 니랑이 그 동ᄌ으게 스례ᄒ더니 발셔 간

90

디 업더라 노시를 타고 동ᄌ 가라치난 질노 가더니 평원ᄒᆫ 들이 막막ᄒ고 인젹이 업셔 갈 길을 무를 곳지 업거날 바야흐로 민망ᄒᆞ여 방황ᄒ더니 문득 ᄒᆫ 즁이 지니가거늘 질을 무론디 답왈 이 압 바회 우의 안줏눈 노즁은 화덕진군니니 게가 지셩으로 빌면 갈 길을 가라치고 ᄯᅩ 낭군의 보고져 ᄒ난 사람을 지시할 거시니 그리 ᄎᆞᄌ가라 니랑이 감격ᄒᆞ여 치스코져 ᄒ니 발셔 간 곳 업거날 심히 고이ᄒᆞ여 노시를 치쳐 갈밧 속으로 가더니 니ᄭᅥᆺ 소나무 아리 암셕 우의 ᄒᆫ 늘근 노즁이 노감토를 비겨ᄡᅵ고 안ᄌ 죠울거날 니랑이 나아가 진비ᄒᆞ되 보와도 본체 아니ᄒ거날 민망ᄒᆞ여 ᄭᅮ러업디려 비러 왈 나는 지니가난 ᄒᆡᆼᄀᆡᆨ이옵더니 갈 길을 몰나 뭇나이다 그 노즁이 눈을 조곰 ᄯᅥ 보고 왈 니 귀먹어시니 소리를 크게

91

ᄒ라 니랑 왈 나난 낙양 ᄯᅡ 니위공의 아달 니션니옵더니 남양 ᄯᅡ 김젼의 ᄯᅡᆯ 슉향과 젼싱 연분니라 ᄒᆞ오미 불원쳔리ᄒ고 ᄎᆞᄌ 단니오나 간 곳을 아지 못ᄒᆞ옵고 우연니 듯ᄉᆞ오니 슉향의 간 곳을 노즁이 아르신다 ᄒᆞ오미 감히 뭇나이다 노즁이 ᄭᅵᆼ긔며 왈 니 너를 본 젹도 업고 슉향이란 사람은 드른 비 업거날 너 어디로셔 온 사람이관디 이 집푼 갈밧터 드러와 니 단ᄌᆷ을 ᄭᆡ와 슝숑슝숑ᄒᆫ 말을 ᄒ난다 니션이 다시 졀ᄒ고 왈 포진물 직킨 신령이 지시ᄒᆞ옵기로 ᄎᆞᄌ왓소오니 노즁은 나의 가련ᄒᆫ 심즁을 싱각ᄒᆞ여 그이지 마르쇼셔 노즁 왈 져젹게 엇던 게집 아ᄒᆡ

포진물의 쩌져 죽다 ᄒ거날 드럿더니 포진 용왕 제ᄉᆞᆯ 바다 먹고 탈할 말 업셔 그디으게 그릇 지죠ᄒᆞ도다 니랑 왈 슉향이 과연 즁승숭딕

92

으로 좃ᄎᆞ 와 포진물의 쩌지니 용왕이 구ᄒᆞ여 이 질노 보닛다 ᄒᆞ더이다 노즁 왈 그러ᄒᆞ면 져졈게 예 와 불의 타 죽은 아히로다 너 보고져 ᄒᆞ거든 져 지 무듸이 예 가 쎄나 ᄎᆞᄌ 보고 가라 니랑이 그 곳의 가보니 의복탄 것만 잇고 쎄탄 것슨 업거날 도라와 노즁게 고왈 진실노 슉향이 예 와 불의 타 죽어시면 힉골탄 것신 업고 의복탄 것만 잇스오니 노즁은 나를 속이지 마읍고 바로 가라쳐 쥬오쇼셔 노즁이 죠우다가 왈 네 졍셩이 지극ᄒᆞ니 니 즘드러 꿈의 슉향의 간 곳을 어더보고 올 거시니 네 두 손으로 니 발바닥을 비비라 ᄒᆞ고 즘들거날 니랑이 노즁의 발바닥을 비비더니 일낙셔산ᄒᆞ여 비로셔 노즁이 잠을 ᄭᅢ여 왈 너를 위ᄒᆞ여 후토부인게 가 무르니 마고할미 다려다가 낙양 동촌 니화졍의 가 산다 ᄒᆞ거날 과연 ᄎᆞᄌ가니 슉향이 누 우

93

의셔 방금 난봉을 슈노커날 니 불 ᄒᆞ덩이를 나리쳐 봉의 나리를 조곰 틔우고 왓스니 네 마고할미를 ᄎᆞᄌ가 슉향을 어더보고 그 난봉 슈를 ᄯᅩᄒᆞ 보면 니 꿈의 갓던 줄 명빅히 알니라 니랑 왈 니화졍 할미 집을 처음 ᄎᆞᄌ가오니 그 할미 남양 ᄯᅡ 김젼의 집을 이르거날 ᄎᆞᄌ가 보지 못ᄒᆞ고 ᄯᅩ 남군 ᄯᅡ 즁승숭 집을 단여 포진으로 이리 왓스오니 일졍 니화졍의 잇스오면 그 할미 나를 속여 이디지 고ᄉᆞᆼᄒᆞ게 ᄒᆞ릿가 노즁이 웃고 왈 마고할미난 범인니 아니라 반다시 네 졍셩을 보려ᄒᆞ고 속여시니 그 할미를 다시 보와 졍셩으로 빌면 슉향의 얼골을 보려니와 만일 그디 부모 이 일을 알면 슉향이 환란을 당할 거시니 숨가 죠심ᄒᆞ라 니랑이 노즁게 빅빅 치ᄉᆞᄒᆞ고 도라셔니 발셔 간 디 업거날 고힛 네겨 집의 도라오니 부모 문

94

왈 너 어디를 여러 날 갓다온다 션니 엿즈오되 벗도 츠즈보고 산슈도 귀경ᄒ옵
고 오노라 ᄒ오니 즈연 더딘나이다 잇쩌 니화경 할미 니랑을 쳐음 만나 거진말
노 속여 이른 후 슉향을 보고 왈 앗가 왓던 소연을 보신잇가 낭즈 왈 보지 못ᄒ
니다 할미 왈 그 소연니 견셩의 상제압회셔 모든 별 가음아난 틱을셩이요 이셩
의셔난 니승셔의 귀동즈니 진즛 낭즈의 비필이 되염즉 ᄒ되 다맛 그 공즈 견셩
죄로 훈 팔 훈 다리 져난 병인미 츄비ᄒ더이다 낭즈 왈 진실노 틱을션군니면 비
록 두 눈 멀고 춈혹훈 병인인들 관게ᄒ오릿가 다만 의심컨더 할미 틱을인 쥴 엇
지 졍영이 아난요 할미 왈 앗가 그 소연의 말 드르니 더셩스 부체를 ᄯ라 요지
의 가 반도와 계화를 바닷다 ᄒ고 ᄯ도 됴즁으게 판 슈도 요지경이라 ᄒ여 즁가를

95

쥬고 솟노라 ᄒ니 반다시 틱을이 뎡영혼가 시푸외다 낭즈 왈 세승스 아지 못ᄒ
오니 할미난 즈세 슬피쇼셔 할미 왈 그 소연의 졍셩을 보려ᄒ고 속여 이르되 낭
즈를 부디 츠즈보려 ᄒ거든 남양 남군 두 곳의 가 츠즈보라 ᄒ여시니 틱을션군
일시 올홀진더 일졍 게 가 단여오리니다 낭즈 왈 비록 단여오나 그난 밋지 말고
니 옥지환의 진쥬를 틱을션군니 요지의셔 가져스니 그 진쥬를 보면 진가를 알
거스니 그제야 니 몸을 허ᄒ리라 할미 왈 낭즈의 말이 올타 ᄒ더라 낭즈 일일은
누 우의셔 난봉을 슈노터니 우연니 훈 불덩이 바람 길의 ᄯ러져 봉의 나리 탓거
날 낭즈 놀나 할미를 쳥ᄒ여 뵈이니 할미 왈 이 불난 곳지 업시면 반다시 화덕
진군의 지죠니 타일 즈연 알 일 잇시라 ᄒ더라 잇쩌 니랑이 집의 도라온 숨일
만의 목욕지

96

게ᄒ고 요지의 가 어든 진쥬와 됴즁으게 쓴 족즈와 금젼 일젼을 가지고 할미 집
을 츠즈오니 할미 맛춤 문의 셧다가 니랑을 보고 반겨 마즈 쵸당의 드러가 좌졍

왈 져졈게 공즈를 만나 취훈 술이 엇괴졔야 씨여시미 히즁코져 ㅎ되 늘근니 혼
즈 시죽기 실어 못먹어더니 오날 공즈를 죵용이 만나시니 취토록 먹고 노스이다
니랑 왈 젼일 우연이 와 할미 술을 만나 먹고 직금 쥬최를 갑지 못할 분더러 할
미 말을 올키 듯고 남양 남군 포진 노젼으로 두로 단니되 소이 죵젹을 아지 못
ㅎ고 엇긔지야 도라왓노라 황금 돈 일젼을 가져왓더니 술갑시나 쥬리라 ㅎ고 쥬
니 할미 왈 쥬신 것시라 스양치 아니ㅎ고 밧습거니와 닉 집이 비록 간난ㅎ오나
술독 아릭 쥬쳔니 잇고 우흐로 쥬셩이 임ㅎ여시미 유쥬영쥰이옵거날 두 잔 술의
무신

97

갑실 밧스오릿가 낭군게셔 반다시 바리난 일을 말무암아 이 돈을 쥬옵나니 뉘를
위ㅎ여 원로의 단여오신잇가 니랑이 지리 흔슘 짓고 왈 숙향을 위ㅎ여 갓더이다
할미 왈 낭군은 진실노 신스로다 그런 병인을 위ㅎ여 쳔리를 지쳑숨아 단여오시
니 숙향이 만일 낭군의 이런 스졍을 알면 감격ㅎ여 ㅎ리니다 니랑 왈 숙향을 어
더 보와시면 혹 감격할가 시푸되 죡젹을 못보고 왓스니 엇지 갓던 쥴 알아 감격
ㅎ여 ㅎ리요 할미 거즛 놀나 왈 숙향이 발셔 다른 스람의 비필이 되여간고로 못
본잇가 니랑 왈 제 얼골은 못보고 왓스오나 노젼 씃의 다다르니 화덕진군니란
노인니 이르되 낙양 동촌 니화졍 마고할미 다려다 쑤어시니 이졔 바야흐로 누
우의셔 난봉을 슈놋나니 그 할미를 다시 츠지라

98

ㅎ여날 낙양 동촌 니화졍은 이밧게 업난지라 할미 집의 쑤고 나를 속여 멀니 고
슝케 ㅎ니 그 속이난 일은 아지 못ㅎ리로다 할미 졍식 왈 낭군의 말숨이 진실치
아니ㅎ여이다 화덕진군은 남쳔문 밧게셔 불 가음아난 신션니니 엇지 보와시며
마고할미난 쳔틱산 최약ㅎ난 션녀라 엇지 인간 낙양 동촌 니화졍의 잇시리요 낭
군은 쑴갓탄 말숨 마르쇼셔 니랑 왈 엇지 거진말이라 ㅎ난요 화덕진군니 분명이
날다려 이르되 니화졍 할미 집의 가니 숙향이 난봉을 슈놋커날 닉 불 흔덩이를

나리쳐 봉의 나리를 틔우고 와스니 만일 마고할미 밋지 아니ㅎ거든 그 틔운 슈를 니여보라 ㅎ여거날 할미 엇지 나를 진실치 아니타 ㅎ난요 할미 왈 그러면 동촌 니화졍이 쏘 어딘 잇난가 ㅎ나이다

99

슉향이 니 집의 잇스오명 낭군니 져럿틋 지셩으로 ㅎ난디 일각인들 엇지 주최를 감초릿가 니션니 말을 듯고 망극ㅎ여 슐을 먹지 아니ㅎ고 지리 추탄ㅎ여 왈 삼산과 스희를 다 도라 슉향을 춧다가 죵시 죵젹을 아지 못ㅎ면 이 몸이 죽어 혼빅이라도 슉향의 얼골을 볼 밧게 업다 ㅎ고 이러나 가려ㅎ거날 할미 왈 낭군은 승셔딕 귀공주라 아롬다온 비필을 뜻디로 어더 향니나는 방의 츄월 츈풍을 혼가지 질길 거시어날 칙칙ㅎ 병인을 춧주 쳔금갓흔 니 몸을 괴롭기 ㅎ릿가 니랑 왈 부귀를 입고져 ㅎ여 비필을 엇고져 ㅎ미 아니라 젼셩 일을 몰나실 졔난 엇지 이 셩각이 잇시리요만은 ㅎ날이 졍ㅎ신 비필이라 슉향만 어더 비필 졍할 셩각분니요 쏘 슉향이 날노ㅎ여 인간의 나려와

100

빈쳔ㅎ 스람 되엿다 ㅎ고 쏘 병인도 되엿다 ㅎ니 니 마음이 쳘셕인들 엇지 아니 춧고져 ㅎ리요 밍셔코 슉향을 춧주 보지 못ㅎ면 인간 니별이 쉬올가 ㅎ노라 할미 왈 너무 용여 마르쇼셔 고진감니라 ㅎ여스오니 니 두로 도라 슉향의 간 곳을 아라 긔별ㅎ올 거시니 셩심도 슉낭주 춧질 게교를 마르시고 딕의 도라가 편니 게시면 주연 아오리다 니션니 짓거 스례 왈 니 목슘은 할미게 잇스오니 할미난 나를 위ㅎ여 슈이 니 명을 슐여니라 집의 도라와 됴즁으게 쓴 죡주만 딕ㅎ여 보고 실푸물 익이지 못ㅎ더라 ㅎ로난 주연 마음이 곤고ㅎ여 문 밧게 비회ㅎ더니 맛춤 니화졍 할미 오거날 반가오물 졍치 못ㅎ여 할미를 다리고 안으로 드러가 음식을 갓쵸와 권ㅎ여 왈 할미난 어디 갓다가 오난요 할미 답

101

왈 공즈를 위호여 슉향을 츠즈 단니나다 니션 왈 어디 가 보왓난요 할미 답왈
슉향이 일홈 가진 스람 세홀 어더스오니 낭군은 그 중의 퇵춰호쇼셔 니션 왈 어
디 어디 보와시며 연세는 몟치며 뉘 집 녀즈라 호던요 할미 왈 호나흔 병부시랑
황권의 녀즈로되 나히 스세요 쏘 호나흔 간의틱부 □담의 녀즈로되 나히 십팔
세요 쏘 호나흔 비러먹는 아히로되 나히 십뉴 세라 제 부모의 근본은 모로더이
다 니 늘근 몸이 구츠호물 싱각지 아니호고 공즈를 위호여 단니오며 구혼호다
허락호오되 다맛 비러먹는 아히 말이 니 비필은 요지의셔 일은 진쥬어든 스람이
라야 비필이 될 거시니 그 진쥬를 보와야 허호려 호더이다 니션니 듯고 반겨 왈
비록 비러먹어나 이 아히 진실노 소인로다 어난 곳의 잇던요 요지의 가실 제 반
도 쥬던 선녀의 진쥬를 니 어더 왓더니라 호고 직시 드러가 진쥬를 니여

102

오니 제비알만 호더라 할미를 쥬어 왈 할미난 고롭다 말고 나를 위호여 이 구실
을 가져다가 그 아히를 뵈여 제 진쥬라 호거든 다려다가 할미 집의 쑤고 퇵일호
여 오라 납폐지물은 니 츠리리라 할미 딕답호고 집의 도라와 낭즈를 보고 진쥬
를 보이니 낭즈 보고 눈물을 흘여 왈 니 진쥬 젹실호오니 할미 무음디로 호오쇼
셔 할미 다시 가 니랑을 보고 왈 그 아히 진쥬를 보고 올타 호기로 집의 다려다
가 쑤어스오나 그 아히 얼골을 다시 보오니 츄비 막심호고 병쳐 여러 곳지라 낭
군의 비필 졍호긔 더럽습고 셜혹 연분니 즁호여도 압히 쑤지 못할덧 호오니 만
일 바리실진디 기가 못호고 졀문 아히 일직 혼즈되면 도로혀 나를 원망할가 호
오니 낭군은 슝양호쇼셔 니션 왈 할미난 엇지 염여호난요 슉향이 비록 몸의 몹
실 병이 잇셔도 제 병이 아니라 다 니 병이니

103

니 몸이 죽을지어졍 엇지 소박호며 쏘 할미 나를 위호여 고승을 만니 젹거스니

할미 은혜를 져바려 엇지 소박ᄒ리요 할미 왈 그 아히 날다려 이르되 니 비록 부모 업고 의지 업시 단니며 비러먹난 병인니라도 혼인 일홈을 졍할진디 례로셔 아니ᄒ오면 죽을지언졍 가부야이 몸을 허치 아니려 ᄒ더이다 니션 왈 비필을 졍ᄒ면 엇지 무례이 ᄒ리요 할미 왈 낭군게셔 부디 비필을 졍ᄒ려 ᄒ시면 부모게 고ᄒ고 ᄒ려 ᄒ시난잇가 니션 왈 나는 학업ᄒ나니 감히 부모게 엿줍지 못ᄒ려니와 동성 슉모 게시니 슉모게 고ᄒ고 례를 갓초와 ᄒᆡᆼ할 거시니 염여말나 할미 맛당타 ᄒ고 다시 이르되 튁일ᄒ니 납페일은 금월 십ᄉ일이요 젼안 일은 십오일노 졍ᄒ엿나이다 니션니 즉시 황금 오빅 양을 쥬어 왈 할미 심히 간난ᄒ니 위션 이것시로 혼슈를 ᄎ리소셔

104

할미 왈 혼인다소난 친가유무라 ᄒ니 니 비록 간난ᄒ오나 다려온 ᄒ인은 니 디졉할 거시니 굿ᄐᆡ여 쥬시려 ᄒ난 것신 쑤엇다가 낭ᄌ의 세ᄉ나 즁만ᄒ여 쥬소셔 말을 맛치ᄆᆡ 집의 도라오니라 니션의 슉모난 좌복야 녀혼의 부인니라 일직 과서ᄒ여 무ᄌᆞ식ᄒ괴로 니션을 친ᄌᆞ식갓치 ᄉᆞ랑ᄒ며 션의 말디로 ᄒ난지라 그날 션이 슉모딕의 가니 부인이 션을 보고 왈 니 밤의 고히ᄒᆞᆫ 꿈을 꾀고 너를 불너 뭇고져 ᄒ더니 잘 왓다 ᄒ거날 션니 문왈 무슴 꿈을 어더 게신잇가 부인 왈 꿈의 옥용을 타고 광ᄒᆞᆫ젼니란 집의 드러가니 ᄒᆞᆫ 션녀 여다라 날다려 이르되 니 ᄉᆞ랑ᄒ던 소이를 그디으게 밋긔나니 메나리를 숨으라 ᄒ거날 ᄭᅢ다르니 남가일몽이라 ᄉᆡᆼ각건디 네 슈이 아롬다온 비필을 어들가 ᄒ노라 션니 이 말ᄉᆞᆷ을 듯고 이젼 일과 할미 말ᄉᆞᆷ을 고ᄒ니 부

105

인니 칭춘 왈 그러나 네 부친은 셩품이 남다르니 필련코 근본 업난 아히를 메나리 숨을 줄 모르니 엇지 ᄒ리요 션니 ᄭᅮ러 고왈 죽긔난 쉽ᄉ오되 슉향을 바리고 다른 비필은 졍치 못ᄒ리로쇼이다 부인 왈 네 과거ᄒ여 벼슬이 놉푸면 두 부인을 쑬만 ᄒ고 네 부친니 황셩가고 아니 게시니 이번 혼인은 니 쥬혼ᄒ고 둘지

부인은 네 부친니 쥬혼ᄒ게 ᄒ리라 니션니 짓거 ᄉ례 왈 숙모임 덕분의 평싱 원을 푸러 쥬옵쇼셔 부인 왈 네 집의셔 만일 이 긔미를 알면 반다시 져회할 거시니 너난 집의 갓다가 보롬날 이리 와 ᄎ려 가게 ᄒ고 납폐난 니 ᄎ려 보니마 ᄒ시니 션니 ᄒ직ᄒ고 집의 도라와 보롬날만 지다리더라 숙향니란 아히 늘근 할미 집의 잇다 ᄒ니 응당 긔구 업실지라 납치를 만니 보니고 긔구 업셔 보닌 ᄒ인을 초솔이 디

106

졉할가 염여ᄒ더니 갓던 ᄒ인니 도라왓거늘 부인니 문왈 그 집이 슝인의 집이라 ᄒ더니 엇더ᄒ던다 ᄒ인니 고왈 비록 슝인의 집이라 ᄒ여도 그 집 긔구난 쳐음 보왓나이다 부인니 일변 고힛 녜기고 일변 짓거ᄒ더라 보롬날 당ᄒ여 니션니 치의를 입고 위의를 갓초와 ᄯᅥ날시 션니 부인게 ᄒ직ᄒ고 금안 쥰마의 쳥ᄉ 관디를 입고 바로 바로 할미 집을 향ᄒ여 가니 표연니 신션갓더라 할미 집의 포진과 ᄎ일 중막이 다 금슈로 ᄭᅥᆸ엿고 긔명 등물은 인간의 보지 못ᄒ던 비요 좌우의 셧난 손은 다 요지의셔 보던 션관 갓더라 례ᄒ고 드러가 낭ᄌ로 더부러 친영할시 과연 요지의셔 반도 게화 쥬던 션녀더라 션니 가중 짓거 원앙이 녹슈를 만닌 듯 비취 연리지의 짓듸림 갓더라 션니 도라와 부인게 뵈오니 부인니 문왈 낭ᄌ는 병인니라 ᄒ더니 엇더ᄒ던냐

107

이제 불너 보고져 ᄒ되 네 부모 몰나시니 종ᄎ 다려다가 보리라 션 왈 숙모게옵셔 숙향을 보고져 ᄒ시거든 니 ᄌ난 방의 족ᄌ 가온디 반도 쥬난 션녀 얼골을 보옵쇼셔 족ᄌ를 너여 드리니 부인니 보시고 크게 놀나고 짓거 왈 이 아히난 ᄭᅮᆷ의 광ᄒ젼의 가 다려온 소이로다 슝셔 오기를 지다려 ᄌᆺ토록 말슴ᄒ여 슈이 다려다가 보고져 ᄒ더라 이젹의 슝셔 황셩의셔 황제를 뫼와 변방 일을 의논ᄒ여 녀러 날 도라오지 못ᄒ더니 모부인 소견의 션의 ᄒ난 일이 젼과 갓지 아니ᄒ고 ᄌ로 나가믈 죠아ᄒ미 슈승이 녜겨 종들게 무르신디 노복이 감히 긔이지 못ᄒ

여 바로 아뢰니 부인니 크게 놀나 직시 황셩 숭셔으게 긔별ᄒ니 숭셔 듯고 크게
놀나 헤오되 미시 쥬혼ᄒ여 게시다 ᄒ고 션니 ᄯᅩᄒᆫ 그 게집을 죠와ᄒ다 ᄒ니 달
니난 말니지 못할지라 낙양 영으

108

게 은밀이 긔별ᄒ여 그 게집을 죽여 업시 ᄒ리라 ᄒ더라 이젹의 니션은 슉모딕
의 잇고 슉향은 할미 집의 혼ᄌ 잇셔 날이 져믈미 낭군 오기를 지다리더니 문득
충 밧게 간치 고이히 울거날 낭ᄌ 헤오되 젼의 즁승승딕 영츈당의셔 잔치할 ᄯᅵ
져 간치 와 우더니 불칙ᄒᆫ 환을 보고 ᄌ심ᄒᆫ 고승을 격거더니 ᄯᅩ 오날 진역의
슈승이 와 우니 무슴 화변니 잇실가 의심ᄒ여 잠ᄌᆞ지 아니ᄒ고 안줏더니 그날
밤즁은 ᄒ여 관ᄎᆞ 나와 슉향을 엄히 잡아가니 경신니 아득ᄒ여 아모리 할 줄 몰
나 잡펴가니 관원니 좌우의 불을 발키고 좌긔ᄒ며 무르되 너난 엇더ᄒᆫ 스람의
ᄌᆞ식으로 숭셔딕 귀공ᄌᆞ를 달녀고 침혹ᄒ여 병드러 죽깃다 ᄒ고 숭셔 니게 죽여
업시 ᄒ라 ᄒ여시니 만일 그러홀진던 너 빈쳔ᄒᆫ 몸이 죽어 앗갑지 아니ᄒ니 죽
어도 ᄒᆫ치 말나

109

ᄒ고 크게 호령ᄒ니 ᄒ인드리 겁ᄒ여 동혀미고 소리ᄒ며 큰 미로 쳐 죽이려 ᄒ
거날 슉향이 악연 망극ᄒ여 울며 엿ᄌᆞ오되 나는 오세의 난즁의 부모를 여히고
동셔 기걸ᄒ옵다가 맛춤 슐파난 할미를 만나 의탁ᄒ더니 좌복야딕의셔 쳥혼ᄒ오
미 승인의 집의 의탁ᄒᆫ 몸이 감히 ᄉ부가 영을 거역지 못ᄒ여 인연을 미ᄌᄉ오
나 니게 혹ᄒ여 죽기 되엿단 말슴은 쳔만 무거ᄒᆫ 말이로쇼이다 관원니 분부ᄒ되
네 말 아니ᄒ여도 너 무죄ᄒᄆᆞᆯ 닉 짐즉ᄒ나 숭셔 호령이 엄쥰ᄒ니 나난 쳥염ᄒ
난 디로 다스릴 거시요 너난 비록 이미ᄒ나 원치 말나 ᄒ고 즁즁ᄒ라 호령ᄒ니
나즁이 큰 미를 들어 치고져 ᄒ나 스스로 팔이 무거워 미를 치지 못ᄒ니 원니
보고 다른 나즁어로 호령을 엄히 ᄒ되 일향 혈즁ᄒ면 너히놈들을 일쳬로 죽이리
라 나즁이 눈을 부릅쓰고 ᄒᆫ 미예 죽이려 ᄒ되 팔이 무

110

거위 즁이 치지 못ᄒᆞ니 원니 싱각ᄒᆞ되 이난 반다시 이미ᄒᆞᆫ 스람을 즁ᄒᆞ의 죽이
려 ᄒᆞ니 ᄒᆞ날이 도우시난가 의심ᄒᆞ여 치지 말고 노와 보니고져 ᄒᆞ나 일국 집정
ᄒᆞ난 지승의 칭염을 거역지 못ᄒᆞ여 동ᄒᆞᆫ 처로 집푼 물의 너흐라 ᄒᆞ신ᄃᆡ 나즁 등
이 일시 쇼리ᄒᆞ고 너흐려 ᄒᆞ더니 잇ᄯᅥ 원의 실니 즘이 집피 드럿난지라 ᄒᆞᆫ 꿈을
ᄭᅱ니 숙향이 압ᄒᆡ 와 울며 왈 부친게옵셔 무슴 연고로 무단니 나를 죽이려 ᄒᆞ거
날 모친은 엇지 구치 아니ᄒᆞ시난잇가 즁시 놀나 ᄭᅢ니 남가일몽이라 급히 시녀를
불너 문왈 원임이 어ᄃᆡ 게시냐 시녀 ᄃᆡ왈 외청의 좌긔ᄒᆞ시고 니승셔 칭염으로
그 ᄃᆡᆨ 메나리를 쳐 죽이려 ᄒᆞ나이다 즁시 더옥 놀나 급히 원을 쳥ᄒᆞ여 울며 간
쳥 왈 숙향을 니별ᄒᆞᆫ 지 십오연니로되 ᄒᆞᆫ 번도 꿈의 뵈지 아니터니 앗가 꿈의
숙향이 와 실피 울며 이리 이리ᄒᆞ오니 그 일

111

이 비승ᄒᆞᆫ지라 무슴 연고로 그 메나리를 칭염ᄒᆞ여 죽이려 ᄒᆞ며 그 메나리난 엇
던 스람의 ᄌᆞ식이며 나흔 얼미나 ᄒᆞ며 일홈은 무어시라 ᄒᆞ더잇가 답왈 제 말이
오세의 부모를 란 즁의 일코 동셔 기걸ᄒᆞ여 단니다가 맛춤 슐파난 할미 집의 의
탁ᄒᆞ여더니 좌복야ᄃᆡᆨ의셔 구혼ᄒᆞ시믹 거역지 못ᄒᆞ여 허ᄒᆞ여더니 거즛 침혹게 ᄒᆞ
여 죽기 되엿다 ᄒᆞ고 이미ᄒᆞᆫ 나를 죽이려 ᄒᆞ오니 죽기난 죽ᄉᆞ오려니와 부모를
다시 만나 보지 못ᄒᆞ니 ᄒᆞ나라 ᄒᆞ고 발명ᄒᆞ믹 닉 소견도 그러ᄒᆞ되 승셔의 츙염
이 엄ᄒᆞ믹 마지 못ᄒᆞ여 죽이려ᄒᆞ니 나즁이 즁이 치지 못ᄒᆞ믹 물의 동혀 너흐라
ᄒᆞ엿나이다 즁시 듯고 더욱 눈물을 금치 못ᄒᆞ여 왈 그 게집의 일홈과 나를 무러
다짐 바드신잇가 답왈 니션의 쳡 갓트면 다짐 바□실 것슬 그 안히라 ᄒᆞ믹 다짐
밧지 못ᄒᆞ엿나이다 즁시 왈 닉 꿈이 고이ᄒᆞᆫ 지

112

라 너일 너 친니 보고져 ᄒ오니 아즉 죽이지 말고 너일 너쳥 좌긔ᄒ고 올니라
ᄒ쇼셔 검젼니 그 말 듯고 나와 분부ᄒ여 아즉 물의 너치 말고 ᄒ옥ᄒ라 ᄒ다
슉향이 큰 칼을 쓰고 옥중의 드러가니 옥중 죄인니 다 보고 어엽비 네겨 왈 져
졀문 사람이 너일이면 반다시 죽난다 ᄒ거날 낭ᄌ 울며 문왈 이 ᄯᆞᆫ은 어디라 ᄒ
난요 다 이라되 낙양 고을 옥이라 ᄒ나이다 낭ᄌ 망극ᄒ여 니랑으게 죽난 연고
나 긔별코져 ᄒ되 옥중의 필묵도 업고 젼할 사람도 업셔 혼ᄌ 안ᄌ 우니 동방이
발가오며 쳥됴 나라와 낭ᄌ 무릅 우의 안ᄌ 실피 울거날 낭ᄌ 그 시를 보고 손
ᄭᅡ락을 ᄭᅵ무러 피를 너여 집젹슘 사민의 원통ᄒᆫ 사졍으로 글을 지어 그 시 다리
의 미고 경게 왈 나난 비명의 이 옥중의셔 죽게 되여시니 죽긔난 셜지 아니ᄒ거
니와 부모 얼골과 낭군과 할미를 다시 못보고 죽

113

으니 지ᄒᆞ의 가도 눈을 감지 못할 귀신니 되고 비명의 죽난 연유를 니랑으게 고
ᄒ니 네 유신게 젼ᄒ라 ᄒ고 목이 메여 우지 못ᄒ더라 그 시 낭ᄌ의 말을 듯고
두 번 울고 나라가더라 이날 니랑이 슉모딕의 ᄌᆞ더니 ᄌᆞ연 마음이 놀납고 번뢰
ᄒ여 ᄌᆞᆷ을 이루지 못ᄒ고 이러나 부인 침방의 드려가니 부인 왈 네 오날 무어실
일엇난지 낭ᄌ를 긔려 그러ᄒᆞᆫ지 넉 일은 사람 갓ᄒ니 고이ᄒ도다 니랑이 고왈
일은 것도 업습고 낭ᄌ도 하로밤 스이의 무엇시 긔럽스오릿가만은 ᄌᆞ연 그러ᄒ
여이다 이리 말슴할 제 문득 쳥됴 나라와 니랑의 무릅 우의 안ᄌ 울거날 고이ᄒ
여 ᄌᆞ셰 보니 다리의 집ᄑᆞᆫ 민 것시 뵈거날 글너 보니 낭ᄌ의 편지라 ᄒ여시되
젼싱 죄악은 이싱의도 면키 어렵도다 죠흔 인연니 일야간의 변ᄒ여 모진 광풍의
ᄯᅥ러젓도다 향긔로온 이 너 몸이 속졀업시 낙양 옥중

114

의 홀키 되리로다 죽긔난 셜지 아니ᄒ거니와 부모와 낭군의 얼골을 다시 못보고

죽난 숙향은 지ᄒ의 가도 눈을 감지 못ᄒ리로다 바리나니 어엽분 숙향의 신체나
ᄎᄌ 죠흔 산중의 무더 쥬옵쇼셔 ᄒ여더라 니랑이 보고 크게 놀나 통곡ᄒ고 그
편지를 슉모게 듸리고 낙양 옥중의 가 낭ᄌ와 혼가지 죽으려 ᄒ더니 슉부인 왈
아즉 ᄌ세 아도 못ᄒ고 젼도이 굿지 말나 ᄒ며 일변 ᄒ인을 불너 할미 집의 가
보고 오라 ᄒ고 일변 그 고을 슈리 원통을 불너 그 연고를 무르니 원통이 고왈
슝셔 층염ᄒ오셔 숙향을 즙아다가 죽이라 ᄒ신고로 원님니 슝셔 영을 거역지 못
ᄒ여 어제 밤의 숙향을 즙아다가 죽이려고 큰 미로 치되 집중 ᄉ령이 미를 들지
못ᄒ여 죽이지 못ᄒ여ᄉ오나 오날 죽이려 ᄒ옵고 큰 칼 씨와 옥의 슈금 ᄒ엿나
이다 부인 듯고 크게

115

놀나 왈 션니 비록 슝셔의 아달이나 니 양ᄌᄒ여시미 니 쥬혼ᄒ여거날 너게 뭇
지 아니ᄒ고 나를 과부라 업슈네겨 이러ᄒ니 니 황셩의 드러가 일너 듯지 아니
ᄒ면 황후게 쏠와 황제게 쥬달ᄒ리라 즉시 힝니를 ᄎ려 중안으로 가니라 니랑은
집의 드러가 울며 왈 낭ᄌ 죽다ᄒ면 함끠 죽으리라 ᄒ더라 잇튼날 검젼니 니청
좌긔ᄒ고 숙향을 올나라 ᄒ니 잇ᄯ 낭ᄌ 옥갓탄 두 귀밋ᄐ 흐르나니 눈물이라
연연 약질이 큰 칼을 쓰고 여러 ᄉ람으게 붓들여 가니 반은 죽은 ᄉ람이라 보난
ᄉ람이 눈물 아니 지으리 업더라 검젼니 문왈 네 고향은 어드며 일홈은 무어시
며 나흔 멧치나 되며 뉘집 녀ᄌ라 ᄒ난요 낭ᄌ 디왈 오세의 부모를 난중의 일코
ᄉ방의 유리ᄒ옵다가 제우 의탁흔 몸 되여ᄉ오니 고향과 부모의 셩명은 모로오
되 나이 찬 후의 혹 듯ᄉ오

116

니 김슝셔의 ᄯᆯ이라 ᄒ오며 일홈은 숙향이요 나은 십뉵세로쇼이다 검젼의 안ᄒ
그 말 듯고 눈물 흘니며 검젼다려 왈 그 녀ᄌ의 얼골을 보오니 죽은 ᄯᆯ과 갓습
고 연치 ᄯᅩ흔 갓ᄉ오되 다만 김슝셔의 ᄯᆯ이라 ᄒ니 그 근본을 ᄌ세 모로오나 일
홈도 갓고 연세도 갓ᄒ니 힝혹 죽은 ᄌ식이 ᄉ라 져리 단니난지 ᄆᆞ음이 ᄌ연 비

충호오니 아즉 죽이지 말고 숭셔게 긔별호여 스스로 쳐치호게 호오쇼셔 김젼이
부인의 말을 올히 네겨 도로 호옥호라 호고 이 스연을 숭셔게 회보호니라 즁시
슉향 본 후로 더옥 뿔을 싱각호여 김젼으게 간쳥호여 칼을 벗기고 시비를 보니
여 문후호고 먹을 음식을 즈로 보니며 날마다 뭇더라 니숭셔 김젼의 편지 보고
슉향 아니 죽이믈 노호여 즉시 김젼의 낙양 영을 가라 게량틱슈를 시기고 다른
스람

117

으로 낙양 영을 니여 부디 슉향을 죽이려 호여 졍히 즈져 호더니 문득 보호되
슉부인 오신다 호거날 숭셔 놀나 즉시 나와 마즈 드러가 문왈 무슴 연고온지 불
시의 오신잇고 부인니 노호여 왈 즉금은 벼슬 놉고 위염이 즁호면 부모 형제를
모로난가 숭셔 황공호여 왈 엇지 이르신 말슴이잇가 부인 왈 숭셔 지승이 되여
쳔호를 다스리니 인륜 디스의 무엇시 읏듬인가 숭셔 왈 오륜니 읏듬이니다 부인
왈 나와 숭셔 오륜의 잇난가 숭셔 왈 형우제공이라 호여시니 엇지 오륜의 드지
아니호여시릿가 부인 왈 숭셔 비록 벼슬이 놉푸나 나의 다셧 지 아히라 나는 부
모 버금이어던 지나난 스람갓치 호니 이런 욕을 보고 스라실 디 업시니 추라리
숭셔 무음세 원케 죽으리라 숭셔 크게 놀나 관을 벗고 뜰의 나려 쳥죄 왈 쇼졔
지은 죄를 아지 못

118

호오니 명빅히 가라치쇼셔 부인니 졍식고 오리 줌줌호다가 왈 션니 비록 그디
아달이나 강보의 스여실 제 니 다려다가 양즈를 숨아스니 니 즈식이나 답지 아
니호지라 져졈게 호 쑴을 어드니 이러 이러호기로 션을 보고 쑴 말을 이르니 션
니 쏘호 몽스 이러호지라 반다시 그 스람을 츳즈 안히를 숨지 못호면 밍셔코 다
른 곳의 취쳐치 아니리라 호거날 니 혜오되 션니 급졔호면 두 부인을 어들 거시
니 이 스람은 흐날이 졍호신 빅필이라 금번 혼스난 니 쥬혼호고 둘지 혼스는 숭
셔 쥬혼할 줄노 게집 싱각이 미런호여가부야 니힝호여시니 비록 잘못호 일이라

도 나를 보고 칙할 거시어날 이제 무죄한 스람을 중한의 죽이려 한니 그 스람은 죽으려니와 후세의 남의 시비를 엇지 감당한려 한난요 시비 업난 나를 죽이라 한고 무슈이 칙한니

119

승셔 한 말슴도 디답지 못한고 엿즈오되 누우임이 쥬혼한신 줄은 젼혀 모로옵고 져졈게 양왕이 구혼한기로 허락한여습더니 그 후 듯스오니 션니 제 무음더로 부모를 속여 빈쳔한 게집으게 중가드러 침혹한여 병드러 죽긔 되엿단 말슴이 조졍의 낭즈하여 시비 크게 이러나미 분한물 익이지 못한여 낙양 영으게 긔별한여 죽이라 한엿나이다 부인 왈 부뷔난 쳔졍한 일이니 이졍은 쳔쳡이 업난지라 황졔도 졍궁을 폐한시고 후궁을 마즈스니 션니 비록 부모 모로기 취쳐한여시나 엇진 연고로 조졍의 시비 잇시리요 한더라

121

숙향젼 하

각셜 승셔 무슈이 칙을 듯고 오리 잠잠 한다가 왈 누우님이 그리 한신줄 모로고 져졈게 양왕이 구혼한시기로 허혼한여습더니 션니 속여 미쳔한 스람으게 중가드럿다 한고 조졍의 시비 잇스오미 남양 영으게 긔별한엿나이다 부인 왈 부뷔난 쳔졍이라 이즁한미 귀쳔니 업시미 우리 황졔도 션후를 폐한고 후궁으로 션비를 습아거든 한물며 닉 쥬즁한여거날 무죄한 스람물 죽이미 올치 안일가 한노라 승셔난 본디 츙효 겸젼한 스람이라 안마음의 가중 민망한되 누우의 말슴이미 거스리지 못한여 그리한소셔 한고 나와 시로 난 낙양 영으게 긔별한여 그 게집을 죽이지 말고 근쳐의 잇지 못한게 한다 잇써 황후난 숙부인의 씨누우리 부인 왓단 말을 드르시고 황후 부인을 쳥한여 궁즁의 드러가 여러 날 머

122

무러 보너지 아니흐시니 부인니 도라오지 못흐고 낭즈 노흐란 긔별을 션으게 젼
흐니 션니 듯고 깃거흐더라 승셔 쪼흔 션니 그곳 잇시면 슉향을 버리지 아니할
가 흐여 경성으로 다려갈시 션니 낭즈를 다시 못보고 경성을 가긔 되니 실푼 ᄆ
음을 익이지 못흐여 디부인 젼의 드러가 흐직흐여 왈 부친게옵셔 니무 슉향을
죽이지 말나 흐여 게시니 이제 비록 죽긔난 면흐나 니 업시니 제 의탁할 곳 업
난지라 모친은 자식을 싱각흐여 양식이나 즈로 쥬옵쇼셔 부인니 눈물짓고 왈 진
실노 네 말 갓할진디 슉향은 쳔졍 비필이라 임으로 못흐러니와 다만 너 부친의
쓰질 모르니 답답흐다만은 너 말디로 할 거시니 조히 가 급졔나 흐라 션니 흐직
흐고 니화졍의 가 마고할미를 보고 다맛 경셩가난 편지만 젼흐니라 여러날 만의
경성의 득달흐여 승셔게 뵈온디 승

123

셔 디칙 왈 맛당이 너와 그 게집을 함끠 죽일 거시로되 누우임을 보와 스흐나니
보이지 말고 틱학의 가 잇시라 흐다 승셔 황제게 흐직흐고 집의 도라와 슉부인
을 보와 슉향 못 죽이믈 흐흐더라 각셜 김젼은 계양으로 가고 신관니 나려와 슉
향을 잡아 드려 왈 네 본디 미쳔흔 스람으로 승셔 딕 귀공즈를 침혹흐게 흐니
맛당이 죽일 거시로되 용셔흐나니 이 근쳐의 잇지 말고 멀니 가라 너치거날 문
밧게 나오니 할미 울며 왈 집의 도라가 니랑의 경성갈 제 흔 편지나 보스이다
직시 집의 도라와 니랑의 편지를 쥬거날 낭즈 보니 흐여시되 실낫갓흔 쪈신으로
할미으게 의탁흐여 일신니 박명흐니 만스 귀허로다 쳔연은 미진흐고 진익은 즈
심흐여 셤셤흔 틱도를 몽즁의 좀간 보고 빅연 동낙을 광음갓치 니별흐고 싱니별
도 잇거만은 너 니

124

별 갓틀손야 일월은 광명흐여 양인을 보것만은 간즁 셕키미여 시각을 끈난도다

가난 길의 다시 와 할미나 보련만은 힝중을 지촉ᄒ니 다시 보긔 어려워라 옥중
의 시던 칼을 늬 손으로 볏겨시면 심중의 셔린 쓰질 일각이나 푸리로다 훈졍업
난 이늬 심회 ᄌ쵀마다 이러나니 남북이 졈졈 머다 망연토다 연평의 날닌 칼이
어난 ᄎ 만나보며 낙춍의 걸인 거울 언제 다시 들어볼고 인연을 다시 이여 즁봉
ᄒ기를 긔약ᄒ노라 ᄒ엿더라 낭ᄌ 보고 다시 울며 왈 낭군이 경셩 가 게시고 신
관니 ᄯ 이 ᄯᆫ의 잇지 말나 ᄒ니 뉘 집의 가 의지ᄒ리요 할미 왈 니곳의 오러
잇시면 ᄯᅩ 화를 볼 거시니 이웃으로 가라 ᄒ고 ᄯᅥ나려 ᄒ더니 할미 가중 실허ᄒ
거날 낭ᄌ 문왈 엇지 이리 실허ᄒ난요 할미 왈 나난 쳔틱손 마고할미러니 월궁
항아의 명을 바

125

다 낭ᄌ를 구ᄒ러 인간의 나려왓더니 져졈게 낭ᄌ 쑴의 요지예 가실 제도 늬 쳥
됴되여 인도ᄒ엿고 낭군 오실 ᄯᆞᆫ도 늬 슘신신산 션관을 다 쳥ᄒ여 오고 옥중의
잇실 ᄯᆞᆫ도 늬 쳥됴되여 낭군게 편지 견ᄒ고 낭ᄌ의 온갓 일을 다 보와습더니 이
제난 니무 낭ᄌ의 익이 다 진ᄒ고 ᄯᅩ훈 인연니 다ᄒ여스오미 실허ᄒ나이다 낭ᄌ
억이업셔 울며 지비 왈 인간의 무된 눈니 할미 션녀 줄 엇지 알니잇가 낭군도
아니 게신더 바리고 가려ᄒ시니 숙향은 뉘를 의지ᄒ여 술린잇가 할미 왈 나도
낭ᄌ 낭군으로 더부러 편니 스난 양을 보고 가고져 ᄒ되 쳔명을 어긔지 못ᄒ여
가오니 이 압푼 영화로 지닐 거시오니 다시 염여 무옵소셔 젼의 낙양 영 왓던
김젼은 낭ᄌ의 부모러니다 낭ᄌ 더경 왈 그리ᄒ오면 굿ᄯᅢ 엇지 이르지 아니ᄒ신
잇가 할미 왈 셔로 볼

126

ᄯᅢ 아니미 쳔명을 거역지 못ᄒ여 이르지 못ᄒ나 낭ᄌ를 동혀 물의 너흐려 할 제
도 늬 혼빅이 낭ᄌ 모친 쑴의 비러 구ᄒ고 집중 스령 팔의 올나 미질 못ᄒ게 ᄒ
엿나이다 낭ᄌ 왈 할미 쳔만 가지 은덕을 일호도 갑지 못ᄒ오니 후셰의난 갑스
오리다 할미 왈 낭ᄌ 부친이 게양틱슈 ᄒ여스오니 예셔 슘쳔 오빅 니라 ᄯᅩ 낭군

을 다시 아니보고 계양으로 가오면 낭군을 영결ᄒ난 일이오니 오러지 아니ᄒ면
셔로 죠혼 시졀을 보올 거시니 흔치 마쇼셔 쳥즙스리를 쑤고 가오니 날 본다시
어엽비 네긔쇼셔 낭ᄌ 왈 가실 곳지 얼미나 ᄒ오며 어느날 가시려 ᄒ난잇가 할
미 왈 갈 길은 오만 팔쳔 리요 가기난 이제 가려ᄒ나이다 낭ᄌ 더욱 망극ᄒ여
울며 왈 가시난 길이 ᄒ 머오니 아득ᄒ여 ᄯ를세 업ᄉ거니와 ᄒ로나 더 유ᄒ고
가쇼셔 할미 지리 흔습짓고 왈

127

니 마음디로 ᄒ면 낭ᄌ를 ᄎ마 ᄇ리고 가며 낭군 오실 ᄶᅥ 머지 아니ᄒ니 머무러
보옵고 가련만은 ᄶᅥ 느지가니 니 간 후의 니 입던 옷 흔가지로 빙염ᄒ여 관곽
갓쵸와 긔를 ᄯᅡ라가 발 헤비난 곳디 뭇고 어려온 일 잇거든 분묘로 오쇼셔 ᄒ고
두어 거럼의 간디 업난지라 낭ᄌ 망극ᄒ여 즙술을 붓들고 통곡ᄒ며 할미 말디로
의복과 관곽 갓쵸와 안중할시 낭ᄌ 친니 가보고져 ᄒ더니 그 긔 낭ᄌ 치미를 무
러 안치고 못가게 ᄒ거날 낭ᄌ 가난 스람다려 일너 왈 이 긔 발 헤비난 곳의 무
드라 ᄒ니 모든 스람이 그리 할나 ᄒ고 긔를 ᄯᅡ라 낙양 북촌 니승셔딕 동산 셔
편 언덕의 가 그 긔 발을 헤비거날 모든 스람이 긔이히 네겨 긔 발 헤비난 꼿에
중ᄉᄒ고 도라와 낭ᄌ게 고ᄒ니 낭ᄌ 울며 왈 낭군딕이 갓가오니 힝여 들으실
가 ᄒ며 제문지어 제할시

128

그 제문의 ᄒ여시되 가련흔 슉향은 일비 쳥쥬로 할미게 디리나니 진세의 바린
몸이 각가지로 박명ᄒ여 낭군 ᄯᅳᆫ 수향이 멸시ᄒ고 낙양 셩중의셔 스람마다 쳔
니 네길 젹의 일신 의탁 가이 업다 할미 곳 아니시면 뉘게 가 의탁ᄒ리 진실노
션모로다 망극흔 이 은덕을 빅연인들 갑풀숀냐 오만 팔쳔 리를 구롬 ᄯᅩ티 무더
가니 호쳔 망극흔 이니 심ᄉ 귐셩도 실허ᄒ고 초목도 비충할 듯 흔 번 니별 후
의 간중 셕은 물이 눈으로 쇼ᄉ나 황하의 넘치도다 명명흔 션모난 고졍을 잇지
말고 일비쥬를 흠향ᄒ옵쇼셔 ᄒ엿더라 낭ᄌ 의지할 곳 업셔 긔로 벗을 숨아 잇

더니 흐로난 달은 발고 줌이 업셔 스충을 의지ᄒᆞ여 우다가 ᄒᆞᆫ 글을 지어 셔안 우의 놋코 ᄌᆞ고 씨여 보니 글도 업고 기도 업거날 더욱 망극ᄒᆞ여 울며 왈 심ᄒᆞ 다

129

니 팔ᄌᆞ야 스람은 커니 기줏ᄎᆞ 업셔지니 휘휘ᄒᆞᆫ 밤의 니 혼ᄌᆞ 엇지 잇시리요 ᄒᆞ 며 통곡ᄒᆞ더라 각셜 니랑이 퇴학의 잇셔 낭ᄌᆞ의 소식을 몰나 쥬야 침식이 불편 ᄒᆞ더니 문득 바러보니 청줍스리 니랑을 향ᄒᆞ여 나난다시 오거날 이윽키 보니 낭 ᄌᆞ의 집 기라 반가온 ᄆᆞ음을 익이지 못ᄒᆞ여 어로만져 왈 너난 금성이라도 나를 와 보것만은 나는 스람이로되 낭ᄌᆞ를 보지 못ᄒᆞ니 도로혀 너만 못ᄒᆞ도다 ᄒᆞ며 실허ᄒᆞ니 그 기 입으로 비단 ᄭᅩᆺᄐᆞᆯ 토ᄒᆞ거날 보니 낭ᄌᆞ의 필적이라 그 글의 ᄒᆞ여 시되 실푸다 숙향은 오세의 부모를 여히고 소식을 몰나 동셔 기걸할 제 스람마 다 쳔니 보난도다 춤소난 무슴 일고 더러온 익명을 싯고 고향을 언지나 향할고 실푸다 숙향아 험ᄒᆞ다 숙향아 월ᄒᆞ의 연분으로 니랑을 만나니 원앙침

130

비취금을 밋쳐 덥지 못ᄒᆞ여셔 니별은 무슴 일고 오죽교 ᄭᅳᆫ쳐스니 볼 길이 아득 ᄒᆞ고 빅안니 나라나니 소식을 뉘 젼ᄒᆞ리 실푸다 숙향아 혈혈단신니 할미를 의지 ᄒᆞ여 조석을 보젼터니 할미마ᄌᆞ 죽어시니 어더 가 의지ᄒᆞ리 쳔지 광터ᄒᆞ나 일신 지졍할 곳 바이 업다 스라셔 니랑 만날 길 업스니 지ᄒᆞ의 가도 눈을 감지 못ᄒᆞ 리로다 ᄒᆞ엿더라 니랑이 할미 죽은 줄 알고 낭ᄌᆞ 일졍 죽을가 ᄒᆞ여 즉시 제 밥 을 니여 기를 쥬고 답셔를 쎠 기 목의 미고 경계 왈 ᄲᆞᆯ니 도라가 낭ᄌᆞ게 젼ᄒᆞ라 ᄒᆞ고 ᄯᅩ 이르되 급히 가 낭ᄌᆞ를 보호ᄒᆞ라 ᄒᆞ니 그 기 머리를 ᄶᅩ와 응ᄒᆞ고 가더 라 이젹의 낭ᄌᆞ 혼ᄌᆞ 우더니 멀니셔 무엇시 소리ᄒᆞ고 오거날 낭ᄌᆞ 더욱 두려 문 을 줌으고 우롬을 근치고 가만니 드르니 소린난 나무 비난 소리 갓ᄒᆞ되 무어신 줄 몰나 안ᄌᆞ더니 그 짐

131

셩이 방문 밧게 와 발로 헤비거날 춤 틈으로 엿보니 잡술기러라 반가와 너다라 등을 만지며 왈 네 어디 갓다가 왓난냐 그 긔 목을 들거날 즈세 보니 일봉 셔출이 미엿난지라 즉시 푸러보니 이랑의 편지라 그 글의 ᄒ여시되 션은 두 번 절ᄒ고 일봉셔를 낭즈게 올니나니 션으로 ᄒ여곰 낭즈 괴로온 일을 보게 ᄒ오니 이 난 다 셩의 죄라 이제 지닌 일은 쇽졀업거니와 ᄒ 번 니별 후의 은하슈 가리엿고 쳥됴 ᄭ어지니 소식 젼할 길이 업셔 셔산의 지난 ᄒ와 동영의 ᄯᄂ 달을 디ᄒ여 ᄒ옴업시 간중만 셕일 ᄯ람이러니 쳔만 몽미의 쳥잡술기 소식을 젼ᄒ거날 낭즈의 필젹을 보니 옥안을 디ᄒ 듯 반가온 ᄆ음을 익지 못ᄒ오며 할미좃ᄎ 죽다 ᄒ니 뉘를 의지ᄒ여 지닌난고 낭즈 외로이 지닌난 형승을 싱각

132

ᄒ니 간중이 ᄭ어지난덧 ᄒ여 붓실 들어 죠히를 디ᄒᄆ 졍신니 아득ᄒ고 눈물이 소스나 두셔를 ᄎ려 답셔를 ᄭ즈 ᄒ니 글즈난 아니되 슈묵산슈만 그려 잇다 옛말의 ᄒ여스되 홍진비리요 고진감니라 ᄒ여스오니 혈마 우린들 ᄒ날이 그디지 미워ᄒ시릿가 요스이 동당 긔별 잇스오니 쳔ᄒᆼ으로 ᄎ럼방ᄒ오면 나의 평싱 원을 이루고 낭즈의 은혜를 갑풀 거시니 쳔금 갓ᄒ 몸을 가부야이 말고 션의 도라가물 지달나 스싱고락을 ᄒᆫ가지 ᄒ물 바린나이다 ᄒ엿더라 낭즈 울며 기다려 왈 황셩이 옛셔 오빅 니라 네 엇지 줄 ᄎᄌ 갓난냐 너 갈 줄 아라시면 ᄆ음의 밋친 회포를 다 젹어보니실 거실 엇지 모로기 ᄒ여 갓던냐 나는 무슴 죄로 네 가난디 못 가난고 ᄒ며 우더니 잇튼날 앗춤붓터 그 긔 집안 스면을 헤비며

133

긔명을 무러다가 뭇거날 낭즈 고히 네겨 무슴 일이 잇실가 ᄒ여 의복과 긔명을 긔 헤빈 곳의 감초와 두엇더니 밧그로 여러 스람이 와 슈숭이 단여가거날 낭즈 아모란 줄 몰나 의심ᄒ더니 ᄒᆫ 아희 소를 타고 가며 왈 그 놈드리 오날 밤의 이

집의 와 도젹ᄒ려 혼다 ᄒ거날 낭즈 그 아히를 쳥ᄒ여 그 연고를 무론디 그 아
히 답왈 올 졔 드르니 엇더혼 스람 숨스인 가며 이르되 져 집의 보비 만으니 오
날 밤의 겁탈ᄒ여 보비와 게집을 다려가즈 ᄒ더이다 낭즈 그 말을 듯고 망극ᄒ
더니 날이 져물미 기다려 졍셰 왈 오날 밤의 도젹이 온다 ᄒ니 그 욕을 보고 죽
난니 할미 겻틱 가 죽고져 ᄒ니 네 할미 분묘를 가라치라 그 기 응답ᄒ거날 낭
즈 죽을 쩨 입□려 ᄒ던 죠흔 옷 슈슘 가지를 쓰미고 나셔니 그 기 눕고 이지
아니

134

ᄒ거날 낭즈 민망ᄒ여 ᄒ더니 이윽ᄒ여 이러나거날 ᄯ라가니 혼 무듬이라 일졍
할미 분묘 쥴 알고 통곡ᄒ더니 잇쩨 승셔 부인을 다리고 완월누의 올나 달 귀경
ᄒᆯ시 문득 풍편의 우롬 쇼리 들니거날 부인니 ᄒ인다려 문왈 우롬 쇼리 어듸셔
들니난요 맛춤 니랑 유부 시위ᄒ엿다가 부인 말숨을 듯고 뫼 엽풀 가니 혼 게집
이 안즈 울거날 문왈 엇더혼 스람이 밤의 예 왓셔 우난다 낭즈 쳐음의 겁탈할
스람인가 ᄒ여 머리를 드지 아니ᄒ고 울며 보니 말이 슌후ᄒ거날 그졔야 우롬을
근치고 젼후 곡졍을 즈셰 이르니 그 스람이 디경ᄒ여 이러나 졀ᄒ고 왈 소인은
니랑의 유부옵더니 앗가 부인게옵셔 우름 쇼리를 들으시고 가 보라 ᄒ시기로 왓
습거니와 니 곳의 게시지 마옵고 소인의 집

135

으로 가스이다 ᄒ거날 낭즈 왈 낭군의 유부라 ᄒ니 낭군을 본듯 ᄒ도다 그러나
승셔 나를 죽이고져 ᄒ난디 엇지 가리요 유부 왈 그러ᄒ오면 쇼인 도라오도록
스셩을 진졍ᄒ쇼셔 ᄒ고 가더라 유부 간 후의 그 기 졋던 보를 낭즈 압히 놋코
입으라 ᄒ난 모양 갓거날 낭즈 헤오되 일졍 니 죽기를 아난도다 기다려 왈 니
죽거든 홀크로 신체를 감쵸왓다가 낭군니 오시거든 가라치라 ᄒ고 옷실 입으니
기 머리를 들고 승셔딕 보며 츠질 거동을 뵈거날 낭즈 헤오되 승셔 아르시면 일
졍 죽이려 할 거시니 남의 손의 죽난니 즈슈ᄒ리라 ᄒ고 집슈건으로 목을 미려

ᄒ니 그 기 못 미게 ᄒ거날 낭ᄌ 왈 낭군을 다시 보리라 ᄒ거든 네 할미 분묘의
올나ᄯᄀᆞ 다시 나려 분승을 향ᄒ여 졀ᄒ면 네 ᄠᅳᆺ디로 ᄒ리라

136

그 기 말을 듯고 직시 할미 분묘의 올나 갓다가 나려와 졀ᄒ고 낭ᄌ 겻티 안커
날 낭ᄌ 왈 너난 짐싱이로되 ᄒ 비승ᄒ니 아모커나 너 지휘디로 ᄒ리라 ᄒ고 안
ᄌ 우더니 이적의 그 유부 ᄒ 거럼의 제 집의 도라와 제 지어미를 불너 낭ᄌ ᄉ
연을 디강 이르고 왈 너 디부인게 먼져 가 고할 거시니 ᄒᆞᆼ여 죽어도 너난 빗비
가 직키라 ᄒ고 부인게 드러가 낭ᄌ ᄉ연을 낫낫치 엿ᄌ온디 부인니 디경 왈 니
이졋도다 니 젼의 희산할 ᄯᅢ ᄒ 션녀 나려와 이리이리 이르거날 ᄒᆞᆼ여 이질가 ᄒ
여 긔록ᄒᆞᆫ 것시 잇다 ᄒ고 가져와 승셔 젼의 여러 보니 ᄒ여시되 이 ᄋ긔 비필
은 남양 ᄯ 김견의 ᄯ 슉향이 되리라 ᄒ엿더라 이 계집의 일홈이 슉향이라 ᄒ니
쳔졍 비필이라 다려다가 제 근본을 듯보고 션니 도라와 쳐치ᄒᆞ믈

137

보ᄉ이다 승셔 허ᄒ거날 부인니 계집종과 남종 열을 졍ᄒ여 교ᄌ를 보니여 다려
오라 ᄒ다 잇ᄯᅢ 낭ᄌ 혼ᄌ 안ᄌ 우더니 ᄒ 할미 와 졀ᄒ고 왈 소녀난 니랑의 유
모옵더니 져졉게 듯ᄉ오니 낭군니 비필을 졍ᄒ시다 ᄒ오되 녀복야딕의셔 경혼ᄒ
미 아지 못ᄒ여습더니 앗가 할미 지아비 말ᄉ 듯ᄉ오니 이곳 게시다 ᄒ오미 낭
군을 뵈온 듯 반갑ᄉ와 왓나이다 낭ᄌ 왈 낭군 유모라 ᄒ니 낭군을 본덧 ᄒ도다
이젼 일을 말ᄒ며 안ᄌ더니 이윽ᄒ여 유부 교ᄌ를 가지고 노부을 거나려 와 부
인의 말ᄉᆞᆷ을 젼ᄒ거날 낭ᄌ ᄉ양치 못ᄒ여 교ᄌ를 타니 좌우 등촉이 낫갓고 위
의 엄슉ᄒ더라 즁문의 이르니 시녀 나와 부인 말ᄉᆞᆷ으로 완월누의 오시라 ᄒ니
노복이 교ᄌ를 ᄇ로 완월누의 놋커날 낭ᄌ 누의 올나가니 승셔

138

부인과 논좌ᄒ여난디 좌우 화촉과 시녀 버러시니 위의 엄슉ᄒ지라 낭즈 멀니셔 뵈온디 승셔 보시고 왈 져러ᄒ거든 션니 아니 침혹ᄒ랴 부인니 눈을 들어 보고 왈 가이 어엽부다 홍연빅연니 여□심중의 져러ᄒ니 편니 잇시면 양귀비 됴비연 니라도 밋지 못ᄒ리로다 네 집는 어디며 부모난 뉘며 일홈은 무어시며 나흔 멧 치나 ᄒ다 슉향이 엿즈오되 오세의 부모를 난중의 일코 질의 잇습더니 맛춤 스심이 업어다가 중승승딕 동숀의 ᄶ고 가니 그 딕이 무즈식ᄒ기로 십연을 슈양ᄒ여소오며 고향과 어버이 셩명은 모로나이다 승셔 왈 그 딕의 잇다가 엇지 동촌 니화경 술파는 할미 집의 왓던고 슉향이 고왈 그 딕 죵 스향이란 연니 쳡을 모 히ᄒ여 닛치거날 질노 단니며 비러먹더

139

니 우연니 할미를 만나 의지ᄒ엿나이다 너 중승승딕의셔 할미 집의 멧날이나 온 다 슉향이 고왈 오다가 노젼니라 ᄒ난 ᄯ의 ᄒ로 밤 즈옵고 잇튼날 왓나이다 승 셔 디경 왈 장승승딕이 예셔 숨쳔 오빅 니라 비록 쳔리마를 타도 그리 속히 못 오려든 잇튼날 만의 온단 말이 고이ᄒ도다 부인 왈 너 일홈은 무어시며 부모난 뉘며 어는 날 어는 시의 낫난다 낭즈 디왈 일홈은 슉향이요 나흔 긔츅 스월 초 팔일 희시싱이로쇼이다 부인 왈 네 부모 셩명은 모로고 싱월 싱시난 엇지 즈세 아난다 낭즈 왈 어려셔 부모 몸의 치운 것슬 여러 보오니 그러ᄒ다 ᄒ고 적은 것실 부인게 드리니 부인니 바다본즉 ᄒ여시되 슉향의 즈난 월중션니라 ᄒ고 긔 츅 스월 초팔일 희시싱이라 금즈로 셧

140

거날 가중 긔특키 네기나 다만 부모 셩명을 모로니 답답ᄒ도다 승셔 왈 그 글을 금즈로 셧시니 일졍 김셩인가 시푸도다 낭즈 왈 즈린 후 젼ᄎ로 듯ᄉ오니 져졈 게 낙양 영 왓던 김젼니 나의 부모라 ᄒ더이다 승셔 왈 일졍 그러ᄒ면 측ᄒ도다

부인니 문왈 그 스람의 가문니 엇더ᄒ니잇고 승셔 왈 김젼은 니부승셔 ᄒ던 슈경선셩의 아달이라 가문니야 오죽 쳥빅하믹가 ᄒ고 니랑 유ᄒ던 봉황당의 거ᄒ게 ᄒ고 중니를 보려 ᄒ더라 잇튼날 부인니 낭ᄌ를 불너 문왈 네 집의 아모 것도 ᄯᆞᆫ 것시 업난냐 낭ᄌ 왈 이리올 제 의복과 긔명을 다 뭇고 왓나이다 부인 왈 너 아니가면 그 무든 곳을 엇지 알니오 낭ᄌ 왈 니 다려온 긔를 스람과 ᄒ가지 보니오면 아오리다 ᄒ고 유부를 불너

141

긔와 함믜 가 가져오라 ᄒ니 부인니 소왈 긔도 인스를 아난가 낭ᄌ를 오활타 ᄒ더라 이윽ᄒ여 유부 여러 노복을 다리고 무든 것슬 다 ᄎᆞᄌ 왓거날 부인 왈 엇지 줄 ᄎᆞᄌ온다 유부 고왈 져 긔가 발노 헤벼 다셧 곳의 무든 것슬 파 왓나이다 부인니 안마음의 항복ᄒ여 왈 낭ᄌ는 범숭훈 스람 아니라 ᄒ더라 일일은 부인니 낭ᄌ를 불너 문왈 네 무슴 일을 비왓난다 낭ᄌ 디왈 어려셔 부모 여히고 비온 것 업스오나 본 곳 잇스오면 할듯 ᄒ더이다 부인니 비단 훈 필을 쥬며 왈 승셔 관디를 할 더이나 니 눈 어두워 못ᄒ니 네 지어보라 ᄒ시거날 낭ᄌ 바다 가지고 도라와 보니 그 비단니 죳치 못ᄒ거날 낭ᄌ 니렴의 혜오되 마치 승셔 입으실 것시 아니라 니 지죠를 시험코져 ᄒ민가 ᄒ고 젼의 손죠 ᄯᆞᆫ 비단니 동싞이

142

라 밧고와 숨일 만의 지어너니 시녀 보고 부인게 엿ᄌ오되 발셔 관디를 다 지엇더이다 부인니 쇼왈 관디난 다른 옷과 다르니 니 쇼시의 날 밋치리 업시되 오륙일 만의 지엇거날 아모리 지죠 능훈들 숨일 만의 지으문 헛말이로다 할 지음의 낭ᄌ 관디를 가지고 드려와 엿ᄌ오되 쳐음이오미 체도와 슈품이 변변치 못ᄒ나이다 부인니 보고 디경 왈 져 관디와 빅칭이나 더ᄒ고 비단니 ᄶᅩ훈 니 준 것시 아니로다 낭ᄌ 왈 쥬신 비단니 죳치 못ᄒ기로 할미 집의셔 ᄯᆞᆫ 비단니 맛촘 동싞이라 밧고와 지엇나이다 부인니 아롬답다 칭찬ᄒ고 직시 관디를 가지고 승셔 젼의 드러가 시 관디를 입어 보쇼셔 ᄒ니 승셔 입으시며 왈 부인니 연만ᄒ신 후로

너 몸의 맛난 관디를 보지 못ㅎ여더니 이 관디난 긔특키 지

143

어시니 늦게야 호스ㅎ여 보리로다 부인 왈 그 비단은 엇더ㅎ신잇가 승셔 왈 비
도도 죠커니와 슈품이 더옥 긔특ㅎ여이다 부인 왈 비단도 낭ㅈ 쓴 비단니요 슈
품도 낭ㅈ 슈품이로소이다 승셔 왈 범승훈 지죠 아니라 ㅎ시고 만니 승급ㅎ시니
부인니 긧거ㅎ시더라 일일은 황제 스관을 보녀여 승셔를 픠쵸ㅎ시니 승셔 힝즁
을 츠러 가려할시 흉비를 보고 왈 져 죠흔 관디의 흉비 무식ㅎ오니 어디 죠흔
흉비를 스오라 ㅎ거날 부인 왈 승셔 붓치난 흉비 엇지 쉽스오릿가 낭ㅈ 겻티 잇
다가 엿ㅈ오되 승셔난 엇던 흉비를 붓치난잇가 부인 왈 승셔난 벼슬이 일품이요
가ㅈ 쏘흔 일품이미 빅학 흉비를 붓치나니라 낭ㅈ 왈 쳡이 일직 슈놋키를 아오
니 훈 빈 노와 보리니다 부인 왈

144

슈난 져마다 못놋코 쏘 가실 날이 급ㅎ니 네 지죠 아모리 능훈들 밋쳐 못ㅎ리라
낭ㅈ 방의 드라와 밤이 시도록 슈노와 잇튼날 진역의 부인게 드리니 승셔와 부
인니 보시고 디경 왈 낭ㅈ난 진실노 신인니라 ㅎ더라 승셔 즁안의 드러가 슉비
훈디 황제 보시고 문왈 경의 입은 관디와 흉비난 어디 가 어덧난고 승셔 쥬왈
신의 메나리 지은 비로쇼이다 황제 문왈 경의 아달이 죽엇난냐 승셔 왈 스랏나
이다 황제 왈 그디의 관디를 보니 비단은 은하슈 물결을 응ㅎ엿고 흉비난 쪽 일
은 학의 형상이미 뭇노라 승셔 디경ㅎ여 다시 복지 쥬왈 황숭은 진실노 일월졍
긔를 가졋도소이다 니션니 슉향 어든 젼후 스연을 엿ㅈ오니 황제 칭춘 왈 이 스
람의 졀힝과 지죠난 고금의 드문 비니 경의

145

츙셩이 지극ㅎ여 ㅎ날이 쥬신 비라 ㅎ시고 만니 승스ㅎ시니 승셔 스은ㅎ고 집의

도라와 부인다려 황제 말숨을 이르고 숭급ᄒᆞ신 보픠를 다 낭ᄌᆞ를 쥬시고 일후붓
터 낭ᄌᆞ를 ᄉᆞ랑ᄒᆞ시더라 낭ᄌᆞ 슝셔딕의 온 후로 마음이 편ᄒᆞ니 얼골이 날노 시
로와 보난 사람이 칭츤 아니리 업더라 이젹의 니랑이 잡슐기 보닌 후로 일졍 낭
ᄌᆞ의 소식을 몰나 집 싱각이 날노 시롭더니 잇ᄶᅢ 틱ᄉᆞ원 관니 황제게 쥬왈 요ᄉᆞ
이 연ᄒᆞ여 틱을셩이 틱학의 빗치옵고 모든 별이 다 응ᄒᆞ여ᄉᆞ오니 일졍 틱학의
어진 사람이 잇난지라 셜과ᄒᆞ여지이다 황제 허락ᄒᆞᄉᆞ 중안 션비를 모와 과거를
보일시 제일 중원의 니션니어날 황제 가중 아롭다이 녀기ᄉᆞ 즉 한림학ᄉᆞ를 제슈
ᄒᆞ시니 션니 ᄉᆞ은ᄒᆞ고

146

집의 도라올시 슉부인을 모시고 □관의 션문놋코 올 제 각읍 슈령이 다 경딕ᄒᆞ
고 귀경ᄒᆞ난 사람이 다 뉘 아니 칭찬ᄒᆞ리요 니션니 낙양 ᄯᅡ의 드러 슉부인게 고
왈 너 이리 되기도 딕셩ᄉᆞ 부체임 덕이오니 가난 길의 뵈옵고 가올 거시니 슉모
임은 먼져 가 경연 긔구를 ᄎᆞ리쇼셔 부인니 허락ᄒᆞ고 먼져 가니라 션니 딕셩ᄉᆞ
의 단여 낭ᄌᆞ 집의 오니 슉밧치 되여거날 니션니 낙심ᄒᆞ여 머리를 ᄯᅡ의 부드쳐
왕쳔 탄식 왈 낭ᄌᆞ 나를 위ᄒᆞ여 잇다가 죽어시니 너 이제 공후된들 무엇시 귀ᄒᆞ
리요 실푸다 낭ᄌᆞ야 슘싱 가약과 빅연 방밍이 다 허ᄉᆞ되고 황쳔길을 어이간다
나도 부모를 뵈온 후 낭ᄌᆞ 분묘를 ᄎᆞᄌᆞ가 ᄒᆞᆫ 틱 죽으리라 ᄒᆞ고 집의 도라오니
슝셔와 부인니 중문의 나와 반기며 마지되 션

147

니 히식이 업거날 부인니 고히 녀겨 문왈 네 부모게 영화 보이미 극ᄒᆞ거날 무슴
부족ᄒᆞᆫ 일 잇셔 눈물 흔젹이 잇난냐 션니 지리 ᄒᆞ습짓고 왈 ᄌᆞ연 곤ᄒᆞ여이다 부
인니 그 ᄯᅳ질 짐죽고 왈 너를 위ᄒᆞ여 슉낭ᄌᆞ를 집의 다려온지 오리로다 션니 고
지 듯지 아니ᄒᆞ거날 부인니 시비를 명ᄒᆞ여 낭ᄌᆞ를 나오라 ᄒᆞ고 안으로 드러가거
날 과연 낭ᄌᆞ 나와 학ᄉᆞ를 보고 실푸물 짓거날 학ᄉᆞ 눈을 드러 보니 분명ᄒᆞᆫ 슉
낭ᄌᆞ라 밋친 ᄆᆞ음을 진졍치 못ᄒᆞ여 옥슈를 부여줍고 졍황업시 안ᄌᆞ더니 낭ᄌᆞ 왈

질의 곤ᄒ여ᄉ오니 방으로 드러가ᄉ이다 학ᄉ 답왈 요힝으로 급제ᄒ여시니 몸은
곤치 아니ᄒ나 낭ᄌ를 위ᄒ여 죠셕으로 간쟝을 셕이다가 오난 길의 니화졍을 ᄎ
ᄌ가니 ᄭᅵ 쇼리난 젹막ᄒ고 바람 쇼리만 ᄉ람의 심회를

148

돕거날 ᄒ슘짓고 도라왓더니 쳔만 몽의예 낭ᄌ를 만나니 이졔난 부죡ᄒ ᄒ니 업
나이다 낭ᄌ의 손을 잡고 봉뇌졍의 드러가니 보난 ᄉ람드라 다 가로되 져럿탓시
죠흔 인연을 ᄉ셔 아모리 금ᄒ신들 엇지 쉬오랴 ᄒ더라 부인니 보시고 못너 짓
거ᄒ여 슘일 경연ᄒ고 슉부인덕의 와 ᄯᅩ 슘일 경연ᄒ니 원근 친쳑이 다 칭찬ᄒ
더라 ᄉ셔 학ᄉ다려 왈 요ᄉ이 슉낭ᄌ를 보니 인물과 힝실이 부죡ᄒ미 업시니
다맛 너 모로게 즁가 드럿다고 시비잇실덧 ᄒ며 ᄯᅩ 양왕이 구혼ᄒ기로 너 허락
ᄒ여더니 일졍 혼인을 지쵹할 거시니 엇지 ᄒ리요 학ᄉ 디왈 그런 일은 어렵지
아니ᄒ오니 분별 무르쇼셔 학ᄉ 황셩의 드러가 낭ᄌ 취ᄒ ᄉ연을 ᄉ소ᄒ니 황졔
젼일 슉향의 일을 드러 게신지라 션의 ᄉ소를 보시고 즉시 형부의

149

젼교ᄒᄉ 게집의 졀힝은 비록 옛ᄉ람이라도 밋지 못할 거시니 특별이 졍열부인
을 봉ᄒ라 ᄒ시니 법관니 쥬왈 게집의 벼슬이 ᄉ나히 품직을 ᄯᅩ로나니 이졔 니
션의 벼슬이 오품의 잇습거날 그 게집을 먼져 일품을 봉ᄒ시니 맛당치 아니ᄒ여
이다 황졔 가라ᄉ디 그러ᄒ면 쳔ᄒ의 지이비 업난 동녀난 비록 효힝이 잇셔도
벼슬을 못ᄒ랴 ᄒ시고 특별이 니션을 간의티후를 봉ᄒ시니 죠졍이 감히 말ᄒ리
업더라 이후로 니션의 명망이 즁ᄒ거날 양왕이 ᄉ람을 보니여 혼인을 지쵹ᄒ니
ᄉ셔 민망ᄒ여 ᄒ거날 션니 고왈 너 ᄌ연 공변되게 ᄒ올 거시니 염여 마르쇼셔
이젹의 형쵸 ᄯᅡ의 흉연니 ᄌ심ᄒ여 빅셩이 다 도젹되여 즁ᄎ 란을 지으려 혼다
ᄒ니 황졔 가즁 근심ᄒ시거날 간의티

150

후 니션니 쥬왈 쳔도 변ᄒ문 다 인심의 잇스오니 형쵸 관원니 어지지 못ᄒ여 빅
셩을 이휼치 못ᄒ무로 지잉이 들고 빅셩이 긔훈을 익이지 못ᄒ여 도젹이 되옵나
니 소신니 비록 지죠 업스오나 형쵸 ᄯ 원니 되여 빅셩을 구휼ᄒ여지이다 황졔
디히ᄒᄉ 즉시 됴셔를 나리와 니션으로 형쥬좌ᄉ를 ᄒ이시고 형쥬 쇼속 관원의
션불션을 보와 임의 출쳑ᄒ라 ᄒ시다 좌ᄉ 슈은ᄒ고 집의 도라오니 승셔 왈 옛
글의 ᄒ여시되 님군 셤길 날은 만코 부모 셤길 날은 젹다 ᄒ니 네 공명으로 가
난 질이니 훈치 못ᄒ나 다맛 쳘니 밧게 가니 부모 ᄆ음이 셜어할분 아니라 그
ᄯ의 도젹이 만니 이러난다 ᄒ니 글노 염여ᄒ노라 좌ᄉ 고왈 이번 가옵난 길의
우흐로 나라를 위ᄒ여 빅셩을 진무ᄒ고 아리

151

로 양왕의 구혼을 거졀코져 ᄒ미니 부모임은 염여마르쇼셔 ᄒ고 졔 방의 드러가
낭ᄌ다려 왈 나는 황명이 즁ᄒ기로 먼져 가오니 부인은 위의를 갓쵸와 밋좃쳐
오쇼셔 낭ᄌ 왈 형쥬셔 남군니 얼마나 ᄒ니잇고 좌ᄉ 왈 형쥬 속읍이다 낭ᄌ
왈 쳡이 가난 길의 은혜 갑플 곳지 만스오니 엇지 ᄒ린잇가 좌ᄉ 왈 부인의 원
더로 ᄒ쇼셔 인ᄒ여 ᄒ즉ᄒ고 쩌나 여러날 만의 형쥬의 도임ᄒ니 도젹 이르되
나라의셔 특별이 좌ᄉ를 보니여 우리를 다 줍아 죽이라 ᄒ니 엇지 ᄒ리요 ᄒ더
라 잇ᄶ 좌ᄉ 각관의 션문 놋코 친니 슌힝ᄒ여 탐관오리를 일변 니치고 빅셩을
권ᄒ여 농업을 심시게 ᄒ니 빅셩 감격ᄒ여 츙ᄉᄒ더라 이젹의 승셔 황셩의 갓다
가

152

도라와 좌ᄉ 부인을 불너 왈 형쥬의 도젹이 만타 ᄒ미 그디 보니기를 염여ᄒ여
더니 이졔 도젹을 잘 다스려 안민니 되엿다 ᄒ니 슈이 가라 ᄒ거날 낭ᄌ 졔물을
갓쵸와 졔문 지어 졔ᄒ고 졔를 맛치미 즙슐기 분승의 바린 음식을 먹으니 부인

니 긔 등을 만지며 왈 너 곳 아니면 닉 엇지 스라시리요 셕스를 싱각ㅎ니 실푸
물 금치 못ㅎ리로다 그 긔 쓴홀 쓸허 비벼 ㅎ거날 부인니 허빈 곳을 보니 글즈
되여거날 ㅎ여시되 인연니 진ㅎ여시니 나난 예셔 쩌러지나이다 ㅎ엿더라 부인니
디경 왈 닉 너로 더부러 ㅎ가지 고승ㅎ다가 이제 네 먼져 가려 ㅎ니 실푸다 네
은혜를 엇지 다 갑푸리요 그 긔 할미 분묘를 가라치고 부인게 두 번 절ㅎ고 셔
너 발거럼의 부인을 도라보고 쇼릭를 크게 지르고 가니 문득 거문 구

153

롬이 이러나 긔 션 곳의 두로 스더니 그 구롬이 거드치며 긔 간딕 업거날 부인
니 울며 왈 긔 또ᄒ ᄒ날 짐싱이로다 긔 셧던 곳의 관곽 갓초와 뭇고 제문 지어
제할식 그 글의 ㅎ여시되 쳔구난 진세의 나려와 죽긔 된 슉향을 위로타가 일죠
의 홀홀이 가니 은혜 난망이라 평싱 동거ᄒ려더니 이제 셔로 혀여지니 싱젼 스
후 난망이니 즁봉을 바리노라 ᄒ엿더라 도라와 승셔 양위게 ᄒ즉ᄒ고 질을 쩌날
식 형쥬 ᄒ인으게 분부ᄒ되 닉 가난 길의 제할 곳지 만으니 지명을 각각 고ᄒ라
여러날 힝ᄒ여 노젼을 당ᄒ지라 화덕진군 은혜를 싱각ᄒ여 제문 지어 제할식 잔
의 부엇던 슐은 업고 게우 알만ᄒ 구실 두 낫치 담겨시되 빗치 황홀ᄒ거날 긔이
히 녜겨 간슈ᄒ고 가더니 또 ᄒ 물가의 다달나 부인니 문왈 이 물이

154

포진니냐 ᄒ인니 고왈 포진은 예셔 니쳔리옵고 이 물은 양양강이옵거니와 포진
을 가려 ᄒ오면 여러 바다를 건너야 가오니 이 물을 건너 뉵로로 가스이다 부인
니 셔우이 녜기더니 비 반니 나가 동풍이 이러나니 스공이 비를 제어치 못ᄒ여
노와 갈식 비 셔를 향ᄒ미 물결이 ᄒ날의 다인듯 ᄒ고 비 쏠갓치 가더니 이윽ᄒ
여 바람이 즛고 물결이 고요ᄒ니 심히 편ᄒ나 스람이 다 시즁ᄒ여 비를 가의 다
이고져 ᄒ더니 문득 물 우의셔 제 쇼릭 멀니 들니거날 부인니 바리보니 연엽쥬
탄 게집 아히 두리 옥졔를 불고 오거날 즈셰 보니 포진의셔 구ᄒ던 션녀갓더라
가쟝 반가와 질을 뭇고져 ᄒ더니 그 비 나난다시 지니며 그 아히 제를 근치고

글을 읍거날 부인니 즈세 드르니 왕연 오날날 이 물의 슉냥즈를 만낫더니 금연
오날날

155

또 슉부인을 만낫도다 반가온 모음은 예나 다르지 아니흐되 스람이 번거흐니 말
흐기 어렵도다 젼일 화덕진군 화쥬난 엇지 흐고 모든 스람의 쥬리물 구치 아니
흐난요 흐거날 부인니 헤오되 노젼의 화덕진군게 제할 제 긔이흔 구실을 어덧더
니 이 아니 화쥬가 흐여 술을 싯쳐 그럼의 담고 구실을 노와더니 졀노 익어 밥
이 되여 모든 스람이 먹고 긔이히 네기더라 포진의 다다르니 스공이 디경 왈 양
양셔 일쳔 구빅 니라 비록 슌풍을 만나도 보름 만의 오지 못흐고 또 슈로 험흐
여 흔낫도 무스이 오난니 업난딕 흐로만의 포진의 왓시니 이런 심통흔 일 업나
이다 부인니 흐인게 분부흐여 제물을 갓초와 제할시 제문의 흐여시되 포진의
나문 몸이 포진의 다시 오니 왕연 금일의 용왕이 구흐시더니 금연 금일의 또 용
왕이 구흐시

156

도다 일쳔 구빅 니를 일죠의 당도흐니 산히지은을 난망이로다 일비 쳥쥬를 신령
지흐의 올니나니 슈륙이 다르오나 미셩을 감응흐오쇼셔 독필의 물속으로 오셩
구름이 이러나 즈옥흐더니 이윽흐여 구름이 거드치며 제물은 흔 낫도 업고 그럭
의 금은 보화 가득흐며 술잔의 구실이 담겨시되 빗치 화광갓고 크긔 오리알만
흐더라 일졍 용왕의 부인니 응감흐도다 흐고 간슈흐여 가더니 흐인니 엿즈오되
이 짜은 형쥬 쇼속 남군 짜이오니 스쳐를 고을의 졍흐오릿가 부인니 문왈 고을
이 예셔 얼마나 흐요 흐인니 고왈 슘니나 되나이다 부인 왈 이곳딕 즁승슝딕이
잇난냐 흐인니 고왈 져 동산 밋틔 잇나이다 부인 왈 니 몸이 곤흐여 멀니 못갈
터이니 고을의 긔별흐여 위의 갓쵸와 오라 흐시고 즁승슝딕의 스쳐흐라 흐시니

157

ᄒᆞ인니 즉시 고을의 긔별ᄒᆞ니 틱슈 놀나 즉시 위의 갓쵸와 중승승딕으로 가니
시위ᄒᆞᆫ 군ᄉᆞ 만니 넘고 시녀 슈쳔여인니 다 칠보 단중ᄒᆞ고 시위ᄒᆞ여 드러가니
젼후의 곳밧치 되엿더라 부인니 금덩을 타고 풍유진동ᄒᆞ여 드러가니 귀경ᄒᆞ난
ᄉᆞ람이 칭찬 아니리 업더라 잇쎠난 츈졀이라 좌ᄉᆞ 부인 온단 말을 듯고 승승 양
위 영츈당의 비단 ᄌᆞ리를 보진ᄒᆞ고 그리로 모시더니 승승 부인니 시녀로 ᄒᆞ여곰
견어ᄒᆞ되 존귀ᄒᆞ온 힝ᄎᆞ 누지의 임ᄒᆞ시니 쥬인의 집이 광치 츌란ᄒᆞ오며 직시 나
아가 뵈올 터이오나 맛춤 오날 제고 잇습기로 닉일 뵈옵고 셜화ᄒᆞ오리다 ᄒᆞ거날
졍열부인 답왈 지니가옵난 길의 귀ᄒᆞᆫ 딕의 와 죠혼 경기를 귀경ᄒᆞ오니 다힝ᄒᆞ옵
던 ᄎᆞ의 ᄯᅩ 몬져 무르시니 지극 감격ᄒᆞ여이다 피ᄎᆞ 녀ᄌᆞ라 허물 업ᄉᆞ오니

158

닉일 뵈옵고 담화ᄒᆞ오리다 ᄒᆞ고 ᄒᆞᆫ 글을 지어 시녀로 ᄒᆞ여곰 읍거날 부인니 드
르니 ᄒᆞ여시되 지니간 ᄒᆡ 영츈당의 봄을 만나니 게화곳치 나를 보고 반기더니
금연의 져 곳틀 ᄯᅩ 보니 반갑고 실푸도다 영츈당 곳튼 반가온 ᄆᆞ음을 익이지 못
ᄒᆞ나 나난 왕ᄉᆞ를 싱각ᄒᆞ니 ᄆᆞ음이 ᄌᆞ연 비감ᄒᆞ도다 ᄒᆞ더라 부인니 그 글을 승
승게 외온디 승승 왈 고이ᄒᆞ다 그 딕이 쳐음으로 와 예 보던 글을 지어스니 심
히 고히ᄒᆞ다 ᄒᆞ더라 잇ᄯᅥ 졍열부인니 시녀로 더부러 영츈당의셔 노다가 밤이 집
퍼 ᄌᆞ더니 꿈의 승승 부인 방의 드러가니 방안의 제 모양갓치 그린 족ᄌᆞ를 걸고
그 아리 제물을 버려 놋코 울며 왈 실푸다 슉향아 너도 잇셔던들 귀ᄒᆞᆫ 집의 보
닉여 져런 좌ᄉᆞ 부인니 될 것실 어이 죽엇난고 ᄒᆞ며 실피 통곡ᄒᆞ난지라 졍열부

159

인니 그 제물을 먹고 ᄯᅵ다르니 고요ᄒᆞᆫ 밤의 부인의 우롬 소리 들니거날 시녀를
불너 이 우름 쇼리 어디셔 나난고 아라보라 ᄒᆞ니 시녀 고왈 안의셔 승승 부인니
우르시되 니 ᄯᅩᆯ 슉향아 너도 ᄉᆞ라시면 져리 귀히 될 것실 ᄒᆞ고 우나이다 졍열

부인니 눈물 짓고 왈 부인과 나와 젼싱 연분니 즁ᄒ도다 오날날 늬 포진물의 샌 져더니 부인니 나를 위ᄒ여 졔ᄉ ᄒ난도다 감격ᄒ 무음과 실픈 졍을 익이지 못 ᄒ여 ᄒ더니 날이 발그미 승승 부인니 나오신다 ᄒ거날 졍열부인니 반겨 마질ᄉ 승승 부인 왈 오날날 손님 덕의 귀ᄒ 경ᄉ를 보오니 다힝ᄒ다 ᄒ고 잔치를 비셜 ᄒ니 그 음식이 졍결ᄒ여 꿈의 보던 음식이러라 졍열부인 왈 연로의 몸이 곤ᄒ 여 고을신지 가지 못ᄒ고 슈여 가려 ᄒ오민 남군

160

틴슈 승승덕의 ᄉ쳐를 졉ᄒ오니 덕분의 죠흔 경기도 귀경ᄒ고 잘 쉬기도 ᄒ고 ᄯ 부인니 관더ᄒ시니 지극 감ᄉᄒ여이다 승승 부인니 문왈 부인 연세 얼미나 ᄒ니잇고 답왈 니십이로쇼이다 승승 부인니 지리 흔슘짓고 눈물 짓거날 졍열부 인니 문왈 무슴 일노 져럿틋 실허ᄒ시난잇가 답왈 나는 젼성죄 즁ᄒ여 무ᄌ식ᄒ 옵더니 늦게야 남의 ᄌ식을 슈양ᄒ미 그 연세 부인과 연감이라 싱각ᄒ니 ᄌ연 비충ᄒ여이다 말숨할 지음의 간치 난간 압희 와 울거날 졍열부인 왈 져 간치 젼 의 우러 흔 슉향을 죽이고 ᄯ 무슴 일노 져리 우난냐 승승 부인니 문왈 부인니 엇지 슉향의 일을 아난잇가 답왈 흔 사람이 족ᄌ를 파옵거날 그 졔목의 슉향이 라 셧기로 더강 아나이다 승승 부인 왈 힝여 그 족

161

ᄌ를 가져 왓난잇가 졍열부인니 즉시 시녀를 명ᄒ여 그 족ᄌ를 너여다가 뵈이니 그 족ᄌ의 슉향의 젼후 고승ᄒ던 일을 역역히 긔렷난지라 승승 부인니 보고 통 곡ᄒ거날 졍열부인 위로 왈 늬 젼의 이 긔림을 보와 이 집 일을 아난고로 이 족 ᄌ를 너여더니 도로혀 불안ᄒ여이다 승승 부인니 오러 말을 못ᄒ다가 왈 그 긔 림이 사람의 비회를 돕난지라 엇지 그더지 말숨ᄒ리요 슉향의 젼ᄉ를 낫낫치 말 숨ᄒ니 졍열부인 왈 친ᄌ식이라도 이예셔 더할 길 업습거든 ᄒ물며 남의 ᄌ식을 이갓치 ᄒ시난잇가 승승 부인 왈 이싱컨니와 후싱이라도 잇지 못ᄒ리로쇼이다 그 족를 보니 슉향을 더흔듯 ᄒ오니 늬게 팔고 가쇼셔 졍열부인 왈 가지고져 ᄒ

시면 그겨 듸릴듯 ᄒ오나 좌스 사랑ᄒ오ᄆᆡ

162

팔긔 어렵스오나 즁가를 쥬면 팔고 가리니다 승상 부인 왈 니 집이 비록 간난ᄒ나 숙향을 위ᄒ여 황금 일만 양과 빅금 십만 양 노비 슈빅 구를 쓰어스오나 이제 젼할 곳지 업스오니 그것슬 듸릴 거시니 쥬고 가쇼셔 졍열부인 왈 숙향의 화상이 잇다 ᄒ오니 한 번 귀경ᄒ여지이다 부인 왈 니 즈난 방의 거러시니 보쇼셔 ᄒ고 ᄒᆞᆫ가지 드러가 보니 과연 아희 쩍 얼골을 그려 붓치고 비단 즁을 듸루고 그 아리 탁상을 놋코 온갖 음식을 버려 싱시의 먹난 양을 ᄒ여거날 졍열부인 쇼 왈 부인니 숙향을 잇지 못ᄒᆞᆫ 그 고운 얼골을 싱각ᄒ시ᄆᆡ니 쳡이 비록 곱지 못ᄒ오나 숙향과 엇더ᄒ고 보쇼셔 ᄒ며 즁을 것고 화상 겻틱 쎠니 시녀 등이 보고 다 놀닉 이르되 숙향시의 화상이 스라 부인니 되여거나 부인니 변ᄒ

163

여 숙향시 화상이 된가 ᄒᆞ나이다 승상 부인은 황홀ᄒ여 아모리 할 줄 모로고 눈물만 흘니거날 졍열부인니 그졔야 나와 두 번 졀ᄒ고 엿즈오되 부인니 지금가지 쳡을 잇지 아니ᄒᆞᆫ 이더도록 과렴ᄒ시물 엇지 알니요 졔 즈던 방의 드러가 왈 니가 과연 숙향이옵더니 니 갈 쩍 신 글을 보신잇가 승상 부인니 놀나 긔졀ᄒ엿다가 졔우 인스를 츠려 왈 니 ᄯᅡᆯ 숙향아 나는 너를 죽은가 ᄒ여더니 오날날 셔로 볼 줄 엇지 아라시리요 목을 안고 구울며 일희일비ᄒᆞᆫ 양을 엇지 다 츙양ᄒ리요 승상이 ᄯᅩᄒᆞᆫ 이 말을 듯고 급히 드러와 붓들고 왈 이것시 춤이냐 꿈이냐 춤 니 ᄯᅡᆯ 숙향인다 ᄒ고 통곡ᄒ니 졍열부인니 위로 왈 과이 실허ᄆᆞ르소셔 쳡이 낙봉연을 ᄒ려 ᄒ옵고 쥬춘을 등딕ᄒ여스오니 오날은 틱평

164

으로 질긔쇼셔 ᄒ고 시비를 불너 승상 양위 의복을 드리라 ᄒ고 팔진미를 갓쵸

와 숨일 디연ᄒ니 칭츤 아니리 업더라 모다 질겨 왈 승승이 무ᄌᆞ식ᄒ더니 유ᄌᆞ식 ᄒ나라도 영화 이에셔 더 ᄒ리요 ᄒ더라 졍열부인니 승승ᄃᆡ의셔 여러날 머무러 ᄒ직ᄒ여 왈 옛셔 형쥬 머지 아니ᄒ오니 좌ᄉᆞ으게 말ᄒ고 ᄉᆞ람을 보니올 거시니 단여가쇼셔 ᄒ고 가져온 금은 보화를 무슈이 드리고 연연니 죽별ᄒ니라 잇ᄯᅥ 졍열부인니 즁ᄉᆞ 당을 지닐시 ᄒᆞᆫ 곳디 다다르니 ᄌᆞ니비와 ᄉᆞ심과 황ᄉᆡ 무슈이 잇셔 피치 아니ᄒ거날 ᄒ인 등이 궁노를 쏘와 즙으러 ᄒ니 부인니 말니시고 즁ᄉᆞ 고을의 긔별ᄒ여 ᄇᆡᆨ미 슈ᄇᆡᆨ 셕을 가져다가 밥을 지어 졍셜ᄒ여 왈 니 궁곤ᄒ여 쥭긔 되여실 제 너의 구치 아니ᄒ여시면 니 엇지 ᄉᆞ라 오날날

165

이리 귀히 되리요 너의 은혜를 ᄉᆡᆼ각ᄒ면 ᄇᆡᆨ골난망이라 엇지 다 갑푸리요 ᄒ고 음식을 진셜ᄒ여 노ᄒ니 그 짐셩들이 일시의 먹고 가거날 부인 왈 날 구ᄒ던 은혜를 거의 갑푸시되 다맛 부모를 만나지 못ᄒ여시니 언제 만나 망극ᄒᆞᆫ 은덕을 갑고 시위ᄒ리요 ᄒ며 가더니 ᄒᆞᆫ 곳디 다다르니 ᄒ인니 고왈 이 ᄯ은 게양이로쇼이다 부인니 가쟝 짓거 왈 할미 니별할 제 게양 ᄐᆡ슈난 나의 부모라 ᄒ더니 이제야 만나 보리로다 ᄒ고 게양의 갓가이 다다르니 ᄐᆡ슈 나와 문후ᄒ거날 부인니 ᄐᆡ슈 셩명을 무르니 유도라 ᄒ거날 부인니 디경ᄒ여 ᄒ인다려 문왈 니 드르니 게양 ᄐᆡ슈난 김젼니라 ᄒ더니 엇지 그 셩명이 다른요 ᄒ인니 고왈 이 고을 ᄉᆞ람의 말을 듯ᄉᆞ오니 김젼니 게양 ᄐᆡ슈 되여더니 ᄉᆞ람이 어질고 졍ᄉᆞ를 션치ᄒᆞ민 져졈게 벼술을 도도와 양양으로

166

이직ᄒ고 뉴도난 시로 왓다 ᄒ나이다 부인니 가쟝 셔우ᄒ여 문왈 예셔 양양이 얼미나 ᄒ요 답왈 슴십 니로쇼이다 부인 왈 형쥬 소속이면 가난 질가냐 답왈 그리로 지니오나 고을의 드려가려 ᄒ오면 도라가나이다 부인니 가고 시푸되 ᄒ인의 폐도 ᄉᆡᆼ각ᄒ고 ᄯᅩ 니힝ᄎᆞ 슌로로 가면 ᄇᆡᆨ셩의 말이 잇실듯 ᄒᆞ미 ᄉᆞ세 난쳐ᄒ더라 이젹의 김젼니 낙양 영 ᄒ여실 제 슉향 쥭이지 아니ᄒᆞᆫ 죄로 니위공이

계양 원을 보닛더니 이션니 좌ᄉ되여 각 관의 슌힝ᄒ며 각 읍 션불션을 보 혹
벼슬 도도며 혹 파직도 ᄒ더니 긤젼은 션졍ᄒ난고로 빅셩들이 츅슈ᄒ미 양양 티
슈로 이직ᄒ니 양양은 형쥬 버금 고을이라 위의 거동이 좌ᄉ와 다르지 아니ᄒ더
라 일일은 긤젼니 형쥬의 가 좌ᄉ를 보고 도라오다가 반야물 가의 다다르니 ᄒ
노인니 바회 우의

167

걸안ᄌ 요동치 아니ᄒ니 모든 ᄒ인니 줍아너여 욕을 뵈이려 ᄒ거날 긤젼니 그
노인을 보니 범ᄉ홍ᄒ 스람이 아니라 ᄒ인을 칙ᄒ여 물니고 나아가 볼시 더욱 거
만ᄒ거날 긤젼니 가중 슈승이 네겨 너렴의 헤오되 너 슴쳔 병마를 거나리고 가
니 위의를 보와도 두려할듯 ᄒ되 더욱 교만ᄒ니 일졍 신인인가 시푸다 아무리나
나죵을 보리라 ᄒ고 손줍고 극진니 례ᄒ니 그 노인니 ᄒ 팔은 져 다리 우의 엇
코 ᄒ 팔은 베기숨아 베고 제우 말ᄒ여 왈 너 갈 길이나 갈 거시어늘 뉘 너다려
졀ᄒ라 ᄒ난냐 긤젼니 더욱 슈승ᄒ여 공슌 답왈 지니옵다가 노인을 공경ᄒ여 졀
ᄒ오니 허물 마르쇼셔 노인 왈 네 진실노 나를 공경할진더 멀니셔 졀ᄒ면 너 보
고 시푸면 오라 ᄒ고 보기 실으면 좀좀할 거시니 길만 갈 다람이어

168

날 네 스회 형쥬 좌ᄉ 덕의 이만 벼슬ᄒ엿노라 ᄒ고 어론을 업슈이 네겨 오란
말 업시 당돌이 너 안젼의 무슴 말 뭇고져 ᄒ난다 긤젼니 도로 뉘웃쳐 왈 노인
을 공경ᄒ여 졀ᄒ여거날 고맙다 아니ᄒ고 도로혀 욕ᄒ여 스회 덕의 벼슬ᄒ다 ᄒ
난요 너 본더 무ᄌ식ᄒ여이다 노인니 디로 왈 그더 무ᄌ식ᄒ면 슉향은 ᄒ날의셔
ᄯ러져지며 ᄯ의셔 소ᄉ낫난냐 긤젼니 더경ᄒ여 다시 졀ᄒ고 왈 졀문 인ᄉ 일을
아지 못ᄒ여 실체ᄒ여ᄉ오니 노인은 죄를 ᄉᄒ쇼셔 그제야 노인의 안식이 푸러
지거날 긤젼 왈 젼싱의 죄 즁ᄒ와 무ᄌ식ᄒ옵다가 늣게야 ᄒ ᄯ을 어더 일홈을
슉향이 ᄒ옵더니 란즁의 서로 니별ᄒ고 지금 ᄉᄉᆼ을 몰나 쥬야 불망ᄒ옵더니 복
망 노인은 아르시거든 가라쳐 쥬옵쇼셔 노인 왈

169

슉향의 스싱은 좀간 들어거니와 비곱파 말 못ᄒ리로다 ᄒ거날 김젼이 일힝의 가
져온 음식을 너여 먹이고 쳥ᄒᆫ디 노인니 비부르지 아니타 ᄒ거날 김젼니 ᄒ인으
게 분부ᄒ여 쥬춘을 갓쵸와 오라 ᄒ니 노인 왈 ᄒ인의 가져온 음식을 먹으면 ᄒ
인의 졍셩이니 ᄒ인의 ᄯᆯ을 ᄎᆺ고져 ᄒ난냐 김젼니 친니 슐집의 가 슐문 돗 ᄒ
바리와 각식 음식을 갓ᄎ와 친니 가져다가 구러 드리니 노인니 스양치 아니ᄒ고
다 먹은 후의 웃셔 왈 니 슐 ᄎᆔᄒ여 말 못ᄒ니 너 다려온 ᄒ인은 먼져 보니고
너만 잇다가 듯고져 ᄒ거든 니 슐 ᄭᅢ도록 지다리라 ᄒ고 좀 들거날 김젼니 모든
ᄒ인을 보니고 혼ᄌ 잇다가 듯고져 ᄒ더니 문득 ᄎᆔ우 와 평지의 물이 ᄌᆞ나 되고
김젼니 셧난 디난 물이 억기를 넘무되 종시 요동치 아니ᄒ고 셧더니

170

이윽ᄒ여 강풍이 이러나며 눈니 만니 와 김젼의 옷시 졋고 물 속의 셧시되 종시
요동치 아니코 셧더니 그제야 노인니 좀을 ᄭᅢ여 쇼왈 너 ᄒ난 거동을 보니 졍셩
이 지극ᄒ다 ᄒ고 스미로셔 불근 붓체를 너여 붓치니 그 만은 눈니 일시의 업고
도로혀 여름이 되엿더라 김젼니 다시 졀ᄒ고 슉향 간 곳을 무르니 노인 왈 여러
곳디 가시니 이르기난 ᄒ려니와 ᄯᆯ ᄎᆞᄌᆞ갈난냐 김젼 왈 아모커나 가라치소셔 노
인 왈 도적이 다려 갓난니라 김젼 왈 도적이 다려가도 그져 스랏난잇가 노인 왈
다려다가 유곡역 가온디 바리고 가니 쳥묘와 간치 인도ᄒ여 명스게 후토부인 궁
즁의 갓다 ᄒ니 ᄎᆞᄌᆞ 보라 김젼 왈 그러면 발셔 죽엇난잇가 노인 왈 후토부인니
힌 스심을 타와 남군 ᄯ 즁승ᄉᆞ딕 동산의 두고 가니 그 집이 무ᄌᆞ식ᄒ여

171

기룬다 ᄒ니 게 가 ᄎᆞᄌᆞ 보라 김젼 왈 니일이라도 게 가 ᄎᆞᄌᆞ 보오릿가 노인 왈
그 후의 드르니 그 집 죵 스향이란 연니 모희ᄒ여 니쳣□ 슉향이 갈 곳 업셔 포

진물 용왕으게 갓다 ᄒ니 게 가 ᄎᄌ보라 검젼 왈 그러면 발셔 죽엇나이다 뉵지
갓타면 신체나 어더보련만은 물 속의 신체를 엇지 ᄎᄌ 보오릿가 노인 왈 ᄯᅩ ᄃ
르니 치련ᄒ난 아ᄒ 두리 연엽쥬의 실어다가 노젼 가의 노왓더니 질을 그릇 ᄃ
러 불타 죽다 ᄒ니 게는 뉵지라 희골탄 것신 잇실 거시니 게 가 어더보라 검젼
왈 일졍 게 가 죽어ᄉ오면 발셔 여러 ᄒ 되여ᄉ오니 진들 엇지 잇ᄉ오릿가 노인
왈 화지 만나 거의 죽게 되여더니 화덕진군니 구ᄒ여 술여 너니 마고할미 다려
다가 인간의 잇다 ᄒ니 인간의 ᄎ지면 어더보리라 검젼 왈 인간니 만ᄉ오니 지
명

172

을 모로옵고 어ᄃ 가 니 ᄌ식이라 ᄒ고 ᄎ지릿가 지명을 가라치쇼셔 노인 왈 그
ᄃ 숙향을 어더보고져 ᄒ문 무슴 일고 검젼 왈 부ᄌ지간의 엇지 ᄎ지 아니ᄒ리
요 천힝으로 션싱을 만나ᄉ오니 덕분의 숙향을 다시 보게 ᄒ소셔 노인니 문득
눈셥풀 ᄶᅵᆼ그리며 왈 숙향을 져리 ᄉ랑ᄒ면 무슴 일노 반야산 돌 틈의 바리고 가
며 낙양 옥즁의 갓쳐실 졔 엇지 ᄎ지 아니ᄒ고 늘근 날다려 과로이 여러 말 뭇
난냐 검젼 왈 반야산의 바리고 가문 졍의 박ᄒ미 아니라 세 부득이 바리고 간
일이옵고 낙양 옥즁의 갓쳣던 숙향은 일홈과 나흔 갓ᄉ오나 오리미 얼골이 변ᄒ
여습고 ᄯᅩ 제 어버이 일홈을 모로오니 니 ᄌ식인 쥴 엇지 알니잇고 다 불민ᄒ
죄오니 바리건ᄃ 분명이 가라치쇼셔 그제야 노인니 소왈 그ᄃ 그릇ᄒ

173

죄 아니요 ᄒ날이 졍ᄒ 쉬라 나난 과연 이 물 직킨 용왕이러니 져젹게 니 ᄌ식
이 거복이 되여 물가의 갓다가 어부으게 잡펴 거의 죽기 되엿더니 그ᄃ 구ᄒ물
입어 ᄉ라시미 나도 ᄌ식을 위ᄒ여 그ᄃ 은혜를 갑푸려 ᄒ고 승제게 고ᄒ고 나
려와 숙향 녯날 질을 가라치려 ᄒ고 좀간 그ᄃ 동졍을 보니 그ᄃ 졍셩이 지극지
못ᄒ던들 ᄒ마 못볼 변 ᄒ엿다 숙향이 다셧 번 죽을 익을 지니고 이제는 귀히
되여시니 죠만의 형쥬 좌ᄉ 부인니 되여 굿쩌 셔로 만나 보려니와 다맛 숙향의

고싱ᄒ던 일을 몰나셔난 비록 슉향을 만나도 그딕 분명이 슉향인 줄 모를 거시
니 슉향을 만나 너 말과 갓거든 그딕 ᄌ식인 줄 알나 긤견니 두 번 졀ᄒ고 왈
슉향이 쩌난 지 오러오니 비록 보

174

와도 분명ᄒᆞᆫ 일이 업습더니 용왕이 ᄌ셰 이르시니 은덕 감격ᄒ거니와 ᄯ 감히
뭇ᄌᆸ나니 이제 온 좌ᄉ 부인니 되오릿가 노인 왈 그난 ᄌ연 알 거시니 다시 보
ᄌ ᄒ고 문득 간딕 업더라 긤견니 가즁 고힛 네겨 고을의 도라와 노인의 말을
부인게 이르니 즁시 ᄒᆞ날게 축슈ᄒ여 왈 슉향을 어더보고 다시 죽다 무슴 ᄒ니
잇ᄉ오릿가 좌ᄉ 부인니 되여 온다 ᄒ니 어디 가 ᄌ식이라 ᄒ고 ᄎᄌ 보렷가 실
푼 ᄆᆞ음을 익이지 못ᄒ더라 각셜 졍열부인니 양양으로 가고져 ᄒ되 ᄉ셰 난쳐ᄒ
더니 밤의 달이 밝고 좀이 아니오거날 츙젼의 의지ᄒ여 왈 우리 부모도 ᄉ라 져
달을 보고 나를 싱각난가 비회를 익이지 못ᄒ여 이러셔 비회ᄒ더니 문득 ᄒᆞᆫ 쎄
구롬이 부인 압히 이러나며 긔이ᄒᆞᆫ 향니 진동ᄒ더니 ᄒᆞᆫ 게집이 칠보 단중의 화

175

관을 쓰고 드러와 읍ᄒ여 왈 니별 후 부□ 긔체 일향ᄒ신잇가 부인 왈 뉘신지
밤이오미 ᄌ셰 긔록지 못ᄒ리로쇼이다 그 게집 왈 부인니 그 ᄉ이 나를 이졋도
쇼이다 나난 마고할미러니 통쳔교의 젹송ᄌ와 왕ᄌ균을 언약ᄒ고 빗비 가난 길
의 부인을 잇지 못ᄒ여 ᄒᆞᆫ 말을 이르고져 왓ᄉ오니 부인니 부모를 보시려 ᄒ거
든 이제 형쵸 ᄯᆞᆫ을 다 도라야 만나볼 거시니 범연니 마르쇼셔 ᄒ고 문득 간딕
업거날 부인니 눈물 지으시고 왈 할미 나를 잇지 아니ᄒ시고 질을 가라치시니
아모리 시비잇셔도 형쵸를 다 도라 부모를 보리라 ᄒ고 잇튼날 ᄒ인으게 분부ᄒ
여 양양을 향ᄒ여 가난 곳마다 젹간ᄒ고 가더니 양양 ᄯᆞ의 다다르니 틱슈 긤견
니 실니 즁시다려 왈 좌ᄉ 부인니 딕로로 가면 이리로 죽노치 아니할 거시로되
이리로 죽노ᄒ니 반하 용

176

왕의 말슴이 슉향이 좌亽 부인 되여 오리라 ᄒ더니 힝여 슉향이 우리를 보려 ᄒ
고 츠亽 오난가 즁시 답왈 오날밤 꿈이 슈슝ᄒ더이다 그러나 그 부인의 근본을
듯보쇼셔 ᄒ고 몬져 죵을 보니여 듯보더니 즁승승 쏠이라 ᄒ거날 검젼부븨 가즁
셔우이 네기더니 좌亽 부인니 고을의 갓가이 오미 즁시 보려 ᄒ고 즁노의 스쳐
ᄒ고 귀경ᄒ더니 갑옷 입은 군亽 젼후의 옹위ᄒ고 칠보 단즁 시녀 슘쳔니 좌우
의 시위ᄒ며 금뎡을 타고 드러오니 즁시 보고 울며 왈 엇더ᄒ 스람의 ᄌ식은 져
럿툿시 귀히 되여난고 우리 슉향도 잇던덜 힝여 져리 될넌가 ᄒ며 ᄆᆞ음을 진졍
치 못ᄒ더라 좌亽 부인니 긱亽의 드러와 즁부인게 말슴 젼ᄒ시되 젼의 뵈온 지
업亽오나 갓흔 녀ᄌ오니 달밤의 심심ᄒ옵거든 셔로 보와 말슴ᄒ亽이다 즁시 가
즁

177

감격ᄒ여 답왈 몬져 무르시니 더옥 감亽ᄒ여이다 즉시 나아가 뵈온디 부인니 칠
보 단즁의 화관을 쓰고 황금 교위의 안ᄌ난디 좌우의 시녀 슘쳔니 각식 비단 옷
실 입고 시위ᄒ여시니 즁시 업□ᄒ여 도라가기를 쳥ᄒ디 졍열부인니 교위의 나
려 팔를 미러 동편 쥬홍 교위의 좌를 졍ᄒ니 즁시 亽양 왈 ᄒ관의 실니 엇지 좌
亽 부인과 동좌ᄒ오릿가 졍좌ᄒ여지이다 졍열부인 왈 쥬긱이 되여 엇지 쳥ᄒ 잇
亽오며 ᄯᅩ 연치를 아니 보오릿가 즁시 그제야 교위의 안ᄌ 문왈 부인의 연셰 얼
미나 ᄒ신잇가 답왈 니십이로쇼이다 즁시 눈물을 무슈이 흘니거날 졍열부인니
문왈 엇지 져리 실허ᄒ시난잇가 즁시 답왈 나도 ᄒ 쏠을 싱각ᄒ니 ᄆᆞ음이 ᄌ연
비충ᄒ여이다 부인 왈 나도 어려서 부모를 여히고

178

지금 쇼식을 몰나 쥬야 실허ᄒ나이다 즁시 문왈 부인니 밋술 먹어셔 무슴 일노
부모를 여히亽오며 뉘 집의 가 져리 즁셩ᄒ신잇가 부인니 흔슙 짓고 왈 오셰의

부모를 여히오니 얼골도 모로옵고 질그 바중일 제 흔 스심이 업어다가 남군 ᄯ
중승승딕 동산의 ᄶ고 가오니 그 딕이 무ᄌ식ᄒ여 십연을 슈양ᄒ엿나이다 즁시
반겨 용왕의 이르던 말을 싱각ᄒ니 분명흔 슉향인듯 ᄒ나 감히 니 ᄌ식이란 말
을 못ᄒ고 즁시 친니 잔을 즙아 부인게 드릴시 부인니 잔 바들 제 보니 옥지환
흔 ᄌ족을 ᄭ여거날 ᄌ세 보니 슉향이 니별할 제 치운 옥지환니어늘 즁시 문왈 부
인의 ᄭ인 지환은 어디 가 어드신잇가 부인니 답왈 부모 나를 니별ᄒ실 제 옷고롬
의 치우고 가시미 비록 흔 ᄶ이나 부모를 디흔 듯 버실 ᄶ 업나이다 즁시 그

179

제야 졍영흔 슉향인 줄 알고 왈 니게 그와 갓흔 지환 흔 ᄶ이 잇노라 ᄒ고 시비
를 불너 셩젹함을 니여 오라 ᄒ며 눈물 지어 왈 틱슈 졀문 시졀의 친구를 보려
ᄒ고 쥬효를 갓쵸와 물가의 지니더니 어부드리 거복을 즙아 죽이려 ᄒ거날 쥬츤
을 쥬고 밧고와 물의 엿코 왓습더니 그 후 빅운교의셔 그 거복이 진쥬 두를 쥬
거날 보니 그 속의 글ᄌ 잇시되 ᄒ나은 목슘 슈ᄌ요 ᄒ나은 복 복ᄌ라 즉시 옥
징인을 쥬어 진환 흔 승을 만드라 쥬시거날 가져습다가 늣게야 흔 쓸을 노와 일
홈을 슉향이라 ᄒ고 ᄌ난 월즁션니라 ᄒ엿더니 다셧 술 될 ᄶ 오랑키 란을 만나
피란ᄒ러 반야산의 가니 도젹이 급히 ᄶᄎ 다 죽게 되미 슉향을 바회 틈의 ᄶ고
갈 제 이 지환 흔 ᄶ을 옷고롬의 치우고 가습더니

180

지금ᄭ지 ᄉ싱을 몰나 쥬야 셜워ᄒ던 ᄎ의 져졈게 틱슈 좌ᄉ를 보옵고 오다가
즁노의셔 용왕을 만나 슉향의 ᄉ졍을 이리이리 ᄒ옵더니 이제 부인 가진 옥지환
니 졍영 슉향을 니별할 제 쥬고 간 지환 갓ᄉ오니 ᄌ연 ᄆ음이 비충ᄒ다 ᄒ고
함 가온디로셔 반하 용왕의 말슴 괴록흔 것과 옥지환 흔 ᄶ을 너여 노ᄒ니 졍열
부인니 보고 시녀를 명ᄒ여 셩젹함을 가져다가 ᄌ가 ᄉ쥬 젹은 것과 일홈 젹은
것슬 너여 놋코 그졔야 교위의 나려 두 번 졀ᄒ고 왈 니가 슉향이로쇼이다 두
부인니 셔로 안고 구울며 통곡ᄒ니 쳔지 아득ᄒ며 일월이 무광ᄒ고 목셕이 함누

ᄒ난듯 ᄒ지라 인ᄒ여 긔졀ᄒ니 좌우 시녀 의약으로 구ᄒ여 이윽고 인ᄉ를 ᄎ려 부인니 엿ᄌ오되 어만임은 졍신을 진

181

졍ᄒ쇼셔 즁시 그제야 졍신을 ᄎ려 왈 네가 일졍 슉향인다 죽어 혼니 온가 ᄉ라 눕신니 온가 아마도 ᄭᅮᆷ인가 ᄒ노라 우리 부부 너를 일코 일졍 죽은가 ᄒ여 쥬야 셜워ᄒ더니 이럿틋 귀히 되여 오날날 셔로 만날 쥴 엇지 ᄯᅳᆺᄒ여시리요 ᄉ쥬 젹은 것슬 보니 분명ᄒ 틱슈 필젹이라 틱슈를 쳥ᄒ여 젼후 ᄉ연을 셜화ᄒ니 틱슈 듯고 일히일비ᄒ여 아무리 할 쥴 모로더라 모든 시녀와 보난 ᄉ람이 뉘 아니 칭춘ᄒ리요 이날 졍열부인니 부모 만닌 ᄉ연을 좌ᄉ게 긔별ᄒ니 좌ᄉ 보고 디히ᄒ여 즉시 위의를 갓쵸와 양양의 이르러 틱슈 양위를 보고 치하를 마지 아니ᄒ 후의 형쥬 근쳐 슈령과 실니를 다 쳥ᄒ여 슴일 디연할ᄉ 음식과 보진 셩비ᄒ미 극히 화려ᄒ더라 이젹의 쳔ᄌ 이 말을 드

182

르시고 ᄒ교 왈 니션니 좌ᄉ 간 후의 치졍을 줄ᄒ여 도젹이 다 양민니 되여시니 니션은 맛당히 쳔ᄒ를 안보할 지죠라 즉시 례부승셔를 졔슈ᄒ시고 김젼은 형쥬 좌ᄉ로 이직ᄒ시다 니승셔 됴셔를 밧드러 황셩의 갈신 좌ᄉ게 고왈 닌 도라가 황졔 쥬달ᄒ여 슈이 황셩으로 오시게 할 거시니 평안니 게시옵쇼셔 ᄒ직ᄒ고 나오니 좌ᄉ부부 슉향을 만나 오리지 아니ᄒ여 졍회를 다 못ᄒ고 불시의 니별을 둥하니 비회를 마지 아니ᄒ고 ᄯᅩ 졍열부인도 황명이 게시미 마지 못ᄒ여 ᄯᅥ나되 실허ᄒ난 형용은 칭양치 못할너라 니션니 황셩의 드러가 슉비를 아니ᄒ고 궐문 밧게셔 ᄉ직 숭쇼ᄒ되 신의 부ᄌ 벼슬이 맛당치 아니ᄒ오니 신의 벼슬을 가라 쥬옵쇼셔 황졔 보시고 젼교ᄒᄉ 위공을 위왕을 봉ᄒ시고

183

니션은 병부승셔겸 쵸왕을 봉ᄒ시니 션의 부ᄌ 지숨 ᄉ직ᄒ되 죵시 듯지 아니ᄒ
시거날 마지 못ᄒ여 슉비ᄒ니 황제 인견ᄒ시고 힘셔 짐을 도으라 ᄒ신디 쵸왕이
ᄉ은ᄒ고 인ᄒ여 쥬왈 젼승승 즁숑은 이미이 득죄ᄒ여ᄉ오니 신원ᄒ염직 ᄒ옵고
검젼의 지죠난 죄ᄉ의 지닌더이다 황제 가라ᄉ디 즁숑의 죄난 경을 위ᄒ여 ᄉᄒ
노라 직시 명ᄒ여 우승승을 ᄒ이시고 검젼으로 례부승셔를 ᄒ이시니 두 ᄉ람이
북향 ᄉ은ᄒ더라 쵸공이 글을 올여 제왕 제후 공경 티부를 쳥ᄒ여 칠일을 낙봉
연할ᄉ 녀복야 부인니며 즁승승 검승셔 다 잔을 밧ᄌ와 치하할ᄉ 즁승승부쳐난
젼일 ᄉ향의 일을 싱각ᄒ고 불승감분ᄒ며 검젼부쳐난 슉향을 여히고 셜워ᄒ던
일을 다 셜

184

화ᄒ니 모든 ᄉ람이 ᄎ탄 아니리 업더라 쵸왕이 위왕 궁젼 근쳐의 즁승승과 검
승셔를 거ᄒ게 ᄒ고 죠셕으로 셔로 보며 모시더라 잇ᄯ 양왕은 황제 제 습졔니
다맛 ᄒᆞᆫ ᄯᆞᆯ을 ᄯᅮ어시되 인물과 ᄒᆡᆼ실이 비범ᄒ고 글을 잘 ᄒ난지라 보난 ᄉ람드
리 칭찬ᄒ되 녀즁 군ᄌ라 ᄒ더라 니 낭ᄌ 잉티할 제 부인 꿈의 ᄒᆞᆫ 노인니 이르
되 봉닌산 셜즁미 ᄯ러져시니 어엽비 싱각ᄒ라 과연 그 달붓터 틱긔 잇셔 십숙
만의 ᄒᆞᆫ ᄯᆞᆯ을 나ᄒ니 꿈을 응ᄒ여 일홈은 미향이라 ᄒ고 ᄌ난 봉닌션니라 ᄒ다
졈졈 ᄌ리미 범ᄉ 비범ᄒ더라 양왕부쳐 ᄉ랑ᄒ여 틱셔ᄒ기를 가즁 심시더니 니
션의 지죠를 듯고 양왕이 친니 가 위왕을 보고 구혼ᄒᆞᆫ디 위왕이 허ᄒ거날 양왕
이 디히ᄒ여 도라와 부인과 낭ᄌ다려 니션의 지죠를 ᄌ랑

185

ᄒ고 혼슈를 쥰비ᄒ더니 잇ᄯ 니션니 췌쳐ᄒ물 듯고 양왕도 다른 디 구혼ᄒ더니
낭ᄌ 이 일을 알고 부모게 엿ᄌ오되 츙불ᄉ니군니요 열불경니부라 ᄒ오니 부모
당쵸의 니션으게 허혼ᄒ시고 ᄯ 다른 디 구혼ᄒ시미 불가ᄒ오니 소녀난 죽어도

다른 디 가지 아니ᄒ리니다 양왕 왈 니션니 불민ᄒ여 제 부모 허혼ᄒ 것신 바리고 다른 디 취쳐ᄒ여시니 이난 고집할 비 아니라 어디 니션만ᄒ 스람이 업시리요 낭ᄌ 두 번 졀ᄒ고 왈 부모임이 후ᄉ를 젼ᄒ고져 ᄒ실진디 여러 족하 잇ᄉ오니 그 중의 맛당ᄒ 니를 갈히여 양ᄌ를 졍ᄒ시고 소녀난 업난 것 갓치 바려 두오면 종신토록 부모를 모시려니와 그러치 아니ᄒ오면 ᄉ셩을 졍치 못ᄒ오리다 양왕 부부 할 슈 업셔 그 졍졀을 황졔게 엿ᄌ온디 황졔 가라

186

ᄉ디 왕의 ᄯᆯ노셔 니션의 둘지 부인니 되면 남의 치쇼를 엇지 면ᄒ리요 낭ᄌ 겻ᄐᆡ 안ᄌ앗다가 엿ᄌ오되 어론의 말ᄉᆷ 굿ᄐᆡ 말ᄉᆷᄒ옵기 불가ᄒ오나 부모임 젼ᄂᆞ미 아뢰옵거니와 니션의 둘지 부인은 컨니와 그 집 고공이 되여도 그난 붓그럽지 아니ᄒ오되 다른 가문의 가오문 녀ᄌ의 졀ᄒ힝이 아니오니 션의 둘지 부인 되기를 원ᄒ나이다 왕 왈 네 ᄯ지 그러ᄒ니 혈마 엇지 ᄒ리요 잇ᄐᆫ날 죠회의 왕이 위왕을 보고 왈 왕이 젼일의 혼인을 허ᄒ시고 엇지 실신ᄒ난잇가 실노 례 아니로쇼이다 위왕이 츰괴 디왈 과연 실신코져 ᄒ미 아니라 굿쩌 니 황명으로 경셩의 올나온 ᄉ이의 누우임이 무후ᄒ여 션을 ᄉ랑ᄒ기로 너게 긔별도 아니ᄒ고 혼인을 졍ᄒ여ᄉ오니 나의 실신ᄒ 비 아니오나 디왕을 만나

187

먼져 츰괴ᄒ오니 이 말ᄉᆷ을 듯ᄉ오니 엇지 미안치 아니ᄒ오릿가 이 말ᄉᆷ을 황졔 드르시고 가라ᄉ디 니션과 숙향은 쳔졍이라 임으로 못ᄒ리니 다른 곳디 어진 ᄉ회를 졍ᄒ라 ᄒ시니 양왕이 쥬왈 일이 순평ᄒ오면 굿ᄐᆡ여 닷토릿가만은 신의 녀ᄌ 고집ᄒ여 이리이리 ᄒ오니 글노 민망ᄒ여이다 황졔 가라ᄉ디 그러ᄒ면 경의 녀식의 졍졀이 빙셜갓ᄒ니 ᄭᆫ치지 못ᄒ려니와 니션니 어어진고로 스람마다 셤기고져 ᄒ며 ᄯᅩ 니션의 벼슬이 쵸공이 되여시니 두 부인을 ᄯᆯ지라 위왕은 허락ᄒ라 위왕이 복지 쥬왈 황공ᄒ옵거니와 셩승게옵셔 션을 픠쵸ᄒ옵쇼셔 황졔 즉시 니션을 픠쵸ᄒ신디 션니 발셔 이 일을 알고 칭병ᄒ거날 졍열부인 왈 황명이 지

중호디 청병은 무슴 연고잇가 승셔 왈 오날 양왕이 죠회호난 디 나를

188

부르시니 다른 일 아니라 양왕의 혼ᄉ를 일졍 어젼의셔 젼코져 ᄒ미니 난쳐ᄒ여 가지 아니ᄒ나이다 부인 왈 승공게옵셔 쳡을 위ᄒ미오나 신ᄌ 도리의 맛당치 아 니ᄒ여이다 군부의 명이 잇ᄉ오면 비록 ᄉ지라도 피치 못ᄒ거든 ᄒ물며 죠흔 인 연을 졍ᄒ려 ᄒ거날 아니 가시미 올치 아니ᄒ여이다 승셔 왈 비록 그른 줄 아나 이 일은 거졀함만 갓지 못ᄒ다 부인 왈 일이 그러치 아니ᄒ여이다 양왕이 쳐 음의 부귀를 위ᄒ미 아니요 승공 션비 젹의 부왕게 허락바든 일이요 쳡 취할 제 난 고치 아니훈 일이니 집피 싱각ᄒ오소셔 ᄯᅩ훈 쳡은 승공 덕틱의 부모도 만나 보고 영화 극훈 줄의 두 아달과 훈 ᄯᅩᆯ을 나아시니 이밧게 무엇시 부족ᄒ리요 가 ᄉ 승공이 부인을 어드시고 쳡을 츌송ᄒ실지라도 조곰도 셜지 아니ᄒ옵고

189

비록 투긔 심할지라도 승공이 아라 디졉ᄒ오면 무슴 부족지탄니 잇ᄉ오릿가 승 셔 왈 니 ᄡᅳ질 이무 졍ᄒ여ᄉ오니 부인은 다시 말 말나 ᄒ고 종시 가지 아니ᄒ 니 황졔 어의를 보니여 치병ᄒ거날 승셔 병든체 ᄒ고 어의를 보니 어의 도라와 쥬왈 쵸공의 병이 즁치 아니ᄒ더이다 황졔는 즘즘ᄒ시나 양왕은 가즁 진로ᄒ더 라 각셜 이젹의 황티후 죠련 득병ᄒ여 빅약이 무효ᄒ고 졈졈 침즁훈지라 황졔 극히 염여ᄒ시더니 일일은 훈 도ᄉ 와 문병ᄒ고 엿ᄌ오되 이 병은 편작이라도 무가니ᄒ오나 봉니산 가련쵸를 입의 먹음아야 말을 할 거시요 쳔티산 별리용을 귀의 너어야 졍신니 도라올 것시요 셔히 용왕의 계란쥬를 눈의 여어야 불 거시 오니 어진 신호를 보니여 졍셩으로 구ᄒ여 보옵쇼셔 황졔 즉시 빅

190

관을 모와 의논ᄒ시되 이 약이 인간의 잇지 아니ᄒ니 츙효 겸젼훈 신호 아니면

구ᄒ기 극난ᄒ리니 경 등은 어진 신ᄒ를 틱숭ᄒ라 양왕이 츌반 쥬왈 지금 조졍
의 니션만ᄒ 인지 업고 쪼ᄒ 츙효 겸젼ᄒ오니 급히 명쵸ᄒ여 보니쇼셔 황졔 니
션을 픠쵸ᄒ여 젼교ᄒ시되 경의 츙셩은 짐이 아난 비라 직금 황틱후 병환니 위
즁ᄒ여 ᄉ경의 잇시니 짐을 위ᄒ여 쳔틱산 별니용과 봉니산 가련쵸와 셔히 용왕
의 게란쥬를 어더야 이 병을 구ᄒ리니 만일 이 약을 구ᄒ여 오면 쳔ᄒ를 반분ᄒ
리라 ᄒ신디 니션니 쥬왈 신니 몸을 나라의 허ᄒ여ᄉ오니 엇지 슈화를 피ᄒ오릿
가만은 쳔틱산 봉니산은 ᄒ날 동남의 잇습고 셔히난 희즁 슈부라 이 셋 곳을 단
여오즈 ᄒ오면 일월이 부죡할가 ᄒ나이다 인ᄒ여 ᄒ

191

직 슉비ᄒ고 집의 도라오니 부모와 즁승승 검승셔 다 낙누ᄒ거날 션니 위로ᄒ고
경열부인 침쇼의 가 낙누 왈 니 부인으로 더부러 빅연을 함끠 ᄒ즈 ᄒ여더니 오
날 쳔명으로 졍쳐업시 가오니 부인은 실허 말고 부모 양위와 빙부모며 즁승승
양위를 졍셩으로 모시고 부디 편안니 지니쇼셔 부인니 졍식 답왈 디즁부 셰승의
쳐ᄒ미 부모 셥길 날은 젹고 임군 셥길 날은 만타 ᄒ오니 이졔 디ᄉ를 경영ᄒ여
가시며 실허ᄒ문 무슴 일이잇가 쳡이 잇ᄉ오니 부모 봉양은 죠곰도 염여마옵고
슈이 도라와 쳡의 실망지탄니 업게 ᄒ쇼셔 승셔 왈 이번 거럼이 도라올 기약 망
연ᄒ오니 져 츙젼의 동빅 나무 입풀 표ᄒ나니 입피 누르거든 병든 줄 알고 입피
쩌러지거든 죽은 줄 알고 젼과 갓치 츙츙ᄒ거든

192

무스이 도라오난 줄 아옵쇼셔 부인 왈 쳡도 신물을 표ᄒ리다 ᄒ고 옥지환 ᄒ 쪽
을 쥬며 왈 이 지환 빗치 누르거든 병든 줄 아옵고 검거든 죽은 줄 알고 젼과
갓치 빅빅ᄒ거든 무ᄉ흔 줄 아옵쇼셔 쪼 봉셔 ᄒ나를 쥬며 왈 젼의 쳡의 집의
잇던 할미난 쳔틱손 치약ᄒ난 마고할미오니 보거든 젼ᄒ쇼셔 승셔 보난 디난 흔
연ᄒ나 안ᄆ음의난 실허 눈물 흐르믈 끼닷지 못ᄒ더라 승셔 부모게 ᄒ직ᄒ고 나
오니 심ᄉ 시로이 둘 디 업더라 이날 비를 타고 남틱히로 향ᄒ여 갈시 보롬만의

혼 곳의 이르러 광풍이 더죽ᄒᆞ더니 물 가온디로셔 혼 짐싱이 나오니 머리난 독
갓고 눈은 불빗갓고 지리난 아지 못ᄒᆞ고 쇼리를 벽역갓치 질너 왈 너난 엇더혼
ᄉᆞ람이완디 남의 ᄯᅳᆫ을 지니가며 지셰도 아니

193

쥬고 가려 ᄒᆞ난다 네 가진 보비를 니라 만일 아니 쥬면 쥬즁 ᄉᆞ람을 다 즙아 먹
으리라 ᄒᆞ거날 승셔 가즁 두려워 졀ᄒᆞ여 왈 나는 즁국 병부승셔 니션니옵더니
황틱후 병환니 즁ᄒᆞ민 황명을 밧ᄌᆞ와 봉니손의 약 어드러 가오니 청컨디 질을
허ᄒᆞ쇼셔 그 짐싱이 가로되 네 나라의셔는 벼슬을 즁히 네기나 희즁 귀신좃ᄎ
귀히 네기랴 잔말 말고 보비를 드리라 ᄒᆞ며 비를 업치락 뒷치락ᄒᆞ니 승셔 민망
ᄒᆞ여 이걸 왈 양식밧게 업다 ᄒᆞ고 너여쥬되 종시 듯지 아니ᄒᆞ거날 승셔 답답ᄒᆞ
여 부인의 옥지환을 만지며 왈 이것시 보빈가 아모리 그리ᄒᆞᆫ들 부인의 신물을
쥬리요 그 짐싱이 더욱 죽란ᄒᆞ여 즁ᄎ 죽을 지경의 이른지라 할 슈 업셔 지환을
너여쥬니 그 짐싱이 보고 디로 왈 이것시

194

셔히 용왕의 게란쥬라 어디 가 도젹ᄒᆞ엿난다 ᄒᆞ고 비를 ᄯᅳ을고 가니 승셔와 쥬
즁 ᄉᆞ람드리 아모리 할 줄 모로더라 혼 곳디 다달나 그 짐싱이 비를 미고 션즁
ᄉᆞ람을 다 즙아 가지고 큰 궁궐의 드러가 고ᄒᆞ되 맛춤 슌힝갓다가 셔히 용왕의
게란쥬 도젹혼 놈을 다 즙아 왓다 ᄒᆞ고 옥지환 혼 족을 디려 보니니 이윽ᄒᆞ여
홍모관디혼 관원니 나와 이르되 너 엇더혼 ᄉᆞ람이건디 용궁 보비를 도젹ᄒᆞ여 가
지고 어디를 가난다 승셔 답왈 나는 즁국 병부승셔 니션이러니 황명을 밧ᄌᆞ와
봉니손 약 구ᄒᆞ러 가오미 부인과 니별할 제 신물 바든 거신니다 그 관원니 드러
가더니 직시 나와 이로되 그디 부인은 뉘시며 일홈은 무엇시라 ᄒᆞ난요 승셔 답
왈 양양 틱슈 ᄒᆞ엿던 김젼의 ᄯᅩᆯ이요 일홈은 슉향이라

195

ㅎ나이다 관원니 드러가더니 이윽ㅎ여 용왕이 나온다 ㅎ고 궁중이 진동ㅎ더니
용왕이 통천관을 쓰고 홍포를 입고 홀을 쥐고 즁문의 나와 승셔를 맛거늘 승셔
황공 복지ㅎ던 왕이 붓들고 궁의 드러가 좌를 졍ㅎ고 왈 나는 이 물 직킨 남회
용왕이러니 승셔 누지의 지닐 즐 엇지 알니요 져젹의 너 누우 부왕게 득죄ㅎ여
반하물 가의 갓다가 어부으게 잡펴 죽기 되여ㅅ더니 김승셔 구ㅎ여 술여시미 은
혜 갑풀 길 업스와 져 구실 ㅎ 승을 디려ㅅ더니 져 구실은 극ㅎ 보비라 슈부 다
아옵더니 오날 희관니 슌힝ㅎ옵다가 보니 비 가온디 보비 긔운니 ㅎ날의 더엿다
ㅎ거날 가보라 ㅎ여더니 맛츰 승셔 가신 즐 엇지 알니요 승셔 답왈 황티후 병환
니 즁ㅎ오미 황명을 밧즈와 봉니손 가련쵸와 쳔틴손 별

196

니용과 셔회 용왕의 게란쥬를 어더오라 ㅎ시미 이 물을 건늬옵거니와 인간의 쳔
ㅎ 스람을 이디지 관디ㅎ시니 황공ㅎ여이다 왕 왈 승셔난 나를 모로되 나는 승
셔를 아옵나니 승셔 봉니산의 가오면 모든 션관니 반겨할 거스니 약은 어드려니
와 가난 질이 니곳셔 슴만 슴쳔 리라 열두 나라를 지니갈 거시니 엇지 득달ㅎ오
릿가 승셔 답왈 니곳셔 즁국이 얼미나 ㅎ니잇고 왕 왈 예셔 슴쳔리옵거니와 지
니신 곳은 과이 험치 아니ㅎ거니와 압길은 과이 험ㅎ여이다 승셔 왈 니곳씬지
오긔도 죽을 힘을 다ㅎ여ㅅ난디 이제 슴만 슴쳔 리를 엇지 득달ㅎ오릿가 왕 왈
어려울 분 아니라 험쳐도 만습고 약슈를 연ㅎ 물이 잇스오니 그 물의난 인간 비
로 가지 못ㅎ리다 승셔 왈 그러ㅎ오면 봉니손을 엇지

197

득달ㅎ오릿가 즁노의셔 죽을 밧게 업나이다 왕 왈 니 친니 모셔 가면 어려온 일
업시련만은 쳔명이 업스오니 임으로 슈궁을 비오기 난쳐ㅎ옵고 승셔도 고힝을
격거야 젼싱죄를 스ㅎ올 거시니 부득이 힝ㅎ오려니와 엇지 가리요 ㅎ고 잔치를

빈셜ᄒ여 디졉ᄒ더니 밧그로셔 ᄒ 용ᄌ 드러와 졀ᄒ고 안지니 왕이 문왈 너 어
디로셔 온다 용ᄌ 디왈 시승임게셔 이르되 요ᄉ이 티을셩이 숭졔게 득죄ᄒ고 인
간의 젹거ᄒ여시니 직금 황티후 병을 구ᄒ려 ᄒ고 봉닉손의 약 어드러 가미 너
집을 지닐 거시니 네 티을셩을 모시고 봉닉손의 가 약을 어드라 ᄒ더이다 왕이
디히 왈 져 승셔가 티을이시니 모셔 가면 염여업거니와 인간 복식으로 가지 못
할 거시니 션관의 복식을 입고 닉 공문을 가지고 가쇼셔 ᄒ거

198

날 승셔 왈 져 소연은 뉘시잇가 왕 왈 나의 졔 숨ᄌ옵더니 일광노의 졔ᄌ 되엿
나이다 승셔 왈 닉 져 소연을 따라가오면 다려온 스람은 엇지 ᄒ오릿가 왕 왈
도로 너여 보닉쇼셔 ᄒ고 쳐음의 잡아오든 귀신을 명ᄒ여 도로 다려다가 노ᄒ라
ᄒ거날 승셔 스례ᄒ고 션관의 복식을 입고 강가의 나오니 용ᄌ 발셔 포쥬를 다
이고 지다리거날 승셔 포쥬를 타니 뇌를 졋지 아니ᄒ여도 비 가기 쏠 갓탄지라
용ᄌ 왈 닉 혼ᄌ 가오면 머물 디 업소오되 승셔난 인간 스람이니 임으로 왕닉치
못할 곳지요 쏘 직킨 신령이 만소오니 마지 못ᄒ여 부왕의 공문을 번졉할 거시
니 아무디로 가도 너 지휘디로 ᄒ오쇼셔 ᄒ 곳의 다다르니 그 나라는 회회국이
라 스람이 바로 단니지 못ᄒ여 돌며 단니더라 직킨 왕은 경셩이란 볘릴니라 용
ᄌ 물

199

가의 비를 미고 공문을 번졉ᄒ러 가니 왕이 문왈 가난 힝ᄎ 티을셩이잇가 답왈
그러ᄒ여이다 즉시 공문을 번졉ᄒ여 쥬거날 쏘 ᄒ 나라의 다다르니 함니국이라
그 나라난 밥을 먹지 아니ᄒ고 쑬만 먹고 왕는 미셩이란 별일너라 용ᄌ 공문을
드리니 왕 왈 그디 티을를 다리고 가난야 이 압푼 험ᄒ고 지만ᄒ니 가중 죠심ᄒ
여 가라 ᄒ고 공문을 번졉ᄒ여 쥬거날 쏘 ᄒ 나라의 다다르니 유리국이라 이 관
문 물이 중국과 갓더라 그 나라 왕은 규셩이니 용ᄌ 공문을 드리니 왕 왈 니갓
치 줌난ᄒ 곳의 범인니 임으로 드러오리요 ᄒ고 공문을 본체 아니ᄒ거날 용ᄌ

왈 틱을셩이 인간의 나려와 즁국 병부승셔 되여더니 황명을 밧즈와 봉뇌손의 약
구ᄒ러 가오니 소즈의 안면을

200

보와 허ᄒ옵쇼셔 왕 왈 너를 보와 그리ᄒ거니와 다시난 싱심도 그리 말나 ᄒ고
공문을 번졉ᄒ여 쥬거날 또 ᄒᆫ 나라의 다다르니 그 나라혼 교위국이라 그 나라
스람은 곡식을 먹지 아니ᄒ고 츳만 먹으니 몸이 가늘고 날니더라 왕은 쥬셩이니
힝인니 ᄒᆫ낫도 무ᄉ이 지니지 못ᄒ난지라 너 ᄒᆫ난 티로 ᄒ쇼셔 승셔를 강가의
ᄯᅮ고 왕을 보니 왕 왈 너 어디로셔 온다 용즈 답왈 소즈 틱을셩을 다리고 봉뇌
손의 약 구ᄒ러 드러가오미 부왕의 공문을 가져왔나이다 셩왕 왈 봉뇌손은 명산
니라 신션도 승제의 명 업시면 간디로 츄립지 못ᄒ거든 틱을션니 비록 쳔승 스
람이나 득罪ᄒ고 인간의 나려가시니 이제는 속긱이라 간디로 드러오지 못ᄒ리라
ᄒ더라 잇ᄯᅥ

201

승셔 용즈를 지다리더니 ᄒᆫ 스람이 고리를 타고 물을 평지갓치 오다가 승셔를
보고 이르되 너를 보니 죵왕도 아니요 속긱도 아니로되 용왕의 포쥬를 타시니
어디를 가난다 승셔 졀ᄒ고 왈 나난 즁국 병부승셔 니션니러니 황명을 밧즈와
봉뇌손의 가련쵸 어드러 가오니 바리건디 질을 가라치쇼셔 그 스람이 디쇼 왈
네 병부승셔라 ᄒ며 녯 글도 보지 못ᄒ엿난야 봉뇌손 슴슨 십쥬 다 헛말이로다
진시황 ᄒᆫ무제 위염으로도 능히 득달치 못ᄒ고 ᄉ구와 분슈지탄니 잇거든 ᄒ물
며 조고만은 졍셩으로 엇지 봉뇌손을 보리요 헛슈고 말고 나와 션경도 귀경ᄒ며
술집이나 ᄎᆺ즈 ᄒ거늘 승셔 답왈 션관의 말숨이 올ᄉ오나 남의 신즈 되여 명을
바다 즁노의

202

지체치 못할 거시니 니 몸이 맛도록 단니다가 종시 약을 엇지 못ᄒ오면 죽기를
졍ᄒ오니 바리건디 질을 가라치쇼셔 션관 왈 니 젼의 고리를 타고 구만 팔쳔 리
를 단니되 봉닉손을 종시 보지 못ᄒ여스니 슈고로이 가지 말고 나를 좃ᄎ 도로
인간의 나가 슐집이나 귀경ᄒᄌ ᄒ고 비를 씌을고 동디희로 가며 곤욕을 무슈이
ᄒ고 놋치 아니ᄒ니 승셔 민망ᄒ여 ᄒ던 ᄎ의 ᄯᅩ ᄒ 션관니 프초 입풀 타고 오
며 이르되 젹션은 어디를 향ᄒ난다 답왈 이 손니 밋친체 ᄒ고 날다려 슐집을 가
라치라 ᄒ미 죽임의 슐집 가라치러 가노라 ᄒ디 그 션관니 쇼왈 져 손니 비록
진직이나 혼가이 와 슐집을 ᄎ지니 가중 죠흔 말이로다 그디 돈을 만니 가져 왓
난냐 승셔 답왈 나는

203

미쳔ᄒ 스람이옵더니 황틱후 병환니 중ᄒ여 봉닉손의 약 구ᄒ러 가오니 무신 돈
니 잇스오릿가 그 션관 웃고 혼가지 가더니 이윽ᄒ여 제 쇼리 들니거날 바리보
니 ᄒ 션관니 거문고를 물 우의 씌우고 제를 불고 오다가 승셔를 보고 왈 틱을
아 인간 지미 엇더ᄒ던요 승셔 디왈 황명을 밧ᄌ와 봉닉손의 약 구ᄒ러 가나이
다 션관 왈 그디 말이 허황혼 말이로다 우리를 ᄯᅡ라 양디로 슐이나 먹다가 비
터지거든 도로 인간의 나가라 ᄒ며 곤욕을 무슈이 ᄒ거날 승셔 민망할 ᄎ의 셔
디ᄒ로 ᄯᅩ ᄒ 션관니 쪠를 타고 오며 왈 너 벗들 만나 슐을 권ᄒ여 위로난 아니
ᄒ고 도로혀 괴롭게 ᄒ난요 승셔의 손을 잡고 왈 그디 다리고 가던 용ᄌ 그디를
일코 민망ᄒ여 ᄒ거날 니 이르되 니젹션니 다

204

려가시니 열두 나라를 도지 말고 바로 가 지다리라 ᄒ고 와시니 그디난 우리와
혼가지 죠흔 슐이나 먹고 봉닉손을 가ᄌ ᄒ거날 승셔 가중 승쾌ᄒ여 승셔 무슈
이 스례흔디 그 션관니 승셔다려 왈 그디 우리를 다 몰나 보난도다 승셔 왈 엇

지 존안을 아오릿가 두목지 왈 티을아 네 전싱의 우리를 업슈이 네긔더니 오날
이더지 공경할 줄 엇지 알니요 슐을 너여 셔로 권ᄒ며 가더니 ᄒᆫ 쳥의 동ᄌ 나
려와 엿ᄌ오되 안긔션싱게셔 오날 션싱니를 다 쳥ᄒ여 직녀궁으로 오라 ᄒ더이
다 녀동빈 왈 나 만은 버지 쳥ᄒ니 아니 가지 못ᄒ리니 티을을 엇지ᄒ고 가리
요 두목지 왈 즁경이 봉니손으로 가옵거날 니 학을 쥬고 츠를 밧고와 타고 왓더
니 니 가셔 밧고와 타고 미좃ᄎ 갈

205

거시니 그디 등은 먼져 가쇼셔 모다 짓거 승셔다려 왈 그디 쩌난 지 오리미 반
가이 보려 왓더니 어론 버지 쳥ᄒ니 마지 못ᄒ여 니별ᄒ나 오리지 아니ᄒ여 셔
로 만나 보리니 평안니 가쇼셔 ᄒ고 가거날 승셔 두목지를 다리고 가더니 ᄒᆫ 곳
디 다달나 목지 ᄯᅩ 니별을 쳥ᄒ거날 승셔 셥셥ᄒ여 ᄒ다가 ᄒᆫ 순ᄒ의 다다르니
용ᄌ 발셔 와 지다리거날 승셔 용ᄌ다려 왈 그디 어디셔 이리 왓난요 용ᄌ 왈
유리국 공문을 근근니 변졉ᄒ여 가지고 강가의 나으니 승셔 간디 업거날 두로
ᄎᆺ다가 맛춤 두목지를 만나 뭇ᄉ오니 디왈 니젹션니 다려 가시니 예와 지다리라
ᄒ거날 발셔 왓더이다 승셔 왈 그 션관드리 히롱을 무슈이 ᄒ미

206

곤ᄒ기 칭양업더니 무ᄉ이 득달ᄒ니 다힝ᄒ다 ᄒ디 용ᄌ 왈 그 션관은 젼싱의
다 친ᄒ 버지라 반가온 ᄆᆞ음으로 기롱ᄒ여거니와 만일 그 션관을 만나지 못ᄒ여
시면 열두 나라를 반도 못 왓시리다 ᄒ며 승셔와 함끠 ᄒᆫ 산즁의 드러가니 ᄒᆫ
바우 ᄒ날의 디엿고 싹가지른 □ᄒ니 올나갈 길이 아득ᄒ더라 승셔 왈 이 ᄯᆡ의
오기난 왓거니와 몸의 나리 업시니 져 놉푼 바우의 엇지 올나 가리요 용ᄌ 왈
그난 염여마르시고 니 등의 좀간 오르쇼셔 승셔 용ᄌ 등의 오르니 용ᄌ 변ᄒ여
황용이 되여 그 놉고 험ᄒᆫ 디를 순식간의 오르니 승셔 디히 왈 그디의 지죠난
과연 신긔ᄒ도다 용ᄌ 왈 이제난 션경을 다 왓ᄉ오니 나는 믈가의 가 비를 직킬
거시

207

니 승셔난 져 골노 드러가 구로션니란 션관을 ᄎᄌ 지셩으로 약을 구ᄒ여 물가
으로 나오쇼셔 승셔 왈 비록 약을 어드나 이 바우를 엇지 나려 가리요 용ᄌ 왈
도라올 졔난 질이 다 습불 거시니 그난 염여ᄆ르쇼셔 ᄒ고 가거날 승셔 그 골노
혼ᄌ 드러가더니 ᄒ 빅발 노인니 거문 소를 타고 가다가 문왈 그디난 엇더ᄒ ᄉ
람이건디 션경의 츄립ᄒ난요 승셔 두 번 졀ᄒ고 왈 나는 중국 니션니옵더니 구
로션을 ᄎᄌ 왓나이다 노인 왈 져 곳의 드러가면 놉푼 바회 우의 바독 쑤난 션
관니 잇스니 게 가 무러보라 승셔 드러가니 질이 옥셕갓고 오식 구룸이 어린 곳
디 긔화요쵸난 곳곳지 만발ᄒ고 난봉 공쟉은 승승이 왕니ᄒ니 진짓 션경일너라
승셔 칭

208

쳔ᄒ고 ᄒ 곳디 다다르니 놉푼 바회 우의 홍포 입은 션관과 쳥포 입은 션관니
바독 쑤거날 승셔 멀니셔 복지ᄒᄂ디 그 션관니 본체 아니ᄒ거날 승셔 민망할 ᄎ
의 ᄒ 쳥의 동ᄌ ᄎ를 드리며 고왈 우인 속킥이 와셧나이다 그졔야 션관니 보고
이로되 너 엇더ᄒ 사람이완디 션경을 더럽피난다 ᄒ거날 승셔 두 번 졀ᄒ고 왈
나는 중국 사람이옵더니 구로션을 ᄎᄌ 뵈오려 왓나이다 쳥의ᄒ 션관니 문왈 구
로션을 ᄎᄌ 무슴 말을 뭇고져 ᄒ난요 승셔 왈 황틱후 병이 위중ᄒ오미 황명을
밧ᄌ와 가련초 어드러 왓나이다 홍의 션관 왈 구로션을 보려 ᄒ거든 져 승승봉
의 가 ᄎᄌ 보라 ᄒ거날 승셔 그 봉을 바리보니 놉기 습쳔 중이나 ᄒ고 질이 험
ᄒ여 오를 슈 업난지라 다시 와 고왈 몸의 나리 업시

209

니 엇지 ᄒ오릿가 션관 왈 질을 가라쳐도 못간다 ᄒ니 우린들 엇지 ᄒ리요 인간
의 옛가지 오기도 다힝ᄒ거든 굿티여 위티ᄒ 질을 엇지 ᄎᄌ 가리요 헛된 말 말

고 옛셔 우리와 바독이나 쑤고 노즈 ᄒ거날 슝셔 왈 인간 더로온 몸이 션경의
드러오미 쳔힝이옵고 쏘훈 황명을 바다스오니 남의 신즈 되여 즁도의 픠귀할 슈
업스오니 바리건디 약을 어더 슈이 도라가게 ᄒ옵쇼셔 죵시 조롱만 무슈이 ᄒ거
날 슝셔 가중 민망ᄒ던 추의 문득 훈 션관니 학을 타고 나려와 가로되 그디 엇
지 옛 벗을 만나 반가온 인스는 아니ᄒ고 무슴 곤욕을 그더지 ᄒ난다 슝셔의 손
을 즙고 안지며 왈 티을아 인간 지미 엇더훈요 셜즁미 그디를 쪼라가더니 만나
보왓난냐 슝셔 왈 인간 지미난 업습고 고슁분니로쇼이다 그 션관니 쇼왈 티을이

210

발셔 쳔승 일을 다 이졋도다 동즈를 명ᄒ여 추를 드리라 ᄒ니 동즈 추를 권ᄒ거
날 슝셔 바다 먹으니 그제야 쳔승 티을셩으로 죽죄ᄒ여 셜즁미와 부뷔되엿든 일
과 좌즁의 잇난 션관니 다 ᄒ가지 노던 버진 줄 알고 눈물 지어 왈 니 죄 중ᄒ
여 인간의 나려왓거니와 그더나난 무스이 게시되 능이션은 어디 가시며 셜즁미
난 어디 잇난요 션관 왈 능이션은 인간 김젼이니 그디의 쳐부모 되엿고 셜즁미
난 양왕의 쫄이니 그디의 둘지 부인니 되리라 슝셔 탄식 왈 소이난 엇지 김젼의
쫄이 되고 셜즁미난 양왕의 쫄 되미 무슴 연고뇨 션관 왈 능이션은 봉니손의 귀
경갓다가 승제게 물 진슝 느진 죄로 인간의 귀양 가시되 소이를 위ᄒ엿고 셜즁
미난 소이를 원망ᄒ더니 젼싱죄로 후싱의 부

211

뷔 되게 ᄒ여시니 줌시 간중을 셕키다가 만니기 ᄒ미요 쏘 셜즁미난 승제게 득
죄ᄒ미 아니라 져의 부모와 그디 다 인간의 나려 가시미 약슈의 즈원ᄒ여 썌져
죽으니 후싱의 귀이 되게 ᄒ되 ᄒ로라도 양왕의 쫄이 되게 ᄒ니라 슝셔 문왈 셜
즁미 나의 부인니 될진디 엇지 소이가 먼져 되여난요 션관 왈 그디 인간의 나려
가긔난 소이로 인연ᄒ여 인간의 나려갓거니와 항이 다 마련ᄒ여나니 그러무로
소이 쳣 부인니 되여 그디와 ᄒ가지로 쳔승의 올나오게 ᄒ고 셜즁미난 그디 둘
지 부인니 되여 미좃추 올나오게 ᄒ니라 슝셔 왈 인간의셔 양왕의 혼인을 거졀

코져 ᄒ다가 이런 고힝을 당ᄒ여거니와 죽어도 ᄒ날이 정ᄒ 일이라 도망치 못ᄒ
리로다 젼싱 일을

212

셜화ᄒ다가 이싱 일을 이젓거날 션관 왈 그디 도라가긔 느껴스니 이 약을 가지
고 빗비 도라가라 ᄒ고 세 가지 약을 쥬거날 슝셔 왈 이 약을 쥬시니 감소하거
니와 일홈은 무어신잇가 션관 왈 져 병의 너흔 것신 향효쥬요 이 물은 가련쵸요
환약은 회환단니라 ᄒ나니 가지고 썰니 가라 황티후 병이 극중ᄒ여 죽어실 거스
니 그디 가진 옥지환을 몸의 언지면 셕은 술이 도로 싱ᄒ고 져 병 물은 입의 너
흐면 혼빅이 도라오거든 그제야 가련쵸를 입의 너흐면 말을 ᄒ리라 슝셔 왈 이
환약은 어듸 시리요 답왈 환약은 그디 집피 간슈ᄒ엿다가 나이 칠십이 되거든
소이와 ᄒ 긔식 먹고 다시 ᄒ날의 올나오라 ᄒ고 가기를 지촉ᄒ거날

213

슝셔 갈 길을 무른디 답왈 이리로 가면 즈연 알 거시니 가라 ᄒ거날 슝셔 가더
니 호련 동디히로 ᄒ 아히 스심을 타고 오거날 슝셔 질을 뭇고져 ᄒ니 그 아히
스심을 지촉ᄒ여 나난다시 가니 가난 곳을 아지 못할니라 슝셔 그 질노 가니 손
은 쳡쳡ᄒ고 인적은 고요ᄒ미 졍히 민망ᄒ더니 소나무 밋티 ᄒ 거러지 갓흔 늘
근 할미 헌 옷실 입고 돌 우의 안즈거날 슝셔 절ᄒ고 문왈 마고션녀난 어듸 게
신잇가 할미 왈 늬 이 손중 손지 오만 런니로되 마고션녀란 말은 오날 쳐음이로
다 슝셔 문왈 이 쓰의 인가 어듸 잇난잇가 비곱푸니 아모 것시나 어더먹고 가깃
나이다 할미 왈 이 산중의 엇지 인가 잇스리요 ᄒ며 이러나 가거날 슝셔 쏜라가
더니 할미 간듸 업거날 슝셔 물

214

을 건늬지 못ᄒ여 물가의 안즈더니 ᄒ 중이 뉵환중을 집고 오거날 슝셔 공슌니

절호고 문왈 마고션녀 집이 어디 잇난잇가 즁이 문왈 그 할미난 츳즈 무엇ᄒ려
ᄒ난잇가 답왈 나는 즁국 병부슝셔 니션니러니 황명을 밧즈와 별이용을 구ᄒ러
왓습더니 젼츠로 둣ᄉ오니 마고션녀 보와야 어드리라 ᄒ미 츳나이다 그 즁이 답
왈 이 물을 건너 남디회로 가면 큰 골이 잇슬 거시니 그 골 일홈은 옥포동이라
그 골을 츳즈가쇼셔 슝셔 왈 이 물이 집고 다리 업셔 건닐 슈 업ᄉ오니 민망ᄒ
여이다 그 즁이 뉵환중을 쩌지니 변ᄒ여 다리 되거날 슝셔 건너가 그 즁으게 치
ᄉᄒ니 그 즁이 구롬을 타고 올나가며 이르되 나는 디셩ᄉ 부쳬러니 그디 질을
몰

215

나 염여ᄒ미 인도ᄒ거니와 이 질노 옥포동을 츳즈가면 마고션녀난 보련니와 황
티후란 니무 죽어스니 슈이 도라가라 ᄒ며 간디 업거날 슝셔 무슈이 스례ᄒ고
가더니 ᄒ 노고 그 산으로 나오거날 슝셔 졀ᄒ고 문 마고션녀난 어디 게신잇가
그 할미 문왈 마고션녀 츳즈 무엇ᄒ려 ᄒ난잇가 슝셔 왈 별이용을 어드려 ᄒ나
이다 할미 왈 옛날 진시황 한무제라도 이 약을 구치 못ᄒ여거든 ᄒ물며 즁국 슝
셔의 졍셩으로 구ᄒ기를 엇지 바리리요 헛슈고 말고 너 말디로 ᄒ면 가장 유익
ᄒ리라 슝셔 디왈 무슴 연고 잇난잇가 이르쇼셔 할미 왈 공명은 다 허ᄉ라 비록
너 몸이 영귀ᄒ나 벼슬은 위티훈지라 낭군니 옛 글을 일너실 거시니 진나

216

라 니ᄉ와 훈나라 훈신의 일을 듯지 못ᄒ신잇가 즁양은 젹송즈를 ᄯᆞ라 노랏고
범녀난 오호의 쩌 명을 보존ᄒ여ᄉ오며 나의 기부도 당나라 명ᄉ로셔 소인으게
좁펴 이 ᄯᆞᆫ의 귀양왓더니 강보의 ᄊᆞ인 ᄯᆞᆯ을 바리고 발셔 죽어시미 도라갈 길이
망연ᄒ여 인ᄒ여 이 ᄯᆞᆫ의 술거니와 그러구러 셰월이 여류ᄒ여 즈식이 중셩ᄒ여
시되 이 ᄯᆞᆫ의셔난 비필 어들 길이 업ᄉ와 공방을 직키여 셰월을 보너미 모즈간
졍의예 쥬야 셜워ᄒ옵더니 ᄒ날이 인도ᄒᄉ 낭군니 너 집의 오시니 이난 반다시
쳔졍 비필이라 낭군의 ᄯᆞᆺ지 엇더ᄒ신잇가 슝셔 디경 왈 황명을 밧즈와 왓다가

중노의 머물코 가지 아니ᄒ오면 신ᄌ의 도리 아니오니 죽어도 그 말ᄉ음은 듯지 못ᄒ리로쇼이다 할미 웃고 왈 너 집이

217

비록 가난ᄒ나 젼답이 만여 두직이요 노비 슈쳔 구요 ᄯ호 니 ᄯᆯ은 만고 졀식이라 가히 낭군의 비필될만 ᄒ오니 ᄉ양치 마쇼셔 ᄒ고 시비를 명ᄒ여 낭ᄌ를 나오라 ᄒ거날 ᄉᆼ셔 가중 민망ᄒ더니 이윽ᄒ여 십여 시녀 향촉을 좌우의 들고 ᄒ 쳐ᄌ를 모셔다가 우편 교위의 안치거날 ᄉᆼ셔 황공ᄒ여 머리를 드지 아니ᄒ니 할미 왈 너 ᄌ식을 츄비이 네겨 고집ᄒ시난잇가 시녀로 ᄒ여곰 다시 교위의 안치거날 ᄉᆼ셔 죱간 눈을 드러 보니 졍영ᄒᆫ 졍열부인너어날 심중의 반가오나 고힛 네기더니 할미 왈 너 ᄯᆯ의 얼골은 비록 곱지 못ᄒ오나 족히 낭군의 비필이 될지라 늘근니 슐이 취ᄒ여 드러가오니 낭ᄌ난 말ᄉ음이나 ᄒ다가 낭군을 줄 모시라 ᄒ고 안으로 드러가니 그 쳐ᄌ 먼져

218

말ᄒ되 ᄉᆼ셔의 졍셩이 지극ᄒ기로 약은 어더 가려니와 황틱후난 발셔 붕ᄒ여 게시니 황졔 망극ᄒ신 중의 조졍 소졍 소인놈드리 중간의 고히ᄒᆫ 말노 아뢰되 니션니 거짓 약 구ᄒ러 가난체 ᄒ고 오지 아니ᄒ오니 이난 긔국망ᄉᆼᄒᆫ 죄라 졔 이비난 슉탈 관직ᄒ여 극변 원찬ᄒ옵고 그 일문은 죄를 쥬어 이졍국법ᄒ옵셔 ᄒ디 황졔 짐죽ᄒ시고 쥬야 지다리시니 빗비 도라가쇼셔 ᄒ고 안으로 드러가거늘 ᄉᆼ셔 만단 의혹 왈 졍영ᄒᆫ 졍열부인나 이 곳의 엇지 드러오리요 일변 반갑고 일변 고이ᄒ여 다시 쳥ᄒ여 뭇고져 ᄒ되 낭ᄌ 이르던 말을 싱각ᄒ고 졍치 못ᄒ나 크게 의심ᄒ고 긱실의 ᄌ다가 보니 소나무 언덕 밋칠너라 더욱 고이ᄒ여 싱각ᄒ되 츈몽인가 ᄒ고 다시 공중

219

을 향ᄒ여 무슈이 졀ᄒ고 가더니 문득 ᄒ 할미 헌 옷 입고 광져리를 엽페 끼고 나물을 키거날 슝셔 졀ᄒ고 문왈 쳔퇴산니 어듸 잇난잇가 할미 제우 디답ᄒ되 이 손니 쳔퇴산니라 ᄒ거날 슝셔 문왈 마고션녀난 어듸 게신잇가 할미 이마의 손을 어코 이윽키 보다가 왈 늬 눈니 어두어 보지 못ᄒ거니와 그디난 뉘시잇가 과연 너가 마고할미로쇼이다 슝셔 반겨 급히 졀ᄒ고 왈 나는 낙양 북촌의 잇난 니션니옵더니 션녀난 나를 몰나 보시난도다 쩌난 지 오러오미 늘고 망영드러 징 젼일은 싱각지 못ᄒ오나 슉낭ᄌ난 평안ᄒ신잇가 ᄒ거날 슝셔 부인의 편지를 젼ᄒ더 할미 바다 보고 그제야 본승을 드러니고 반겨 웃고 왈 우리 ᄉ이의 엇지 이만ᄒ 약

220

을 잇긔리요만은 이 소 약은 산령이 감동치 못ᄒ면 엇지 못ᄒ나니 슝셔 졍셩을 믹바다 보오니 지극ᄒ오미 이 버섯신 이곳도 업ᄉ와 낭군을 위ᄒ여 다른 곳의 가 키여 왓나이다 ᄒ고 광져리로셔 별니용 두 긔를 너여 쥬며 왈 낭군을 모셔 죵용이 말쏨이라도 ᄒ고 시푸나 어제 슉낭ᄌ의 말쏨 듯ᄉ오니 티후 발셔 붕ᄒ여 시미 낭군의 일문니 다 죄 즁의 잇다 ᄒ오니 급히 도라가쇼셔 ᄒ고 문득 간듸 업거늘 슝셔 공즁을 향ᄒ여 무슈이 ᄉ례ᄒ고 물가의 나오니 용ᄌ 지다린지 오러 거날 셔로 반기고 셔히 용왕의 게란쥬를 말쏨ᄒ니 용ᄌ 왈 졍열부인니 포진물의 와 게실 제 슐잔의 담아 보닛다 ᄒ오니 구실은 발셔 딕의 갓나니 슝셔난 포쥬의 올나 졈간 눈을 감으쇼셔 승

221

셔 크게 짓거 눈을 쌈으니 발셔 황셩 경화강의 왓난지라 슝셔 디히ᄒ여 뉵지의 나려 용ᄌ으게 무슈이 ᄉ례ᄒ고 셔로 연연 죽별ᄒ니라 셩즁의 드러오니 황티후 붕ᄒ 지 니십여일이라 황제 슝셔 왓단 말을 드르시고 니궐로 인견할시 슝셔 복

지 ᄉ비 후의 위션 옥지환을 티후 시체 우의 노ᄒ니 슐빗치 도로 싱ᄒ거날 ᄯ호
효쥬로 싯치니 슘을 너쉬난지라 입의 가련초를 엿코 귀의 별이용을 너ᄒ니 티후
화싱ᄒ여 말ᄉᆷᄒ시거날 그제야 게란쥬를 눈의 너ᄒ니 눈니 발고 졍신니 식식ᄒ
거날 황제 더히ᄒᄉ 숭셔의 손을 줍고 칭춘ᄒ시며 고힝ᄒ던 일과 약 엇던 일을
무르시거날 숭셔 젼후 ᄉ졍을 일일

222

쥬달ᄒᄃ 황제 드르시고 디츤 왈 옛날 진시황 ᄒ무제 위염으로도 엇지 못ᄒ던
약을 그ᄃ 능히 어더와시니 경의 정셩과 츙셩은 고금의 쳐음이라 당쵸의 쳔ᄒ를
반분ᄒ리라 ᄒ여시니 엇지 식언ᄒ리요 숭셔 복지 쥬왈 신의 공이 아니라 폐ᄒ의
너부신 덕틱을 ᄒ날이 감동ᄒ여 어더ᄉ오니 엇지 신의 젹은 졍셩으로 구ᄒ여ᄉ
오릿가 ᄒ교ᄒ신 일은 신니 후세의 역명을 면치 못ᄒ올 거시니 이 일은 죽ᄉ와
도 봉힝치 못ᄒ리로쇼이다 황제 그 츙셩을 아르시고 숭셔 초왕을 봉ᄒ시고 황금
빅만 양과 치단 일쳔 통을 승ᄉᄒ시다 초왕이 ᄉ은ᄒ고 집의 나오니 부모며 즁
승승 검승셔며 친쳑드리 모다 보고 반기며 칭춘ᄒ더라 슘일

223

후의 디연을 비셜ᄒ여 경ᄉ를 치화홀시 황제 드르시고 어젼 풍유를 보니더라 졍
열부인니 초왕다려 왈 숭셔 가신 후의 져 동빅 남기 졈졈 식식ᄒ더니 요ᄉ이난
가지 무셩ᄒ오미 무ᄉ이 도라오시난 쥴 알아습거니와 일일은 할미 꿈의 와 이르
되 숭셔를 보고져 ᄒ거든 나를 ᄯ라가ᄌ ᄒ고 ᄒᆫ 산즁의 드러가니 숭셔 잇거날
나라 일을 말ᄉᆷᄒ다가 안으로 드러가니 할미 왈 양왕의 ᄯᆯ을 숭셔 지취 아니ᄒ
려ᄒ되 젼셩의 둘지 부인 되기를 마련ᄒ여시니 숭셔를 권ᄒ여 셩례를 급히 ᄒ라
ᄒ더이다 숭셔 문득 봉니손의셔 션관의 ᄒ던 말과 할미집의셔 부인 만닌 일을
셜화ᄒ며 양왕의 ᄯᆯ이 젼셩

224

의 김숭셔의 쏠노셔 나와 부부된 일을 이르니 부인니 더옥 긧특키 네겨 초왕을
권호여 양왕의 혼스를 지쵹호니 초왕이 부모게 고호고 양왕으게 혼인을 쳥훈디
양왕이 디히호여 즉시 길일을 갈히여 셩례할시 황제 드르시고 쏘훈 디히훈스 이
날 친림호시니 만조 빅관과 열후 공경이며 슘쳔 시녀 위의를 갓초와 나오니 그
중훈 거동을 엇지 층양호리요 황제 즉일의 졍열부인으로 졍열왕비를 봉호시고
미향으로 졍졀왕비를 봉호시니 두 스람의 스은호고 셔로 스랑호며 부모 셤기물
극진니 호더라 졍열왕비난 니남 일녀를 쑤어시니 중즈는 병부승셔 되고 츠즈는
디즁군니 되고 쏠은 티즈비 되고 졍슉왕비도 니

225

남 일녀를 쑤어시니 중즈는 형쥬 좌스 되고 츠즈는 옥당 한림이 되고 쏠은 우승
승티의 메나리 되다 잇써 오원 구쳔이란 쓰의 금병이 란을 짓거늘 황제 근심호
신디 만조 빅관니 쥬왈 디즁군 니홍을 보니여 젹병을 치게 호쇼셔 황제 즉시 니
홍을 픠쵸호여 젼교호시니 이홍이 흐직 슉비호고 집의 나와 부모게 흐고 이날
발힝호여 구쳔 쓰의 다달나 훈 북쇼리의 빅만 젹병을 항복 밧고 그 즁의 훈 늘
근 도젹 나와 맛거날 죽이려 흐니 그 도젹이 결박훈 거시 졀노 푸러지거날 군스
디경호여 활을 슈되 맛지 아니호고 칼노 치되 목을 버히지 아니흐거날 도독이
고힛 네겨 즉시 항복밧고 줍아왓더니 초왕이 일일은 스람을 모와 젼치 삿터 시

226

럼을 붓치더니 그 즁의 훈 스람이 늘그되 당할 지 업거날 초왕이 층춘호더니 잇
써 졍열왕비 누의 올나 귀경호다가 즈세 보니 반야손의셔 업어다가 쥬던 도젹
갓거늘 그 스람을 불너 젼후 슈말을 무른디 답왈 굿쩌 란즁의 엇던 아히 부모를
일코 바회 틈의 안즈 울거날 그 아히 긔숭을 보니 즁니 귀히 될 터이오민 업어
다가 뉴곡역구의 쑤고 갓나이다 부인니 그 말을 초왕게 고훈디 왕이 듯고 디경

ᄒ여 굿쩌 일을 이르고 즁슝ᄒ시며 도독다려 분부ᄒ여 그 ᄉ람을 본국으로 도라
보니라 ᄒ되 그 ᄉ람이 도라가긔를 원치 아니ᄒ거날 초왕이 그 ᄉ연을 황졔게
쥬달ᄒ고 셔량 티슈를 ᄒ이시다 세월이 여류ᄒ여 부모 양위와 굄슝셔부쳐며 즁
슝슝부쳐

227

다 별세ᄒ거날 슘연 거ᄉ을 극진니 지니니라 잇쩌 초왕부쳐 나이 칠십이 되여더
니 칠월 망일의 ᄌ손을 다리고 잔치할시 ᄒ 쳥의ᄒ ᄉ람이 공즁으로 나려와 초
왕의 손을 줍고 왈 나난 동빈니러니 승졔의 명을 밧ᄌ와 그디를 다려가려 왓스
니 ᄒ가지 가ᄉ이다 초왕 왈 뉵신으로 엇지 가오릿가 동빈 왈 젼일 구로션니 쥬
던 환약이 어디 잇난잇가 초왕이 그졔야 ᄭᅵ닷고 너여 졍열왕비로 더부러 ᄒ 긔
식 먹고 ᄌ손으게 ᄒ 말도 못ᄒ고 승쳔ᄒ니 일가 경동ᄒ여 곡성이 지동ᄒ더라
황졔 드르시고 즉시 니션의 즁ᄌ를 초왕을 봉ᄒ시고 세세 티평ᄒ더라

김광순소장본(김광순B.C본)

　　본 전집에 실려있는 이 이본은 『김광순소장필사본한국고소설전집』33권, 250~
297면에 영인되어 있는 부분과, 위의 전집 33권, 336~549면에 영인되어 있
는 부분을 합친 것이다. 이렇게 한 것은 양쪽의 글자체는 비록 다르나 내용은
정확히 이어지고 있기 때문이다. 아마도 미완성된 필사를 다른 어떤 사람이 이
어서 완결한 것으로 보인다. 앞쪽은 매면 12행 매행 27자 내외, 총 24장 48
면으로 되어 있고, 뒷쪽은 매면 10행 매행 25자 내외, 총 107장 214면으로
되어 있어서, 양쪽을 합하면 131장 262면이 된다. 그러나 뒤쪽의 470면, 48
0면, 494면은 각각 바로 앞 면을 중복 복사한 면이라서 실제로는 총 259면이
다. 그리고 앞쪽의 겉표지에는 활자체로 "슉형전 권지상"이라고 되어 있고 1면
의 내제는 필사체로 "슉향전 권지샹ᅙ"로 되어 있다.

김광순소장본(김광순B.C본)

250

슉향전 권지샹흥

녯 송시졀의 진종조의 남양 짜 김젼니란 사롬이 이시더 십셰 젼의 문장이 디발
흥야 흥퇴지와 소동파의계 비기이 쳔흥 명시들리 돗토와 존경흥더라 그 부친은
운슈선싱이라 도덕과 지죄 쳔흥의 웃듬인고로 황졔 예우흥사 조셔흥야 간의티우
와 이부샹셔로 부륵시더 종시 사양흥고 산동의 은거흥야 셰월을 보닌니 집니 즈
년 쳥흥흥더라 이젹의 김젼의 친흥 버지 슈령흥야 가겨늘 김젼이 장츠 젼송할시
주효을 나귀의 싯고 반흥물 가로 갈시 어븨 모드 거복을 잡바 먹을느 흥거늘 김
젼니 왈 이 짐싱을 보니 이마의 흥늘 쳔즈 잇고 빅예는 님군 왕쪄 이시이 비상
흥 짐싱이이 쌜니 노흐라 흥더 어븨 골로더 □□ 비샹흥나 우리 둥니 괴괴을 잡
지 못흥고 다맛 거복 흥흥을 잡□□□□구어 요괴흐려 흥□□□□□□□거복을
본니 눈물을 □□

251

고 자조 돌라보며 슬허흥ᄂᆞ듼□ 흥거늘 잔잉히 너겨 가져간 쥬□을 주고 밧고와
물의 여흐니 거복이 즈로 도라보고 물노 드려가□라 이쩌의 김젼이 양양 짜히
벗 츠즈 보고 도라오더니 빅운물을 건늬미 둥뉴의 미쳐 큰 물결리 이려니□□달
리 문허지고 물결리 흥용흥지라 김젼니 망극흥야 드리 괴동을 붙덜고 우더니 기
동이 마자 쩌려진지라 흥일업셔 죽긔 도야더니 물 소옥을로 흥 거문 거시 금히
오거늘 그 괴동을 노코 그 우희 오라니 그거시 물 우희 쩌 허위니 쌔라긔 실갓
더라 무스히 거니여 바회 우희 노컨늘 졍신을 찰려 즈시 본니 반흥슈의 □흥던
거복이라 굿거 사례흥더 거복니 입으로 안긔갓튼 긔운을 토흥야 김젼의게 소니

더니 니윽ᄒ야 그 기운니 것고 큰 구슬리 압히 노혓거늘 ᄌ시 본니 오식졍긔 잇
고 은은히 글ᄌ 이시디 목슘 슈쯔와 복 복쯔라 김젼니 일로디 젼일 구하던 은혜
을 갑는가 ᄒ고 집

252

의 도라와 부친긔 드리니 보시고 깃거ᄒ야 갈오디 일후 보비되리라 ᄒ더라 김젼
니 나희 이십의 이으디 빈곤ᄒ고로 입쟝치 못ᄒ미 날노 한ᄒ도라 김젼니 쟝시계
쟝가드다
잇ᄶ 영쳔 ᄯ의 쟝회란 사름니 공명의 ᄯ지 업□ 벼살을 구치 안ᄒ나 본디 공
명의 ᄌ손인고로 집니 가장 호부ᄒ더라 일직 아달니 업고 한 ᄯᆯ을 두어신니 용
모와 지힝니 츌듕ᄒ지라 사회을 구ᄒ더니 김젼의 문쟝과 풍되 쥰슈홈을 듯고 구
혼ᄒ얏거늘 김젼니 허혼하고 현혼과 구살 두흘 보닌디 쟝회의 안히 쟝회달려 원
망 왈 무신 지감을로 가난한 사회을 취ᄒ야 집을 젼쟝홀리요 쟝회 왈 제 비녹
가난ᄒ나 지물을 어니 탐ᄒ며 쳔만금 엇거는 쉽건이와 이 진쥬는 쳔ᄒ 극ᄒ 보
비라 ᄒ고 즉시 옥공을□□옥지환 혼 쌍을 ᄒ□그 ᄯᆯ흘 쥬시고 퇵일ᄒ야 □□□
□□

253

사화 슘무니 원앙이 녹슈의 놀고 비츄가 넌니지의 깃드림 갓더라 김젼니 쟝회
집의 이신지 십년니 되미 쟝회부쳐 연심ᄒ와 죽긔을 당홀시 김젼의 부쳐을 불너
가ᄉ을 견ᄒ시고 별셰ᄒ신니 슬푸ᄃ 삼연을 예로써 밧들고 후ᄉ을 지셩의로 이
은니 부요ᄒᆞ니 쳔ᄒ의 웃듬니로디 ᄃ만 ᄌ식니 업난지라 일노 혼탄ᄒ야 명산 디
쳔의 긔도ᄒ긔을 일삼더라 잇ᄶ는 츄월 망일리라 김젼부쳐 망월누의 올나 명월
을 ᄭᅮ경ᄒ던니 ᄒ늘노셔 계화 혼 가지 쟝씨 압히 ᄯ려지고 향니 진동ᄒ거늘 즉
시 김젼을 쳥ᄒ야 그이ᄒ물 구경ᄒ던니 문득 광풍이 디취ᄒ야 계화 산산니 훗터
지거늘 김젼의 부쳬 긔리 탄식ᄒ고 누어던니 그날 밤 ᄭᅮᆷ의 달리 ᄯ러지고 금ᄯᅳᆺ
겁니 쟝시 품의 들어보니걸늘 ᄭᅮᆷ을 ᄭᅢ야 셔로 위로ᄒ던니 그달부터 슈틴ᄒ야 십

□니 차미 슉향을 나□ 긔축 ᄉ월 초팔일 희시라

254

그날 오식 구룸이 집안을 두루고 향긔 진동ᄒ며 두 여ᄌ 옥병을 들고 들려와 ᄀᆯ로디 쳔샹 부인니 오시니 집안을 쇄소홀라 ᄒ도니 그니ᄒ 긔운니 ᄒᄂᆯ노 다핫고 향니 진동ᄒ지라 쟝시 혼미 중의 그 여자을 살피본니 옥병의 향탕을 부어 ᄋ희 눌 싯거 누이고 ᄀ더라 김젼니 아희을 본니 비록 쌀나나 극히 ᄉ랑ᄒ야 칠일 후의 왕윤니란 슐ᄉ을 불너 젼셩 ᄉ쥬을 보일시 갈로디 이 악긔 월궁향이의 졍긔을 가ᄌ신니 필년 귀히 되련니와 ᄃ맛 쳔샹의 득죄하야 인간의 귀향 왓ᄉ온니 젼셩의 죄을 니싱의셔 ᄃ 갑습고 후분은 티평영화을 볼 거신이 글리알나 ᄒ고 연월 일시을 긔록ᄒ니 김젼니 갈로디 후분은 아지 못ᄒ거이와 션분은 우리 아직 구존ᄒ니 무산 일니 잇시리요 왕윤니 소왈 사암의 팔자는 도망치 못ᄒ니 □□ᄃ니 악긔 ᄉ쥬을 보온니 나히 오셰도면 츄풍낙엽니 되여□□□

255

을 ᄉ모홀 거시요 십오셰 젼의 ᄃ숫 번 듁을 익을 지니고 십칠셰예 부인을 봉홀 거시요 니십셰면 부모을 다시 만나 티평을 볼 거시요 칠십셰 ᄎ오면 쳔샹으로 갈리니ᄃ 김젼이 그 말을 듯고 힝혀 염녀ᄒ야 금쪽의 금ᄌ로 연월 일시와 일홈과 나홀 씨고 옥지환 ᄒ 짝을 치우고 미일 슬허ᄒ더라 김젼이 슉향을 일타
슉향이 졈졈 졸라 오셰예 다달은이 이젹의 군병니 일러나 형조을 침노ᄒ거늘 빅셩니 ᄃ 집을 바리고 피란ᄒ미 김젼니 ᄯᅩᄒ 가속을 다리고 강능으로 향ᄒ던니 듕노의 도젹을 만나 힝쟝과 노복을 일코 안희와 슉향을 달리고 죽을변 살변 가더니 도젹이 졈졈 갓ᄀ니 오난지라 김젼니 힘니 진ᄒ여 가지 못홀 지경니 되니 김젼니 쟝씨ᄃ려 일오디 도젹니 갓가니 오고 ᄂᆡ 힘니 진ᄒ여 닷지 못ᄒ니 우리 살라나면 슉향 갓탄 자식을 어더 볼 법니 잇건니와 우리 죽의면 신체을 누 거두며 부모

256

졔스을 뉘가 흘리요 비록 망극ᄒ나 슉향을 니곤에 바리고 우리 몬져 피란ᄒ여쓰
가 평난 후에 도라와 ᄎ자 가스니ᄃ 쟝시 망극ᄒ여 울며 왈 니 죽긔는 쉽건니와
참마 슉향을 발리고 어디로 갈리요 ᄒ더 김젼니 통곡 왈 슬푸다 어이 참아 쳐ᄌ
을 발리고 혼자 살니요 찰흘리 셔히 ᄒ가지로 죽으리라 ᄒ더 쟝시 왈 그더 남ᄌ
되여 우리갓탄 쳐ᄌ을 즁히 너겨 쳔금갓탄 몸을 죽고져 ᄒ나요 우리을 바리고
몬져 가소셔 김젼니 망극 등 ᄯ날 쓰지 업거늘 쟝시 슉향을 붓덜고 가오더 슉향
아 졋먹어라 너을 어이 홀ᄭᅩ 길까의 안치고 죡박과 밥을 쥬며 일로더 슉향아 여
계 잠관 잇셔 비곱푸거든 니 밥 먹고 목마으거든 이 박으로 물 써먹고 조히 잇
거라 우리 너일 와셔 둘려가마 ᄒ고 나흘 흔틴 다히고 일러션니 그 참목ᄒ 마암
을 금치 못흘너라 잇쩌 슉향이 그 어미 거취을 보고 □마을 붓덜□ 울며 갈오더
ᄂᆞ을 바리고 어디로 가려 ᄒ난요 나도 □□

257

지로 가스니ᄃ ᄒ고 울거늘 김젼니 그 거동을 보고 울며 둘너여 일로더 니 ᄯᆞᆯ
슉향아 우지말고 감만니 슈머 잇거라 쇼리ᄒ면 도젹니 죽니ᄂᆞ니라 가만니 슈머
시면 너일 와 둘려ᄀᆞ마 ᄒ고 쟝시 옥지환 ᄒ나흘 슉향의 손의 쥐고 도라본니
도젹니 발셔 갓ᄀ니 왓더라 김젼니 슉향을 바리고 쟝시을 달리고 뫼히 올나 슘
다라 닛쩌 슉향니 고셩ᄒ야 일로더 엄아 압아 나을 발리고 가시ᄂᆞ잇가 너일 와
셔 날 달려가소셔 ᄒ고 우걸늘 그 어린 졍샹은 참아 본지 못흘너라 김젼으 부체
둘라나며 슉향의 말를 듯고 간쟝니 녹는닷 압피 어두어 듯지 못ᄒ더라 문덧 도
젹니 슉향을 보고 물러 왈 네 엇던 아히관더 혼자 우느요 부모업는 아히런가 만
일 부모 잇시면 참아 너을 바리니요 자샹니 물은니 슉향니 울며 왈 부모 나을
바리고 가시니 간 고질 어니 알니요 모단 도젹니 죽니려 ᄒ니 ᄒ 도젹니 말여
왈 졔 부모의 죄라 무산 죄 잇시리요 니 아히을 본니 비샹ᄒ지라 일졍 타일의
귀히 될 스람

258

인덧 ᄒ니 쥭니지 말나 ᄒ고 업어다가 마을 가온디 두고 가며 왈 니 ᄌ식도 너 갓틋니 잇시□ 어여불샤 네 부모는 바리고 오작 셜워ᄒ야 ᄒ고 가더라 슉향니 도로 도적을 불유며 ᄒ가지로 가자 ᄒ니 보는 사름니 졍잉니 너겨 그 부모을 원 망ᄒ더라 슉향니 마을 가의 업더려 든니ᄃ가 날리 져문지라 인젹은 고요ᄒ고 긔 갈리 심ᄒ여 갈 바을 아지 못ᄒ고 혼ᄌ 덤불 밋티 안자셔 부모을 불우고 우더니 는디 업는 잔너비 와 술문 고긔 두어 졈을 물어ᄃ가 먹기니 비는 부르나 잇쎠는 시월리라 밤니 길고 ᄇ람니 차온지라 슈족을 만지며 업더려 우로라 ᄒ니 황시 눌나와 ᄂ리로 슉향을 덥푼니 칩지 안니ᄒ더라 밤을 지닉고 잇튼날 아츰의 ᄒ 간치 나ᄅ와셔 슉향의 압픠셔 울다가 가거늘 고히 너겨 그 간치을 향ᄒ야 간니 큰 뫼을 너머 마을이 잇거늘 마을에 가 어미을 불우고 쳐양이 운니 마을 스룸니 그 졍샹을 보고 잔잉히 너겨 무르디 네 어디 잇시며 뉘 집 자식인고 불샹ᄒᄃ 잇갈더라

259

슉향니 혈혈니 단니ᄃ가 사름을 보고 어미만 너겨 불우거늘 그 사름니 물어 왈 너 어미 안니라 ᄒ니 슉향니 일로디 어만넘니 너일 와 달려갈나 ᄒ더니 오지 안 니ᄒ도소이다 슉향의 얼골니 고우믹 사름니 ᄃ 기르고져 ᄒ되 난즁의 슈감니 어 려워 ᄃ리고 가지 못ᄒ고 밥쥬어 먹기고 일로디 우리도 피는ᄒ여 이졔 산을 너 머간니 너도 아무디나 갈나 ᄒ더라 각셜리라 김젼니 안희을 돌리고 산등의 감츄 고 감안니 ᄂ려와 슉향의 잇던 디 와 ᄎ즌니 인젹니 업는지라 감만니 슉향을 불 라니 인젹니 업걸늘 일졍□□ᄃ ᄒ고 급히 올나가 쟝시ᄃ려 왈 슉향니 간 고지 업더라 ᄒ니 쟝시 니말 듯고 긔졀ᄒ고 슉향아 어디 간고 무슈히 통곡ᄒ니 김젼 니 풀려 일ᄋ디 졔 어인 거시 멀니 못갈 거시요 ᄯ 쥭어셔면 시쳬ᄂ 근쳐의 이 실 거시로디 종젹니 업숀니 아모나 다려간가 시분니 염녀ᄆ옵소셔 젼일 왕윤니 이르던 물을 싱각ᄒ여 마암을 구치지 말나 ᄒ거늘 쟝시 왈 졔 얼골과

260

ᄒ던 일이 눈의 암암ᄒ고 이별홀 졔 일르던 말리 귀예 징징ᄒ니 어이 참아 잇즈
리요 ᄒ고 부체 통곡ᄒ니 피나더라 잇쩌 마을 스람이 피란ᄒ여 나가고 간치도
일코 숙향 혼자 울며 멀니 ᄇ라보며 간니 산 우회 사람드리 왕니ᄒ거늘 인간만
너겨 산을 발리보며 우더니 산은 첩첩ᄒ고 길리 지험ᄒ니 갈 체 업셔 길가의 안
자셔 앙쳔 통곡ᄒ니 눌은 져물고 비는 곱파 견디지 못ᄒ여 자결코져 ᄒ더니 문
득 푸른 시 ᄭᆫ 붕니을 물고 안즈거늘 숙향이 그 곳붕니을 ᄯᅩ 먹은니 눈니 발고
비도 부르고 졍신니 황홀ᄒ거늘 이러나 그 시 가는 ᄃᆡ을 ᄯᅡ라 두어 고기을 너머
간니 산곡의 큰 집니 즈옥ᄒ거늘 그 시올 ᄯᅡ라 집의 들러가니 한 신예 마조 나
와 숙향을 안고 들어가 큰 젼샹의 안친니 여화부인니 화관을 씨고 칠보쟝음을
입고 큰교위예 안즈다가 숙향을 보고 마자셔 풀미러 셔편 옥교위예 안즈라 ᄒ거
늘 숙향니 아무리 홀 줄을 □□□

261

울거늘 그 부인이 왈 션녀는 인간의 와 불결혼 음식을 만니 먹고 졍신니 밧고여
는가 시분니 경약은 션여 먹는 츠히라 밧즈올라 하시니 신예 츠을 듸일시 반호
잔의 호박 달리을 밧져 이슬빗 갓튼 츠을 드리거늘 숙향니 먹그니 맛시 졋맛갓
고 향니 나더라 츠을 ᄃᆞ 먹그미 젼싱의 쳔샹의 노던 일과 인간의셔 부모을 이별
ᄒ고 동셔 기결혼 졍샹을 역역히 알네라 졔 비록 아히나 마음은 얼륜니라 공슌
니 부인긔 스례ᄒ여 왈 나는 쳔샹의 득죄ᄒ야 인간의 나려와 고쵀이 ᄃᆞ니는 거
슬 부인니 극진니 ᄃᆡ졉ᄒ시니 감격ᄒ여니다 부인니 소왈 나을 알라보시는잇가
숙향니 왈 너 인간긔 나려와 졍신니 밧고와스온니 아지 못ᄒ올 소니다 부인 왈
너 ᄯᅩᄒᆫ 명스계라 ᄒ는 ᄯᅡ히요 나는 후토신영이로소니ᄃ 션여 인간의 와 고힝할
시 너 션여을 위ᄒ여 푸른 잔니비와 쳥조을 보니엿던니 보신인가 숙향니 왈 보
와스온니 부인의 은혜

262

망극ᄒ와 빅골난망이온니 부인의 시비ᄂ 되여 부인 은덕을 만분지일니나 갑ᄉ와 지니ᄃ 부인니 졍싟 왈 나난 지하의 후토신영니요 션여ᄂ 월궁의 웃듬 션여라 힝혀 인간의 귀향와 일리 고힝ᄒ시나 엇지 감히 그런 말삼홀리잇가 오날 날리 졀어신니 의퇵ᄒ실 ᄣ 업셔시ᄂ 양을 잔잉이 너겨습고 ᄯᅩ 가실 길리 머온니 일 졍 길희셔 고힝홀 거신니 유ᄒ여 가시졔 ᄒ여 왓□□□□ 오늘날 우리로 종용니 노르시고 너일노 가졔 ᄒ소셔 ᄒ고 큰 잔□을 비셜ᄒ니 음식 긔명과 모단 풍물 니 ᄃ 인간의 보지 못ᄒ던 거시라 부인니 경약을 권ᄒ니 슉향니 그 약을 바다 먹은 후로 졍신니 졈졈 시로와 인간 일은 잇치고 쳔샹 일만 긔녹홀네라 슉향니 왈 너 젼의 듯자온니 명스계라 ᄒᄂ ᄯᅡ혼 시왕 계시ᄂ 집니라 ᄒ온이 우리 부뫼 난즁의 날을 바리고 갓삽던니 힝혀 죽그며 ᄉ라ᄂ가 일졍 시왕긔 물러 보와지니 ᄃ 부

263

인니 소왈 인간 부모ᄂ 무ᄉ히 계시건니와 그 사람도 셰샹 사롭니 안나라 봉니 산 션관 션여로셔 인간의 귀향가시니 긔흔니 ᄎ오면 봉니샨으로 갈 거신니 일리 오지 안이홀리니ᄃ 슉향니 왈 인간의 나가오면 부모의 얼골을 만나보리잇가 부 인니 왈 부인니 월궁의 계실졔 항이 득죄ᄒ여 죽긔가 되여던니 듀셩이 옥황긔 엿자와 구ᄒ신 은혜 잇더니 이졔 쥬셩니 샹졔긔 득죄ᄒ여 인간의 나려와 쟝승샹 부인니 되엿ᄃ ᄒ니 이졔 쟝승샹 집의 가 젼셩 은혜을 갑고 십셰 후의야 틔을진 인을 만나 인ᄒ여 부모을 만나볼 거신니 그라 ᄒ노라 ᄒ면 이졔 열닷ᄉ 히 되리 라 슉향이 왈 인간 고힝을 싱각ᄒ니 일일이 여삼취라 이졔 열닷샷 히을 어니 지 니릿가 출ᄒ리 죽고져 ᄒ나니ᄃ 부인니 왈 션여 비녹 죽긔을 원ᄒ시나 쳔샹죄 즁ᄒ시미 인간의 닷샷 번 익을 지니신 후의야 쳔샹죄을 ᄉ하고 인간의 조흔 일 을 보실

264

거시니 이젼의 도젹 만나 혼 번 지니시고 또 명스계예 와 뜬여가시니 두 번 죽
을 익을 지니엿거이와 이 압히 또 셰 번 죽을 익을 보실 거시니 조심ᄒ소셔 슉
향니 왈 항이 나을 위ᄒ야 그디도록 심녀ᄒ신는고 셔로 경약을 권ᄒ야 놀긔눌
조화ᄒ더니 문듯 산으로셔 살긔 쇼리 느거눌 부인니 왈 오날 션녀을 만나 말숨
니 가니 업스오나 가실쩨 멀고 쩌 느뎌 가온니 평안니 돌라가쇼셔 슉향니 흐읍
짓고 왈 니 인간을 도라온니 어디로 가오며 뉘 집의 가 의지ᄒ올리잇가 부인니
왈 가실 길은 니 지시ᄒ련니와 이예 쟝승샹딕 부인 은덕을 갑고 가소셔 슉향니
왈 쟝승샹딕이 예셔 얼미나 ᄒ오잇가 부인니 왈 일쳔삼빅 니옵건니와 글난 근심
치 마로소셔 ᄒ고 금보의 쳔도 열미을 담아 쥐고 나와 큰 사심 쐴의 걸고 갈로
디 이 스심을 타면 순식의 가련니와 시쟝ᄒ시거든 니 나무 열미을 요긔ᄒ소셔
슉향니 스례ᄒ고 그 스심을 탄니 구

265

름을 헤치고 가니 아무란 쥴 모를네라 이윽고 혼 고디 가 셔거눌 슉향니 나려
사심 쐴의 걸인 열미을 셰홀 머으니 비눈 부르되 쳔샹 일은 잇치고 도로 아히
되여 그 사심을 둘려ᄒ더라 니날 밤 달리 지고 밤니 어둡고 슈목니 참쳔혼지라
나무 미터 업드려 조우던니 잠을 쩨야 자시 물은니 쟝승샹딕 동샹니라 ᄒ더라
차셜리라 남군 짜의 쟝승샹은 한젼 쟝남의 후예라 닐즉 급졔ᄒ여 명망니 일쎄예
중ᄒ여 안니혼 벼살리 업더라 사십 젼의 승샹니 되여 삼됴을 셤긔니 부귀 쳔ᄒ
의 웃듬니요 조졍이 혼국디신이라 일갓더라 신죵조의 이르러 댱 심히 어즐럽거
눌 벼살을 스양ᄒ고 나지 안니ᄒ더니 잇쎄 외방 도젹니 잇거눌 쟝승샹니 고향의
돌라와 가스을 드사린니 금은보화와 노비젼답니 쳔ᄒ의 졔일리로디 다만 ᄌ식니
업ᄂ지라 쥬야로 셜워ᄒ던니 마춤니 부인니 꿈을 꾸니 혼 션여 구름 소

266

옥의로 나려와 계화 혼 가지을 쥬며 갈로디 그디 젼싱의 죄 즁흐야 이싱의 즈식
을 업게 흐여더니 나무게 이미히 잡혀 셜워흐실시 이 계화을 쥬느니 간슈흐라
오러면 조흔 일리 잇스리라 흐고 가거늘 부인 그 꿈말을 승샹긔 스룬니 승샹이
왈 우리 무즈식흐여 셜워흐니 한날리 즈식 졈지흐시도듯 우리 오십니 지니여신
니 어니 즈식을 보리요 흐고 승샹니 외당의 나가신니 옛 업던 오식 구름이 얼이
잇고 향니 바롬 길에 동산 짜흐로 즈로 오거늘 승샹이 혼즈 말노 일로디 잇디
동졀리라 오식 안기 이실디 안니요 초목이 영낙흐니 향니 고히흐도듯 흐고 향니
짜라 동산의 올나간니 모란포기예 시입히 나고 꼿치 만발흔지라 그 가온디 혼
계집 아히 울거늘 승샹니 디경흐야 부인을 쳥흐여 뵈려 흐고 급히 시녀 불르는
쇼리예 그 아히 놀니 씨다라 울거늘 승샹니 문왈 네 엇던 아히며 일홈은 무어시
며 뉘 집 자식이며 집은 어

267

디 잇시며 어니 깁푼 동산의 왓느요 신신이 물른디 그 아히 답왈 니 일홈은 슉
향이요 집은 아모던 줄 모로고 어만님니 날을 달리다가 바회 틈의 어코 가며 니
일 와 달려가마 흐시던니 종시 오지 안니흐시미 니 의탁흐 고지 업셔 길히셔 우
더니 느디업는 즘싱니 업어드가 이곳의 두고 가더니드 승샹니 왈 일졍 난즁의
부모 일흔 아히로드 흐고 부인을 쳥흐여 온니 분인니 슉향을 본니 그 요죠흔 거
동과 현덕흔 의용이 꿈의 보던 션녀 갓거늘 승샹긔 스로디 하날니 지시흔 즈식
니온니 우리 길아스이드 하고 친히 안고 들러가 음식 먹기고 즉시 옷지어 입피
고 품의 기루며 친자식갓치 사랑흐더라 슈향이 나히 칠셰 되미 비호지 안인 글
과 온갓 슈노키와 모른 일이 업거늘 승샹과 부인이 깃거흐더라 셰월리 여류흐야
슈향의 나히 십셰가 되얏는지라 부인과 승샹니 슉향의 지덕을 보시고 집안 셰스
을 드 막기니 슉향니 우흐로 승샹 양위을 지셩으로 셤기

268

고 아리로 모든 가쇽을 은위로 불리니 비녹 열스람이라도 밋지 못홀네라 승샹 양위 두 질거ㅎ사 죠흔 가문을 갈희여 스회을 숨아 후사을 인ㅎ여 막긔고져 홀시 모든 족속과 동들이 슉향ㅎ는 일을 보고 향복안이리 업더라 잇더 스향이란 죵니 본디 승샹딕 가스을 츠지ㅎ야 졔 집 계시 가쟝 요부ㅎ더니 슉향의게 막긴 후로 미일 원망ㅎ여 니치고져 ㅎ더라 슉향니 나히 십오셰 드드른니 얼골리 더옥 풍영ㅎ고 ㅎ는 일리 다 부인긔 칭의한지라 잇쩌 슉향니 승샹부쳐을 뫼와 영츈당의 잔치하고 질거ㅎ더니 문득 젼역 간치 슉향의 압페 와 셰 번 울고 동산 짜흐로 날라가거늘 슉향니 놀니 왈 간치는 계집의 넉시라 ㅎ니 허다흔 스롬 가온더 너게 와 울고간니 일졍 너게 지얼리 잇실가 ㅎ노이드 승샹니 즉시 졈ㅎ여 보고 왈 네게 이치 안닐 증뫼로드 ㅎ고 부인도 넘녀ㅎ야 이날 잔치을 질기지 안니ㅎ고 파ㅎ다 스향니□

269

눌 승샹딕 집이 다 븬쥴 알고 침방의 들러가 부인 금봉치와 승샹 은쟝도을 도적ㅎ야 슉향의 함의 가만니 숨긔고 왓더이 삼일 만의 부인니 동긔연의 가려 ㅎ고 봉치을 츠즈니 업는지라 놀니여 셰간을 니여 번고ㅎ니 승샹 쟝도칼니 쏘 업는지라 가쟝 놀니여 노속을 즁히 죄쥰니 사향니 나가 김즉 놀니는 쳬 ㅎ고 일로디 집안의 무슨 일이 잇습건디 일리 요란ㅎ오잇가 부인 왈 션죠젹 슉스ㅎ신 은쟝도와 승샹 마즈실졔 납치ㅎ던 금봉치 업신니 이거시 집으로 극흔 보비라 엇지 안니 츠지리요 스향니 가만니 술오디 져졈긔 슉향시 부인 방의 들러가 셰간을 두어보던니 무어신지 감초와 당신 방으로 가져가신니 아모커나 두어보소셔 부인니 왈 슉향의 마음은 빅옥갓거든 엇지 그러니리요 사향니 왈 녜는 슉향씨 그런치 안니ㅎ옵던니 요스니 혼인 긔별 잠관 듯고 셰간을 쏠로 기치려 ㅎ고 그런 일을

270

흐던지 둉들 보는디 가쟝 희미흔 일리 마흐와스오디 승샹과 부인이 극히 즁히
네긔시미 감히 말을 못흐옵던니 일니 탈노흐야신니 뒤여보소셔 부인니 샤향을
의심흐고 슉향의게 가 무른디 일흔 거시 안니 혹 샤향의 방의 잇는가 아지 못흐
야 문노라 슉향니 답왈 인심을 칙양치 못홀 거시라 흐고 몬져 졔 방의 들어가
셰간을 드 니여 부인 안젼의셔 열어본니 쟝도와 봉치 드럿는지라 샤향의 간악흔
꾀와 슉향의 이미흔 마음을 뉘 능히 분셕홀리요 잇쩌 부인니 그 신물을 보시고
급히 초당의 나가 승샹긔 슬로디 울리 슉향을 친자식갓치 듕히 너겨 가스을 막
겨 우리와 갓탄 가문을 구흐여 비필을 졍흐고 후사을 의탁홀려 흐엿던니 니져는
남의 자식이라 나을 쇼겨 승샹 쟝도와 쳡의 봉치을 도젹흐야 졔 셰간 함의 넛코
죵시 그니드가 너계 들니 이을 어니 쳐치흐릿가 승샹니 만단 의혹흐여 갈로디
우리 슉향이 빙셜갓탄

271

지라 셜마 그러리요 쏘 봉치는 계집의 속흔 거시나 쟝도는 속지 안니흐니 그 일
리 고니흐드 자시 살펴보소셔 잇디 샤향니 졋틱 잇셔 엿즈오디 슉향시 이젼과
달나 슈도 노흐며 글도 지으며 밧스롬을 즈죠 친하며 모로는 사롬니 구구히 안
흐로 츌립흐니 그 쓰즐 아지 못흐느니드 승샹니 왈 고니흔 일리로드 졔 나히 츤
니 외인으로 더부려 츌입흐는 거시 불길흔지라 만닐 슉향을 니 집의 두면 뒷말
리 잇실 거시니 쌜니 너여보니라 흐거늘 부인니 그말 덧고 나온니 슉향이 졔 방
의셔 머리을 쓰고 누어거늘 부인니 칙흐여 왈 우리 무즌식흐여 쥬야 셜워흐드가
너을 만난니 얼골과 흐난 일이 비샹흐미 일졍 양반의 즈식이라 흐여 품의 길너
친즈식갓치 스랑흐여 집안 만스을 드 믹기고 노픈 가문을 갈희여 착흔 비필을
어더 혼스을 졍코져 흐는 쥴은 너도 알거던 니 집니 비록 빈흔흐나 노비 삼쳔
귀요 젼답 슈만 셕니라 니만흐

272

여도 네 닐싱의 죡ㅎ거늘 니 봉치와 쟝도을 가지고져 ㅎ면 눌둘려 일르면 무어시 귀ㅎ여 안니쥬며 쏘 봉치온 계집의게 속ㅎ 거시니 비록 가져가기 올컨니와 쟝도는 네계 으조 당치 못하거던 무어 홀려 ㅎ고 가져갓난요 나는 너와 졍니 즁하나 승샹은 졀리 노ㅎ신니 이 일을 뉘 틋시라 ㅎ리요 옴마도 네 잠관 집을 쩐나 근쳐의 잇시면 니 죵ㅎ니 승샹긔 살고 다시 둘려오마 ㅎ고 슬푼 만옴을 니긔지 못ㅎ여 눈물리 비온덧 ㅎ니 슉ㅎ니 울며 술오디 슉향니 젼싱의 죄 즁ㅎ여 이 시의 나와 오셰의 부모을 여히고 동셔 긔걸ㅎ야 졍쳬 업시 든니며 초힝 노슉ㅎ야 긔ㅎ니 도골ㅎ온들 뉘라셔 구휼할리요 덤불 밋터 혼즈 안자 흔숨 짓고 눈물노 지니옵던니 ㅎ늘리 구졔ㅎ사 눈더업는 큰 사슴니 업어드가 여게 두고 가온니 승샹과 부인니 슉향의 ㅈ잉ㅎ 신셰을 보시고 극히 사랑ㅎ샤 귀ㅎ 의복과 조흔 음식을로 긔루시고 친

273

ㅈ식갓치 여엽쎄 너겻신니 암모리 아히라도 하히갓탄 은혜을 싱각□니 호쳔니 망극ㅎ지라 ㅎ물며 승샹덕의 잇신지 히포되오디 일편지심니 금셕갓치 군더신니 엇지 부인을 속겨 일신을 흠지의 쌔져 쳔고의 누명을 긋치잇가 쏘 쟝도는 쳐ㅈ의계 등치 안인 거시요 형고흔 부인 은덕으로 셩혼ㅎ오면 봉치는 자연 올 거시요 비록 납치예 봉치 오지 안니ㅎ면 부인니 날 스랑흔 마옴을로 봉치 한나흘 익긔일요 이졔 니 쳐ㅈ로셔 봉치 무어셰 쓰오며 쏘 비녹 셩혼ㅎ와 쳔말이예 가와도 일졍 음신니 육속ㅎ야 노속니 왕닉할 거신니 즁인 쳡시의 부인 봉치을 도격ㅎ엿쓰가 어디 가 곱고 나셜 거시라 그런 몹슬 일을 ㅎ리릿가 암마도 조물리 시긔ㅎ고 귀신니 참아ㅎ야 이름 모홈 지어닌니 이목소도로셔 발명ㅎ올 길리 업스온니 부인 안젼의 죽습거든 부인 평닐 스랑ㅎ던 졍을 싱각ㅎ여 니 눈을 쎄야 동문의 걸러두면 보는 사롬니 니 이미흔 ㅁ암을 불 거

274

신니 잇디 니 이미흔 발명을 홀 거시요 죽어 지흐의 가와도 눈을 감우리라 흐고 무슈히 통곡흐다가 죽으려 흐니 부인니 슉향의 스식니 변치 안니흐고 니르는 말 리 다 올커놀 씨드라 일로디 옴아도 요스이 울리 슉향을 모함흐여 잡우려 흐는 스람니 잇도드 흐고 힝혀 슉향니 죽을가 두려흐여 왈 니 너을 위흐야 죠토록 홀 거신니 과히 용여말나 흐거놀 슉향니 감격흐야 울며 스례흐던니 샤향니 승샹 말 숨을로 부인끠 스로디 슉향의 힝실리 불칙흐거놀 발셔 니치라 흐엿던니 뉘라셔 니 쓰즐 거스려 지금 두엇는드 흐시고 디로흐시니 어셔 니여보니소셔 부인니 망 극흐여 눈물 무슈히 흘니고 왈 승샹이 이드지 노흐시드 흐니 아모커나 네 의복 과 젼양 가지고 문 밧 쳡가의 잇거라 니 죵용니 승샹긔 슬오와 도로 달려올 거 신니 용여 말고 잇거라 슉향니 부인 은덕니 흔 망극흐온니 이싱의셔 갑습치 못 홀가 흐여던니 오날 날노 흐여곰 승샹끠 칙망을

275

보실 줄 어니 싱각흘리잇가 니 몸니 일만번 죽스와도 감슈흐여니다 부인니 슉향 의 손을 잡고 실허 왈 넬노 흐여곰 이려타시 용여흐문 니 경히 승샹긔 스온 타 시로드 흐고 무슈히 괴탄흐더라 스향니 쏘 슬오디 승샹니 갈오디 양반의 즈식니 면 그러치 안닐 거신니 슈니 니치라 지삼 독촉흐시더니드 부인니 더옥 망극흐야 금양이란 시비을 불너 슉향의 옷과 셰간을 가져드가 쥬라 흐신니 슉향니 이 말 덧고 울며 왈 져졈끠 영츈당의□ 젼역 간치 니 압퓌 와 고이히 울걸놀 스스로 헤오디 쏘 흐날히 무슴 일노 밀니 지망을 보니시는고 의심흐엿던니 이런 익명을 엇게 흐신니 구타니 하날 쓰을 거스려 옷슬 가져가오릿가 드만 어만님을 바리고 갈 졔 옥지환 흐나흘 쥬고 가옵던니 엄미 보드시 가져갓드가 죽스와도 쥐고 가 리니드 흐고 졔 방을로 가거놀 부인니 참목흠물 이기지 못흐여 승샹게 살로디 디쳐 싱각흐온니 댱도와 봉치는 니 가져드가 슉

276

향의 방의 두고 이젓더니 니 연만훈 타시로소니ᄃ 이미훈 슉향을 니치려 ᄒ신
니 졔 발명홀 길 업셔 ᄌ결ᄒ려 ᄒ온니 그런 ᄌ잉훈 일리 여던 잇ᄉ오리잇ᄀ
쳡을 우ᄒ여 짐쟉ᄒ압소셔 승샹니 왈 ᄉ향니 와 부인니 슉향의 힝실을 보고
부디 니치고져 ᄒ시더라 ᄒ거늘 니 부인 ᄯᄌᆯ 밧노라 니치소셔 ᄒ엿던니 이졔
부인의 말ᄉᆷ을 듯ᄌ온니 다 ᄉ향의 무소라 이겨는 부인의 ᄆᆞᆷ디로 ᄒ소셔 부
인니 깃거 즉시 나와 슉향ᄃ려 왈 니 승샹끠 ᄉ로니 니치지 말나 ᄒ시니 것거
ᄒ노라 ᄒ시고 드려가니 승샹니 부인ᄃ려 왈 니 밤의 ᄭᅮᆷ을 ᄭᅮ미 홍도화 가지
예 잉무가 깃듸련던니 문듯 즁이 와 도화 가지을 버힌니 잉뮈 눌너여 나라 보
히니 고히훈지라 오날은 져무도록 심즁니 불평ᄒ여 심히 셥셥ᄒᄃ ᄒ니 부인
니 슐과 안쥬을 갓초와 승샹을 권ᄒ던니 잇ᄶᅥ ᄉ향니 슉향을 도로 두는 줄을
알고 슉향을 구박ᄒ여 갈오디 승샹니 디로ᄒ사 부인을 최ᄒ

277

시고 날로 ᄒ여곰 급피 슉향을 ᄶᅩᆺ고 근쳐의 두지 말나 ᄒ신니 만일 잠시라 두오
면 죄을 면치 못홀 거신니 어셔 가ᄌ 지쵹ᄒ니 슉향니 왈 부인니 오시거던 막족
ᄒ직ᄭᅵ나 ᄒ고 가리라 훈디 ᄉ향니 소리을 질너 이로디 박복ᄒ다 옷밥의 ᄡ히여
그런 몸실 일 ᄌ로 ᄒ야 부인조차 최을 보시게 ᄒ고 무슨 낫ᄎ로 ᄒ직ᄒ려 ᄒᄂ
요 부인니 ᄯᅩ 노ᄒ여 ᄃ시 나와 보실 일 업ᄉ니 어셔 가ᄌ ᄒ고 손을 잡아 밀어
닌니 슉향니 ᄒ직도 못홀 줄을 알고 즉시 손가락을 ᄶᅵ여 피너여 이별시을 지어
창젼의 부치고 나온니 망극훈 가온디 ᄉ향니 구박이 심훈지라 쳔지을 분별치 못
ᄒ여 쳔방지방 나올시 ᄉ향니 미러니치며 니로디 어셔 가ᄌ 밧비 가ᄌ 승샹 알
으시면 일리 눌 거시요 죽긔가 쉬울 거시니 근쳐의 잇지 말고 멀니 갈나 ᄒ고
문 닷고 들러간니 슉향니 망극ᄒ여 승샹ᄯᅥᆨ을 ᄌ로 돌라보며 졍체 업시 가던니
압폐 큰 물리 잇거늘 ᄲᅡ져 죽으려 ᄒ고 물가의 와 ᄒ늘끠 ᄉ비ᄒ

278

고 일로디 슉향니 젼싱의 무순 죄 짓고 이시의 나와 오셰의 부모을 여히고 외로 온 몸니 의틱 업시 돈니다가 쳔힝으로 쟝승샹딕의 의지ᄒᆞ엿삼다가 지은 죄 업시 익명을 입고 니침을 보온니 ᄃᆞ시 뉘을 의지ᄒᆞ리요 부모 다시 못보고 비명의 니 물의 죽사오니 쳔지 일월은 슉향의 이미ᄒᆞᆫ 졍을 슬피 네기스 쟝승샹 집을로 ᄒᆞ 여곰 이미히 죽는 줄을 알긔 ᄒᆞ압소셔 ᄒᆞ고 치마을 버셔 잡고 물의 씌여든니 길 가는 스룹니 즉시 구ᄒᆞ려 ᄒᆞ되 임의 물 쇼욕의 갓는지라 잇디 물 가온디 모판갓 탄 거시 슉향을 의지ᄒᆞ고 잇거눌 이윽고 두 동여 연엽쥬을 타고 급히 와셔 일로 디 용여는 부인을 뫼와 밧비 비의 올으소셔 ᄒᆞ니 그 모판니 변ᄒᆞ야 문득 계집니 도여 슉향을 안고 올르니 그 두 여즈 슉향의게 스비ᄒᆞ고 갈로디 부인니 엇지 쳔 금갓튼 몸을 가보야니 발리시ᄂᆞ니잇가 우리 향아의 명을 밧즈와 연엽쥬을 타고 부인을 구ᄒᆞ려 오ᄃᆞ가 옥ᄒᆞ수의셔 여동빈을 만나 잠

279

간 슐먹ᄃᆞ가 진쟉 못 왓습더니 용여 곳 안니면 구치 못ᄒᆞ리니ᄃᆞ ᄯᅩ 션여 스왈 용여는 어디로셔 미쳐 부인을 구ᄒᆞ시잇가 용여 답왈 옛날 스히 용왕니 모ᄃᆞ 슈 경국의 잔츠ᄒᆞᆯ시 니 스랑ᄒᆞ던 시예 울리로 더부려 노더니 힝혀 용왕긔 죄 입불 가 ᄒᆞ여 시여을 감초고 용왕끠 고치 안인 투시로 왓니 노ᄒᆞ샤 쳡을 반ᄒᆡ란 물의 니치거눌 심심ᄒᆞ여 물가의 갓ᄃᆞ가 어부의계 줍혀 죽게 도엿던니 쳔힝을로 김샹 셔의 구ᄒᆞᆷ을 입어 스라ᄂᆞ니 그 은혜 갑플 길리 업스와 ᄒᆞᆫᄒᆞ던니 반야산 도젹의 계 죽을 익을 보고 명스 후토부인계 죽을 익을 보고 포진물의 가 용왕의계 죽을 익을 보고 노젼의 가 화덕진군의계 죽을 익을 보고 나냥 옥듕의 가 죽을 익을 본 후에 티을진인

280

을 만나 두 아둘 ᄒᆞᆫ ᄯᅩᆯ 졈지ᄒᆞ시더라 ᄒᆞ고 용왕니 슈국 관원을 불너 디후ᄒᆞ엿다

가 죽니든 말고 곤욕ᄒ여 보나라 ᄒ시거눌 닉 이젼 은덕을 갑고져 ᄒ야 ᄌ원ᄒ
여 왓더니 이졔 션여 와서 둘려가신니 나는 가ᄂ이ᄃ ᄒ고 ᄒ직ᄒ고 나가ᄃ 슉
향은 아모란 줄을 몰나 그 아히달려 문왈 져는 엇던 스람니완ᄃ 물을 평지갓치
단니는고 치예 답왈 더는 셔히 용왕의 둘지 ᄯᆯ리요 표진 용왕의 부인라 젼닐
부인의 부친 은덕으로 사라나시미 이졔 부인을 구ᄒ고 가나이ᄃ 슉향니 왈 ᄂ는
어려셔 부모을 여히고 인간의 빈쳔ᄒ 걸인니 되야 의탁홀 고지 업셔 남의 집의
고공 사다가 이미ᄒ 익명을 입고 참ᄋ 셰샹의 잇지 못ᄒ야 이 물의 ᄲᅢ져 죽으려
ᄒ엿던니 불원쳘니 와셔 구ᄒ시고 부인니라 일라신니 지극 황공ᄒ여니ᄃ 치예
웃고 일로디 부인니 인간의 나려와 더러온 물을 자셰 계시미 우리을 몰나보시는
가 ᄒ나니ᄃ ᄒ고 즉시 츠을 드리며 스로

281

더 이늘 ᄌ시소셔 ᄒ디 슉향니 바ᄃ 먹은니 그졔야 월영둥의 약을 도젹ᄒ야 쥰
죄로 인가의 귀향온 줄과 그 아히들은 이젼의 월궁의셔 부리던 시여줄 알고 붓
들고 통곡ᄒ며 반가온 마음을 니긔지 못홀네라 슉향니 왈 쳔샹죄는 듕킨니와 인
가의 나려와 부모을 보지 못ᄒ 닐과 쟝승샹ᄯᅢᆨ의 니실 졔 익명을 벗지 못ᄒ니 그
날 근심ᄒ노라 치예 왈 그난ᄃ 훈치 마로소셔 부인의 부모는 봉닉산 신션을로
샹졔씌 득죄ᄒ여 인간의 나려와 부인을 여희고 젼싱죄을 쇽ᄒ게 ᄒ여신니 그날
훈치 말으소셔 오직 스향은 부인 음히ᄒ 죄로 항이 노ᄒ샤 샹졔씌 엿자와 쳔벌
을 주어시니 부인의 이미ᄒ신 줄은 쟝승샹부쳐 발셔 알라 물ᄶᅡ의 와 부인을 춧
지 못ᄒ고 날노 실허ᄒ더니ᄃ 그난ᄃ 발명ᄒ여시나 다믓 쳔샹의셔 인간의 보니
실 졔 ᄃ샷 번 죽을 익을 보게 ᄒ여신니 셰 번은 지닉건□와 이 압픠 두 익니
잇스니 죠심ᄒ

282

소셔 슉향니 놀닉 갈로디 무슨 익니 ᄯᅩ 잇슬고 치예 왈 노젼의 화지을 보시고
ᄂ냥 옥의 갓치여 곤익을 당ᄒ시고 반히을 지닌 후예야 틱을션군을 뫼와 영화을

보리니ᄃ 슉향니 눈물지고 일로더 이젼의 지닌 고힝도 싱각ᄒ면 쳔지가 망극ᄒ
디 ᄯ 두 익니 잇ᄃ ᄒ니 엇지ᄒ리요 슬푸다 니 알리야 죽지 못ᄒ 젼의ᄂ 쟝승
샹 부인의 집의 가 지극ᄒ 은혜을 만분지일라ᄂ 갑습고 ᄯ 너의 이미ᄒ 줄을 알
라 계시미 나을 싱각홀 거신니 그리 가 익을 면코져 ᄒ노라 션예 답왈 하ᄂ리
발셔 졍ᄒ신신 쉬온니 엇지 마옴더로 ᄒ리요 이졔 비록 가신들 이 익이야 어니
면ᄒ며 쟝승샹 집은 십년만 동쥬홀 연분니요 ᄯ 그 집의 가시면 틔을션군 계신
디셔 삼쳔 삼빅 나라 셔로 만나실 길리 아득ᄒ고 션군□ 못 만니면 부인 힘으로
이싱의셔ᄂ 부모을 만나지 못ᄒ리니ᄃ 슉향니 왈 션군 계신디 어디며 셩명은 무
어시라 ᄒᄂ뇨 쳐녀 답왈 져졉긔

283

향이의 말슘을 듯ᄌ온니 나냥 ᄶ의 잇ᄂ 이공의 ᄌ졔 되여 자초지종으로 부귀
되리라 ᄒ더니ᄃ 슉향니 흔슘 짓고 왈 ᄒ가지로 득죄ᄒ여 션군은 영화로 지너계
ᄒ고 나ᄂ 고힝으로 지너계 ᄒᄂ고 쳐예 왈 쳐음의 샹졔 죄쥬실 ᄯᅢ의 부인을 몬
져 주신고 ᄯ 션군은 샹졔 압퓌 잇셔 일각도 ᄯᅥ나지 못ᄒᄂ지라 샹졔 가장 ᄉ랑
ᄒ샤디 항이 쳥죄ᄒ시미 마지 못ᄒ여 인간의 보니시나 익졍을 잇지 못ᄒ여 귀히
되게 ᄒ엿ᄂ니다 슉향 왈 션군 계신디 머ᄃ ᄒ니 어니 가며 션군 만나지 못ᄒ
젼의 어디 가 의지ᄒ며 부모ᄂ 언졔 만나 볼고 쳐예 답왈 그ᄂ 근심말라소셔 부
인니 뉵노로 혼자 가시면 쉽지 못ᄒ련니와 니졔 우리로 ᄒ가지 연엽쥬을 타고
슌식의 가실 거시오 ᄯ 쳐틱산 마고할미 부인을 기ᄃ린니 의지홀 곳지 니실 거
시이 션군 만난 후면 부모도 슈니 만나 보오리다 ᄒ고 말을 맛치미 파연곡을 부
르고 빈을 노흔니 살갓치 가더라 닐각의 ᄒ

284

고디 일으려 닐로디 빈의 ᄂ려 동ᄃᄒ로 가쇼셔 ᄌ연 구홀 스름니 이스리라 ᄒ
고 구실갓탄 것 두홀 쥬며 일로더 시장키던 니날 ᄌ시소셔 ᄒ고 셔로 니별ᄒ긔
을 슬허ᄒ더라 슉향이 빈에 ᄂ려 도라본니 간디 업더라 ᄒ날을 향ᄒ야 무슈히

통곡ᄒᆞ니 자연 시쟝ᄒᆞ지라 구슬갓탄 거슬 먹은니 비는 부르ᄃᆡ 쳔샹 일은 ᄒᆞ나도 긔록지 못ᄒᆞᆯ네라 숙향니 동모지모로 가ᄃᆞ가 헤오ᄃᆡ 너 비록 곤박ᄒᆞ나 졀문 계집니 강포의 욕볼가 져허ᄒᆞ야 마을의 드러가 헌옷 밧과 입고 나ᄐᆡ 거문 칠ᄒᆞ고 ᄒᆞᆫ 눈 멀고 ᄒᆞᆫ 팔 ᄒᆞᆫ 다리 져는 쳬 ᄒᆞ여 막ᄃᆡ집고 동다호로 향ᄒᆞ야 가니 보는 스름니 이로ᄃᆡ 졀문 거시 불샹ᄒᆞᆫ 병도 어덧다 차탄ᄒᆞ더라 각셜 이젹의 쟝승샹 부인니 승샹을 뫼와 쥬찬을 밧쓰던니 승샹니 반취ᄒᆞ시거늘 부인니 왈 우리 쟘관 모른 타시로 숙향의계 이믜ᄒᆞᆫ 말을 들여 마음을 구치게 ᄒᆞ니 죤잉ᄒᆞ여니ᄃᆞ 승샹이 왈 어엿쓸스 졀문 거시 이믜

285

ᄒᆞᆫ 말 들러시면 엇지 셜워 안니리요 급히 가 달려오라 ᄒᆞ신ᄃᆡ 사향니 알고 밧그로 젼도히 드려와 엿자오ᄃᆡ 그런 쥴 모르신가 괴탄ᄒᆞ거늘 부인니 문왈 무슨 일노 그다지 과탄ᄒᆞᄂᆞ요 스향니 왈 숙향시의 ᄒᆡᆼ실을 보온니 샹인의 동뉘라 가샨을 도젹ᄒᆞ야 감만니 닷거늘 가져가는 거슬 보려 ᄒᆞ고 ᄯᅡ라간니 ᄒᆡᆼ혀 들어가 ᄒᆞ여 더옥 급피 가며 본 쳬도 안니ᄒᆞᆫ지라 너 외여 일로ᄃᆡ 숙향시야 엇지 부인긔 ᄒᆞ직도 안니ᄒᆞ고 가는고 ᄒᆞ니 ᄒᆞᆫ 말리 부인니 그다지 구박ᄒᆞ야 니친니 ᄒᆞ직ᄒᆞ여 무엇ᄒᆞ리요 ᄒᆞ고 엇던 스람을 다리고 가더니다 부인니 왈 너 숙향을 두고 본지 십연이로ᄃᆡ 불긴ᄒᆞᆫ 일리 업ᄂᆞᆫ지라 그언 닐리 잇스리요 ᄒᆞ고 달려오라 ᄒᆞ시ᄃᆡ 사향니 부인 보ᄂᆞᆫᄃᆡ 밧비 가는 쳬 ᄒᆞ고 마을 집의 안ᄌᆞᄃᆞ가 이윽ᄒᆞ여 들려와 스로ᄃᆡ 발셔 멀니 가습거늘 부인 말숨으로 젼ᄒᆞᆫᄃᆡ 가는 말리 너 인물과 지죄 니만ᄒᆞᆫ니 그만 옷밥을 어

286

ᄃᆡ 가 못어ᄃᆡ 먹으리요 비냥만 ᄒᆞ고 길가는 스롬을 ᄃᆞ리고 가더니ᄃᆞ 우리는 남무 죵이나 그언 ᄒᆡᆼ실날 보지 못ᄒᆞ여니ᄃᆞ 만단무소ᄒᆞ니 엇지 하날리 무심ᄒᆞ리요 문득 도ᄉᆞ 쥬니 승샹딕을 ᄎᆞ즈 오거늘 승샹 그 즁을 보신니 비범ᄒᆞᆫ 즁니라 부인을 치우고 니당의 쳥ᄒᆞ니 그 즁니 읍ᄒᆞ고 안거늘 승샹니 문왈 그ᄃᆡ 어ᄃᆡ 잇시며

무슴 일노 누지의 왓느요 줌니 답왈 느는 쳔샹 샹지런니 옥황샹졔 명을 바자와
승샹딕의 옥셕을 분별코져 왓신니 노속을 다 불너니라 흔니 승샹니 왈 니 집이
본디 아무 것도 갈홀 것시 업거늘 쳔승은 슈고로니 오시도도 그 줌니 왈 승샹은
슉향과 ᄉ향의 닐을 ᄌ셰니 모로시는잇가 승샹니 놀닉여 디답지 못ᄒ여셔 ᄉ향
니 크계 말ᄒ야 니로디 슉향은 본디 비러먹는 거린을 어엿비 네계 승샹딕의 두
어 옷밥의 쓰여 몹실 힝실을 ᄒ드가 말늬의 승샹딕 신물을 감초왓드가 혈노ᄒ여
니칫거눌 이 줌니 어디 가 슉향의 거즛□□

287

듯고 니당의 무관니 들어와 쥬츌ᄒ 말노 슉향을 위ᄒ야 신원ᄒ려 ᄒ니 원컨디
승샹은 져 즁을 밧비 후츠쇼셔 그 즁니 소왈 네 승샹딕 가ᄉ을 맛ᄃ 온갓 거슬
도젹ᄒ여 네 셰ᄉ을 부루ᄃ가 슉향의 맛듬을 보고 빅반 모함ᄒ여 삼월 삼일의
승샹부쳬 슉향을 ᄃ리고 영츙당 간 ᄉ니예 네 쟝도와 옥지환을 감만니 슉향의
함의 너코 부인끠 모희ᄒ고 쏘 부인을 쏙겨 승샹끠 위죠 견갈ᄒ여 무죄흔 ᄉ름
을 니치고 차즈로 가는 쳬 ᄒ고 마울 집의 잇ᄃ가 도라와 허무흔 말노 부인을
쏙니고 네의 간ᄉ흔 죵젹을 감초고 슉향으게 익명을 도라보니니 승샹부쳬는 흉
계의 ᄲ져시나 ᄒ눌도 쏙그랴 ᄒ고 ᄉ미로 슈리갓튼 거슬 너여 공즁의 지지고
그 슈리 우희 올나셧던니 문득 뇌셩 진동ᄒ며 공즁의셔 동화갓튼 불리 나려와
ᄉ향을 쳔벌ᄒ니 엇지 쳔되 무심ᄒ리요 잇써 부인니 인ᄉ을 츌려 울며 일로디
익민흔 우리 슉향니 어디 가

288

뉘 집의 가 의지ᄒ엿는고 져 잇던 방의 입던 온시며 씨던 셰간은 예와 갓트나
옛 업든 피로 슨 글리 창젼의 잇고 눈물 ᄲᆞᆯ닌 흔젹니 완연ᄒ거눌 그 글의 ᄒ여
시되 ᄒ날끠 득죄ᄒ야 닷숫 살의 부모을 일고 열희을 쟝승샹딕의 와 의지ᄒ엿던
니 부인의 은졍과 승샹의 휼졍은 틱산니 가븨로도 조물리 시긔ᄒ야 참언니 폐츙
ᄒ니 닉 빅옥갓튼 니닉 몸니 눈명을 입어신니 죽긔는 쉽건니와 술긔는 어렵도ᄃ

챵쳔 챵쳔아 니의 이미훈 누명을 벅겨 쥬소셔 호엿더라 부인니 그 글을 보고 일
졍 슉향니 죽어도도 호여 통곡호다가 들러가 승샹끠 술오디 스향은 쳔벌 입어
죽긔는 올키이와 이미훈 슉향죠츠 죽계 호엿신니 그런 즈잉훈 일리 어디 잇시니
요 승샹은 쳡을 위호여 슉향의 신쳬ᄂ 차즈□니도 승샹니 왈 슉향 죽은 줄 어니
아는고 부인니 눈물 지우며 슉향의 피로 슨 글늘 너여뵈니디 승샹□긔날 못호야
셔 악슈 통곡 갈로디 슉향니 참 죽거□ 마춤□

289

승샹 죡호 쟝원니룬 사람니 왓드가 이말 듯고 왈 니 올디 포진물 가의 모양니
이려이려훈 계집 아히 물의 졀호고 우는 양을 보아던니 일졍 그 아힌가 시부오
니도 승샹니 즉시 죵을 보니여 물가의 츠즈라 호신디 두로 츠즈디 죵젹니 업는
지라 죵니 돌라와 승샹긔 술로디 그 근쳐 스롬드려 무른이 슉향씨가 물에 싼져
죽어드 호더니도 승샹니 츠탄호시고 부인도 통곡호긔을 마지 안니호니 승샹니
부인달려 왈 슉향니 비녹 친자식니라도 발셔 죽어신니 싱각호여 무엇홀리요 부
인니 왈 슉향니 잇실 졔 친즈식갓치 만스을 도 믹고고 후스을 젼코져 호야던니
이겨는 우리 가스놀 어니 홀리잇가 승샹니 부인 슬허호물 민망니 여겨 쳔호의
공교로온 화공을 어더 슉향을 긔려 부인끠 밧줍고져 호던니 맛춤 쟝셕니는 죵니
엿즈오디 슉향씨 십셰예 소인니 업고 노류쟝의 추쳔호는 구경호던니 쟝스 짜의
인는 조젼니룬 화원니 보고 니로디 쳔호의 도니며 화상을 보아시디 이 갓툰 얼
골은 보

290

지 못호여드 호고 즉시 글려 갓스온니 그 화샹을 스드가 부인끠 들리쇼셔 승샹
니 디히호여 즉시 갑슬 만니 쥬어 스오라 호신디 쟝젹니 조쟝을 차자 그 화샹을
스 가지고 승샹끠 드린니 과연 슉향의 얼골리 완연호더라 부인니 그 화샹을 보
고 슉향 다시 본드시 여겨 쟌은 방의 걸어두고 죠셕의 음식을 노코 미일 셜워호
더라 각셜 잇써 슉향니 혼즈 울며 동짜호로 가더니 훈 고디 다다른니 쳔야 만야

흔 들에 간니 흐눌에 다히거눌 소로 길을 츠즈 가더니 날리 져물거눌 갈쩌을 의
지흐여 누어던니 야반의 찬바룸니 이러나고 갈밧 스면의 불리 이러나 흐눌의 즈
옥흐거눌 슉향니 아무리 홀 쥴을 몰나 흐눌게 축슈흐여 왈 젼싱의 죄 둥흐여 이
싱의 나와 오셰의 부모을 일코 쳔만가지로 고힝흐야 부모을 다시 보려 흐고 구
차흔 인싱니 셰상의 부지흐엿던니 잇짜의 와 불에 타 쥭끠 되온니 명쳔 후토는
자시 명감흐소셔 흐련 흔 노옹니 그피 와 일로디 네 어인 아히로□

291

이 밤의 호올노 화지을 만난듯 흔디 슉향니 망극 즁 일로디 나도 난즁의 부모을
일코 동셔로 바잔니드가 이 짜의 와 화지을 만나 죽긔 되오니 복원 존공은 잔잉
흔 인명을 구졔흐소셔 그 노옹니 왈 네 일르지 안니흐여도 알거니와 발셔 불리
급흔니 네 가졋던 거실 다 버셔 바리고 네 몸만 니 등에 올르라 흐거눌 슉향니
옷과 힝장을 바리고 노옹의게 업피니 불쏫치 거의 밋치거눌 노옹니 부치을 니여
부치니 불리 갓가니 오지 안니흐더라 노옹니 슉향을 업어드가 노코 옷스매을 쩌
여쥬며 일로디 몸을 가리오고 잇거라 이져는 화지을 면흐여신니 티을 은혜을 잇
지 말나 흔디 슉향니 스례흐고 문왈 존공은 어디 계시며 셩명은 뉘라 흐시눈잇
가 노옹니 왈 니 집은 쳔샹 남쳔문 밧긔요 일홈은 화덕진군니언니와 나 곳 안니
면 불은 컨니와 쇼년 삼쳔 니을 어니 와시라요 흐고 문득 간디 업더라 슉향니
울며 동드희로 가던니 눈디□□ 흔 할미 업호로 와 겻티 안즈며 일로

292

디 네 어던 아히로 벌게 벗고 우는요 부모게 득죄흐여 니침을 보아시며 도젹 만
나 의복을 일허시며 남무게 이미흔 일을 보고 원□니 단니는가 바로 일으라 흔
디 슉향니 왈 느는 일즉 부모 일습고 유리긔걸흐야 단니느이드 할미 소왈 네 엇
지 죵젹을 숨긔는요 반야산의 부모을 바리고 댱승샹 쩌의셔 누며을 입고 노즁의
셔 화지을 보아신니 그거시 다 횡익니라 근심치 말아소셔 슉향니 디경흐야 왈
홀미 어니 즈샹니 아는요 홀미 왈 니 남무게 드럿노라 슉향니 그 홀미 신긔흐물

알고 갈 고질 물른디 홀미 왈 니 무즈식훈 홀미라 느와 훈가지로 잇셔 동뉴홈미
어더호요 숙향니 왈 조컨만난 니 의복이 업고 긔갈리 터심호니 엇지 이갓탄 걸
인을 구휼흐리잇가 홀미 그 긔식을 보고 살문 나물을 너여쥬며 왈 니거실 먹으
라 훈디 숙향니 바드 먹은니 비도 부르고 몸의 향니 느고 졍신니 식식흐더라 홀
미 또 옷버셔 입피고 가자 흐거늘 숙향니 그 홀미을 다라 두어 □□을□□

293

니 큰 집니 잇느지라 홀미 왈 니 집니로라 흐거늘 숙향니 그 집을 주시 본니 가
쟝 졍쇄호고 셰간니 쇼됨흐더라 □식 흐느도 업고 다만 삽슬기 흐나히 잇더라
숙향 그 집의 잇신지 반달리로디 죵시 병인으로 주쳐흐던니 홀로는 홀미 숙향의
죵젹을 알고져 흐야 왈 그디 얼골을 보니 가울 짜의 거문 구룸 찌인덧 흐고 병
쳐을 살피니 진지 병인니 안인가 시분니 느을 그니지 말나 흐디 숙향 윗고 염용
흐고 잇거늘 할미 왈 니 집니 슐집니라 사롬리 주죠 츌입호니 의복나 갈라 입
고 병체 업시 싯고 이스라 흐고 츌입흐거늘 숙향니 혜오디 홀미 집의 오리 잇셔
주시 살피니 집의 남지 업고 마알 스롬니 츌입호나 가더로니 드러오지 안니흐거
늘 그계야 안식을 고치고 옷슬 가라 닙고 사창을 지음쳐 슈노턴니 홀미 드러와
보고 더히흐야 숙향을 안고 왈 어엿불스 니 쌀인가 전싱의 무슨 죄로 광훈전을
니별흐고 인간의 나려와셔 그디도록 고힝을 젹는고 숙향니 흐슙 짓고 왈

294

홀미 느을 위흐야 주신갓치 스랑흐신니 니 엇지 촌졍을 그니리요 과연 니 본디
냥반의 주식니라 젼후 고힝을 일우고 쏘 가로디 화덕진군니 구흐여 계유 슬룩난
후 홀미을 만나 왓거늘 힝혀 강포의 욕을 불가 염여흐여 거즛 병인 체 흐엿던니
할미 느을 향흐야 주식갓치 스룽흐시거늘 느도 친모갓치 셤계는니 원컨디 셔로
뉘보지 말고 훈갈갓치 어엿비 네겨 니 몸을 그릇되게 마소셔 힝혀 호탕훈 나뷔
와 밋친 벌리 보고 길가의 버들과 담 안의 곳가지을 희롱홀가 흐노라 홀미 그
말을 듯고 옷깃슬 염우고 나려 졀흐고 왈 낭주 과연 그려흐도소니드 니 어니 춤

아 낭즈을 쉬겨 글웃 되게 ᄒ올리요 ᄒ고 니 후로 더옥 공경ᄒ더라 낭지 본디
총명ᄒ지라 비호지 못ᄒᆫ 일과 인간 만스을 ᄃᆞ 안ᄂᆞ고로 집니 뉴여ᄒ더라 잇더ᄂᆞᆫ
삼월 망일리라 낭지 초당의 혼즈 안즈던니 홀련 푸른 시 나라와 미화 가지의 안
즈 울거놀 낭지 왈 져 시도 눌과 갓치 부모을 일러ᄂᆞᆫ□

295

어니 혼즈 우는다 ᄒ고 즈연 마음을 슬허 우드가 잠니 드런ᄂᆞᆫ지라 그 시 낭즈다
려 일로디 부모 계신디 보려 ᄒ거던 날을 조ᄎᆞ 가스니ᄃᆞ ᄒ거눌 낭지 시을 짜와
ᄒᆞᆫ 고디 간니 빅옥 연못 가온디 구름 다리을 노코 다리 우희 누각을 지어시되
광치 찰난ᄒ지라 산호 현판의 요지라 써신니 셔왕모 집일네라 문득 오식 구룸니
니리나고 향니 진동ᄒ며 무슈ᄒᆞᆫ 션관 션예 용을 타고 샹샹니 드려가고 치운니
얼켄 가운디 육용니 옥년 시른 슈리을 쯔으니 이는 샹졔 타신 연일네라 그 뒤혜
삼티칠성과 모든 션과이 드려가고 ᄯᅩ 모든 부쳬 지니가되 보체 ᄒᆞᄂᆞ니 업더니
이윽고 흰 구룸니 이러나고 그 가온디 옥교즈의 션녀 시위ᄒ여 온니 이는 월궁
항애의 힝치러라 슉향을 보고 왈 반갑다 쇼인야 인간 고힝을 얼민나 격거ᄂᆞ요
오날은 나을 ᄯᅡ라가 요지 구경ᄒᆞ즈 ᄒ거눌 슉향니 쳥조을 압폐 셰우고 들러간니
그 집 형용과 위의ᄂᆞᆫ 일오 측양치 못홀네라 이윽고 시예 팔진미을 올니며 각식

296

풍뉴 진동ᄒ더라 부쳬 졀무 션과을 셰우고 샹졔계 뵈온니 샹졔 그 셔관달려 문
왈 티을아 인간 즈미 엇더ᄒ더요 쇼인을 어더 본다 그 션관니 스죄ᄒ더라 항이
옥황계 엿자오디 소이 죽을 익을 임의 여러 번 지닉스온니 죄을 스ᄒ시고 복녹
을 졈지ᄒ소셔 샹졔 열이을 쳥ᄒ여 슈한을 졍ᄒ라 ᄒ시고 칠셩을 명ᄒ여 즈쇼을
졈지ᄒ라 ᄒ시고 남두셩을 명ᄒ여 복녹을 졈지ᄒ라 ᄒ시니 열이 엿즈오디 슈한
은 칠십을 졍ᄒ엿ᄂᆞ니다 칠셩니 엿즈오디 두 아달 ᄒᆞᆫ ᄯᅡᆯ을 졈지ᄒ엿ᄂᆞ니ᄃᆞ 남두
셩이 엿즈오디 두 아달은 졍승 되게 ᄒ고 ᄒᆞᆫ ᄯᅡᆯ은 황후 되게 ᄒ엿ᄂᆞ니ᄃᆞ 샹졔
소□을 쳥ᄒ여 반도 둘과 계화 ᄒ가지 쥬시며 티을을 쥬라 ᄒ거눌 샹졔 명을 밧

주와 반도와 계화을 가지고 티을을 쥬걸놀 그 선관니 복지ᄒ야 두 숀으로 바드 쇼이을 눈쥬어 보거늘 소이 붓그러워 몸을 둘어셜 졔 손의 씬 옥지환의 박킨 진 쥬 쩌러지거늘 쇼이 줏고져 ᄒ던니 그 선관니 □□

297

쥬어 손의 쥐엿거늘 붓그러워 도로 젼상으로 올나가려 ᄒ던니 할미 슐팔고 드러 와 이로되 봄날리 고ᄒ나 그디도록 주시는고 ᄒ고 씨우거늘 그 쇼릭예 꿈을 씌 여 살핀니 요지의 경기와 쳔샹의 풍유 쇼릭 귀예 들니더라 홀미 왈 낭지 쳔샹을 보신니 엇덧ᄒ옵던니잇가 낭지 놀닉여 왈 니 쑴의 쳔샹의 가온 일을 할미 어니 아는잇가 할미 소왈 낭지 돌려 가더 쳥죄 날드러 니르거늘 알라나니ᄃ 낭지 고 히 녜계 꿈말을 주시 일으니 홀미 왈 그런 귀훈 경을 보시고 이져바리긔 앗가온 니 슈로 그 경을 긔록ᄒ여 후셰의 젼ᄒ소셔 낭지 그 경을 슈노하 닛니 할미 보 고 칭찬 왈 남ᄌ는 진실로 고금의 업는 지죄로ᄃ 아모커나 셰샹의 니 긔림 아라 볼 스룸니 잇는가 보자 ᄒ고 팔노 간니 낭지 왈 니 경을 아는 니는 쳔금을 잇긔 지 안니홀 거시요 공역은 빅금니 쓰거니와 인간 스룹이 뉘 알아보리요 할미 슈 긔름을 가지고 져즈의 간니 아무도 아지 못ᄒ더라 잇쩌 남군 짜의 큰 쟝수 됴쟝

336

의란 사람이 본디 물싴을 잘 아라 보던의 할미 가진 슈을 보고 놀니 문왈 의 슈 을 뉘가 노핫난고 할미 답왈 너의 결문 짤리 노핫노라 됴쟝이 왈 할미 집이 어 던요 답왈 나는 나냥 동촌 이화졍 슐파는 할미로다 됴쟝이 그 슈갑슬 뭇거날 할 미 왈 그디 주고 시푼 디로 쥬고 스가라 됴쟝의 왈 그 긔럼 공은 천금이 스오나 공역 갑시나 바다 가라 ᄒ고 빅금을 쥬고 사가□이로되 이 긔림□□ 쳔샹 요지 예 셔왕모란 산□□ 옥황긔 반□진□하는 경이라 천하 웃듬 보□□□할미□□□

337

도라와 낭ᄌ다려 됴장이 □□□□□ 낭ᄌ 탄식 왈 인간의도 물식 아는 사람이 잇쏘다 하더라 할미□□림 파라 낭ᄌ의 니복과 긔명을 가초와 가장 요부이 지니더라 됴장이 그 슈 어든 후의 마암이 가장 깃거하야 쳔ᄒ 문장 명필을 어더 그림 쓰즐 글지어 졔목 짓고져 하되 엇지 못하엿던이 나냥 북촌의 잇는 이샹셔의 아달 이랑이 졀머도 글이 이젹션 두목지의게 지니고 글시는 왕희지 됴밍부의게 지닌다 말을 듯고 깃거 예물 가초와 가지고 이랑을 ᄎᄌ 나냥 북촌을 가이라 ᄎ셜 잇써 병부샹셔 이졍이란 ᄉ람이 ᄌ고로 문무겸젼ᄒ여 나라에 큰 공을 □□□ 셰우고 황졔 아롭다

338

이 네겨 위공을 봉ᄒ시고 나라 졍ᄉ을 다 믹기고져 ᄒ거날 위공이 후셰예 시비 잇슬가 두려하여 칭병ᄒ고 고힝의 도라와시되 황졔 위공의 츙셩과 직죄을 익기스 벼살을 가지 안이하이 쳔ᄒ 명관을 가시되 금은과 죠흔 보비가 황졔나 다라지 안이하되 다만 무ᄌ식하이 글노 흔하더라 할난 칠월 망일의 위공이 부인 왕씨로 더부러 완월누의 올나 달귀경 하던이 위공이 부인다려 이로디 닌 부귀 됴졍의 웃듬이요 부인 인물 지죄 쳔ᄒ의 짝이 업스오나 그 남문 일은 한이 업사오디 다만 무ᄌ식하여 우리 후셰 구혼이라도 의퇵홀 고지 업계 된이 엇지 슬푸지 안이하리요 니슬리 이□

339

하여 부귀 여ᄎᄒ이 ᄌ식 니훔을 바리여 다란 부인을 졍코져 하ᄂ이 부인은 미안히 너기지 마라쇼셔 쳔힝으로 ᄌ식을 나하 후사을 젼ᄒ오면 부인 몸쇼 나흔 ᄌ식이나 다라잇가 왕씨 한슘 깃고 왈 부귀와 위업이 이러ᄒ온이 두 부인 안이라 열 부인인들 못 두리잇가 위공이 쇼왈 두 부인의게 무ᄌ식ᄒ오면 혈마 어이하오리잇가 하더라 왕씨난 우승샹 왕위의 ᄯᆞᆯ리라 샹셔 다란 부인 두려ᄒᄂ 줄

알고 밤의 잠을 이루지 못ᄒᆞ고 나리 식거늘 승상 집의 가 부모ᄢᅴ 엿ᄌᆞ오ᄃᆡ 샹셔
나을 무ᄌᆞ식하다 하고 다란 부인 어드려하이 어이하리잇가 승샹 왈 불효

340

샹쳔에 무후위더라 ᄒᆞ니 네 박복ᄒᆞ여 무ᄌᆞ식ᄒᆞᆫ이 혈마 어니 하리요마ᄂᆞᆫ ᄯᅩ 니
드른이 디셩ᄉᆞ 부체 지극히 영검ᄒᆞ여 무ᄌᆞ식ᄒᆞᆫ 스롬이 지셩으로 빌면 ᄌᆞ식을 엇
ᄂᆞᆫ다 ᄒᆞᆫᄃᆡ 너도 게나 가 비려 보아라 왕시 즉시 모욕지계ᄒᆞ고 친히 디셩ᄉᆞ의 가
빌고 승샹ᄶᅥ에 왓던이 그날 ᄲᅢᆷ 꿈의 한 부체 와 이로ᄃᆡ 샹셔 형별을 됴히 네겨
무죄ᄒᆞᆫ 스롬을 만히 히함으로 무ᄌᆞ식ᄒᆞ게 ᄒᆞ엿던이 니졔 그ᄃᆡ 졍셩이 지극ᄒᆞ미
귀ᄌᆞ을 덤지ᄒᆞᄂᆞ니 예 잇지 말고 집으로 도라가라 ᄒᆞ거늘 부인니 꿈을 ᄭᆡ여 하
날ᄭᅴ 빅비축슈ᄒᆞ고 집의 도라온니 샹셔 왈 부인이 무슴 일노 어이 날표 오지 안
이ᄒᆞ던고 부인니 쇼왈 샹

341

셔 쳡을 무ᄌᆞ식하다 하고 ᄒᆞ 경히 너계실시 나도 이달아 쳔샹의 가 귀ᄌᆞ을 비려
어드려 ᄒᆞ더니다 샹셔 디쇼 왈 비려 ᄌᆞ식 나흘 ᄶᆞ시면 무ᄌᆞ식홀 사름이 어ᄃᆡ 잇
스리요 부인니 답왈 계집이 무ᄌᆞ식ᄒᆞᆫ 니마다 니칠 작시면 무ᄌᆞ식ᄒᆞᆫ 계집은 남편
다리고 술이 몃치오릿가 ᄒᆞ고 ᄌᆞ던이 니날 밤의 샹셔 꿈의 오ᄉᆡ 구롬이 쇼옥으
로셔 홍포 닙은 졀문 션관이 홀노 밧그로 드러와 샹셔ᄭᅴ 두 변 졀ᄒᆞ고 왈 샹졔
압ᄑᆡ 잇던 ᄐᆡ을셩일넌이 쳔샹의 득죄ᄒᆞ여 인간의 니치거늘 길을 못어더 ᄒᆞ압던
이 디셩ᄉᆞ 부체 인도하시거늘 이리 왓ᄉᆞ온이 어엿비 녀계소셔 샹셔 ᄭᆡ야 부인이

342

쳔샹의 가 ᄌᆞ식 빌고셔 오시다 ᄒᆞ던니 아이 디셩샤의 가 빌으신잇가 부인니 디
경 왈 샹셔 어니 아르신닛가 답왈 꿈의 이려이려한 스롬이 이려이려 이른이 문
난이다 부인니 가장 신긔로이 네겨 그계야 디셩샤 가 빈 일과 그 부체 일으던

말을 다 ᄒ이 샹셔 더욱 고히 네기더라 그달부터 틱기 이셔 이듬히 사월 초팔일
에 다다라 샹셔는 황졔긔 군졍 무로실 일노 명됴로 불르신니 가시고 부인 혼ᄌ
계시던이 그날 아춤부터 오식 구롬이 집을 두루 ᄊ고 향닉 진동ᄒ거날 부인이
슈샹이 네겨 시녀을 명ᄒ여 집안 쇠셔ᄒ고 나즌 ᄒ여 부인니 긔운이 편치 안이
ᄒ여 침실의 드려가 누엇던이

343

챵 박긔 학의 쇼리 나며 스냥머리ᄒ 시여 두리 드려와 이로더 시 느겨 가온이
부인은 잠관 침셕의 누으쇼셔 ᄒ고 오실 벽기거날 부인이 오슬 볏고 자리예 누
으며 아긔을 나흔이 남ᄌ려라 두 션여 옥병의 물지워 아긔을 식겨 부인 겻틱 누
이고 가려 ᄒ거날 부인니 문왈 그더 어더 사람으로셔 더려온 디 와 슈고 만히
ᄒ고 밧비 가려ᄒ는요 죵 불너 졍표ᄒ고져 ᄒ는이 아즉 쉬여가랴 그 계집이 왈
우리난 천샹의셔 히순 가음훈 션여런니 샹졔 명을 밧ᄌ와 아긔 나으신는가 보려
와습나이다 이 아긔 부인은 남군 짜의 나실 거신니 그을 보려 가는이다 부인 왈
셩명은 뉘라

344

하며 뉘 집 녀ᄌ잇가 션여 답왈 젼싱 일홈은 월궁쇼이요 이싱 일홈은 김샹셔 여
ᄌ 슉학이라 ᄒ고 간디 업더라 부인이 즉시 시녀을 불너 필먹 가져다가 그 션여
의 말을 긔록훈이라 이날 위공이 디궐의 번 드러던이 밤의 꿈에 하날노셔 별략
이 와 부인을 쳐보이거날 이튿날 됴회예 드러가 황졔께 엿ᄌ오디 간밤의 신의
꿈의 신의 부인을 별략쳐 뵈온이 일졍 집의 무슴 일리 잇는가 시부온니 도라가
보아지이다 황졔 왈 경의 부인니 응틱하엿던가 위공이 쥬왈 오리 무ᄌ식ᄒ옵다
가 이져야 틱긔 잇ᄉ와 달이 찻습더이다 황졔 디히 왈 니 밤의

345

천문을 본니 터을셩이 나냥 북이예 쩌러져시이 닐졍 인간의 긔특한 ᄉ롬이 나리로다 ᄒᆡᆻ던이 그려면 경의 집의 도라가라 와본이 과연 아달 나ᄒᆡᆻ거날 깃거ᄒᆞ여 그 아기을 본이 굼의 보던 션관의 모양이라 일홈을 션이라 ᄒᆞ고 ᄌᆞ을 터을리라 ᄒᆞ고 아달 나흔 줄 황졔긔 표문ᄒᆞ이 황졔 가쟝 깃거 중상ᄒᆞ시고 위공부쳐을 가지ᄒᆞ시다 션이 ᄒᆞᆫ 달리 못ᄒᆞ여 말 잘ᄒᆞ고 셕 달리 지닌ᄌ 칙 ᄎᆞᄌ 비호지 안인 글을 잘ᄒᆞ고 오셰예 모를 글리 업고 칠셰예 쳔ᄒᆞ 문쟝 되야 미츠리 업슨이 ᄉ롬드리 다 이로디 두목지 다시 왓다 ᄒᆞ더라 십오셰 다다른이 공경티우와 부즈드리 구혼ᄒᆞ려 구람

346

못덧 ᄒᆞ되 션은 민냥 희농ᄒᆞ여 왈 닌 안희ᄂᆞᆫ 월궁션녀 안이면 되리 업스리라 ᄒᆞ더라 할ᄂᆞᆫ 션니 샹셔긔 엿ᄌᆞ오디 듯자오이 동당 과거잇다 ᄒᆞ오이 나도 귀경나ᄒᆞ고져 ᄒᆞ나이다 샹셔 왈 네 동당을 보면 일졍 과거을 할 거시니 사람이 너무 됴달ᄒᆞ면 단명ᄒᆞ고 벼술ᄒᆞ면 자로 어더 보지 못ᄒᆞᆯ 거시이 우리 너을 글려 어이ᄒᆞ리요 ᄒᆞ시니 션이 과거도 못가고 심심하여 근쳐 산슈 귀경ᄒᆞ던이 삼월 망일의 아희 동 삼사인 다라고 샨 귀경 단니다가 디셩사의 드러간이 ᄌᆞ연 곤ᄒᆞ여 난간을 시테리고 잡드럿던이 그 졀 부쳬 왈 오날 셔왕묘 요지예 잔치ᄒᆞ이 날 짤아 귀경ᄒᆞ여라 ᄒᆞ거날 션

347

이 가쟝 깃거 부쳬을 ᄯᅡ라 ᄒᆞᆫ 고디 다다른이 연화 만발ᄒᆞᆫ 가온디 누각이 하날에 다ᄒᆞᆺ신니 집지의며 지동이 닌간의 못보던 거시요 션관 션여 무슈 분쥬ᄒᆞ이 가위의 거동이 측양치 못ᄒᆞᆯ네라 부쳬 션다려 왈 북편으로 구람 모흔 탑 우희 안즈신 이ᄂᆞᆫ 옥황상졔요 그 뒤헤ᄂᆞᆫ 칠셩이 모든 별 거나려 안젓고 동편 황금 탑 우혜ᄂᆞᆫ 월궁향이 거나려 안잣고 셰편 빅옥탑 우희 안즈이ᄂᆞᆫ 셔가열이 모든 부쳐 관남나

헌늘 거나려 안즈시니 니 몬져 들어가 안거든 미로차 들어와 몬젼 샹졔긔 슉비
흐고 추리로 뵈오라 이션이 왈 하 엄엄하오이 동셔을 분별치 못흐올쇼이다 부체
웟고 ᄉ

348

미로셔 디초갓탄 거슬 내여듀며 이로디 이걸 먹으라 흐거날 션이 바다 먹으이
과연 젼샹예 티을셩으로셔 모든 별 가림하던 닐과 월궁쇼이로 더부려 글지어 샹
화흐던 일과 옥토의 냑 도젹흐여 먹고 罪 입어 인간의 괴향간 줄 녁녁히 알고
또 모든 션관이 다 견의 친한지라 보미 반가와 부체긔 지비 스레 왈 이져야 젼
의 일을 다 아옵나이다 부체 몬젼 드러가거날 션이 날호여 드러가 옥황샹졔긔
슉비하고 모든 션관긔 뵈온니 모다 반긔더라 샹졔 문왈 티을아 인간 지미 엇더
흐며 쇼이을 만나본다 션이 계흐의 나려 복지흐여 ᄉ罪흐다 옥황이 흔 션을 불
녀 반도 둘과 계화

349

한 가지을 쥬라 흐신니 그 션여 옥반의 반도을 담아 들고 흔 숀의 계화 들고 나
려와 션을 쥬거날 션이 복지흐여 밧짜가 치아다본이 션녀 붓그러위 둘너셜 졔
옥지환의 박킨 진듀 계화 가지예 걸여 써려진이 션니 가만이 흔 숀으로 줏노라
할 졔 디셩ᄉ 듕이 밥먹노라 셕동을 친이 그 소리예 씨다르미 요지 경긔와 흐늘
풍유 귀예 징징흐고 숀의 진쥬 흐나히 쥐엿거날 고히 네겨 한 글을 지어 굼을
긔록흐고 부체긔 졀흐고 집의 도라와 이후부터 인간 싱각이 업고 일염의 쇼이만
싱각흐여 글을 지어 마암을 위로흐던니할난 쇼동지 드러와 고흐되 박긔 남군 짜
의 됴쟝이란 스롬이

350

특별이 보아지라 흐여 예물 드러고 고흐나이다 즉시 드려오라 흐이 됴쟝이 드려

와 절하고 왈 니 기림 슈을 어더시디 계목을 짓지 못하여 쳔하 문쟝을 구하되
이랑의계 너문이 업논지라 쳔이을 멀이 안이녀겨 왓스오나 원컨더 훈 번 수고을
앗끼지 말아쇼셔 하고 훈 슈 그런 거살 너여 노커날 본이 꿈의 요지예 가 보던
경기와 진쥬 줏던 형샹을 역역히 그려 잇고 모든 션관이 즐겨 노던 일이 하나도
어근 일이 업겨날 션이 귀경하고 문왈 그디 이 그림을 어디 가 어던는다 묘장이
일향 이랑이 놀닌 양 보고 니심의 헤오디 안니 이 집 거슬 그 할미 도젹하야 판
은가 하여 일로디 이랑은 어니 그 긔림을 보시고 이디도록 놀

351

니하신논잇가 이랑 왈 니 젼의 보던 거시미 놀닉논이 그이지 말고 바로 이르라
묘장이 올흔 디로 이른이 니랑 왈 이거시 션비의 글계 나는 디 슬 쩌신이 우리
게 당훈 거시라 너게 묘훈 족즈 잇슨니 밧고아 가거나 즁갑실 둘 거시니 팔고
가거라 죠젹이 왈 빅금을 쥬고 사슨이 더 주면 팔고 가리이다 이랑이 오빅금을
주고 사셔 안니 디셩사의 가 꿈꾸고 지은 글을 금즈로 그 긔림 우헤 써셔 족즈
밍그러 즈는 방의 거리 두고 묘셕으로 본이 몸이 비록 인간의 잇스나 마암은 요
지예 잇논덧 하여 미일 쇼이 간 고질 찻고져 하던이 할논 션이 스스로 씨다라
왈 나는 디셩사 부쳬을 따라 요지예 가 단여와쩌이와 슈노혼 스롬은 인간

352

의셔 쳔샹 일을 어이 아라 역역히 긔린고 일졍 비승훈 사롬의 지죄라 동촌 이화
졍이 슐파더라 하이 그 할미을 츠즈 보아 이 슈논는 고즐 무러 볼 거시라 하고
즉시 이화뎡으로 온이라 잇쩌의 날리 더운지라 숙향이 누 우희셔 슈노턴이 푸른
시 셕유꽃츨 물고 낭즈의 압퓌 안잣짜가 북 짜히로 나라가거날 낭자 고히 녀겨
시 가는 디을 보노라 꼿 북녁 쥬렴을 들고 본이 훈 쇼년이 쇼뇨관의 쳥삼 닙고
빙노시 타고 할미 집을 향하여 오거날 낭즈 즈셰 본이 요지예 반도 바다 갈 졔
진쥬 주어가던 신션의 얼골 갓거날 마음의 반겨 놀니 쥬렴을 지우고 안잣던이
그 쇼연이 바로 할미 집 문의 와 무

353

러 왈 할미 잇난냐 흐거날 할미 나가본이 북촌 이샹셔딕 즈졔 이랑이어날 마자 위당의 드려가 좌졍 후에 할미 왈 더러온디 낭군이 오신이 지극 감격흐여이다 이랑 왈 지니가다가 할미 집 죠흔 줄을 싱각흐여 와신이 할미는 흔 준 슐을 앗 기지 말나 할미 왈 니 집 바야흐로 슐은 잇시디 늘근이밧긔 업셔 혼즈 먹지 못 흐엿던이 오날은 쳔힝으로 낭군을 만나신이 동일토록 먹스이다 흐고 드려 가던 이 자긔반의 삼식 졉시예 안쥬 담고 옥병의 슐너허 니여온이 인간의 보지 못하 던 거시라 이랑이 니심의 가쟝 슈상이 네겨 슐취홈을 긔다려 마을 니고져 흐던 이 슐이 반취흐미 할미 쇼왈 낭군은

354

샹셔딕 귀공즈라 인간 고량진미을 만이 아르실 거시이 초간의 이런 초초흔 음식 마슬 어이 아르시리잇가 그려나 쥽소와 보쇼셔 이랑 왈 인간의 보지 못흐던 음 식기어 먹기 의심는지라 근본을 알고져 흐노라 할미 쇼왈 늘근이 할 일 업셔 이 근쳐 두로 단이다가 남의게 비려 왓신이 니 비록 일홈을 이르나 낭군이 어이 아 르실잇가 이랑 왈 옛 글의 흐여시디 일홈 업는 음식을 먹지 말나 흐여신이 이 일홈을 이르라 알고 먹그리라 할미 쇼왈 뉴리 졉시예 노흔 거슨 안광취란 나무 린이 동히 용왕의 집의 가 어더왓고 쏘 산호졉시예 노흔 거슨 진광취라 쳔틱산 마고할미 집의 가 어더왓고 만호

355

졉시예 노흔 거슨 반도이 요지 셔왕모의게 가 어더왓시이 비록 초초흐나 먹어 샹치 안일 거신이 의심말고 즈셔 보쇼셔 이랑이 반도란 말을 슈상이 네겨 왈 할 미 말리 비록 화려흐나 실샹치 안인가 흐노라 할미는 인간 스람이요 쳔틱산 요 지는 다 션경이라 옛 진시황 한무졔 위염으로도 그 짜흘 보지 못흐엿거던 할미

기력으로 어이 잘 가리요 할미 디쇼 왈 나난 비록 긔력 업셔도 스히 팔방을 임의로 단이건이와 낭군갓치 구챠히 남의 인도흠을 기다리지 안이ᄒ나이다 이랑 왈 니게 쳘이 노시 잇슨이 가고 시푸면 임의로 단니거던 어이 남의 인도하여 단이리요 할미

356

쇼왈 낭군이 쳔이 노시을 두어셔면 어이 요지예 갈실 졔 노시을 못타시고 디셩스 부체을 따라 거려가 계시던잇가 이랑이 디경 지비 왈 할미 말리 지극 황공ᄒ다 니 과연 져젹씌 뉴산갓짜가 디셩스 부체 만나 꿈의 요지예 갓던이 할미 어이 아난다 할미 쇼왈 낭군이 나을 긔력업다 ᄒ건이와 나는 션간을 지척만 녜겨 단이난이 샹졔 주신 반도와 계화을 어디 두시고 쇼이는 어이 쳐치ᄒ시난잇가 이랑 왈 꿈 다 허스라 아무리 할 줄 모로노라 할미 왈 그는 꿈이건이와 묘쟝의 가져간 독ᄌ도 꿈이던잇가 이랑이 더옥 황공ᄒ여 그계야 요지예 갓던 일과 묘쟝의게 독

357

ᄌ 사온 일을 일으고 쇼이 인간의 왓다 ᄒ이 긔필코 춧고져 ᄒ되 간 고즐 아지 못ᄒ여 오날날 할미을 츠ᄌ 쇼이의 동젹을 아라 찻고져 왓시이 할미난 길흘 가라치라 할미 깃거 왈 쇼이 잇난 고즐 니 알건이와 다만 낭군이 쇼이을 어더 무엇ᄒ려 하난잇가 이랑 왈 쇼이난 니의 쳔샹비필이라 ᄒ이 부디 츠ᄌ보려 ᄒ노라 할미 왈 낭군 쇼이을 비필 삼무려 ᄒ시기던 춧지 마로쇼셔 이랑 왈 어인 말고 할미 왈 낭군은 샹셔딕 귀ᄒ신 독지라 가문과 부귀 쳔ᄒ의 읏듬이이 부마 곳 안이 되면 일졍 공경티후의 아람다온 사회 되려던 어니 쇼이을 비필 삼물 거시라 니 구ᄒ리잇가 이랑 왈 쇼이 무

358

삼 허물 잇느야 할미 왈 쇼이 천상의 죄 듕ᄒ여 인간의 ᄂᆞ려와 상인의 ᄌᆞ식 되엿던이 다삿슬의 부모 일코 비렁박이 되여 뎡쳬 업시 단이다가 도젹의게 한도 마ᄌ 한 팔리 업고 표진물의 ᄲᅡ져 죽게 되엿던이 마춤 힝인이 구ᄒ여 ᄉᆞ라나고 두 눈이 쳥밍간이 되엿던이 ᄯᅩ 노젼이랑 ᄶᅥ셔 화ᄌᆡ 만나 한 다리 졀고 ᄯᅩ 후토의 셩황쟝을 지ᄂᆡ여 두 귀 먹고 입만 나문 병인을 ᄎᆞᄌ 비필 사무려 ᄒᆞ시이 실노 혓도여나 이랑 왈 뎐셩의 무슴 죄 그디도록 듕ᄒ여 이싱의 나와 그런 심한 병인이 되엿는고 할미 왈 쇼이 젼싱의 월궁션녀로셔 옥황상졔 압픠 잇는 틱을션군을 더부려 셔로 글지어

359

희롱ᄒ고 옥토의 약 도젹ᄒ여 틱을션군 준 죄로 인간의 귀향왓다 ᄒᆞ더이다 이랑이 기리 한슘 짓고 왈 연분이 듕ᄒ여신이 병인인들 혈마 어이ᄒ리요 할미는 쇼이 잇는 고즐 가라치라 ᄎᆞ자 보리라 할미 왈 낭군이 비록 지셩으로 ᄎᆞ자 보신들 그런 더러온 거슬 샹셔계셔 응당 며나리 삼우실 비 업소온이 슈고로이 ᄎᆞᆺ지 마라쇼셔 이랑 왈 부모 만일 허치 아이ᄒᆞ야 나을 공후부마을 삼우셔도 나는 쇼이 곳 안이면 밍셔코 한□로 ᄉᆞ지 안일 거신이 잠말 말고 쇼이 잇는 곳과 이싱 일홈을 이르라 할미 왈 너 쇼이을 ᄯᅥ난 졔 오린이 이졔 잇는 고즐 모로건이와 남양 ᄯᅡ희 김젼의 집의 가 ᄎᆞᆺ 보아 업거던 남군 ᄯᅡ 쟝승상 집의 가 보쇼

360

셔 이싱 일홈은 슉향이라 ᄒᆞ던이다 이랑이 즉시 도라와 부모ᄭᅴ 쇠겨 고왈 셩듀 ᄯᅡ희 그이ᄒᆞᆫ 문쟝이 잇다 ᄒᆞ고 쳔ᄒᆞ 명시 만히 가본다 ᄒᆞ이 나도 가보고 오리다 ᄒᆞ고 황금 일빅양을 차고 쳔이 노시 타고 바로 남냥 ᄯᅡ희 가 김젼의 집을 차자 간이 한 노옹이 나와 뭇거날 이랑 왈 나난 남군 북촌의 잇난 이위공의 ᄌᆞ졔련이 김젼을 보오려 왓노라 그 노옹이 왈 김젼 부친은 운쥬션셩이란 ᄉᆞ롬이라 도덕이

천ᄒᆞ의 웃듬이미 황졔 여러 번 간의티우와 이부샹셔 ᄒᆞ이시디 ᄉᆞ냥ᄒᆞ고 밧지 안여 계시던이 져젹긔 황졔 특명으로 어진 ᄉᆞ람의 ᄌᆞ손을 쓰라 ᄒᆞ신이 됴졍이 김젼으로 나냥 영을 삼우미 김젼

361

이 낭냥 가시고 업습건이와 낭군은 무슴 일노 이리 멀이 초자 오신잇가 이랑 왈 니 본디 김젼을 위ᄒᆞ여 온 이리 안이라 이 집의 숙향이란 계집 아히 잇다 ᄒᆞ미 그을 보랴 왓노라 노옹이 답왈 숙향은 김젼의 ᄯᆞᆯ릴넌니 다삿슬 먹어 병난의 피란갈 졔 반야산 돌 틈의 녓코 다라는 후의 지금 ᄉᆞ성을 아지 못ᄒᆞ나이다 이랑 왈 노인은 김젼 넌다 답왈 나는 이 집 직킨 종이로소이다 이랑이 고쳐 무을 길 업셔 가노라 ᄒᆞ고 남군 짜히 가 쟝승샹 집을 차자 승샹긔 뵈온이 승샹이 즉시 나와 마ᄌ 드려가 좌졍 후에 승샹이 문왈 공지 무슴 연고로 누초ᄒᆞᆫ 집의 옷신잇가 답왈 나는 나양 북촌 이위공의 아달 이션이

362

압던이 남냥 짜 김젼의 ᄯᆞᆯ 숙향이와 젼승 연분이라 ᄒᆞ오미 그 집의 구혼ᄒᆞ여 가온이 숙향이 승샹딕의 왓다 ᄒᆞ오미 보아 구혼ᄒᆞᆸ고져 왓나이다 승샹이 눈물 짓고 목이 메여 말슴을 못ᄒᆞ다가 왈 과연 숙향이란 아히 다삿살 먹어 엇더한 짐싱이 어버다가 닉 집 동산의 두고 가거날 니 무ᄌᆞ식ᄒᆞ미 ᄌᆞ식 삼아 심연을 한틱 잇던이 ᄉᆞ향이란 동연이 모함하여 닉친이 표진물의 가 죽어다 ᄒᆞ거날 ᄉᆞᆷ 보니여 ᄎᆞᄌᆞ니 동젹이 업셔 지금 잇지 못ᄒᆞ여 셜워ᄒᆞ나이다 이랑 왈 예 잇는 둘 분명이 알고 쳔이 타고 ᄎᆞ자 와ᄉᆞ온이 비록 빈쳔ᄒᆞ오나 다만 날을 샹공이 져바리지 안일 ᄉᆞᄅᆞᆷ이온이 원컨디 츄

363

틱지 마로쇼셔 승샹 왈 숙향이 비록 니 ᄯᆞᆯ이라도 니 힘으로는 위공긔 사돈을 바

러지 못ᄒ려던 하물며 어더 길넛고 ᄯᅩ 위공이 며나리되면 이 노인도 ᄒ 덕을 볼 거시요 낭군의 풍치을 본이 진짓 슉향의 아람다온 ᄶᅡᆨ이로디 다만 슉향이 발셔 나가ᄉᆞ온이 우리 박복이로소이다 이랑 왈 슉향은 병인이라 ᄒ 발거람도 혼자는 움작기도 못ᄒ더라 ᄒ거던 비록 ᄉ향이 구박ᄒᆞ온덜 졔 혼ᄌ 어디을 가리잇가 승샹 왈 노부의 부인이 슉향을 여읜 후의 하 실허ᄒ거날 힝혀 병들가 두려워 젼의 슉향의 화샹 긔라는 사람이 잇거날 듕갑 듀고 화상을 사다가 부인을 쥬아 부인이 슉향 본다시

364

반겨 방의 거려 두어신이 낭군은 닉 말을 고지 듯지 아이ᄒ거던 날조ᄎ 드려가 보사이다 ᄒ고 승샹이 니랑의 손목잡고 부인 침방의 드려간이 과연 ᄒ 족ᄌ 걸여시되 계집 아희 모란화 쥐고 셧는 양을 그려시이 이랑이 ᄭᅮᆷ의 요지의 가 보던 션여의 얼골갓튼 쥴 보고 반겨온 맘음을 이긔지 못ᄒ여 왈 나는 드른이 슉향이 ᄒ 눈 멸고 ᄒ 팔 업고 ᄒ 다리 져더라 ᄒ더 어이 화샹의는 병쳬 업는이닛가 승샹 왈 슉향이 본디 병쳬 업고 져 화샹은 슉향이 열살 젼의 그런 거시요 십셰 후의난 얼골이 풍영ᄒ여 곱던이다 이랑 왈 닉 슉향을 위ᄒ여 슈쳔이 길헤 왓다가 동시 못보고 도라갛건이와 셥셥

365

하여이다 져 화샹이나 사다가 슉향 본다시 보아지이다 닉게 가져온 거시 젹스와 황금 빅양 분이온이 밧ᄌᆸ고 져 족ᄌ을 파ᇢ쇼셔 승샹 왈 낭군 말씀을 드은이 졍셩이 지극ᄒ지라 노부의 부인 곳 아니면 져거슬 어니 갑슬 밧고 듀리잇가만난 져 독ᄌ을 마ᄌ 업시ᄒ면 부인니 일졍 용여ᄒ여 쥭스올 거신이 스셰 어렵스와이다 이랑니 할 길 업셔 ᄒ직ᄒ고 도라나와 표진믈 가의 와 두로 ᄎᄌ되 알이 업던이 ᄒ 노인이 왈 삼연 젼의 모양이 이려이려ᄒ 여ᄌ 아히 쟝승샹덕 집의셔 와 이 믈가의 이르러 일오디 쟝승샹덕 죵 스향이로 하여 이미ᄒ 익명을 싯고 비명의 쥭ᄂ이다

366

하고 이 물의 싸져 죽은이라 이랑이 츠목훈 졍을 이기지 못하여 가져간 금을 파라 향쥭을 가쵸와 졔문지어 물가의셔 졔훈던이 문득 물 우회셔 져 쇼리 나거날 이랑이 머리 드려 본이 훈 쳥어동즈 일럽션 타고 옥져을 불고 오거날 이랑이 도라갈 길을 뭇고져 흐던이 그 동즈 이랑의 압픠 다다라 왈 슉향을 보고져 흐거던니 비의 오르쇼셔 흐고 즉시 노시을 비예 올이고 그 동즈 비을 두로셔 노코 옥져을 불고 가 이 비 살가덧 하더라 훈 고딕 다다라이 그 아희 져을 그치고 왈 나는 이 물 직킨 실영이런이 져졈끠 슉향이 물의 싸졔거날 우리 구흐여 져 길노 보닉여신이 낭군이 져리가며 차자 보쇼셔

367

이랑이 레흐고 노시 타고 동즈 가라치는 길노 가던이 쳔야 만야한 들에 갈리 즈옥훈딕 인젹이 업스이 물을 고지 업셔 민망하던이 한 듕이 지닉가거날 길흘 물은딕 답왈 이 압희 바회 우회 노감토 슨 힌 하리비 안즈신이 그는 하덕진군이라 게 가 지셩으로 물으면 도라갈 길을 알 거시요 그딕 쇼원도 알이다 이랑이 스레흐고 본이 간딕 업거날 노시을 치쳐 갈 쇼옥으로 지닉가던이 과연 너런 바회 우회 한 하리비 노감토 스고 안즈 죠우거날 이랑이 압픠 나아가 진비하여 보온딕 본 쳐 안이흐거날 하 민망흐여 꾸려업드려 왈 지닉가난 힝긱이압던이 길흘 몰나 답답하와이다 그

368

하리비 눈쩌 보고 왈 무슴 말슴 뭇는다 닉 귀먹은이 듯지 못흐로쇠 이랑 나는 나냥 북촌 이위공의 아달 니션니압던이 낭군 다 슉향이란 여즈와 젼상 연분이라 흐오미 쳔이을 멀이 안니 네겨 차즈 왓스온이 종젹이 업셔 간 고즐 모로압던이 젼쳬로 듯즈온이 슉향 간 고질 노쟝이 아르신다 하온이 알고져워 문나이다 그

하리비 상을 찡그리고 왈 니 여즈을 본 체도 업고 슉향이란 스람의 쇼문도 드른
졔 업거날 어디로셔 이리 깁푼 갈밧티 드려와 니의 잠을 끼와 이리 흉창한 말을
뭇는다 이랑니 고쳐 졀ᄒ고 왈 표진물 직힌 실영이 지슈ᄒ거날 차자 왓스온이
노쟝은 그이지 마로쇼셔 그 하리비

369

왈 져졈의 엇던 여즈 표진물의 빠져 죽다 ᄒ거날 드러던이 표진 용왕의 그디 졔
물 바다먹고 디홀디 업셔 날노 지슈ᄒ도다 이랑 왈 과연 슉향이 쟝승샹 집의셔
돗쳐와 표진물의 빠진니 용왕이 구ᄒ여 이리로 보니엿다 ᄒ더이다 그 노옹이 왈
그려면 져졈의 예 와 불의 타 죽은 아히로다 불의 탄 흔젹이 졔 잇슨이 네 보고
넛거라 ᄒ거날 이랑이 그 지무덕이을 본이 의복은 탄 지 잇스되 뼤탄 지는 업거
날 그 노옹다려 문왈 슉향이 실노 불타 죽어시면 어이 히골탄 거슨 업고 의복탄
것만 잇는닛가 노옹은 쇠기지 마르쇼셔 그 노옹이 가쟝 조우다가 왈 그디 ᄒ 져
려 무르신이 니 잠드려 꿈의나 슉향

370

이 어디 갓는고 보고 올 거신이 그디 숀으로 니 발바닥을 비비라 하고 암샹의셔
조우다가 누어 자거날 이랑이 할 길 업셔 두숀으로 하리비 발바닥을 져무도록
비비던이 하리비 끼여 왈 니 그디을 위ᄒ여 삼신산 지부와 팔휘을 다 도라도 슉
향을 보지 못ᄒ여 후토부인의 가 무르이 마고할미 다려다가 나냥 동촌 이화졍의
가 산다 ᄒ여날 차자 가이 과연 누 우희 안즈 난봉 슈을 노커날 니 불을 나리쳐
봉의 나리 흔 곳틀 틔와신이 그디 마고할미을 ᄎᄌ보라 슉향의 동젹을 모로거던
물어 난봉 긘 슈을 보아 불틔운 디잇거던 니 간던 쥴 알나 이랑 왈 쳐음의 할
미 나을 쇠겨 그디도록 즐겨ᄒ릿가 노옹이 소왈

371

마고할미는 샹예 스룸이 안이라 일정 그더 정셩을 보려 ㅎ고 그리하여신이 그 할미을 보고 지셩으로 빌면 슉향을 어더보런이와 그더 부모 알면 슉향이 환을 볼 거신이 됴심ㅎ라 이랑이 하직하려 하고 치와본이 발셔 간더 업거날 ㅎ 고히 네겨 집의 도라와 부모꾀 뵈온더 부모 문왈 어디로 단니건더 그리 여러날 갓던다 답왈 벗도 보옵고 산슈도 귀경ㅎ고 오노라 ㅎ온이 더디던이다 이화졍 할미 이랑을 멸이ㅎ고 드려와 낭즈다려 무려 왈 낭즈 그 쇼연을 보신이닛가 낭즈 답왈 보지못ㅎ연나이다 할미 왈 그 쇼년이 젼성의는 옥황샹졔 압퓌셔 신션 가엄하던 티을션군이요 이싱의는 샹셔

372

이위공의 귀즈라 진지 낭즈의 빅필이 되염즉 홀 연분이건이와 다만 젼성죄로 이 싱의 와 혼 눈이 흘젹ㅎ고 혼 팔 한 다리 져는 병인이 되여신이 그거시 원통ㅎ더이다 진실노 티을션군이면 비록 두 눈 멸고 팔다리 젼다나 무어시 희로오릿가 거어나 다만 티을인 줄 어이 분명히 알이요 할미 왈 앗기 그 쇼연의 말슴 드르이 더셩스 부쳬 짜른 요지의 가 반도 게화 바닷노라 ㅎ고 쏘 됴쟝의 스간 슈을 어던노라 한이 일졍 티을릴시 올한가 ㅎ나이다 낭즈 왈 셰샹 인스을 아지 못ㅎ이 할미는 즈시 살펴라 할미 쇼왈 너 그 쇼년의 졍셩을 보려 ㅎ고 길필코 낭즈 을 보려 하거던 나냥 남군 짜헤 가 츠즈라

373

하여신이 티을릴시 올ㅎ면 일졍 게 가 단녀오리이다 낭자 왈 비록 고힝ㅎ여 오나 글나 밋졔 말고 일졍 티을릴시 올ㅎ면 너 옥지환의 빅히 진쥬을 어더실 거신이 그을 본 후의 너 몸을 허하리라 할미 그 말슴이 올타 ㅎ더라 낭즈 할는 누우의셔 난봉 슈놋턴이 홀련 혼 바람길헤 난더 업는 부리 나렷쳐 봉의 나리 굿치 탄니여 할미 보인더 할미 왈 곳업슨 불리 일졍 화덕진군의 지죄로소이다 타일의

즈연 알이이다 하더라 이랑이 도라와 슘일 문의 모욕지계ᄒ고 요지의 가 어든 옥지환의 진쥬와 됴쟝 슨 둑쟈와 돈 일쳔냥 가지고 할미 집의 왓던이 할미 마춤 문

374

의 나셧다가 이랑을 보고 반겨 마즈 외당의 드려가 좌졍 후에 할미 왈 져졈긔 공즈 만나 취ᄒ 슐이 니계야 기야 히졍코져 하되 늘근이 혼즈 시작씨 슐□ᄒ여 못 먹엇던이 다힝이 오날 공즈을 ᄯ 만나이 취토록 먹스이다 이랑 왈 젼일의도 할미 슐 만히 먹어시되 쥬쵀을 즉시 보닐 거슬 할미 말 고지 듯고 남냥 남군 ᄯ 흐로 표진과 노젼으로 두로 단이다가 갓 도라왓기로셔 쥬치을 못 보닉엿던이 돈 일쳔냥 가계고 왓슨이 비록 젹으나 졍이나 알나 할미 왈 쥬시ᄂ 거슬 스양치 못 ᄒ런니와 닉 집이 비록 간난ᄒ나 슐독 아리ᄂ 쥬쳔당 잇고 우희ᄂ 쥬셩이 님ᄒ 여신이 무슨 갑슬 밧고 드리릿가 컨

375

이와 공즈 무슴 일 위하여 두로 갓던닛가 공즈 탄식 왈 슉향을 위ᄒ여 갓던이다 할미 왈 낭군 진짓 신지로다 그런 병인을 위하여 쳔이을 졔척만 네겨 단이신이 슉향이 안이 감격하릿가 이랑 왈 슉향을 어더 보안시면 혹 감격할 법이 닛스런 이와 종시 못더 보아신이 그리 갓던 쥴린들 어이 알이요 할미 거즛 놀니ᄂ 치 ᄒ고 왈 발셔 다란 스롬의게 가고 업던잇가 임의 죽어던이닛가 이랑 왈 종젹을 차자 노젼이란 ᄯᄒ히 간이 화덕진군이란 스롬이 잇셔 나냥 동쵼 이황졍 마고할미 다려가 완월누의셔 슈길ᄒ리라 하이 잇 ᄯ밧긔 동쵼 이화뎡이 업스온니 일졍 할 미 집의 두

376

고 날을 쇠긔ᄂ다 할미 졍식 왈 낭군의 말슴이 진실치 안이ᄒ이 화덕진군은 쳔

샹 남천문 밧긔 이셔 불 츠지ᄒᆞᄂᆞᆫ 신션이이 어더 보실 비 업고 마고할미ᄂᆞᆫ 쳔틱
산 약키난 션여라 인간의 ᄂᆞ려오실 이리 업ᄉᆞᆫ이 슉향 ᄃᆞ려갓단 말리 더옥 무거
하다 이랑 왈 화덕진군이 니로디 이화뎡 마고할미 집의 가 슉향이 바야흐로 낭
봉 슈을 노커날 불을 나리쳐 봉의 나리 ᄯᅳ츨 틔와신이 타일의 글노 증험하라 ᄒᆞ
여신이 그 스람이 어이 날을 쇠기랴 할미 왈 진실노 그려면 동촌 이화졍이 ᄯᅩ
잇도다 슉향이 닉게 잇시면 낭군이 져리 지셩으로 구하시ᄂᆞᆫ디 닐긱이나 감쵸와
두

377

오리잇가 니랑이 마연ᄒᆞ여 술먹지 안이코 긔리 탄식 왈 이션이 장챳 죽을 ᄯᆞ람
이로다 하고 가려 하거날 할미 왈 낭군은 샹셧딕 귀공ᄌᆞ라 아롬다온 빅필을 구
ᄒᆞ여 향니 나난 방안의 원앙침 비취금으로 추월 츈풍의 한가지로 즐길 거시어날
어이 슈고로이 병든 슉향을 츠즈랴 하시ᄂᆞᆫ고 니 몸이 괴로온 쥴 ᄭᅢ닷지 못ᄒᆞᄂᆞᆫ
잇가 이랑 왈 니 부괴을 낫바 하며 비필을 못어더 ᄒᆞᄂᆞᆫ 이리 안이라 젼싱 일 몰
나실 졔ᄂᆞᆫ 싱각업던이 ᄌᆞ시 안 후ᄂᆞᆫ 슉향을 위ᄒᆞ여 침셕이 편치 안이ᄒᆞ고 ᄯᅩ 슉
향이 날노ᄒᆞ여 인간의 나려와 병인이 되여 고힝 만히 젹ᄂᆞᆫ다 하거던 비록 간쟝
이 쳘셕이

378

들어 잔잉치 안이하리요 할미 왈 용여마로쇼셔 이감쳔이라 하온이 니 아무케 두
루 단이며 듯보아 긔별하리이다 이랑 왈 할미 은혜 막극하압건이와 니의 목슘이
할미 숀의 잇ᄉᆞᆫ이 어엿비 네겨 차자 보라 하고 도라가 죠셕의 됵ᄌᆞ만 디하여 한
숨 짓고 슬허함을 마지 안이ᄒᆞ던이 삼일 만의 이랑이 문 밧긔 나셧던이 할미 나
귀타고 지닉거날 이랑이 인하여 안히 드려가 음식 가초와 먹기고 문왈 할미 어
디 갓다가 오ᄂᆞᆫ다 답왈 공ᄌᆞ을 위하여 슉향 어드려 갓다가 오나이다 이랑 왈 어
디 가 보다 할미 왈 낭군을 위하여 두로 단이며 셰 고다나 보아시디 어느 낭ᄌᆞ
낭군의 비필될 쥴 모로

379

온이 낭군은 그 즁의 틱취하쇼셔 이랑 왈 어디 어디 이스며 나히 몌치나 하던요 답왈 하나흔 병부샹셔황권이 여즌이 나히 십스셰요 쏘 하나흔 간의틱우 진남의 여즌이 나히 십팔셰요 도 하나흔 비령박이이 나히 심뉵셰라 졔 부모 근본을 모로던이다 컨이와 공즈을 위하여 늬 셰 고딕 가 긔별혼즉 응답하딕 그 비령방이 난 허치 안이하고 왈 요지연의 늬 진쥬 가져간 스롬이 늬 비필인 거시이 늬 진 쥬을 보아야 늬 몸을 허하리라 하던이다 이랑이 그 말 듯고 딕희하야 왈 슉향이 진지 쇼인로다 요지예 가실 졔 반도 쥬던 션여의 진쥬을 늬 어디 왓던이라 하고 즉시 드려가 졔비알

380

만한 진쥬을 늬여주며 왈 할미 괴로오나 나을 위하여 이거슬 가져다가 보아 졔 긔라 하거던 다려다가 할미 집의 두고 틱일하여 도라오라 혼슈는 늬 츠려쥬리라 할미 허락하고 도라와 낭즈끠 이랑 말숨을 이르고 그 진쥬을 늬여 보이이 낭즈 보고 반겨 눈물 짓고 왈 늬 진쥬 젹실한이 이져는 할미 마음딕로 하라 할미 쏘 가 이랑을 보고 비령박의 진쥬라 하여날 다려다가 늬 집의 두어시딕 다만 그 얼 골이 추비하고 못슬 병 여려 고딕 잇시이 낭군 비필 삼긔 가치 안이흐고 낭군이 보신면 비록 연분이 즁하나 일졍 튜히 너겨 목젼의 두지 아이실 거시이 다란 긔 가 못흐고 졀문 거시 일상 혼즈 늘그면 도로

381

허 날을 원망할덧 하온이 스셰 가쟝 난쳐하여이다 이랑 왈 할미 무슨 분별하는 다 슉향의 병이 졔 죄 안이라 늬 죄로셔 그리 되여신이 늬 어이 차마 박딕하며 쏘 하나리 뎡하신 연분이이 비록 취비한들 늬 팔즈라 어이하리요 할미 왈 그 비 령박이 말이 낭군이 녜로 쟝가 안이들면 듯지 안이하리라 하던이다 이랑 왈 비

필 삼무려 하며 어이 무여히리요 홀미 왈 그려면 부모끠 알게 하엿는잇가 답왈
부모끠는 알게 못호나 동셩 슉모 계시이 게 가 살와 예로셔 장가들이라 할미 왈
그레면 이달 십스일의 납치 하시고 십오일에 합궁하게 하엿나이다 이랑이 황금
일빙양을 쥬며 이로디 할미 집이 가난

382

한이 혼슈에 보티라 할미 왈 혼인과 쟝스는 칭가뉴모라 니 즈연 어더 하올 거시
이 일노 두엇다가 낭군 셰스의 보티쇼셔 하고 밧지 안이하더라 이랑의 슉모는
좌보야 벼살하던 녀홍의 부인이라 졀머셔 혼즈 되야 무즈식호미 이랑을 친즈식
갓치 스랑하던이 이랑이 슉모딕의 간이 슉모 왈 니 밤의 고히한 꿈을 꾼이 너을
불너 보고져 호여던이 잘 오도다 호거날 이랑 왈 무슴 꿈 꾸신잇가 슉모 왈 옥
용을 타고 광한젼의 드려간이 한 션여 왈 니 사랑하던 소익을 그딕의게 쥰이 며
느리 삼무라 하거날 니 너을 쥬려 하고 쇼익란 션여을 다려와 보이이 네 아롬다
온 안희을 어들가 겟거하노라 이랑이 쏘한 이

383

젼의 딕셩스의 가 꿈꾼 일과 할미 말을 즈셰 스론이 슉모 츠툰하더라 이랑이 쟝
가드물 쳥한딕 슉모 왈 네 아바님 셩품은 남과 다른이 남의 말 듯고 병인을 며
나리 삼우려 안일 거신이 엇지 하랴는다 이랑 왈 죽으는 쉽스와도 숙향을 바리
고 다른 비필은 엇지 못호올쇼이다 부인 왈 네 급졔하면 벼살리 놉파 두 부인
어들 거신니 이졔 샹셔 경셩의 가시고 업슨이 이번 혼인은 니 쥬혼하고 둘지 부
인 어들 졔는 네 아바님이 쥬혼하시더라 안이 무던하랴 이랑이 비스 왈 슉모 은
덕의 션의 원딕로 호온이 감스호와이다 슉모 왈 네 집의셔 알면 일졍 환이 날
거신이 너는 네 집의 도라갓다가 망일의 오르

384

부인 왈 슉향이 녀가의 잇슨이 일졍 긔구 업스리라 하여 납치을 가쟝 만이 차려 보닐졔 가져가는 죵다려 일너 왈 그 집의 가 기구범빅을 즈셰 보고오라 동이 도라와 엿즈오디 우리 딕 스부가 납치을 만이 보아시디 그디 갓치 거룩한 긔구을 못보왓고 쏘 낭즈 이샹하더이다 부인이 가쟝 깃거하더라 망일에 이랑이 부인긔 하직호고 위의 갓초와 간이 차일 쟝막을 다 슈노흔 힌 비단으로 호엿고 무릇 긔명이 다 인간의 보던 거시 안이요 좌우의 셧는 숀님이 다 요지예 가 반도 듀던 신선일네라 이랑이 가쟝 깃거 견권하기을 원낭이 녹슈만는 닷 비취 연이지예 드림 갓더라 이튼날 이랑이 도라와 부인긔 뵈온디

385

부인 왈 낭즈 병인이라 하던이 엇더하던요 니 즉시 다려다가 보고져 하디 네 아바님이 당셩 몰나시이 오시거던 긔별호고 다려오리라 이랑 왈 슉모님이 낭즈을 보고져 하시거던 니 독즈의 반도든 션여을 보소셔 하고 즉시 독즈을 가져다가 듸린이 부인이 보고 깃거 왈 낭즈의 얼골리 니 꿈의 광한젼의 가 어더온 쇼이로다 하고 샹셔 오시물 기다려 됴토록 살와 부디 슈이 다려다가 보고져 하시더라 이젹의 샹셔 경셩의셔 황졔을 뫼셔 국사을 의논하노라 여러 다리로디 집의 도라오지 못호엿던이 샹셔 부인이 니랑의 하는 일리 예와 다르고 자로 나가물 보고 슈샹이 너겨 동다려 무라이 죵드리 그이지 못호여 바로 엿즈온이 부인이 디경하여 즉시

386

샹셔 긔별하이 샹셔 알고 놀너 왈 누의님이 쥬혼하신 일이요 졔 죠하한단이 말이지 못할 거시이 나냥의게 긔별하여 계집이 의졔 업슨 사람이라 한이 자바다가 둑이라 하고 즉시 나냥 원 김젼으게 편지하다 이젹의 이랑이 슉모님 딕의 잇고 젼녁 간치 창 밧긔 와 울거날 낭즈 놀너 왈 젼의 쟝승샹딕 영츈당의셔 간치 져

리 우던이 불특흔 변이 나던이 또 오날 져리 우이 무슨 변이 이슬고 넘녀하던이
밤듕은 ᄒᆞ여 관치 나와 숙향을 ᄌᆞ바간이 아모란 둘 모라고 울고 ᄌᆞ펴간이 원이
촛불혀고 좌긔하여 문왈 네 엇던 스룸이완더 샹셔딕 귀자을 혹하여 둑긔하여ᄂᆞ
다 하고 샹셔계셔 니게 긔별하여신이 날을 원망 말고 둑으라 하

387

시고 동혀 미고 치라 하거날 숙향이 울며 왈 오셰예 눈듕의 부모을 여희고 아모
죠록 부모 얼골 어더 보려 하고 동셔 기걸하여 단이압던이 마참 슐판 할미 만나
의탁하엿습던이 이랑이 예로셔 구ᄒᆞ시이 샹인의 집의 와 의탁하엿스오미 스티우
집 영을 거사리지 못ᄒᆞ여 이랑의 비필 되엿스오이 쳡의 죄 아이이다 원이 왈 니
무죄흔 둘 나도 알것마ᄂᆞ 샹셔 긔별하여 계시이 니 어이 알이요 슈이 치라 하신
이 졉장스령이 미을 며고 치랴한즉 파리 압푸고 미 무거워 치지 못하거날 다른
스령 가라 치라 하이 또 그려한지라 연ᄒᆞ여 스령 다사실 가라 셰우더 한갈갓치
미잡은 파리 압푸고 미 짜히 붓고 쩌러지지 안이하ᄂᆞ지라 원이 왈 일졍 이미흔
스룸을 치라 한이 그

388

러하도다 커이와 샹셔 긔별하신 말슴을 안이 듯지 못할 거신이 동혀미여 져 깁
푼 물의 여흐라 하던이 잇더예 원으 안히 됴우던이 숙향이 울며 압퓌 와 졀하고
왈 아바임이 날을 죽기려 하시ᄂᆞᆫ디 어마님은 어이 구치 안이ᄒᆞᄂᆞ잇가 장시 놀너
씨다른이 꿈이어날 즉시 시여 불너 문왈 원님이 어디 계시ᄂᆞᆫ다 시여 답왈 외쳥
의 좌긔하셔 이샹셧딕 며나리을 쳐 둑이려 하시이 미질ᄒᆞᄂᆞᆫ 스령이 다 파리 압
파 못치미 동혀 물의 여흐라 하나이다 장시 놀너여 즉시 김견을 드려오쇼셔 하
여 울며 왈 숙향이 여희연지 심연이 너며시디 꿈의도 보지 못하엿던이 잇리 꿈
의 이려려 ᄒᆞ올시 뭇나이다 그 집의셔 어이 며나리을 죽기려 하며 엇던 스룸
의 ᄌᆞ식이며 나흔

389

며치나 하고 일홈은 무어시라 하던이잇가 김젼 왈 션은 위공 독자라 인물과 지
죄 쳔하의 비할 디가 업순이 위공이 가쟝 스랑하던이 위공이 경셩의 간 스이예
위공 누의님이 위공긔 이르도 안이하고 마암으로 이션을 져 계집의게 쟝긔 보닌
이 이션이 쏘 혹하여 죽게 되엿고 학업을 젼폐하이 위공이 맛누의님이 한 일을
그르다 못하고 쏘 션이 아즉 급졔 못한 션비이 두 번 쟝가 못할 거시요 그러함
으로 져 여자을 죽이고 다란 디 쟝가하려 함이요 쏘 졔 말 드른이 다삿살 먹어
셔 난즁의 부모 여회고 어버이 어더 보려 동셔 기걸 단이다가 슐파난 할미을 만
나 의탁하엿던이 보야딕의셔 구혼하신이 거스리지 못하여 이션의 안히

390

디야노라 졔 죄 업건마난 샹셔 긔벌하신 이리라 니 마암으로 못하여 쳐 죽기려
하이 치지 못하여 동헌 물의 여코져 하나이다 쟝시 왈 졔 나혼 메치나 하며 일
홈은 무어시라 하압던이잇가 김젼 왈 그러나 이션의 쳡이 안이라 안히 되엿시이
일홈은 뭇지 못하련이와 부인은 어이 그려 자셰히 뭇는이잇가 쟝시 왈 니 꿈이
고이 하오이 니일 얼골을 친히 보고져 흐논이 아즉 죽이지 마르시고 두어다가
니일 니쳥의 좌긔하시고 올이쇼셔 김젼이 분부하여 가두라 하더라 낭즈 옥즁의
가며 하날긔 비러 왈 져 황쳔아 니 무슴 죄 이다지 등하여 부모 얼골을 다시 못
보고 이 옥듕의셔 죽게 하는이잇가 하고 하 울며 옥듕으로 간이 모다 차탄하여
안이 장잉히 네기리 업더

391

라 쏘 스롭드리 이로디 져 낭즈 속졀 업시 니일이면 죽그리로다 하이 낭자 울며
왈 이 싸흔 어디며 이는 무슨 집이요 모다 이로디 나냥 젼옥이로쇼이다 낭즈 이
랑의게 등는 쥴리나 긔별하고져 하더 필먹도 업고 젼할 스롭도 업셔 혼즈 우노
라 하이 나리 시여 오며 쳥죄 나라와 낭즈 무룹 압뛰 안즈 울거날 낭즈 즉시 집

격습 쩨여 손가락 기무려 피니여 느무가지로 글셔 시 다리예 미고 경계하되 이
랑과 할미을 다시 보지 못하고 죽으이 지하의 가도 눈을 감지 못ㅎ게 되여시이
니의 죽는 쥴리나 낭군긔 젼라 그 시 그 말 드르미 두 번 울고 나라가더라 이랑
이 슉부인 집의셔 자던이 밤의 몸이 자로 놀납고 번열하여 잠드지 못ㅎ고 심심
하여 이러나 부인 계신디 가이 부인

392

이 문왈 무어슬 일허는다 낭즈을 싱각하여 그려ㅎ야 어이 넉 일흔 사람갓튼요
답왈 일흔 것도 업습고 낭즈도 하로 스예예 그다지 그려오릿가마는 마암이 졀노
그려하여이다 하고 말하던이 문득 쳥죄 나라와 이랑의 팔의 안즈 울거날 본이
시 다리예 민 것 잇는지라 글너 본이 그 글의 하여시디 견상의 죄는 이싱의 와
도 도망게 어렵도다 즁흔 인연 변하여 미친 바람이 되여도다 향긔로온 꼬치 쇽
졀 업시 쩌려져 나냥 옥듕의 흘기 되리로다 슬푸다 죽기난 셜지 안이하되 이랑
을 다시 못본이 지하의 가도 눈을 감지 못하리로다 빅명 쳡 슉향은 이랑 독하긔
지비 샹셔하나이다 하엿더라 이랑이 보고 디경 통곡ㅎ고 그 글을 부인긔 드리고

393

나냥 옥듕 드려가 낭즈로 더부려 한가지 죽그려 하거날 부인 왈 아모란 쥴 즈시
모로고 젼도히 말나 하고 일변 원통을 불너 그 연고을 무른이 원통은 그딕 비부
로셔 나냥 고올 아젼이라 샹셔 긔별하여 죽기려 하는 쥴 즈셰히 아뢰이 부인이
디로 왈 비록 샹셔의 아다리라도 쏘흔 니의 시양자라 니 쥬혼흔 일리라 날다려
뭇도 안이코 그리 무려히 하리요 니 친히 황셩의 드려가 샹셔을 보아 듯지 안이
하거던 황후긔 살와 황졔긔 엿즈와 쳐치하리라 하고 즉시 힝장을 추려 장안으로
간이라 이랑은 본가의 도라와 머리 쓰고 져 낭즈 죽다 하면 한가지로 죽으려 하
던이 이날 김젼이 니쳥의 좌괴하고 낭즈을 올이이 낭즈 옥갓탄 귀밑

394

티 진듀가탄 눈물을 흘이고 약질흔 몸의 큰 칼 메고 스롬의게 붓들여 반만 둑어 드러오는 양을 보고 눈물 안이 지우리 업더라 김젼이 문왈 네 본향은 어듸며 일홈은 무어시며 뉘 집 즈식이며 나흔 몃치나 한다 낭즈 졍신을 차려 답왈 다삿살 먹어 부모을 난듕의 일코 뉴리하여 단이오믹 본향도 어버이도 모로압던이 스란 후에 드란이 김샹셔 딸리라 하야물 듯즈와숩고 일홈은 슉향이압고 나흔 십육셰 로쇼이다 쟝시 그 말 듯고 눈물 짓고 김뎐끽 고왈 져 아히 얼골도 죽은 딸의 모양이요 일홈도 갓고 나히 쏘흔 갓트듸 다만 김샹셔 딸리라 하이 그 근본을 즈셰 모로나 하 잔잉하이 아젹 죽이지 말고 샹셔 긔별하여 달이 쳐치할 거

395

시라 예셔난 죽기지 마로쇼셔 김젼도 올히 네겨 도로 나리와 가두고 그 스연을 위공끽 긔별하다 쟝시 낭즈을 보고 슉향을 더욱 싱각하여 왈 우리 슉향도 사라 셔 어듸 가 져갓치 되엿는가 죽어 흘기 되엿는가 하고 목노코 우다가 김젼끽 쳥 하여 칼 볏끽고 시여 졍하여 직키고 음식을 즈로 보닉더라 샹셔 김젼의 편지 보 고 낭즈 못죽긴 줄 알고 디로하여 김젼을 벼살 가라 계양 틱슈 흐이고 다른 스 롬으로 하여 부듸 죽기려 하던이 문득 보하듸 슉부인이 오신다 하거날 샹셔 마 자 드려온이 부인이 노왈 이졔는 벼살리 놉고 위엄이 즁하면 동싱을 바리라 하 엿는가 샹셔 황공하여 복지 왈 어이 이른 말숨이잇가 부인 왈 샹셔 지샹이 되여 쳔하

396

을 다스리고 이륜의 무숨 일 잇숩는고 답왈 오륜이 웃듬이이다 부인 왈 그려면 나와 샹셔 사이도 오륜의 참예하여는가 샹셔 왈 형우졔공이라 하여사온이 어이 오륜의 드지 아이하여사오릿가 부인 왈 샹셔 비록 벼살리 노파시나 닉의 다삿 지 아으라 이졔 부모 다 업셔 계신이 맛당이 나을 버금 예로 딕졉할 거시어날

샹셔 날 보기을 노인보벗 하이 니 그 욕을 보고 스라 슬더 업산이 찰하리 샹셔 마암 시원하게 압퓌셔 죽으리라 샹셔 디경하여 탕건 벗고 짜히 나려 청죄ᄒ여 왈 쇼자 져즌 죄을 아지 못하온이 청컨디 명빅히 이르시고 압퓌 죽기쇼셔 부인 왈 션이 샹셔 아달이나 어려셔부터 니 시양으로 길너신이 또한 니 ᄌ

397

식이라 져졈믜 꿈이 이려이려하민 션을 불너 꿈말을 이른이 져도 이려이려한 이 리 이셔라 하고 긔필코 낭ᄌ을 안히 삼지 못하면 밍셔코 셰샹의 잇지 안이려 하 거날 니 혜오디 졔 급졔하면 일졍 두 부인 졍할 거시요 낭ᄌ는 하날리 졍하신 년분인이 이번은 니 쥬혼하고 훗부인 졍할 쩌는 샹셔 쥬혼하여도 무던한 이리라 날다려 의논ᄒ고 죠용히 처치할 거시어날 날을 쇼겨 가만이 나냥 원의게 긔별하 여 무죄한 사람을 죽기려 한이 디쟝부 되여 광명졍디히 할 거시어날 그리 압한 일을 하여 후셰예 시비을 드르려 하난다 하고 무슈히 칙한이 샹셔 아무 말도 못 하고 잠잠하엿다가 스로디 누의임이 그리 하신 줄 모로압고 져졈믜 양왕

398

이 구혼하압거날 니 허하여습던이 요ᄉ이 듯ᄌ온이 션이 미쳔한 여자의게 부모 모로게 쟝가드럿다 하고 됴졍가의 말습이 만ᄉ와 하여삽던이다 부인 왈 부쳐 사 이난 쳔졍이라 쳐쳡이 이증이 업ᄉ이 비록 부모 몰나도 니 쥬혼하여 졍한 여자 라 쳡과는 다르고 또 션이 급졔하여 벼살하면 일졍 두 부인 졍키 어렵지 안이한 이 그졔는 샹셔 하고져 한 가문을 갈히여 하고 무죄한 낭ᄌ을 죽이지 마로쇼셔 샹셔 안마암의 혜오디 맛누의님이라 말슴 거사리지 못하여 그려하쇼셔 하고 나 와 시로 가는 나냥 영을 보아 왈 그 계집을 부디 죽기려 하여 그디을 부러하이 엿던이 누의님이 한 마리 잇슨이 죽기지 말고 그 근쳐의 두지 말고 노흐라 하다 여황후는 슉부인의 싀누의라 부인이 와

399

계신단 말을 듯고 청하여 궁듕의 드려가 여러 날 머물고 보니지 안이하이 부인
이 집의 도라가지 못흐여 낭즈 노회라 하는 긔별을 이랑의게 젼한이 이랑이 듯
고 긧거하던이 샹셔 션을 게 도셔난 낭즈을 다시 혹할가 염여하야 사환 보니 경
셩의 드려오라 하이 이랑이 낭즈을 다시 못보고 경셩의 오게 된이 슬픈 마암을
이긔지 못하디 부인끠 하직하고 눈물을 무슈히 홀이고 안즈 울거날 부인 왈 네
인물과 지죄 셰샹의 쎄혀나이 너와 갓탄 비필을 졍하려 하거날 네 마암더로 쳔
인의게 쟝가드러 두고 부친 부르시는 디 가기을 슬허하여 우는다 이랑이 그졔야
낭즈 어던 젼후곡졀을 긔기히 스로고 쏘 스로디 이졔는 부친이 죽이지 말나 하
시이 비

400

록 죽던 안이하오나 의퇵하올 고지 업셔 하올 거시이 모친은 자식의 졍을 싱각
하야 쎄쎄로 냥식이나 쥬쇼셔 부인이 눈물 짓고 왈 진실노 네 말 갓트면 하나리
졍하신 비필린이 님으로 못하련이와 다만 네 아바임 뜻즐 아지 못하엿신이 어이
하리요 너무 용여말고 됴히 가 급졔나 슈히 하여 오라 급졔하여 벼살한 후면 네
마암의 하고져 하난 일을 부모도 금치 못하리라 하더라 이랑이 할미나 보고져
하디 바로 드려오라 하여시미 명을 거스지 못하여 할미게 편지만 흐여 보니고
바로 경셩으로 드려가이 샹셔 칙왈 스룸의 혼인은 일륜의 디스라 부모의 명을
바다 일족을 알게 하고 육예을 가초아 일게 하거날 네 스심으로 쳔한 여즈게 쟝
가드니

401

네 죄 만스무셕이로디 누의 말숨을 거역 못하이 급졔 못한 젼은 니 눈에 보이지
말고 퇴악의 드러 이시라 이션이 사죄하고 퇴악으로 가이라 이젹의 김젼은 계양
으로 가고 나냥 신관이 슉향을 잡아너냐 슈죄하고 니쳐 왈 이 근쳐의 잇지 말나

한이 문 밧계 나오이 할미 울며 집의 다려다가 이랑이 경셩으로 갈 졔 한 편지
을 너여주거날 낭자 보고 울며 왈 낭군은 경셩의 가고 관가의셔는 이 근쳐의 잇
지 말나 하이 어디 가 의탁하리요 마고할미 숙향을 영결하이라 하로난 할미 가
쟝 슬허 울며 낭즈을 보거날 낭즈 왈 할미 무슴 연고로 져려탓 슬허하시나요 할
미 왈 나는 과연 쳔틱산 마고할미련이 월궁향아의 명을 밧즈와 낭즈을 구하려
인간의 나

402

와습던이 져잠끽 낭즈 요지의 가실 졔 니 쳥죄 되얏고 낭군 오실 졔 삼신산 선
관을 니 쳥하여 왓습고 옥둥의 가쳬실 졔 니 쳥죄되야 낭군끽 편지 젼하고 낭즈
의 온갓 일을 돌보옵던이 이져는 낭즈 익이 다 진하엿습고 낭즈로 인연이 진흔
여스오이 슬허하나이다 낭즈 망극하야 나려 졀하고 왈 인간 무지흔 눈이 한미
션여신둘 엇지 알이요 숙향이 젼싱의 죄 듕하야 어려셔 부모을 여희고 동셔 기
걸하다가 승샹딕 은덕을 힘입어 몸을 보존하다가 너침을 보압고 쳔신만고하야
요힝으로 한미 만나 날 친즈식갓치 사랑하오셔 일윤까지 졍하시이 낭군의 덕으
로 조흔 시졀을 만나면 산희갓탄 덕을 만분지일이나 갑스올가 하압던

403

이 이졔 낭군도 아이 게시고 한미조차 바리시이 뉘을 의지하야 살이이요 한미
왈 이왕지스는 하날이 졍하신 쉬오이 한치 하아이시기 올습고 나도 낭즈와 낭군
을 만나 부귀영화 하시는 냥을 보고 가즈 흐오되 쳔명을 어게지 못하야 가오이
이후는 낭군을 만나 영화 보실 나리 머지 아이하옵고 부모도 오리지 아여 츠즐
거시이 용녀마옵쇼셔 낭즈 왈 부모의 셩명 얼골 모라거던 만나온덜 엇지 알이요
한미 왈 져줌끽 죽기려 하던 나냥 영 김젼이 낭즈의 부모신이다 낭즈 왈 그려
면 엇지 그쩍의 이라지 아이하더요 한미 왈 서로 만날 시더 못미쳐스오나 쳔명
을 범치 못흐온 연고라 낭즈을 물의 여흐려 할 적 낭즈의 혼빅을 인도하야 낭즈
어마님 꿈의 드려 구흐옵고 낭

404

자 슈형할 더 사령의 팔의 안즈 치지 못ㅎ게 하엿노라 낭즈 왈 한미 은덕은 이
싱의셔 다 못갑흐리로다 이졔 바리고 가시이 부모을 찻고져 하이 길흘 가라치쇼
셔 한미 왈 예셔 계양이 숨쳔 오빅 이라 낭즈 가시지 못할 거시이고 쏘 낭군을
보지 아이고 계양으로 가시면 낭군은 영결하실지라 임의 낭즈의 익이 진하여 오
라지 아이하야 조흔 찌을 만나실 거시이 너모 용여말고 니 져 기을 두고 가오이
날 본다시 어엿비 너기쇼셔 낭즈의 어려온 일은 돌보오리이다 낭즈 왈 한미 가
시는 더는 얼마나 하며 언졔 가시려 하나요 한미 왈 니 가는 길은 오만 팔쳔 이
압고 가기는 인지 가려ㅎ노라 낭즈 더옥 망극하야 울며 왈 가시는 길이 갓가오
면 뫼와 가고져 하디

405

길이 하 머오이 할이나 더 머무쇼셔 한미 탄왈 니 낭즈을 다려가올 세 잇스오면
엇지 바리리잇가 낭군 오실 날이 머지 아여시이 머무려 보고 가졔마는 시 느껴
가오이 가노라 하고 입던 옷 흔 불 두고 가오이 옷슬 빙염하고 관각 갓초와 져
기 가는디 허위거던 뭇고 힝혀 어려온 일이 잇거던 니 무덤으로 오쇼셔 하고 입
던 적삼을 버셔 낭즈을 주고 두어 거람의 간디 업거날 슉향이 막극ㅎ야 한미 적
슴을 붓덜고 통곡하이 피나더라 관각을 갓초와 영쟝할시 낭즈 가고져 하이 기
쳐마을 무려 안치거날 낭즈 가난 스람다려 왈 할미 유원디로 져 기 허위는 디
무더라 나냥 북촌 이샹셔 동산의 가 허위거날 계 뭇고 도라와 그 스연을 고ㅎ이

406

낭즈 울며 왈 한미 죽어도 날을 잇지 못ㅎ는도다 조셕 졔스을 졍셩으로 하더라
○ 쳥귀 슉향의 편지 차고 경셩의 가 이션의게 젼하다 ○ 낭즈 의탁할 고지 업
셔 그 기을 볏삼아 잇던이 하로는 동산의 발근 달리 오라고 잠은 업셔 챵젼의

지허 신셰랄 톤하여 글을 지어 셔안의 노코 즈다가 이려 보이 글과 기도 업거날
더욱 망극하야 울며 왈 심할스 팔즈야 기조차 어디 가요 밤이 오며 휘휘하야 우
더라 이쩌 이션이 틱학의 든 후 낭즈 소식을 몰나 용여하야 칙을 벗삼아 보다가
오날은 달리 발근이 두루 거려 심스을 풀더이 멀이로조차 기 나는닷 오거날 이
랑이 반겨 마조 나가 어라만져 왈 너는 즘셩이로디 슈 쳘이 와 날을 보고 나는
사람이로디 낭

407

자을 못 가보는도다 그 기 입으로 글을 토하거날 즈시 보이 낭즈의 슈젹이라 그
글의 하야시디 슬푸다 숙향아 험할스 팔즈냐 나히 오셰예 부모랄 여희고 십연이
되디 부모의 스싱존망을 모라고 동셔 기걸하이 사롬이 다 쳔이 보는도다 슬푸다
숙향아 험할스 팔즈야 심연을 남의 집 고공스이 참쇼는 무슴 일고 더려온 익명
을 가지고 고힝을 얼마나 하엿던고 슬푸다 숙향야 험할스 늬 일이야 월하연분으
로 이랑을 만나이셔 원낭금이 치 덥지 못ᄒ야 이별은 무슨 일고 운슨은 쳡쳡ᄒ
디 오작은 긋쳐 잇고 볼 길이 아득하이 소식을 뉘 젼할고 슬푸다 숙향아 험할스
팔즈야 혈혈ᄒ 이 몸이 한미을 의지하야 조셕을 이우더이 한미조차 죽어지이

408

어디 가 이지할고 슬푸다 숙향아 험할스 팔즈야 쳔하가 비록 너르나 이 한 몸
의탁할 고지 업도다 사라셔 이랑의 년분을 기다릴 체 업스이 지하의 가도 눈을
감지 못하리로다 슬푸다 숙향아 험할스 팔즈야 외로온 이 몸이 어디 가 의지하
리요 하엿더라 이션이 숙향의 글을 본이 한미조차 죽은 둘 알고 낭즈 의탁이 업
셔 일졍 죽으리로다 하고 우다가 져 먹던 밥을 긔 먹이고 편지을 긔 목이 미고
경겨 왈 한미 이제 죽어시이 의지가 너쑨이라 쌜이 도라가 낭즈을 보호하라 그
기 두 변 머리을 조아 응답ᄒ고 가더라 차셜 이쩌 낭즈 혼즈 이셔 밤은 졈졈 어
두어간이 고단ᄒ 마암을 이기지 못하여 우다가 본이 멀이셔 무슨 거시 쇼릭ᄒ고
오거

409

날 더옥 두려옴을 가지고 머리을 드러보이 쇼리는 아히들 쇼리 가타디 얼골은 짐싱이어날 고히 너겨 창닷고 가만이 슈멋던이 그거시 방문을 발노 허위여 쇼리 하거날 그제야 긴 줄 알고 반겨 니다라 긔 등을 시다듬아 왈 너초차 날 바리고 어디을 갓던다 그 긔 목을 드려 낭즈의 팔의 언거날 만져본이 목 아리 한 봉을 이 미엿거날 즉시 불허고 글너 보이 이랑의 편지려라 그 글에 ᄒ여시되 이션은 두 변 절하고 슉낭즈끠 화답하온이 평싱의나 이싱의나 낭자로 하여곰 괴로온 일은 다 션의 죄라 이졔 지닌 일은 일너 쇽졀업건이와 한 변 이별하미 은혜 가리고 쳥죄 그처시이 쇼식도 돈졀하이 할 길 업셔 쇽졀 업시 혼빅 스랄 ᄯᅡ람이로다 셔산의 지는 히

410

와 동역 헤쓰는 달을 디하여 눈물노 지니던이 쳔만 의외예 쳥스즈 긔 와셔 쇼식을 젼하미 낭즈의 필젹을 본이 낭즈의 옥용을 보닷 반가온 마암이 도로혀 밋칠 닷 할미조차 죽다 하이 누을 의특하얏난고 낭즈의 고초이 지니는 형용이 외오셔 보는닷 하야 간쟝이 타난닷 하야 부슬 들고 죠희의 다다라 졍신이 흣터지고 눈물이 쇼사나이 션후을 츠려 아무 말도 젹지 못ᄒ건이와 옛말의 ᄒ여시되 흥진비리요 고진감니라 하이 요스이 동당 긔별 잇다 ᄒ이 요힝의 방목의 참예ᄒ면 니의 평싱 원을 이루고 고힝하던 낭즈의 은덕을 갑풀 거시이 만금갓탄 목슘을 가 보야이 바리말고 니의 도라가물 기다려 한날 한시예 죽어 한 구의 드물 원ᄒ

411

노라 ᄒ엿더라 낭즈 보고 울며 기다려 왈 황셩이 예셔 오빅 이라 ᄒ난디 네 어이 츠자 갓던다 네 갈 줄 아던덜 니 마암의 미친 이 회포나 젹어 보닐 거슬 너는 낭군을 보고 오더 나는 무슨 되로 낭군 계신더 못가는고 하고 우던이 이튿날

아참의 그 긔 집안 스면을 발노 허위고 집안 긔명을 무러다가 뭇고 덥거날 낭즈 고이히 너겨 혜오디 이 짐싱의 이리 하 비샹하이 일졍 장녀의 아모 이리나 이시리로다 하고 의복과 긔명을 다 굿에 무더 감초와던이 삼일 만의 셔너 사람희 밧긔 와 듀듀히 단이다가 가거날 낭즈 아무란 둘 몰나 의심하던이 이윽하여 한 아히 쇼타고 지니가며 이로디 그 놈더리 날밤의 이 집의 와 도젹질하려 하는가 시푸더라 ᄒ

412

야날 낭즈 그 아히을 쳥하야 무른디 답왈 올 졔 드란이 셔넌 스람이 가며 이로디 져 집의 보비 만히 이슨이 오날 밤의 겁탈하여 보비는 난화하고 낭즈는 지계집 사무려 하더이다 낭즈 그 말 듯고 망극하야 아무리 할 쥴 몰나 하다가 나리 졈졈 져물고 희업셔 가이 더욱 민망하야 긔다려 경겨하여 왈 오날 밤의 도젹이 와 치랴하이 져 긔야 욕을 보고 죽난이 찰리 할미 겨틔 가 죽고져 하이 네 가라치라 그 긔 고기을 쏘거날 낭즈 죽을 졔 입으랴 ᄒ고 죠흔 옷 두 가지을 보히 쓰메고 가이 긔 눕고 이지 안이하던이 히 져 어두온 후에야 긔 이러나 낭즈 멘 보흘 무려 당긔거날 낭즈 혜오되 버리고 가자 ᄒ는가 ᄒ며 보흘 벼셔 노흔이 긔 무려다가 졔 등의 언거날

413

긔특히 너겨 노흐로 긔 등을 미고 막디 집고 긔을 싸라 가던이 한 질의 안거날 보이 무덤이 잇거날 일졍 한미 분뫼로다 ᄒ고 분묘을 붓들고 통곡하던이 이쎄예 이샹셔부쳐 완월누의 올나 달구경하다가 고히한 바람길헤 슬피 우는 여즈 아히 우람 쇼리 들이거날 부인이 문왈 이 깁푼 밤의 어더셔 엇던 여즈 우는고 보와라 하이 마춤 이션의 유부 안젼의 앗다가 부인 말슴을 듯고 츳자 가이 과연 한 부인이 안즈 울거날 졀하고 뭇즈와 왈 엇더신이완디 이 밤의 졔 졀 미틔 와 우르시는이잇가 낭자 쳐엄은 욕볼가 두려 머리을 드지 안이하고 우다가 달비틔 가만히 살펴보이 나히 만한 스람이라 그졔야 우람을 그치고 이황 고힝한 일

414

과 즉금 근심하는 양을 이르이 놀너 나려 졀하고 왈 어와 모르소이다 쇼인은 낭
군의 뉴뵈압던이 앗가 부인이 우람 쇼러을 드르시고 가보라 하거날 왔습던이 니
집으로 가스이다 낭즈 왈 그딕 낭군의 뉴부라 하이 쏘흔 낭을 보덧 한지라 이져
는 죽어도 눈을 감으리라 샹셔 날을 듁이고져 하시는딕 그딕 집의 가면 니 죽기
는 불관하나 쏘 그딕 날노하여 죄을 어들 거시이 가지 못하리로다 답왈 낭즈 말
숨이 지극 맛당ᄒ온이 도라가 부인의 회보하난 양 보아 스싱을 졍하시고 간디로
이 몸을 바리지 마로쇼셔 하고 닷더라 그 긔 졋던 보흘 글너 낭자 압퓌 드리고
입고져 하는 형샹을 하거날 낭즈 울며 왈 오슬 입으라 하이 일졍 니 죽을 쥴 아
난

415

이 네 굿슬 파라 니 드려 죽을 거시이 니게 흘글 덥퍼 신쳬을 감초오고 낭군 오
시거던 가라치라 하고 오슬 입우이 긔 머리을 드려 샹셧딕 다히로 두고 굿팔 형
샹을 안이하거날 낭즈 읍왈 오슬 입우라 하고 어이 굿즐 안이 파는다 하며 일변
혜오딕 샹셔 알으시면 일졍 죽이려 할 거시이 샹셔 나을 죽이면 후셰예 샹셔 누
덕을 입필 거시요 쏘한 남의게 죽난이 찰하리 즈결함만 갓디 못하다 하고 집슈
건으로 목을 조르러 하이 긔 슈건을 무려 찌고 못민게 하거날 낭즈 왈 네 굿파
라 하이 안이 파고 쏘 즈슈도 못하게 하이 이리 사라 잇다가 고쳐 낭군을 어더
보리라 하거던 할미 분묘의 올나 안즈다가 나려

416

졀하고 도로 올나 안기을 세 번만 하면 네 뜻디로 죽지 말고 이셔보리라 긔 그
말 듯고 즉시 분샹의 올나 안즈다가 나려 졀하기을 셰 번하고 낭즈 겨티 안거날
낭즈 왈 네 짐싱이라도 하 비숭하이 아모려커나 사라나셔 보즈 하고 안자 우던

이 유부 졔 집의 도라가 졔집다려 낭즈의 사연을 디강만 이르고 부인끠 스룬디
이졔 힝혀 죽으리라 밧비 가 직키라 하고 즉시 드려가 낭즈의 말슴을 부인끠 긔
기히 엿즈오이 부인이 디경 왈 어화 이져쏘다 션이 히산할 졔 션여 와 이려이려
하거날 힝혀 이즐가 하여 괴록훈 거시 잇던이라 하고 너여다가 샹셔훈터 안즈
펴여 본이 하여시되 이 아기 빅필은 남군 다 김젼의 딸 숙향이 되리라 하

417

엿거날 부인 왈 이 낭즈의 일홈이 숙향이라 하이 이는 쳔졍하신 빅필이라 아모
커나 다려다가 두고 졔 근본을 즈셰 알고 션이 도라와 쳐치하물 보스이다 샹셔
허흐시고 부인이 즉시 시여 열과 교즈을 보너여 다려오라 하시다 낭즈 기다려
경계하고 우노라 하이 한 할미 와 졀흐고 왈 쇼인은 낭군의 뉴모압던이 져졈끠
듯즈온이 낭군의 비필되시다 하오미 여보야덕으로 어더시기로 아지 못하여던이
그후의 듯즈오이 옥즁의 국기시다가 노이시다 하되 아무 디 계신 쥴을 모로와
할리비을 더부려 믹일 치탄하압던이 악기 듯즈온이 여기 와 계시다 하오미 낭군
을 본닷 반갑스와 젼도히 오온이다 낭즈 읍왈 낭군의 뉴모라 하이 쏘

418

한 낭군을 본닷 하여라 이왕 일을 이르고 셔로 우던이 뉴뵈 교즈와 죵을 거나려
부인 말슴으로 쳥하거날 낭즈 셔너번 사양 왈 샹셔 비록 죽기실지라도 부인이
불너 계신디 가지 안이하면 죽기을 두려흐난닷 하고 시부모 명을 거스리면 불호
의 가련이와 날 갓치 쳔한 사람이 교즈로 가기 더옥 불가하이 거러가리라 하이
뉴뵈 왈 부인의 명이 계시이 거러가시면 우리들리 죄을 면치 못하올 거시이 어
셔 교즈 타쇼셔 낭즈 사양 못하여 교즈을 탄이 좌우의 향불과 촛불든 시여 열이
문이 버려져신이 비□힝불과 촛불든 시여 낫갓더라 부인이 바로 완월누로 묘시
라 하이 드려가 멀이 안즈 뵈온디 샹셔 나아오라 하여 보시고 왈 져리 미

419

쟝하거던 션이 안이 혹하랴 부인이 눈물 짓고 왈 불샹하다 홍안빅면이라 한이
쥬듕의 잇셔도 져리 긔ᄌ하거던 편이 잇시면 비록 양퇴진 됴비연이라도 안이 밋
지 못하리로다 네 집은 어듸 잇시면 네 어벼이난 뉘라 하며 나흔 몃치며 일홈은
뉘라 하난야 낭ᄌ 비왈 오셰예 난듕의 부모 일숩고 길노 바잔이압던이 한 스승
이 어버다가 쟝승샹딕 동산의 두고 가오이 그딕의 마참 무ᄌ식하기로 십연을 게
셔 길너나시이 사던 곳도 아압지 못하압고 어버이 셩명도 아압지 못하압나이다
샹셔 왈 남군 싸혜난 쟝승샹밧긔난 다른 쟝승샹 업슨이 그 집의 잇다가 어이 동
촌 이화졍 술파난 할미 집의 왓

420

던다 낭ᄌ 왈 쟝승샹딕 스향이라 하난 계집동이 나을 모희하여 부인끠 참소하압
거날 발명하올 길리 업스와 표진물의 와셔 싸진이 마참 치련하난 아히들리 건져
닉여 동 싸히로 가라 하압거날 졀문 거시 단이다가 욕볼가 두려워 거짓 병인난
체 하고 비러먹어 단이다가 노젼이라 하난 싸히 화지만나 죽기 되여던이 화덕진
군이라 하난 하리비 구하여 오슬 다 틔우고 어리지 안인 거시 벌긔벗고 가지 못
하여 몸을 슉표기예 감초오고 우압던이 맛참 이화졍 할미 지닉가압다가 보고 잔
잉히 네겨 다려와삽던이 녀보야딕의셔 구혼하압기로 할미을 거스지 못하여 낭군
을 만나삽던이 나냥 고올셔 자바다가 잇 싸히 잇

421

지 말나 하압거날 집을 쩌나 다른 딕 가스압던이 불힝하와 할미 죽스온이 의퇵
하올 고지 업스와 긔을 의지하여삽던이 어졔 슈상한 스람 셔너 울 밧끠 와 엿본
다 하오미 지닉가난 아히드리 이로딕 그 놈드리 오날 밤의 이 집의 와셔 도젹질
하리라 하거날 남의 손의 죽난이 찰하리 할미 분묘 와셔 ᄌ결하여 죽ᄌ 하엿삽
던이 부인계셔 부라신다 하고 여러 사람이 와 다려오온이 아모란 둘 모로온이

어버이 셩명을 ᄌ시 모로나이다 샹셩 왈 쟝승샹 집의셔 할미 집의 오기을 몃달
만의 온다 낭ᄌ 답왈 오다가 노젼이라 하난 ᄯᅵ히 하로 밤 자고 승샹집의셔 예
오긔 삼쳔 삼빅 이라 비록 쳘이말을 타도 그리 슈이 오지 못

422

하려던이 닛튼날 왓다 하이 고이하더이다 부인 왈 일홈은 무어시며 나흔 몃치며
언느 히 언느 날 어느 시예 낫난다 답왈 일홈은 슉향이요 나흔 십뉵셰요 셩일은
사월 초팔일 희실소이다 부인이 왈 어버이 셩명도 모로면 셩일 셩시난 어이 아
난다 낭ᄌ 왈 어버이 여흘졔 한 낭ᄌ 치우고 가거날 그 후에 글너본이 셩연 일
시을 젹어 너허던이다 하고 낭ᄌ을 글너 드리거날 부인이 여려본이 슉향의 ᄌ는
월궁션여요 귀축연 사월 초팔일 희시라 하야 글ᄌ을 비단의 셧더라 쳐음의 김젼
이 왕윤게 슉향의 팔ᄌ을 무라이 부모 여흴 팔ᄌ라 하미 일홀가 하여 셩월 셩시
을 젹어 낭자의 녀허

423

치와던이 부인이 보시고 가쟝 긔특키 네겨 왈 네 나히 ᄯᅩ한 션의 동갑이요 션이
나흘 졔 션여 나려와 이로디 희산 갈임하고 ᄯᅩ한 션여 이르던 일홈이로디 셩을
모로이 답답하다 샹셔 왈 그 글자 금자로 셧시이 일졍 김간가 시부다 낭ᄌ 왈
자란 후의 듯ᄌ오이 져졈ᄭᅵ 나냥 원 왓던 김젼이 니 부모라 하더이다마난 어이
알이잇가 샹셔 왈 일졍 그려면 작하랴 부인 왈 오리면 자연 알이다 하고 션이
잇던 부용졍 방으로 오이 방셰 졍결하고 표진이 화려하더라 낭군 부리던 시여드
리 낭ᄌ을 보고 가쟝 즐거하더라 잇튼날 부인이 불너 문왈 너 잇던 집의 아무
것도 둔 거시 업더야 답왈 입던 의복과 스던 긔명을

424

다 뭇고 왓슙던이 도젹이 안이 가져가시면 이스올리다 부인 왈 무든 고슬 그더

안이가면 알기 어렵쏘다 낭즈 왈 닉 다려온 긔 그 고즐 아온이 닉 안이가와도
사람 보닉오면 가져오리이다 하고 뉴뷔을 불너 져 긔 짜라가 무든 거슬 가져오
라 하이 부인이 안맘의 긔도 인스을 아는가 하야 낭즈을 오화리 네기더라 뉴뷔
스롬 여나문 다리고 긔을 짜라가 무든 거슬 다 가져왓거날 부인 왈 너희 무든
거실 어이 잘 아라 파왓난다 죵더리 엿즈오디 져 무든 디을 발노 허위거날 파왓
시더 다삿 고들 파왓나이다 부인이 미암의 황복하여 왈 낭즈는 한싱 사람이 안
이로다 하더라 한날 낭즈을 불너 문왈 그디 여즈의 지질을 무어슬 뵈화난다 답
왈

425

부모 일즉 여회고 동셔 긔결하여 단이압거던 무슴 일 뵈와사오리잇가 컨이와 아
모 거시라도 본 곳 잇스오면 그디로 할가 시우더이다 부인이 낭즈의 하난 일을
보려 하고 비단 한 필을 니여쥬며 왈 샹셔 관디을 쏜보아 아무려커나 네 지으라
낭즈 비단 가지고 졔 방의 와 본이 그 비단이 긔특지 안이하거날 마암의 혜오디
이거슬 차마 샹셔 관디을 지을 일 업시더 분명 닉 지죄을 지험하는 이리로다 하
고 졔 숀소 짠 긔식 비단을 니여 관디을 삼일 만의 지어니이 신여보고 부인ᄭᅴ
고왈 낭자 발셔 관디을 다 지엇던이다 부인이 디소 왈 관디난 범상 옷과 다른이
닉 졀머셔 바나질리 남의 뉴의 잘하되 닷셔

426

에 게우 맛찻거던 낭즈 아무리 능한 지쥔덜 삼일이 츠지 못ᄒ야 발셔 맛차시랴
일졍 거줏 거시로다 하고 낭즈을 불너 문왈 관디을 엇지 하난닷 답왈 짓는 쳬
하여사오디 쳐엄이온이 엇더하올지 아지 못하여이다 하고 관디을 가져다가 드린
이 부인이 보시고 왈 졔도와 슈품이 져 관디셔 빅빅 승할 쑨이 아이라 비단도
닉 쥰 비단이 안이로다 낭즈 왈 쥬신 비단이 졍치 안이오미 닉 젼의 할미 집의
잇사올 졔 심심하와 닉 잔 비단이 마참 식기 갓거날 밧고와 기워나이다 부인이
가장 아람다이 네겨 관디을 가지고 샹셔ᄭᅴ 듸려 왈 입어보쇼셔 하이 샹셔 입고

왈 부인이 년만하신 후의난 맛당한 관디을 못어더 입어던이 이 관디는

427

부인 솜시예도 이리 잘 못하여던인 긔특키 지어신이 니 늘쩨야 호사하게 하여니 부인이 왈 그 비단은 엇더하온이잇가 샹셔 왈 비단도 극품이다 부인 왈 비단도 낭즈의 손소 짠 거시요 관디도 낭즈의 솜시로소이다 샹셔 디경 왈 가쟝 긔괴한 지죄로다 하고 못니 긔특키 너겨 즁샹하시이 부인도 깃거하시더라 할난 황졔 사신 보니려 샹셔을 부라시이 힝쟝차려 니일 가려 하시던이 홍비을 보시고 왈 이련 조흔 관디예 홍비가 무식한이 아무더나 조흔 홍비을 사오라 부인 왈 샹셔 작품의 부치난 홍비 가즌이가 쉽지 안이하리이다 낭즈 겻티 셧다가 고왈 샹셔 품의는 엇던 홍비을 부치는이잇가 부인 왈 샹

428

셔 벼살은 일품이로더 가사난 이품이라 빅학을 부치난이라 낭즈 왈 쳡이 잠관 슈노키을 비화습던이 아모리커나 노화 보사이다 부인 왈 홍비을 어이하랴 범샹슈와 다르이 슈 논난이도 다 못하고 쏘 가실 날이 임박하이 지죄 아모리 능하여도 못 노흐리라 낭즈 침소로 도라와 밤에 시도록 노화 잇튼날 졍명의 듸린이 샹셔와 부인이 보시고 디경 왈 낭즈는 진짓 쳔샹 션여로다 하고 못니 사랑하더라 샹셔 쟝안의 드러가 슉비하이 황졔 샹셔의 관디와 쏘 홍비을 보시고 문왈 위공의 입은 관디와 홍비을 어디 가 어더난요 답왈 소신의 며날의 지죄로소이다 황졔 왈 그려면 경의 아달이 죽어난가 샹

429

셔 답왈 사라난이다 황졔 왈 짐이 경의 관디 본이 비단은 화슈 물결을 향하여 노왓고 홍비는 짝일흔 학을 수노화시이 큰 바다 가온더 외로온 학이 고단한 체라 경의 아달리 사라시면 어이 그 부인이 실졀한 현용을 남을 보게 하엿난고 샹

셔 디왈 폐하의 명감은 진실노 일월셩신의 졍긔을 두어 계시도소이다 하고 션이 낭즈 어던 스연을 긔기이 진달하이 졔 왈 의부인이 졀힝과 지죄난 고금의 업는 사람이라 하고 위공의 충효 지극하이 하날리 어진 스롭을 어더 주시도다 하시고 상스 만히 하시이 샹셔 집의 도라와 부인끠 황졔 말슘을 젼ᄒᆞ시고 상사하신 보비을 낭즈 불너 주시고 이후부터 더옥 스

430

랑하더라 낭즈 샹셔덕의 온 후로난 마암이 평안하여 아리짜온 환용월틱난 사벽의 빠아난이 보는 사람이 층찬 아이하리 업더라 차셜 잇쩌 이랑이 틱학의셔 긔 보닌 후로 소식 듯지 못하야 집의 도라와 보고져 하되 샹셔 말숨이 급졔 못하여 침식이 불평하던이 잇쩌 틱스 엿즈오디 요스이 쳔시을 보온이 틱을셩이 틱학의 비취고 모든 별리이 호위하여신이 일졍 틱학의 어진 스람이 잇난가 하나이다 황졔 죠셔하여 즉일의 알셩 급졔 뵈여 어진 스람을 어드려 하시이 장안 션비더리 모다 과거 보던이 이위공의 아달 이션이 쟝원하다 한이 황졔 쏘 가장 아람다이 너기스 즉시 옥당 사인을 졔슈

431

하시이 션이 사은하고 집으로 도라오더라 션이 나낭 짜의 드려 슉부인끠 고왈 니 이리 귀히 되압긔난 디명스 부체 덕이온이 가난 길의 사려하고져 하온이 슉모님은 몬져 가압쇼셔 경연 긔구나 차리쇼셔 하고 디셩사의 들어가 낭즈의 집의 오이 슉밧치 되엿거날 마암의 망극하야 며리를 짜히 박고 앙쳔 탄왈 낭즈 날을 위하여 쳔만 가지로 고힝하다가 죽어거던 니 이졔 공후된덜 무어시 즐거오리요 ᄒᆞ고 죠일 통곡하다가 왈 부모와 슉부인끠 고쳐 뵈온 후의 낭즈 부묘냐 차자 한 틔셔 죽그리라 하고 집의 도라와 뵈온이 부모 청문의 나와 마조 샹봉하더 션의 깃거옴이 업거날 샹셔 고히 네겨 문왈 네 쳥연의

432

급졔하야 부모의게 영화 보인이 일졍 마암이 즐거올 거시어날 무슴 일 부족하야 눈의 눈물 흔적이 잇난고 낫티 슈식이 만하요 션이 탄식하고 고왈 몸이 곤하여 그려하여이다 부인 왈 네 슉낭즈 듁어난가 시롬하난다 네 쓰즐 바다 집의 다려 온지 오러이라 이랑이 밋지 안여 왈 면 질 헤이치여 오다가 즁노의 슐 만히 먹스온이 즈연 곤하여 그려하여이다 하고 난간의 비겨 자울거날 부인이 신여을 명하여 낭즈을 묘셔오라 흐고 안으로 들려가이 낭즈 나와 학사의 소믜을 잡아 일휘여 안친디 눈을 쩌 낭즈을 보고 반가온 마암을 이기지 못하여 여광여취한닷 하거날 낭즈 왈 면 길헤 곤하와 계시이

433

몸의 찬바람 드리지 마압고 방으로 가스이다 학스 답왈 요힝으로 급졔하여 벼살한이 영화난 극하나 낭즈을 위하여 묘묘의 간쟝을 셕기다가 오난 길헤 이화졍 잇던디 든이 인젹은 켠이와 시소리도 업스오이 반 남아 쎡은 간쟝이 하마 마을변 하엿던이 낭즈을 만나시이 이졔야 무슨 부득한 일 닛스리요 하고 낭즈의 손목을 잡고 부용졍 방으로 드려가이 보난 사람이 다 일가라 왈 져려한 인연을 샹셔 말이려 하신들 쉬우랴 하더라 학스 들어와 낭즈의 고힝하던 일과 할미 죽은 일을 못너 차탄하거날 낭즈 한슘 짓고 왈 오날은 티평으로 노르실 날리오이 쳡의 셔려하던 일은 훗날 조용이 옛 말 하

434

사이다 하고 학스을 관디 가차 입펴고 샹셔 계신디 드려가이 샹셔와 부인이 보시고 깃분 마암을 졍치 못하더라 샹셔덕의셔 삼일 디연하고 쏘 슉부인덕의셔 삼알 경영하이 원근 친쳑이 슉낭즈을 칭찬 안이 하리 업더라 할난 샹셔 학스을 불너 왈 요사이 슉낭즈을 집의 두고 본이 부득한 일은 업스디 다만 니 모로난 쟝가 드려시이 일졍 사람이 시비잇슬닷 하고 젼의 양왕이 구혼하거날 니 허하엿던

이 네 이제 급졔하여시이 일졍 혼인 지촉할 거시이 어이하리요 답왈 그 일은 니 조토록 하리이다 하고 즉시 황셩의 드려가 슉낭ᄌ 어던 젼후 곡졀을 다 베푸려 샹소하이 황졔 젼일을 드려 계시다가 션의 샹소을 보시고 시

435

신다려 왈 이 부인의 졀힝은 옛사람이라도 밋지 못할 거시이 특명으로 뎡열부인을 봉하노라 각관이 엿ᄌ오디 범 졔집의 벼살이 지아부 품직을 쏘난 거시오이 이졔 이션이 오품의 잇삽난디 그 부인을 몬져 뎡열부인을 봉하기 미안하여이다 졔 왈 그러면 쳔하의 가쟝 업손 여ᄌ는 비록 졀힝 잇셔도 벼살을 못하랴 하시고 특명으로 이션을 간의티우 졔슈하시고 졍열부인 가지을 슉낭ᄌ의게 네루시이 조졍이 말 못하더라 이션의 명망이 일국의 극하미 간의티우와 옥당문관의 할임스을 겸하여시이 됴졍이 안이 공경하리 업더라 ᄯᅩ 션이 츙셩을 다하여 임군을 지셩을 셤시고 국ᄉ을 셥엽하이 황

436

졔 가쟝 ᄉ랑하시더라 잇ᄯᅥ 양왕이 샹셔끠 ᄉ람 보니야 혼인 지촉하이 샹셔 쳐엄의 허하신 일이미 츅탁 못하야 하시거날 션이 엿ᄌ오디 니 ᄌ연 공변딘 탈을 하올 거시이 분별마로쇼셔 ᄒ던이 니젹의 형초 ᄯᅡ히 흉연 져 죠여기황하이 빅셩이 셔로 도젹이 되여 쟝찻 난을 짓고져 하난지라 황졔 가쟝 근심하거날 션이 엿자오디 형초 ᄯᅡ히 여려 히 흉연이 진이 난즁의 고올 맛튼 관원이 잘 사지 못하여 빅셩을 진휼치 못하미 비곱파 도젹이 되야 난을 짓ᄉ온이 소신이 비록 지죄 업사오나 형쥬의 가 한 고올을 맛짜 빅셩을 구휼하고 도□을 편케 하오리다 황졔 디희하여 됴셔을 나리와 학ᄉ로 형쥬 자ᄉ ᄒ

437

이시고 ᄯᅡ을 가옴아라 관원을 츌쳑을 임의로 하라 하시다 학ᄉ 사은하고 도라와

부모께 뵈온디 샹셔 디쟝부 되여 어버이 셤길 날은 적고 임군 셤길 날은 만타 한이 네 공명으로 가는 길히이 한치 안이하건이와 다만 쳘이 외오 보닌이 부모 의 마암이 셥셥할 뿐 안이라 그 짜 도젹이 만히 이려낫다 하이 글노 근심하노라 됴히 가 단여오라 학스 엿즈오디 이번 가압기난 우흐로 나라흘 위하여 빅셩을 편케 하고 아리로 양왕의 혼인 거졀하려 함이오이 근심마라쇼셔 하고 침쇼의 도 라와 부인다려 왈 나난 왕명으로 몬져 가온이 부인은 미조추 오소셔 부인 왈 형 초예셔 남군 가기 얼마나 하온이잇가 답

438

왈 남군은 속한 고올리이 가난 길가인다 답왈 그려하며 니 가난 길히 은혜을 갑 고 갈 고지 잇스온이 엇지 하리잇가 즈스 왈 부인 님의로 하소셔 하고 셔로 하 직하고 형쥬로 다다은이 도젹이 나라히셔 시 자스 보니엿시이 져희을 죽일가 하 던이 즈사 곽간의 슌힝하여 관원의 능부을 보아스 어지지 못한 스람은 다 니치 고 어진 스람은 상소하여 놉푼 벼살의 올이고 창곡을 홋터 도젹을 논하 쥬고 권 하여 농업을 힘시라 한이 빅셩이 감격하여 츅슈 안하리 업더라 샹셔 황셩의 계 시다가 집의 도라와 즈사을 싱각하여 부인을 불너 왈 형초의 도젹이 심타 하미 그디을 보니기 가쟝 염여하엿던이 드란이 즈사 도젹을 잘 다스

439

려 양민을 삼앗다 하이 힝츠을 차려 슈이 가라 부인이 즉시 졔물 갓초와 마고할 미 분묘의 졔사하고 하직하이 그 버린 음식을 다 그 기 다 먹거날 낭즈 기 등을 스시며 왈 져 즘싱 너 곳 안이면 니 발셔 잇 짜 흙기 될 번 하엿도다 하고 슬허 하더이 기 발노 짱흘 그져기거날 부인이 본이 글쓰로 셧시디 낭즈로 연분이 진 하엿사온이 나난 예셔 쩌려지나이다 하엿거날 부인이 놀닉 왈 니 젼일에 고힝 만히 하다가 이졔 나난 귀히 되엿시이 네 은혜을 갑푸려 하여던이 너조차 가려 하이 슬푸다 이졔 어디로 가려하난다 기 부우로 할미 분샹을 가라치고 부인끼 두 번 졀하고 서너 거름을 가던이 부인을 도라보고 쇼리을 크게 지르이

440

그 쇼리 우리갓더라 문득 구람이 모화 긔 셧난디을 푸둘너싸던이 그 구람이 거
더치며 긔 간디 업거날 부인이 눈물 짓고 왈 긔도 쏘한 하날 즘싱이렷다 하고
긔 셧던 디 의복 관각을 가초와 뭇고 졔문지어 졔하고 샹셔부쳐끠 하직하고 길
흘 쩌나며 하인다려 왈 니 가난 길희와 물가히며 다드난 곳마다 그 지명을 낫낫
치 알외라 하고 가던이 한 고디 다다라 잇 싸흔 화젼이라 하거날 화덕진군의 덕
을 싱각하야 졔문지어 친히 졔사할 졔 잔의 분 슐이 업고 큰 졔비알 갓탄 구실
이 담겨거날 고히 너겨 가지고 가던이 한 강짜의 다다라 하인다려 무른디 답왈
이 물이 표젼으로 나려오난 무리로디 표진은 예

441

셔 슈로로 이쳔 구빅 이압고 이 물 일홈은 양진이라 하나이다 부인 왈 그려면
이 물노셔 표진으로 가려 하오면 여러 바다흘 건네야 가오디 슈리 험하여 단이
지 못하나이다 부인이 가쟝 셥셥하여 하던이 비 반은 가셔 동풍이 크게 이러나
이 사공이 비을 것잡지 못하야 노아바린이 비 바길헤 바로 셔희로 다랄졔 물결
은 하날의 다핫고 비 살가덧 하이 비 가온디 사람더리 다 넉실 일코 죽을가 하
던이 이윽하여 바람이 즈고 물결이 고요하여 비 가러던 안이하디 날이 져무려시
미 사람이 시쟝하야 가의 다희고져 하디 가을 보지 못하야 망극하던이 물 우희
셔 져 소리 멀이셔 들이거날 부인이 쥬렴들고

442

바리보이 연엽쥬 탄 게집 아히 옥져을 불고 나려오거날 자시 보이 젼일 표진물
의 싸질 졔 와 구하던 션여갓더라 하 반가와 길 뭇고져 하던이 그 비 나난닷시
지너가며 그 아히들이 한 글노 읍푸며 가거날 부인이 드란이 가로디 왕연 오날
의 이 물의 와 슉낭즈을 만낫쩐이 금연 오날 이 물의 와 슉부인을 만나쏘다 온

마암은 예나 다라지 안이하더 잡인이 번거하여 셔로 한 말쏘 못하난쏘다 어더
가 화덕진군의 진쥬을 어더 져 모든 사람의 주림을 구하리요 하고 가이 부인은
그 아희들 얼골도 보고 읍난 소리도 드러시더 겻티 잇난 시녀난 비도 못보고 다
만 져 소리만 들이더라 부인 혜오더 노젼 와 졔할 졔

443

고이한 구살을 어덧던 긔 그 아이 화쵤넌가 하시고 쌀 시쳐 그랏셰 담고 구살을
그 우희 노하두이 졀노 이거 밥이 된이 모다 신긔히 네겨 사려 왈 부인은 진짓
쳔신이로다 하더라 포진의 다다라 사공이 디로 왈 양진서 표진이 이쳔 구뵉 이
라 슌풍을 만나도 보롬너예 오시기 쉽지 안이하고 쏘한 가장 험하이 뵉에 하나
도 무사히 오리 업던이 니변은 아참의 비을 타셔 나지 못하여 발셔 오시이 그런
고이한 일리 업다 하더라 부인을 위하여 졔문졔어 친히 뎨하이 믈 소옥으로셔
오식 구람이 이려나 비예 즈옥하엿던이 이윽고 구람이 것거날 본이 이졔 믈은
업고 졔기예 금은보화 가득히 담겻고 슐준의

444

한 구살리 담겻시이 빗치 불빗 갓고 가장 크더라 보비 다 거두어 가지고 무터예
나와 하인이 엿즈오디 이 짜흔 형쥬 속한 남군 짜히온이 향챠을 고올노 하스이
다 부인이 왈 예셔 쟝승샹딕이 잇난야 하인 고왈 져 집이 그딕이로소이다 부인
왈 니 몸이 곤하야 멀이 못갈 거시이 고올에 긔별하여 위의을 추려오라 하고 쟝
승샹딕 사랑의 나비러라 하거날 즉시 고올의 긔별하이 남군 틱슈 한복이 즉시
위의 차려 친히 와 뫼와 쟝승샹딕으로 가이 시위한 군사 일만이나 한디 다 오식
슈갑 입고 향불 든 션졉이 삼쳔이나 한디 칠보장엄하엿시이 압뒤예 곳밧치 되엿
더라 부인이 금졍을 타고 풍유자약하여 드려가이

445

굿보난 사람이 부지긔여슈려라 잇쩌난 봄쳐리라 쟝승샹이 즈샤 부인 오신다 하
이 디졉고져 ᄒ여 온갓 보비예 보진을 너여 영츈당의 비셜하엿더라 부인이 드르
시며 승샹이 밧긔로 하인 부리고 ᄯᅩ 승샹 부인이 시여 츈홍을 명하여 말슴 부리
스디 누초하온디 귀하신 힝츠 오시이 쥬인의 집이 광치 가이 업스오나 즉시 나
가 뵈압고져 ᄒ오디 마춤 오날 졔스 지니는 날이압던이 니일 셔로 뵈오리다 졍
열부인이 디답하디 지느가압다가 귀하온 ᄯᅡ혜 와 됴혼 경을 귀경하오이다 힝하
와 ᄒ옵던이 ᄯᅩ 몬져 사람 부리신이 지극 감격하여이다 가틋 부인이 셔로 허물
업사올 거신이 니일 보압고 가리이다 쟝승샹 부인

446

이 츈홍다려 문왈 그딕 인물리 다 긔즈하던야 츈홍이 답왈 슘쳔여 시위하여시미
말삼도 시여로 견하미 듯지 못하여신이 그 부인 계신던난 바리도 못보아사오이
인물은 못보와거이와 다만 그 부인이 영츈당의 드러시며 풍월지어 계시다 하고
모든 시여 와웃거날 듯즈온이 지니간 희예 영츈경 봄을 만나 이 져 옥계 꼿치
너 덧졔듸 취홈을 웃더이 금연의 ᄯᅩ 영츈경 봄을 만나시이 져 욕계예 꼿치 날노
다시 보미 반겨 웃난도다 하더이다 부인이 승샹긔 사로이 승샹 왈 고이하다 그
부인이 보고 갓다 하여 그 글을 지어시이 그 쓰즐 아지 못하다 글법은 문쟝 지
죄로다 하더라 졍열부인이 모든 시녀로 더부려 노다가 밤들게야 자던이 꿈의 승
샹 부인

447

계신더 드려가이 방 모양은 긔린 독즈을 걸고 압픠 졔물을 버려노코 울며 왈 슬
푸다 슉향아 너도 잇던덜 귀한디 보닌야 져 즈샤 부인 갓치 되난 양을 볼 거슬
어이 죽은다 하고 지극히 허하시거날 졍열부인이 그걸 자시고 씬이 고요한 밤의
바람길혜 우람 소리 들이거날 시여 불너 왈 그 우람 소리 어딕셔 나난야 시여

고왈 안의 부인이 우르시며 왈 어엿불사 숙향아 너도 잇던덜 져 즈사 부인 갓치
되난 양을 볼 거슬 어이 죽은다 하고 우나이다 정열부인이 눈물 짓우며 왈 부인
과 나와는 한싱 연분이 안이럿다 오날은 닉 표진의 가 죽던 나리라 날을 위하여
졔하눈쏘다 하고 감격하여 이긔지 못하더라 잇쩌예 동방이 발거날 승

448

샹 부인 나오신다 하거날 정열부인이 의복과 위의 가초아 마즌이 승샹 부인이
보시고 엄엄하여 왈 우리난 승샹 부인이 되여도 이런 거록한 거동을 보지 못하
엿던이 오날 손임 덕분의 노인이 귀한 경사을 보온이 다힝하여이다 하고 잔치을
비셜ᄒ이 그 음식이 다 쏨의 보던 음식이러라 정열부인이 왈 먼 길에 니치여 올
이 몸이 곤하와 고올의 드가압다가 잠관 쉬여 가리라 하오이 고올셔 승샹딕의
쳔거하압기예 덕분에 귀혼 경 보기도 다힝하오디 친힌 관더하압신이 지극 감격
ᄒ여이다 승샹 부인 왈 부인 연셰 얼마나 하온잇가 답왈 이십이소이다 승샹 부
인이 탄식하고 눈물 짓거날 정열부인이 왈 무

449

산 년고로 져리 슬허하시난이잇가 답왈 우리 젼싱의 죄 즁하여 무즈식하던이 늘
쩨야 남의 쌀즈 어더 슈양여로 스마습던이 오날 죽스오미 밤의 졔스 지니고 부
인 연셰로 듯즈오이 쌀의 동갑이라 하미 글노 싱각하온이 슬허하나이다 하고 말
슴할 졔 싼치 와 난간 아리셔 울거날 덩열부인이 한슘 짓고 왈 젼의도 져 싼치
와 져리 우던이 이미한 숙향을 죽게 하고 도 무슨 일노 이리 와 우난고 승샹 부
인이 놀니 문왈 부인 어이 숙향을 어이 아르시난잇짜 경열부인이 답왈 한 스
람의 슈독즈을 팔거날 사오이 그 독 졔목의 숙향이라 하엿스오미 딕강은 아나이
다 부인 왈 독즈을 가져와 계시이잇가 경열부인이 즉시 시

450

여로 명하여 쪽즈을 가쟈 걸거날 보이 그 쪽즈의 스슴이 어버드가 쟝승샹딕 동산의 노흔 일과 슉향이 모란 덤불 미틱 안자 우던 일과 승샹이 자쥭 막디 집고 친히 와 보시고 부인을 쳥하여 뵈이고 부인 다려다가 품즈리예 기루던 일과 영춘당의 잔치할 졔 뎌역 간치 만나 근심하던 현용과 이미한 익명 싯고 부인 안젼의셔 울어 죽그려 하던 일과 졔 잇던 방의 드려가 울고 글짓던 일과 사향의 구박ᄒᆞ여 등미려 딕문 밧긔 니친이 표진물의 가 빠지던 헌용을 역역히 기려시이 승샹 부인이 보시고 딕셩통곡하거날 졍열부인이 위로 왈 니 젼의 그럼을 익히 보왓던 거시라 이 집 일홈도 알고 쏘 간치

451

와 울거날 우연히 하온 말슴을 임의 부인이 하 슬허하시이 도로혀 불안하여이다 승샹 부인이 늣기며 쳐음의 슉향 어든 일과 사랑하던 일과 사향이 비락 마즌 일과 사람 보니여 표진에 가 찻던 일과 다 죽언 줄 알고 쥬야통곡하여 병이 중ᄒᆞ이 승샹이 화샹 그리던 일을 녁녁히 이란이 졍열부인 왈 비록 친부모 즈식이라도 님의 죽어 희표 되오면 셔로 잇난디 엇지 남의 즈식을 위하여 여러 희을 잇지 안이하난잇가 승샹 부인 왈 이성의셔난 컨이와 후싱의 가도 슉향의 얼골을 고쳐 못보오면 비록 빅골리라도 잇지 못할가 하압던이 이졔 가지신 독즈을 보오이 더옥 마암이 반갑고 슬푸오이 니게 팔고

452

가소셔 졍열부인 왈 어렵지 안이하오디 즈사 사랑하여 듕가로 쥬고 사 계시이 쳡이 무단히 업시튼 못할 거신이 듕가을 쥬시면 팔고 가리이다 승샹 부인 왈 니 집의 군하와 듕가난 업건이와 슉향이 쥬려 하고 황금 일만양과 젼답이 슈만 자리요 노비 삼쳔 귀을 두엇던이 슉향이 죽삽고 니 무즈식하오이 누을 쥬리잇가 그을 밧잡고 독즈을 쥬고 가소셔 졍열부인 왈 슉향의 얼골이 엇더하압 하던지

화샹을 어계시다 하오이 나도 구경하ᄉ이다 부인 왈 그리 하쇼셔 하고 침쇼의
쳥하거날 드려가 본이 과연 졔 아히젹 얼골을 기려 부인 침방의 부치고 풀은 집
쟝을 두루고 그 압픠 탁ᄌ의 온갓 음식을 버려 싱시예

453

먹난 양을 하엿거날 졍열부인이 슉향을 지금 잇지 못ᄒ심은 졔 고온 얼골을 사
랑하심이라 쳡이 비록 곱지 못하오나 슉향과 엇더하온고 보소셔 하고 화관을 벗
고 아히 모양으로 쟝을 들고 화샹 겻틱 드려션이 모다 디경 왈 슉향시 화샹이
ᄉ라 부인이 되엿거나 부인이 변하여 슉향시 화샹이 되엿거나 어화 그이한 일도
보앗다 하고 승샹 부인은 아무리 할 쥴 몰나 눈물만 흘이거날 졍열부인이 그졔
야 나와 졀하고 왈 부인이 쳡을 지음 잇지 안이하압셔 이디도록 극진히 싱각하
시이잇가 니 과연 슉향이압던니 이리 왓습나이다 하고 졔 잇던 방을 가라쳐 왈
져 방 창젼의 지로시고 간 글을 보시이잇가 부

454

인이 디경하여 긔졀하엿다가 이윽고 구하여닌이라 승샹 부인이 졍열부인을 안고
울며 왈 어와 니 딸이야 나난 너을 죽은가 쥬야 셜위하던이 이리 귀히 되여 ᄎ
ᄌ올 쥴 어이 알이요 하고 승샹도 아르시고 디경하여 드려와 붓들고 통곡하더라
졍열부인이 왈 너무 슬허마라소셔 니 집의셔 올 졔 승샹 양위을 위하야 낙봉연
을 하려 하압고 초아 왓ᄉ온이 온날은 틱평낙으로 노ᄉ이다 하고 시여을 불너
승샹 양위 입으실 오슬 드리고 팔진미로 가초아 동니 부인을 다 쳥하여 삼일 잔
치한이 안이 칭찬하리 업고 모다 왈 무ᄌ식하던이 유ᄌ식한니로셔 영화롭다 하
더라 졍열부인이 승샹딕의셔 한달 만의 하직

455

하여 왈 예셔 헝쥬이 머지 안이하온이 자사끠 엿ᄌ와 ᄉ람 보니압거던 단여가소

셔 하고 가져온 금은보비을 무슈히 드리고 간이 승샹 양위 어와 닉 쌀 잘 가거
라 슈이 슈이 샹봉하즈 하고 못닉 슬허 이별하더라 부인이 장ᄉ 짜의 다다라 한
뮈골노 드러간이 사슴과 잔닉비와 황시 간치 슈업시 잇셔 ᄉ람이 가디 피치 안
이하고 갈나 진치거날 하인 왈 져 즘싱드리 ᄉ람을 피치 안이하오이 궁노을 노
하 잡ᄉ이다 부인이 말나 하시고 자ᄉ 고올노 긔별하야 빅미 셔련 셤을 가져다
가 뮛골 어귀예 힝차을 지어 노코 친히 졍셰하여 졔하시이 그 즘싱드리 일시예
드 와 그 밥을 먹고 물너가거날 부인이 왈 젼일에 날 구제하

456

던 즘싱의 은덕을 다 갑파시디 다만 부모을 못어더 보아시이 부모의 은덕은 언
졔 갑풀고 하고 혼즈 말노 슬허하더라 한 고디 다다란이 하인이 엿즈오디 이 짜
흔 계양이라 하거날 부인이 가쟝 깃거 왈 할미 이별할 졔 계양 틴슈 김견이 닉
부모라 하던이 닉 부모을 만나긔 하엿고 가던이 고올 근쳐의 다다란이 틴슈
듕노의 나와 뉴무 드리거날 부인이 이디 하인으로 하야 셩명을 무란디 뉴도라
하거날 부인 더경 왈 젼의 드란이 계양 틴슈 김견이라 하던이 쳔하의 계양이 쏘
잇난가 어이 그 셩명이 다란요 하인 답왈 이 고올 ᄉ람의 말 듯즈오이 져젹의
김견이란 사람이 틴슈로 왓습다가 얼고 공사 졀한다 하고 시 즈

457

사 나려와 김견을 승품하여 양양 틴슈 하이시고 뉴도난 그디셔 예 왓다 하나이
다 부인이 가쟝 셥셥하여 왈 예셔 양양이 얼마나 한요 하인이 답왈 ᄉ빅여 리압
고 그리로 가와셔난 가쟝 머도이다 부인이 마암이 그리로 가고져 하디 하인이
여려 달 폐을 싱각하고 쏘 부인 힝츠 직노로 안이가고 도눈 줄 남의 시비할가
하야 사셰 어려워 하더라 ○ 추셜이라 김견이 쳐엄의 나양 영 하야실 졔 슉향을
못죽인다 하고 위공이 분노하야 별노 계양 틴슈 하엿던이 이랑이 자ᄉ로 나려와
각관의 슌힝하야 관원의 능 보아 출쳑을 임의로 할시 김견을 션치로 승즉하여
양양 틴슈 하이 양양은 형쥬 버금이라 긔구 거록하여 자ᄉ와 다라

458

지 아이하더라 잇쩌예 김젼이 형쥬 ᄌ사 보고 도라올 졔 반야슈 가의 온이 한 하리비 바회 우희 놉피 걸안ᄌ신이 모든 하인이 노하여 잡아 니리고쟈 하거날 김젼이 그 노인의 샹을 본이 샹예 사람이 안이어날 종ᄌ다려 말나 하고 나아가 읍하이 본 치도 안이하고 더옥 교만하거날 김젼이 가쟝 슈샹이 네겨 혜오디 니 삼쳔 칠기을 거날려 간이 삼샹한 사람이면 일졍 두려할 거시로디 더옥 교만한이 가쟝 신기로온 사람인가 시운이 아무커나 나둉을 보ᄌ 하고 두 변 졀하더 디 안 이하고 한 팔노 졔 다리예 언고 한 팔노 베기삼아 베고 누어 왈 네 길만 길 거 시어날 니 너다려 졀하라 하나냐 김젼

459

이 더옥 슈샹이 네겨 답왈 지ᄂ가압던이 노인의 나홀 공경하여긔 졀하긔하이 허 물 마로소셔 노인이 왈 네 진실노 니 나홀 공경한 비 안이라 네 스회 형쥬 자스 덕의 그만 벼살하엿노라 하고 얼골을 업슈네겨며셔 당돌리 와 무슨 말 뭇고져 하ᄂ 김젼이 노왈 노인의 나홀 공경하이 고맙다 안이하고 어이 날을 욕하여 스 회 덕의 벼살한다 하나요 니 본디 무ᄌ식하여라 노인이 디왈 본디 무ᄌ식하면 숙향은 하날노셔 쩌려져시며 짜흐로 소ᄉ난야 네 모로난 숙향이 어더로셔 나시 며 이젹지 못이져 하나요 김젼이 디경하여 지비 왈 졀문 거시 이을 몰나 실쳬하 오이 노쟝은 사하소셔 젼셩의 죄 즁하여 이싱의 나

460

와 무ᄌ식하압다가 숙향을 어더던이 난즁의 일습고 지금 스싱 존망을 모로와 하 오이 바리압건디 노쟝은 간 고즐 가라치소셔 하리비 왈 하 비곱푸이 말을 못하 로다 김젼이 힝즁 가졋던 음식을 다니여 먹이디 빅부르지 안이하여라 하거날 하 인을 불너 쥬졈의 가 술과 안쥬을 가초아 오라 하이 노인니 왈 하인의 가져온

음식을 먹고 네의 쌀 간 더을 이르랴 김견이 친히 탓던 말 주고 살문 쏜 하나와 각식 실과와 술 빅동의을 갓다가 되린이 다 먹은 후의 왈 니 슐리 취하야 못 이란이 다려온 하인은 몬져 보너고 너만 혼즈 잇다가 듯고 가거라 하고 잠이 들거날 김견이 다려갓던 하인을 다 보

461

너고 혼즈 잇던이 문득 급한 소나기 다마 붓는다시 오이 천지예 물리 가득하야 김뎐의 억씨예 너무더 옴작기도 안이ᄒ고 셧던이 비 기며 찬바람이 불며 눈이 와 김뎐이 몸의 너문이 오시 얼고 몸이 취워 인스을 졍치 못할네라 그졔야 윗고 왈 네 하난 냥을 보랴 하엿던이 졍셩이 지극하다 하고 사미로셔 부치을 너여 붓치이 그리 만히 온 눈이 일시예 다 업고 도로혀 덥더라 김뎐이 다시 졀하고 왈 슉향이 간 고즐 이져난 이라소셔 노인 왈 네 바야산 바회 틈의 바리고 간이 도젹이 다려다가 우극역 마을 둘시 쳥죄와 금직이 인도하여 명스계 후토부인 궁중의 간이 부인이 스슴을 티와

462

남군 짜 쟝승샹딕 동산의 두엇던이 그 집이 무즈식ᄒ여 슉향을 기루던이 스향이란 종이 노히하야 너치이 갈더 업셔 표진 용왕의게 갓다 하이 게 가보아라 김뎐이 왈 그려면 일졍 죽어도소이다 육지 갓오면 소식이나 어더 보련이와 물 소옥의 어더 가 어더 보리요 노인 왈 드란이 옥화슈의 치련하난 아히더리 년녑쥬을 쥬어 시러다가 빅노 가의 노혼이 길홀 그랏 드려 화지 만나 하마 죽게 되엿던이 화덕진군이 구ᄒ여 스라난이 마고할미 다려다가 인간의 갓다 하이 부즈런이 차자 보아라 김뎐이 왈 인간이 하고 만스온이 그 지명을 이라소셔 부모의 졍이 사랑하난 마암이 니기지 못하여 됴젹의 눈물노

463

지니던이 천힝으로 션인을 만나ᄉ온이 숙향을 다시 어더 볼가 바리나이다 노인
왈 그디 그리 ᄉ량하면 무산 일노 반야산 돌 틈의 바리고 가시며 나냥 옥즁의
가쳐실 졔 어이 보지 안이한다 김뎐이 비왈 반냐산의 바리기난 부부 다 죽기 되
온이 부득하야 바린 이리요 나냥 옥즁의 가 가쳐실 졔난 일홈과 나흔 갓ᄉ오디
ᄶ어난지 오리오믹 분명 니 ᄌ식이라 못하온이 니의 발케 아지 못한 죄로소이다
노인이 쇼왈 그디 죄 아이라 하나리 졍하신 쉬건이와 나난 과연 이 물 직킨 용
왕일넌이 져격의 니 ᄌ식이 거복이 되야 물가의 나와다가 어부게 잡힌 빅 도여
거의 죽게 되엿던니 그디 구하신 힘으로 사라나이 나도 ᄌ식을 위하야 그디 은
덕을

464

갑고져 하여 상졔끠 엿줍고 와 길흘 가라치려 하고 밐 보던이 그디 졍셩이 지극
하도다 숙향이 다삿 변 죽을 익을 지니고 이져난 귀히 되여 됴만의 형쥬 ᄌᄉ
부인되여 올 거시이 서로 만나 국게던 일을 무러보아 니 말과 갓거던 그디 ᄌ식
인 쥴 알나 김뎐이 비왈 숙향이 비록 니 ᄌ식이ᄂ ᄶ어난지 오리온이 서로 만나도
분명할 길리 업ᄉ던이 용왕이 가라치신이 은혜 망극하여이다 ᄯ또 감히 뭇즙난이
지금 왓난 ᄌᄉ의 부인이 되이잇가 노인 왈 그난 ᄌ연 알이이다 하고 다시 보ᄌ
하고 간디 업거날 고히 녜겨 고올의 도라와 용왕의 말노 부인다려 이라이 쟝씨
하날의 튝슈 왈 ᄉ라 숙향을 다시 어더보고 즉시 죽다 무슴 한이 이스리요 다

465

만 ᄌᄉ 부인이 되여 오리라 한이 어디 가 니 자식이라 하고 차ᄌ 보리요 하고
슬허함을 이기지 못하더라 ○ 츠셜이라 뎡열부인니 양양으로 가고져 하디 비편
하여 민망하야 하던이 밤의 달리 발고 좀이 오지 안이하이 창쳔을 지허 탄식 왈
우리 부모도 ᄉ라 계셰면 나을 싱각하시난가 하고 슬픔믈 이기지 못하야 이러나

비회하던이 문득 하날노셔 한 쥴기 구람이 바로 부인 압퓌 나려오며 그이한 향
니 진동하던이 한 부인이 화과 스고 칠보장엄ᄒ고 드러와 읍하고 왈 셔로 이별
한 후에 길히 달나 오러 보지 못하온이 부인은 평안하신이잇가 부인이 총망이
답예하고 문왈 뉘신이잇가 밤이오민 ᄌ셰 아지 못ᄒ로소이다 답왈 그 ᄉ이 발

466

셔 나을 이져 계신이잇가 나난 마고할밀년이 동뎡하의 젹송ᄌ와 왕ᄌ교을 맛초
아 밧비 가난 길히오디 부인을 잇지 못ᄒ여 한 말슘을 ᄉ로고 가자 하고 왓나이
다 부인이 부모을 보려 하시면 이졔 형초 ᄯᆡ 도라도 이번의 ᄎᄌ야 어더 보련이
와 바로 형쥬로 가시면 이졔 십연을 지니야 어더 보리이다 하고 문득 간디 업거
날 부인이 탄식 왈 한미 나을 잇지 못하여 ᄯᅩ 길홀 가라치이 아무리 시비이셔도
형초을 다 도라 부모을 ᄎᄌ리라 하고 잇튼날 ᄒ인의계 분부하여 왈 냥냥으로
가ᄌ 하고 가던이 가난 고올마다 실니을 쳥하여 말슘하고 가다가 양양 ᄯᅡ 다다
란이 김뎐이 졔 실니을 다려 왈 ᄌ사 부인이 황셩으로 작노하여 형쥬로 갈 거시

467

디 남초 ᄯᅡ 소로로 도라 이 길노 온이 반희슈 용왕의 마리 슉향이 ᄌ사 부인되
여 오리라 하던이 일졍 슉향이 우리을 보려 왓난가 쟝씨 왈 오날 밤의 그 근본
을 근쳐의 가 무러보ᄉ이다 하고 동을 보니여 무란이 쟝승상 ᄯᆞ리라 하거날 김
뎐의 부쳐 가쟝 셔운하여 하던이 자ᄉ 부인이 갓가이 온다 하거날 장시 굿보랴
하고 즁노의 가 ᄒ쳐하고 구경하던이 슈갑 입은 군ᄉ 일만은 압뒤예 호위하고
칠보장엄한 시여 삼쳔은 좌우의 버러셔셔 풍뉴ᄌ약한 가온디 부인이 금덩을 타
고 날호여 드려오이 쟝시 보고 읍왈 엇던 ᄉ람의 ᄌ식은 저리 귀히 되엿난고 우
리 슉향도 잇던덜 저리 될넌가 하고 슬허하더라 그 위위 거동은 층

468

양치 못할너라 졍열부인이 하쳐의 들어오며 주인 실너끠 말삼 부리사더 보온 적 업스오니 갓탄 부인이 셔로 허믈 업스온이 달밤의 심심하온이 셔로 보아 말씀이 나 하스이다 장씨 가장 감격하여 답왈 니 몬져 문안이나 부리압고져 하되 불감 하여 못하여삽던이 몬져 무라시이 지극 감스하여이다 하고 즉시 나오이 졍열부 인이 화관 시고 칠보쟝엄하고 교위의 안줏고 좌우의 삼쳔 신여 칠보쟝엄ᄒ고 추 례로 버러셔신이 장씨 엄엄하여 나아가시을 가장 조심하던이 부인이 교위예 나 려 팔 미려 동편 쥬홍 교위예 좌을 졍하이 장씨 지삼 스양 왈 각관 슈령의 실너 로셔 감히 자스 부인과 디좌 못하려던 하물며

469

녕열부인 안견의 싱심이나 교위예 좌을 졍하리잇가 평좌을 졍하소셔 부인 왈 쥬 긱이 되여셔 벼살을 갈희□ 쏘 연셰을 안이 보리잇가 장시 그졔야 교위예 안고 왈 부인 연셰 몃치나 하이잇가 부인 답왈 이십이로소이다 장시 드라시고 눈물을 무슈이 흘이거날 부인이 문왈 어이 져러탓 슬허하시난이잇가 장시 왈 한 달이 잇습다가 난즁의 일허습던이 부인 연셰을 듯ᄌ오이 니 딸의 동갑이시미 딸을 싱 각하와 눈물이 나ᄂ이다 부인이 왈 나도 어려셔 부모을 여희습던이 우리 부모도 어더 계셰며 져갓치 날을 싱각하여 슬허하시로다 하고 눈물을 흘이이 쟝시 왈 부인은 무삼 일노 부모을 여희

470

469면의 중복(영인 오류)

471

고 뉘집의셔 ᄌ라나셔 져리 귀히 되여 계시이잇가 부인 훈슘 짓고 왈 오셰예 부 모을 여히고 온이 엇지하여 여흰 쥴은 모로오나 어버이 일습고 길노 바잔일

제 스람이 다려다가 남군 짜 쟝승샹딕 동산의 두온이 그 딕이 무즈식하와 슈양
으로 길너닉신아다 쟝시 반힉 용왕이 김젼다려 이라던 말슴 드려시미 쟝승샹딕
의셔 길너닛단 말 반가이 드라더 여러 고디 국기던 말 아이하미 차마 닉 쌀리라
못ᄒ고 쟝시 슐잔을 잡아 친히 부인 압퓌 나아가 디린이 부인이 잔 바들 졔 손
의 옥지환 ᄒ 작을 쪗거날 보이 슉향이 이별할 졔 치와 보닌 옥지환 갓거날 놀
닉 문왈 옥지환을 어디 가 어더신잇가

472

부인이 답왈 부모 여흴 젹 옷고람의 치우고 가시이 바록 ᄒ 짝이라도 부모을 본
다시 싱시예 손의 벼슬 졔 업나이다 쟝시 그졔야 슉향인쥴 아되 또 감히 이라지
못하야 시녀을 명하야 셩젹함을 니여오라 하고 눈물을 흘이며 이로디 티슈 졀며
실 졔 벗보랴 하고 호과 갓초와 가지고 반힉슈 가의 지닐시 한 어부 거복을 잡
아 쑤어 먹으려 하거날 잔잉히 너겨 호과을 쥬고 그 거복을 밧구와 도로 물의
녀코 간이 이듬힉예 빅교란 다리예 지닉다가 쟝마물에 쩌 거의 죽게 되여실 졔
그 거복이 와 구하고 진쥬 두 기을 주고 간이 그 진쥬 소옥의 은은ᄒ 글ᄊ 이시
더 하나흔 목슘 슈ᄊ요 또 ᄒ나흔 복 복즈라 하엿거날 어버이

473

보시고 긔특히 너겨 즉시 옥장인 불너 옥지환 한 짝을 밍그라 쥬시거날 가져삽
다가 늘게야 ᄒ 달을 나흔이 그 쌀 셜 졔 하날노 계화 쏫치 쩌러져 닉 압퓌 나
럿찌고 나흘 졔 그이한 향닉 집안이 진동하이 졔 아바님이 일홈을 슉향이라 ᄒ
고 즈을 월궁션여라 ᄒ엿던이 다산살 먹어 오랑키 난을 만나 피란할 졔 바야산
의 간이 도젹이 급피 싸로거날 업고 갈셰 업셔 바회 틈에 두고 옥지환 ᄒ 작을
옷고롬의 치우고 갓습던이 여러 힉 지니오더 존사싱 존망을 아지 못하엿다가 져
졈픠 티슈 자스 보오실 졔 노변의 ᄒ 노인을 만난이 이려이려 하압더라 하고 티
슈 긔록하엿던이 오날 부인 가지신 옥지환이 닉 즈식 쥬어덧 것과 갓

474

스오미 슬푼 마암을 정치 못하올소이다 하고 장씨 가졋던 옥지환 혼 짝과 반히 용왕의 말슴 적은 거슬 드린이 부인이 보시고 낭즈로셔 졔 셩연 일셰와 일홈짝 적은 거슬 드린이 부인 보시고 낭즈로 더부려 디셩통곡하고 또 졍열부인이 교위 예 나려 장시을 붓들고 왈 어마님아 니 슉향이로소이다 흐고 궁글며 디셩통곡하 이 산쳐초목이 다 늣기난닷 하고 삼쳔 시여와 일읍 사람이 다 놀너 긔특희 너기 더라 김뎐이 알고 반가온 마암이 여광여취하여 즐기믈 층양치 못흐더라 뎡열부 인이 즉시 자스끠 긔별하여 부모 만난 줄 알기 흐이 즈스 디경디회하야 위위 가 초와 양양으로 와 김뎐의 부쳐을 보고 각

475

관의 실니을 다 쳥하야 낙봉연을 하이 원근 스룸이 다 층춘 안이하리 업더라 이 젹의 강능 스룸 낭휘라 흐는 이 만의티후 벼살하여던이 말미하고 본 고디 도라 왓다가 그 긔별 듯고 긔특히 너겨 황셩의 드려와 황졔끠 엿즈오이 황졔 위공을 불너 무라신디 위공이 젼후곡졀을 다 엿즈오이 황졔 가쟝 층찬하시고 왈 이션을 형쥬 자스로 보닌이 도젹이 화하여 냥민이 되엿시이 한 고올만 맛즐 지죄 안이 라 하고 즉시 예부상셔 졔슈하시고 김젼으로 형쥬 자스 하이시고 이션이 됴셔 보고 김젼다려 왈 황졔 됴셔로 불너 계압시이 평안이 계시소셔 김젼의 부쳐 슉 향을 여회여다가 여러 히 만의 만나

476

반가온 마암이 흡둑지 못흐여 또 여희기 되이 셥셥흔 졍을 이긔지 못하더라 부 인은 부모 이별하긔을 결련하여 이지 안이하거날 김뎐의 부쳐 권하여 왈 우리 이리 되긔도 부인의 덕인이 너난 슈이 가 우리을 수히 한가지로 경셩의 갈 졔도 하라 뎡열부인이 왈 비록 벼사리 귀하나 부모을 뫼압고 흔퇴셔 늘끼만 갓지 못 흐여이다 하고 가쟝 슬허 하직흐고 간이라 이션이 디궐문 밧끠 와 상소 왈 아비

로 더부려 동풍 샹셔 되압기 민망ᄒᆞ오이 벼살을 가라 쥬압소셔 황졔 됴셔 왈 나라의 위공 만ᄒᆞ 이 업슨이 위공은 위왕을 봉ᄒᆞ고 이션은 초공의 병부샹셔을 겸하라 하시이 위공의 부ᄌᆞ 여려 번 샹소하여

477

사양ᄒᆞ다가 못ᄒᆞ여 ᄉᆞ은하이 황졔 인견ᄒᆞ시고 뎡열부인 부모 만난 사연을 난낫치 엿ᄌᆞ온이 황졔 칭찬 왈 다 경의 너운 덕이라 짐이 ᄯᅩ한 경의 덕을 입고져 하난이 다만 나라흘 힘셔 다사리라 초공이 사례하고 ᄯᅩ 엿ᄌᆞ오디 젼승상 댱조이 이미한 일노 남의게 잡혀사온이 신원하염즉 하압고 ᄯᅩ 형쥬 자스 김뎐이 지죄을 보온이 ᄌᆞ사의 두게 앗가온지라 한디 황졔 왈 짐이 경을 위하여 다 셔용ᄒᆞ리라 하시고 장동으로 우승샹 하이시고 김젼으로 예부샹셔 하이시고 초공이 ᄉᆞ은하고 나오다 쟝됴으로 우승샹 하이시고 김젼으로 예부샹셔하다 쟝됴와 김젼이 다 됴셔 보고 즉시 경셩의 올나와 샹은 슉비한이 황졔 인견하시고 왈

478

그디 다 뎡열부인의 덕이이 초공과 한가지로 츙셩을 다하여 짐으 도흐라 양인이 ᄉᆞ은ᄒᆞ고 초공의 집의 나오나 초공이 발셔 표을 황졔ᄭᅴ 올여 졔왕과 만조빅관을 다 쳥ᄒᆞ여 낙봉연을 츠리더라 이날 친히 잔 잡아 여보야 부인과 쟝승샹 김상셔ᄭᅴ 다 치하하고 쟝승샹부쳐난 ᄉᆞ향이로 하야 슉향을 일코 못어더 셜워하던 ᄉᆞ연을 다 하신이 만조 듯고 칭찬ᄒᆞ고 눈물 안이 우리 업더라 초공이 위왕의 궁젼과 쟝승샹 김상셔 집을 흐터 짓고 셋집 부모을 됴셕의 믜왓더라 ○ 츠셜 잇ᄯᅢ예 양왕은 황졔 셋지 아의라 다만 한 ᄯᆞᆯ을 두어시되 인물과 지죄 ᄲᅵᅥ혀나고 글을 잘한이 스람마다 녀듕군ᄌᆞ라 이라

479

더라 그 아기 셜 졔 양왕의 ᄭᅮᆷ의 한 노인이 이로디 봉닉산 셜듕미 그디 집의 ᄶᅥ

러저시이 오얏 남긔 졉하면 가지가 번셩하리라 하던이 그 달부터 틔기잇셔 딸을
나혼이 일홈은 미향이라 하고 즈는 봉니션여라 하다 졈졈 자라난이 범인 갓지
안이한지라 양왕이 사회을 갈희던이 이션이 용탄 말 듯고 위왕을 보아 구혼혼이
위왕이 허하거날 혼슈을 다 차렷던이 니션이 다란디 쟝가 드럿단 말 듯고 디로
ᄒᆞ야 다란 디 구혼ᄒᆞ려 하던이 미향이 울며 스로디 나난 듯자오이 어진 신하난
두 임군을 셤기지 안이하고 고든 계집은 두 지아비을 셤기지 안이한다 ᄒᆞ온이
부모 쳐엄에 나을 이션의게 허ᄒᆞ

480

479면의 중복(영인 오류)

481

고 잔잉히 너겨 왕끠 권하여 왈 졔 발셔 졍혼 쓰지 잇셔 부모의 권함믈 들을셰
업스이 이션이 이졔 샹셔의 초공이 되여신이 둑키 두 부인을 둘 거신이 왕이 위
왕을 보아 고쳐 혼인을 졍하쇼셔 양왕이 왈 이션의 둘지 부인 되난 남 붓그려
온지라 어이하리요 미향이 왈 션의 쳡이 되지 못ᄒᆞ여 그 집 고공이 되여 죠셕으
로 물 찌러도 그난 붓그럽지 안이ᄒᆞ련니와 다란 가문의 가기난 닉 마암의 더욱
붓그려올가 하온이 둘지 부인 되기을 한하리요 양왕이 왈 네 쯧지 그러면 혈마
어이하리요 아무려나 보쟈 하고 잇튼날 됴회예 드러간이 황졔 압픠셔 위공다려
왈 이션이 이젼의 너게 허혼하시고 어이

482

다란 디 쟝가듸리잇가 위공이 붓그려워 왈 닉 실신혼 일이 안이라 그 쩌예 황졔
부르시거날 경셩의 온 스이예 맛누의님이 무즈식하미 션을 슈양으로 길너습다가
닉 업슨 스이예 다란 디 혼인하여스오이 닉의 실신하미 안이오디 왕을 보오면
자연 참괴하여이다 황졔 왈 그 혼인은 마암으로 혼 일이 안이라 하나리 졍하신

연분인이 셔로 다토지 말고 어진 스람 듯보아 못하난야 냥왕이 엿즈오디 이리
슌편ᄒᄋ면 구틔여 다톨 거시 안이오디 신의 딸이 임의 이션의게 경혼하엿던 거
시라 하여 죽어도 다란 사람은 셤기지 안이하려 하온이 그을 민망하여 하나이다
황졔 왈 이션이 어진 연고로 스람마다 졀힝을 극키 네긴이 이

483

졔 이션의 벼스리 초공이 되여신이 두 부인 어더도 죡할 거시라 하고 왈 위왕은
허하여 혼인을 졍할 거시라 하신디 위왕이 비왈 션을 부라셔셔 친히 젼교하쇼셔
황졔 즉시 이션을 픠초하신이 초공이 젼에 양왕의 구틔여 혼인하려 하던 말 드
려시미 이날 됴회예 날 부랄 일 업스디 명픠로 부라신이 일졍 어젼의셔 혼인을
졍하려 하난쏘다 하야 병탈하고 가지 안이려 하거날 부인이 문왈 무산 년고로
안이 가신이잇가 샹셔 답왈 오날 어젼의셔 양왕의 혼스을 졍하려 하난가 시우이
가지 말고져 하나이다 부닌이 졍식 왈 황졔 부라시난디 비록 슈하라도 감히 사
양치 못하려던 하물며 현부인을 쥬시려 하시고 부

484

르시난되 칭탈하고 가시려 안이하시니 비록 쳡을 위하나 신즈의 도리예 맛당치
안일가 하나이다 샹셔 왈 아이 가기 불가한 쥴 아나 어젼의셔 혼인을 뎡하시면
마지 못할 거시이 부인이 슬어하실 거시라 부인을 위하여 져을 소디하면 양왕의
딸이요 황졔 쥬혼하신 계집이라 하야 일졍 셰력으로도 불슌한 일을 만히 할 거
신이 쳐엄의 거졀함만 갓지 못할가 하나이다 부인 왈 그러치 안이하다 양왕이
쳐엄으로 부귀을 ᄯᆞ라 구혼함이 안이라 샹셔 션빈 졔 위공이 구혼하여다 하고
져러하되 샹셔 부모 모로게 쳡의게 장기 와 게시미 쳡이 샹셔을 뫼와 경화도 만
이 보고 이남 일여 두어신이 은촉하여

485

고 샹셔 덕분의 부모도 어더 보고 쟝승샹딕 은덕도 갑파신이 이밧끠 바리올 일 업사오나 샹셔 져 부인을 어드시고 쳡을 니치셔도 쏘 부족한 일 업슬 거시요 졔 비록 강악하와도 니 인의로 디졉하면 샹셔끠 불안한 이리 잇스릿가 사양 말고 가압소셔 샹셔 답왈 니 쯰즐 발셔 졍하엿시이 부인은 알 비 안이라 하고 동시 가지 안이하이 황졔 어의을 보니여 이션의 병을 보라 하시이 샹셔 병든 체 하고 누엇던이 의원이 보고 도라가 엿즈오디 병드려스오디 즁체 안이하던이다 황졔난 잠잠하고 계시디 양왕은 노더라 슬푸다 오러지 안이하여 황틱후 병을 만나 귀먹 고 눈으로 못보고 말못한 병을 어더신이 황졔 가쟝

486

용여하사 쳔하 명의을 다 모화 근병하되 일효 효을 보지 못하여 쳔하 진동하던 이 한 도스 와 이로되 이 병은 편작이라도 고치지 못할 거시이 봉닉산 기연최란 풀을 먹으면 말을 할 거시요 쳔틱산 별이용이란 버사츨 귀예 너허야 음셩을 아 라 드랄 거시요 셔히 용왕의 계안쥬란 구사을 눈의 쓰셔야 만물을 아라 볼 거시 요 그러한이 어진 신하을 보니여 구하여 보소셔 황졔 문무 졔신을 모화 감즉한 이을 의논하시던이 양왕 왈 이션이 감즉하여이다 황졔 그 말을 올타 하시고 즉 시 이션을 불너 왈 짐이 본디 경의 츙셩을 아난이 이졔 틱후 병환이 극둥하여 계시이 경이 짐을 위하여 봉닉산 기연초와 쳔틱

487

산 별리용과 셔히 용왕의 계안쥬을 지셩으로 구ᄒᆞ여 어더 오며 짐이 쳔하을 난 화 반을 쥬리라 샹셔 지비 쥬왈 님의 이 몸이 나라의 허하엿스오이 어이 죽기을 사양하리잇가 목슘이 진토록 단이며 보오련이와 다만 봉닉산은 하날 동남간의 잇습고 쳔틱산은 셔남간의 잇다 하압고 셔히난 물 소옥이온이 셰 고즐 단여오노 라 하오면 일월이 모자리올가 하나이다 하고 즉시 흥직하고 집의 도라와 부모와

슉부인과 김샹셔 장승샹끠 하직ᄒᆞ이 모다 죽다고 곡셩이 진동하더라 ᄯᅩ 부인끠
하직하야 왈 나는 나라흘 위하여 죽으러 가건이와 부인은 날을 위하여 속졀업시
슬허 말고 부

488

모을 날 본다시 지셩으로 셤기쇼셔 부인이 탄식 왈 디장부 나라흘 위하여 왕명
으로 가시면 무슨 슬허하난의잇가 부모난 쳡이 잇사오이 분별마라소셔 평안이
단여 슈이 도라오소셔 샹셔 왈 이번 길헤 니 도라오지 못할 거시이 져 창 박끠
동빅을 보아 이울거던 니 병든 양으로 알고 나무 입피 다 북향하거던 무사이 도
라오난 양으로 알으소셔 부인 왈 나도 표하ᄉᆞ이다 하고 옥지환 한 짝을 버셔쥬
며 왈 이 진쥬 비치 누르거던 쳡이 병드러다 하고 검거던 죽도다 아라소셔 ᄯᅩ
한 봉 편지을 쥬며 왈 우리 집의 잇던 할미 쳔틱산 치약하난 마고라 하난 션여
이 그을 차즈 보시거던 이 편지을 젼하소셔 하고 샹셔 보

489

난디 가장 흔연하되 안마암은 슬품을 이기지 못더라 샹셔 집을 ᄯᅥ나 남히 가
의 다달나 비타고 남 ᄯᅡ희로 향하여 가던이 비 ᄯᅥ난 보롬 만의 광풍이 크게 이
러나 이 비 안의 사람이 다 죽으로다 하고 우던이 문득 물 가온디 한 즘싱이 나
션이 머리 셔히로되 큰 바회갓고 눈이 셔히되 불빗갓고 몸은 구렁이 갓타디 길
리 쉰즈이나 한 거시 소리난 벽역갓더라 그거시 소리 질너 왈 너희 엇던 놈이완
디 이 ᄯᅡ희 지셰도 안이 쥬고 당돌이 지너가려 하난다 가져 가난 보비을 다 드
려야 망졍 그려치 안이하면 너희을 다 잡아 먹으리라 샹셔 두려 졀하야 왈 나난
중국 병부샹셔 이션이압던이 황틱후 병이 중하여 왕명을

490

밧자와 봉닉산 션약 어드러 가압던이 쳥컨디 길을 허하소셔 그거시 왈 나라의셔

벼살을 귀히 너긴들 이 희귀신묘차 듕히 너기랴 하고 비을 잡아 두리치락 하거
날 샹셔 황망 디겁하여 비려 왈 닉 양식밧끠난 가져가난 거시 업사오이 무어실
드리잇가 하고 부인 쥬던 옥지환을 닉여 보인이 그거시 보고 왈 이거시 동희 용
왕의 계안쥐이 네 어듸 도젹하여 온다 ᄒ고 비을 미고 비 안사람을 다 잡아들고
용왕끠 드려 고왈 마참 슈힝ᄒ압다가 동희 용왕의 계안쥬 도젹놈을 잡아왓나이
다 하고 옥지환을 드려보닌이 이윽하여 홍표 관더한 관원이 나와 문왈 네 엇던
사람이완듸 용국 보비을 도젹하여 가지고 어듸을

491

가난다 샹셔 답왈 즁국 병부샹셔 이션이런이 왕명으로 봉닉산의 션약 어드려 가
압던이 닉 부인이 날과 이별할 졔 옥지환으로 표을 쥬거날 가지고 가압던이 지
셰을 달나 하고 하 조롱하미 줄 거시 업셔 그을 쥬온 일린이다 그 관원이 안으
로 드러가던이 ᄯᅩ 나와 문왈 네 부인이 뉘 ᄯᆯ이며 일홈은 무어시라 하난다 답왈
남군 ᄯᅡ 김젼의 ᄯᆯ 숙향이로소이다 그 관원이 드러가던이 이윽하여 용왕이 나오
신다 하고 슈궁이 진동하더라 용왕이 골용포 입으시고 통쳔관 스시고 빅옥홀 잡
고 친히 군문의 나와 샹셔을 쳥하거날 샹셔 가장 황공하여 드려 복지하여 뵈온
이 용왕이 친히 붓드려 젼의 올여 좌졍

492

하고 사죄 왈 나난 이 물 직킨 용왕이압던이 샹셔 이리 더러온 ᄯᅡ의 지닉실 줄
어이 싱각하리잇가 젹의 니 누의 부왕끠 득죄하여 반희슈의 귀향갓다가 부의
게 잡펴 하마 죽게된 거슬 김샹셔 구졔하와 살와니압신이 은혜 갑풀 길 업셔 져
구살을 밧ᄌ와던이 져 진쥬 상여 안이라 복 복ᄌ을 가자시면 몸의 잡거시 범치
못ᄒ고 죽을 익을 만나도 졀로 면하고 목슘 슈ᄌ 하나흔 사람 죽은 우희 언즈면
일쳔 희라도 셕지 안이하미 슈궁의 극한 보비라 슈독들리 아난 거시압던이 오날
하인드리 몬져 슈힝갓삽다가 멀니셔 바리보이 비 가온듸 극한 보비 이셔셔 긔
기운이 하날의 쏘엿다 하압거날 분부

493

하여 사오라 하엿던이 샹셔 가시난 쥴 어이 싱각하리잇가 샹셔 답왈 황티후 병
환이 극중하여 황제 날로 명하여 봉늬산 기연초와 쳔티산 별이용과 셔히 용왕의
계안쥬을 어더오라 하신이 봉늬산이 히듕의 잇다 하미 이 물노 지늬압던이 인산
쳔인을 귀히 디졉하시이 지극 감격ㅎ여이다 용왕 왈 샹셔난 날을 모로셔도 나는
샹셔 일을 아압난이 샹셔 봉늬산의 가시면 일졍 어더오런이와 다만 보늬슨이 예
셔 머오이 엇지 잘 가시리잇가 샹셔 왈 예셔 얼마나 하오며 온디와 엇던한이잇
가 용왕이 디왈 오신 디난 삼쳘이오 봉늬산은 예셔 삼쳔 삼빅 이오이 열두 나라
흘 자늬가리

494

493면의 중복(영인 오류)

495

그로 한 소년이 드려와 예필 후의 안즌이 나히 십오셰나 하더라 왕이 문왈 어디
로셔 온다 쇼연이 디왈 스승임이계압셔 네 공부을 다하여시되 다만 티을션이 모
단 신션을 가암ㅎ던이 샹졔끠 득죄하여 인간의 귀향가시이 오십연 지니면 도로
쳔샹의 올 거신이 티을셩이라 일홈이 션관의 오를 거신이 이졔 티을셩이 황티후
병을 구하려 하고 봉늬산의 약 어드려 갈 졔 네 집으로 지닐 거시이 네 티을을
뫼와 봉늬산의 가 공부하여 약을 어더오면 션관이 슈이 될 거신이라 하셔날 도
로 왓나이다 왕이 디왈 이 샹셔 티을리신이 네 뫼와 가면 의심이 업사련이와 길
히 험한 고지 하 만흐

496

이 샹셔 쇽긱의 의복으로난 가지 못할 거신이 션관의 오슬 입으시고 늬 공문을

가져가소셔 샹셔 왈 뎌 슌연이 엇던 사람이잇가 왕 왈 니 셋지 아달리압던이 신션 공부하려 일광노 졔자되여 갓다가 졔 스승의 명으로 샹셔을 뫼와 가오려 왓나이다 샹셔 디희 왈 져 쇼연과 한가지로 가오면 니 다려온 사람을 어이하리잇가 왕 왈 그 사람덜은 져희 타온 비와 도로 니여보니쇼셔 하고 귀신을 명하야 도로 다려다가 길흘 가라쳐 보니라 하거날 샹셔 용왕끠 사려하고 션관의 의복하고 강가의 나온이 용즈 불근 도롱박 하나흘 가지고 발셔 디후하엿더라 샹셔 용즈로 더부려 가던이

497

용즈 왈 니 혼즈 길 가자오면 아무디도 걸이 업시 슌힝ᄒ오련이와 샹셔 이져난 인간의 나려와 진긱이 되여 계신이 인간 사람이 간디로 션가의 드려오지 못하압고 여러 고디 시령이 직키여신이 부왕하여 쥬신 공문을 드러 번졉ᄒ여 갈 거시이 아무 디 가도 하난 디로 하쇼셔 샹셔 왈 슈로의논 용왕이 읏듬이이 바로 슈로로 가오면 쉬우려던 무삼 일노 뉵노로 가 폐로이 볍졉하고 머물이요 용즈 왈 슈로로 가오면 가만이 가련이와 힝혀 하나리 아라시면 용국에도 일리 나고 지경 직킨 시령이 다 됴치 못할 거시이 부디 공문을 번졉하여 후환을 업긔 하리라 하고 가던이 한 나라히 다달나

498

본이 그 나라흔 힝힝국이라 사람이 다 바로 단이지 못하□ 쎙쎙 도라단이더라 게 직킨 션관은 졍셩이란 별리라 용자 비을 부치고 드려가 션관을 보아 공문을 드린이 션관이 보고 문왈 이 힝츳 안이 틱을셩인가 용즈 답왈 그려하여이다 즉시 번졉하여 쥬고 나와 샹셔을 보고 가쟝 반겨하디 샹셔난 젼의 본 적 업사미 황공하여 하더라 하직하고 쏘 한 나라히 다다란이 이 나라흔 함밀국이라 게 직킨 션관은 긔셩이란 별이라 용즈 공문을 드련이 션왕이 왈 션간이 지령흔디 어이 범인이 간디로이 드러오리요 하고 공문을 본 쳬 안이하거날 용자 틱을셩이 인간의 나려와 병부상셔 되엿던이 황

499

졔 명을 밧자와 기연초 어드려 봉늬산 가온이 사즈의 난초로 허하쇼셔 션왕이 왈 그려하라 하고 공문을 번졉하여 쥬거날 가지고 쏘 한 나라히 다다란이 그 나라흔 교의국이요 쥬셩 츠지 하이 힝긱이 빅의 한나도 무사이 지닌리 업더라 용즈 샹셔의 고왈 이 션왕이 가쟝 험한이 닉 하난 딕로 하쇼셔 하고 몬져 드러가 본이 션왕이 문왈 네 무슴 일노 온다 답왈 텨을셩이 봉늬산 약 어드러 가압던이 부왕의 공문이 왓스온이 법졉ᄒ여 가사이다 션왕 왈 봉늬산은 극한 영산이라 신션도 샹졔 명 업시난 간디로 츌입 못거던 텨을리 비록 쳔샹 스람이나 득죄하야 인간의 나려와 진긱이 되엿거던 어이 감

500

히 드려가면 남히 용왕이며 지닌온 졔국 왕이 어이 샹졔 명 업세 간디로히 보닌리요 너와 션을 잡아 가두오고 샹졔의 쥬문하여 회답을 보와 쳐치하리라 하여날 용즈 빅변 인결하디 듯지 안이하고 용즈와 이션을 구리션의 가두와 둔이 그 고지 함갓하여 하날을 보지 못할네라 용즈 샹셔의 고왈 이곳 션왕이 본디 험하여 아모리 말을 하여도 듯지 안이한이 닉 밤의 도망하여 우리 스승임긔 사라와 친히 와 계셔 쳥하여ㅅ 노혀사리이다 샹셔 두려 왈 하날도 못보난디 혼즈 이셔 어이하며 쏘 그디 예셔 다라난 줄 알면 션왕이 더옥 노하여 할 거시이 어이하리요 용즈 왈 너무 두려마라쇼셔 닉 밤이 식지

501

안여셔 도라오리이다 하고 밤의 도망하여 일광노 계신디 가이 광노 왈 네 텨을을 뫼와 봉늬산의 가라 하엿던이 어이 온닷 용즈 엿즈오되 쥬셩 만난□□의 간이 가도오고 닉여 노치 안이하여이다 광노 왈 그 손이 거복ᄒ이 닉 친히 안이가면 구치 못하도다 하고 즉시 구람을 타고 오거날 용즈 몬져 도라와 샹셔의 사로

고 잇던이 광노 규성을 보아 왈 이션이 쳔샹의셔 득죄하여 인간의 나려가 고힝
을 지니여 이젼 죄을 속믜 하노라고 봉닉산 약 가질노 가게 하엿난디 어이 가도
오고 보닉지 안이하난요 쥬셩 답왈 나도 알고 곤욕하여 보니려 하던이 광노난
어이 아라신고 광노 왈 남히 용왕의 아달

502

리 니 졔자뫼 아라노라 쥬셩 왈 삼일 만 가도와 두고 곤욕하다가 보닉사이다 광
노 왈 황티후의 명 진할 날리 머지 안이하여신이 터을리 더되 도라가면 구치 못
할 거신이 그만하여 도라보닉라 하거날 션관이 용ᄌ와 샹셔을 잡아닉여 왈 너희
인간 사람으로셔 당돌리 션경을 더러이한이 그 죄 듕한지라 구리션의 가두아 일
만 번이라도 노하 보닉지 안이려 하엿던이 광노 친히 와 쳥하신이 이번은 허하
노라 하고 공문을 번졉하여 쥬거날 용ᄌ 사려하고 샹셔을 다리고 강가의 다다란
이 물 가오더 오싴 구람으로 탑을 무우고 두어 션관이 안ᄌ셔 풍유자약ᄒ거날
샹셔

503

왈 져난 엇던 사람이왓디 공즁의션 져리 노난요 용ᄌ 왈 동편의 안자 계신이난
일광노요 셔편의 안즌 이난 쥬셩이로소이다 샹셔 가장 부려 일광노을 향하여 사
례하더라 용자 왈 우리도 오리지 안여셔 져리 될 거신이 너무 부려마시압 하고
쏘 한 나라희 간이 그 나라흔 우희국이라 용자 왈 니 션왕 보려 간 사예 이 나
사람이 일졍 샹셔을 침노할 거신이 이 부작을 니여 쩐지라 하고 션왕믜 드려가
이 그 션왕은 진셩이란 별리라 공문을 보고 즉시 법졉ᄒ여 쥬어 왈 잇 짜 사람
이 본디 강악한이 어셔 이러 가라 ᄒ더라 샹셔 비예 혼ᄌ 안자던이 그 짜 사람
드리 샹셔을 잡아먹자 하고 다토

504

아 들오거날 샹셔 두려 비을 물의 노혼이 그 놈더리 물을 헤지 안이하고 거려
드러와 비을 잡게 되엿거날 하 민망하여 용자 쥬던 부작을 쩐지이 문듯 디풍이
이려나 물결이 뒤누은이 그 놈더리 물 소옥의 들고 나지 못하더라 그 바람의 비
노하 다란이 샹셔 혼자 것잡지 못하여 가더 가난 곳도 모로고 용자도 일코 민망
하여 비 가난 디로 가던이 문듯 물 소옥으로셔 한 신션이 고리 타고 슈리 취코
물을 평지갓치 건네가다가 샹셔을 보고 왈 네 체을 본이 신션도 안이요 속긱도
안이로디 어디 가 용즈의 표쥬을 어디 타고 어디로 향하나야 샹셔 비왈 나난 듕
국 병부샹셔 이션이압던이 황틴후 병

505

이 듕하여 황졔 명을 밧즈와 봉닉산 기연초 어드러 가압던이 바리압건디 길흘
가리치소셔 그 션관이 디소 왈 그디 비록 벼살리 놉파시나 옛 글을 못보와난닷
십쥬 삼산이란 말리 다 허무한 마린이 옛 진시황 한무졔 영웅으로도 맛참니 엇
지 못하엿거던 하물며 그디네 박한 졍셩으로 봉닉산을 바린들 보랴 허슈한 말
말고 날초차 단이며 풍경이나 구경하고 슐집이나 찻즈 하거날 샹셔 왈 션관의
말삼이 올사오나 임의 인신이 되여신이 국명을 밧자와 듕노의셔 머무지 못할 거
시이 니 명이 진토록 단이다가 죵시 못어드면 혈마 어이하리잇가 길흘 가라치쇼
셔 션

506

관 왈 니 고리을 타면 구만 팔쳔 이랄 순식간의 가디 봉닉산이란 고들 보지 못
하여신이 수고로이 헛길 가지 말고 날초차 도로 인간의 나가 슐집 길히나 가라
치라 하고 비을 잇그려 동싸히로 가며 온갓 곤욕만 하고 노치 안이하이 샹셔 민
망하여 하던이 뒤예 한 션관이 반초입 갓탄 거슬 타고 쳥삼건 둘너메고 호련이
오며 왈 젹션아 어더을 향하여 가난다 샹셔 미쳐 디답지 못하여 고리 탄 션관이

답왈 이 손이 미친 날을 다리고 술집 가라치라 하미 죽임으로 가노라 그 선관이
소왈 이 손이 비록 진긱이라도 한가지로 와셔 술집 차즌이 어와 뉴에리 한 말도
듯난쏘다 그

507

디 돈이나 만이 가견난다 샹셔 답왈 나난 인간의 미쳔한 사람으로셔 황티후 병
환이 극듕하여 왕명으로 봉니산 션약 어드려 쳔신만고하여 잇 짜히 드려왓삽던
이 이 션관이 잡고 노치 아이하신이 민망하여 하나이다 그 션관이 답왈 그디 이
션관을 모로난닷 당 시졀 할임학스 이티빅이 안인가 이졔 그디을 잡아 술 시기
려 한이 더 술 취토록 메기노라 하면 마공쥬을 어더야 할 거시이 술갑시나 가져
왓난닷 샹셔 왈 다려오던 사람도 희귀신을 만나 앗끼고 쏘 남히 용왕의 아달을
겨우 비려 다리고 오다가 마자 일코 혼자 가온이 술갑시야 한 입편딜 어디 가
어드리잇가 젹션

508

이 소왈 니 부인 옥지환을 파라 나을 술 안이 사먹길다 흐고 쓰으고 무수히 가
던이 멀이셔 옥져 소리 나거날 젹션이 왈 여동빈 졋 쇼리을 물나듯난닷 쏘 져
소리 왕ㅈ교의 져 소리 어디을 가난고 짜라 보자 하고 고리을 지쵹하여 간이 살
가닷 하더라 져 소리을 맛쵀 간이 한 션관이 거문고을 타고 문 우희 쐬우고 그
우희 올나 안자 옥져을 부다가 샹셔을 보고 왈 반갑다 티을아 인간 지미 엇쩌하
던다 답왈 황졔 명을 밧자와 봉니산 기연초 어더려 가압던이 션관을 만나 션경
을 보온이 다힝하오나 길 밥바 하난디 안이 노흐시이 민망하여이다 젹션이 소왈
이 손이 제 안희의 옥지환 파라 술

509

사거던 먹으라 하고 겨무도록 단이이 곤하여라 동빈이 디소 왈 티을은 젹션의게

잡현노라 하고 젹션은 티을의게 잡편노라 한이 아모의 말도 올한 줄 아지 못하
로다 흐고 윗더라 한 션여 년엽쥬의 츌듀을 싯고 가거날 동빈이 문왈 그디 어디
로 가난다 션여 답왈 두목지 션싱이 옛 벗 보즈 하고 옥화슈로 마초신이 그리로
가난이다 왕자교 왈 일졍 티을을 보랴 하고 가난쯔다 젹션 왈 두목지 졔 잇셔도
우리을 안이먹이랴 하고 슐 드리라 한이 션여 거스지 못하여 드리거날 젹션이
몬져 가득 부어 잡고 왈 슐을 혼자 먹고 져 손을 안이 쥬면 일졍 무류할 거시이
더려 주자 하고 왈 인간의셔 쏭과 피만 여흔 갓부더예 츌

510

쥬 드려가면 우연 요란 안이할가 동빈이 쇼왈 그 부디 젼의도 츌쥬을 너헛거던
무슴 히로옴이 잇시리요 젹션이 쇼왈 그 부디난 인간의 가 일코 잇난 부디 이
츌쥬을 너헛다가 힝혀 터질가 하노라 왕자교 왈 터지거던 인간 말춍으로 호라
하고 아무케나 너허 보자 하고 셔히 셔로 온갓 조롱만 한이 샹셔는 붓그려 아모
말도 못하고 민망하여 안잣던이 셧 짜히로서 흔 신션이 승사 타고 오며 왈 그디
네 옛 버즐 보고 죠흔 슐리나 가저다가 위로난 안이하고 남의 슐 아사 가지고
무삼 곤욕을 그디도록 하난닷 하고 왈 샹셔의 손목을 잡고 안즈며 왈 반갑다 티
을아 인간 지미 엇더하던요 그디 다려가던 용즈 그디을 일코 못

511

어더 하거날 이로디 이젹션이 다려가시이 분별 말고 시이국 션왕의게 공문을 변
접하여 가지고 봉늬산으로 오라 하여신이 그디 우리와 한가지로 츌쥬나 먹고 봉
늬산으로 가자 하거날 샹셔 가쟝 깃거 사례한이 그 션관이 왈 그디 우리을 다
아라보실손야 샹셔 답왈 인간 무된 눈이 어이 알이잇가 그 션관이 왈 져난 왕자
교요 뎌난 녀동빈이요 이난 티빅이요 나난 두목지런이 그디 젼싱의 우리와 지극
친한 버즈로셔 그디 이졔 인간의 나려가시나 친한 마음을 잇지 못하던이 일광노
의게 말 드란이 그디 봉늬산 가기예 시이국 션왕의게 곤욕 만히 보더라 하여날
그디을 위하여 샹졔끠 말

512

미하고 나려왓던이 젹션이 그딘 하난 양 보랴 하고 부로 긔롱하여슨이 허물 말
나 샹셔 왈 부로 멀이와 보시난 일도 감셕하압거던 긔롱 말삼물 어이 허물하리
잇가 두목지 왈 퇴을리 젼샹의 우리을 업슈이 네기던이 오날날 져리 공경할 줄
어이 알이요 하고 셔로 츌쥬을 권하며 가던이 한 쳥의 입은 동자 학을 타고 나
려와 고왈 안긔션싱이 오날 션싱 사인을 시여국으로 쳥하신이다 동빈 왈 그도
어련 버지 부라시이 안이 가던 못할 거시이 퇴을을 어이 쳐치할고 두목지 왈 늬
일이 올 젹 쟝건지 봉늬산으로 가거날 늬 학을 쥬고 건지의 승사을 밧고아 타고
왓더이 예셔 보늬산이 며지 안

513

이한이 퇴을을 다려다가 봉늬산의 두 건지을 보아 학을 츠즈 타고 갈 거시이 그
딘난 몬져 가라 하이 모다 깃거하야 샹셔다려 왈 그디을 쩌난지 오러미 반가이
보려 하고 나려왓던이 어런 버지 부라시이 마지 못하여 가기로 슈이 이별한이
셥셥다 평안이 단여 도라가라 오리지 안여 셔로 만나보리라 하고 솃 션관이 몬
져 가거날 샹셔 두목지을 짜라 동남간으로 가던이 한 산이 하날의 다핫고 오식
구람이 어리여난디 두목지 가라쳐 왈 져 산이 봉늬산이언이와 그디 져 산을 어
이 오을꼬 샹셔 왈 져 산을 올나냐 약을 어드리잇가 두목지 답왈 져 산상봉의
구로션이란 션관이 잇슨이 그을 보아

514

쳥하여야 어드리라 하야날 그 산 아리 다다란이 용즈 과연 강가의 와 기다리더
라 두목지 왈 이져난 발셔 션간의 다 왓고 용자을 쪼 만나신이 나는 가노라 하
고 왈 그디을 꿈갓치 보고 이별한이 후의 다시 보자 하더라 샹셔 용자다려 왈
그디 어디 갓던다 용자 답왈 우희국 션왕을 보아 공문을 번졉하여 가지고 강가

의 가온이 발셔 가신디 업거날 못어더 두로 단이던이 두목지션성을 만난이 젹션
이 다려가시이 너난 몬겨 예와 기다리라 하여날 왓나이다 샹셔 왈 그 션관더리
오면 하 괴롱한이 곤함이 가이 업다 용자 왈 그 션관더리 샹셔의 뎐셩 번님니미
반가온 마암을 홍의 게워 괴롱

515

하여건이와 그 션관네흘 만나나지 못하여시면 이국을 다 도라오던들 이젼 반도
못왓시리다 하고 샹셔을 다리고 산듕으로 드러간이 한 바회 하날의 다하 싹싹기
란닷 하여 오흘 길 아득하더라 샹셔 왈 이 짜히 왓시나 저 놉푼 바회을 어이 오
라리요 용자 왈 그난 근심마로쇼셔 하고 왈 니 등의 오라쇼셔 하거날 용자의 등
의 오라이 용즈 문듯 변하여 황용이 되여 한 번 쇼쇼와 그 놉푼 바회 우회 오란
이 샹셔 디회 왈 그디 지죄 극키 신긔롭다 용지 왈 이겨난 션간의 다 왓사온이
나난 도로 물가의 가 비을 직키올 거시이 져 골노 드려가 구로션을 차자 지셩으
로 구하여 가지고 나려오쇼셔 샹셔 왈 비록 약

516

을 어드나 바회을 어이 나릴고 용자 왈 자연 쉬울 거시이 근심마로쇼셔 하고 나
려가거날 샹셔 혼자 골노 드러간이 한 빅두 노옹이 거문소 타고 오다가 샹셔을
보고 놀니 문왈 엇던 사람인다 샹셔 두려 비왈 나난 듕국 병부샹셔 이션이압던
이 구로션을 찻나이다 노인 왈 져 침향나무 미틔로 가면 놉푼 바회 우회 바독
두는 션관이 잇시이 게 가 무러보아라 흔이 샹셔 그리 드러간이 가는 길히 다
옥바회라 오식 구람이 어리엿는 고디 보비 연꽃치 만발하엿고 그 소옥의는 봉과
공자기며 학기 샹샹이 놀며 소리하고 단이이 진짓 션간일네라 샹셔 층찬 왈 인
간의셔 삼신산이 잇단 말을 거즛말

517

리라 하엿던이 이난 진짓 삼신산이로다 하고 나아가던이 과연 놉푼 바회 우희
홍의 입은 이와 청의 입은 션관이 안자 바독 둘거날 샹셔 멀이서 절한이 본 체
안이하거날 졉졉 나아가 겻틱 셔시디 본 체 안이하던이 쳥의동즈 츠을 가지고
와 션관긔 사로디 엇던 속긱긔 예 와 션나이다 그졔야 그 션관더리 도라보고 놀
니 바독판을 물이치고 왈 네 엇던 스람이완디 남의 션경의 당돌리 드러와 더러
이난닷 샹셔 지비 왈 나는 인간 이션이옵더이 구로션을 차즈려 왓나이다 쳥의
입은 션관 왈 구로션 츠즈 무삼 말 무르려 하는다 답왈 중국 황틱후 병환이 극
듕하여 긔연초 빌노 왓나이다 홍의

518

한 션관이 왈 져 샹봉의 올나가 보아라 컨이와 네 뉵신이 줄 올나갈가 하여날
그 샹봉을 본이 놉시 삼쳔쟝이나 한이 비록 나리 이셔도 올을셰 업난지라 민망
하여 덕분을 입어지라 하고 빌거늘 션관 왈 그디 구로션을 보아지라 하미 길흘
가라친이 못오란면 우린들 어이하리요 샹셔 더욱 민망ᄒᆞ여 ᄒᆞ던이 문득 황학 탄
션관이 나려와 이로디 그디 녯 버즐 만나 회표는 안이하고 무삼 조롱하는고 하
고 샹셔의 숀목 잡아 안치고 왈 틱을아 인간 직미 엇더하던다 셜듕미 그디을 ᄯᆞ
라 인간의 나려가던이 보아는다 답왈 이션은 인간 고ᄒᆡᆼ 뿐이온이 직미는 못보왓
고 ᄯᅩ 셜듕미란 말숨은 더욱 아지

519

못하여이다 그 션관이 디쇼 왈 틱을리 발셔 션관 졔일을 이져쏘다 하고 동자을
불너 차을 붓자와라 하거날 샹셔 바다 먹은이 그졔야 틱을셩으로셔 작죄하고 인
간의 귀향간 일과 젼셩의 샹졔끠 슈유하여 봉닉산 갓다가 능허션의 ᄯᅡᆯ 셜듕미
만나쩐 일과 좌우의 안즌 션관이 다 슈하 버진둘 알고 눈물 짓고 왈 나는 죄 듕
하여 인간의 갓거이와 그디네 다 무사히 게시디 셜듕미는 이졔 어디 간고 션관

이 답왈 능허션의 부쳐 인간의 나려가 여보야 샹셔하는 김젼이 그디 쳐부 되엿
고 셜듕미는 양왕의 쏠리 되여신이 그디 둘지 부인 되리라 샹셔 기리 한슘 짓고
왈 능허션은 무산 죄로 인간

520

의 나려가시며 소인는 김젼의 쏠리 되고 듕미는 양왕의 쏠리 되엿는고 션관이
답왈 능허션의 부쳐는 방션의 구경하다가 샹졔의 굴 진샹 줌즉한 죄로 인간의
귀향가시디 젼싱의 쇼이 위하여 셜듕미을 조히 하던 줄 보고 샹져 원망하던 거
시라 젼싱의 원슈로 후싱의 부즈되야 셔로 간쟝을 셰게기 하고 셜듕미는 죄 업
사디 졔 부모와 그디 인간의 나려가시미 보려 하고자 원하야 익슈의 쌔져 듁어
신이 후싱의 귀히 되게 하여 양왕의 쌀리 되엿는이라 샹셔 왈 그러면 셜듕미 니
부인 될작시면 어이 소인 몬져 안이 되엿는고 션관이 답왈 그디 인간의도 소인
로 하여 가실 뿐 안이라 졔 집은 월궁향아 가암

521

아난이 쇼인는 향아의 아아라 비록 무이 네게 인간의 보니여시나 어이 돌보지
안이리요 그려무로 소인는 쳣부인이 되엿다가 그디 함긔 쳔샹으로 오고 셜듕미
는 그디 츳부인 되엿다가 능허션의 부쳐을 종신 후의 미조차 올나오리라 샹셔
왈 인간의셔 양왕의 구혼하거날 거절코져 하다가 이 고힝을 만난이 죽어도 그
혼인은 거절하려 하엿던이 도망치 못하리로다 하고 젼싱 일을 이르고 인간 일은
이젓거날 션관이 왈 그디 도라갈 쩌 느껴간이 약을 가지고 도라가라 하고 셰 가
지 약을 주거놀 샹셔 문왈 이 약 일홈은 무어시라 하는고 션관이 답왈 져 쇼용
의 너흔 물은 환혼슈요 져 풀은 거산 기연초요 져 환약은 오화당

522

이라 이졔 쩌 느져간이 도라가면 황튀후 죽어실 거신이 그디 가졋는 옥지환으로

티후 죽엄 우희 언져두면 셕은 사리 자연 닉사라눌 거신이 져 쇼용의 물을 입의 너흐면 혼빅이 도라와 사라나거던 그계야 기연초을 먹음어시면 말을 하리라 샹셔 문왈 이 환약은 어디 스리요 션관이 답왈 글난 간슈하엿다가 그디 나히 칠십이 차거던 칠월 망일의 소이와 하나셕 먹으라 도 차을 권하거눌 바다 먹은이 그계야 용즈 기다리난 줄과 인간의 도라갈 일을 씨달나 션관끠 하직한이 션관이 이려나 셩셔을 다리고 강가의 와 젼숑하여 왈 훌훌하여 회포도 못한이 쳔샹의 올나와 우리을 고쳐와 보라 하더

523

라 용즈 왈 갈 길흔 오던 길과 다란이 비의 올나 져근닷 눈을 감으라 하거날 그 비예 올나 눈을 잠간 감우이 발셔 남히 용국에 다다란이 용왕이 샹셔을 보고 가장 반겨 젼의 드려가 큰 잔치을 비셜하야 디졉하거눌 샹셔 사례 왈 용왕의 덕분의 봉닉산은 무사히 단여왓건이와 또 쳔틱산을 마자 가라치소셔 용자 왈 쳔틱산은 인간의셔 머지 안이ᄒ온이 가기는 쉽사와도 마고션여 만나기는 쉽지 안일가 하나이다 용왕이 가라사디 용즈을 명ᄒ여 네 또 샹셔을 뫼와 쳔틱산을 가라치고 그려로셔 셔히 누의임끠 사라 샹셔 계안쥬 못어더 하는 줄 엿자와 비려다가 드리라 ᄒ고 또 그리로셔 네 스승님

524

끠 뵈와라 하신디 용즈 비왈 그리 하리이다 하고 샹셔을 다리고 또 쪽박을 타고 셔히로 바리보고 가던이 한 골의 다달나 용자 왈 이 산이 쳔틱산인이 이 산으로 두로 돌면 마고할미을 차즈 보아 구하소셔 나는 잠간 셔히 용국의 가 계안쥬을 구하여 보리이다 샹셔 그 산을 바리본이 쳔만 쳡이나 하고 놉기 하늘의 다핫거날 샹셔 왈 져리 험한디 혼즈 단이다가 힝혀 모진 즘싱이나 만나면 어이하리요 용즈 왈 이 산이 영산이라 각별 험한 즘싱이 업사이 두려 마라시고 아무 스람을 보아도 마암을 나작키 하여 공경하고 변화한 마암을 마로쇼셔 힝혀 그랏하면 도라가기 어려오리다 하더라 샹셔 혼즈

525

산골노 드러가던이 한 니가의 가이 무리 깁고 다리 업거눌 건니지 못하여 바잔이던이 문득 동 짜히로셔 한 아히 사슴타고 가거눌 샹셔 니다라 길홀 무르려 하이 그 아히 바로 사슴을 구람갓치 달인이 간 곳들 보지 못홀네라 샹셔 스슴을 짜라가이 산은 첩첩하고 인젹은 보지 못하여 민망하야 하던이 소나무 미터 거어지 갓탄 늘근이 언 누이옷 닙고 돌 우희 걸안즈거눌 샹셔 나아 졀하고 문왈 마고할미 어디 계시이잇가 그 늘근이 답왈 니 이 산듕의 자란지 오만 연이로되 마고할미란 말은 이자야 쳐엄 드란이 몰나라 하거눌 샹셔 왈 잇 짜히 인기 어디 잇나이잇가 비고푼이 아모 거시나 어더 먹

526

고져 하온이 가라치쇼셔 그 노인이 답왈 이 산듕의 무산 인기 잇스리요 하고 이러 가거눌 샹셔 짜로려한이 발셔 간디 업더라 물을 건네지 못하여 물가의 안즛던이 문득 한 즁이 뉵한쟝을 둘너집고 가거날 샹셔 가장 공슌이 졀흐고 문왈 마고할미을 보옵고져 하오디 찻지 못흐온이 어더로 그리잇가 그 도시 답왈 이 물을 건네 남 짜히로 가면 옥포동이란 골리 잇슨이 차즈가소셔 하고 집헛던 막디을 썬지이 문득 변하여 다리 되거눌 샹셔 다리로 건네가 져 듕을 향하여 사례한이 그 듕이 문득 공듕의 구람을 타고 올나셔며 왈 나난 디셩사 부쳬련이 그디 길흘 못어더 하거눌 부로 와 가릇

527

친이 옥포동을 차즈가면 마고할미 이실 거신이 보이라 컨이와 황후 발셔 듁어신이 슈이 가거라 하여눌 샹셔 공즁을 향하여 사례하고 남 짜히로 간이 좌우의 츈슈 계슈며 그이한 나무와 즘싱이 만코 오식 구람이 자자져신이 길흘 분별 못하고 갈소옥 산은 첩첩하고 인젹은 보지 못할네라 민망흐여 하던이 혼 바회 우희

하리비 걸안ㅈ거늘 샹셔 비왈 옥포동을 어나 길노 가리잇가 노인이 디답지 안이
ᄒ고 한 노리을 부란이 그 노리예 하는 말리 쳔연을 일긱을 삼고 만연을 하로
삼고 사히 팔방을 슌식의 단이는 날다려 뉘라셔 갈 길홀 뭇자 하는다 하고 눈을
감고 바회 우히 ㅈ던이

528

슘이 업셔 죽은 사람 갓더라 고쳐 무랄 길 업셔 남 짜히로 가던이 산등의로셔
한 부인이 흰 사슴으로 수리을 메워 타고 한 손의 쳔도 쥐고 나오이 머리 터력
은 눈빗 갓고 냥ㅈ는 도화빗 갓더라 샹셔 복지하여 보고 고기을 드지 안이하고
문왈 옥포동으로 가고져 하온이 길홀 가라치쇼셔 그 다히 마고할미란 션여 잇다
하온이 찻나이다 할미 왈 마고할미 차즈 무엇하려 하는잇가 샹셔 왈 나는 듕국
병부샹셔 이션 이압던이 황티후 병환이 극듕하오미 왕명을 밧자와 쳔티순 별이
용을 어드려 왓던이 젼차로 듯자온이 마고란 션여 그 약을 가져 계신다 하오미
찻나이다 할미 왈 낭군이 길홀 그랏 왓

529

나이다 니 이 산의 사란지 오러이이 산 일홈이야 모랄 산이 업던이 쳔티산이란
말은 오날사 초문이로소다 마고란 사람의 소문도 듯지 못하엿나이다 샹셔 디경
왈 이 산 일홈은 무어시라 하난이잇가 할미 답왈 이 산 일홈은 포옥산이요 이
골 일홈은 쳔티동이라 하건이와 낭군이 님의 그랏 와 계시이 무간니건이와 나리
발셔 져무려신이 도라가기 어렵고 다란 디 인긔 업사이 니 집이 예셔 머지 안이
하오이 니 집의 가 자시고 닛일 도라가 쳔티산을 차즈 보소셔 하고 샹셔을 다리
고 한 길노 드러간이 그 골 안이 가쟝 훤츨하고 인간의셔 보지 못하던 곳돠 푸
리 자옥하여시이 향니 진동하더

530

라 쏘 가는 길히 다 오식 돌노 까라시이 발듸지 못할네라 한 집의 다다란이 그 집이 가장 웅장하더라 할미 슈리여 나려 샹셔을 쳥하여 왈 니 집이 본디 남편 업는 집이라 험물 말고 오라소셔 하여날 샹셔 가장 사양 왈 인간의 더러온 몸이 귀하온 션경의 와 보압기도 지극 황공ᄒ압거던 셩심이나 젼의 올나 부인닉와 디 좌하리잇가 할미 왈 비록 길히 다르나 니 나히 만사오이 허물리 업고 집이 비록 더럽사오나 갈 디 업사오이 사양 마라시고 오라소셔 샹셔 사양치 못하여 오라이 황금 교위을 좌우의 분하여 노코 좌을 동편 교위예 졍하거눌 샹셔 업다

531

려 머리을 드지 안이하고 쥭기로 샤양한이 할미 노왈 낭군이 니 말을 듯지 안이 하고 그려하신이 나도 낭군 가실 길홀 가라치지 못하리로소이다 샹셔 민망하야 교위예 올나 안즌이 할미 시녀을 불너 잔치 거동을 차리라 한이 일긔의 팔진미 랄 가초와 드린이 젼의 낭즈의 집의셔 할미 슐먹던 음식 갓더라 마옴의 회오더 음식은 마고할미의 음식이로디 얼골과 음셩이 다란이 감히 마고할미라 못하야 문왈 나는 드란이 이 짜히 쳔틱산 옥포동이라 하거눌 쳔신만고하야 계우 드려왓 던이 쏘 안이라 ᄒ시이 쳔틱산은 어디이잇가 할미 답왈 쳔틱산이란 말은 초문이

532

언이와 드란이 구하신 약은 힉즁 연산의 잇짜 ᄒ오디 그도 허무한 마리라 옛 진 시황 한무졔 가장 숭샹하여 구하되 쥭기을 면치 못하여는디 낭군이 허무한 말을 드라시고 슈고로이 농녀하야 위틱한 길히 가시지 말고 니 말을 쏘차시면 가장 유리하리이다 샹셔 답왈 쏘찰 말슴이면 쏘차리다 할미 깃거 왈 나라히 비록 공 명이라 하는 거시 영화로오나 극키 위틱한지라 나도 옛 명사의 안히 되어 가장 부귀하고 영화로 지니던이 밧긔셔 나라히 득죄하여 이 짜히 귀향왔던이 강보의 잇는 짤자식을 다리고 짜라온이 발셔 쥭고 업거눌 도라가지 못하여 인ᄒ여

533

예셔 농사을 희먹고 사압던이 낭군은 왕명을 바다 위티한 길히 가셔 요힝으로 약을 어드면 부귀 극하련이와 죵시 못어드면 도로혀 화을 면치 못홀 거시이 쳐음의 수고로이 가지마라소셔 샹셔 왈 이라신 말숨이야 지극 맛당ᄒᆞ오나 임의 나라 명을 밧자와 녜토록 왓사오이 무단히 안이가든 못홀 거신이 니 목슘이 진토록 도라셔 동시 못어드면 듁어 지하의 가도 붓그럽지 안이ᄒᆞ리이다 할미 ᄃᆡ소 왈 낭군이 아희들 말숨을 안이 드러 계신이잇가 듁은 졍셩이 산 강아지만 못하다 ᄒᆞ오이 이 일노 보압건디 져셩이 됴타 하여도 이싱만 못하이 무산 일노 남을 위하여 니 몸이 괴로이 고힝하다가 비명의 쥭

534

으리잇가 니 집이 비록 가눈ᄒᆞ오나 노비 삼쳔 귀요 젼답이 슈만 셕이요 뽕남기 팔쳔여 쥐요 이만하여도 옷밥을 긔리지 안일 거시이 니게 한 ᄯᆞᆯ리 잇셔 쟝셩하여시더 이 졀도 셤의 비필 엇기 쉽지 안여 공방의 셰월을 쇽졀 업시 보니던이 오눌눌 낭군을 만나이 이눈 쳔졍하신 연분이로소이다 하고 시여을 명하여 아기을 나오야 한이 샹셔 하 가이 업셔 고기을 쉬기고 아모 말도 못하고 안잣던이 이윽고 시여 이십여명이 향초불을 발키고 한 션여을 인하여 나와 샹셔의 위편 황금 교위예 안거날 샹셔 황공하여 나려 복지하고 고기을 드지 안이한이 할미 왈 낭군이 니 ᄯᆞᆯ을

535

츄히 녜겨 보지 안이시눈가 니 ᄯᆞᆯ리 비록 졀쏘의셔 자라시나 인간만사와 고금을 통달한이 듁키 샹셔의 부인 되엄즉 하오이 샹셔는 깁피 싱각하여 만금갓탄 몸을 쵸목과 한가지로 셕금이 위연 거듯 일 안이온가 찰할리 니 자식과 한가지로 빅연을 평안이 동유함만 갓지 못홀가 하나이다 샹셔 이 말 듯고 좌을 폐하여 기리

탄식하여 왈 니 몸을 임의 임군끠 허하여 이런 험한 고디 와 마고선여도 찻지 못하고 황티후 병환을 구치 못하면 이는 신자의 되 안이라 하물며 암의 니 부모 쳐즈을 두고 와슨이 결단코 츠마 선여의 말숨을 쫏지 못하오이 마고선여을 찻지 못하오면 그겨 도

536

라갈 다람이로소이다 하고 업드려 고기을 드지 안이한이 할미 웃고 이로디 샹셔 는 용여마라시고 나을 살펴보소서 샹셔을 못보완지 오린이 민일 샹셔와 슉부인 을 싱각하옵던이 니 과연 마고할미 안이이잇가 어이 그디도록 몰나보시난고 반 갑다 요스이 슉부인 안부는 엇더하온이잇가 샹셔 디경 디희하여 두 변 절하고 왈 인간 무딘 눈이 엇지 아라보리잇가 명빅키 이라지 안이하시면 예셔 죽사와도 숙결리 잇사오리잇가 쳐음의 선여의 은근하신 덕이 안이면 소이을 엇지 차자 보 오며 예 와 다시 보오리잇가 이는 니의 힘이 안이라 선여의 어진 덕이로소이다 흐고 쇼미로셔 슉부

537

인 편지을 니여드린이 선여 보고 눈물을 무슈히 흘이더라 선여 왈 이 산이 과연 쳔틔산이요 이 골은 옥포동이라 니 평샹의 예셔 사는이 만일 디셩사 부치 곳 안 이면 이 물을 어이 건네시면 날을 차지리잇가 나도 마참 뉴산갓다가 디셩사 부 체 만나 샹셔 오시는 줄 알고 마조 가압던이 길희셔 고힝 믄히 하시도쇼이다 져 는 과연 니 쌀 안이라 하 반가와 잠관 괴슐노 샹셔의 마암을 시험하던이 어이 니 슉부인을 쏙기리요 쏘 인간 양왕의 쌀 셜듕믹는 샹셔의 둘지 부인 되린이 무 슴 일노 양왕의 혼스을 거절하시다가 이런 험한 고힝을 하시는이잇가 그도 쳔졍 이라 마암으로 면치 못흐

538

련이와 황티후 발셔 둑어시이 수이 도라가소셔 하고 별이용이란 버삿틀 니여 주
며 왈 봉닉산 션관의 말삼을 자셰 드러 계신이잇가 그디로 하시고 양왕의 혼스
는 거스지 못할 거시이 도라가 즉시 차자 보게 하시고 슉부인끠 각별 문안하소
셔 하고 즉시 자반 갓초와 젼숑할식 마고할미 친히 잔을 드려 권하더라 쏘 황학
을 불너 샹셔을 틱와 뫼시라 하시고 몬니 셥셥하야 이별하이라 샹셔도 하직하고
학을 타고 그 산 밧 지닉와 희변의 다다란이 잇쩨예 용즈 발셔 용왕의 계안쥬을
어더 가지고 기다리더라 양인이 가쟝 반겨 용즈 왈 마고할미 슌히 보닉던이잇가

539

샹셔 쇼왈 그디 덕 곳 아이면 엇지 그 할미 슐듕의 잘 면ㅎ리요 하고 즉시 용즈
로 더부려 빅타고 슈로로 삼쳔이랄 슌식의 건네 무틱예 다달나 용즈와 이별하며
서로 몬니 셥셥ㅎ야 하며 용즈 이로디 후의 볼 거시이 어셔가소셔 샹셔 무슈히
치사하더라 ○ 추셜리라 잇쩨예 슉부인이 샹셔을 보닉 후의 위왕 부모와 쟝승샹
양위와 친부모을 흔갈가치 뫼와 효양함을 지셩으로 뫼시고 하날 끠운이 명낭하
고 달리 불그면 믹양 동빅을 보고 슈심으로 지닉던이 한날 동빅이 시 입피 나고
예와 더욱 옥슈하거날 일졍 샹셔 무스히 도라오리라 하여 좌우 부모님끠 위로하
던이 두어날 지닉이

540

샹셔의 힝츠 오신다 ㅎ고 노문이 왓더라 황졔 쏘흔 스신을 보닉여 샹셔을 마자
바로 경셩으로 드려와 황졔끠 슉비한이 위왕과 쟝승샹 김샹셔 밋와 시위하엿더
라 샹셔 황졔끠 엿자와 곡셩을 그치고 관을 도로 열고 신쳬을 니여 침방의 누이
고 시여로 하여곰 입으신 오슬 다 벗긴이 발셔 사리 변하여 써거더라 샹셔 즉시
황졔을 쳥하여 티후의 몸을 친히 풀나 하고 옥지환을 신쳬 우희 노하둔이 님의
썩근 사리 졈졈 니사라 혈믹이 서로 통ㅎ는닷 하거날 그 소용의 든 환혼슈을 입

에 부은이 긔운이 니부쳐 숨을 쉬더라 즉시 긔연초을 입에 먹음엇던이 이

541

윽하여 티후 이러 안지며 왈 니 잠이던가 꿈이던가 하며 이러 안거눌 그졔야 별이용을 귀예 너흔이 음셩을 아라 듯고 용왕의 계안쥬을 쓰슨이 좌우의 잇눈 사람을 아라 보더라 황졔 디희하여 샹셔을 쳥ᄒ여 니쳥의 잔치을 비셜하고 삼뉵경의게 분부ᄒ여 쳔하 경년을 하시고 친히 잔을 드러 샹셔끠 권하시더라 티후 즉시 시여을 명ᄒ여 슉부인과 위왕 부인과 장승샹 김샹셔 부인을 다 쳥하여 슉부인 은덕을 못니 칭찬하시고 황졔쎄 권하여 샹사 만히 ᄒ시고 샹셔 벼살을 도도와 일품 봉군 ᄒ신니 만조빅관

542

이 향복 안이하리 업더라 샹셔 ᄯᅩ 양왕을 쳥ᄒ여 황졔 안젼의셔 션관 말슴을 다 진달ᄒ이 황졔와 위왕과 김샹셔 다 긔거하시고 황졔와 티후 즉시 양왕 모여을 쳥하여 치ᄒ하시고 ᄯᅩ 슉부인을 쳥하여 왈 이는 쳔졍하신 쉬라 구틔여 틱일하여 홀 일 안이라 월궁 션관 션여 오늘 한틔 모다미 ᄶᅩᄒ 하눌 ᄒ신 이린이 위양 양왕 김샹셔 다 쳥ᄒ여 황졔 좌우의 셰우고 즉일의 졔물 갓초와 샹셔끠 고ᄒ여시고 이눌 황티후 침방 별실의 힝예ᄒ시다 잇튼날 각 부인을 다 보니시고 오즉 여보야 부인과 슉부

543

인과 츠부인을 머무려 삼일을 뉴ᄒ여 츠부인 신힝을 황티후 친히 츠리사 빅관으로 시위ᄒ여 위왕 궁젼의 보니실시 슉부인이 황졔끠 엿ᄌ와 스스로 뉴ᄒ시이 일국 사름이 모다 경황하더라 ᄯᅩ 위왕과 김샹셔 장승샹 부인이 일국 지샹 부인을 다 쳥ᄒ여 디경년을 힝할 슉부인을 좌우의 나와 바로 셔셔 춤을 취이이 양왕 부인이 못니 깃거하더라 츠부인 ᄯᅩ 김샹셔 부쳐을 젼싱 부모로 알고 슉부인 셤기

기을 형미제로 힝호여 셔로 친밀호더라 황졔 이션의 덕을 감격호여 황졔 위을
젼코져 하여 위왕과 빅관을 쳥호여 의논호

544

시이 모다 엿ᄌ오디 이샹셔의 호는 이리 샹예 안이라 인간 의리 잇지 안일 사람
인이다 옛 요슌은 디셩인이라 위랄 혜여 젼호고 위탕도 디셩이라 위을 자손의게
젼하시이 쳔이예 현쥬 여흔호시이 여ᄌ 쥬호시이 이졔 폐하 쳐엄으로 위을 현의
젼호엿다가 나려오던 위을 한갓 은의로셔 바리시면 이는 위탕의 되 안이라 반다
시 후셰예 시비잇슬 거시요 그려나 이션은 ᄯᅩ흔 쳔샹 션관이라 비로 미죄로 인
간의 나려왓시나 오리지 안여 도로 쳔샹으로 올나가련이와 위을 젼코져 호셔도
반다시 원치 안이호리이다 모다 올히 너기더라 이젹의

545

샹셔 나히 칠십이 다달낫던이 위왕부쳐와 양왕부쳐 다 셰샹을 이별호고 쟝승샹
부쳐도 흔날 흔셰예 구람을 타고 쳔샹으로 가시고 김샹셔부쳐만 계셔던이 슉부
인은 이남이요 츄부인은 삼ᄌ라 슉부인의 ᄯᆯ은 황후 되고 츄부인의 ᄯᆯ은 경승의
며나리 되여더라 젼후실의 아달 오형졔 다 일국의 경티우 되여 승상과 샹셔 위
예 거하여 일시예 현달호이 모다 칭찬호더라 이젹의 금병이 변왕을 합물호고 쥬
션이 투향호여 빅셩이 분산호이 황졔 진노하사 쳔호의 징병호시고 경열부인 둘
지 아돌노 디원슈을 봉호여 금병을 디젹

546

하라 하신디 원슈 졔쟝을 총영호여 금병으로 더부려 한 변 교봉호미 금병이 디
피하여 쟝검의 죽은 지가 반이라 금병의 쟝슈을 죽기려 한이 칼도 드지 안이하
고 살도 사뭇 지니지 안이하거늘 즉시 죽이지 못하여 사로잡아 원슈 반퓌하여
금병 파흔 연고와 쟝사 죽기지 못흔 연고을 고한디 황졔 디희하사 그 쟝수을 친

히 불너 무란이 쟝亽 답왈 니 죽기을 피흐는 쥴리 안이로디 자연 그려하여이다
흐온이 모다 고히 너기거날 졍열부인이 쏘한 궐니예 드려가 구경흐던이 그 얼골
을 본이 젼일 아히 졔 부모 일코 반야산 돌 틈의 잇슬

547

졔 모든 도젹이 죽기려 하던 차의 그 쟝사 어엿비 너겨 구하여 안아다가 마올
근쳐 두고 가던 금병의 얼골 갓거늘 친히 문왈 젼일 형초 짜히 와 작는할 졔 너
도 필년 와슬 거신이 그쩌 흐던 일을 자시 아외라 그 쟝사 답왈 그쩌예 왓사오
나 각별 하온 일 업스오나 다만 반야산의 다다란이 한 어린 악기 돌 틈의셔 졔
부모을 부라며 울거늘 니 과여 다려다가 마올 근쳐의 두고 갓삽던이 그 밧띄는
다란 일은 보압지 못흐여이다 하거늘 부인이 탄식 왈 평싱의 눌 구졔하던 은혜
을 거의 다 갑피시디 오즉 져 사람의 은덕은 일역으로 어더 볼 길 업셔 심즁의
미쳣던이 이는 하

548

눌리 도우사 눌노 하여곰 은혜을 갑기 흐시도다 엇지 창검이 히홈이 잇스리요
흐시고 즉시 황졔을 뫼와 고흐여 각별 봉후하사 형쵸 일방을 막기시고 쟝亽 만
히 하시다 할는 슉부인이 쟝셔띄 살와 온갓 졔물을 지셩으로 갓초와 화덕진군과
포진 용왕의 부인과 마고션여와 후토부인띄 친히 졔문지어 인간의셔 구졔하던
은덕을 베푸사 하늘을 우러 친졔흐시고 칠월 망일의 쟝셔로 더부려 김샹셔부쳐
와 ᄎ부인띄 고왈 우리는 쳔쉬 다달나사오미 몬져 올나가온이 부모님은 평안이
계시다가 미조차 오쇼셔 흐고 이늘 오셰예 봉니산 션관 쥬던 오화당이란 약을
흐느식 먹은이 이윽흐여 오싴 구롬이

549

그 집을 둘너사던이 홈띄 구롬을 타고 올나가이라 ᄎ부인은 김샹셔부쳐을 뫼와

지셩으로 셤기던이 이듬히 칠월 망일의 셔히 한가지로 구롬을 타고 쳔샹으로 올
나가이라 셰샹 스룸이 이샹셔의 덕을 사모ᄒ여 안이 일가ᄅ리 업고 모다 기키
너겨 후세예 유젼한이라

  원월 염오일 시셔하야 이월 염슘일 필셔하다

국립도서관본

　　표제는 "슉향젼하"이고 내제는 "슉향젼권지ᄒ라"고 되어 있는 필사본이다. 가로 19㎝ 세로 29㎝의 크기에, 매면 12행 매행 30자 내외, 총 33장 64면의 낙장본이다. 내용은 이선의 고모가 이상서를 질책한 후 황성에 머무는데서부터 매향이 부친의 혼사(婚事) 말을 듣지 않고 고집하는 대목까지이다. 마지막에 "부모의 후ᄉ를 맛기고ᄌ ᄒ량이면"에서 필사를 끝맺고 이어 "긔희이월염ᄉ일셕 우졍ᄉ라"는 필사기가 부기되어 있다. 원본은 국립도서관에 소장되어 있으며 (의산古3636-54), 정신문화연구원에 마이크로필름으로 보관되어 있다. 정문연의 청구번호는 R35N-002952-5이다.

국립도서관본

숙향젼하

1

숙향젼권지호라

각셜 황후는 여복야의 미씨라 부인니 경셩의 왓단 말을 듯고 쳥호여 궁듕의 여러 일 머무르되 보너지 안니한이 부인니 집의 도라오지 못호고 낭즈을 노호라 한 긔별을 니랑의게 젼호니 니랑이 가장 깃거호더라 상셔 회오디 니랑이 경셩의 올느와 잇쓰면 낭자을 이즐가 호여 니션을 부를시 호인니 상셔의 편지을 드리거널 니랑니 바다 기탁호니 호여쓰되 드른이 네 마음니 허랑호여 공부난 젼폐호고 츈식을 취호여 산슈 귀경만 호여 노류장화로 버슬 삼아 단인다 호니 그럴 도리가 어디 잇스리요 이번은 용셔호건이와 네 부명을 좃쳐 올느오라 호여거날 니랑이 싱각호되 경셩으로 가면 낭즈을 다시 못보고 가겟슨이 슬푼 마음을 증치 못호여 부인게 흐즉호며 눈물을 무슈히 흘이고 슬러호니 부인 왈 네 얼골이 셰상의 쎠여낫슨이 우리는 너와 갓튼 비필로 원앙의 쌍유함을 보라 호난니 네 마음디로 미쳔훈 스

2

람을 취호고 이졔 네 부친의 부루신는 긔별 듯고 져리 슬러호는다 니랑이 그계야 숙향 어든 스연을 고호여 왈 부친게셔 죽기지 말라 호여계신이 비록 죽든 안이하런이와 쇼즈가 올나가면 의지할 곳지 업쓰온니 모친은 졍니을 싱각호옵쇼셔 호양 쳐치호옵쇼셔 부인니 눈물을 흘이며 그로스디 네 말을 드른니 하날리 증호신 비필인니 인의로 호런이와 다만 네 부친의 쓰슬 아지 못호리로다 니션이 다

시 엿자오디 부친게옵셔 부르신 편지을 보온니 이번은 용셔ᄒᆞᆫ다 ᄒᆞ여게신이 혈
마 엇지 ᄒᆞ리잇가 부인 왈 다른 염난말고 경셩의 올ᄂᆞ가 급졔ᄂᆞ ᄒᆞ여라 급졔ᄒᆞ
여 벼살ᄒᆞ면 네 마음디로 ᄒᆞ난니라 엇지 부모의 영을 긔역ᄒᆞ리요 밧비 가라 ᄒᆞ
신이 니랑이 할미도 못보고 편지만 붓치고 경셔의 올ᄂᆞ가 상셔게 뵈윈니 상셔
ᄭᅮ지져 왈 스람의 혼인디ᄉᆞ난 일류의 웃듬리라 부모와 졔족이 의논ᄒᆞ여 취ᄒᆞᄂᆞᆫ
거시여널 부모도 모로게 미쳔ᄒᆞᆫ 스람을 취ᄒᆞ엿신이 맛당이 그 여ᄌᆞ을 죽지고 너
도

3

함긔 쳐치ᄒᆞ려 ᄒᆞ엿던니 미씨을 보와 니번은 용셔ᄒᆞ건니와 네 급졔ᄒᆞ기 젼은 니
눈 압회 뵈지 말고 티학의 잇쓰라 ᄒᆞ고 상셔는 즉시 화졔게 ᄒᆞ즉ᄒᆞ고 도라와 부
인게 문왈 숙향은 엇쩐ᄒᆞ 여ᄌᆞ고 부인니 답왈 쳡도 ᄌᆞ셰이 모로ᄂᆞ 풍편의 듯쓰
온니 지죠와 얼골이 쳔ᄒᆞ의 졀식이라 ᄒᆞ더이다 상셔 왈 그런 미식으로 지상가
귀공ᄌᆞ을 고혹ᄒᆞ게 ᄒᆞ니 니 져을 죽기지 못ᄒᆞ게 ᄒᆞᆫ니로다 ᄒᆞ더라 김젼이 게양으
로 가고 시 원이 와 낭ᄌᆞ을여 분부 왈 네 미쳔ᄒᆞᆫ 스람으로 상셔ᄶᅵ 귀공ᄌᆞ을 혹
ᄒᆞ게 ᄒᆞ여 학업을 젼폐ᄒᆞ게 ᄒᆞᆫ니 죽길 거시로디 용셔ᄒᆞ니 니 근쳐의 잇지 말
고 다른 곳의 가 잇쓰라 ᄒᆞ고 노와 니친니 낭ᄌᆞ 문 밧긔 나와 쥬겨ᄒᆞ던니 맛참
할미 와 디려간니라 할미 니랑의 편지을 너여쥰니 낭ᄌᆞ 보고 울며 왈 이졔 낭군
니 경셩의 올ᄂᆞ가고 ᄯᅩ 시 원니 갓가이 잇지 말ᄂᆞ 한니 어디 가 의탁ᄒᆞ리요 할
미 왈 이 곳의 잇싸는 ᄯᅩ한 환을 보리라 ᄒᆞ고 집을 헐고 다른 골로 올마 살던니

4

하로는 디여 왈 니 본디 쳔틱산 마고할미넌니 월궁항아의 명을 바다 낭ᄌᆞ을 구
ᄒᆞ고 오실 ᄶᅢ도 션관 션여을 져즘긔 요지의 보고 ᄯᅩ 져즘긔 요지의 갈 ᄶᅢ 쳥죠
되여 낭ᄌᆞ을 구ᄒᆞ고 오실 ᄶᅢ도 션관 션여을 명ᄒᆞ여 옹위ᄒᆞ고 낙양 옥즁의 잇도
아슬디 니 쳥죠 되여 낭군게 편지을 젼ᄒᆞ고 낭ᄌᆞ의 왼갓 일을 다 보왓던니 니졔
는 낭ᄌᆞ의 익운니 다 진ᄒᆞ고 동유할 연분이 ᄯᅩ 진ᄒᆞ 쩌ᄂᆞ게 된니 슬러ᄒᆞ너니다

낭지 이 말을 듯고 울며 느려 절호여 왈 무지호온 인간의 눈으로 엇지 할미가
션련 줄 아라시리요 젼셩의 죄 즁호와 니싱의 와 어려셔 부모을 여희고 장승상
집의셔 주라낫스나 년분이 진호여 니침을 당호와 쳔만 가지로 고힝호여 단니다
가 할미을 만나 치이가치 사랑호와 요힝으로 낭군니 쳡 바리지 아니호와 죠흔
시졀을 만느 할미 은혜을 만분지일이라도 갑스올가 호여습던니 니졔 낭군이 또
한 안니게시고 할미죳쳐 느을 바리고즈 호신니 누를 의지호며 엇지 살느 호신난
잇가 할미

5

위로 왈 박졀호건니와 니별은 호날이 증호시미라 느도 낭군의 죠흔 시졀을 만느
평안니 사년 양을 봇보는게 니달부나 호날 명을 거역지 못호여 가건니와 낭즈난
낭군 만느실 날이 머지 안니한니 염여마옵쇼셔 낭즈 어려셔 부모을 이별호여신
니 승명과 얼골을 모로올지라 부모을 만느본들 알니요 져즘긔 낙양 원으로 낭즈
을 죽기랴 호던니 지금은 게양으로 이비호여쏘온니 낭즈의 부모신 줄을 아라시
릿가 낭즈 디경 왈 그러호오면 엇지 이르시지 안니호신잇가 할미 왈 그쎄는 만
날 쎄가 안라 또흔 쳔명을 이긔지 못호여 이르지 못호여시느 낭즈을 물의 너
죽기랴 할 졔 낭즈의 혼비을 위호여 부인게 현몽호여 구호고 집장ᄉ령의 팔이
압퍼 미질 못흔 것도 너가 흔 일이여널 엇지 안니 위호여쏘오리잇가 낭즈 왈 할
미 쳔만가지 은혜을 이싱의셔는 갑풀 길이 업사온니 후싱의느 갑풀가 호느다
할미 왈 인졍은 박졀호나 바리고 가온니 낭

6

자 의탁할 곳시 업스온즉 엇지 일시들 잇쏘오며 보지 못호여 엇지 호오리잇가
낭즈 왈 지금 게양 원니 니의 부친니라 호온니 그 곳슬 가고즈 호온니 기리느
갈리치쇼셔 할미 왈 게양 길은 일쳔 삼빅 이옵고 또 낭군을 보지 안니호옵고 가
시오면 쎄가 다 어긔옵고 낭즈의 익운니 다 진호여신이 오리지 안니호여 죠흔
시졀을 만느실 거신니 염여마옵쇼셔 쌉쌀긔을 두고 가온니 날 본다시 어엽비 기

로쇼셔 낭즈 왈 할미 가시난 기리 얼마나 ᄒ며 언의 ᄶᄂ 가시려 ᄒ시ᄂᆞᆫ잇가 갈 길이ᄂ 갓가오면 함긔 가고즈 ᄒ되 ᄒ 머다 ᄒ온니 ᄶ라갈 길이 읍쏘오나 ᄒ로 ᄂ 더 머거 가시면 다시 회포ᄂ ᄒᄉ이다 할미 한슘 지우고 낭즈더려 왈 갈 길 갓트면 ᄎ마 엇지 바리고 가오며 너 마음디로 할 터이면 니랑니ᄂ 오시거던 보고 가면 죠홀 터이오나 길이 ᄂ껴 가온니 급피 가옵건□ 너 입던 의복 ᄒ나홀 두고 가온니 빙염ᄒ시고 관곽을 갓쵸와 져 기을 ᄶ라가 기 부리로 헤오는 곳의 무드시

7

고 무슴 어려온 일이 잇것든 너 분묘로 오쇼셔 혼빅이라도 낭즈을 구ᄒ리이다 ᄒ고 입어던 덕슴을 버셔 낭즈을 쥬고 두러 거름 간디 업거널 낭즈 ᄒ 망극ᄒ여 그 젹슴을 붓뜰고 이연 통곡ᄒ니 눈의셔 피가 ᄂ더라 이르던 디로 관곽을 갓쵸 와 지셔으로 안장ᄒ랴 할 졔 낭즈 기을 ᄶ라가고즈 ᄒ이 그 기 낭즈의 치마을 물고 못가게 ᄒ이 여러 스람이 이로디 할미 죽을 졔 유언ᄒ기을 ᄶ라가 헤우는 디을 파고 무드라 ᄒ여신니 그디로 무드라 그 숨롬더리 그리 ᄒ사니다 ᄒ고 기 을 ᄶ라간니 낙양 북촌 니상셔쩍 동산 언덕의 가 굿슬 판니 여러 스람니 다 고 히 여기고 그곳의 영장ᄒ고 도라와 낭즈게 안장한 쥴노 고ᄒ니 낭지 울며 왈 할 미 죽어도 ᄂ을 위ᄒ여 낭군 왕니ᄒ시난 고시ᄂ 보시랴 ᄒ고 그리한 일이로다 죠셕 삼식을 극진이 ᄒ더라 의탁할 고시 업셔 기로 버슬 슴고 잇던니 일일은 월 식이 명낭ᄒ디 젹젹히 혼져 안져 잠을 일우지 못ᄒ여 창젼의 비겨 우다가 한 글 을 지어 상 우

8

의 녹코 줌을 드러던니 ᄶ다라 본즉 글도 업고 기도 업스미 더욱 망극ᄒ여 눈물 을 흘리며 심ᄒ다 스람은 거니와 기을 의지ᄒ여 잇ᄶ가 ᄶ 마즈 가고 업슨니 밤 닌들 외로온 몸니 엇지 ᄒ리요 ᄒ고 울더라 이젹의 니랑이 팀학의 잇셔 낭즈 쇼 식을 듯지 못ᄒ여 쥬야 싱각ᄒ던니 ᄒ로는 낭즈의 형용니 눈의 암암ᄒ거널 슬품

을 이긔지 못ᄒ여 칙을 덥고 셤쓸의 비회ᄒ더니 문득 멀리 바라본니 긔 ᄒᄂ히 니랑을 향ᄒ여 오거널 혼져 말로 그 긔 낭ᄌ 집의 잇던 긔 갓트ᄂ 엇지 ᄂ을 ᄎ져오리요 ᄒ고 바라본니 그 긔 졈졈 갓가이 오며 ᄭ리을 치며 반겨ᄒ미 ᄌ셰히 본니 낭ᄌ 집의 잇던 긔라 반갑기 층양업셔 펄쩍 ᄲ여 니다라 긔을 만지며 왈 너는 김싱리라도 ᄂ를 차오ᄂᄃ 나는 스람이나 너만 갓지 못ᄒ도다 그 긔 입으로 일봉셔 토ᄒ거널 ᄌ셔히 본니 낭ᄌ의 필젹이라 ᄒ 반갑ᄭ 반갑와 펴본니 ᄒ여시되 슬푸다 슉향니여 어여ᄲᆯ스 니 팔ᄌ야 오셰예 부

9

모 여희고 십연을 남의 집의 의탁ᄒ여ᄯᅡ가 음히만ᄂ 드러온 익명을 입고 동셔 기걸ᄒ여 단니다가 쳔졍연분으로 니랑을 만ᄂ 원앙금침 치 못ᄒ고 오작교 ᄰᆫ쳐 슨니 쇼식을 뉘라셔 젼ᄒ고 혈혈단신이 할미게 의탁ᄒ고 고락을 ᄒ가지 지닉던니 할미죠차 죽어ᄊᆞ니 어딕 가 의탁할고 가련ᄒ다 쳔지 비록 광활ᄒᄂ 일신니 관용니로다 니랑의 긔약 지다리지 못ᄒ여 지ᄒ의 도라가도 눈을 감지 못ᄒ리로다 ᄒ엿더라 니랑니 할미 죽은 쥬를 알고 낭ᄌ의 의탁할 곳지 업셔 죽으미라 ᄒ고 슬러 이통ᄒ다가 화답ᄒ여 긔 목의 믹고 경계 왈 ᄲᆞ리 도라가 옥낭ᄌ의게 젼ᄒ고 죠히 잇스라 ᄒ니 그 긔 부리로 두 번 죠와 읍압ᄒ고 간니라 낭ᄌ 혼져 안져 울던니 날은 졈졈 어두어 가고 인젹은 컨니와 젹젹 공방의 홀로 안져 슬픈 마음을 이긔지 못ᄒ여 창젼의 의지ᄒ여 울다가 깁슈건으로 목을 믹라 할 졔 멀이셔 긔

10

쇼리나넌 듯 ᄒ거널 ᄌ셰히 드른니 무어신 쥴 ᄌ셰이 몰ᄂ 방문을 닷고 슘어던니 문 밧긔 와 문을 헤오며 긔쇼리 나거널 낭ᄌ 놀ᄂ며 그졔야 긘쥴을 알고 반겨 니다라 등을 만지며 왈 너죠차 ᄂ를 바리고 어듸을 갓다가 완ᄂ요 그 긔 목을 드러 낭ᄌ의 팔의 언쩌널 자셰이 본니 일봉셔를 믜여거널 즉시 불을 발키고 그 글 본이 니랑의 필젹이라 그 글의 ᄒ여시되 니션은 두 번 졀ᄒ고 옥낭ᄌ 좌

ㅎ의 올리ᄂᆞ니다 젼셩이ᄂᆞ 이싱니ᄂᆞ 낭ᄌᆞ의 괴로온 일니 만키난 다 너의 죄라
젼일은 일어 쓸디 업건니와 ᄒᆞᆫ 번 니별ᄒᆞᆫ 후의 ᄒᆞ슈의 길리 읍고 쳥죠 업슨니
쇼식을 뉘라 젼ᄒᆞ고 셔산의 지ᄂᆞᆫ ᄒᆡ와 동역의 돗난 달을 디ᄒᆞ여 쇽졀 업시 혼빅
을 숨을 ᄯᅡ름이라 쵸산연쥭으로 버슬 숨아 약유 셰월을 보니던니 쳔만 몽미 밧
긔 맛츰 쇼식을 젼ᄒᆞ니 낭ᄌᆞ의 옥안을 문듯 반가온 마음 증치 못ᄒᆞ나 ᄯᅩᄒᆞᆫ 할미
가 죽어슨니 뉘을 의지ᄒᆞ여

11

지닐고 낭ᄌᆞ의 고은 얼골로 젹젹 공방의 홀노 인ᄂᆞᆫ 형용을 싱각ᄒᆞ니 죠금도 마
음을 노올시 읍고 남은 간장이 구버구버 셕은 듯 퇴산니 진압ᄒᆞᄂᆞᆫ 듯 ᄒᆞ여 울울
ᄒᆞᆫ 싱각의 지필 디ᄒᆞ니 졍신니 살란ᄒᆞ고 눈물이 이음차미 이졍을 것잡지 못ᄒᆞ여
탄식분니로다 디강 회답을 ᄒᆞ건니와 ᄒᆞ일 ᄒᆞ시의 샹면ᄒᆞ오릿가 고진감너요 홍진
비리라 ᄒᆞ온니 요시 과가 긔별니 잇다 ᄒᆞ온니 힝여 요힝으로 방목으로 참여ᄒᆞ면
평싱 쇼원을 일우고 낭ᄌᆞ의 고힝ᄒᆞ던 일을 가 건질 거신이 쳔금갓튼 몸을 경히
말고 션이 도라가믈 지다려 동일 동시의 함긔 죽어 ᄒᆞᆫ 무덤의 무치기를 원ᄒᆞ노
라 ᄒᆞ여더라 낭ᄌᆞ 기다려 왈 황셩이 오빅 이라 ᄒᆞ니 잘 ᄎᆞ쳐가며 네 갈 쥬를 아
라쩐들 마음의 슬푼 쇼회ᄂᆞ 다ᄒᆞ여 보닐 거슬 넌는 낭군를 보고 오되 ᄂᆞᆫ 무슴
죄로 너 가난 길을 못가난고 ᄒᆞ며 글은 셔로 보ᄂᆞ 얼골은 보지 못ᄒᆞ니 니런 답
답ᄒᆞᆫ 일

12

이 어디 잇스리요 ᄒᆞ며 ᄌᆞ탄ᄒᆞ더라 잇튼날 아츰의 쌉쌀기 집안의 ᄉᆞ면을 헤오던
니 구멍을 파고 집안 긔명을 무러다가 녹코 도로 헤워 덥거널 고히 여겨 이 김
싱이 ᄒᆞᆫ 비상ᄒᆞ니 일졍 ᄯᅩ 가너여 무슴 변 잇스리라 ᄒᆞ고 아모리커ᄂᆞ 집안 긔명
을 낭군 오시도록 무더 두리라 ᄒᆞ고 의복 갓짜가 그 긔 파는 곳의 감쵸와던니
그리ᄒᆞᆫ 졔 삼일 만의 셔너 ᄉᆞ람이 와 문 밧긔 와셔 슈군거리거널 낭ᄌᆞ 고히 역
여 잇던니 이윽ᄒᆞ여 한 아희 쇼를 타고 가며 이로되 엇던 놈덜이 옥낭ᄌᆞ 집의

와 도젹ᄒᆞ려넌가 시부온니 죠심ᄒᆞ옵쇼셔 낭지 그 아희게 ᄌᆞ셔히 무른디 동지 답왈 오다가 ᄯᅳᆺᄊᆞᆫ온니 오날 밤의 그 집을 겁탈ᄒᆞ되 낭ᄌᆞ난 죽기고 도젹ᄒᆞᄌᆞ ᄒᆞ던니다 낭지 그 말을 듯고 잘겁ᄒᆞ여 기을 경계ᄒᆞ여 왈 오날 밤 도젹이 겁탈ᄒᆞ다 ᄒᆞ니 욕보고 죽ᄂᆞ니 할미 분묘의 가 죽고ᄌᆞ ᄒᆞᄂᆞ니 네 할미 분묘을 가르치라 ᄒᆞᆫ디 그 기 고기 응ᄒᆞ여 가랴

13

ᄒᆞ거널 그 중의 경보 셰네 가지을 보의 싸 가지고 가랴ᄒᆞ니 그 기 눕거널 낭ᄌᆞ 다시 경겨 왈 엇지 가지 안니코 눕넌야 ᄒᆞ고 잘겁ᄒᆞ던니 날니 져문 후의 그 기 이러ᄂᆞ 의복을 졔 등의 언진니 낭지 긔특니 역여 노ᄒᆞ로 의복을 기 등의 미고 기를 싸라가던니 그 기 ᄒᆞᆫ 곳디 안거널 본니 ᄒᆞᆫ 분묘 잇쓰미 일졍 할미 무덤인 쥴 알고 그 분묘을 붓뜰고 슬피 우던니 상셔 부인이 월식을 귀경초로 망월누의 올ᄂᆞ 비회ᄒᆞ던니 바람결의 드른니 여ᄌᆞ 우름 쇼리 슬피 들리거널 부인 왈 이 집푼 밤의 어더셔 우는 쇼리 ᄂᆞ는고 보라 ᄒᆞ신니 ᄒᆞ인니 ᄎᆞ져간즉 ᄒᆞᆫ 여ᄌᆞ 혼져 안져 울거널 ᄒᆞ인니 졀ᄒᆞ고 문왈 웃던 스람이관디 이 집푼 밤의 뫼밋터 와셔 져디지 슬피 우난닛가 낭지 놀나 겁탈할 스람인가 ᄒᆞ야 고기을 들러 보지 안니ᄒᆞ고 우다가 가만이 고기을 들어 그 스람을 본니 년만ᄒᆞ거널 그져야 으심 읍시 우름을 긋치고 이왕 고싱ᄒᆞ던 일과 도젹의계 좃치여 죽으려

14

ᄒᆞ던 일을 일른니 ᄒᆞ인니 놀ᄂᆞ 너려가 졀ᄒᆞ며 고왈 몰ᄂᆞ넌니다 쇼인은 니공ᄌᆞ의 유부옵던니 상셔 부인게옵셔 완월누의 올ᄂᆞ 달귀경ᄒᆞ옵ᄯᅡ가 우름 쇼리을 듯쓰옵고 가보라 ᄒᆞ옵시기예 와쓰온니 니 산중의 게시지 마옵고 쇼인 집으로 가ᄉᆞ이다 낭ᄌᆞ 왈 공ᄌᆞ의 유부라 ᄒᆞ니 반갑기 층양 읍셔 니졔 죽어도 눈을 감으리라 상셔 ᄂᆞ를 죽기랴 ᄒᆞ시ᄂᆞᆫ디 그 ᄯᅥᆨ의 가셔 죽기는 슬지 안니ᄒᆞ건니와 날노 ᄒᆞ여금 니랑이 죄을 면치 못ᄒᆞ린니 못가리로다 그 스람니 왈 낭ᄌᆞ의 말슴이 맛당ᄒᆞ온니 쇼인니 드러가 쳐분ᄒᆞ신 양을 보고 올 테온니 그 시예 몸을 경니 마옵고 안보ᄒᆞ

옵쇼셔 ᄒ고 즉시 가더라 그 기 져쩐 의복을 낭ᄌ 압희 녹코 입피고져 ᄒ이 낭
ᄌ 울며 왈 의복은 입건니와 ᄂ 죽거던 홀기ᄂ 덥퍼 시쳬ᄂ 감쵸왓다가 낭군 오
시거던 가르치라 ᄒ니 그 기 부리 상셔쩍을 가르치며 굿도 안니파고 잇스니 낭
ᄌ 옷슬 입고 안져 혜오디 상셔 아

15

르시면 ᄂ를 죽길 거신니 니 남의게 죽난니 ᄎ라리 이 곳의셔 죽난이만 갓지 못
ᄒ다 ᄒ고 집슈건으로 목를 미려ᄒ니 그 기 슈건을 무러 못믜겨 ᄒ거널 낭ᄌ 왈
네 굿도 안니파고 죽게도 못ᄒ겨 ᄒ니 엇지 ᄒ랴ᄂ야 이리 잇다가 낭군을 만나
죠혼 시졀을 볼 테이여던 네 할미 분묘 향ᄒ야 셰 번 졀ᄒ고 올ᄂ갓다가 니려오
면 네 뜻슬 알이라 ᄒ니 그 기 즉시 분묘의 셰 번 졀ᄒ고 올ᄂ짜가 낭ᄌ 겻티
안즌니 낭ᄌ 왈 네 짐싱니라도 ᄒ 비상ᄒ니 아모리커ᄂ 네 이르는 디로 스라보
ᄌ ᄒ고 안져 울싀 잇쩌 그 유부 그펴 졔 집의 가 지집 스람의게 낭ᄌ ᄒ시던
말을 이르며 밧비 가 즉키라 ᄒ고 부인게 가 낭ᄌ 말슴을 ᄌ셰이 엿ᄌ온디 상셔
와 부인니 디경 왈 니 삭막ᄒ여 이졋도다 젼의 희산할 졔 이리이리ᄒ미 ᄒ엉어 이
질가 ᄒ여 긔록ᄒ 거시 잇스니 그 글을 너여 즉시 본이 ᄒ여쓰되 아희 비필은
낙양 싸 김젼의 쌀 슉향니라 ᄒ여

16

더라 부인 왈 그 여자 일홈이 슉향니다 ᄒ니 니ᄂ 쳔싱비필이라 디려다가 졔 근
본도 무러보고 쳐치ᄒ사이다 상셔 허ᄒ신니 부인이 즉시 시비와 교ᄌ을 보니여
디려오라 ᄒ신니 잇쩌 낭ᄌ 그 기을 경계ᄒ고 안져던이 한 할미 와 졀ᄒ고 고왈
쇼녀ᄂ 니공ᄌ의 유모옵던니 공ᄌ 비필 되엿짜 ᄒ되 ᄒ번도 뵈옵지 못ᄒ옵고 그
후 낙양 옥즁의셔 고향ᄒ옵시다가 뇌여ᄂ 가셧다 ᄒ되 어디 계신지 모로와 지아
비와 ᄌ탄만 ᄒ옵던니 지아비가 낭ᄌ 이곳의 계시다 ᄒ옵기로 반갑기 층양읍셔
젼도히 왓ᄂ이다 낭ᄌ 울며 왈 공ᄌ의 유모라 ᄒ니 쏘혼 공ᄌ을 본듯 ᄒ여 니랑
의 말을 무르며 ᄌ탄ᄒ던니 유뷔 시비와 교ᄌ을 드리써 부인 말슴을 젼ᄒ고 가

기를 지촉흔디 낭지 지슴 시양흐다가 왈 부인니 부르시는디 안니가오면 부모의
영을 거역흐고 불효할 테기로 가기난 가련니와 날갓튼 천인니 교즈를 엇지 타리
요 거러가리로다 흔니 유부 고왈 부인

게옵셔 명흐여쏘온니 거러가시면 쇼인 등니 죄을 면치 못홀 테온니 니 교즈을
타쇼셔 낭즈 시양흐다가 마지 못흐여 교즈를 탄니 좌우의 등촉은 낫갓튼지라 흐
황홀흐고 황공흐여 오히려 두려흐더라 상셔쩍 죽당의 다다른니 신여 느와 부인
말슴으로 누상의 모시라 흐니 죵더리 교즈을 누 아라 노커널 낭즈 누 우회를 올
느간니 상셔와 부인니 안져계시고 상쏠든 신여 슈십인니 좌우로 옹위흐엿신니
등촉니 휘황흐고 위의 찰란흐더라 낭즈 흐 엄엄흐여 멸니셔 뵈온디 상셔 갓가이
오라 흐여 보시고 왈 져리 단졍흐니 션니 안니 혹흐야 부인니 눈물를 지어시며
왈 어려쏠스 홍안옥면니여 근심 중의 잇쪄도 양구비와 왕쇼군이라도 밋지 못흐
리로다 흐신니라 쏘 문왈 네 집은 어디며 어버리는 뉘라 흐며 일홈은 무어시며
연셰는 얼만느 되엿는다 낭즈 엿즈오디 오셰예 부모를 일코

길의셔 바장이던니 천만 의외예 스승니 어버다가 장승상쩍 동산의 두고 가온니
그 딕이 맛춤 무즈식흐여 십연를 그딕의셔 즈라낫쏘온니 사는 곳도 모로옵고 부
모의 승명도 아지 못흐나니다 상셔 왈 장승상이란 스람은 남군 싸밧긔는 읍는니
그딕 잇짜 이황셩 술파난 할미 집으로 왓는야 낭즈 엿즈오디 장승상쩍 죵 사향
니란 년이 쳡를 모히흐여 금봉츠와 옥장도을 도적흐여 쳡의 셩젹함의 너코 쳡이
도적한 모양으로 부인게 춤쇼흐여 니치시미 포진니란 물의셔 싸져던니 치련흐년
아희드리 구흐여 동딕히로 길을 가라치기로 졀문 거시 고단니다가 욕을 볼가 두
려흐여 그즛 병인인 쳬 흐고 노중의 비러먹습던니 노젼이란 짜의 와셔 화지를
만느 죽게 되여던니 화덕진군니란 노인니 구흐여 스라낫스나 입어던 의복을 다
틱옵고 몸을 시포긔로 감쵸고 우로란니 맛춤 이화졍이란 할미가 다려갓쏩던

19

이 여복야쎄의셔 구혼ᄒ미 할미 거역지 못ᄒ여 허혼ᄒ엿던니 쳔만 의외예 낙양 원니 자바다가 죽기랴 ᄒ다가 노ᄒ며 잇 ᄯ의 살지 말고 멀이 가라 ᄒ옵기로 집을 헐고 다른 ᄯ의 가 스옵던니 할미좃ᄎ 죽사와 의탁할 곳지 업시 져 기을 의지ᄒ와스옵던니 근일의 엇던 스람니 와 슈상니 엿보고 가옵거널 그 후의 지나던 아희가 리로되 오날 밤의 도젹이 들 거신니 파ᄒ라 ᄒ옵기예 남의 손의 죽는니 할미 무덤의 와 죽그려 ᄒ옵고 이리 와 우옵던니 부인게옵셔 부르신다 ᄒ옵거널 아모란 쥴을 모로옵고 이리 왓싸오나 부모의 승명은 ᄌ셰이 모로느니다 장승상 집의셔 할미 집의 오기는 몃달 만의 왓넌다 낭ᄌ 왈 오다가 노젼셔 ᄒ로 밤 자고 잇틀 만의 왓난니다 상셔 디졍 왈 승상 집의 니화졍이 숨쳔 숨빅 이라 가장 고히ᄒ도다 부인니 문왈 네 일홈은 무어시며 ᄂ흔 얼마나 ᄒ며 싱월 싱시난 언의 ᄯᆫ고 낭ᄌ 엿ᄌ오되 일홈은 숙향니옵고 나흔 십육셰옵고 싱월 싱시는 스월

20

쵸팔일 희시로쇼니다 부인니 ᄯᅩ 문왈 네 부모의 승명은 모로고 엇지 싱월 일시는 아넌다 낭ᄌ 디왈 부모 이별할 졔 한 나무치을 치우고 갓씨미 그 후로 그 나무를 ᄶ여본니 싱월 일시을 젹어습기로 ᄌ스히 아느이다 ᄒ 비단 나무치를 드려 부인게 올인니 바다본즉 숙향의 ᄌᆞ는 월궁션니요 긔축 스월 쵸팔일 희시라 쎠슨니 당쵸의 김젼이 왕균의게 숙향의 스쥬를 보온니 부모를 여흴 팔자 ᄒ여 힝여 일홀가 ᄒ여 승명를 쎠 싱월 일시를 긔록ᄒ여 ᄂ무치의 너허 치왓던 거시라 부인니 가장 긔특이 역여 왈 닉 아달의 동갑이요 일홈도 희산할 졔 션녀 이르던 일홈니라 승을 모로온니 답답ᄒ다 상셔 왈 그 글을 금ᄌ로 쎠쓴니 일졍 김씨가 시부도다 낭ᄌ 왈 ᄌᆞ란 후의 듯스온니 져즘긔 낙양 원 왓던 김젼이란 스람니 너의 부친니라 ᄒ되 엇지 ᄌ셰히 알리요 상셔 왈 일졍 그러ᄒ면 측ᄒ도다 부인니 왈 오라면 ᄌᆞ연 알이라 그러ᄒᄂ 김젼은 엇던 스람잇고 답왈

21

그 사람은 예날 운슈션싱니라 니부상셔 ᄒ던 김은의 ᄌ졔라 그러ᄒ면 작히 죠홀
잇가 ᄒ고 부인이 사랑ᄒ여 니션 잇던 봉우젼의 잇스라 ᄒ야 니션니 도라와 ᄒ
난 양을 보와 ᄒ리라 ᄒ시고 낭ᄌ를 봉우젼의으로 ᄒ게 ᄒ즉 낭군 부리던 시여
등 낭ᄌ 보고 덥더ᄒ더라 잇튼날 부인니 문왈 너 잇던 집의 아모 것도 읍넌야
낭ᄌ 엿ᄌ오되 입던 의복과 쓰던 긔명을 감쵸고 왓슨니 도젹니 안니 가져갓쓰
면 잇쓰오리다 무든 곳슬 뉘 알이요 쳡이 디려온 기가 안니면 찻지 못ᄒ오린니
그 기와 스람을 보너여 가져오게 ᄒ옵쇼셔 즉시 유부를 불너 기를 ᄯᅡ라 무든 곳
슬 츠져가 긔명과 의복을 차져 오라 ᄒ고 싱각ᄒ되 그 기도 인스를 아는도다 낭
ᄌ를 더옥 비상니 역기더라 유부 스람과 그 기를 다리고 무든 고슬 간즉 그 기
부리로 헤워 파너고 거져 둔 거슨 업더라 도라와 부인게 아뤼니 부인 왈 무든
고슬 엇지 아러 거져온야 유부 고왈 그 기 발로 파너기로 가져왓난니다 부인니

22

안마음의 황복ᄒ여 왈 낭ᄌ는 예스 스람니 안니로다 일일은 부인니 낭ᄌ더려 왈
녀공 지질을 비왓난다 낭ᄌ 엿ᄌ오디 부모 일즉 여희고 동셔 긔걸ᄒ여 단니옵거
널 무슴 지죠가 잇싸오릿가 그러ᄒ오ᄂ 근본을 보오면 그더로 ᄒ리이다 부인니
낭ᄌ의 지죠를 보려ᄒ고 비단을 니여쥬며 왈 상셔의 관디가 무싁ᄒ여 곳치고ᄌ
ᄒ니 본을 보와 잘ᄒ면 즁상ᄒ리라 낭ᄌ 비단을 가지고 졔 방의 가 비단을 본니
죳치 못ᄒ거널 젼의 할미 집의셔 심심ᄒ여 손쥬 짠 비단 니여 본이 그 비단버덤
죠커널 박고와 관디를 지을시 불과 잇틀 너예 부인니 시비를 불너 왈 비단을 쥬
어 관디를 지르라 ᄒ엿던니 가보와라 ᄒ시미 시비 이윽고 더러와 부인게 엿ᄌ오
되 발셔 다 지어던니다 부인니 웃고 왈 졔 엇지 지어시리요 예날 니 손연 ᄶᅧ의
침션을 잘ᄒ엿스되 오일 만의 맛쳐거널 졔 아모리 능지라도 숨일 너는 못 맛

23

츠리라 일졍 그러ᄒᆞ면 지은 거슬 가져오라 ᄒᆞ시고 낭ᄌᆞ를 부르신니 낭ᄌᆞ 관ᄃᆡ를
시비의게 들리고 부인게 올리고 엿ᄌᆞ오ᄃᆡ 쳐음으로 지엿싸온니 졔도 웃더할지
아지 못ᄒᆞ리로쇼이다 부인 보시ᄆᆡ 졔도와 슈품이 젼관ᄃᆡ셔 십비나 나흘 ᄲᅮᆫ 안니
라 그 비단니 다른 비단이여널 부인니 ᄃᆡ경 왈 그 비단니 안니로다 낭ᄌᆞ 고왈
쥬신 바 비단니 샹셔 관ᄃᆡ예 죳치 못ᄒᆞ기로 젼의 할미 집의 잇슬 졔 심심ᄒᆞ와
ᄯᅡᆫ 비단니 잇ᄉᆞᆸ기로 너여보온즉 비슨 동식이오ᄂᆞ 그버덤 나흘 ᄯᅳᆺ ᄒᆞ여 박고와
지엿ᄂᆞᆫ다 부인니 가장 마음의 황홀ᄒᆞ여 층찬ᄒᆞ시고 관ᄃᆡ를 가지고 샹셔게 드
르가 관ᄃᆡ를 입어 보쇼셔 ᄒᆞᆫ디 샹셔 입으시고 왈 부인니 연노한 후로는 마음의
맛당ᄒᆞᆫ 관ᄃᆡ를 못입어던니 니 관ᄃᆡ는 부인니 졀머셔 지은 것보덤 ᄂᆞ흔니 더옥
긔특이 역여 층찬ᄒᆞ시기를 마지 안니ᄒᆞ신니 부인 왈 ᄃᆡ비단니 엇쪄ᄒᆞ신닛가 비
단도 죳토쇼이다 부인 왈 비단도 낭

24

ᄌᆞ 손쇼 ᄯᅡᆫ 비단니요 관ᄃᆡ도 낭ᄌᆞ의 졔도로쇼이다 샹셔 ᄃᆡ경 왈 낭자의 지죠난
긔특ᄒᆞ도다 ᄒᆞ시고 낭ᄌᆞ를 즁샹ᄒᆞ시더라 잇ᄯᅥ 황졔 사신을 보ᄂᆡᄉᆞ 샹셔를 명쵸
ᄒᆞ신니 샹셔 황셩의 가실ᄉᆡ 관ᄃᆡ 슘빅 무식ᄒᆞ니 죠흔 슘빅를 츠리라 ᄒᆞ신ᄃᆡ 부
인 왈 샹셔 품직의 부침즉한 슘빅 읍ᄉᆞ온니 엇지 ᄒᆞ오릿가 낭ᄌᆞ 겻ᄐᆡ 잇싸가 엿
ᄌᆞ오되 샹셔의 품직은 일품이온니 빅학를 부치을지라 쳡이 비록 지죠업ᄊᆞ오ᄂᆞ
잠간 노홀가 ᄒᆞᄂᆞ다 부인 왈 슘빅 슈는 다른 슈와 다른니 쪄마다 못ᄒᆞ난니라
낭ᄌᆞ 제 방의 드러가 밤ᄂᆡ 시도록 슈를 노와 잇튼날 평명의 그 슘빅를 부인게
드린니 샹셔와 부인니 보신고 ᄃᆡ경 왈 낭ᄌᆞ난 진실로 쳔신니로다 ᄒᆞ시고 못ᄂᆡ
층찬ᄒᆞ시더라 샹셔 황셩의 올ᄂᆞ가 황졔게 슘빅ᄒᆞ온ᄃᆡ 황졔 인견ᄒᆞᄉᆞ 샹셔의 슘
빅를 보시고 문왈 위공의 관ᄃᆡ 비단과 슘빅를 어ᄃᆡ 가 어던넌다 샹셔

25

지비 왈 몹슬 며느리 지죠로쇼니다 황졔 쏘 가라스디 경의 아달이 죽어년야 상
셔 쥬왈 스라는니다 황졔 쏘 문왈 경의 관디를 본이 비단은 은ᄒ슈 물를 힝ᄒ엿
고 숨비난 짝이 업난 학의 형요인니 큰 바다 가온디예 외로온 학의 졔도를 ᄒ엿
신니 경의 아달이 스라시면 짝를 일코 스러ᄒᄂ 졍상을 남니 알게 ᄒ미라 ᄒ신
디 상셔 디경ᄒ여 엿ᄌ오되 슉향은 진실노 일월 졍긔를 가졋쏘다 젼의 으든 스
연를 일일 진달ᄒ온니 상졔 가라스디 그 여ᄌ 힝젹과 지죠는 고금의 업는 스람
니라 위공의 튱셩니 지극ᄒ여 어진 며나리를 어더쏘다 ᄒ시고 위공을 상금을 만
니 상스ᄒ신니라 상셔 황졔게 ᄒ즉ᄒ고 집의 ᄂ려와 황졔시던 말슴를 일으시
고 상급ᄒ신 보비을 다 낭ᄌ를 쥬시고 더욱 사랑ᄒ시더라 낭ᄌ의 몸니 편안ᄒ미
얼골이 츄쳔명월이 동녁의 오름 갓고 홍연니 벽화의 오름 갓튼니 보난 스람더리
다 놀

26

나더라 니젹의 니션니 틱학의셔 그 긔를 보닌 후 쇼식이 돌졀ᄒ니 슬픈 마음이
이즐 쩌 업더라 낭지 쏘흔 슬러ᄒ 혼져 말노 낭군은 날로 ᄒ여금 급졔ᄒ기 젼의
넌 상셔 눈 압희 뵈이지 말라 ᄒ엿신니 마음더로 오지 못ᄒᄂ도다 ᄒ고 공방의
눈물로 셰월을 보니더라 각셜이라 잇쩌 틱학 관원니 황졔게 쥬달ᄒ오되 요셰 틱
을셩니 틱학의 빗치여 모든 별이 옹위ᄒ엿쏘온니 일졍 어진 스람 잇는가 ᄒ□나
다 황졔 깃거ᄒ사 알셩과를 뵈일시 쳔ᄒ 션비 구름 모듯 ᄒ여 과가를 볼시 졔일
의 니션니 장원ᄒ미 황졔 실녜를 부루신니 가장 아름다니 역여 할임학스를 졔슈
ᄒ신니 션니 스은슉비 ᄒ즉ᄒ고 슉부인를 모시고 각관의 션문 노코 ᄂ려올시 각
읍 슈려더리 공경졉디ᄒ고 층찬 안니ᄒ리 업더라 학스 낙양 따의 니르러 슉부인
게 고왈 쇼지 이졔 이리ᄒ옵기는 다 디셩스 부쳐의 덕이온니 가

27

난 길의 몬져 가 소례ᄒ고 낭ᄌ의 집을 ᄎᄌ간니 스람은 컨니와 집이 쑥밧치 되고 뷘 터만 잇거널 학ᄉ 망극ᄒ여 ᄯᅡ를 두다려 울며 왈 낭자 ᄂᆫ을 바리고 어ᄃᆡ을 갓는고 졔 죽어시면 ᄂᆡ 공후되나 그 무어시 귀ᄒ리요 죵일토록 통곡ᄒ다가 슉부인이나 뵈옵고 낭자의 분묘ᄅ 차져가 죽으리라 ᄒ고 집으로 도라오니 상셔와 부인이 깃꺼 즁문의 나와 학ᄉ을 마진이 이션니 깃거ᄒ난 빗치 읍거널 상셔 고히 녁여 문왈 네 손연의 장원급졔ᄒ여 부모 졔죡이 다 모와 영화 극ᄒ거널 네 홀노 즐거 안니ᄒ문 무슴 부죡ᄒ미 잇난야 션니 한슘 지으고 왈 마음니 자연 곤ᄒ여 그러ᄒ여니다 상셔 그 ᄯ쯤 알고 네 슉낭ᄌ 죽어넌가 ᄒ여 그러ᄒ도다 네 ᄯ슬 알고 ᄃᆡ려왓노라 션니 밋지 안니ᄒ여 왈 먼 길의 ᄲᆯ니 오다가 버슬 만ᄂᆞ 슐을 만니 먹ᄉ와 그러ᄒ여니다 ᄒᄂᆞ 안마음의 죽기를 증ᄒ고 누의 올ᄂᆞ 시름

28

읍시 ᄒ던니 부인니 ᄃᆡ경ᄒ여 즉시 신녀를 명ᄒ여 낭ᄌ ᄃᆡ려ᄂᆞ와 뵈라 ᄒ신ᄃᆡ 신녀 급피 드러가 ᄉᆞ로ᄃᆡ 확ᄉ 와 계신니 밧비 나가뵈옵쇼셔 낭지 이 말을 듯고 반갑기 거지 업셔 젼도히 나와 학ᄉ를 붓들고 ᄶᅵ여 왈 엇지 이ᄃᆡ지 곤ᄒ신잇가 학ᄉ 놀ᄂᆞ ᄶᅵ여 눈을 ᄯᅥ본니 니넌 곳 낭ᄌ라 반갑기 층양 업셔 ᄭᅮᆷ인 듯 밋친 ᄉᆞ람갓더라 낭지 왈 길의 ᄲᅢ쳐 이리 곤ᄒ신잇가 몸를 진즁ᄒ옵쇼셔 ᄒ고 쳡의 방으로 가ᄉᆞ이다 학ᄉ 답왈 요ᄒᆡᆼ으로 급졔ᄒ와 몸은 곤치 안니ᄒ되 낭ᄌ를 위ᄒ여 썩은 간장니 이화졍으로 간이 인격은 컨니와 집도 업슨니 반남아 썩은 간장이 함이터면 ᄯ치계 되여던니 다ᄒᆡᆼ니 낭ᄌ를 본니 무슴 걱졍니 잇ᄉ오릿가 ᄒ고 낭ᄌ의 옥슈를 쥐고 봉우젼의로 드러간니 모든 스람더리 이로되 져리ᄒ 졍이 발이 고ᄌ ᄒ들 슌죵ᄒ랴 ᄒ더라 학ᄉ 드러가 낭ᄌ의 지나던 일과 할미 죽은 말을 뭇거널 낭지 ᄒ슘

29

지으고 오날날은 편니 쉬고 훈날 말삼호스이다 호고 상셔게 드러가 보온디 상셔
와 부인니 못니 깃거호더라 상셔쩨의셔 삼일 경연호시고 슉부인쩨의셔 삼일 존
치호니 근인 족척이 뉘 안니 층찬호리요 상셔 학스디려 왈 그 시예 낭즈호는 일
니 극진호되 다만 남니 모로게 장가드러쓰미 일졍 시비 잇슬 거스니 젼의 양왕
의 쌀노 구혼호미 허혼호엿던니 이졔 네 급졔호엿신니 일졍 혼인을 지쵹할지라
엇지할고 학스 엿즈오되 그 일이 다 쉬온니 쇼즈도 죠토록 호오리다 호고 황셩
의 올느가 낭즈의 힝젹과 장가든 스연을 다 상쇼한니 황졔 드르시고 젼의 슉향
니란 일홈을 드러게신지라 션의 상쇼를 보시고 가로스디 이 여즈의 지죠는 호
비상호니 례스 스람니 안니라 호고 특별이 졍열부인을 봉호신니 죠졍 디신니 엿
즈오되 니졔 니션니 오품의 올느쓰온니 그 안히로 몬져 일품을 봉호옵기 미안호
여이

30

다 황졔 젼교호사 그러호면 쳔호의 엇지 동열노만 잇스리요 효졀이 잇셔도 품직
이 업스랴 호시고 즉시 니션을노 간의티후를 졔슈호신니 죠졍니 감니 간치 못호
더라 이젹의 니션의 위엄니 극호여 간의티후 겸 옥당학스를 호이신니 죠졍니 다
안니 공경호리 업더라 잇쩌 양왕니 상셔게 긔별호여 혼인를 지쵹호거늘 상셔 쳐
음의 호신 일니미 퇴혼치 못호여 민망호여 호신니 션니 엿즈오되 쇼지 공변된
말노 호올 거신니 렴여마옵쇼셔 호더라 이젹의 형쵸 짜니 년년니 흉년들러 빅셩
니 장차 도젹이 되여쓰미 황졔 근슴호실시 티학스 션니 엿즈오디 쳔지 변화호고
인민니 디란호온니 쇼신니 비록 어지지 못호나 형쵸 관원니 되여 도니 빅셩을
구슌케 호오리이다 황졔 디희호스 즉시 션를 명호스 형쵸 즈스를 호이시고 가라
스디 도니 빅셩을 잘 다스리며 출쳑을 임으로 호라 호신니 자스 호즉호고 집의
도라온니

31

상셔 왈 네 공명으로 가난 길인니 죠컨니와 다만 철리 원노 보닌니 부모의 마음니 셥셥할 쁜 안니라 그 짜히 연흉ᄒᆞ여 도적 이러난다 ᄒᆞᆫ니 죠심ᄒᆞ라 ᄌᆞᄉᆞ 엿ᄌᆞ오ᄃᆡ 이번 가옵기는 ᄂᆞ라와 ᄇᆡᆨ을 위할 쁜 안니라 양왕의 혼ᄉᆞ를 거절홈인니 부친은 염여마르쇼셔 ᄒᆞ고 졔 방의 드르가 낭ᄌᆞᄃᆞ려 일어 왈 나넌 황명을 밧ᄌᆞ와 몬져 간니 부인은 위의를 갓쵸와 오쇼셔 부인 왈 형쵸셔 남군니 얼마나 ᄒᆞᆫ니잇가 학ᄉᆞ 왈 남군은 형쵸로 가난 노변인니다 부인 왈 그러ᄒᆞ오면 으헤 갑고ᄌᆞ ᄒᆞ난 곳시 만ᄉᆞ온니 엇지 ᄒᆞ오릿가 ᄌᆞᄉᆞ 답왈 부인 마음ᄃᆡ로 ᄒᆞ옵쇼셔 작별ᄒᆞ고 형쵸로 갈시 모든 도적더리 혜오ᄃᆡ 황졔게셔 ᄌᆞ사를 보ᄂᆡ여 져희를 ᄌᆞ바 쥭긴다 ᄒᆞᆫ니 다 황공니 역기더라 ᄌᆞᄉᆞ 친히 각관의 슌힝ᄒᆞ여 슈령의 션부를 알라 츌척을 임으로 ᄒᆞ고 관옥을 헛터 모던 도적과 ᄇᆡᆨ셕을 난와 쥬고 농업을 권ᄒᆞ여 심쎠ᄒᆞ라 ᄒᆞ신니

32

ᄇᆡᆨ셩더리 감격ᄒᆞ여 츅슈 안니ᄒᆞ리 업더라 상셔 황셩의 계시다가 집의 ᄂᆡ려와 부인으로 더부러 가로ᄃᆡ ᄂᆡ 드른즉 ᄌᆞᄉᆞ ᄂᆞ려가 도적을 잘 다ᄉᆞ려 양민니 되엿다 ᄒᆞ고 ᄌᆞᄉᆞ 쏘한 그리워할 거신니 길을 ᄎᆞ려 가쇼셔 한니 부인니 즉시 힝장를 ᄎᆞ려 갈시 할미 분묘의 졔ᄒᆞ고 ᄒᆞ즉홀시 쌉쌀ᄀᆡ 분묘의 버린 음식을 다 먹거널 부인니 ᄀᆡ 등을 만지며 슬펴 가로ᄃᆡ 이 김싱아 너 곳 안니면 니 짜 흘기 될 뻰 ᄒᆞ여쏘다 그 ᄀᆡ 부리로 글ᄌᆞ를 쎠시되 연분니 진ᄒᆞ믜 나는 예셔 쪄ᄂᆞ가려는이다 ᄒᆞ엿거널 부인니 놀ᄂᆞ 왈 ᄂᆡ 젼의 널노ᄒᆞ여 의지ᄒᆞ고 잇싸가 이졔 귀히 되엿기로 네의 은혜를 갑푸려 ᄒᆞ던니 네 쏘ᄒᆞᆫ 가랴 ᄒᆞᆫ니 슬푼 마음을 니긔지 못ᄒᆞ건니와 어ᄃᆡ 가랴 ᄒᆞ난다 ᄒᆞᆫ니 그 ᄀᆡ 부리로 할미 분묘를 가르치며 ᄒᆞ즉ᄒᆞ고 셔어 거름의 부인을 도라보며 쇼릐를 크게 지르던니 그문 구룸니 ᄀᆡ 잇는 곳슬 에워 아득ᄒᆞ던니

33

이득고 구름도 간디 웁고 기도 업거널 부인니 눈물을 지으시고 왈 기도 ᄒ날 김
싱이로다 ᄒ시고 긔 잇든 곳의 관곽을 갓쵸와 뭇고 졔문 지어 졔ᄒ시고 도라와
상셔양게 ᄒ즉ᄒ고 길을 쩌날시 형쵸 ᄒ인게 분부ᄒ되 니 가난 길의 졔할 곳지
만ᄒ니 졔물을 만니 갓쵸와 가지고 가 문난 디로 지명을 고ᄒ라 ᄒ인니 영을 듯
고 ᄎᄎ 지니던니 고ᄒ되 이곳슨 노젼니라 ᄒ난다 부인니 화덕진군의 덕을 싱
각ᄒ시고 졔문 지어 졔할시 잔의 슈른 마르고 구슬리 단겨거널 힝장의 간슈ᄒ고
쩌ᄂ 강가의 다다른니 부인니 문왈 포진물인ᄀ ᄒ인니 고왈 물은 포진과 통ᄒ여
씨되 일홈은 양진강이요 포진은 슈로로 이쳘 이로쇼이다 부인니 문왈 니 물은
포진으로 가ᄂ야 ᄒ인니 고ᄒ되 포진은 이리로 가오면 여러 바다을 지ᄂ고 슈로
가 흠ᄒ온니 니 물 건너 육노로 가ᄂ다 부인니 가장 셔운니 여기고 비를 건던
시 광풍니 니러ᄂ 스공니 비를 것잡지 못ᄒ여□와 가던니 셔으로 향ᄒ여

34

물결이 ᄒ날의 다흔 듯 ᄒ고 비는 살가듯 ᄒ이 사람니 넉슬 일코 죽글가 ᄒ던니
니윽고 바람니 자고 비가ᄂ 줄 모로게 가되 쥬즁 ᄒ인니 허긔져 비를 강짜의 디
히고 고ᄒ되 가슬 보지 못ᄒ여 망극ᄒ여이다 ᄒ던니 문득 멀이 져 부는 쇼리 들
이거널 부인니 쥬렴을 것고 바라본니 션여 연엽쥬를 타고 옥져를 불며 오거널
부인니 즈셰이 본니 포진물의셔 죽으랴 할 졔 구ᄒ던 션녀갓거널 부인니 갈 길
을 뭇고즈 ᄒ던니 그 비 도라가며 아희더리 져를 긋치고 글를 을푼니 그 글의
ᄒ여시되 왕련시라 슉낭즈을 만ᄂ지 오라던니 슉낭즈의 예 슉부인을 만낫쏘다
반가온 마음은 예와 다르지 안니ᄒ되 잠간 인간 번거ᄒ기로 말슴도 못ᄒ온니 어
디 가 화덕진군의 화쥬을 모든 스람의 쥬렴을 구ᄒ리요 ᄒ고 가거널 부인은 그
쇼리가 글쇼리로 들어시되 다른 스람은 져쇼리로만 알더라 부인니 싱각ᄒ되 노
젼의셔 졔할 졔 긔

35

히한 구슬 흐나흘 어더왓던니 그 구실니 화쥬로다 흐여 그 구슬을 쌀의 담어둔
니 졀노 밤니 되여 모다 포식흐고 부인게 스례 왈 쳔신니 흐강흐셧짜 흐더라 언
의시예 포진를 다다른니 스공니 놀느 왈 양진셔 포진니 니쳘 이라 비록 슌풍을
만느도 일망 만의라도 쉬옵지 못흐옵고 가장 길이 험흐온디 일힝니 무스이 왓짜
흐더라 부인니 졔물을 갓쵸와 노코 졔문 지어 포진 용왕의게 졔할시 물속으로
오식 구름이 이러느며 향풍니 진동흐고 안기 비를 두루던니 니윽흐여 구름니 것
고 졔물은 업스되 금은보비와 쏘한 구슬니 되여거널 자셰 보민 오식빗치요 불빗
갓고 커기는 오리알만 흐더라 거두어 가지고 비예 닉예 육노로 힝흐던니 흐인니
엿즈오되 져 바라뵈난 놉푼 집이 장승상쩍이로쇼이다 즉시 남군의 긔별흐여 사
쳐를 장승상쩍으로 디영흐라 흐신니 틱슈 위의을 갓쵸와 치니 모셔 장승상쩍으
로 갈시 시위 군시 슈갑 입고 쵹농

36

든 신녀 슘쳔여인니 다 칠보단장흐엿신니 젼후의 쏫밧치 되여 부인은 금덩을 타
시고 풍류 쇼린난 쳔지 진동흐여 드러온니 굿보난 스람니 질의 예여 층찬흐며
이로되 엇던 스람은 지리 귀히 되여 져러헌 쌀을 느허 영화를 보시는고 흐더라
잇쩌 츈숨월 망간나라 즁승부뷔 즈스의 부인 힝치 오신단 말을 듯고 가장 황공
흐여 왼갓 위의와 표진범졀을 영츈당의 비셜흐고 좌우 포즁은 반공 쇼더라 즈스
부인니 드러오신니 승상 부인니 마즈 좌졍흐신 후 즈스 부인니 가로스되 부인을
뵈온니 감격흐옵고 반갑습건니와 승상 뵈옴을 쳥흐난니다 승상 부인니 아라 쥴
을 모로고 즉시 승상게 쳥흐신디 승상 니를나 황공흐여 박그로 나와 뵈올시 귀
흐신 힝츠 막부을 쳥흐신니 황공흐여이다 즈스 부인니 즉시 ᄆ와 막거날 승승니
황급흐여 짱의 업드려 이지 안니흐거날 즈스 부인니 스로되 나녀 녜일을 싱각흐

37

옵고 이리 ᄒ온니 염여마옵쇼셔 ᄒ고 글을 승상게 드린니 승상니 디왈 니 늑히
만ᄒ여 싱각지 못ᄒ여니다 ᄌᄉ 부인 왈 그러ᄒ오ᄂ 니왕사를 싱각ᄒ옵쇼셔 승
상 왈 귀존ᄒ옵신 부인게옵셔 니림ᄒᄉ 그를 뵈고ᄌ ᄒ시ᄂ 아지 못ᄒ건니와 이
글을 보온니 문장 필범니 지차업쏘다 ᄒ고 적어 긔록ᄒ시더라 ᄌᄉ 부인니 모든
시비를 거ᄂ려 영츈당의셔 노다가 밤니 된 후의 ᄌᆷ을 드러던니 승상 부인 게신
방안의 드러간니 졔물을 갓쵸와 노코 졔 얼골 그린 쪽ᄌ를 걸고 졔ᄒ며 승상 부
인니 통곡 왈 슬푸다 슉향 너도 잇썬들 귀ᄒᆫ 디 보니여 ᄶ갓치 귀히 되여 ᄉᄂ
양을 볼 거슬 엇지 죽어넌다 지극히 슬어ᄒ신니 졍열부인니 ᄭᅮᆷ의 졔ᄌ를 다 먹고
ᄭᅵ다른니 남가일몽니라 고요한 방의셔 녀인의 우룸 쇼리 쳐량니 들이거널 시녀
를 불너 문왈 니 우룸 쇼리 으듸셔 ᄂᄂᄀ ᄌ셔히 아라오라 ᄒ라 ᄒ신듸 신여
엿ᄌ오되 니 듁안 안의셔 울더니다 우

38

르시며 ᄒ시ᄂ 말숨니 어엿불ᄉ 슉향니야 너도 잇던들 져 부인과 갓치 귀히 될
거슬 죽어쏘다 ᄒ고 우리시더이다 ᄌ사 부인니 니 말을 듯고 눈물을 지으시고
일졍 무ᄉᆷ 일인가 아라오라 오날날이 니 젼의 포진물의셔 죽던 날인니 니 듁의
셔 ᄂ를 위ᄒ여 졔ᄉᄒ시ᄂ 일이로다 ᄒ시고 감격ᄒ 마음을 이긔지 못ᄒ여 ᄒ시
더라 날니 발그미 승상 부인니 ᄂ오신다 전갈ᄒ신듸 ᄌᄉ 부인니 의복과 위를
갓쵸와 ᄂ가ᄉ니 승상 부인니 보신고 염용ᄒ여 왈 우리난 승상의 부이 되여쓰되
져런 긔특ᄒ 위의를 보지 못ᄒ엿쏩던니 오날날 손임의 덕퇵의 귀ᄒ 경영를 빗니
온니 누지의 싱광은 감ᄉᄒ여이다 ᄒ고 존치를 비셜한니 음식이 다 경결ᄒ고 ᄭᅮᆷ
의 먹던 음식일너라 승상 부인 왈 먼 길의 곤부이 오셧쓰온니 골의 가시지 말고
아즉 니 집의셔 슈일 쉬여 가게 ᄒ옵시면 길겁기 층양 읍것ᄂ니다 ᄌ사 부인니
공경□아 ᄒ며 젼일을 싱각ᄒ고 슬품을 머금더라

39

승상 부인니 문왈 년셰 어마는 흐신잇가 답왈 이십셰로쇼이다 승상 부인니 탄식
흐시며 눈물을 흘니신니 자스 부인 왈 무슴 일로 져리 슬러흐신잇가 답왈 우리
죄 중흐와 무즈흐옵던니 늣계야 즈식을 슈양여로 흐엿쏘던니 부인의 년셰를
듯싸온니 우리 쌀의 동갑이오미 그 즈식도 잇쏩더면 부인과 갓치 귀히 될가 흐
고 슬러흐너이다 이리 슈작할 졔 한 갓치 난간 압희 와 울고 가거널 자스 부인
니 한숨 지으고 왈 져 갓치 전의 영츈당의셔 울 이미한 슉향을 죽기고 쏘 무슴
일노 우는고 흐신니 승상 부인니 놀느 문왈 부인게옵셔 엇지 슉향의 일홈을 아
난잇가 답왈 슉향의 일을 디강 아느니다 승상 부인니 문왈 부인게옵셔 그 쪽즈
를 가져 게신잇가 즈스 부인니 시여를 명흐여 쪽즈를 가져오라 흐신니 신여 즉
시 가져왓거널 즈셰히 본니 한 스람니 슉향을 업고 모란 덩굴 밋틔셔 운이 승상
니 막디를 집고 보시며 부인을 쳥흐여 보고 치이 아는이다가 십년 지르던 일과
영츈당의

40

셔 젼역 갓치 울어 금심흐던 일과 이미한 이명을 입고 부인 안젼의 쥬그려 흐던
일과 져 잇던 방의 도라와 피로 글 지여 붓친 일니며 스향니 구박흐여 등미러
디문 박긔 니치미 포진물의 빠지던 일을 추례로 그려거널 부인니 보시고 디셩통
곡흐신니 즈스 부인니 위로 왈 그 긔림을 보와난지라 집 일홈은 영츈당니요 져
갓치 울고 가옵기예 우연니 흐온 말씀이옵던니 져리 슬러흐신니 도로여 무안흐
여이다 부인니 늣기스 말을 못흐다가 고왈 니 긔림은 우리 집 일을 역력히 그럿
슨니 무슴 말씀을 못흐오잇가 츠음의 슉향 디려온 말씀이며 스랑흐여 길러던
일과 스향이 벼락마져 죽은 스연과 쥬야통곡흐다가 병니 중흐여 화승을 스둔 일
니며 쥬야 사모흐시던 일을 말삼흐시며 쳬읍흐신니 즈스 부인니 왈 비록 친즈식
이라도 죽은 지 여러 히 되오면 잇쏘오려던 허물며 남의 즈식을 위흐여 지금가
지 안니 니지시고 장통곡으로 지닉신다 흐

41

온니 장ᄒ도쇼니다 승상 부인 왈 니싱의셔 컨니와 후싱의 가도 슉향 얼골을 잇
지 못ᄒ고 못보오면 비록 죽으ᄂ 셕지 안니할가 ᄒ엿던니 이졔 부인의 가져가시
ᄂ 쵹ᄌ를 보온니 슉향을 보온 듯 죽어도 눈을 감고 죽꺼쓰온니 그 쵹ᄌ을 너게
팔고 가옵쇼셔 ᄌᄉ 부인니 답왈 부인게셔 가지시고ᄌ ᄒ신니 그져라도 드리고
ᄌ ᄒ되 ᄌᄉ게셔 ᄉ랑ᄒ여 중갑슬 쥬고 ᄉ쓰온니 쳡이 무단니 쥬고 가기 밋망
ᄒ여이다 중가를 쥬시면 드리고 가리이다 한디 승상 부인 왈 니 집이 비록 가난
ᄒ와 중갑시 업건니와 슉향니 ᄌ라거던 쥬랴 ᄒ고 황금 일만 양과 노비 삼쳔 구
와 젼답 만여 셕 지기을 두어습던니 슉향이 죽어습고 무ᄌ식ᄒ온니 두어짜가 뉘
게 젼ᄒ올릿가 이거슬 파라도 갑슬 드리거신니 그 쵹ᄌ를 두고 가옵쇼셔 ᄌᄉ
부인 왈 슉향 얼골이 예예셔 더ᄒ온 긔림을 어더 게옵시다 ᄒ온니 ᄂ도 귀경ᄒ
사이다 승상 부인니 왈

42

니 드러온 방의 거러두어쓰온니 가보옵쇼셔 ᄌᄉ 부인니 드러□신니 과년 화상
을 부인 침방의 거러두고 쳥ᄉ단으로 둘너시며 졔상 우희 왼갓 음식을 벼려노코
싱시 먹넌 모양으로 ᄒ여거널 ᄌᄉ 부인니 웃고 왈 슉향를 이디지 싱각ᄒ신니
쳡이 비록 곱지 못ᄒ오ᄂ 슉향과 엇쩌ᄒ온잇가 보옵쇼셔 ᄒ고 화관을 벗고 아희
만드리로 화상 겻티 션이 모다 보고 놀ᄂ 왈 슉향씨 화상이 일졍 부인 갓쓰온니
고히한 이리로다 승상 부인니 황홀ᄒ여 아모리 할 줄을 모로고 눈물만 흘이신니
ᄌᄉ 부인니 그졔야 너려 졀ᄒ며 왈 쳡을 지금갓지 잇지 안니ᄒ시고 이디도록
이통ᄒ시ᄂ 줄을 엇지 아라쓰오리잇가 승상 부인니 놀ᄂ 긔졀ᄒ엿짜가 오린 후
ᄭᆡ여ᄂ ᄌᄉ 부인를 붓뜰고 궁굴며 니 ᄯᆞᆯ아 네가 일졍 죽어 혼빅이 온다 ᄉ라
육신온다 꿈인듯 싱시듯 ᄒ여 ᄂ넌 네가 죽은가 ᄒ고 쥬야 이통ᄒ덧니 져리 귀
히

43

되여 느를 츳즈 올 쥴 엇지 아라시리요 힝여 꿈인가 흐노라 승상이 말을 듯고
젼지도지흐며 신도 벗고 드러가 붓뜰고 통곡흐며 반갑기 층양읍셔 흐시더라 즈
스 부인 왈 너무 슬어마옵쇼셔 집의셔 올 졔 승상 양위를 모셔 낙봉연을 흐여
흐고 왓쏫온니 오날날 낙봉연을 비셜흐고 질기스이다 흐고 시녀를 명흐여 승상
양위의 의복과 팔진미를 갓쵸와 올이고 모든 부인덜을 쳥흐여 삼일 잔치흐고 놀
시 층찬 안니흐리 업더라 승상니 무즈흐되 오히려 유즈한니버덤 영화롭다 흐더
라 즈스 부인니 승상쯱의 머무룬지 일삭 만의 쩌느려 흐고 흐직흐여 왈 이졔 형
쥬가 머지 안니흐온니 가셔 위를 보니올 거신니 승상 양위 이별흐시기를 슬러흐
더라 즈스 부인니 장스 싸의 지니던니 스승갓튼 김싱이 스름 업시 잇셔 스람이
지니되 피치 안니흐고 굿느슈 안거널 흐인니 엿즈오되 져 김싱더리

44

길을 막은니 죽이스이다 부인니 분부 왈 잡지 말고 골 어귀예 길을 머무루고 밥
을 만니 지여 그 김싱을 쥬고 경계 왈 밥을 막고 갈 듸로 가라 흐신니 그 김싱
니 일시에 밥을 먹고 물너가거널 젼의 느 구흐던 김싱의 은혜을 갑퍼시되 다만
부모를 못만느신니 아모리커느 부모를 츳쳐 이런 죠혼 시졀의 은덕 못갑푸리요
흐고 슬품을 마지 안니흐더라 흐인니 엿즈오디 이 싸흔 계양니라 흐느이다 부인
이 가장 깃거흐여 왈 할미 이별할 졔 계양 틱슈가 니의 부친나라 흐던니 과연
이 골이 반갑다 흐시고 골 근쳐의 스쳐를 졍흐랴 흐던니 틱슈 즁노의 느와 맛거
널 승명을 무른니 부되라 흐미 부인 디경흐여 왈 너 젼의 드른니 계양 틱슈넌
김젼니라 흐던니 쳔흐의 계양니 쏘 잇는가 승명니 다른니 어인 연권고 흐신니
흐인니 □고흐되 이 골 흐인의 말슴을 듯스온니 젼 틱슈 김젼이 슨졍으로 낙양
틱슈을 흐셨다 흐느이다 부

45

인니 셥셥ㅎ여 왈 낙양니 얼마 되는야 엿ㅈ오되 슘빅 이라 ㅎㄴ이다 부인이 바로 낙양으로 가고ㅈ ㅎ되 형쥬 가는 길의셔 얼마 도라가난지라 ㅎ인의 피도 싱각ㅎ고 녀ㅈ의 길이 디로로 안니가고 도러가면 시비 잇슬가 ㅎ여 유예 미결ㅎ시더라 잇찌 김젼이 낙양의 잇슬디 슉향을 죽기지 안니ㅎ여짜 ㅎ고 상셔 디로ㅎ여 계양으로 이비ㅎ엿던니 니션니 ㅈㅅ로 ㄴ려와 각관의 슌힝ㅎ여 슨부를 아러 츌쳑을 임으로 ㅎ는고로 파직도 ㅎ며 승쳬도 ㅎ시던니 김젼은 졍ㅅ 다 아람다와 빅셩이 다 츅슈ㅎ는고로 벼살을 도도와 낙양 틱슈를 ㅎ이신니 낙양은 형쥬 버금 일너라 긔구 범졀이 ㅈㅅ와 다름니 업거널 일일은 김젼니 ㅈㅅ를 보고 도라오던니 반라 ㅎ는 물의 다다른니 한 노옹니 놉피 거러안져 음지기 안니혼더 ㅎ인니 줍어너려 읍ㅎ라 ㅎ거널 틱슈 그 노인의 상을 잠간 본니 상예 스람니 안니라 ㅎ인을 ㅆ지져 물이치고 너려

46

읍ㅎ니 그 노옹니 본 체 아니ㅎ고 묵묵부답ㅎ거널 틱슈 가장 고히역여 혜오디니 슘쳐 긔구을 거느려 오난디 심상한 사람이면 일피할 듯 ㅎ되 가지록 교만ㅎ니 신긔혼 사람인가 시부온니 아모리커ㄴ 죵말을 보리라 ㅎ고 오리 셧쓴니 그 노인니 한 다리 언고 한 팔 베고 죠흐거널 다시 ㄴ아가 두 번 졀ㅎ고 공경ㅎ니 노인니 니옥고 왈 네 길이ㄴ 갈 거시여널 너 널더러 쳐치 아니혼 졀ㅎ랴넌다 틱슈 더옥 슈상이 역여 답왈 가옵난 길이셔 노인을 뵈와 공격ㅎ고 졀ㅎ여슨니 허물치 마옵쇼셔 그 노인 왈 진실노 ㄴ를 공경ㅎ랴면 멀이셔 졀ㅎ면 너 너를 보고 시부면 오라 할 거시요 보기 슬러면 잠잠ㅎ려널 길은 안이가고 늘근 스람을 죠롱ㅎ난야 네 스외 형쥬 ㅈㅅ의 덕으로 그만 벼살ㅎ여짜고 ㄴ을 읍슈이 여겨 니 안젼의 무숨 말을 뭇고ㅈ ㅎ난야 틱슈 왈 노인을 공경지비ㅎ여거널 숀스치 안니ㅎ고 도로혀 욕ㅎ여 스회 덕의

47

벼살한다 후니 니 본디 무즈후미 무슨 스회 잇스리요 노인니 디로 왈 그디 본디
무즈후다 후니 그러면 숙향은 후날노셔 쩌러지며 짜으로 쇼셔난년야 김싱니□ᄂ
년야 너 모로난 숙향이 어디셔 ᄂ흔다 후거널 티슈 디경후여 ᄭᅮ러 사뢰 왈 쇼년
니 아모도 일 모로와 실체후엿쏘온니 죄을 스후쇼셔 그계야 노인니 안식니 순화
후거널 다시 엿즈오되 젼싱의 죄 즁후와 늦게야 한 ᄯᅡᆯ을 두어쌉던니 년젼 난즁
의 일쓰와 스싱을 지금가지 아지 못후온니 즈셰이 가려쳐 쥬옵쇼셔 노인니 답왈
숙향의 스싱을 즘간 드러 알건니와 비곱파 말 못후겟다 한이 티슈 힝장의 가져
가난 음식을 드린니 다 먹고 비부루지 안타 후거널 후인을 쥬졈의 보니여 쥬안
을 갓쵸와 가져오라 한이 노인니 왈 비부루도록 먹어면 그디의 ᄯᅡᆯ을 즈셔이 가
르치이라 흔디 티슈 친이 쥬졈의 ᄂ아가 말안장 한 죄를 쥬고 살문 닥

48

과 슴식 실과와 술 빅디야을 가져다가 친이 ᄭᅮ러안져 부어 드린이 노인니 식양
치 안이후고 다 먹은 후의 니 취후여 이르지 못한 거신니 후인은 몬져 보니고
그디만 잇다가 듯고 가라 후며 니 술 ᄭᅢ도록 잇스라 한니 티슈가 다 후인을 보
니고 혼져 안져던니 문득 비가 폭쥬후여 노인 게신디난 무리 슥즈가 넘고 티슈
잇난 곳의 물이 억기예 너무되 티슈 요동치 안이후고 셧던니 비 긋친 후 디풍이
이러ᄂ며 빅셜이 담어 분듯시 온니 티슈의 일실이 셜즁의 뭇쳐 의복이 다 얼고
얼골과 몸이 치워 인사를 츠리지 못후던니 노인니 잠을 ᄭᅢ웃고 가로디 네 거동
을 보려 후엿던니 졍셩니 지극후다 후고 쇼홍션을 니여 붓친니 그 만한 젹셜이
일각의 스러지고 도로 빅일이 되엿더라 티슈 다시 졀후고 엿즈 왈 숙향이 간 곳
슬 모로온니 이로쇼셔 노인 왈 네 반야산 돌 틈의 두고간니 도젹이 다려간나라

49

그러면 도젹이 짜의 스난잇가 노인 왈 도젹이 디려다가 유곡역 말의 바리고 간

이 청죠와 공작이 인도ᄒᆞ여 명스게 후토부인 궁즁의 가ᄂᆞ니 게 가 ᄎᆞ쳐 볼손야 그리면 죽어쌉ᄂᆞᆫ잇가 노인 왈 후토부인니 스슴을 틱와 남양 장승상 집 동산의 두고간니 그 집이 무즈ᄒᆞ여 슉양을 길너쌰 ᄒᆞ더라 게 가 ᄎᆞ쳐 보아라 그리ᄒᆞ오면 너일이라도 그 선듸 ᄎᆞ쳐보릭가 노인 왈 그 후 드른니 승승집 스향니 슉을 모히ᄒᆞ여 니친니 갈듸 읍셔 기릐 바즁니다가 표진 용궁의 가쌰 ᄒᆞ니 게 가 볼손야 그러ᄒᆞ오면 일증 죽어쏘쇼니다 육갓스오면 죽어셔도 시신이나 ᄎᆞ쳐 보오련이와 물쇽이온니 엇지 신쳬나 어더보오릿가 노인 왈 황하슈 치련ᄒᆞᆫ 아희더리 넌 엽쥬의 시러다가 비노쥬 가난 길을 인도ᄒᆞ엿던니 길을 그릇 드러 노젼으로 갓쌰가 화지만ᄂᆞ 타 죽어쌰 ᄒᆞ더라 게 가 육

50

지인니 희골탄 지나 잇슬 거신니 가 어더 보와라 그러ᄒᆞ오면 게 가 화지의 죽어 쏘온니 발셔 여러 히 되엿실지라 진들 어듸 가 보오잇가 노인 왈 게 가 화지만ᄂᆞ 죽게 되엿썬니 화덕진군이 구ᄒᆞ여 마고할미가 듸려다가 인간 잇다 한니 인간의 부지런이 ᄎᆞ쳐 보와라 그러ᄒᆞ오면 인간니 번거ᄒᆞ온니 가 잇는 지명을 가르쳐 쥬옵쇼셔 그듸 굿터려 슉향을 ᄎᆞ져보랴 ᄒᆞ난 뜻슨 무슴 일인고 틱슈 왈 늣게야 ᄌᆞ식을 어더보온니 부모 졍이예 스랑ᄒᆞ난 마음이야 엇지 못ᄒᆞ여 슬푸기 층양업쓰와 쥬야 눈물로 지닉옵던니 오날날 쳔힝으로 노장을 만ᄂᆞ쓰온니 덕분의 슉향을 ᄎᆞ쳐 보옵쇼셔 노인이 눈쌀 찔기리고 왈 네 슉향을 스랑ᄒᆞ면 엇지 반야산 바회 틈의 바리며 그리 못이져 싱각ᄒᆞ면 낙양 옥의 가두어실 졔 보지 안니ᄒᆞ고 이 늘근 날디려 페롬

51

고 어지런 마를 문는다 틱슈 왈 반야산의셔난 부쳐 다 죽게 되엿쑵거여 부득이 바리고 갓쏘오ᄂᆞ 낙양 옥의 갓쳐던 슉향은 일홈은 갓쏘오ᄂᆞ 쩌난지 오라오미 얼 골이 변ᄒᆞ옵고 졔 부모의 승명을 아지 못ᄒᆞ온니 분명이 니 ᄌᆞ식인 줄 찌닷지 못ᄒᆞ여 찻지 못ᄒᆞ온니 너의 박지 못ᄒᆞ미로쇼이다 바라옵건듸 이졔 분명이 가르쳐

쥬옵쇼셔 노인이 그졔야 웃고 왈 그디 그릇한 죄가 안니라 도시 ᄒ날이 증하신 운슈라 나도 과년 이 물 직킨 용왕일년이 셕연의 니의 ᄌ식이 거복이 되여 물가의 나왓다가 어부 망ᄌ의 잡펴 거의 죽게 되엿던니 그디의 구함을 입어 스라낫슨니 ᄂ도 ᄌ식 은혜을 갑고져 ᄒ여 상졔게 엿잡고 그디 숙향 만날 길을 가리치고져 ᄒ여 짐짓 그러ᄒ엿노라 만일 그디 졍셩이 부족ᄒ던들 ᄒ마 못츠져 볼 번 ᄒ엿노라 숙향이 다섯 번 익을 지니고

52

귀히 되여 형쥬 ᄌᄉ의 부인니 되엿슨니 다만 숙향이 국기던 일을 ᄌ셰이 모로면 비록 숙향을 만ᄂ도 ᄌ식인 쥴을 ᄌ셰이 모로올 거신니 국기던 일을 무러 니 말과 갓치 ᄒ거던 그디 ᄌ식인 쥴을 알이라 티슈 왈 노장 말숨이 맛당ᄒ도쇼이다 ᄒ고 무슈이 ᄉ례할시 다시 보ᄌ ᄒ고 간디 업더라 티슈 가장 비창이 역여 도라와 장써더러 용왕의 ᄒ시던 말숨을 자셔히 이른이 장써 일희일비ᄒ여 ᄒ날를 울럴어 축슈ᄒ여 왈 살여셔 숙향을 츠져보고 죽게 ᄒ옵쇼셔 ᄒ고 혼ᄌ 말노 ᄌᄉ 부인니 되엿짜 ᄒ니 감히 니의 ᄌ식니라 ᄒ고 엇지 츠보오리요 ᄒ고 슬푼 마음을 이긔지 못ᄒ더라 잇쩌 ᄌᄉ 부인니 낙양으로 가고ᄌ ᄒ여 유예 미결ᄒ던니 그날 밤의 잠을 일우지 못ᄒ여 창젼을 의지ᄒ여 지리 한숨 지으고 왈 우리 부모도 살여셔 월식을 보시고 날 본다시 슬퍼ᄒ시난가

53

ᄒ고 슬푼 마음을 이긔지 못ᄒ여 월ᄒ의 비회ᄒ던니 문득 한 쩨 구름이 부인 압푸로 ᄂ려오며 긔히한 향취 진동ᄒ던니 한 션여 화관을 쓰고 칠보단장으로 읍ᄒ여 왈 셔로 이별한 휴 길이 달너 뵈옵지 못ᄒ엿던니 분인은 평안ᄒ신잇가 총망이 답예 왈 부인은 뉘신잇가 그 션녀 답왈 부인게옵셔 ᄂ를 이져 게신잇가 나던 마고할미옵넌니 동경 격숑ᄌ와 왕ᄌ진을 마즈다 두고 밧비 가옵난 길의 부인을 잇지 못ᄒ여 한쑈각 말을 이르고ᄌ 왓논이다 부모를 보시례 ᄒ거던 형쵸 짜으로 가시지 안이ᄒ고 엇지 형쥬로 가신잇가 지금 못만ᄂ오면 십년 후의 만ᄂ리다 ᄒ

고 간디 업거널 부인이 눈물을 지으고 왈 할미 느를 잇지 못ᄒᆞ여 인도ᄒᆞ여 간이
아무리커ᄂᆞ 시비 잇셔도 형쵸 ᄯᅡ으로 가 부모를 나 뵈오리라 ᄒᆞ고 ᄒᆞ인의게 분
부ᄒᆞ여 낙양으로 향ᄒᆞ여 갈시 지난 골의 실너를 쳥ᄒᆞ여 말슴ᄒᆞ고 가던니

54

맛참 낙양의 이르러ᄂᆞ지라 티슈 장씨더려 왈 ᄌᆞᄉ 부인니 황셩으로 올시 디로로
안니가고 남군 ᄯᅡ으로 왓슨니 일졍 게양으로셔 형쥬을 갈 거시로디 이 길노 도
러온니 반다시 용왕의 말슴이 슉향이 ᄌᆞᄉ의 부인 되엿다 ᄒᆞ던니 슉향이 우리을
보려 ᄒᆞ고 오난가 ᄒᆞ신니다 장씨 왈 오날 꿈이 ᄒᆞ 이상ᄒᆞ온니 쳡도 반가온 일이
잇슬가 ᄒᆞ건이와 그 부인의 근본을 듯보와 알이라 ᄒᆞ고 여러 죵ᄌᆞ를 보너여 ᄌᆞ
셔이 알러본니 장승상의 ᄯᆞᆯ이라 ᄒᆞ미 티슈부쳐 고히 역여 잇던니 ᄌᆞᄉ 부인니
갓가이 오신다 ᄒᆞ거널 장씨 구경ᄒᆞ려 ᄒᆞ시고 ᄉᆞ쳐를 증ᄒᆞ시고 잇던니 일만 슈갑
입은 군ᄉᆞ 젼후의 옹위ᄒᆞ고 칠보단장한 시녀 좌우의 시위ᄒᆞ엿시며 풍유 쇼리 진
동한 가온디예 한 부인니 금등을 타고 오거널 장씨 보시고 울며 왈 엇쩌한 사람
의 ᄌᆞ식은 져리 구히 되고 우리 슉향은 어디 가 죽어ᄂᆞᆫ가 ᄉᆞ라 귀히 되엿넌가
슬퍼ᄒᆞ시거널 ᄌᆞ

55

ᄉᆞ 부인니 ᄉᆞ쳐의 드러오실시 실너 부인니 젼갈ᄒᆞ되 젼의 뵈옵지 못ᄒᆞ엿쓰나 갓
튼 부인니온니 허물 업ᄉᆞ올지라 월ᄒᆞ의 심심ᄒᆞ기로 말슴나ᄂᆞ ᄒᆞᄉᆞ이다 한디 ᄌᆞ
ᄉᆞ 부인니 감격ᄒᆞ여 답젼갈ᄒᆞ되 니 몬져 문안나ᄂᆞ ᄒᆞ고ᄌᆞ ᄒᆞ되 불감ᄒᆞ여 못ᄒᆞ엿
쏩던니 먼저 뭇ᄌᆞ온니 지극 감ᄉᆞᄒᆞ여이다 잇쩌 실너 부인니 즉시 ᄂᆞ올시 ᄌᆞᄉ
부인니 화관을 쓰고 칠보단장의 교위예 안져슨니 삼쳔 신녀 녹의홍상으로 좌우
의 시위ᄒᆞ엿슨니 장씨 ᄒᆞ 엄ᄒᆞ여 나아가길을 죠심ᄒᆞ더라 부인이 팔을 미러 동편
교의 좌을 젼ᄒᆞ니 부인니 지슴 ᄉᆡ양 왈 각관 슈령의 실너가 엇지 ᄌᆞᄉ의 실너과
디좌ᄒᆞ릿가 평좌ᄒᆞ물 쳥ᄒᆞᄂᆞ이다 ᄌᆞᄉ 부인 왈 쥬직이 되여 엇지 벼살 ᄎᆞ례를
ᄎᆞ리오며 년셰을 ᄎᆞ르지 안이ᄒᆞ오리요 그계야 장씨 교위예 안고 엿ᄌᆞ오디 부인

의 연셰 얼마ᄂ 되신잇가 답왈 이십셰로쇼이다

56

쟝씨 그 말 듯고 눈물을 흔니신니 부인니 고왈 무삼 일노 져리 슬러ᄒ신잇가 쟝
씨 답왈 한 쌀를 두엇쌉던니 난즁의 일쌉고 슬러ᄒ던 ᄎᆞ의 부인의 년셰를 듯쏘
온니 쌀의 동갑이오미 글노 슬러ᄒ넌니다 부인 왈 ᄂ도 어려셔 부모를 이러쏘온
니 우리 부모도 ᄂ를 싱각ᄒ시고 져러터시 슬러ᄒ신난가 ᄒᄂ이다 쟝씨 답왈 부
인 몃쌀의 무슴 일노 부모을 여희고 뉘집의 가셔 자라 귀히 되신잇가 ᄌᄉ 부인
니 탄식 왈 오셰예 부모를 아모 곳의 여흰 쥴른 ᄌ셔히 모로건니와 길가의 바쟝
이올 졔 함 ᄉ슴이 업어다가 남군 ᄶᆞ 쟝승샹 집 동산의 두고 간니 그 덕이 무ᄌ
ᄒ와 슈양녀로 질너니시니다 쟝씨 싱각ᄒ되 반야 용왕이 김젼더려 이른지라 그
말을 듯고 반가오나 국기던 말은 안이ᄒ니 감히 니 쌀이란 말을 못ᄒᆞ너라 쟝씨
잔을 잡어 부인 압희

57

드린이 부인니 잔을 잡을 졔 손의 옥지환 한 짝을 쩌쩌늘 자셰이 본니 슉향을
이별할 졔 옷고롬의 치엿던 옥지환 갓거늘 놀나 뭇짜와 왈 부인이 져 옥지환을
어디셔 난넌니까 ᄌᄉ 부인 왈 부모 나를 이별할 졔 옷고롬의 치오고 갓슨미 비
록 한 짝나나 부모 본다시 버슬 쩌 읍시 ᄎᆞ난니다 쟝씨 그졔야 슉향인 쥴 알고
마음의 반가오ᄂ 감히 발셜치 못ᄒᆞ고 시녀를 명ᄒᆞ여 셩젹함을 니여오라 ᄒᆞ 눈물
을 흘여 왈 티슈 졀머셔 버슬 ᄎᆞᄌ갈 졔 음식 갓와 가지고 반ᄒᆞ물 건너갈 졔 셔
너 ᄉ람니 거복을 ᄌ바 구어 먹으려 할ᄉ 잔잉니 역여 음식을 쥬고 그 거복을
박고와 물의 너코 왓던니 그 이듬히 빅운교를 건너가다가 다리가 문어져 그의
죽게 되엿던니 거복이 나와 구ᄒᆞ여 니고 진쥬 두를 쥬고간니 그 진쥬 쇽의 은은
한 글ᄶ 두리 잇스되 목슘 슈짜와 부자 부ᄶ를 쎠거

58

널 티슈 나를 마즐 졔 납치ᄒ엿ᄉ니 부모 보시고 긔특한 보비라 ᄒ시고 즉시 옥
장인을 불너 옥지환 한 ᄡ을 믄드러 쥬시거널 가졋던니 늣게야 한 ᄯᆯ을 ᄂ를신
슈티ᄒ던 날의 ᄒ날노셔 게화 일지 압회 ᄯ러져 뵈고 져 나홀 졔 긔희ᄒ고 말근
향니 집안의 진동ᄒ니 부친니 일홈을 슉향나라 ᄒ고 ᄌ난 월궁선나라 ᄒ옵던니
오셰예 난를 만ᄂ 피란가다가 반야산의 이르러 도젹이 급ᄒ미 부득이 져 돌 틈
의 두고 갈 졔 옥지환 한 ᄡᆼ을 치오고 갓ᄉ던니 오날날 부인의 옥지환을 보온니
니 ᄯᆯ의 옥지환과 갓ᄊ오미 슬푼 마음을 이기지 못ᄒᄂ니다 ᄒ고 옥지환 한 ᄶᆨ
과 용왕의 말ᄉᆷ 젹은 거슬 드린니 부인니 놀ᄂ 보시고 셩월 셩시를 ᄂ여 노코
교위예 ᄂ려 디셩통곡ᄒ며 장씨를 붓뜰고 어만임야 슉향니로쇼이다 할 졔 공중
의셔 오리 일오디 모여 셔

59

로 만난니 오즉 반가오릿가 ᄒ니 니년 마고할미널라 장씨 긔졀ᄒ엿ᄶ가 ᄌᄉ 부
인을 붓뜰 궁굴며 통곡한니 ᄉ천 시녀와 모든 ᄉ람더리 놀ᄂ 슬러 안니할이 업
더라 티슈 밋친 ᄉ람갓치 젼지도지 ᄂ와 슉향을 붓뜰고 졍신 업시 눈물만 흘이
시더라 ᄌᄉ 부인니 즉시 ᄌᄉ의게 모부인 만난 긔별을 ᄒ엿거널 ᄌᄉ 듯고 즉
시 위의를 추려 낙양의 와 티슈 양위게 뵈온니 못ᄂ 길거ᄒ시더라 즉시 각관 실
니를 쳥ᄒ여 낭봉연을 비셜ᄒ니 원근의 굿보난 ᄉ람니 층찬 안니하리 업더라 이
젹의 강능 ᄉ람이 남히 간의티후 ᄒ엿던니 황졔게 슈유ᄒ고 고향의 왓ᄶ가 이
긔별을 듯고 긔특이 녁여 황졔게 엿ᄌ온니 황졔 위공을 퓌쵸ᄒᄉ 경의 며ᄂ리
졔 부모 만ᄂᄶᆫ 말이 젹실ᄒ다 공이 젼후곡졀을 다 낫낫치 쥬달ᄒ온디 황졔 가로
ᄉ디 션니 형쥬 ᄌᄉ로 가셔 도젹을

60

다 화ᄒ여 양민니 되게 ᄒ니 니션은 형쥬만 다ᄉ릴게 안니라 맛당이 쳔ᄒ를 다

스릴 지죠니 형쥬의 오리 두지 못ᄒ것짜 ᄒ고 김젼으로 형쥬 ᄌᄉ을 ᄒ이시고 직쳡을 너리신니 ᄌᄉ 티슈 죠셔을 밧자와 보고 왈 ᄌᄉ 티슈더려 왈 니졔 경셩의 올ᄂ가 황졔게 쥬달ᄒ와 니진으로 올ᄂ오시게 할 거신니 기간의 평안니 기시옵쇼셔 김공부쳐 슉향을 여러 ᄒ 만의 만ᄂ 반가온 졍을 치 못 이긔게 된니 셥셥한 졍을 이긔지 못ᄒ더라 부인니 머리을 쓰고 누어 이지 안니ᄒ니 김공부쳐 권ᄒ여 왈 우리 귀히 되기도 다 ᄯᆯ의 덕이라 셔로 만난지 오라지 안니ᄒ여 ᄯᅥᄂ게 된니 졍지년 가련ᄒ건이와 엇지 ᄒ리요 경셩의 올ᄂ가 잇스면 우리도 슈리 올ᄂ가리라 한디 부인니 울며 왈 비록 벼살 귀ᄒ오ᄂ 부모을 모시고 한가지 살기을 원니로쇼이다 슬러ᄒ기을 마지 안니ᄒ고 길을 ᄯᅥ날시 부모게 ᄒ즉ᄒ고 마

61

지 못ᄒ여 경셩으로 올ᄂ간나라 샹셔 궐문의 나가 샹쇼ᄒ되 부ᄌ의 직품이 동품니온니 맛당치 못ᄒ여이다 신의 벼살을 가러쥬옵쇼셔 ᄒ엿거널 황졔 죠셔을 니리와 가로ᄉ디 국가의 위공만 공이 읍쓴니 위공으로 양위왕을 보호고 니션으로 쵸공을 봉ᄒ여 병부샹셔을 봉ᄒ이신니 위공 부ᄌ 여러 번 시양 너무 관부ᄒ무로 샹쇼ᄒᄂ 황졔 불윤ᄒ신니 위공 부ᄌ 마지 못ᄒ여 ᄉ은ᄒ온디 황졔 인견ᄒᄉ 다시금 반겨ᄒ시며 쵸공니 슉향만난 ᄉ단을 일일이 고ᄒ온니 황졔 드옥 층찬ᄒ여 가로ᄉ디 이러ᄒ 일은 고금의 드문 일이라 ᄒ시고 위공 부ᄌ을 도라보ᄉ 왈 경의 부ᄌ 츙셩은 고금의 웃쓤니라 짐을 위ᄒ여 국ᄉ를 살펴라 ᄒ신니 쵸공니 ᄉ례ᄒ고 엿ᄌ오디 젼승샹 장숑이 이믜이 잡펴사온니 발키 싱각ᄒ옵셔 픠쵸ᄒ옵쇼셔 ᄒ디 황졔 가로ᄉ디 짐이 ᄯᅩ한 모로리마년

62

밋쳐 싱각지 못ᄒ여신니 경의 나츨 보와 승샹을 셔용 우승샹 ᄒ이시고 김젼으로 이부샹셔 ᄒ이신니 쵸공이 ᄉ은ᄒ고 집의 되라온니라 장승샹과 김공이 죠셔을 밧자와 보고 즉시 경셩의 올ᄂ와 ᄉ은ᄒ니 황졔 인견ᄒ시고 가로ᄉ디 쵸공 부ᄌ의 공덕과 졍열부인 은덕을 ᄉ모ᄒ여 그디을 츄졍ᄒ난니 경 등은 진츙갈역ᄒ여 짐을

도으라 ᄒᆞ이신니 두 ᄉᆞ람니 ᄉᆞ은퇴죠ᄒᆞ고 위공 집으로 나온니 쵸공이 다시 표을
올여 졔왕 죵실 졔죡을 다 쳥ᄒᆞ여 낙봉연을 ᄒᆞ이신다 이날 위공이 잔을 줍어 복야
부인과 장승상과 김상셔의게 치ᄉᆞᄒᆞ신니 장승상부쳐난 ᄉᆞ향으로 ᄒᆞ여금 슉향을 이
민이 익명을 씨끼건슬 못니 슬러ᄒᆞ시고 김상셔부쳐난 슉향을 일코 찻지 못ᄒᆞ던 일
과 졍열부인은 죽을 익을 지니던 셜화을 좌즁의 다ᄒᆞ니 못다 듯고 층찬 안니

63

ᄒᆞ리 업더라 쵸공이 김상셔덕과 장승상덕 ᄒᆞᆫ 골 각각 집을 지코 셋 집 부모를
모셔 길기더라 이젹 양왕은 황졔의 셰쩨 아오라 ᄒᆞᆫ ᄯᆞᆯ을 두어스되 인물과 지죄
쎄여ᄂᆞ고 문장지지 유여한니 ᄉᆞ람마다 녀즁군ᄌᆞ라 일컷더라 그 아기 슈티할 졔
양왕의 꿈의 ᄒᆞᆫ 노인니 이로되 봉ᄂᆡ산 셜즁ᄆᆡ 그ᄃᆡ 집의 ᄯᅥ러져스니 그이ᄒᆞ ᄉᆞ
람니 ᄂᆞ리라 ᄒᆞ던니 과연 그달붓텀 ᄐᆡ긔 잇셔 십삭을 당ᄒᆞᄆᆡ 집안의 약니 진동
ᄒᆞ며 ᄒᆞᆫ ᄯᆞᆯ을 ᄂᆞ흔니 일노 일홈을 미향라 ᄒᆞ고 월궁선니라 ᄒᆞ다 졈졈 ᄌᆞ라ᄆᆡ
ᄒᆞ난 일니 상예 ᄉᆞ람니 안니라 양왕니 이즁이 역여 가장 ᄉᆞ회를 간퇵할ᄉᆡ 니상
셔 아달 니션의 문장과 지죠을 듯고 양왕이 친이 보와 구혼ᄒᆞ신니 위공이 허ᄒᆞ
시거널 왕이 도러간 후로 더부러 니션의 지죠을 층찬ᄒᆞ시던□□□드르니 니션이
디른 곳의 장가 드러짜 ᄒᆞ거널 왕이□□□□□□□

64

의 구혼ᄒᆞ고즈 ᄒᆞ신니 미향이 겻틔 잇짜가 엿ᄌᆞ오되 츙신은 불ᄉᆞ이군이요 열녀
는 불경이부라 ᄒᆞ온니 부모□□□를 니션의게 허ᄒᆞ시고 다른 ᄃᆡ 구혼ᄒᆞ랴 ᄒᆞ신
니 죽ᄉᆞ와도 다른 가문의ᄂᆞᆫ 안니갈랴 하ᄂᆞ이다 왕이 탄식 왈 위공이 니션를 니
게 허혼ᄒᆞ여쓰ᄂᆞ 션니 방탕ᄒᆞ여 졔 아비 모로게 다른 ᄃᆡ 장가 드럿짜 ᄒᆞ니 네
고집이 니션을 바라고 늘글야 ᄒᆞ난다 너 아달이 업고 다만 너 ᄲᅮᆫ니라 ᄉᆞ회를 갈
희여 후ᄉᆞ을 막기고즈 ᄒᆞᄂᆞ이 이를 고집ᄒᆞ여 부모의 ᄯᅳ즐 어긔지 말라 미향이
피셕 디왈 부모의 후ᄉᆞ를 맛기고즈 ᄒᆞ량이면
긔희 이월 염ᄉᆞ일 셕우졍ᄉᆞ라

정신문화연구원본(정문연A본)

표제는 "슉향젼 권지단"이라는 한글에 "淑香傳"이라는 한문 표기가 병기되어 있고, 1면의 내제는 한글로 "슉향젼 권지단"이라 되어 있다. 가로 17.7㎝ 세로 27.5㎝의 크기에, 매면 12행 매행 30자 내외, 총 107장 212면으로 된 국문 필사본이다. 완결본이라고 볼 수 있으나, 마지막 장은 훼손되어 판독하기 어렵다. 처음 1~2면, 마지막 211면의 필체와 2장 3면~71장 141면까지의 필체, 그리고 72장 142면~106장 210면까지의 필체가 서로 다르다. 정신문화연구원에 마이크로필름으로 보관되어 있으며, 청구번호는 R16N-001146-11이다.

정신문화연구원본(정문연A본)

숙향전 권지단
淑香傳

1

숙향젼 권지단

화셜이라 녯 숭나라 시졀의 남양 짜희 한 지상 즈졔 잇시되 셩명은 김젼이라 문
지 거록ᄒ고 지죄 세상에 쎄혀난고로 문쟝은 녯젹 한퇴지와 니젹션의게 나리지
아니ᄒ고 글시ᄂ 죠밍보와 왕희지의 지나니 쳔하의 일홈ᄂ 션빈 구름 못듯 ᄒ엿
더라 그 부친은 운슈션싱이니 도덕과 지죄 쳔하에 쌍이 업ᄂ고로 숑 쳔지 극히
ᄉ랑ᄒᄉ 명픠로 간의틱우와 니부샹셔를 ᄒ이시되 굿건이 ᄉ양ᄒ고 샨즁에 깁히
들어 슘은지 아홉 히 만의 인ᄒ여 쥬려 죽으니 김젼이 망극ᄒ야 예로써 션산의
안쟝ᄒ고 삼년 졔ᄉ를 극진이 지너니 이러므로 집이 가난ᄒ더라 일일은 김젼이
친ᄒ 버지 조흔 틱슈 ᄒ여 가ᄂ 길희 위로ᄒ고쟈 ᄒ야 호쥬 셩찬을 갓쵸와 나귀
예 실니고 반하슈라 ᄒ는 큰 믈을 건너 가더니 믈가에 어부들이 큰 거복 한나흘
쟈바 구어 먹으려 ᄒ거늘 김젼이 즈셰이 보니 그 거복이 눈물을 흘리며 가쟝 슬
허ᄒ거늘 더욱 고이히 녀겨 갓가이 슬펴본즉 니마 우희 하

2

늘 쳔찌 잇고 비 가온디 목슘 슈찌와 복 복찌 완연ᄒ듯 ᄒ거늘 일졍 비샹한 즘
싱이로다 ᄒ고 분부ᄒ여 죽이지 말고 도로 믈의 노흐라 ᄒ더 그 어부들이 답왈
졔 비록 비샹ᄒ오나 우리 등이 죵일토록 믈샨영ᄒ더가 다른 고기ᄂ 한나토 잡지
못ᄒ고 다만 이 거복 하나뿐이온지라 구어셔 여러이 요긔코져 ᄒ나이다 ᄒ더 김
젼이 그 거복이 죽게 되믈 가쟝 잔잉히 녀겨 즉시 포디를 열고 반젼 열닷 양과

호쥬셩찬을 쥬고 밧고와 물의 노흐니 그 거복이 김젼을 ᄌ로 도라보며 가더라
그히 지내고 명년의 벗을 ᄎᄌ보고 오다가 빅운교를 건너더니 그 달이 반은 와
셔 악쉬챵일ᄒ여 물결이 급ᄒ며 그 달이 두머리 문허지니 김젼이 망연ᄒ여 아므
리 홀 쥴 모로고 다만 달이 기동만 잡고 셧더니 이윽ᄒ야 거문 널판갓튼 거시
압희 와 놀거늘 김젼이 급ᄒ 중 그거슬 보고 즉시 기동을 노코 그 우희 올나 안
즈니 그거시 ᄒ번 움즉ᄒ며 ᄉ죡을 허위치니 바르기 살가듯 ᄒ더라 이윽고 그
물을 건너 져편 물가 반셕 우희 노코 즉시 몸을 □□□의 감초고 머리만 물 밧
□

3

너미러거늘 김젼니 쟈셔히 보니 이마의 하늘 텬지 완연ᄒ거늘 니심의 크게 놀나
셩각ᄒ되 일졍 반하슈의셔 구ᄒ든 거복니 은혜를 갑는쏘다 ᄒ고 그 거복을 향ᄒ
여 무슈 샤례ᄒ더니 그 거복이 입으로셔 안기갓튼 긔운을 토ᄒ며 무지게갓튼 셔
긔 김젼의 압혜 둘넛쩌니 이윽고 그 긔운니 거두며 져비알만ᄒ 구술 두낫치 노
혀거늘 쟈셔히 보니 오치 영농ᄒ며 향긔 어릐엿고 그 쇽의 은은ᄒ 글지 잇시되
하나흔 목슘 슈지요 또 ᄒ나흔 복 복지여늘 김젼니 셩각ᄒ되 젼에 반하슈의셔
구ᄒ 은혜를 갑고 가는쏘다 ᄒ고 그 거복 가는 곳들 향ᄒ야 무슈 샤례ᄒ고 집으
로 도라오니라 이젹의 김젼의 나히 이십이로되 집니 극히 가난ᄒ여 취혼치 못ᄒ
여쩌니 마츰 영쳔 ᄯᅡ혜 샤는 쟝회라 ᄒ는 샤람니 본니 졍직ᄒ야 공명의 ᄯᅳ지 업
고 농업만 힘쓰되 근본 공후 거죡의 쟈손니라 집니 가쟝 유여ᄒ되 아드리 업고
다만 ᄒ ᄯᅡᆯ이 이시되 인물과 지질리 셰샹이 샌혀나미 샤회를 극히 갈희더니 일
일른 김젼의 문쟝 풍치를 알고 구□

4

ᄒ니 김젼니 가난ᄒ야 납치 보닐 거시 업셔□ 구슬 한 ᄡᅡᆼ를 보니여 봉치ᄒ니 쟝
회예 안히 보고 탄왈 텬하에 부귀 공명 쟝샹니 다토와 구혼ᄒ니 만흐되 듯지 안
니ᄒ다가 구타여 이런 가난ᄒ 샤롭를 취코쟈 ᄒ시는뇨 쟝회 왈 혼인의 지믈을

의논ᄒᆞ면 니젹의 풍되라 지금의 김젼니 비록 가난ᄒᆞ나 쟝후의 공후 쟝샹의 반드
시 일을 거시여늘 엇지 부귀만 탐ᄒᆞ리요 겸ᄒᆞ야 져 구슬은 텬하의 즁뵈라 ᄒᆞ고
옥쟝인를 불너 그 진쥬를 가라 옥지환 한 ᄡᅡᆼ를 민드러 쥬고 즉시 틱일ᄒᆞ여 녜를
극진히 챠라 샤회를 샴으니 원앙니 녹슈의 놀고 비ᄎᆔ 연니지예 길드림 갓쩌라
김젼니 쟝호의 집니 췌쳐ᄒᆞᆫ 지 십년 만의 쟝호부쳐 구몰ᄒᆞ니 녜로ᄡᅥ 션산의 극
진히 안장ᄒᆞ고 후샤를 다 마트니 부귀 텬하의 비홀 디 업쩌라 그러ᄒᆞ나 슬하의
일졈 혈뉵니 업기로 김젼부쳐 명산를 챠쟈 가 지셩으로 쟈식 보기를 발원ᄒᆞ더니
잇ᄶᅢ는 무쟈년 칠월 망간니라 김젼부쳐 완월누의 올나 월식를 완경ᄒᆞ더니 문

5

득 공즁으로셔 빅화 한 가지 쟝씨 압혜 날녀지거늘 놀나 보니 이화도 안니요 미
화도 안니로되 말근 향니 진동ᄒᆞ거늘 고니히 넉여쓰니 홀연 광풍이 일어나며 그
곳치 산산이 허여지거늘 쟝씨 챠탄ᄒᆞ여쓰니 위연 그날 밤의 한 몽샤를 어드니
금둡겁비 품 샤이예 드러 뵈거늘 놀나 ᄭᅢ여 김젼의게 ᄭᅮᆷ 말샴를 베푸니 답왈 어
졔 계화 압혜 ᄶᅥ러지고 오늘 금둡겁비 품에 드러뵈니 반드시 귀쟈를 보리라 ᄒᆞ
고 하눌게 츅슈ᄒᆞ며 고디ᄒᆞ여쓰니 과년 그달부터 잉틱ᄒᆞ여 십샥니 되니 김젼니
크게 깃거 ᄒᆡᆼ여 귀쟈를 볼가 츅슈ᄒᆞ더니 일일은 일긔 슌화ᄒᆞᆫ듸 홀연 오식 구름
니 집를 둘너 ᄡᅡ고 녜 업쓴 향니 집안에 진동ᄒᆞ거늘 가즁 샹히 긔니히 넉여쓰니
일모ᄒᆞᆫ 후의 문득 공즁으로셔 션녜 두리 날여와 등화를 혀고 김젼다려 왈 니졔
월궁항애 오시니 그듸는 집안의 더러온 거슬 업시 ᄒᆞ라 ᄒᆞ고 쟝씨 방으로 드러
가거늘 김젼니 황홀ᄒᆞ여 즉시 시녀를 명ᄒᆞ여 집안를 가장 졍결니 슈쇄ᄒᆞ여ᄶᅥ니
이윽고 가□

6

의 그이ᄒᆞᆫ 광치 하늘의 다핫고 향니 진동ᄒᆞ거늘 김젼니 더욱 숑구ᄒᆞ여 쟝씨 ᄒᆡᆼ
여 죽을가 두려워 가마니 여허보니 쟝씨 비야흐로 아희를 낫커늘 그 션녜 두리
아기를 향슈의 ᄡᅵ겨 누이고 밧비 나가거늘 김젼니 죵젹를 알여 ᄒᆞ니 발셔 간듸

업는지라 즉시 드러가 쟝씨를 보니 긔졀ᄒ여쩌늘 씨와 안치니 쟈다가 씬듯 ᄒ더
라 가중의 향니 샴샤가지 그치지 안니ᄒ기로 일홈를 숙향니라 ᄒ고 쟈는 월궁션
니라 ᄒ다 숙향니 졈졈 쟈라 샴셰 되니 긔골이 일월갓고 쟈식니 황홀ᄒ여 샤람
니 바로 보지 못ᄒ고 음셩니 옥져 쇼리 갓트며 ᄒ는 일니 아희 갓지 안니ᄒ이
혹 단명홀가 의심ᄒ여 왕균이란 샤람를 불너 샹를 뵈니 왕균 왈 이 아기는 인간
샤람 안니라 월궁항아의 졍긔를 가져시니 반드시 귀히 되련이와 다만 ᄒ늘게 득
죄ᄒ야 인간의 귀향왓시니 젼싱죄를 이싱의 와 다 갑흔 후에야 죠흔 시졀를 볼
거시니 션분은 지극히 험ᄒ고 후분은 가쟝 길ᄒ다 ᄒ거늘 김젼 왈 후분은 아지

7

못ᄒ련이와 션분은 우리 아직 그리는 거시 업시니 무슨 괴로온 일니 잇시리요
왕균니 쇼왈 샤람의 팔쟈는 졍치 못ᄒ려이와 니 아기 샤쥬를 보오니 반드시 다
슷 살이면 니웃 나무입히 바람의 부칠 젹의 부모를 일코 졍쳐업시 단이다가 십
오셰 젼의 다슷 번 죽믈 익를 지니고 샤라나면 십칠셰예 부인를 봉ᄒ고 니십셰
예 부모를 다시 만나 터평으로 누리다가 칠십이면 셰샹 인샤를 졍치 못ᄒ리라
김젼니 어려셔 부모를 일흐면 비록 샤라난들 부모를 엇지 알며 우린들 져를 엇
지 알이오 ᄒ고 가는 깁 쯧헤 일홈과 쟈와 년월 일시를 쓰고 그 모친 옥지환 ᄒ
짝를 버셔 흔디 너허 옷고롬의 치와 두니라 잇쩌 숙향의 나히 오셰예 당ᄒ여쓰
니 그 히예 마츰 도젹니 일어나 형쵸 짜를 침노ᄒ니 빅셩과 인민니 다 집를 바
리고 피란ᄒ여 가는지라 김젼도 가쇽를 다리고 강능으로 향ᄒ여 가더니 중노의
셔 야젹를 만나 노복과 지믈을 다 일코 쳐쟈만 다리고 죽기를 가을 샴아 다라나
더니 도젹니 급히 다로거늘 김젼부쳐 심

8

니 진ᄒ야 가지 못ᄒ니 엇지ᄒ리요 인ᄒ야 디셩통곡ᄒ며 숙향아 니 목를 꼭 안
아라 ᄒ고 등에 언져 업고 닷쩌니 심이 진ᄒ고 긔운를 거두지 못ᄒ야 구으러 닷
다가 업허도지며 쟛바도지며 슘를 두루지 못ᄒ야 숙향를 안고 가며 일오되 도젹

니 급호오니 울리 다 죽을지라 너는 져 바회 밋티 잇거라 니일 와 다려가마 호
고 죡박의 밥를 담아 쥬며 김젼부쳐 디셩통곡 왈 슉향아 비곱흐거든 니 밥 먹고
목마르거든 니 박으로 져 믈를 써 먹어라 호고 츠마 바라고 가지 못호나 도젹니
좃츠와 샤람를 썩은 풀 버히듯 호거늘 헐 일 업셔 슉향를 도젹즁의 발리고 다라
나려 호니 슉향니 져희 모친 치마를 붓잡고 통곡 왈 어마야 나도 한가지오 가사
이다 아바야 나도 한듸 가셔이다 호고 한 손을오는 어뮈 쵸마를 붓잡고 한 손으
로는 아뷔 헐이씌를 더위 잡고 힘음업시 울고 늣기며 함게만 가쟈고 인걸호며
보치는 거슬 김젼부쳐 챰아 써나지 못홀 터니로되 도젹니 거의 당젼호지라 황겁
호야 억지로 슉향의 손목를 버리집어·안아다가 바

9

회 틈의 안치고 짜라나오지 못호게 큰 돌노 그 압홀 막고 얼골만 니미러 뵈게
호 후의 죡박의 밥 담은 거슬 억지로 손의 쥐고 기유호야 달니며 왈 니 짤 슉향
아 여긔셔 놀고 잇시면 져근드시 어뮈호고 집니 가셔 과실 갓짜 쥬마 호고 일은
후는 돌쳐셔며 부인 쟝씨를 호통호여 가기를 지쵹호니 쟝씨도 헐 일 업셔 디셩
통곡호며 김젼의게 잇끌이여 가며 다시곰 도라보니 슉향니 바회 틈으로 얼골만
드러니고 한 손에는 어뮈 쥬든 밥 다문 박아지를 들고 한 손으로 눈믈를 씨스며
디셩통곡호야 우다가 나죵의는 어미만 부르며 목니 머혀 우는 쇼리 츠츠 머러져
거거늘 부인 쟝씨 챰아 가지 못호고 슉향 잇는 곳만 도라보면 울기만 호니 쟝씨
에 챰혹호 경상과 슉향의 잔잉호고 불샹호 형용니야 엇지 일필노 다 긔록호리요
이러툿 졈졈 더듸니 김젼니 년호야 부인를 지쵹호며 졈졈 멀리 가며 슉향 잇는
곳만 바라보니 우름 쇼리 아죠 업셔지거늘 김젼부쳐 간쟝이 바아지고 일신니 녹
늣듯 호여 우지도 못홀네라 이젹의 도젹니 조츠와

10

슉향를 보고 문왈 네 부뫼 어듸로 가던뇨 바로 일으지 안니호면 니 칼노 죽이리
라 슉향니 놀나 더옥 울며 왈 부뫼 날를 바리고 갈 졔 집니 가셔 과실 갓짜 쥬

마 ᄒᆞ더니 지금가지 안이 오오믹 어듸로 가온지 간 고즐 엇지 알이오 ᄒᆞᆫ더 그
도젹니 죽이려 ᄒᆞ거늘 기중의 한 도젹니 급히 말려 왈 졔 부뫼 바리고 가믹 슬
허 울거늘 무슨 죄로 죽이리요 그 아희 샹를 쟘간 보니 타일의 반드시 귀히 되
리라 니 곳의 두면 반드시 즘싱의게 죽으리라 ᄒᆞ고 안아다가 유곡역 마을 압헤
두고 왈 어엿부고 쟌잉홀샤 니 쟈식도 너갓트니 잇쩌니 네 부뫼들 너를 바리고
가며 쟉히 슬허ᄒᆞ여시랴 ᄒᆞ고 등를 두드리며 쟐 잇스라 이곳의 잇시면 네 부뫼
챠즈오리라 ᄒᆞ고 가며 쏘한 무슈히 도라보더라 슉향니 길노 오락가락ᄒᆞ며 통곡
ᄒᆞ야 부모 간 곳들 츠즈나 어듸 가 만나리요 울고 단인니 피란ᄒᆞ여 가는 샤롬드
리 보고 다 쟌잉히 넉여 눈믈 안니 홀이리 업쩌라 이러구러 날리 져믈고 밤이
깁흐믹 챤바람이 일어나니 발니 실혀 두 손으로 발

<h2 style="text-align:center">11</h2>

흘 쥐고 업씌여 어미를 부르며 쟌잉히 통곡ᄒᆞ니 하눌노셔 쳥학 한 쌍니 날려와
한 날리로 덥고 한 나리로 쌀고 디쵸를 입의 믈어다가 슉향의 입에 너흐니 칩도
안니ᄒᆞ고 비부르더라 이젹의 쟝씨 김젼게 고왈 날리 져믈고 도젹니 믈너갓실 거
시니 슉향를 츠즈보쇼셔 김젼니 즉시 츠즈가니 죽엄이 뜰헤 가득ᄒᆞ여거늘 챰담
흔 중 슉향를 부르며 츠즈되 보지 못ᄒᆞ고 통곡ᄒᆞ며 그져 도라가 부인다려 왈 슉
향를 아무리 츠즈도 샤싱를 모를너이다 ᄒᆞ거늘 쟝씨 긔졀ᄒᆞ여짜가 왈 니 쌸를
어듸 가 다시 어더보리오 져 챵쳔아 쳘리에 쟈식를 일코 어이 샬이잇가 모녀의
졍를 샬피스 싱젼의 다시 보게 ᄒᆞ와 쥬쇼셔 ᄒᆞ고 인ᄒᆞ야 이통 긱골ᄒᆞ야 믹양 칠
셩게 발원ᄒᆞ야 밤마다 비러 슉향를 다시 보게 ᄒᆞ옵쇼셔 ᄒᆞ고 우다가 죠으니 쑴
에 슉향니 드러와 어미를 부르며 무릅 우희 올나 안즈 낫츨 한듸 다히고 울며
늣기거늘 반

<h2 style="text-align:center">12</h2>

겨 안고 어로만지며 통곡 왈 어듸 갓쩐요 너는 날을 츠즈왓는야 ᄒᆞ고 샤랑ᄒᆞ다
가 인ᄒᆞ야 씨다르이 남가일몽이라 디셩통곡 왈 슉향의 영혼일넌가 어듸 가 죽어

혼빅니 날를 보러 왓썬가 흐고 싸홀 두다리며 통곡흐니 피눈믈리 흐르고 입에셔
피가 나니 샨쳔쵸목니 다 슬허흐는듯 흐더라 화셜이라 이젹의 슉향니 부모를 일
코 의지홀 디 업셔 그 우는 쇼리는 샤람의 심신니 녹을듯 흐더라 이윽흐야 흔
불근 시 날아와 무릅 우혜 안즈 울거늘 더옥 슬허흐더니 이윽고 쏘 그 시 울며
오락가락흐거늘 슉향니 그 시를 싸라갈셰 여러 뫼흘 지나갈셰 흔 마을리 잇거늘
슉향니 드러가며 어미를 부르고 우니 샤람드리 보고 쟌잉히 넉여 문왈 네 어듸
잇는요 슉향니 울기만 흐고 잇짜가 계유 인스를 츠려 일로되 모친이 니일 와 달
여가마 흐더니 오지 안니흐너이다 흐고 통곡흐더니 보는 샤람니 눈믈 안니 흘일
니 업써라 얼골리 흔 곱고 긔니흐미 다려다

13

가 져마다 길으고쟈 흐되 슈젼흐기 어려워 다려가지 안니흐고 밥를 먹이며 위로
왈 울리도 피란흐여 샨즁으로 가니 너모 우지 말고 아모더로나 가거라 흐더라
챠셜이라 김젼니 안히를 다려다가 샨즁의 감쵸고 가마니 날려와 다시 슉향르 츠
즈되 종젹니 업거늘 일졍 죽도다 흐고 도라와 부인다려 일르니 쟝씨 쏘 긔졀흐
거늘 김젼니 위로 왈 슉향니 졔 어린 거시 멀리 못갓실 거시니 혹 샤람니 다려
간가 시부니 이젼의 왕균의 말을 싱각흐여 슬허 말르쇼셔 쟝씨 더왈 졔 흐든 일
니 눈의 암암흐고 니별홀 졔 부르든 쇼리 귀예 징징흐니 엇지 참으리오 흐고 통
곡흐니 그 애샹흐믈 층양치 못홀네라 이젹의 슉향니 마을 샤람과 시를 다 일코
혼쟈 울며 단이다가 멀리 바라보니 샨 우희 샤람니 왕닉흐거늘 샨를 바라고 가
더니 샨은 쳡쳡흐고 길흔 험흔디 날은 져믈고 비는 곱푸믈 견듸지 못흐야 남글
의지흐고 너머졋써니 문득 쳥죄 날아와 꼿츨 믈고 숀등의 안

14

쩌늘 슉향니 그 꼿츨 먹으니 눈니 열이고 졍신니 쎅쎅흐더라 그 시를 싸라 두어
곳들 너머가니 흔 녀인니 나와 안하 드려다가 큰 젼 후의 노흐니 일위 부인니
머리의 화관를 쓰고 칠보 단쟝를 흐고 황금 교위예 안즈짜가 날려와 슉향를 마

즈 팔를 드러 읍ㅎ여 왈 동편 교위예 안즈쇼셔 숙학이 아무리 홀 쥴 몰나 울기
만 ㅎ니 그 부인 왈 션녜 인간의 날려와 더러온 믈를 만히 쟈셔 졍신니 변ㅎ여
시니 이거슬 잡슈쇼셔 이는 신션 먹는 경익인니이다 드듸여 시녀로 ㅎ여곰 만호
쟌의 호박더를 바쳐 이슬챠홀 드리거늘 숙향니 바다 먹으니 단마시 향긔롭고 쳔
샹 일니 완연ㅎ야 인간의 날려와 부모 이별 고싱ㅎ는 일이 분명ㅎ야 몸은 비록
아희나 마흠은 어룬 갓트여 머리를 드러 부인게 샤례 왈 쳔샹의 죄 즁ㅎ와 인간
의 날려와 곤케 되온 몸믈 이러틋 후디ㅎ시니 지극 감스ㅎ여이다 그 부인니 쇼
왈 션녜 날를 아라보시리잇가 숙향 왈 졍신이 아득ㅎ와 아

15

지 못ㅎ리로쇼이다 부인 왈 이 짜흔 황쳔 샤계요 나는 후토부인이로쇼이다 션녜
인간의 날려와 곤케 되온 몸믈 고힝를 만히 격그실셰 너 져즘게 푸른 진나비와
쳥학과 불근 시와 쳥죠를 다 보닉와쓰니 보신잇가 디왈 다 보와너이다 부인니
또 챠를 권ㅎ니 숙향니 다 바다 먹은 후의 홀연 탄식 왈 숙향의 곤흔 몸믈 다려
다가 귀히 디졉ㅎ시니 부인의 시녀나 되여 은혜를 만분지일나 갑샤올가 바라
너이다 부인니 몸믈 다시 굽혀 염용 디왈 나는 지하의 죠고만 신령이오 션녜는
월궁의 읏뜸 션녜라 쟘간 인간의 날려와 고힝ㅎ시니 싱심나나 그러ㅎ리잇가 오
늘은 임의 져무러스오니 오늘밤은 날과 흔가지로 죵용니 지닉시고 명일노 가쇼
셔 ㅎ며 큰 쟌치를 비셜ㅎ야 디졉ㅎ니 그 글읏과 음식 품믈이 인간셔는 보지 못
ㅎ든 거실네라 부인니 경익를 쟈로 권ㅎ니 숙향니 졍신니 졈졈 시로와 인간샤는
망년ㅎ고 쳔샹 일만 긔록홀네라 숙향니 문왈 그러ㅎ면 시왕젼니 어듸 잇넌잇

16

가 부인 왈 예셔 머지 안니ㅎ이다 숙향 왈 인간 부모를 난즁의 일헛사오니 불
힝ㅎ여 만일 죽어실가 쥬야 원니옵쩌니 힝여 죽어스오면 시왕젼의 왓스올 거시
니 츳쟈보고 가셔이다 부인니 쇼왈 인간 부모는 그져 샤라계시니이다 그 샤람도
범인니 안니라 봉닉샨 션관 션녜로셔 인간의 귀향 왓시니 긔한니 츳면 봉닉샨으

로 드러가리이다 슉향 왈 인간의 나가오면 부모의 얼골를 다시 뵈올이잇가 부인
니 갈오되 션녜 월궁의 계실 졔 힝아게 득죄ᄒᆞ야 고힝를 격게 ᄒᆞ와시며 그 ᄯᅵᆯ예
봉션이란 션녜 옥졔게 알외고 그듸를 구ᄒᆞ다가 ᄯᅩ한 득죄ᄒᆞ여 남군 ᄯᅡ 쟝승샹의
부인니 되게 ᄒᆞ여시니 쟝승샹 집니 가 먼져 젼싱 은혜을 갑흔 후의 틱을셩군를
만나 영화를 보고 부모를 만나 뵈올 거시오니 그리ᄒᆞ면 이졔 십년 후 ᄯᅩ 다슷
히가 지니야 익난니 다 진ᄒᆞ오리다 슉향 왈 인간 고힝를 싱각ᄒᆞ오면 흔ᄮᅥ 지니
오미 샴츄갓ᄉᆞ오니 이졔 십오년를 엇지 지니올잇가 ᄎᆞ라리 ᄌᆞ결코쟈 ᄒᆞ

17

너이다 부인 왈 션녜 원치 안녀도 다슷 번 죽을 익를 지닌 후에야 죠흔 시졀를
만나시리이 반야샨의셔 도젹의 칼의 ᄒᆞᆫ 번 죽을 익를 보시고 명산계에 단여가시
니 두 번 죽를 번흔 익를 지니여시되 이 압헤 셰 번 죽을 익니 잇시니 가쟝 죠
심ᄒᆞ쇼셔 슉향 왈 힝이 무슨 죄로 그다지 무이넉이ᄉᆞ 이러틋 중죄를 쥬신고 ᄒᆞ
며 셔로 경익를 권ᄒᆞ더니 문득 원촌의 쟌나뷔 쇼리 나거늘 오늘날 션녜를 뫼셔
말슴ᄒᆞ오나 가실 디 멀고 ᄯᅥ 느껴가오니 평안니 가쇼셔 슉향니 탄왈 인간 길흘
모로오니 어듸 가셔 뉘 집이 의탁ᄒᆞ올잇가 부인 왈 가실 길은 닉 지시ᄒᆞ올 거시
오니 아직 쟝승샹 덕의 가 먼져 은혜를 갑고 가쇼셔 슉향 왈 예셔 남군니 언만
나 ᄒᆞ온잇가 부인 왈 예셔 이쳔 샴빅 이오나 그는 념녀말으쇼셔 금분의 시문 나
무 한 가지를 ᄭᅥ꺼 흰 샤슴의 ᄲᅳᆯ의 걸고 왈 닉 샤슴를 타시면 비록 말이라도 슌
식의 가올 거시니 날리시는 고듸 가 시졍ᄒᆞ시거든 닉 나

18

무 여름를 ᄯᅡ 자시쇼셔 슉향니 하직ᄒᆞ고 그 샤슴를 타니 구름를 헤치고 나는 드
시 달르미 아모란 쥴 몰나 이윽히 가다가 한 고듸 가 셔거늘 슉향니 날리미 비
곱푸거늘 그 남게 여름를 ᄯᅡ 먹으니 비는 부르되 쳔샹 일른 아득ᄒᆞ고 아희 마음
니 나니 그 샤슴이 믈가 두려워 ᄒᆞ더라 발근 달은 셔샨의 넘고 일셰 가쟝 어두
어 아무듸로 갈 쥴 모로고 안져 죠오더니 이 ᄯᅡ흔 쟝승샹덕 동샨이라 남군 ᄯᅡ

쟝승샹은 한나라 시졀의 쟝즈방의 후예라 이십 젼의 급졔ᄒ야 일쩌예 명망이 즁
ᄒ 고로 죠졍의 안니ᄒ 벼슬 업시 다 ᄒ고 샤십 젼의 디국 졍승이 되야 샴존를
셤기니 부귀 쳔하의 웃씀이라 훈국디신으로 일컷쩌라 신죵죠의 날리가 일어나
샤방이 어즈럽거늘 벼슬을 샤양ᄒ고 나지 안이ᄒ니 그쩌예 변방 도젹니 만히 일
어나미 승샹도 간범의 드다 ᄒ야 죠졍 디신니 샹쇼ᄒ야 문외츌숑ᄒ니 기후로 고
향의 도라와 가업를 다스리니 노비 젼답과 금은 보홰 일국의 웃씀

19

이로되 다만 쟈식니 업셔 미일 슬허ᄒ더니 일일른 부인 한 꿈를 어드미 한 션녜
구름 쇽으로 날려와 계화 한 가지를 쥬어 왈 그디는 젼싱의 죄 즁ᄒ야 쟈식를
못보게 ᄒ여쓰니 남의게 애미히 잡혀 슬허ᄒ는 경샹니 불샹ᄒ기로 니 꼿츨 쥬는
거시니 잘 간슈ᄒ라 나즁의 쟈년 알리라 ᄒ거늘 부인이 ᄭ다라 승샹게 몽즁샤를
고ᄒ니 승샹 왈 우리 무즈식ᄒ여 슬허ᄒ기로 하눌리 불샹이 넉니샤 쟈식을 쥬시
도다 그러ᄒ되 울리 나히 오십니 너머시니 쟈식를 엇지 보리오 ᄒ고 니러나 쵸
당의 나가니 동샨의 오식 구름이 어릐엿고 그이한 향니 동샨으로 날리며 셔긔
반공의 어릐여거늘 승샹니 갈오되 잇쩌는 비야흐로 동 시월이라 오식 안기 ᄭ일
디 안이어늘 어듸셔 그이한 향니 나는고 ᄒ며 쳥여쟝를 집고 친히 동샨의 올나
가니 모란화 한 퍼귀예 시로니 입피 퓌고 꼿치 만발한 가온디 죠고마한 아희 혼
쟈 안쟈 죠올거늘 승샹니 놀나 쟈셔히 보니 양미에 일쳔 졍긔를 품엇고 체도□

20

격니 크게 □□□야 샤람의 졍신를 놀너니 승샹니 칭챤ᄒ믈 마지 안니□□ 시녀
를 불너 왈 밧비 부인게 고ᄒ라 ᄒ니 그 아희 시녀 부르는 쇼리예 놀느 ᄭ여 울
거늘 승샹니 문왈 네 엇쩐 아희며 네 집은 어듸며 나흔 메치느 ᄒ며 일홈은 무
어시완더 이런 깁흔 동샨의 와 죠우는다 슉향니 옥갓튼 귀미티 진쥬갓튼 눈믈를
드리워 아넌니 디답ᄒ되 일홈은 슉향니오니 울이 집은 아무 ᄯ힌 쥴 모로옵고
울리 모친히 날를 다려다가 바화 틈의 두고 가며 니일 와 다려가마 ᄒ더니 오지

안니호오미 의탁홀 고지 업샤와 길노 바쟝니더이 엇쩐 즘성니 업어다가 두고 가
더이다 호거늘 승샹니 싱각호되 일졍 부모 일흔 아희로다 호시고 부인를 쳥호야
뵈인디 부인니 한 번 본즉 꿈에 뵈던 션녜갓고 음셩니 더옥 갓거늘 승샹게 고호
되 이 아희는 하놀리 졍호여 쥬신 쟈식인니 울리 길르셔이다 호고 다리고 드러
가 밥를 먹니고 옷 가라 입피고 품의

21

길너 친쟈식갓치 호시더라 슉향니 나히 칠셰예 당호니 비호지 안인 글과 온갓
슈노긔와 침쟈방젹의 한 일도 몰을 거시 업고 지혜가 능통호니 승샹 부쳐 못니
깃거호더라 슉향니 졈졈 쟈라 십셰를 당호니 부인니 가즁 졔스를 다 맛기시거늘
슉향니 우흐로 승샹 양위를 셤기고 아러로 모든 노복를 위엄으로 부리고 가온디
로 죠샹 졔스를 극진히 다스리니 비록 열 샤람이라도 밋지 못홀네라 일일은 승
샹부쳬 셔로 칭찬 왈 여아의 직질과 인물과 힝실이 긔특호니 부디 우리와 갓튼
디로 구혼호여 후샤를 맛기셔이다 호니 비복 등이 다 항복도이 넉이더라 이젹의
그 집니 샤향이란 죵이 본디 승샹덕 가즁스를 담당호더니 슉향니 드러온 후로는
권를 아죠 앗씨여는고로 니심의 앙앙호여 죽니고쟈 호되 틈를 엇지 못호더니 슉
향니 나히 십오셰 당호여는 얼골이 더옥 비홀 곳 업고 호는 일니 졈졈 긔특호니
일일은 승샹게 고호여 어진 가

22

문를 듯보와 혼인를 구코쟈 호더니 일일은 슉향니 승샹 양위를 뫼시고 영츈당의
올나가 쟌치호며 츈경를 귀경호더니 문득 져약 갓치 슉향의 압헤 와 셰 번 울고
동다히로 날아가거늘 슉향니 놀나 왈 가치는 계집의 령혼이라 허다호 샤람 즁의
쇼녀의 압헤 와 울고 가오니 반드시 쇼녀의게 이치 안이홀가 호너이다 승샹니
즉시 졈괘를 살피미 가장 슉향의게 히롭거늘 고이히 넉여 크게 근심호시더라 이
젹의 샤향니 후원의셔 쟌치호믈오 집니 뷔여시믈 보고 크게 깃거 부인 침방의
즉시 드러가 부인의 납치 바드신 금봉치와 승샹의 슈샤호신 옥쟝도를 도젹호여

숙향의 성격함의 너코 나와쓰니 샴일 만의 부인니 동니 경년의 갈려 ᄒ고 금봉
츳를 츠즈니 업거늘 고이히 너겨 셰간를 다 니여 번고ᄒ즉 승샹의 옥쟝되마즈
업거늘 크게 고히이 너겨 비복 등를 엄히 져죠더니 샤향니 나가짜가 짐즛 모로
는쳬 ᄒ고 급히 드러오며 문왈 가즁의 무샴 일니 잇관디 이

23

다지 요란ᄒ뇨 비복 등은 황황 분쥬ᄒ며 묵묵ᄒ 즁의 부인 왈 지금 두 가지 보
비를 일허시니 엇지 챳지 안니ᄒ리요 샤향니 가마니 고ᄒ되 져즘게 숙향씨 침방
의 드러가 셰간를 뒤다가 무슨 거슬 가마니 가지고 당신 방으로 갓스오니 게 가
보쇼셔 부인 왈 숙향의 마음은 빙옥갓거늘 엇지 나 모로게 가져가리요 샤향니
ᄯᅩ 엿즈오되 숙향씨 전일은 그러ᄒ 일 업샴쩌니 요샤히 혼샤 긔별를 듯고 당신
셰간를 일우려 ᄒ시는지 쇼비 등 보는도도 희미ᄒ온 일니 만샤오나 승샹과 부인
게셔 즁히 넉니시미 쇼비 등니 비록 보와도 감히 알외지 못ᄒ와쓰니 오늘이야
알외오미 아무커나 아무커나 가 보쇼셔 부인니 과년 의심ᄒ여 숙향를 불너 문왈
일흔 거시 힝혀 네 방의 왓는야 숙향니 묵묵ᄒ다가 엿즈오되 쇼녜 아니 가져왓
시면 뉘 가져갓실잇가 ᄒ고 셰간를 다 니혀 부인 압혜 노코 츠례로 뵈이더니
과년 두 가지 보비 드러거늘 부인니 디로 왈 네 안니 가져왓시면 엇지 네 방의
드러왓는뇨 ᄒ

24

고 바로 승샹 계신 더 와 엿즈오되 울리는 숙향 샤랑ᄒ미 혈뉵도곤 더 즁히 너
겨 가업를 다 전코쟈 ᄒ여쩌니 져는 남의 쟈식인 타스로 날를 쇼겨 니 두 가지
보비를 가져다가 졔 함의 너허시니 엇지 쳐치ᄒ리잇가 승샹니 듯고 디경 왈 봉
츳는 녀즈의 쇽헌 거시니 어린 마음의 샤랑ᄒ여 고이치 안이련이와 쟝도칼은 졔
게 쇽지 안인 거시니 가쟝 고이ᄒ거이와 아직 싱각ᄒ여 보셔이다 샤향니 겻틔
셧짜가 엿즈오되 요샤히 숙향씨 슈도 노ᄒ며 글도 지어 밧게 샤람를 쟈로 쥬고
밧 샤람도 규규히 출입ᄒ오니 그 ᄯᅳᆺ들 아지 못ᄒ너이다 승샹니 디경 노왈 그러

ᄒ면 일졍 그러ᄒ면 밧게 샤람으로 샤통ᄒ는 일니 잇시니 집안의 두면 불측ᄒᆫ 변를 볼 거시니 ᄲᆯ니 니여보니쇼셔 부인니 나오니 슉향니 졔 방의 드러가 머리를 ᄊᆞ고 업ᄭᅴ여 울거놀 부인니 불너 ᄃ칙 왈 우리 무ᄌ식ᄒᆞ야 쥬야 셜워ᄒᆞ다가 늣기야 너를 어드미 얼골과 ᄒᆞ는 일니 비샹ᄒ여 양반의 ᄌᆞ식인가

25

ᄒ여 품 샤히예 길너 친ᄌ식갓치 귀히 샤랑ᄒ여 가즁샤를 다 맛기고 우리 집과 갓튼 가문를 듯보와 아롬다온 비필를 구ᄒ여 후샤를 다 젼코쟈 ᄒ여ᄯ니 네 쓰지 변ᄒ여 져러틋 불의를 힝ᄒᆫᄂᆞ야 니 집니 비록 가난ᄒ나 노비가 샴쳔여 구요 젼답이 슈만 셕 직니요 금은니 슈십만 슈러니 이만ᄒ ᄒ여 네 일싱이야 안니 편ᄒ랴 네 봉챠를 가지고ᄌ ᄒ면 날다려 일으면 그여서 더ᄒ 거슬 엇지 관계ᄒ며 ᄯ 겸ᄒ여 봉츠는 계집의게 쇽ᄒ 거시니 어린 마음의 샤랑ᄒ여 가져가련이와 쟝도는 네게 쇽지 안인 거슬 무어세 쓰려 ᄒ고 가져온다 나는 너와 졍니 지극히 즁ᄒ나 승샹니 져러틋 노ᄒ여 계시니 뉘 타시리요 승샹니 노를 푸실 샤이예 근쳐의 쟘간 나가 잇시면 죵용니 승샹게 엿ᄌᆞ와 다려오마 ᄒ시고 슬푸믈 이기지 못ᄒ야 눈믈을 흘이거늘 슉향니 지ᄇ 왈 나는 젼싱의 罪 즁ᄒ와 어려셔 부모를 일코 동셔의 기걸ᄒ야 졍쳐업시 단니며 밤니면 덤불 쇼긔 의지

26

ᄒ여 지니옵고 긔한를 이기지 못ᄒ와 지니옵ᄯ니 하늘니 도으샤 부인 은덕으로 귀ᄒ 의복과 죠흔 음식의 품 샤이에 길으시니 나흔 ᄌᆞ식인들 긔여셔 더ᄒ올잇가 니 마음의는 외히려 과ᄒ고 더 발알 길 업샤와 평싱를 뫼시고 지셩으로 셤기옵 ᄯᆞ가 만셰 후의 니 졍셩과 갓치 졔샤나 극진히 ᄒ옵고 죽어 지하의 흙니 되와도 하늘갓ᄌᆞ온 은혜를 만분지일나나 갑삽고쟈 ᄒ는 ᄯ지 일편 간담의 밋쳐샵거든 엇지 감히 부인를 쇼겨 츄호지 말리온들 마음을 요동ᄒᆞ오리잇가 부인니 샤랑ᄒ 시는 듯들 밧ᄌᆞ오면 봉츠 ᄒ나히야 구타야 앗기지 안니ᄒᆞ오려든 허믈며 쟝도는 남ᄌᆞ의게 쇽ᄒ 거시라 규즁 여아의 힝실노셔 바로 보도 못ᄒᆞ오려든 챰아 숀의

격셔 가져올리잇가 반드시 샤이에 샤람니 반간ᄒ와샵거나 그러 안니ᄒ오면 귀신
의 지변이기로 쳡의 함의 드럿샵썬니와 쳔지 귀신니 말리 업샤온즉 달리는 발명
ᄒ올 길 업샤오니 부인 안젼의 쟈슈

27

ᄒ여 죽샤와든 부인니 평일의 쇼녀를 샤랑ᄒ시든 졍를 싱각ᄒ옵셔 쇼녀의 원더
로 비를 헤쳐 네 길거리예 다라 두시면 왕니ᄒ는 샤람 중의 ᄒ나히나 쇼녀의 이
미ᄒ 쥴 아올 거시오니 그 쩌를 당ᄒ와야 이미ᄒ 악명를 씻스오면 지하의 가와
도 눈를 감고 원혼니 안이 되올이다 ᄒ고 하눌를 부르며 우다가 쟈슈ᄒ여 쥬그
려 ᄒ니 부인니 숙향의 샤싴니 죠곰도 변치 안니ᄒ고 일르는 말이 다 맛짱ᄒ거
늘 쩌다라 싱각ᄒ되 일졍 샤람니 샤이예셔 모함ᄒ는쪼다 ᄒ고 숙향니 죽을가 두
려워 갈오되 네 말리 분명히 맛짱ᄒ니 니 싱각ᄒ여 승샹게 샬와 안졀ᄒ 거시니
너무 슬허 말나 숙향니 감격ᄒ야 울며 샤례ᄒ더니 샤향니 밧게셔 엿듯짜가 급히
드러와 거즛 승샹 말샴으로 부인게 고ᄒ되 숙향의 힝실리 불측ᄒ니 니 발셔 니
여보니라 ᄒ여거늘 뉘라셔 니 영를 거슬려 지금 두엇는뇨 ᄒ시고 디로ᄒ여 계시
니 어셔 니여보니쇼셔 부인니 망극ᄒ야 눈믈 흘니며 왈 승샹니 져다지 노ᄒ여
계

28

시니 아직 입을 거시나 가지고 문 밧 죵의 집니 나가 잇거라 니 밤의 죵용니 승
샹게 샬와 다려올 거시니 죠곰도 슬허 말나 ᄒ시거늘 숙향니 두 번 졀ᄒ고 샤례
왈 부인 은덕니 망극ᄒ오니 이싱에셔는 다 갑기 어렵도쇼이다 쇼녀의 일노 승샹
의 경칙를 당ᄒ시니 쇼녀의 몸니 만번 죽스와도 앗갑지 안니ᄒ도쇼이다 ᄒ고 쟈
결코쟈 ᄒ거늘 부인니 숙향의 숀를 잡고 왈 슬푸다 널노 ᄒ여곰 이러툿 급ᄒ문
니 가뷔야니 승샹게 샬온 타시로다 ᄒ시고 무한니 한탄ᄒ시더니 샤향니 나갓짜
가 쪼 드러와 샬오되 승샹의 분부니예 양반의 쟈식니면 현마 그려ᄒ랴 반드시
샹한의 쟈식인가 시부니 집니 두면 일졍 큰 환를 볼 거시미 슈히 니여보너라 ᄒ

고 지샴 독쵹ᄒ시더니다 ᄒ거늘 부인니 더옥 망극ᄒ야 급향이란 죵를 불너 슉향의 입쪈 의복과 쓰던 거슬 너여다가 쥬라 ᄒ시니 슉향니 통곡 왈 져젹의 쟌치홀 졔 져약 가치 니 압헤 와 고이히 울고 가거늘 스스로 혀오되 하누임니 무슨 일노 무이

29

넉이샤 지앙니 이러ᄒ니 무샴 변를 볼고 의심ᄒ여샵쩌니 이런 이미ᄒ 익명를 엇게 ᄒ여샤온니 엇지 하늘 ᄠᅳᆺ을 거슬리잇고 의복 한가진들 가져갈가 보온잇가 다만 모친 갈 졔 쥬고 가온 옥지환 학 ᄶᆨ를 쥬고 가옵기로 두엇샵쩌니 모친 뵈온 드시 가져샵짜가 쥬글 졔 가지고 쥭기샴너이다 ᄒ고 방으로 드러가니 부인니 참담ᄒ여 바로 보지 못ᄒᆯ네라 부인니 즉시 승샹게 드러가 샬오되 고쳐 싱각ᄒ오니 쟝도와 봉챠를 쳡니 가졋짜가 슉향의 방에 두고 와셔 망년니 싱각지 못ᄒ고 이미ᄒ 슉향를 너치랴 ᄒ오니 슉향니 발명 못ᄒ와 쥭으려 ᄒ는 일니 쟌잉ᄒ오니 승샹은 쳡를 위로ᄒ여 아직 짐쟉ᄒ쇼셔 승샹 왈 앗가 샤향니 와셔 견갈ᄒ오되 부인니 ᄒ시기를 슉향의 힝실리 통분ᄒ오니 부디 너치고쟈 ᄒ더라 ᄒ믹 니 부인 ᄠᅳᆺ을 바다 너여보나랴 ᄒ여시나 구틱야 너치고쟈 ᄒ 뜻지 비히 업셔시니 부인 마음디로 ᄒ쇼셔 ᄒ거늘 부인니 가쟝 깃거 즉시 나와 슉향다려 일르고

30

쟈 홀 셰 승샹니 부인를 말뉴 왈 간밤 ᄭᅮᆷ에 홍도화 ᄒ 가지에 잉무시를 바다 길흘 드리더니 한 즁니 와셔 도치로 홍도화 가지를 버히니 잉무시 날아나온즉 그 엇진 몽시온지 오늘은 죵일토록 무어슬 일흔듯 ᄒ여 셥셥ᄒ오니 슐리나 가져오라 ᄒ야 니 마음를 위로ᄒ쇼셔 부인니 즉시 급향를 명ᄒ야 슐과 안쥬를 ᄀᆞ쵸와 승샹를 권ᄒ시더니 이러굴 졔 샤향니 엿듯다가 슉향를 도로 두물 알고 슉향의 방의 드러가 일르되 승샹니 부인다려 ᄒ시기를 슉향를 그져 두엇짜 ᄒ시고 디로ᄒ샤 날노ᄒ여 슈히 다려다가 근쳐의 두지 말고 가쟝 멀리 두라 ᄒ시니 만일 더디 가면 나도 죄를 면치 못ᄒᆯ 거시니 밧비 가즈 ᄒ고 독쵹ᄒ거늘 슉향니 울며

왈 부인니 나오시거든 망죵 하직니나 ㅎ고 가즈 ㅎ디 샤향니 구박 왈 금의옥식
의 쌰혀 그런 몹쓸 일를 ㅎ고 부인죠츠 곤칙를 보게 ㅎ고 어늬 낫츠로 다시 하
직이나 ㅎ리요 부인도 노ㅎ여 고쳐 나와 보실셰 업스니 어셔 가쟈 밧비 가쟈 ㅎ
고 셩화 독쵹ㅎ며 손목를 잡아 잇글거

31

눌 슉향니 부인게 하직 못ㅎ믈 슬허 즉시 손가락를 씨무러 피를 니여 니별ㅎ는
글를 챵젼의 쓰고 눈믈를 뿌리고 나오니 샤향니 더욱 지쵹ㅎ며 욕된 말을 무슈
히 ㅎ고 등를 밀며 손목를 끌어 밋쳐 발리 짜혜 붓지 안니케 독쵹ㅎ니 슉향니
망극즁 샤향의 구박니 티심혼 고로 더욱 망극ㅎ여 좃치여 업더지며 나오니 엇지
동셔남북를 분별ㅎ리요 샤향니 등를 미러 디문 밧게 니쳐 왈 승상니 가쟝 노ㅎ
여 계시니 근쳐의 잇지 말고 멀니 가라 만일 갓가니 잇짠 말샴 말샴을 드르시면
잡아다가 죽일 거시니 멀리 가라 ㅎ고 디문를 닷고 드러가거눌 슉향니 망극ㅎ여
목니 머여 울고 늣기며 지향업시 가며 승샹집를 쟈로 도라보며 힘읍시 늣기고
목노화 울고 가더니 압혜 큰 믈니 가로젓거눌 믈에 싸져 죽으려 ㅎ고 하눌를 부
르지져 앙쳔 탄식 왈 쇼쳡은 젼싱의 무슨 죄로 니 몸니 되여 나셔 다슷살의 부
모를 일코 혈혈단신니 의지업시 단니다가 나지면 길노 바쟝니고 밤니면 슈풀과
덤불를 의지ㅎ여 한숨과 눈믈노 일월를 보니

32

더니 쳔힝으로 쟝승샹 부인를 만나 십년을 의탁ㅎ여짜가 몸의 지은 죄 업시 이
미혼 악명를 어더 죠치믈 보니 눌를 의지ㅎ리잇가 부모를 다시 못보고 니 믈의
싸져 죽스오니 쳥쳔과 일월셩신은 슉향의 이미혼 경샹를 살피스 쟝승샹덕으로
ㅎ여곰 샹하 업시 나의 이미혼 쥴를 알게 ㅎ옵쇼셔 ㅎ고 한참 통곡ㅎ야 슬피 우
니 건곤니 다 슈심를 품은듯 ㅎ고 만믈 쵸목과 금슈지믈니 다 슬허ㅎ는듯 ㅎ더
라 이러틋 인곡ㅎ니 길가는 힝인들리 길를 가지 못ㅎ고 다 눈믈을 뿌리며 쟌잉
히 너기더라 이러구러 날리 임의 셔산의 기울고 쟐시는 슈풀를 챠즈들며 츄풍의

지는 나무입흔 샤람의 슈심를 더옥 돕는지라 슉향니 슬푼 마음를 금치 못ᄒ여
한 손의는 깁슈건를 쥐고 한 손의 치마를 뷔여잡고 옥갓튼 귀밋티 진쥬갓튼 눈
믈리 비오듯 ᄒ며 인ᄒ여 믈의 뛰여드니 샨쳔 쵸목이 일시에 앗ᄎ ᄒ고 놀나는
듯 ᄒ며 믈결니 뒤누어 끌는듯 ᄒ니 길가는 샤람들리 놀나 구코쟈 ᄒ나 밋지 못
ᄒ더라

33

이윽고 샤면으로 오싴 구름니 일어나며 샤양머리 쪽진 녀동니 연넙쥬를 투고 밧
비 오며 왈 용녀는 부인를 뫼셔 밧비 비예 올이라 ᄒᄂᆫ듸 문득 거문 널판갓튼 거
시 변ᄒ여 고은 녀지 되여 슉향을 안고 비예 올르니 그 아희들리 슉향를 보고
두 번 졀ᄒ고 왈 부인니 엇지 쳔금갓튼 몸를 가뷔야니 ᄇ리랴 ᄒ시ᄂᆫ요 우리는
월궁항아의 명를 밧ᄌ와 부인를 구ᄒ라 오다가 옥하슈의셔 녀동빈 션셩를 마나
오니 술를 니라 ᄒ고 잡고 노치 안니ᄒ시미 진시 오지 못ᄒ여샵써니 용여 곳 안
이런들 하마 구치 못홀 번ᄒ여이다 ᄒ며 쏘 용녀게 샤례 왈 엇지 밋쳐 와 구ᄒ
신잇가 뇽녜 쏘흔 비샤 왈 옛날의 샤히 용왕니 슈졍궁의 모다 쟌치ᄒ올 졔 니
샤랑ᄒᄂᆫ 시녜 유리병를 씨여거늘 힝혀 죄 입을가 ᄒ여 감쵸고 즉시 고치 안니
타 ᄒ고 용왕니 노ᄒ야 쳡를 반하믈ᄀ의 니치거늘 믈ᄀ의 나왓써니 어부의 그믈
의 걸여 거의 죽게 되여써니 쳔힝을 입샤와 김샹셔 은덕으로 샤라나니 그 은

34

혜를 갑고쟈 ᄒ되 길흘 못 어덧써니 마츰 어졔 용왕니 옥경의 올나가 죠회ᄒ고
믈너올 쩌예 옥졔 말샴를 듯ᄌ온즉 월궁쇼애 쳔샹의 득죄ᄒ여 인간의 니치이미
남양 짜 김젼의 집으로 귀향보니여써니 반야샨의 가 도젹의 죽을 익를 보고 후
토부인게 가 죽을 번ᄒ고 쏘 포진믈가의 가 죽을 번ᄒ고 노젼의 가 화덕진군게
가 죽을 번ᄒ고 낙양 옥즁의 가 죽을 번ᄒ고 반년 고힝를 ᄒ다가 틔을션군를 다
시 만나 아들 형계예 쌀 ᄒ나 나흔 후 귀히 되리라 ᄒ시기로 용왕니 즉시 날려
와 믈 직힌 관원를 불너 디후ᄒ여짜가 평안니 구ᄒ여 보니라 ᄒ시미 쳡니 김샹

셔 은혜를 갑고쟈 ᄒ여 쟈원ᄒ고 왓샵써니 이졔 옥녜 와 다려가오니 쳡은 믈너
가너이다 ᄒ고 숙향다려 다시 보쟈 ᄒ직ᄒ고 가더라 잇쩌 숙향은 아모란 쥴 몰
나 그 아희다려 문왈 져 쳐녀는 엇떤 샤람이완디 믈를 평지갓치 단이는고 옥녜
답왈 그는 동ᄒᆡ 용왕의 셰지 ᄯᆞᆯ이오 포진 용왕의 부인이니 부인의 부친 은혜를
입어

35

샬아낫기로 이졔 와 부인를 구ᄒ고 가너이다 숙향니 ᄯᅩ 문왈 나는 어려서 부모
를 여희고 남의 집니 의탁ᄒ여ᄯᅡ가 이미ᄒᆞᆫ 익명를 싯고 ᄎᆞ마 셰상의 잇지 못ᄒᆞ
여 이 믈의 ᄲᅡ져 죽으려 홀 ᄎᆞ의 구졔ᄒᆞ시고 ᄯᅩ 부인니라 칭ᄒᆞ시니 지극 황숑ᄒᆞ
여이다 션녜 쇼왈 부인니 인간의 ᄂᆞᆯ려와 더러온 니와 더러온 믈를 쟈시니 우리
를 몰나보시는ᄯᅩ다 ᄒ고 이슬갓튼 ᄎᆞ를 드리니 그졔야 월궁션녜로 샹졔 압헤셔
티을션군과 글지어 화답ᄒ고 월연단 도젹ᄒ여 쥬고 인간의 귀향온 일를 역역히
알며 그 아희들은 월궁의 잇실 졔 쟈쟈 부리던 시녜쥴 알고 붓ᄯᆞᆯ고 통곡ᄒᆞ며 반
가온 마음를 측양치 못ᄒᆞ야 이윽키 잇ᄯᅡ가 왈 니 죄는 쳔샹의셔 즁ᄒ거이와 인
간의셔 고쵸ᄒᆞ는 가온디 더옥 망극ᄒᆞ온 바는 부모를 이별ᄒ고 다시 못본 일과
쟝승샹 집니 와 악명 실은 일은 죽어 모로고ᄌᆞ ᄒ노라 그 옥녜 공슌 디왈 그는
죠곰도 념녀 마르쇼셔 발셔 쳔샹의셔 마련ᄒᆞ신 일니미 다시 고칠 길 업건

36

이와 부인의 부모도 젼싱죄로 부인를 일코 간쟝를 셕이며 고ᄒᆡᆼ으로 지너여 젼싱
죄를 쇠멸ᄒᆞ게 ᄒ여시니 엇지 훈탄ᄒᆞ오며 쟝승샹덕은 다만 십년만 동쥬ᄒᆞ게 졍
ᄒᆞ여시니 그도 ᄒᆞ치 못ᄒᆞ시련이와 오직 샤양니는 부인 모함ᄒᆞᆫ 죄를 ᄒᆞᆼ애 알르시
고 샹졔게 엿ᄌᆞ와 별악를 치게 ᄒ여시니 부인이 이미ᄒᆞᆫ 쥴은 쟝승샹부쳐와 샹하
노쇽니 다 알고 즉시 죵를 보니여 이 믈가의 와 부인를 ᄎᆞᆺ쟈 못 어더 갓시니
그는 념녀치 말으쇼셔 다만 니졔 세 번 익은 임의 지너여씬이와 이졔 두 번 익
니 잇시니 ᄀᆞ쟝 죠심ᄒᆞ쇼셔 숙향 왈 무슨 익니 ᄯᅩ 잇실고 옥녜 디왈 노젼의 가

화지 보고 낙양 옥중의 가 굿기시고 반년 고힝ᄒ신 후의야 티을선군를 만나 영
화를 보실이니다 슉향니 탄왈 지닌 고힝도 싱각ᄒ면 쳔지 망극ᄒ거든 이졔 두
익를 엇지ᄒ리요 쟝승샹 부인니 날를 지극키 혜아리시더니 애민ᄒ 줄을 아르시
거든 도로 그리 가셔 두 익를 면홀가 ᄒ노라 그 옥

37

녜 쇼왈 하늘리 발셔 졍ᄒ신 일니오미 다시는 임의로 못ᄒ올 거시니 넘녀마르쇼
셔 이졔는 비록 돌가슬 쓰고 무쇠 두멍 안에 드나오는 익를 엇지 면ᄒ실이잇가
ᄯ 쟝승샹 집은 십연 ᄲᅮᆫ이오 ᄯᅩᄒ 게 계시면 티을선군를 보량이면 샴쳔샴빅 육
십오리니 죠련니 못만날 거시오 ᄯᅩᄒ 티을선군 곳 안니면 부인 힘으로는 부모을
다시 만나지 못ᄒ리이다 슉향니 애연 탄왈 그러ᄒ면 선군니 인간 왓짜 ᄒ니 인
간 셩명은 뉘라 ᄒ는요 옥녜 디왈 져젹의 항아의 말샴를 듯ᄌ오니 낙양 ᄯᅡ의 니
위공의 ᄌ졔 되여시미 일홈은 션니오 쟈는 티을인니 부귀공명니 쳔하의 웃씀니
되리라 ᄒ시더이다 슉향 왈 한가지로 득죄ᄒ야 인간의 귀향왓짜 ᄒ되 선군은 호
환으로 지니게 ᄒ고 나는 엇지 고힝으로 지니게 ᄒ엿는고 옥녜 디왈 쳐음의 쳔
샹의셔 득죄홀 졔 부인니 먼져 희롱ᄒ온 죄로 중ᄒ고 ᄯᅩᄒ 선군은 샹졔 압헤셔
일긱도 ᄯ나지 안이ᄒ는지라 샹졔 가쟝 샤랑ᄒ시되 월궁

38

항애 졍죄ᄒ시미 마지 못ᄒ여 인간의 구향보니시나 지금이라도 샤랑ᄒ시는 ᄯ지
중ᄒ시기로 귀히 되게 ᄒ엿너이다 슉향니 탄왈 날은 엇지 그다지 심니 ᄒ실샤
ᄒ며 왈 선군 계신 ᄃ 가기 그리 머다 ᄒ니 언졔나 ᄎᄌ보며 맛나지 못ᄒ 젼은
어듸 가 의탁ᄒ며 부모는 언졔나 만나보리오 옥녜 왈 그는 근심 마르쇼셔 부인
니 혼쟈 육노로 가시면 일이년이라도 가시기 얼여오려니와 이 압혼 우리 연렵쥬
를 타실 거시니 순식의 가실 거시오 ᄯ한 쳔틱샨 마고션녜 부인를 구ᄒ랴 ᄒ고
인간의 날려왓시니 발셔 기다린 지 오리온지라 의탁ᄒ기 어렵지 안일 거시오 선
군를 만나신 후의야 부모를 만나보시오리다 ᄒ고 말을 마츠며 두 션녜 등파곡를

불며 연렵쥬를 니혀 노흐니 빠르기 샬 가닷 ᄒ더라 이윽고 ᄒᆫ 가의 다다르니 션
녜 왈 볼셔 다 왓스오니 부인은 비예 날려 동다히로 가쇼셔 쟈년 구졔ᄒᆯ 샤람니
잇스오리니다 ᄒ고 동졍귤갓튼 거슬 주며 왈 가다가 시졍ᄒ시

39

거든 니거슬 쟈시쇼셔 ᄒ고 니별ᄒ기를 가쟝 슬허ᄒ더라 슉향니 비예 나려 도라
보니 볼셔 간ᄃᆡ 업거늘 아젼ᄒ나 헐 일 업는지라 동을 향ᄒ여 두어 거름은 가더
니 비 심히 곱ᄒ거늘 그 귤갓튼 거슬 먹으니 쳔샹샤는 아득ᄒ야 긔록지 못ᄒ고
인간의 눌려와 국기는 일만 싱각ᄒᆯ네라 슉향니 혜오되 져문 거시 싴옷 입고 가
다가 길의셔 욕볼가 ᄒ야 마을의 드러가 헌옷과 밧고와 입고 낫츨 검게 ᄒ고 ᄒᆫ
눈 멀고 ᄒᆫ 다리와 ᄒᆫ 팔 져는쳬 ᄒ고 막ᄃᆡ 집고 동다히로 향ᄒ여 가니 길가는
힝인들리 셔로 일오되 져문 거시 얼골 민돌리는 가쟝 묘니 되여시나 져다지 검
고 가즌 병도 드러짜 ᄒ고 챠탄ᄒ더라 화셜이라 이젹의 쟝부의셔 승샹 부인니
승샹를 뫼시고 쟌를 밧드더니 승샹니 반춰 후의 부인니 엿즈오되 너 이즈미 혼
망ᄒ와 슉향니 이미ᄒᆫ 말를 듯고 ᄆᆞ음를 구치니 쟌잉ᄒ여이다 승샹니 쟈셔히 드
른 후 크게 놀나 왈 어엿불샤 어린 거시 쟉히 슬허ᄒ리잇가 □

40

쟝 불샹ᄒ오니 오라 ᄒ여 위로ᄒ쇼셔 부인니 감은ᄒ여 즉시 시여로 ᄒ여곰 부르
시니 샤향니 밧그로셔 드러와 거즛 한탄 왈 그런 불측ᄒᆫ 일 업다 ᄒ거늘 부인니
문왈 무샴 일고 샤향니 답왈 쇼비 등은 슉향씨를 양반의 아기녠가 녁여ᄶ더니 샹
거셰 쟈식일넌가 시버이다 부인니 승샹게 드러오신 후의 무어슬 만히 가지고 감
쵸며 밧그로 니닷거늘 무어신고 보랴 ᄒ오니 슉향씨 듥크가 ᄒ야 더욱 급히 다
르니 볼 길리 업습기로 외어 일오되 부인게 하직도 안니ᄒ고 가는다 ᄒ온즉 ᄃᆡ
답ᄒ옵기를 구박ᄒ야 니치는ᄃᆡ 하직ᄒ야 무엇ᄒ리 ᄒ고 엇쩐 총각 아희를 ᄯᆞ라
하 급히 가기로 못밋쳐 갓너이다 ᄒ거늘 부인니 ᄃᆡ경 왈 이 어인 말고 너 부ᄃᆡ
져를 보아 일를 말리 잇시니 네 ᄲᆞ리 가 다려오라 ᄒ신ᄃᆡ 샤향니 부인 보는 ᄃᆡ

는 밧비 가는쳬 ᄒ고 마을 집니 안즈짜가 급히 드러와 샬오되 발셔 멀리 가거늘
발바당니 터지도록 간신니 짜라가 부인 말샴를 젼ᄒ온즉 슉향

41

니 도라보며 입를 빗젹이고 셩니며 ᄒ는 말리 니 얼골과 니 지죠 가지고 어듸
가면 그만혼 디 의식니야 못 어드리오 ᄒ고 온가지로 비방ᄒ고 그 총각으로 엇
게를 셔로 마쵸며 휘히쳐 웃고 가더이다 울리는 남의 종이라도 힝실은 그러치
안터이 그 형샹은 혼 입으로 다 층양치 못ᄒ올너니다 ᄒ고 말리 치 맛지 못ᄒ
여셔 난듸 업슨 헛 누비옷 입은 즁니 드러오거늘 승샹니 놀나 고이히 녁여 문왈
그듸 어듸셔 살며 무슨 일노 오신고 그 즁니 읍ᄒ고 답왈 나는 쳔승일너니 옥황
샹졔게 명를 바다 왓스오니 승샹덕의 옥셕를 분별ᄒ올 거시미 샹하 노쇼 남녀를
다 니여 셰우쇼셔 ᄒ거늘 승샹 왈 니 집니 긱별 옥셕 분별ᄒ올 이리 업거늘 죤
승니 괴로이 오시도다 언필의 즁니 밋쳐 듸답지 못ᄒ여셔 샤향니 니다라 이로되
승샹니 비러먹는 슉향이를 어엿비 녁니스 깁흔 궁즁의셔 죠흔 의식에 쌰혀시되
힝실이 불측ᄒ여 승샹게 샤슝바든 옥쟝도와 부인게 슝치ᄒ신 금봉챠를 도

42

젹ᄒ여짜가 들킈고 졔 붓쓰러워 십년 은혜를 비반ᄒ고 하직도 안니ᄒ고 길가는
총각를 다리고 가며 희롱만 ᄒ고 여러번 불너도 오지 안니ᄒ더니 이 밋친 즁놈
이 슉향의 쳥를 바다 먹고 감히 지샹가 니실의 드러와 어즈러온 말노 슉향를 위
ᄒ야 신원코져 ᄒ오니 놈죵으로 ᄒ여곰 잡아 날리와 두 귀를 부뷔고 돌슈박 디
굴리를 박셕돌의 문질너 져쥬어 보쇼셔 ᄒ거늘 언필의 그 즁니 디쇼 왈 승샹덕
셰간를 네가 맛타 가지고 옷갓 거슬 다 도젹ᄒ여 니다가 슉향니 맛튼 후로는 네
마음더로 못ᄒ기예 글노 혐의ᄒ여 삼월 십삼일의 영츈당의 쟌치ᄒ라 간 샤히예
쟝도와 봉츠를 도젹ᄒ여다가 슉향의 함의 너코 도로혀 이미혼 슉향니 도젹혼 양
으로 부인게 모함ᄒ고 쪼 위죠 견갈ᄒ여 무의혼 샤람를 구박ᄒ여 니치고 거즛
부르는쳬 ᄒ고 마을 집이 가 쟛바졋짜가 거즛말노 고ᄒ여 네 간교혼 형젹를 죵

시 감쵸고 이미훈 슉향를

43

악명를 짓게 ㅎ니 승상과 부인은 네게 쇼그런이와 하늘죠츠 쇽으랴 ㅎ고 언필의 샤미 안호로셔 죠고만 슈리를 너여 공즁의 더지고 그 우희 올나셔이 믄득 쳔지 진동ㅎ며 하늘리 문허지는듯 ㅎ더니 졈졈 쳔지 어두오며 큰 쇼낙기 박으로 다마 붓드시 오고 샤면 팔방의 모도 번기빗치 쟈옥ㅎ거늘 승상부쳐와 샹하 노쇽 등니 혼비빅산ㅎ야 따헤 업씌여 축슈ㅎ더니 문득 공즁의셔 동희갓튼 불덩니 날리 다 르며 바로 샤향의 딕굴리를 씨치니 승상부쳐와 일가 샹해 다 졍신를 일코 긔졀 ㅎ여짜가 올리게야 계유 졍신를 챠려 울며 왈 샤향은 무죄훈 슉향를 모함ㅎ다가 쳔벌를 입어 죽으니 그는 올커이와 슉향은 뉘게 가 의지ㅎ는고 ㅎ고 졔 방의 드 러가 보니 입썬 의복과 쓰든 거시 의구ㅎ고 피로 쓴 글지 챵젼의 잇고 쟈리예 쩌러진 눈믈 흔젹니 말르지 안니ㅎ여거늘 부인니 더옥 망극ㅎ여 그 글를 보니 ㅎ여시되 다슷 샬의 부모를 일흐니 하늘게 득죄 즁ㅎ□

44

다 십연를 승샹 딕의 의틱ㅎ니 부인 덕틱니 깁고 깁도다 일죠의 악명□ 어드니 챠마 샤지 못ㅎ리로다 챵쳔니 무심치 안니시면 원를 씨스리로다 ㅎ여써라 부인 니 보기를 마츠미 통곡 왈 반드시 죽을이라 ㅎ고 나와 그 글를 승샹게 드리니 보시고 잔잉히 넉여 척감ㅎ믈 마지 안이ㅎ더라 마츰 승샹의 족하 쟝원니 왓짜가 이 말를 듯고 왈 닉 올 졔 포진믈ᄀᆞ의 다다른즉 거동이 이러이러훈 아희 하늘게 빌며 울거늘 보고 왓써니 일졍 그 아희로쇼이다 ㅎ거늘 승샹니 듯고 즉시 죵를 보너여 다려오라 ㅎ시니 죵들리 갓짜가 도라와 엿즈오되 그 근쳐 샤람다려 뭇즈 온즉 볼셔 믈의 빠져 죽다 ㅎ더이다 승샹니 챠탄ㅎ믈 마지 안니ㅎ시고 부인은 통곡ㅎ시며 시시로 긔졀ㅎ거늘 승샹니 위로 왈 나혼 쟈식도 임의 죽으면 싱각니 부졀업거늘 남의 쟈식를 너모 글탄 마르쇼셔 부인 왈 슉향니 잇실 졔는 온갓 일 니 다 알옴답써니 져 나간 후는 안져쓴 쟈리와 건

45

니든 형용니 눈에 암암ᄒ고 말쇼리 귀예 징징ᄒ오미 심쟝니 끗는듯 ᄒ와 진정치 못ᄒ리로쇼이다 ᄒ고 인ᄒ여 통곡ᄒ기를 마지 안ᄒ시니 승샹니 힝혀 병들가 넘녀ᄒ여 스스로 혀오되 공교ᄒ 화원를 어더 슉향의 얼골를 그려 부인게 드리면 일졍 통곡ᄒ기를 그칠가 ᄒ야 화원를 널니 구ᄒ더니 죵 쟝젹니 고왈 쇼인니 슉향씨 십셰 젼의 업고 노쥬졍의 츄쳔굿 보라 갓쩌니 쟝샤 따에 잇는 죠쟉이란 화원니 보고 왈 너 쳔하의 국식를 다 보와시되 이 아희 얼골갓튼 이는 보지 못ᄒ여노라 ᄒ고 즉시 모양을 그려 갓스오니 죠쟉를 불너 그 화샹를 구ᄒ쇼셔 승샹니 디희ᄒ여 쟝젹를 보니여 그 화원를 보이고 그림를 구ᄒ니 쳐음은 다른 디 파란노라 ᄒ고 안니 준즉 그겨 도라왓쩌니 승샹 왈 갑슬 비나 더 줄 거시니 도로 물너오라 ᄒ시니 그젹에야 죠쟉니 허락ᄒ고 보닌디 슉향니 과년 샤라온듯 ᄒ더라 부인니 하 반겨 안고 구을며 통곡ᄒ다가 방의 거러두고 죠셕밥을

46

싱시갓치 먹는 드시 허여 노코 미일 슬허ᄒ시더라 화셜이라 이젹의 슉향□ 월궁 션녜를 니별ᄒ고 병인 믠두리ᄒ고 동다히를 바라고 가다가 날니 져믈미 망년ᄒ야 졍히 민망ᄒ더니 문득 멀리 바라보니 샤면니 모도 시밧치오 큰나무 ᄒ나히 업거놀 헐 일 업시 슈풀를 의지ᄒ야 쟈더니 밤즁은 ᄒ여셔 광풍니 급히 일어나며 노젼 샤면으로 불니 일어나 하눌의 다하시니 슉향이 아무리 홀 쥴 몰나 하눌를 우러러 비러 왈 쳔신만고ᄒ여 구챠히 부지홈은 아무커나 부모를 다시 만나 얼골을 알고쟈 ᄒ옵쩌니 이 따에 와 화지를 만나오니 죽기는 셟지 안니ᄒ오되 부모의 얼골를 못보오니 골슈의 한이로다 ᄒ고 슬피 우더니 홀연 남다히로 ᄒ 노인니 막디 집고 셔셔 일오되 네 엇썬 아희건디 이리 깁흔 밤의 이러ᄒ 고디 와 화지를 만나느뇨 슉향니 츅슈 왈 나는 부모 업슨 아희옵쩌니 의탁홀 디 업셔 동셔로 바쟝니옵쩌니 길홀 그릇 드러 죽게 되여샤

47

오니 덕분의 구졔ᄒ와 쥬옵쇼셔 그 노인 왈 네 일홈은 일르지 안니ᄒ여도 알거니와 발셔 화셰 급ᄒ니 네 오슬 버셔 셧쓴 ᄃᆡ 두고 몸만 니 등의 올으라 ᄒ거놀 슉향니 헐 일 업시 오슬 버셔 노코 노인의 등의 올르니 불니 발셔 셧쓴 ᄃᆡ 다다라 오시 다핫쩌라 그 노인니 샤미로셔 홍션를 너여 부치니 그 노인 셧는 ᄃᆡ는 불이 갓가니 안니오더라 노인니 슉향를 업고 가다가 큰 들을 건너 노코 옷샤미를 쩌여쥬며 왈 일노 아리를 가리오고 동ᄃᆡ히로 가ᄅ 네 이졔는 화지을 면ᄒ여시니 귀히 되리라 후일의 은혜을 잇지 말나 ᄒ거놀 슉향니 샤례 왈 노인 계신ᄃᆡ는 어듸며 셩휘는 뉘시니잇고 노인 왈 니 집은 쳔샹 남쳔문 밧 둘진 집니오 나는 화덕진군일너니 나 곳 아이면 불은 컨이와 노젼 샴빅니를 엇지 잘 지닐넌다 ᄒ고 문득 간ᄃᆡ 업쩌라 슉향니 혼쟈 울며 동다히 길노 가더니 날리 임의 발그미 감히 벗고 갈 길도 업고 ᄯᅩ 겸ᄒ야 발도 압푸고 비도 곱푸니 헐 일 업시 길가의 나무 □

48

불 미틔 드러가 화덕진군 쥬든 옷쟈락으로 압만 가리오고 안즈쩌니 문득 ᄒᆞᆫ 늘근 할미 ᄃᆡ광쥬리를 엽헤 ᄭᅵ고 지나다가 슉향의 겻ᄐᆡ 안즈며 왈 엇쩌ᄒ 아희완ᄃᆡ 크다ᄒ 거시 벌거벗고 길가의 안즈 우는다 부모의게 득죄ᄒ고 좃치여 나오는다 남의 것 도젹ᄒ다가 도쥬ᄒ여 왓는다 불한당를 맛고 나오는다 이웃집니 쟈라갓짜가 화지를 만나 좃기여 왓는다 슉향 왈 나는 본ᄃᆡ 부모 업슨 거어지니 닛친 비도 안이오 남의 것 도젹ᄒ 비도 안니오 이웃집니 가셔 잔 일도 업고 불한당 마즌 비도 안이로되 쟈년 곤ᄒ여 안져너니다 그 할미 쇼왈 네 본ᄃᆡ 부뫼 업스면 어듸서 낫는다 하늘노셔 쩌러지며 ᄯᅡ흐로셔 쇼샤는다 부뫼 바리고 가니 닛치나 다르며 쟝승샹 집니셔 봉츠와 쟝도 쩌문의 나왓시니 도젹 득명ᄒ고 좃치여 오나 다르며 노젼의셔 화지 만나 오슬 다 ᄐᆡ여시니 불한당 마즌 쟉시나 달을손야 슉향니 ᄃᆡ경 왈 할미는 엇지 그다지 쟈셔히 아는뇨 그 할미 쇼왈 남이

49

일르기로 쟈셔히 알앗노라 그는 그러컨니와 다만 이졔 어듸로 가고져 ᄒ는다 슉
향니 디왈 갈 곳도 업고 니리 버셔시니 가지 못ᄒ너이다 그러ᄒ면 ᄂ도 무ᄌ식
ᄒ야 혼ᄌ 과뢰러니 날과 ᄒ가지로 가 살미 엇쩌ᄒ뇨 슉향니 답왈 할미 날를 바
리지 안니ᄒ오면 좃ᄎ 가오런니와 집니 어듼지 일이 벗고 비도 곱푸온즉 가기
민망ᄒ외다 할미 우으며 디광쥬리로셔 살문 나믈을 니여쥬며 왈 아직 이거시나
먹으라 ᄒ거눌 슉향니 바다 먹으니 비도 불을 번 안이라 몸의 향니 나고 졍신니
싁싁ᄒ더라 할미 오슬 버셔쥬며 입고 가쟈 ᄒ거눌 할미를 ᄯ라 두어 고기를 너
머가니 인개 즐비ᄒ고 풍셩ᄒ더라 그 마으를 지나 큰 뫼 밋티 다다라는 할미 왈
이거시 너 집이라 ᄒ거눌 드러가 보니 그 집이 크지 안니되 가쟝 졍결ᄒ고 셰간
이 만치 안니ᄒ되 가쟝 쇼담ᄒ더라 그 집니 아희도 업고 다만 샤지갓튼 쳥샵살
기 ᄒ나히 잇ᄯ가 슉향를 보고 마죠 나와 젼에 보든 쥬인갓치 꼬

50

리치고 반겨ᄒ더라 슉향니 그 집니 온 지 반월이 되야도 그져 병인인체 ᄒ고 잇
ᄯ니 홀는 홀미 일르되 그디 얼골를 보니 가을달리 거믄 구름의 ᄡᅡ힌듯 ᄒ고 병
체를 보니 실병니 안인가 시부니 날을난 그이지 말게 ᄒ라 슉향니 웃고 답지 안
니ᄒ디 너 집니 슐집니라 마을 샬암니 ᄌ로 단인니 보면 더러이 역일 거시니 셰
슈나 ᄒ고 잇거라 ᄒ며 나가거눌 슉향니 여러날 살피되 다른 남지 업고 비록 마
을 샤람이 츌입ᄒ니 낭ᄌ 잇는 디는 간 디로 드러오지 안니커눌 그졔야 아미를
다슬이고 옷 가라입고 챵를 의지ᄒ야 슈질ᄒ더니 할미 드러와 보고 디경 디희ᄒ
여 드리다라 이고 왈 어엿볼스 쳔셩의 무슨 죄로 광한젼를 니별ᄒ고 인간의 와
셔 고힝를 그디도록 ᄒ던고 쇼져 한숨지어 왈 할미 날을 친ᄌ식갓치 어엿비 넉
이시니 너 엇지 할미를 쇼겨 그일 말이 잇시리요 과년 나도 양반의 ᄌ식으로 난
즁의 부모를 일

51

코 의탁홀 더 업기로 노즁의 바챵이더니 흔 샤슴니 업어다가 쟝승샹딕 동산의
두고 가오니 그 집니 십년를 잇짜가 샤향니 모함흐거놀 포진믈의 와 썬지오니
마츰 치련흔은 아희덜니 구흐옵거놀 샤라나오니 동다히로 가라 흐옵기로 오다가
노젼이란 고더 와 화지를 만나 거의 죽게 되여실 졔 화덕진군이란 노인니 구흐
심를 힘입어 살아나셔 또 홀미를 만나 니 곳의 왓습썬이와 할미를 보오니 날 ㅅ
랑흐오미 친ㅈ식갓치 흐오니 나도 친부모갓치 잇스올 거시니 원컨더 니 몸를 어
엿비 너겨 그릇 지시 말으시고 셔로 쇠기지 말으셔이다 힝혀 호탕흔 나뷔와 미
친 벌리 희롱홀가 흐너이다 할미 그 말를 듯고 웃기슬 염의고 뜰의 날려 졀흐여
왈 낭지 그리 아지 마르쇼셔 니 엇지 낭ㅈ를 쇽겨 남의 일셩을 그릇되게 흐리잇
고 죠곰도 염녀 말으쇼셔 흐고 일후는 더욱 공경흐더라 낭지 총명흐야 인간 만
ㅅ의 모를 거시 업고 지죄 놉하

52

쟈연 슈홀 노하 갑슬 만히 바드니 할미 집니 졈졈 요부흐더라 일일은 할미 집니
온 지 명연 샴월 망일의 홀미는 슐 풀나 가고 낭지 홀노 쵸당의셔 슈질흐더니
쳥죄 날아와 미화 가지예 안ㅈ 울거놀 낭지 왈 져 시도 날과 갓치 부모를 여희
엿는야 엇지 혼쟈 우는다 흐고 눈믈을 흘이다가 홀연 죠올더니 그 시 낭쟈다려
왈 낭쟈의 부뫼 져긔 계시니 날과 흔가지로 가셔이다 흐거놀 낭지 그 시를 싸라
흔 곳의 다다르니 빅옥갓튼 연못 가온디 구슬디를 뭇고 그 우희 누각를 지어시
되 만호지츄의 호박 기동를 셰우고 유리로 이워시니 광치 찰난흐야 바로 보지
못홀네라 샨호 현판의 금쟈로 썻시되 뇨지라 흐엿시니 셔왕모의 집일너라 낭지
하 엄엄흐여 드러가지 못흐고 문 밧게셔 쥬져흐더니 문득 셔다히로셔 오식 구름
니 일어나고 그이흔 향니 진동흐더니 무슈흔 션관 션녜 용도 타시며 봉황도 타
며 쌍쌍니 드러가고 쳥운니 어린 곳

53

의 육용니 옥년를 뫼와 황금 슈릭를 틱왓시니 이는 옥황샹제 타신 용니요 그 뒤
예 셔쳔 셔기여리 오신다 ㅎ고 졔쳔졔불과 샴틱칠셩과 관음나한과 보샬이 시위
ㅎ야 오되 각식 풍뉘 구름의 어릭엿고 위의 거동니 쳔지간의 진동ㅎ더라 여러
힝츠 챠례로 드르시되 오직 낭지 알니 업써니 이윽ㅎ야 구름니 크게 일어나며
그 쇽의 빅옥 교즈 탄 션녜 벽년화 한 가지를 썻거 쥐고 단졍니 안즌는디 좌우
의 무슈한 션녜 시위ㅎ야 오더니 이는 월궁항아의 힝츠러라 항애 슉향를 보고
왈 반갑다 쇼아야 인간 고힝를 얼마나 격거는다 날을 죠츠 드러가 뇨지경니나
보고 가거라 ㅎ거늘 슉향니 항아를 따라 드러가니 그 집 형샹과 위의 거동은 일
오 다 층양치 못ㅎ네라 각식 풍뉘 진동한 가온더 한 보샬리 겨문 션관를 압헤
세우고 드러와 샹졔게 뵈오니 샹졔 그 션관다려 일르스되 틱을아 인간 즈미 엇
써ㅎ며 쇼아를 만나본다 그 션관니 복지ㅎ고 무슈

54

히 샤죄ㅎ더라 항애 옥황게 엿즈오되 쇼애 네 번 죽을 익을 지니와스오니 그만
ㅎ옵셔 복녹를 졍ㅎ쇼셔 샹졔 허ㅎ스 여릭를 명ㅎ야 슈ㅎ를 졍ㅎ라 ㅎ시니 여릭
엿즈오되 칠십를 졍ㅎ너니라 쏘 북두칠셩를 명ㅎ야 쟈숀를 졍ㅎ라 ㅎ시니 칠셩
니 엿즈오되 아들 형졔예 쌀 ㅎ나를 졍ㅎ너니다 쏘 남두칠셩을 명ㅎ야 복녹를
졍ㅎ라 ㅎ시이 남두셩니 엿즈오되 두 아들은 졍슝니 되고 한 쌀은 황휘 되게 졍
ㅎ너니다 샹졔 쇼아를 명ㅎ샤 반도 둘과 계화 한 가지를 틱을션군를 쥬라 ㅎ시
니 쇼애 샹졔 명를 밧즈러 한 숀의 반도를 옥반의 다마 들고 한 숀의 계화 한
가지를 가지고 날려가 틱을션군를 쥰더 그 쇼애 두 숀으로 바드며 쇼애를 눈쥬
어 보거늘 쇼애 붓쓰려 두리칠 졔 숀의 씨인 옥지환의 진쥐 계화의 걸려 써러지
거늘 쇼애 쥐고즈 홀 츠의 불셔 그 션관니 쥐거늘 쇼애 붓그려 두리혀 드러가고
져 홀 졔 할미 드러와 낭즈를 기와 왈 봄날이 곤ㅎ건이

55

와 무슨 낫잠를 그다지 오리 쟈는뇨 ᄒ며 ᄭ오거놀 쇼져 그 쇼리예 놀나 ᄭ여 일어 안즈니 요지경니 눈에 몀명ᄒ고 쳔샹 풍뉴 쇼리 귀예 징징ᄒ더라 할미 왈 쳔샹를 보오니 인간과 엇쩌ᄒ던고 낭지 놀나 왈 니 ᄭ움에 쳔샹 본 일를 엇지 알르시ᄂᆞᆫ잇고 할미 쇼왈 낭지 쳥조를 ᄯᆞ라가 계시던가 쳥ᄌᆈ 날다려 일으거든 알아너이다 낭지 크게 놀나고 그이히 녁여 ᄭ움말을 일으니 할미 왈 그런 귀ᄒᆞᆫ 경를 보고 그져 바리리오 낭즈는 그 경를 슈노ᄒ 후셰예 젼ᄒᆞ쇼셔 낭지 가쟝 올히 녁여 그 경를 슈노ᄒ니 할미 보고 디경 왈 낭즈는 진실노 고금의 업는 ᄉᆞ람이로다 아모커나 셰샹의 니 그림 아라보리 잇실가 파라보셔이다 ᄒᆞ디 낭지 왈 니 경기는 만금니 ᄊᆞ고 공녁은 쳔금니 ᄊᆞᆫ건이와 인간 샤람니 뉘 알아보리오 오십금니나 쥬거든 파라오쇼셔 할미 쇼왈 두어ᄌ 비단 ᄯᆞᆺ틀 뉘라셔 오십금를 쥬리오 아모커나 ᄑᆞ라보셔이다 ᄒᆞ고 져쟈의 가 보이되 아모도 아라보리 업ᄯᅥ니 쟝ᄉ ᄯᆞ의 ᄉ는 죠쟉이란 샤람니 본

56

디 믈식를 아라보ᄂᆞᆫ지라 그 슈를 보고 문왈 니 슈노ᄒᆞᆫ 비단니 어듸셔 낫ᄂᆞᆫ고 할미 답왈 어린 ᄯᆞᆯ리 노하ᄊᆞᆫ이와 어이 뭇ᄂᆞᆫ고 죠쟉 왈 할미는 어듸셔 샤ᄂᆞᆫ고 답왈 낙양 북쵼 니화졍의셔 슐 ᄑᆞ는 할미로라 죠쟉니 슈갑슬 뭇거늘 할미 디왈 그디 쇼견디로 쥬고 가져가라 죠쟉 왈 니 경은 비록 만금니 ᄊᆞ나 공역은 쳔금니 ᄊᆞ니 공역 갑슬 쥬노라 ᄒᆞ고 쳔금를 쥬며 왈 니 그림 ᄯᅳᆯ 인간 샤람니 뉘 알아보리오 쳔샹 요지연의셔 셔왕뫼 반도 진샹ᄒᆞ는 경인니 엇지 할미 ᄯᆞᆯ의 솜씨리요 ᄒᆞ고 일졍 긔특ᄒᆞᆫ 샤람도 셰샹의 낫ᄯᅩ다 ᄒᆞ며 가지고 가더라 할미 도라와 낭즈다려 일르니 낭지 탄왈 인간의도 믈식 아는 샤람니 잇도다 ᄒᆞ더라 할미 금를 ᄑᆞ라 낭즈의 의복과 긔믈를 갓쵸더라 이젹의 죠쟉니 그 슈흘 어든 후는 마음니 가쟝 깃거 문쟝과 명필을 어더 그 글임 ᄯᅳᆯ 글지어 졔목를 쓰니고져 ᄒᆞ되 엇지 못ᄒᆞ야 샤방의 방문ᄒᆞ더니 낙약 북쵼 니위공의 아들 니션이 비록 쇼년니나 진ᄌᆈ 니젹션 두목지

57

의게 지지 아니코 필법은 왕희지 죠밍보의 넘단 말을 듯고 ㄱ쟝 깃거 녜물을 갓
쵸와 가지고 낙양 북쵼으로 간니라 ○ 각셜이라 잇써 낙양 북쵼의셔 샤는 니졍
이란 샤람니 졀머셔부터 문무지지 잇셔 일즉 급졔ᄒᆞ야 병부샹셔로 여러번 나라
의 큰 공를 일우더니 샹니 아롬다니 넉니ᄉ 위공를 봉ᄒᆞ시고 졍ᄉ을 다 맛기려
ᄒᆞ시니 위공니 후셰예 시비 잇실가 두려워 칭병ᄒᆞ고 고향의 도라와 샤더니 샹니
위공의 츙셩과 지죠를 앗기ᄉ 벼슬를 굴지 아니ᄒᆞ시니 쳔하에 병권를 잡아시미
위엄니 ᄉ희예 진동ᄒᆞ고 금은 보픠는 쳔ᄌ나 다르미 업스되 다만 슬하의 ᄌᆞ식
업스믈 한탄ᄒᆞ더니 무ᄌᆞ년 칠월 망간의 부인 왕씨로 더부러 완월누의 올나 명월
을 완경ᄒᆞ더니 위공니 부인다려 왈 우리 부귀ᄒᆞ미 죠졍의 읏쓤니오 부인의 인믈
과 지죄 쳔하의 짝니 업스되 다만 ᄌᆞ식니 업스니 후셰예 션령 향화를 뉘게 견ᄒᆞ
리오 니 벼슬이 두 부인를 어더도 죡ᄒᆞ리니 부인은 원치 말으쇼셔 아모나 ᄌᆞ식
나흘 부인를 엇고ᄌᆞ ᄒᆞ니

58

이다 왕씨 슬히 왈 샹셔의 위엄이야 두 부인 안니라 열 부인인들 못 엇스올잇가
만은 쳡니 무ᄌᆞᄒᆞ미 안니오라 샹셔 무ᄌᆞᄒᆞ시면 엇지ᄒᆞ시리오 샹셔 쇼왈 부인를
ᄯᅩ 어더 무ᄌᆞᄒᆞ면 현마 엇지 ᄒᆞ리오 부인은 우승샹 왕푀의 ᄯᆞᆯ니라 샹셔 두 부인
어드믈 애달나 밤믜 잠를 자지 안니코 잇튼날 친졍의 가 샬오되 샹셔 날을 무ᄌᆞ
식ᄒᆞ다 ᄒᆞ고 다른 부인를 어드려 ᄒᆞ오니 엇지ᄒᆞ올잇가 그 부친 왈 불효 샴쳔의
무ᄉᆞ식ᄒᆞᆫ 죄 크다 ᄒᆞ니 네 박복ᄒᆞ야 ᄌᆞ식 업스니 현마 잇지ᄒᆞ리오 그 자친 왈
드르니 디셩ᄉ 부쳐 가쟝 명감ᄒᆞ야 무ᄌᆞ식ᄒᆞᆫ 샤람니 지셩으로 빌면 혹 ᄌᆞ식를
낫는다 ᄒᆞ니 너도 게 가 지셩으로 비러보아라 왕씨 즉씨 모욕ᄌᆞ계ᄒᆞ고 디셩ᄉ의
게 극진히 빌고 도라왓써니 그날 밤 ᄭᅮᆷ의 한 즁니 와 일오되 샹셔 젼셩죄 안니
라 형벌을 죠히 넉여 무죄ᄒᆞᆫ 빅셩를 만히 죽기미 글노 ᄌᆞ식를 못보게 ᄒᆞ여써니
그디 졍셩니 지극ᄒᆞ미 귀ᄌᆞ를 쥬너니 여긔 잇지 말고 샹셔 집으로 슈히 도라가

라 ㅎ거눌 꿈를 ㅉ여 ㅎ눌게 츅

59

슈ㅎ고 부모게 ㅎ직훈 후 집니 도라오니 샹셔 왈 부인은 무슨 년고로 그리 여러
날 만의 오신잇고 부인니 쇼왈 샹셔 날을 무즈식호다 ㅎ시고 경히 넉니시미 익
달스와 쳔샹의 귀즈를 빌나 갓습쎠니이다 샹셔 쇼왈 쳔샹의거지 가셔 쟈식를 비
러 나홀진디 쳔하의 뉘 무즈식ㅎ오리오 부인 왈 계집니 무즈식ㅎ면 닉칠진디 셰
샹의 무즈식훈 계집니 지아비 다리고 샬니 멋치나 되리오 ㅎ며 셔로 희롱ㅎ더니
그날 밤 꿈의 오식 구름니 일어나며 그 쇽으로 홍포관디훈 져문 션관니 옥홀을
쥐고 ㄴ려와 샹셔 압혜 와 지비 왈 나는 샹졔 압혜셔 근시ㅎ든 틱을션관이옵쎠
니 쳔궁의 득죄ㅎ야 인간의 닉치시미 갈 고슬 몰나 ㅎ옵쎠니 마츰 디셩스 부쳐
지시ㅎ거눌 이리 왓스오니 어엿비 너기쇼셔 ㅎ고 부인 침방으로 바로 드러가거
눌 샹셔 ㅉ다라 즉시 부인다려 문왈 부인니 쳔샹의 가셔 비러노라 ㅎ더니 디셩
스의 비러는잇가 부인니 디경 왈 엇지 알르신이잇고 샹셰 꿈말을 일으니 부인니
신긔히 넉여 디셩스의 가

60

비던 일과 꿈의 부쳬 일으던 말을 다 젼훈디 샹셔 ㄱ쟝 신긔히 넉여쎠니 과연
그달부터 틱긔 잇셔 긔축년 샤월 쵸팔일의 다다라 샹셔는 황셩에 가고 부인니
혼쟈 잇쎠니 그날부터 오식 구름니 집안를 둘너ㅆ고 긔이 향니 진동ㅎ거눌 부인
니 가쟝 슈상히 너겨 시녀를 명ㅎ야 시녀를 명ㅎ야 집안를 졍쇄히 ㅎ여쎠니 오
후는 ㅎ여 부인니 긔운의 불평ㅎ믈 못이긔여 침실의 드러가 안셕의 지혀 죠오더
니 챵 밧게 학의 쇼리 나며 션녜 둘이 드러와 일오되 ㅉ 느겨 가오니 부인은 잠
간 편히 누으쇼셔 ㅎ고 오슬 벗기거눌 부인니 쟈리 우희 누으며 일긔 옥동을 탄
싱ㅎ니 두 션녜 옥호의 향다를 싸라 아기를 씨겨 누이고 밧비 가려 ㅎ거눌 부인
니 문왈 그디는 엇쎠ㅎ신 이완디 슈고를 만히 ㅎ시고 그리 급히 가시려 ㅎ시는
잇고 불너 졍표코쟈 ㅎ너이다 그 션녜 답왈 우리는 화산 가음아는 션례러니 샹

셔게 명를 밧즈와 아기낫는 양를 보라 왓습써니 이 아기 부인은 남양 따에셔 나
시기

61

로 밧비 가녀이다 부인니 샤례 왈 션녜 날을 위호야 더러온 인간의 날려와시니
지극 감스호옵썬니와 니 아기 부인되는 뉘라 호오며 뉘 집 녀지이잇고 그 션
녜 답왈 전성 일홈은 월궁쇼이오 니성 일홈은 남양 따 김샹셔의 녀즈 슉향니로
쇼니다 호고 문득 간듸 업써라 부인니 즉시 시녀를 명호여 필묵를 갓짜가 그 션
녀의 말을 긔록호여 깁히 간슈호니라 이날 위공니 궐즁의 번을 드러짜가 나와
쟈더니 꿈에 부인니 벼락를 마즈 뵈거눌 놀나 죠회예 드러가 황졔게 엿쟙고 집
니 도라오려호즉 황졔 갈오샤되 경의 부인니 잉틴호여는야 위공니 쥬왈 과년 틴
긔잇습썬이다 샹니 디희 왈 밤의 쳔문를 보니 틴을셩니 낙양 북촌의 써러져 뵈
니 일졍 인간의 긔이훈 샤람니 나리로다 호여써니 과년 반드시 경의 집니 낫쏘
다 귀히 길너 샤직를 평안케 호라 위공니 샤은호고 집니 도라오니 과년 일긔 옥
동를 탄성호여거눌 마음의 즐거오믈 비홀 듸 업셔 나아가 아희를

62

보니 과년 꿈의 뵈던 션관의 얼골니 완년호거눌 일홈을 션이라 호고 쟈는 틴을
이라 호다 이튼날 승샹니 득남훈 표를 올인듸 샹니 디희호샤 크게 즁샹호시고
위공부쳐의 가즈를 도도와 쥬시이라 일일은 션니 한 샬 먹어 거름호니 보리예
풍성호고 두 샬 먹어 말 비호니 쇼진 쟝의 구변이오 셰 샬 먹어 잇스 안이 효졔
츙신 겸비로다 네 샬 먹어 글 비호니 모를 일니 업스며 다슷 샬의 보지 못호든
글를 역역히 외화 니고 일곱 샬의 쳔하문쟝 명필이 미칠 이 업스니 샤람니 다
일으되 두목지 셰샹의 다시 나왓짜 호더라 일일은 션니 미양 희롱 왈 니 안히는
월궁션녜 안니면 니 비필이 업스리라 호더라 홀는 션니 위공게 샬오되 동당 긔
별이 잇샤오니 쇼즈도 보려 호녀이다 호거눌 공니 왈 네 지죠는 니젹션의게 지
지 안니호니 동당를 보면 일졍 호련니와 샤람니 너무 죠달호면 단명 타도호고

쏘 벼슬ᄒ면 부모를 ᄌ로 보기 쉽지 안니ᄒ니 우리 너를 그리워 엇지

63

ᄒ리요 아지 날희라 ᄒ시니 션니 과거도 보라 가지 못ᄒ고 심심ᄒ야 근쳐의 죠
흔 산슈 풍경를 일삼아 완경ᄒ더니 삼월 망일의 디셩샤의 올나가니 몸니 곤ᄒ여
죠을니여 난간를 의지ᄒ야 잠간 잠를 드러써니 꿈에 부쳬 와 일오되 오늘 셔왕
뫼 요지예셔 잔치ᄒ니 그디도 날을 죠ᄎ 완경ᄒ쟈 ᄒ거늘 니션이 가쟝 깃거 부
쳐를 ᄯ라 흔 곳의 다다르니 션녜 무슈히 뫼야 분쥬ᄒ며 긔이흔 화각과 빗난 구
름과 아름다온 향니는 일오 다 층양치 못ᄒ네라 부쳐 니션다려 갈으쳐 왈 북역
옥류디 우희 놉히 안즌 이는 옥황샹졔시고 그 뒤혜는 샴티칠셩니 모든 별을 거
늘엿고 동편 빅옥 교위예는 셔가여러 모든 부쳐를 거늘이시고 챠례로 안즈시니
니 몬져 드러가거든 그디는 미죠ᄎ 드러와 몬져 샹졔게 뵈옵고 좌우로 ᄎ례로
뵈오라 니션 왈 하 엄엄ᄒ오니 동셔를 분별치 못ᄒᆯ가 ᄒ너니다 부쳐 웃고 샤미
안ᄒ로셔 디쵸갓튼 실과를 쥬며 왈 이거슬 먹으면 쟈년 알이라 ᄒ

64

거늘 션니 바다 먹으니 젼싱의셔 ᄒ든 일니 어졔 갓트야 모든 션관니 다 젼의
친ᄒ든 벗일네라 시로이 반가온 마음을 금치 못ᄒ여 부쳐게 샤례ᄒ니 부쳬 먼져
드러가거늘 션니 미죠ᄎ 드러가 샹졔게 슉비ᄒ고 모든 션군게 ᄎ례로 뵈온니 다
반겨ᄒ더라 샹졔 젼교ᄒ시되 티을아 인간 ᄌ미 엇써ᄒ더뇨 네 쇼이를 만나본다
션니 복지 샤죄ᄒ더니 샹졔 흔 션녜를 명ᄒ샤 반도 둘과 계화 흔 가지를 니션를
쥬라 ᄒ시니 그 션녜 옥반의 반도를 담아들고 쏘 흔 손의 계화 흔 가지를 쥐고
날려오거늘 니션이 복지ᄒ고 두손으로 바드며 션녜를 얼푸시 보니 션녜 붓그려
몸를 두루혈 졔 손의 씬 옥지환의 진쥬 계화의 걸여 션의 압혜 ᄯ러지거늘 가마
니 흔 손으로 쥐고 다시 희롱코쟈 ᄒ더니 디셩ᄉ 즁드리 지식밥 먹노라 ᄒ고 셕
죵를 치니 그 쇼리예 놀나 ᄭᆡ미 요지경니 눈의 버러는듯 ᄒ고 쳔샹 풍뉴 쇼리
귀예 징징ᄒ며 손의 진쥬 분명니 쥐여거늘 하 신긔ᄒ야 즉시 글을

65

지어 몽즁ᄉ를 긔록ᄒ고 부쳐게 하직ᄒᆫ 후 집니 도라온니라 이후로는 부귀 공명의 ᄯᅳ지 업고 일념의 쇼ᄋᆡ를 잇지 못ᄒ야 글을 지어 마음를 위로ᄒ더니 ᄒᆞᆯ는 동직 보ᄒ되 쟝ᄉ ᄶᅡ의 샤는 죠쟉니란 샤룸니 뵈와지라 ᄒ고 녜단를 드리너이다 ᄒ거놀 즉시 드러오라 ᄒ여 보니 죠쟉니 드러와 졀ᄒ고 왈 나는 ᄒᆫ 명화를 그려 슈노흔 비단를 어더시되 졔목를 짓지 못ᄒ야 문쟝 명필를 구ᄒ오되 공ᄌ의셔 지나리 업ᄶᅡ ᄒ오미 불원쳔리ᄒ고 왓샤온니 쳥컨ᄃᆡ 슈고를 앗기지 마르쇼셔 ᄒ고 슈단를 ᄂᆡ여 노커놀 니션이 ᄒᆫ번 보믜 ᄭᅮᆷ의 뵈든 뇨지경를 그려시되 명명ᄒ고 신긔ᄒ거놀 니션이 ᄃᆡ경 왈 그ᄃᆡ 니 그림를 어듸 가 어더온다 죠쟉이 니션의 놀나믈 보고 그 할미 니덕 거슬 도젹ᄒ여ᄯᅳᆫ가 의심ᄒ여 왈 공직 엇지 이 슈단를 보시고 그ᄃᆡ도록 놀나시는뇨 니션 왈 그림이 하 명화기로 그리ᄒ여ᄶᅥᆫ이와 ᄃᆡ져의 그림은 션비예게 맛ᄶᅡᆼᄒᆫ 거시라 그ᄃᆡ게 가치 아니ᄒ니 ᄂᆡ게 죠

66

흔 족지 잇시니 밧고거나 즁가를 밧고 팔미 엇ᄶᅥᄒ뇨 죠쟉 왈 나는 쟝싀라 니를 보는 ᄉ람이오니 쳔금를 쥬어시믜 갑졀만 쥬시면 팔이니다 니션이 즉시 니쳔금를 쥬고 샤셔 ᄃᆡ셩ᄉ 부쳐 와셔 ᄭᅮᆷ ᄭᅫ여 지은 글을 금ᄌ로 ᄡᅧ 족자를 민드러 쟈는 방의 거러두고 죠셕으로 ᄃᆡᄒ야 보니 몸은 비록 인간의 잇시나 마음은 요지예 잇는듯 ᄒ야 진셰예 다른 ᄯᅳ지 업시 다만 쇼아 잇는 곳만 ᄎᆞ고쟈 ᄒ더라 ᄒᆞᆯ는 스스로 ᄉᆡᆼ다라 왈 나는 ᄭᅮᆷ의 요지에 가 단녀왓ᄶᅥᆫ니와 이 슈노흔 니는 엇ᄶᅥᄒᆫ 샤람이완ᄃᆡ 인간의 잇셔 쳔샹 일을 녁녁히 그려는고 일졍 비샹ᄒᆫ 샤람인니 긔여이 챠ᄌ보다가 못ᄒ면 부모의게 불효를 ᄭᅵ칠지라도 보고 오리라 ᄒ고 잇튼날 ᄶᅥ날랴 ᄒᆞᆯ셰 동촌 니화졍의 슐픈든 할미 파더라 ᄒ여시니 우션 게 가 무러보리라 ᄒ고 즉시 니화졍으로 가니라 각셜이라 이젹의 슉향 쇼져 누샹의셔 슈노터니 푸른 ᄉᆡ 셕뉴쏫츨 물고 낭ᄌ의 압헤 안ᄌ다가

67

북녁흐로 날아가거눌 낭지 고이히 넉여 시 가는 디를 보려 흐고 북녁 쥬렴름 쟘
간 들고 발아보니 흔 쇼년니 머리예 쇼요관를 쓰고 몸의 청나샴를 입고 빅노시
를 타고 할미집를 향흐여 오거눌 낭지 샬펴보니 요지예셔 반도 밧썬 션관 갓거
눌 마음의 반갑고 놀나와 쥬렴를 노코 안잣써니 그 쇼년니 할뮈 집 문 밧게 와
쥬인니 잇는야 흐거눌 할미 보니 북촌 니샹셔딕 쟈졔여눌 할미 반겨 외당의 청
흐여 좌졍흔 후의 낭군니 더러온 디 오시니 지극 감샤흐여이다 니싱 왈 마츰 지
나더니 할미 집 슐리 미호 죠타 흐기로 왓시니 한 잔 슐를 앗기지 말나 할미 쇼
왈 니 집니 슐이 비야흐로 이거시되 늘근니 버지 업셔 혼쟈 먹지 못흐더니 오늘
날 쳔힝으로 낭군를 만나오니 죵일토록 먹셔이다 흐고 드러가더니 이윽고 쟈라
반의 옥식 그르슬 노코 온갓 음식니 인간의셔는 보지 못흐든 거시여눌 싱니 마
음의 슈샹히 너겨 슐리 취흐기를 기다

68

려 말를 니고쟈 흐더니 슐리 반취흐미 할미 쇼왈 낭군니 샹셔딕 귀공지라 골양
진미예 무쳐 계시다가 촌가의 이런 쵸쵸흔 음식 마슬 엇지 알르시리요만은 그러
나 마시느 보쇼셔 니싱 왈 인간의셔 보지 못흐든 음식를 먹기 미안흐미 알고 먹
고쟈 흐노라 할미 왈 늘그니 헐 일니 업셔 엇그졔 남의 집니셔 비러온 거실너니
엇지 다 알니오 니싱 왈 옛글의 일너시되 일홈 모로는 음식은 먹지 말나 흐여시
니 근본를 알고야 먹으리라 흔더 할미 웃고 마지 못흐여 갈으치되 져 유리잔의
노흔 거슨 야광쥐니 동히 용궁의셔 어더왓습고 져 산호 그르셰 담은 거슨 금광
취니 영쥬산 구류션의게셔 어더왓습고 호박 그르셰 담은 거슨 신광취니 쳔틱산
마구할미게 가 어더왓습고 디모 그르셰는 쳥광취니 만슈산 지원션의게 가 어더
왓샵고 만호 그르셰는 반되니 요지 셔왕모의게 가 어더왓스오니 비록 쵸쵸흐오
나 먹어 샹치 안니흐올 거시오니 죠곰도 의심 마르쇼셔 니싱니 쳥파

69

의 할뮈 말리 화려흐믈 보고 더옥 고니히 너기는 즁 슈샹히 너겨 왈 할미 말은
비록 화려흐나 진실치 안인가 흐노라 할미는 인간 샤람이오 용궁과 영쥬산 만슈
산과 쳔틔산 요지연은 다 션경니라 진시황 한무졔의 위엄으로도 보지 못흐엿거
든 할미 글역으로 엇지 갓실리요 할미 디쇼 왈 니 비록 나히 만하 근력니 업스
나 느는 샤히 팔방을 임의로 단니건이와 낭군갓치 남의 인도흐무로 단니지 안니
흐너이다 니싱 왈 니게 쳘리가는 노시 잇시니 가고져 흐는 디는 임의로 단니너
이 인도흐여 단니기는 안니흐노라 할미 디쇼 왈 낭군니 그런 노시를 두어도 요
지예 가실 졔는 디셩스 부쳐를 싸라갈 졔는 엇지 거러가셔썬고 니싱니 그젹의야
범인니 안인 쥴를 쾌히 알고 크게 놀나 즉시 일어나 공슌니 졀흐여 왈 할미 말
슴니 지극 맛쌍흐여이다 니 꿈의 요지예 갓썬 쥴을 엇지 알르시는잇고 할미 우
어 왈 샹졔 쥬신 반도와 계화는 엇지흐며 월궁쇼익는 만나보시온잇가 꿈이란 거
슨 허시온지

70

라 아모란 쥴 모로너이다 할미 왈 그쩌 일은 허시라 흐니 그러타 흐런니와 죠쟉
의게 샤신 슈단도 꿈니온잇가 니싱니 더옥 디경흐야 쏘 일어 지비흐고 공경 문
왈 인간 불미흐온 인시 여러번 범죄흐고 존위를 몰나뵈와스오니 샤죄흐옵고 쇼
애 인간의 완다 흐오미 쳣고쟈 흐야 왓스오나 만나볼 길 망년흐오니 오늘 할미
게 쭉즈 난 곳을 뭇고즈 왓스오니 할미는 긔이지 말으시고 갈으쳐 쥬쇼셔 할미
이윽고 미우를 쩡긔고 왈 쇼애 잇는 곳은 알건이와 다만 낭군니 쇼애를 츳즈 무
엇흐시려 흐는이잇가 니싱 왈 쇼애는 하늘리 졍흐신 비필이온지라 부디 츠즈려
흐노라 한미 왈 군니 비필을 샴으려 흐시거든 아죠 춋지 말으쇼셔 니싱 왈 쇼애
무슨 허믈이 잇는이잇가 할미 왈 낭군은 샹셔딕 귀공지라 가문과 부귀 쳔하에
읏씀인니 부매 안니되시면 일졍 공후의 알옴다온 샤회 되실 거시니 엇지 쇼애갓
튼 거슬 비필 샴으시리잇가 니싱 왈 쇼애 무슨

71

허물이 잇삽는잇가 한미 쇼왈 쇼애 쳔샹의셔 득죄ᄒ야 인간의 날여와 샹인의 쟈
식니 되여쩌니 다슷 쌀의 부모를 난중의 일코 비러먹어 졍쳐업시 단니다가 도젹
의 칼의 마즈 ᄒ 팔 업고 포진믈의 쌔져 죽게 되여실 졔 힝인니 구ᄒ야 ᄂ니 두
눈니 쳥밍관니 되엿쩌니 노졈의 가 화지를 만나 불에 더여 한 달리 쩌러져 붓터
쩌니 ᄯ 기 후의 후토셩황를 덧녀여 두 귀가 마즈 먹어시니 구ᄐ여 그런 병인를
만나 비필를 샴으려ᄒ시니 진실노 헛ᄯ여 들녀너이다 셩왈 젼셩의 무슨 죄로 그
더도록 되엿는고 알고즈 ᄒ너이다 할미 왈 쇼애는 젼셩의 월궁션녀로셔 옥황샹
졔 압헤셔 신임ᄒ다가 ᄐ을션군를 금단 두 기 도젹ᄒ여 쥰 죄로 인간의 구향왓
싸 ᄒ더니다 셩니 길리 탄식 왈 인넌니 줌ᄒ면 엇지 빈부를 갈희며 셜스 병인인
들 엇지ᄒ리잇가 낭군은 비록 지셩으로 ᄎᄌ셔도 그런 병인를 샹셔 반드시 며늘
리 샴지 안니실 거시니 슈고로이

72

챳지 마르쇼셔 ᄂ니싱니 하눌을 가르쳐 밍셰 왈 부뫼 허치 안니시고 비록 공후 부
마를 샴으셔도 나는 결단코 셰샹의 잇지 안니ᄒ올 거시오니 할미는 하히갓ᄌ온
은틱를 날리오ᄉ 쇼아 잇는 곳만 덕분의 갈으쳐 쥬시오면 셩젼 샤후의 은혜를
갑스오리이다 한미 왈 나도 쇼애 이별ᄒ 지 오리오니 니졔 ᄌ셔히 모로건니와
남양 ᄯ 김젼의 집니 가본 연후의 그곳의 업거든 남군 ᄯ 쟝승샹딕의 가 ᄎᄌ보
시되 ᄂ니싱 일홈은 슉향니오미 아모커나 졍셩를 드려 ᄎᄌ보쇼셔 셩니 일어 두
번 졀ᄒ야 ᄒ직ᄒ고 즉시 집니 도라와 부모긔 쇼겨 왈 형쵸 ᄯ의 긔특한 문쟝니
낫짜 ᄒ고 쳔하 명시 만히 가본다 ᄒ오니 쇼ᄌ도 가보고 오리이다 ᄒ고 ᄒ직ᄒ
후 황금 일빅양를 요하에 둘녀ᄎ고 쳘리 노시를 모라 바로 남양 ᄯ 김젼의 집를
ᄎᄌ가니 ᄒ 노옹니 나와 맛거눌 ᄂ니싱 왈 나는 낙양 북쵼 니위공의 쟈졔러니 김
젼를 보라 왓노라 ᄒ디 그 노옹 왈 김젼은 운슈션싱의 쟈졔라 황졔 어

77

황호더니 문득 혼 즁니 지나다가 싱을 보고 문왈 공즈는 어듸로셔 오시며 어듸
를 향호시려 호시는뇨 싱니 가장 반겨 도라갈 길흘 무르니 답왈 니 압혜 가다가
노감탁니 쓴 할아비 바회 우희 안즈시니 게 가 무러보쇼셔 그는 화덕진군이라
지셩으로 무르면 갈 길도 갈으칠 거시오 보고 시푼 샤람도 보실이이다 ᄒ거놀
싱니 그 즁를 니별ᄒ고 노시를 지쵹호여 가더니 큰 쇼나무 졍즈의 너분 반셕 우
희 혼 노옹니 노감토를 슉니 쓰고 안즈 죠올거놀 싱니 나아가 지비ᄒ되 본체 안
니커놀 다시 ᄭ러 고ᄒ되 지나가는 힝긱니올너니 갈 길흘 뭇ᄌᆸ너이다 그 노옹니
그젹의야 잠간 눈를 떠보고 왈 무샴 일노 곤니 쟈는 늘근 어룬를 ᄭᅵ와 무슨 잡
말을 ᄒ는다 내 귀가 먹어시니 크게 일너라 니랑이 다시 ᄭ러 고왈 쇼즈는 낙양
북촌 니위공의 아들 니션이옵써니 남양 짜 김젼의 ᄯᆯ 슉향를 젼싱 년분이라 ᄒ
옵기로 불원쳔리ᄒ고 츳즈오되 종젹를 모로

78

더니 젼츠로 듯즈오니 노션싱이 알르신다 ᄒᆞᆸ기로 뭇ᄌᆸ너니 어엿비 너기스 갈
으쳐 쥬시믈 발아너이다 노인니 눈셥흘 ᄍᆜᆼ긔고 왈 너 이 곳의 이션 지 슈쳔년니
넘어시되 너도 젼일 본 비 업고 슉향니란 말도 듯지 못ᄒ여거든 어듸셔 밋친 즁
놈의 말을 듯고 이리 깁히 드러와 단잠를 ᄭᅵ와 괴로온 말을 뭇는뇨 니싱이 고쳐
졀ᄒ고 왈 포진믈 직흰 신령니 이리 지시ᄒ기로 왓스오니 덕분의 쇼기지 말으쇼
셔 노인니 잠간 우으며 셩니여 왈 져젹의 엇쩐 아희 포진믈 ᄲᆞ져 쥭다 ᄒ거놀
드러써니 일졍 포진 용왕니 그더게 졔를 바다 먹고 그져 잇기는 넘치 업스이ᄭᅡ
쇼겨셔 너게로 지시ᄒ도다 니랑 왈 과년 슉향니 믈의 ᄲᆞ져거놀 용왕니 구ᄒᆞ야
이리로 보니다 ᄒ더이다 노인 왈 그리면 져즘긔 예 와셔 불에 타 쥭은 아흰가
보다 그듸 졍 보고즈 ᄒ거든 져 지 무덕이에 가셔 ᄲᅧ다귀 탄 거시ᄂ 보고 가거
라 ᄒ거놀 니랑이 가보니 과년 녀즈의 의복탄 지

79

는 분명ㅎ되 쪄탄 거슨 업거날 도라와 노인다려 왈 숙향니 진실노 불의 타 죽어
시면 의복탄 지만 잇고 쪄탄 지는 업는이잇가 쇼기지 말으시고 어여비 너기스
바로 가르쳐 쥬쇼셔 그 노옹니 가쟝 오리 죠올다가 왈 그디 ㅎ 간권니 구니 니
쟘을 드러 쑴에 가 숙향니 잇는 디를 알아올 거시니 그디는 니 발바당를 두 숀
으로 부뷔라 ㅎ고 바회예 눕거늘 싱니 노인의 발를 부뷔더니 이윽고 노 씨여 안
즈며 왈 그디를 위ㅎ야 샴신산 십쥬와 샤히 팔황를 다 도라도 숙향를 보지 못ㅎ
여 후토부인게 무르니 쳔틱산 마고할미 다려다가 낙양 동쵼 니화졍의 갓짜 ㅎ거
늘 또 그곳들 츠즈가니 지금 누 우희셔 비단에 슈노커늘 니 불꽃츨 날리쳐 봉의
날애 깃 꼿츨 죠곰 틱오고 왓시니 그디 마고할미를 츠즈 숙향의 종젹를 무른 후
난 봉 슈노흔 거슬 보쟈 ㅎ여 보 연후의 니 갓쩐 줄을 알나 ㅎ거늘 니션 왈 니
화졍 할미 쳐음의 남양 김젼의 집를 가르치거늘 그리로셔 남군 짜

80

쟝승샹 집으로셔 이리 왓너니 다시 싱각ㅎ와 명박히 가르쳐 쥬옵쇼셔 만일 니화
졍의 갓스오면 한미 엇지 날을 그디도록 쇠기올잇가 노인니 쇼왈 마구홀미는 인
간 범인니 안이라 쳔틱산 챠지 션녀로 슈만년니 너무 지니여시되 일셩 그디로
잇쩌니 금번의 숙향를 위ㅎ야 쳔명를 바다 인간의 잠시 날려와 그디 인년를 밋
고 가랴 ㅎ고 왓시나 그디 졍셩를 보랴 ㅎ고 그리 ㅎ여시니 너무 번화니 구지
말나 그디 부뫼 알면 디환니 날 거시니 샴가 죠심 죠심ㅎ라 ㅎ거늘 싱니 감은ㅎ
여 다시 일어 하직ㅎ랴 흐즉 발셔 간 고지 업거늘 공중를 향하여 무슈 비례ㅎ고
나귀를 지쵹ㅎ야 집니 도라와 부모게 뵈온디 승샹부뷔 경회 왈 네 그 스히 어듸
가 그리 올리 잇쩐다 싱니 복지 디왈 버즐 보려 갓쩌니이다 허더라 각셜이라 이
젹의 할미 싱를 보니고 낭즈다려 왈 그 쇼년의 얼골를 보시니잇가 낭지 왈 불견
이로쇼이다 한미 왈 그 쇼년니 젼싱의셔 샹졔 압혜셔 셩신 가

81

음아는 티을션군이오 니싱의 □□□ 니위공의 □□□□□□ 낭즈의 비필이라 다만 젼싱죄로 눈의 알히 박히이고 코 말리 흔 편으로 빗쑤져시며 흔 편 코굼기 미여 코쩡쩡니 되엿고 쏘 흔 팔과 흔 다리 져는 병인니 되여시니 그 아니 측흐리요 흐거늘 낭지 왈 진실노 티을션군이면 두눈 먼 청밍관인들 관겨흐리요 다만 티을인지 엇지 분명이 알이닛가 한미 왈 그 쇼년의 말을 드르니 디셩슈의 부쳐를 짜라 요지에 가 반도와 계화를 바든 일을 이르고 쏘 죠쟉의게 판슈를 어던노라 흐니 일졍 티을일시 분명흐온가 흐너이다 낭지 왈 셰샹스를 아지 못흐너니 할미는 즈셔히 샬피게 흐쇼셔 니 그러치 안이면 규즁의셔 늙을이로쇼이다 할미 왈 그런 마음 두신 줄 아옵기로 니 그 졍셩를 보려흐고 남양과 남군의게 가셔 ᄎ즈보라 흐여시니 티을일시 올흐면 일졍 게 가 단녀올이다 낭지 왈 그는 밋지 말으쇼셔 티을일시 올흐면 니 옥지환의 진

82

쥬를 어더실 거시오니 그거슬 본 후의야 니 몸를 허홀이다 할미 왈 니 말이 올타 흐고 니럼의 가쟝 깃거흐더라 홀는 낭지 누 우희셔 난봉슈를 노터니 호련 브람길의 난듸업슨 불니 공즁의셔 날려셔 봉의 날리 기시 죠곰 타거눌 놀나 홀미를 쳥흐여 보인듸 할미 왈 난 곳 업슨 불인니 필년 화덕진군의 죠홰라 타일의 즈년 그 년고를 알이라 흐더라 ᄎ셜이라 니싱이 집니 도라와 샴일 모욕ᄌ계흐고 죠쟉의게 산 족즈와 황금 일쳔 양를 가지고 할미 집으로 가니 홀미 마츰 밧게 나왓짜가 싱를 보고 마즈 챠당의 드러가 좌졍 후의 왈 져즘게 공즈를 만나 취흔 술니 엇그졔 쎄여시되 노인니 버지 업셔 혼즈 먹지 못흐엿쓰니 오늘 공즈를 쏘 만나스오니 취토록 다시 먹어보셔이다 니싱이 직비 왈 젼일의도 노션의 술를 만히 먹습고 쥬차를 갑지 못흐와 진쟉 보닐 거시로되 노션의 쇽이시는 말슴를 고지 듯고 남양 남군과

83

표진 노젼의로 두로 단니다가 엇그졔야 도라왓숩기로 슐갑슬 진시 보니지 못ᄒ
여쩌니 이졔야 은즌 쳔양니 왓시이 비록 약쇼ᄒ오나 졍표나 ᄒ너이다 할미 왈
쥬시는 거시니 샤양치 안니ᄒ건이와 니 집니 비록 가난ᄒᄂ 슐독 아리는 쥬쳔당
니 잇고 슐독 우희는 쥬셩니 비취여시니 유쥬영쥰ᄒ지라 무슨 갑 밧도록 ᄒ리잇
가 커니와 공즌는 무샴 일노 그리 먼 ᄯᅡ헤 가셔쩐니잇고 싱니 길리 타루 왈 슉
낭즌를 위ᄒ여 갓숩쩐이다 할미 왈 공즌는 진실노 신지로다 그런 병인를 위ᄒ
야 쳔리를 지쳑슴아 갓시니 슉향니 알면 우연니 감격히 넉니리이다 싱니 ᄃ왈
슉낭즌를 보아시면 혹 감격크도 너기려이와 죵시 못보아스오니 졔 어니 알리잇
고 할미 짐즛 놀나는쳬 ᄒ고 왈 그러면 죽어쩐이잇가 발셔 다른 ᄃ로 갓쩐잇가
싱니 왈 죵젹를 두로 ᄎᄌ 노젼의 가 화덕진군를 만나보오니 낙양 동쵼 니화졍
의 잇는 마고션녜 다려다가

84

시방 누 우히셔 슈질ᄒ기로 불꼿츨 ᄯᅥ리쳐 난봉의 날이 꼿츨 티와시니 ᄲᆯ리 가
셔 보라 ᄒ온즉 다시 와스오되 동쵼 니화졍은 예밧ᄃᆫ 업사오니 일졍 노션의 집
니 두고 쇼기시는쏘다 할미 왈 화덕진군은 쳔샹 남문 밧게셔 불 가음아는 신션
이미 공지 보실 길 업슬 거시오 마고할미는 쳔티산의 션약을 모도 ᄎᄌ지ᄒ여 가
음아는 션녜니 인간의 날려왓짠 말리 아죠 헨말이오 슉향를 다려갓짠 말은 더옥
발간 거진말이로쇼이다 니션이 왈 화덕진군니 ᄒ옵기를 난봉슈 티온 거스로 증
험ᄒ라 ᄒ여시니 노션은 쇼기지 말으쇼셔 할미 ᄃ왈 진실노 그러ᄒ면 니화졍의
셔 샤는쏘다마은 슉향니 왓시면 공지 져리 지셩으로 못어더 ᄒ시는ᄃ 일긱인들
감쵸아 두리잇가 싱니 언파의 홀홀ᄒ야 슐를 먹지 안니코 길리 함누ᄒ고 왈 샴
신산 샤ᄒ 팔방을 다 도라도 슉향를 못만나면 니션은 죽을 ᄯᅡ름이로다 ᄒ고 가
거늘 할

85

미 위로 왈 공주는 샹셔딕 귀공지라 아롬다온 비필를 구호야 향닉나는 방안혜 원앙 금침의 츄월 츈풍의 훈가로니 지닉실 거시어눌 무슨 일노 병든 슉향를 츠즈려 호시는고 닉 몸 괴로온 줄 씨닷지 못호오니 도로혀 민망호여니다 닉싱 왈 닉 부귀를 낫바호오며 비필를 못어더 호미 안니오라 젼싱 일를 모를 졔는 무심 호더니 아온 후는 슉향를 위호야 침식니 불안호고 쏘 날노호여곰 인간의 날려와 병인니 되여 고힝를 지닌다 호오니 닉 간쟝니 비록 쳘셕인들 엇지 쟌잉치 안니 호리요 슉향를 못만나면 결단코 인간의셔 쟌명를 부지치 못호리로쇼이다 할미 왈 하 용녀 말으쇼셔 지셩이면 감쳔이라 호오니 아무려나 두로 단니며 듯보리이 다 닉싱이 샤례호고 왈 그러면 닉 목슘니 노션의 슈즁의 달여스오니 어엿비 너 기쇼셔 호고 하직훈 후 집니 도라와 죠쟉의게 어든 쪽ᄌ만 디호여 훈슘짓고 슬 허호□□

86

홀는 닉싱이 문 밧게 나와 비회호더니 할미 나귀를 타고 지나가거눌 싱니 보고 반겨 손쳐 불으니 드러오거눌 은근훈 별당을 슈쇄호고 별미 챠담를 졍쇄히 츠라 디졉훈 후 문왈 노션니 어듸로 가시던잇가 할미 답왈 공주를 위호야 슉향를 보 라 갓썬이니다 싱왈 어더보와 계신잇가 할미 왈 슉향이란 일홈 가진 니 셰히 잇 시니 공주는 마음디로 틱호쇼셔 싱니 반겨 문왈 어듸어듸 잇스오며 나흔 몟식니 나 되야썬잇고 할미 왈 호나흔 간의팃우 진담의 ᄯᆞᆯ니니 나흔 십팔셰요 호나흔 병부샹셔 왕건의 ᄯᆞᆯ이니 나흔 십샤셰요 호나흔 비러먹은 아희라 나흔 십뉵셰라 호고 그 어버니 근본를 ᄌᆞ셔히 모로더이다 그러컨니와 공주를 위호야 셰 곳의 긔별훈즉 다 응답호되 다만 비러먹는 아희는 응답지 안니코 일오되 닉 비필 되 리는 요지예셔 옥지환의 진쥬 가진 샤람인니 그 진쥬를 보고야 닉 몸를 허호리 라 호더이다

87

싱니 듯고 뎌희 왈 니야 진즛 월궁 쇼애로쇼이다 요지예 갓실 졔 반도쥬든 션녜
진쥬를 어더 왓너이다 ᄒ고 드러가더니 져비알 만흔 진쥬를 양슈로 공슌히 드려
왈 노션은 날를 위ᄒ여 니거슬 가져다가 쥬고 퇵일ᄒ야 긔별ᄒ며 혼스의 쓸 거
슨 닉 다슬리리이다 할미 응답ᄒ고 도라와 낭즈다려 니르고 그 진쥬를 뵈인니
낭지 보고 눈믈지며 왈 니 진쥐 분명ᄒ오니 이졔는 할미 마음디로 ᄒ쇼셔 잇튼
날 할미 ᄯᅩ 가셔 니싱다려 왈 그 아희 진쥐 젹실타 ᄒ거늘 다려다가 너 집니 두
엇썬이와 얼굴이 하 츄비ᄒ고 몸슬 병니 드러는가 시부니 비필 샴기 가치 안이
코 공지 보시면 비록 연분니 즁ᄒ시나 일졍 눈압혜 두지 안일듯 ᄒ오니 그러타
ᄒ고 다른 디 가지 못ᄒ고 져믄 거시 일싱 혼즈 늘그면 도로혀 공즈를 원망홀듯
ᄒ오니 샤셰 난쳐ᄒ여이다 싱 왈 할미는 무슨 말슴를 과도히 ᄒ시는고 슉낭즈의
병니 졔 죄가 안니라 모도 다 날

88

노ᄒ여 그리 되여ᄉ오니 니 엇지 박디ᄒ올잇가 그 아희 ᄯᅩ ᄒ기를 례디로 안니
갓쵸면 듯지 안니ᄒ려 ᄒ더니다 니싱이 ᄯᅩ 갈오되 비필를 샴으면 엇지 무례히
ᄒ리요 할미 왈 그러면 공즈 부모게 알외려 ᄒ실이잇가 부뫼 ᄒ 극념ᄒ시니 알
외지 못ᄒ오나 고뫼 계시니 게 가 녜디로 ᄒ리이드 할미 응낙고 답왈 그러면 납
치는 금월 십샤일노 ᄒ고 젼안 길일은 십오일노 졍ᄒ너니다 싱니 우션 황금 오
빅 양를 쥬며 왈 노션니 가난ᄒ야 혼스의 쓸 거시 업스리니 아직 가져다가 보티
여 쓰쇼셔 할미 쇼왈 니 비록 간고ᄒ나 쟈년 어더홀 도리 잇ᄉ오니 이는 두엇짜
가 공쟈의 셰스ᄂ 보티쇼셔 ᄒ고 아니 가져가더라 니젹의 싱니 고슉모는 좌복야
녀홍의 부인니 되엿쩌니 쇼시에 일즉 과뷔 되여 무즈식ᄒ니 싱를 친즈갓치 스랑
ᄒ더라 싱니 슉모 집니 가온디 부인 왈 밤에 괴니흔 꿈를 ᄭᅱ고 너를 불너 뭇고
즈 ᄒ든 ᄎ의 쟐 오도다 싱 왈 무샴 꿈이시온잇가 부인 왈

89

꿈에 옥용를 타고 광한전의 올나가니 흔 션녜 일오되 니 사랑ᄒ는 쇼애를 그디를 쥬너니 며늘리 샴으라 ᄒ거늘 니 너를 쥬려 ᄒ고 그 션녜을 다려와 뵈니 네 아롬다온 안희를 어들가 깃거ᄒ노라 ᄒ신디 싱니 슉향의 일과 할미 말를 ᄌ셔히 고흔디 부인니 탄왈 네 부친 셩품니 남과 다르니 남의 말을 고지 듯고 의지업시 미쳔흔 샤람을 며늘리 샴을 셰 업스니 엇지려 ᄒ는다 싱니 샬오되 죽기는 쉬워도 슉향를 ᄇ리고는 다른 디는 아니 취ᄒ려 ᄒ는이다 부인 왈 네 급졔ᄒ여 벼슬리 놉흐면 두 부인를 엇고 날 거시니 이졔 샹셔는 경셩의 가시고 업스니 이번 혼인은 니 쥬혼ᄒ고 둘지 혼인은 네 부친니 쥬혼ᄒ다야 관겨ᄒ랴 고모임 덕틱의 션의 원를 푸러쥬쇼셔 부인 왈 네 집니셔 알면 일졍 쟉희홀 거시니 너는 집니 도라갓짜가 보름날니 나와셔 가거라 납치는 니게셔 찰혀 보니마 ᄒ시거늘 싱니 깃거 도라와 보름날를 기다리더라 니

90

젹의 부인니 혜오되 슉향니 마을 집니 잇짜 ᄒ이 긔귀 의졋ᄒ랴 ᄒ고 납치를 가쟝 만히 보너니라 이윽고 납치예 갓쩐 하인니 도라왓거늘 부인니 문왈 그 집니 샹인의 집니라 ᄒ더니 긔귀ᄒ더뇨 죵드리 엿ᄌ오되 쇼인 등니 두로 혼ᄉ를 만히 귀경ᄒ와셔도 그 집갓치 긔구 거록흔 집은 쳐음 보왓너이다 부인니 가쟝 깃거ᄒ시더라 이러구러 보름날리 당ᄒᄆ니 니랑이 부인게 ᄒ직ᄒ고 위의를 갓쵸와 할미 집니 가이 구름 챠일은 반공의 놉히 치고 운무 병풍은 겹겹니 둘너시며 젼후 좌우의 쟝막 포진 등믈리 휘황흔디 각식 그림 슈노흔 휘쟝 범졀과 온갓 거시 다 인간의는 보지 못ᄒ든 거실네라 좌우의 션는 빈킥들은 다 요지연의셔 보든 션관 션녜 갓쩌라 니랑이 례를 밧쓰러 가는 허리를 굽혀 낭ᄌ와 교비ᄒ니 진짓 요지예셔 반도 쥬든 션녜 완연터라 니랑이 디희ᄒ야 견권ᄒ니 원앙니 녹슈의 놀고 비쵸 연니지예 깃드림 갓쩌라 싱니 이튼날 도라와

91

고모게 뵈옵고 하례ᄒ오니 부인니 크게 깃거 왈 낭지 병인니라 ᄒ더니 엇쩌ᄒ더
뇨 즉시 불너보고ᄌ ᄒ되 네 부친니 아직 몰나시니 젼츠로 긔별ᄒ고 다려오리라
셩 왈 고모임 보시고ᄌ ᄒ시거든 질의 쪽짜를 보쇼셔 ᄒ고 갓짜가 드리니 부인
니 보고 크게 깃거 왈 낭ᄌ는 진짓 쑴의 뵈든 쇼이로다 ᄒ고 샹셔 도라오기를
기다려 죠토록 일너 슈히 다려다가 보고ᄌ ᄒ더라 니젹의 샹셔 경셩의셔 황졔를
뫼셔 변방 일를 의논ᄒ더니 일일은 샹셔의 부인니 셩의 긔샹니 젼과 다르믈 보
고 ᄌ로 출입ᄒᄆᆯ 슈샹히 넉녀 죵다려 무르신더 죵들리 긔이지 못ᄒ야 올흔 더
로 알의니 부인니 디경ᄒ야 즉시 샹셔게 긔별ᄒ온더 샹셔 듯고 크게 놀나 혜오
되 이는 져져 쥬혼ᄒ 일이오 ᄯᅩ 션니 호탕ᄒ다 ᄒ니 달니는 금홀 슈 업스니 그
녀ᄌ 의지업짜 ᄒᄆᆯ 듯고 가마니 낙양 녕의게 긔별ᄒ니라 니젹의 셩이 고모집니
가고 업쩌니 져약 갓치 낭ᄌ의 챵 압헤 와 울고 가거늘

92

낭ᄌ 디경 왈 젼의도 져리 우더니 불측ᄒ 지변를 보와쩌니 ᄯᅩ 무슨 변니 잇실고
ᄒ야 근심ᄒ더니 밤즁의 관치 와셔 잡아다가 ᄭᅮᆯ이고 원니 문왈 네 엇떤 샤람이
완더 샹셔딕 귀공ᄌ를 혹ᄒ는다 니게 긔별ᄒ야 죽이라 ᄒ여시니 날을난 죠곰도
원치 말나 ᄒ고 결박ᄒ야 치라 ᄒ니 슉향니 통곡 왈 어려셔 부모를 난즁의 일코
졍쳐업시 단니다가 마ᄎᆷ 니화졍 홀미를 의탁ᄒ여ᄉ쩌니 샹셔딕 니공지 구혼ᄒ오
시미 샹인의 집니라 공ᄌ의 말솜를 거스지 못ᄒ와 니셩의 비필이 되오니 쳡의
죄는 안니로쇼이다 부시 왈 네 죄 안인 쥴은 알건니와 샹셔의 긔별이라 닌들 엇
지ᄒ리요 슈히 치라 ᄒ시니 집쟝 샤령니 ᄆᆡ를 들여ᄒ니 폴리 알푸고 ᄆᆡ 무거워
감히 드지 못ᄒ거늘 다른 샤령 다여스슬 가라 치라 ᄒ되 ᄒ갈갓거늘 부시 왈 무
죄ᄒ 스람를 죽기려 ᄒ이 그러ᄒ건만은 샹셔의 말 뉘 감히 거슬이오 아니 듯지
못ᄒ리니 동혀셔

93

깁흔 믈의 너흐라 ᄒ더라 니젹의 원의 실니 쟝부인 ᄭᅮᆷ의 슉향이 와셔 디셩통곡
왈 부친니 날를 죽이려 ᄒ시ᄂᆫ디 모친니 엇지 구치 안이ᄒ시ᄂᆫ이닛가 부인니 놀
나 ᄭᅢ여 시녀를 불너 문왈 샤ᄱᅬ 어듸 계시뇨 시녜 왈 외당의 좌긔ᄒ시고 니샹셔
의 말ᄉᆷ으로 그 ᄃᆡᆨ 며늘리를 죽이려 ᄒ시니 샤령니 미를 치지 못ᄒ기로 믈의 너
흐라 ᄒᄂᆞ니다 부인니 디경ᄒ여 즉시 부샤를 쳥ᄒ여 울며 왈 슉향를 니별흔 지
십년니 넘어시되 한 번도 ᄭᅮᆷ에 뵈지 안터이 앗ᄭᅡ 쟘간 쟘를 드온즉 졔가 와셔
일니일니 ᄒ여 뵈오니 고이ᄒᄋᆞ며 그 집은 무ᄉᆞᆷ 일노 며느리를 죽이려 ᄒ시며
그 며늘리는 뉘 집 쟈손이며 나흔 언마나 ᄒᄋᆸ고 일홈은 무어시라 ᄒ더니잇가
부시 왈 니션은 니위공의 아들이라 지ᄌᆈ 쳔하의 비길 디 업스니 위공니 가쟝 ᄉᆞ
랑ᄒᄂᆞᆫ지라 만누의 동ᄉᆡᆼ 녀부인니 위공다려 일르지 안니코 니션을 져 샤람의게
취쳐ᄒ니 션이 혹ᄒᄋᆞ야 학업를 젼폐ᄒᄂᆞᆫ지

94

라 위공니 맛동ᄉᆡᆼ의 헌 일니기로 그르다 못ᄒ고 션비는 두 번 쟝가 못보닐 거시
니 져 샤람를 죽이고 다른 공후의 ᄯᅡᆯ를 다려올여 ᄒ고 무ᄌᆈ흔 샤람를 죽이려 ᄒ
여시미 불샹흔 즐은 임의 아오되 당시 니샹셔 말를 뉘 감히 듯지 안니ᄒ리요 년
고로 죽이려 ᄒᄂᆞ니다 쟝부인 왈 니션의 안ᄒᆡ라 ᄒᄋᆞ니 져를 죠곰 보고 시푸오
니 아직 두엇짜가 니일 니졍의 좌긔ᄒ고 올려보게 ᄒᄉᆈ셔 김젼니 즉시 분부ᄒᄋᆞ야
아직 가도라 흔더 낭지 옥즁의 나오니 모든 하리드리 보고 쟌잉히 너겨 챠탄 왈
어엿불샤 져문 아기네야 니일니면 죽으리로다 낭지 왈 니 ᄯᅡ흔 어듸라 ᄒᄂᆞᆫ뇨
모다 일오되 낙양 고을이로쇼이다 낭지 죽는 쥴이나 니셩게 젼코쟈 ᄒ되 필묵도
업스니 쳔지 망망ᄒ여 망극 이통ᄒ더니 날리 시미 쳥ᄌᆈ 날아와 낭ᄌᆞ의 무릅 우
희 안즈 울거눌 낭지 즉시 깁젹솜를 ᄶᅥ혀 손가락를 ᄭᅵ무러 필을 니여 글을 써
시 다리예 미니 그 시 두어번 울고 나라가

95

더라 잇떠 니싱이 고모덕의셔 자더니 밤의 마음니 번렬ᄒ고 ᄌ로 놀나며 잠를
일우지 못ᄒ야 고모 계신 디 드러가니 부인니 문왈 오늘날 무어슬 일허ᄂᆞ야 낭
ᄌ를 그리워 그리ᄒ는야 엇지 낫치 슈싁니 만코 넉슬 일흔 것 갓튼뇨 아마도 고
이ᄒ다 싱 왈 각별 일흔 것도 업삽고 낭진들 하로 샤이에 무슴 그리오리잇가만
은 ᄌ년 그러ᄒ와이다 ᄒ더니 문득 쳥죠 날아와 압헤 안쩌늘 놀나 보니 다리에
피 무든 집 꼿치 미혀거늘 글너보니 그 글에 ᄒ여시되 슉향은 젼싱죄를 니싱 와
도 갑기 어렵쏘다 금셕갓튼 인년니 변ᄒ야 바람니 되엿쏘다 향긔로온 꼿치 쇽졀
업시 낙양 옥즁의 흙기 되리로다 슬푸다 니랑를 다시 못보고 죽게 되니 지하에
가도 눈를 감지 못ᄒ리로다 ᄒ여거늘 싱니 디셩통곡ᄒ고 글를 고모게 드린 후의
낙양 오즁의 가셔 낭ᄌ와 홈긔 죽으려 ᄒ거늘 부인 왈 아모란 줄 모로고 젼도히
구지 말나 ᄒ고 일변 할뮈 집니 샤람 부려

96

알아오라 ᄒ며 쏘 원통이란 비부를 불너 왈 너는 고을에 가 ᄲᆞᆯ니 아라오라 ᄒ거
늘 원통니 본니 낙양 고을 아젼니라 도라와 고왈 낙양 영의게 샹셔의 긔별이 올
시 올삽쩌니다 부인니 듯고 디경 디로 왈 늬 친히 경셩의 올나가 샹셔긔 일너
듯지 안니커든 늬 궁즁의 드러가 황후긔 샤년를 ᄌᆞ셔히 쥬ᄒ야 황졔게 젼보ᄒ리
라 ᄒ고 니날 힝장를 챨려 가며 왈 아모러나 죠토록 홀 거시니 너는 하 용녀 말
나 ᄒ고 쩌나시니 싱은 집니 도라와 머리를 ᄲᅡ고 누어 낭지 곳 죽으면 갓치 죽
으려 ᄒ더라 이날 김젼이 니졍의 좌긔ᄒ고 낭ᄌ를 올인니 낭지 잔약ᄒ 몸의 큰
칼를 메고 옥갓튼 귀밋터 진쥬갓튼 눈믈를 흘이고 샤람의게 붓뜰여 드러오니 샹
하 관쇽들리 보고 안니울 리 업쩌라 김젼 왈 네 본향은 어듸며 일홈은 무어시며
뉘 집 ᄌᆞ숀니며 나흔 몃치나 ᄒ다 낭지 졍신를 계유 챨여 왈 다슷 살의 부모를
일코 유리긔걸ᄒ야 단니기로 본향과 부모의 셩

97

명를 모로더니 쟈란 후 젼ᄎ로 듯ᄌ오니 김샹셔의 ᄯᆯ이라 ᄒ오며 일홈은 슉향니
옵고 나흔 십뉵셰로쇼이다 실너 듯고 눈믈을 먹음고 김젼게 고ᄒ되 져 샤람의
얼골니 일흔 ᄯᆯ 갓고 일홈과 나히 다 갓트되 김샹셔의 녀이라 ᄒ오니 근본를 쟈
셔히 아지 못ᄒ오나 하 잔잉ᄒ오니 죽니지 말고 샹셔긔 다시 긔별ᄒ야 달리 쳐
치ᄒ쇼셔 김젼니 올히 너겨 그 년고를 샹셔긔 회보ᄒ니라 쟝부인니 낭ᄌ를 보미
슉향를 더옥 싱각고 왈 니 ᄯᆯ도 어듸 가 져리 되엿는가 죽어 흙니 되여는가 목
노하 통곡ᄒ다가 김젼게 쳥ᄒ야 칼를 벗기고 녀비를 블너 낭ᄌ를 식크게 ᄒ고
시녀로 ᄒ여곰 먹을 거슬 쟈로 보니며 넘여 말나 위로ᄒ더라 니젹의 샹셔 김젼
의 셔찰을 보고 디로ᄒ여 김젼를 벌노 계양 티슈를 ᄒ니고 다른 샤람를오 낙양
영를 보니여 긔여히 죽니려 ᄒ더니 문득 녀부인니 오신다 ᄒ거늘 샹셰 크게 놀
나 반겨 마쟈 드러오니 부인니 발연 노왈 이져는 벼슬

98

리 놉고 위엄니 즁ᄒ면 부모와 동ᄉᆡᆼ를 ᄇ리는가 샹셔 황공ᄒ야 돈슈 고왈 니 엇
지 일르시는 말슴인니잇가 부인 왈 샹셰 지샹니 되면 쳔하를 다슬이미 일륜를
살피되 무슨 일노 웃씀를 삼는고 샹셔 왈 오륜니 웃씀인니이다 부인 왈 그러면
샹셔와 날과 ᄉ니도 오륜의 참녜ᄒ엿는가 샹셰 왈 형우졔공이라 ᄒ여시니 오륜
의 드지 안니리잇가 부인 왈 샹셰 비록 벼슬리 놉흐나 니게 다슷지 아니라 부뫼
다 업스시고 다만 니 어버니 버금이로되 샹셔 날 보기를 길 가는 샤름 보듯 ᄒ
니 그 욕를 보고 살아 쓸 고지 업스미 찰하리 샹셔의 ᄆᆞ음니 싀훤토록 압헤셔
죽으리라 샹셰 디경 실식ᄒ여 관를 벗고 ᄯᅡ헤 날려 샤죄ᄒ여 왈 쇼졔 쟉죄ᄒ믈
아지 못ᄒ오니 원컨디 어셔 이르쇼셔 부인 왈 션니 비록 샹셔의 아들이나 어려
셔부터 니 슈양으로 길너시니 니 ᄌ식나 다르지 안닌지라 져젹의 ᄒᆞᆫ 꿈를 이
리이리 뀌고 션를 블너 꿈말을 일으니 져도☐☐☐☐

99

이리 잇써라 ᄒ고 진실노 니 샤람과 비필리 되지 못ᄒ면 밍셰코 셰샹의 잇지 못
ᄒ려노라 ᄒ미 니 혜오되 션니 급졔ᄒ여 벼슬ᄒ면 두 부인를 둘 거시니 이는 하
늘리 졍ᄒ신 비필이미 졔 쇼원니 그러ᄒ기로 쥬혼은 니가 ᄒᆫ 거시요 샹셔 쥬혼
ᄒ나 달음니 업는 거슬 그다지 통분ᄒ야 긔여히 낭ᄌ를 죽이려 ᄒ니 그 무슴 도
리며 니 비록 잘못ᄒ여셔도 날다려 일르고 죵요로니 쳐치홀 거시어늘 날를 쇼겨
가마니 낙양 영의게 긔별ᄒ여 무罪ᄒᆫ 샤람를 임의로 죽이려 ᄒ니 되는 일인가
디쟝부의 도리예 광명졍다히 쳔하를 다슬릴 거시어늘 어니 그다지 무례ᄒᆫ 일를
ᄒ여 후셰예 시비를 듯고ᄌ 쟈쳥ᄒ는고 ᄒ며 무한니 칙ᄒᆫ디 샹셰 아모 말도 못
ᄒ고 이윽키 싱각다가 엿ᄌ오되 져져 그리ᄒ신 줄은 아지 못ᄒ고 져즘긔 양왕니
구혼커늘 니 허락ᄒ여습써니 요샤히 드르니 션니 미쳔ᄒᆫ 샤람를 부뫼 모로게 어
덧짜 ᄒ니 죠졍의 시비 붕등ᄒ

100

오미 낙영 영의게 긔별ᄒ엿습써니이다 부인 왈 부부지간은 쳔졍이미 이중니 업
는지라 옛날 숑황졔도 졍궁를 폐ᄒ고 후궁를 죵신ᄒ니 비록 부뫼 모로나 니 쥬
혼ᄒ여시니 쳡과는 다른지라 쏘 션니 급졔ᄒ여 벼슬리 놉흐면 안히 둘 엇기는
어렵지 안니ᄒ니 샹셔는 그 ᄯᅥ예 ᄒ고ᄌ ᄒ는 가문를 갈희여 지닐 거시오 무罪
ᄒᆫ 낭ᄌ는 죽이지 말나 샹셔는 본디 츙효의 샤람니라 안마음의 크게 미안ᄒ나
맛동싱의 말리미 감히 거스지 못ᄒ여 그리ᄒ오리다 ᄒ고 시로 보니라 ᄒ든 낙양
영를 보와 왈 그 녀ᄌ를 부디 죽이려 ᄒ여써니 우리 져져 하 말리시니 죽이지
말고 노ᄒ되 그 근쳐의 잇게 말나 ᄒ니라 녀황후는 녀부인의 싀미라 부인니 왓
단 말를 드르시고 즉시 쳥ᄒ야 보시고 반겨 달포 머물너 보니지 안니ᄒ시이 도
라오지 못ᄒ고 니션의게 낭ᄌ 노힐 긔별만 ᄒ시니 션니 듯고 크게 깃거ᄒ더라
샹셔 혜오되 션니 그곳

101

의 잇시면 낭즈를 다려올까 넘여ᄒ야 샤람를 부려 경셩으로 다려가니 션니 낭즈
를 다시 못보고 가게 되미 슬푼 마음을 졍치 못ᄒ야 디부인게 하직ᄒ며 눈물을
흘니거늘 부인 왈 네 마음으로 부모 모로게 미쳔ᄒ 샤람를 어더두고 부친니 부
르시는디 가지 안이ᄒ는다 싱니 그겨야 슉향 어든 샤년를 다 알외여 왈 김낭지
비록 죽기를 면ᄒ여시나 쇼즈 곳 업ᄉ오면 의탁홀 고지 업ᄉ올 거시오니 모친은
쟈식의 졍를 싱각ᄒ옵셔 어엿비 너기쇼셔 부인니 눈물 흘녀 왈 진실노 네 말 갓
트면 하눌리 졍ᄒ신 비필인니 임의로 못ᄒ련니와 네 부친 뜻들 모로니 넘녀 말
고 잘 갓짜가 급졔를 슈히 ᄒ여 벼슬ᄒ면 네 마음디로 ᄒ고 부모도 금치 못ᄒ리
라 싱니 할미나 보고 가고져 ᄒ나 샹셔 보니신 하인니 샹셔 말ᄉᆞᆷ으로 부디 바로
다려오라 ᄒ시더라 ᄒ미 거스리지 못ᄒ여 할미게 편지 써 보니고 경셩의 가셔
샹셔게 복지 비알ᄒ온디 샹셔 디로 즐왈 혼인은 인

102

간디시라 부뫼라도 네 비필은 졍ᄒ여 줄 거시어늘 보모도 모로게 네 쇼견으로
미쳔ᄒ 디 취쳐ᄒ니 맛쌍니 죽일 거시로되 져져의 낫츨 보아 샤ᄒ너니 급졔ᄒ기
젼의는 닌 눈의 뵈지 말고 티학의 가 잇스라 ᄒ시니 션이 통곡 샤죄ᄒ고 티학으
로 가니라 이젹의 샹셰 궐하의 나아가 하직ᄒ고 집니 도라와 녀부인 말ᄉᆞᆷ으로
슉향를 죽니지 못ᄒᄆᆞᆯ 한탄ᄒ더라 이젹의 김젼은 계양 티슈로 올마가고 신관이
도임ᄒ야 즉시 낭즈를 불너 올여 왈 네 엇쩐 샤람이완디 샹셔딕 귀공즈를 혹ᄒ
야 학업를 젼폐케ᄒ니 쇼당 죽일 거시로되 특별이 안샤ᄒ너니 근쳐의 잇지 말고
멀니 가라 분부ᄒ여 니치거늘 문 밧게 나오니 할미 울며 다리고 집니 도라와 니
랑의 편지를 너여 보이니 기 셔의 ᄒ여시되 니션은 근지비ᄒ고 낭즈게 올너너이
감ᄒ쇼셔 젼싱 니싱이 다 날노 ᄒ여곰 심니 괴로오믈 보니 챰괴ᄒᄆᆞᆯ 측양치 못
ᄒ던 ᄎᆞ의 부친니 부르시미

103

다시 못보고 느려가옵썬니와 홍진비러예 고진감너라 ᄒ여시니 낭즈의 괴로온 익
이 거의 다 진ᄒ여ᄉ오니 과도히 용녀 말으시고 나의 급졔를 슈히 홀 쩌시오니
아무커나 쳔금갓튼 몸를 가부야이 바리지 말으ᄉ 다시 니션를 만나 영화를 보고
부모 만나기를 평싱 원ᄒ던 간쟝을 풀고 ᄒ날 ᄒ시에 갓치 죽어 한디 놀기를 싱
각ᄒ오셔 부디 샴가 즁헌 몸를 가뷔야니 말으쇼셔 ᄒ엿쩌라 낭지 견필의 통곡
왈 니제 낭군니 경셩에 가시고 고을에셔는 이 짜에 잇지 말나 ᄒ니 어듸 가 의
탁ᄒ올잇가 할미 왈 니 곳의 올리 잇시면 환를 볼 거시니 다른 듸 올무리라 ᄒ
여 즉시 집를 허러가지고 다른 듸 가 샤더니 할는 할미 크게 슬허ᄒ거늘 낭지
문왈 무슴 일노 져러틋 슬허ᄒ시는고 한미 왈 나는 과년 쳔틱샨 마구션녜로 월
궁항아의 명를 바다 낭즈를 구ᄒ려 인간의 나려왓습쩌니 져젹의 낭지 요지연의
갓실 졔도 니 쳥죄

104

되여 인도ᄒ야 다려가고 낭군 오실 졔도 니 샴신샨 션관를 모도 쳥ᄒ야 위유ᄒ
고 낙양 옥즁의 갓쳐 잇실 졔도 니 쳥죄 되여 낭즈의 셔찰를 니랑게 젼ᄒ고 낭
즈의 온갓 일을 돌보더니 이졔는 낭즈의 고익니 다 진ᄒ고 낭즈와 동쥬홀 인년
니 다 진ᄒ여시니 슬허ᄒ너니ᄃ 낭지 ᄎ언를 듯고 황망니 당의 날려 지비 왈 인
간 무지ᄒ온 눈니 엇지 할미 션녜신 쥴 아올잇가 숙향은 젼싱에 죄 즁ᄒ와 어려
셔 부모를 여희고 쳔만신고ᄒ다가 쳔힝으로 할미를 맛나오미 샤랑ᄒ시기를 친즈
식도곤 더 이휼ᄒ시는고로 나도 할미를 젼싱 부뫼런가 ᄒ와 일럼의 혼탄ᄒ기는
낭군를 만나 죠흔 시졀를 보거든 할미 즁흔 은혜를 만분지일니나 갑스올가 바라
쩌니 낭군도 안니오시는듸 할미죠초 ᄇ리고 갈려ᄒ시니 나는 눌을 의탁ᄒ올잇가
할미 위로 왈 인연니 진ᄒ믄 하눌리 졍ᄒ신 쉽오니 한치 말으쇼셔 낭지 낭군를

105

뫼시고 쌍뉴ᄒ는 양를 보랴 ᄒ야ᄶ러니 하ᄂᆞᆯ 명를 어긔지 못ᄒᆞ야 가오니 이 압헤
는 낭군를 만나 영화를 보실 날리 머지 안니코 부모 만나실 ᄶᆞ도 머지 안니ᄒ오
리니 넘녀 마르쇼셔 낭ᄌᆞ 왈 어려셔 부모를 일어시니 얼골과 셩명를 긔록지 못
ᄒ와ᄉ오미 부모를 만나온들 엇지 알리잇가 할미 왈 져즘긔 낙양 영으로 낭ᄌᆞ를
죽이려 ᄒ든 김견니 낭ᄌᆞ의 부뫼런이다 낭지 더경 왈 그러ᄒ면 엇지 진시 일
르지 안니ᄒ왓는잇가 할미 왈 셔로 만나 보실 ᄶ 안니오미 하ᄂᆞᆯ 명를 범치 못ᄒ
야 일르지 못ᄒ엿너니다 그ᄶ예 낭ᄌᆞ를 믈의 너흐라 ᄒᆞᆯ 졔도 니 낭ᄌᆞ의 혼빅를
인도ᄒ여 그ᄃᆡ 모친임 꿈의 비러 구ᄒ고 낭ᄌᆞ를 치려ᄒᆞᆯ 졔도 니 샤령의 팔의 올
나안ᄉ오니 미질 못ᄒ엿너니다 할뮈 은혜는 니싱의셔는 다 못 갑ᄉ올 거시니 후
싱의나 갑ᄉ오련니와 이졔 바리고 가려ᄒ시니 의탁ᄒᆞᆯ 고지 업ᄉ오미 부모나 ᄎ
ᄌᆞ가기ᄉ오니 길히나 가르치쇼셔

106

할미 왈 낭ᄌᆞ의 부뫼 이졔 계양 ᄐᆡ쉬 되여시니 이곳셔 계양니 샴쳔 오빅니라 낭
지 혼쟈 가기 어렵고 ᄯᅩ 낭군를 만나 가시면 어렵지 안니ᄒ련니와 혼쟈 가시면
낭군를 영결ᄒ고 싱젼의 다시는 못 만날 거시오미 낭ᄌᆞ의 고익니 다 진ᄒ여ᄉ오
니 오러지 안니ᄒ여 죠흔 시졀를 만나 영화복녹를 누리실 거시미 하 용녀치 말
으쇼셔 져 기를 두고 가오니 날 본드시 어엿비 너기쇼셔 낭ᄌᆞ의 어려온 일은 돌
보리이다 낭지 왈 할미 가시는 ᄃᆡ는 얼마나 ᄒ오며 언졔 가랴 ᄒ시는고 할미 왈
나 가는 ᄃᆡ는 쳔ᄐᆡ샨인니 이곳셔 오만 팔쳔이오 가기는 금시로 가려ᄒ너니다 낭
지 셔운 낙담ᄒ여 울며 왈 가시는 ᄃᆡ 갓갑ᄉ오면 ᄯ라가고ᄌ ᄒ오되 길리 요원
ᄒ오니 할이나 머믈너 회포나 풀고 가쇼셔 한미 기리 탄식 왈 니 낭ᄌᆞ를 다려갈
졔면 엇지 ᄎᆞ마 발리고 가오며 니 마음에는 낭군 오실 날리 머지 안니ᄒ여ᄉ오
니 머물너 보고 가련만은 ᄶ 느져가오니 밧비 가거이와 니 옷 ᄒ나흘 두고 가

107

오니 빙염ᄒ고 관곽 갓쵸와 져 기를 싸라가 졔 부리로 허위는 디 무드시고 ᄒᆡ여 얼여온 일니 잇거든 니 분묘로 오쇼셔 영혼이라도 돌보리이다 ᄒ고 입썬 젹숨를 버셔 쥬고 두어 거름의 문득 간 고지 업쩌라 낭ᄌ 망극ᄒ야 할뮈 젹숨를 붓뜰고 실셩 쳬읍ᄒ야 통곡ᄒ니 혈뉘 낭ᄌᄒ더라 이 일은 한미 일르는디로 의복를 갓쵸와 빙넘ᄒ고 관곽 갓쵸와 영장홀셰 낭ᄌ 친히 가보려 ᄒ니 그 기 낭ᄌ의 치마를 무려 당긔여 안치거눌 낭ᄌ 영장ᄒ라 가는 샤람다려 쳥ᄒ여 왈 할미 죽을 졔 유원ᄒ되 져 개 부리로 허위는 디 무드라 ᄒ여시니 부디 그리ᄒ여 달나 ᄒᆞᆫ디 그 샤람드리 듯고 개를 싸라가니 낙양 북촌 니샹져딕 동산 셔편 언덕의 가 포거늘 샤람드리 고이히 넉여 그 고디 영장ᄒ고 도라와 낭ᄌ다려 일은디 낭ᄌ 듯고 울며 왈 한미 죽어도 날를 잇지 못ᄒ여 낭군의 왕ᄂᆡᄒ는 양나나 보려ᄒ고 게 가 무치도다 ᄒ며 죠셕 졔ᄉ를 극진히 지너더라

108

일일은 낭ᄌ 그 개를 벗샴아 잇써니 ᄒᆞᆯ는 달리 밝고 잠니 오지 안이ᄒ거눌 챵젼의 지혀 울며 글 지어 셔안의 노코 잠간 잠를 드러싸가 씨여보니 글도 업고 기도 업거눌 더욱 망극ᄒ여 울며 왈 심홀샤 팔지야 샤람은 컨니와 개죠ᄎ 업스니 이 밤의 휘휘ᄒ여 엇지 보닐이오 ᄒ며 슬피 울다가 무슈히 통곡 긔졀ᄒ더라 각셜이라 니젹의 니랑이 틱학의 간 후로 낭쟈의 쇠식를 일졍 몰나 쥬야 넘녀 무궁ᄒ더니 ᄒᆞᆯ는 낭ᄌ 옥면의 빗최는듯 ᄒ거눌 슬푼 ᄆᆞ음를 이긔지 못ᄒ야 칙를 덥고 뜰의 날여 비회ᄒ더니 먼리 브라본즉 쳥ᄉ지 갓튼 거시 싱를 바라보고 울며 오거눌 싱니 혼ᄌ 일오되 고이ᄒ다 낭ᄌ의 집 쳥삽샤리 갓싸만은 졔 엇지 슈쳔 리 밧게 ᄒᆞ믈며 황셩 억만 가구 즁의 나 잇는 곳를 졔 엇지 ᄎᆞᄌ올이오 ᄒ더니 졈졈 갓차니 오미 꼴리를 치며 반겨 ᄒ거눌 샬펴보니 과연 낭쟈의 집 기여눌 하 반가와 얼오만지며 왈 너는 즘싱이라도 날를 와셔 보는

109

디 나는 샤람이라도 낭즈를 못가보니 너만 못ᄒ다 ᄒ고 무슈 탄식ᄒ더니 그 기 입으로셔 글쓴 거슬 토ᄒ거늘 놀나 즉시 바다보니 낭즈의 필젹니 분명ᄒ거늘 반 겨 즉시 ᄶᅥ혀보니 ᄒ여시되 슬푸다 슉향아 심홀샤 팔지야 다셧 쏠의 부모를 여 회고 십년니 지닉도록 동셔를 모로고 기걸ᄒ야 단기니 남이 쳔히 넉니는쏘다 십 년를 남의 집니 잇시니 챰쇼는 무삼 일고 악명를 싯고 그다지도 고힝을 ᄒ여쩐 가 월하의 년분으로 니랑을 만나 빅년를 의탁고져 ᄒ엿쩌니 원앙금침니 덥지 못 ᄒ야셔 니별은 무삼 일고 오쟉은 ᄭᅳᆫ쳐지고 볼 길히 아득ᄒ니 쇠식죠ᄎ 뉘 젼ᄒ 고 혈혈ᄒᆫ 니니 몸이 할미를 의지ᄒ야 죠셕를 일우더니 할미죠ᄎ 죽어시이 눌을 의탁홀고 슉향아 심홀샤 팔지야 쳔히 비록 크다ᄒ건만은 죠고만 일신이 의탁홀 고지 업도다 살아 싱젼의 니랑를 기다릴 길 업스니 지하에 가도 눈를 감지 못ᄒ 리로다 ᄒ엿쩌라 싱니 간필의

110

쥬근 줄 알고 낭지 의탁홀 고지 업셔 죽으리로다 ᄒ고 우다가 졔 밥를 먹인 후 셔챨를 개 목의 걸고 경계 왈 이졔 할미 죽어시니 낭즈의 의탁홀 고지 업셔 오 직 너를 의지ᄒ여시니 ᄲᅡᆯ리 도라가 낭즈를 안보ᄒ게 ᄒ라 그 개 머리예 털를 흔 드며 고기 죠아 응낙고 가니라 각셜이라 니젹의 낭지 혼즈 안즈 우더니 날은 졈 졈 어두어가고 인젹은 시로니 시 쇼리도 듯지 못ᄒ고 고단ᄒᆷ믈 이긔지 못ᄒ여 스스로 죽으려 ᄒ고 집슈건으로 손에 감쳐 쥐고 챵젼의 지혀 안즈쩌니 믄득 무 슨 쇼리 잇거늘 낭지 더욱 두려워 우름을 그치고 샬펴보니 쇼리는 나무 ᄯᅳ으는 쇼리 갓 얼골을 샤지 갓거늘 고히니 넉여 챵를 닷고 가마니 슈머 보니 그거시 방문를 발노 허위거늘 그졔야 샵샬긴 줄 알고 반겨 니달아 등를 쓸며 왈 너죠ᄎ 바리고 어듸 갓쩐다 그 개 목를 늘ᄒ여 낭즈의 팔의 언거늘 보니 목 아러 셔챨 리 미여거늘 즉시 글너보니 과년 니랑의 셔간이어늘 반

111

겨 쩌혀보니 기 셔의 왈 니션은 근지비ᄒ고 김씨 옥낭ᄌ 좌하의 부치너니 젼싱 후싱의 낭ᄌ의 괴로온 일니 다 니션의 죄로쇼이다 니졔 지닌 일은 다 일오지 못 ᄒ련니와 ᄒ번 니별ᄒ 후의 은하쉬 ᄀ리오고 쳥죠도 ᄂ쳐지미 쇠식니 돈졀ᄒ기로 다만 셔샹의 지는 희와 동편의 쓰는 달은 슉졀업시 혼빅과 간쟝를 썩일 따름일너니 쳔만몽미예 쳥ᄉ지 쇠식를 젼ᄒ오미 낭ᄌ의 필젹를 보오니 반가오미 예로셔 더 밋칠듯 ᄒ오나 할미 죽다 ᄒ오니 간쟝니 타는듯 ᄒ고 눌를 의탁ᄒ시는고 낭ᄌ의 고쵸ᄒ고 지니는 일은 외오셔도 보는듯 ᄒ여 틱산니 기우러지며 니즈러지는듯 ᄒ야 부슬 드러 죠희예 임ᄒ니 졍신니 흣터지고 눈믈이 쇼사나니 젼후ᄉ의 아무 말도 못ᄒ건이와 고진감너오 흥진비리라 ᄒ여ᄉ오니 동당 긔별이 들어오미 쳔힝으로 용문의 참녜ᄒ오면 나의 평싱 쇼원를 일우고 낭ᄌ의 고힝ᄒ든 원를 일변 위로ᄒ오

112

리니 쳔금갓튼 몸를 가벼야니 발리지 말고 션니 도라가는 날를 잠간 기다려 ᄒ 날 ᄒ시예 죽어 ᄒ 곳에 놀기를 축원ᄒ너이다 ᄒ엿쩌라 낭지 보고 개를 위로 왈 황셩니 예셔 슈쳔리라 ᄒ는디 엇지 잘 챠ᄌ 갓쩐뇨 네 갈 쥴 알아쩌면 니 일편 간담의 밋친 만단회포를 다 젹어 보닐 거슬 너는 낭군를 보고 왓시되 나는 무슴 죄로 못보는고 ᄒ며 실셩 통곡ᄒ더니 잇튼날부터는 그 개 샤면를 파거늘 고이히 녁여 보니 집안 거슬 다 무러다가 뭇거늘 낭지 고이히 녁여 혜오되 니 개는 비샹ᄒ 즘셩인니 일졍 아무 일나나 잇실이로다 ᄒ고 의복과 긔명를 다 뭇고 잇쩌니 샴일만의 문 밧게 샤람니 와 유유히 단니거늘 낭지 아모란 쥴 몰나 의심ᄒ더니 이윽ᄒ야 ᄒ 아회 쇼를 타고 가며 일로되 그놈드리 오늘 밤의 니 집니 와 도젹질ᄒ려 ᄒ는가 시부다 ᄒ거늘 낭지 그 아회를 불너 그 년고를 무른디 그 아회 답왈 올 졔 드르니 어

113

썬 샤람니 가며 왈 이 집니 보비 만□□□□□□□□ 겁탈ᄒ고 그 녀즈는 졔 계집 샴으려 ᄒ더라 낭지 그 말을 듯고 황겁ᄒ야 아무란 줄 몰나 망극ᄒ더니 날리 졈졈 어두오미 낭지 더옥 챵황 급급ᄒ야 개달여 경계 왈 오늘 밤의 도젹니 와 슈탐ᄒ련다 ᄒ니 욕보고 죽너니 챨아리 할뮈 무덤 겻터 가셔 죽즈 ᄒ고 울며 왈 너는 할미 분묘를 가르치라 그 개 머리 죠아 응답ᄒ거늘 낭지 쥬글 졔 입으려 ᄒ고 옷 두어 가지를 보예 쓰메고 나온디 그 개 눕고 이지 안너터이 날리 황혼의 그 개 일어나 낭즈의 멘 보를 무러 당긔거늘 낭지 왈 바리고 가쟈 ᄒ는야 ᄒ고 글너 노흐니 믈어다가 졔 등의 엇거늘 낭지 괴특이 너겨 노흐로 미고 막디 집고 개를 ᄯ라가더니 한 뫼 밋터 다달아 안거늘 보니 한 무덤이 잇는지라 일졍 할미 분묘로다 ᄒ고 분묘를 두달이며 애훼통곡ᄒ니 그 쇼리 애원ᄒ야 챵쳔의 샤 뭇쩌라 화셜니라 이젹의 낙양 동

114

촌 니샹셔의 부인니 완월누의 올나 명월을 귀경ᄒ더니 고이□□ 암길의 이원ᄒ고 슬푼 곡셩니 들이거늘 부인 왈 이러틋 깁흔 밤의 엇쩐 녀지 이러틋 슬피 우는요 ᄒ시며 우는 곳을 ᄎᄌ가 보라 ᄒ시거늘 마츰 니셩의 유뷔 안젼의 잇짜가 분부를 듯고 가니 한 쳥츈 쇼년 녀지 안져 울거늘 졀ᄒ고 문왈 엇더ᄒ신 이완디 이 뫼혜 와셔 울으시는잇가 낭지 쳐음은 겁칙홀 샤람만 너겨 고기를 슈기고 울며 가마니 보니 나히 만커늘 그져야 울음를 그치고 니젼 일을 디강 일으니 그 샤람이 놀나 지비 복지 왈 쇼인은 니공쟈의 유부옵쩌니 앗가 디부인니 곡셩를 드르시고 가셔 보라 ᄒ시거늘 왓샵쩌니 쳔만 의외로쇼이다 니 샨즁의 잇지 말으시고 쇼인의 집으로 가셔이다 낭지 왈 그디 공쟈의 유뷔라 ᄒ니 낭군를 본듯 ᄒ미 니졔 죽어도 눈를 감으리로다만은 샹셰 날를 죽니고쟈 ᄒ시는디 그디 집니 가면 나 죽기는 불관ᄒ건니

115

와 그디 날노ㅎ여 죄를 면치 못홀 거시니 못 가리로다 유뷔 복지 왈 말삼니 올
샤오니 도라가 부인게 알외여 회보ㅎ오리니다 ㅎ고 다름쳐 가더라 이젹의 그 개
보홀 낭ㅈ의 압혜 노코 입과져 ㅎ거늘 낭지 울며 왈 네 니 오슬 입으라 ㅎ니 일
졍 니 죽을 줄노 아는 거시미 나 무칠 고들 파쥬면 니 드러 죽을 거시니 너는
흙으로 덥흐라 ㅎ되 그 개 굿팔 형샹니 업써라 낭지 혜오되 샹셔 알르시면 죽이
실 거시니 샹셔긔 누덕니 될 거시오 나도 남의 손의 죽느니 찰아리 쟈결ㅎ여 죽
으리라 ㅎ고 나건으로 목를 미려ㅎ거늘 그 개 슈건를 물어 쯧고 못 미게 ㅎ더
낭지 왈 네 무들 고들 파라 ㅎ여도 아니 파고 죽지 못ㅎ게 ㅎ니 힝여 낭군를 다
시 보리라 ㅎ거든 할미 분묘의 올나짜가 날려셔 분묘를 향ㅎ야 셰 번 졀 곳 ㅎ
면 날를 죽지 말나 ㅎ는 일인니 니 네 뜻디로 아니 죽으리라 그 개 그 말를 듯
고 즉시 할미 분묘의 올나짜가 느려셔며 셰 번 졀ㅎ거늘 낭지 왈 네 비록 즘싱
니라도 하

116

비상ㅎ니 네 마음디로 ㅎ쟈 ㅎ며 우더니 그 유뷔 졔 집니 가 졔 할미다려 낭ㅈ
의 말를 ㅈ셔히 일으고 부인게 고홀 샤히예 힝혀 죽으셔도 밧비 가셔 직히라 니
르고 부인게 드러가 낭ㅈ의 말슴을 쟈셔히 엿ㅈ온디 부인니 디경 왈 어와 이졋
쏘다 ㅎ시고 샹셔게 고왈 션을 나흘 젹의 션녀의 말을 긔록ㅎ여써니 보쇼셔 ㅎ
고 니여 드리니 샹셔 펴보시미 그 글의 ㅎ여시되 니 아기 비필은 남양 짜 김젼
의 짤 슉향이라 ㅎ여써라 샹셔 왈 어인 말샴인니잇고 부인 왈 니 녀ㅈ의 일홈니
슉향이라 ㅎ오니 이는 쳔졍이온지라 아모려나 다려다가 졔 근본를 ㅈ셔히 드른
후의 션니 도라와 쳐치ㅎ게 ㅎ쇼셔 ㅎ고 즉시 시녀 열과 교ㅈ를 보니여 달여오
라 ㅎ신디 시녀 승명ㅎ고 가니라 이젹의 낭지 혼ㅈ 우더니 한 할미 와셔 졀ㅎ고
왈 쇼인은 낭군의 유뫼올넌니 앗가 할아비 말샴를 듯ㅅ오니 낭지 예 와 계시더
라 ㅎ고 급히 가셔 뫼시라 ㅎ옵기로 빨니 오노라 ㅎ와도 늣샤외다 져즘

117

게 낭군니 비필를 어드시다 ᄒ오되 녀부인 쥬혼ᄒ시미 뵈옵지 못□□ 기 후의
낙양 옥즁의 가 굿기신다 ᄒ옵쩐니 노히시다 ᄒ오되 아모디 계신 쥴 모로와 할
아비와 챠탄 ᄲᅮᆫ이올넌이니다 낭지 울며 왈 낭군의 유뫼라 ᄒ니 낭군를 본듯 ᄒ
여라 ᄒ고 니젼 고힝ᄒ든 말을 디강 ᄒ니 유뫼 듯고 통곡ᄒ더라 이윽고 유뷔 교
즈를 디령ᄒ고 부인 말ᄉᆷ으로 쳥ᄒ거ᄂᆞᆯ 낭지 가장 샤양 왈 샹셔 비록 죽이실지
라도 부인니 부르시ᄂᆞ디 안니 가면 죽기를 두려 싀부모의 명영를 어기는 쟉시라
가련니와 쳔ᄒᆞᆫ 몸의 교즈 타기는 더옥 불감ᄒ니 거러가리라 ᄒᆞᆫ디 부인의 명니
잇ᄉᆞ오니 거러가시면 쇼인 등이 죄를 면치 못ᄒᆞᆯ 거시니 어셔 교즈를 타쇼셔 낭
지 샤향치 못ᄒᆞ야셔 교즈의 올르니 좌우의 향늬와 등쵹니 휘황ᄒ더라 낭지 엄엄
ᄒᆞ야 즁문의 다다르니 시녜 나와 부인 말ᄉᆷ으로 발오 완월누로 뫼시라 ᄒᆞᆫ디 종
들니 교즈을 누하의 노흐니 낭지 시녀의 쵹불을 ᄯᅡ라 드러가니 샹셔와 부인니
한디

118

안즈 계시고 좌우의 화쵸 든 시녜 슈십 인니 버러셧시니 붉기 낫갓쩌라 낭지 멀
리셔 비례ᄒ니 샹셔와 부인니 갓가니 나아올아 ᄒ여 보시고 디경ᄒ여 갈오되 져
러ᄒ거든 션니 안이 혹ᄒ야시랴 부인니 눈믈을 지어 왈 어엿불샤 홍안박명니라
ᄒ니 슈심의 ᄡᅢ혀셔도 져러ᄒ니 마음니 편ᄒᆞ면 양티진 쵸비션이라도 밋지 못ᄒ
리로다 ᄒ시며 문왈 너의 집은 어듸며 부모는 뉘라 ᄒ며 나흔 몃치나 ᄒ뇨 낭지
졀ᄒ고 고쳐 안즈 엿즈오되 오셰예 부모를 난즁의 일습고 노즁의 왕늬ᄒ옵ᄯᅡ가
ᄒᆞᆫ 즘싱니 어버다가 남군 ᄯᅡ 쟝승샹딕의 두오니 그 집니 무즈식ᄒ여 십년를 기
르시니 지명도 아지 못ᄒ옵고 부모의 셩명도 모로너이다 샹셰 왈 쟝승샹은 남군
ᄯᅡ 쟝숑인니 그 밧ᄭᅵᆫ 업는디 게 잇짜가 엇지ᄒ여 니화졍 할뮈 집니로 온다 낭지
디왈 승샹딕의 샤향이란 죵이 쳡을 모함ᄒ여 부인 봉ᄎᆞ를 갓짜가 쳡의 그르셰
너코 쳡니 도젹ᄒᆞᆫ 양으로 참쇼ᄒ여 니치거ᄂᆞᆯ

119

포진이란 물의 와 빠지온니 마츰 치련ᄒᆞᄂᆞᆫ 아희더리 구ᄒᆞ여 동다히□ 가르치옵
거눌 오다가 노젼의 와셔 화지를 마나와 거의 죽게 되엿삽써니 화덕진군이란 노
옹니 구ᄒᆞ모로 샤라낫삽써니 이화졍 할미 지나가다가 보고 다려오니이다 샹셰
왈 쟝승샹 집니셔 할미 집 오기를 몃칠만의 온다 낭지 왈 노젼의 와셔 ᄌᆞ고 잇
튼날 오니이다 샹셰 디경 왈 쟝승샹 집니셔 예 오기 샴쳔 샴빅 오십니어든 비록
쳔리말을 타셔도 그리 슈히 못올 터의 잇틀의 왓짜 ᄒᆞ니 가쟝 고니ᄒᆞ다 부인 왈
네 일홈은 무어시며 어늬 히 어늬 달의 낫ᄂᆞᆫ다 낭지 왈 일홈은 슉향니옵고 나흔
십뉵셰온디 긔축년 샤월 쵸팔일 희시예 낫ᄉᆞ니어다 부인니 문왈 부모 셩명도 아
지 못ᄒᆞ면셔 싱월은 엇지 그리 ᄌᆞ셔히 아ᄂᆞᆫ다 낭지 왈 부모 여희올 졔 금낭를
치오고 갓삽기로 쟈란 후 보온니 싱월 일시를 젹어 너헛더이다 ᄒᆞ고 글너 드리
거눌 보시니 비단 쥬머이예 풀고 본즉 홍공단 싯헤 쓴

120

일홈은 슉향니오 쟈는 월궁션이라 ᄒᆞ고 긔축년 샴월 쵸팔일 희시싱이라 금ᄌᆞ로
셧써라 부인니 크게 깃거 왈 니 아들과 동연니오 일홈도 션녜 일으든 말과 갓트
되 다만 부모를 모로노라 ᄒᆞ니 그 안니 답답ᄒᆞ야 샹셔 왈 니 글을 금ᄌᆞ로 써시
니 일졍 셩은 김씨가 ᄒᆞ노라 낭지 왈 쟈란 후의 젼츠로 듯ᄌᆞ오니 져즘게 낙양
영 왓쓴 김젼니 니 부뫼라 ᄒᆞ던이다만은 엇지 자셔히 알이닛가 샹셔 왈 만일 그
러ᄒᆞ면 쟉ᄒᆞ랴 부인 왈 그 샤람은 엇쩌ᄒᆞ이닛가 샹셰 왈 김젼은 니부샹셔 운슈
션싱의 자졔라 가문니 쟉히 거록ᄒᆞ리오 부인 왈 올리면 쟈년 알이다 ᄒᆞ고 션
이 도라오기를 기다리며 션니 잇쓴 부용졍의 가 잇시라 ᄒᆞ거눌 낭지 부용당의
날려가니 싱니 부리든 시녀 십여 인니 와 낭ᄌᆞ를 보고 가쟝 공경ᄒᆞ며 극진니 뫼
시더라 잇튼날 부인니 낭ᄌᆞ을 불너 왈 네 잇썬 집니 둔 거시ᄂᆞ 업ᄂᆞᆫ야 낭지 디
왈 입썬 의복과 쓰던 긔명를 다 뭇고 왓삽더니 도젹니 안

121

이가져 갓ᄉ오면 안이 잇ᄉ올이잇가 부인 왈 그리면 네 하인를 거늘이고 가셔 무든 고들 가르치라 낭지 왈 쇼녜 안이 가와도 개만 다리고 가오면 다 가르치올이다 ᄒ디 승샹과 부인이며 샹하 노복니 다 긔이히 넉니더라 이날 하인니 그 개를 다리고 가셔 무든 거슬 다 ᄎᄌ가지고 오니 그르시 다 인간 보홰 안이오 겸ᄒ야 하인니 와셔 개 ᄑᆞ든 셜화를 다 알외오니 승샹부뷔와 샹하 노쇽니 다 낭즈는 범인니 안인 줄을 알고 각별위 디ᄒ더라 일일은 부인니 낭즈를 불너 문왈 쟈질의 무어슬 비화는다 낭지 디왈 얼여셔 부모를 일샵고 동셔 개걸ᄒ야 단니오니 무샴 일를 비화샤올잇가만은 아모 거시라도 본 곳 잇샤오면 그디로 ᄒ오리이다 부인니 낭지 엇지ᄒ는고 보려ᄒ여 비단 ᄒᆞ 필를 나여쥬며 왈 샹셔의 관디 더러워시되 요샤히 황셩의 갈야 ᄒ오시나 나는 눈이 어두어 잘 짓지 못ᄒ니 져 관디를 본를 샴고 그디로 지으시라 ᄒ시거늘 낭지 가지고 방의 가 비단를 보니 챰혹ᄒ거늘 싱

122

각ᄒ되 일노 참아 엇지 관디를 지을이오만은 일졍 니 지죠를 보랴 시험ᄒ시는ᄯ다 ᄒ시고 손죠 짠 비단를 니여 잇틀만의 지여너니 시녜 보고 부인게 고왈 관디를 발셔 다 지엿너이다 ᄒ거늘 부인니 쇼왈 관디는 다른 옷과 달으니 니 쇼시계 침지를 남의게셔 솜씨 빨으다 ᄒ되 밤낫 지여도 닷식 맛ᄎ거든 아무리 지죄 능ᄒᆞᆫ들 잇틀니 치 못ᄒ야셔 지여시리오 거줏 거슬 짓는 쳬 ᄒ엿ᄯ다 ᄒ고 즉시 낭즈를 불너 무르신디 낭지 디왈 짓는 쳬 ᄒ여ᄉ오나 처음이온즉 졔되 엇쩌ᄒ올지 아지 못ᄒ리로쇼이다 ᄒ고 드리거늘 부인니 보시고 디경 실식ᄒ여 칭챤 왈 졔도와 슈품이 젼의 관디예셔 십비나 더홀 분 안이라 비단도 니 쥰 거슨 안이로다 낭지 왈 쥬시든 비단이 졍치 안이ᄒ옵거늘 젼의 할믜 집너셔 손죠 짠 비단이 잇샵거늘 마츰 동싁니온고로 갓샵거든 밧고와 지엿너이다 부인니 크게 칭챤ᄒ시고 샹셔긔 입으쇼셔 드리니 샹셔 입고 왈 부인니 연만 후는

123

맛짱흔 관디를 못 입어쩌니 이 관디는 부인의 숌씨도곤 더 긔특이 지여시니 늙기야 호샤흐너이다 부인 왈 비단도 낭지 짠 숌씨오 짓기도 낭즈의 숌씨로쇼이다 샹셰 크게 놀나고 칭찬 왈 낭쟈는 진짓 긔특흔 지죄로다 흐시고 크게 즁샹흐시니 부인니 더욱 두굿기더라 할는 황졔 샤를 불어 샹경흐믈 지쵹흐여 계시거놀 샹셰 힝장를 챠려 갈려흐실셰 흉비를 보고 왈 이런 죠흔 관디예 흉비 무식흐니 아무디나 죠흔 흉비를 샤오라 흐시니 부인 왈 샹셔의 품의 무슨 흉비를 부치는 이잇고 낭지 겻틱 뫼셧짜가 왈 샹셔의 품의는 엇쩐 흉비를 부치시는이잇가 부인 왈 샹셔는 일품이미 빅학를 부치는이라 낭지 왈 쳡니 슈노키를 잠간 아옵쩌니 노하보셔이다 흔디 부인 왈 흉비는 다른 슈법과 다르니 놋는 이라도 쩌마다 못 놋너니 그러나 가실 날리 임박흐여시니 지죄 아무리 쎌나도 밋지 못흐리라 낭지 방의 드러가 혜오되 어렵지 안인 쉬로다 흐고 시도록 노하 드리니 샹

124

셔와 부인니 보시고 디경 실식흐면서 크게 칭찬 왈 낭즈는 진짓 션인니로다 흐시고 못닛 칭찬흐시더라 샹셰 황셩의 드러가 황샹게 뵈온니 샹이 인견흐시고 지샴 반기신 후 샹셔의 관디와 흉비을 보시고 왈 경니 관디와 흉비를 어듸 가 어더온다 샹셰 쥬왈 신의 며눌이 숌씨로쇼이다 샹니 갈오샤되 그리흐면 경의 아들이 죽어논야 샹셔 답쥬 왈 샤라너이다 샹니 가로샤되 짐니 경의 관디를 보니 비단은 은하슈 믈결을 향흐야 슈를 노핫고 흉비는 짝일흔 학의 형샹을 향흐야 슈를 노하시니 큰 바다 가온더 외로온 학니 고단흔 형샹니라 경니 아들이 샤라시면 엇지 그 녀지 실졀흔 형용를 남니 아라보게 흐엿는뇨 샹셰 디경흐야 계하에 날려 복지 쥬왈 셩샹은 진실노 일월의 졍긔를 가져 계시도쇼이다 쇼신은 눈이 잇스와도 신의 며눌리 쳔신인 쥴 아지 못흐왓너이다 흐고 션니 낭즈 어든 스년를 즈시 쥬달흐니 샹이 갈오

125

샤되 니 샤람은 졀힝니 고금의 업스니 이는 위공의 충효 지극ᄒ기로 ᄒ날이 어진 샤람를 쥬시도다 ᄒ시고 샹ᄉ를 만히 ᄒ시니 샹셰 하직ᄒ고 집니 도라와 황졔 일으시던 말샴를 다 일으고 샹ᄉᄒ신 보비을 다 낭ᄌ를 쥬고 이후로는 더옥 샤랑ᄒ시미 지즁ᄒ시니 일가 샹하 노쇼 업시 칭챤 경복ᄒ믈 비헐 디 업쩌라 챠셜이라 이젹의 니랑이 티학의셔 개를 보낸 후의 낭ᄌ의 쇠식를 몰나 가고ᄌ ᄒ는 마음니 더옥 샬갓쩌니 잇쩌에 티샤관이 탑젼의 쥬왈 요사히 쳔문를 보오니 티을셩니 티학의 비쥐엿스오니 일졍 긔니ᄒ 샤롬이 잇는가 ᄒ너이다 쳔지 즉시 죠셔을 날리와 알셩 과거를 뵈여 어진 샤람을 어드려 ᄒ신디 쳔하 션비 구름 못듯 ᄒ여쩌라 이젹의 니션니 과쟝를 챠려 쟝즁의 드러가니 만쟝 가온디 글졔를 거러시되 강구의 문동외라 ᄒ여쩌라 시지를 펼쳐노코 희졔를 싱각ᄒ며 용문년의 진홍묵를 흠벅 갈고 당황모 무심필를 즁등를 흠셕 풀어 죠밍보의 필법과 왕희지 쳬격

126

으로 일휘니 취지ᄒ니 용샤비등ᄒ고 문불가졉니랴 일쳔의 션쟝ᄒ니 쳔지 친히 쏘누시다가 보시고 디경ᄒ샤 무슈히 칭챤ᄒ시고 쟈쟈이 비졈이오 귀귀마다 관쥐로다 샹지샹의 쟝원을 뽑으신 후 비봉를 개치ᄒ니 낙양 북쵼 니졍의 아들 션니라 ᄒ여쩌늘 쳔지 더옥 긔특이 넉니ᄉ 실니를 지쵹ᄒ시니 싱이 심신니 쇄락ᄒ야 시위를 ᄶ라 옥계 하의 나아가 복지 샤은ᄒ온디 샹니 한 번 보시미 인믈은 관옥 갓고 풍치는 두목지라 미간의 강산 경긔를 모도왓는듯 ᄒ고 흉즁의는 쳔지 죠화를 품은듯 ᄒ고 두 눈의 안치 챨난ᄒ야 두우희 쏘니는 듯 지죠는 쥬날아 강티공과 한나라 쟝ᄌ방과 졔갈양이라도 밋지 못ᄒᆯ네라 쳔지 디희ᄒ샤 어쥬 샴비를 권ᄒ신 후 니원풍뉴와 무동 쌍기와 어샤화를 날리시고 쳘리 노시를 샤숑ᄒ시고 즉시 한림학ᄉ의 금은샤인과 옥당를 ᄒ니시이 니션니 샤은 슉비ᄒ고 집으로 도라올시

127

녀부인를 뫼시고 각식 풍뉴와 니션이 쎄여난 풍치□□□□ 슈기고 황성으로셔 써나오니 쟝안 인민과 노샹 힝인들히 길히 메여써라 일일은 니션이 낙양 짜에 들며 슉모긔 샬오되 쇼질이 니리 되기는 딕셩스 부쳐의 덕인가 ᄒ오니 가는 길 혜 부쳐게 먼져 샤례ᄒ고 가올 거시오니 슉모임은 먼져 가옵셔 경년 긔구를 촬 히옵쇼셔 녀부인니 허락ᄒ시고 가시거늘 니션이 즉시 딕셩샤의 드러가 부체게 비알ᄒ고 써나오다가 니화정의 오니 샤람은 시로니 쑥밧치 되여거늘 망극ᄒ야 통곡 왈 낭지 날을 위ᄒ야 고힝ᄒ다가 죽어시니 니 이졔 비록 몸니 공회 되여시 나 무어시 귀ᄒ리오 부모게 뵈온 후는 낭즈의 분묘를 츠쟈 한가지로 죽으리라 ᄒ고 집니 도라오이 샹셔와 부인니 과망 딕영ᄒ여 중문의 나와 마즈되 션니 죠 곰도 희식니 업거늘 샹셔 가쟝 고이히 넉여 문왈 네 쳥연의 급졔ᄒ야 부모게 영 화를 뵈니 일졍 즐거올 거시어늘 무슨 일니 부죡ᄒ야 눈의 눈믈 흔젹과 낫체 슈 식니 만ᄒ뇨

128

니션이 앙쳔 탄식ᄒ고 답지 안니ᄒ거늘 부인니 션의 쓰들 알고 왈 네 낭지를 죽 은가 ᄒ야 시름ᄒ는야 너 네 쓰들 바다 다려온 지 오러니 근심 말나 션니 밋지 안니ᄒ고 샬오되 먼 길의 구치ᄒ야 오다가 노중의 슐을 만히 먹샤오니 몸니 곤 ᄒ야 그러ᄒ와이다 ᄒ고 관딕도 벗지 안이코 난간의 지혀짜가 눕거늘 부인니 시 녀를 명ᄒ야 낭쟈를 밧비 뫼시라 ᄒ고 드러가시니 낭지 슈명ᄒ고 즉시 나와 타 년니 학샤의 샤미를 붓뜰고 슬허ᄒ거늘 학시 쳔만 의외예 낭즈를 보고 꿈인가 샹시가 반가온 마음을 금치 못ᄒ야 밋친 듯 취ᄒ 듯 실혼ᄒ 듯 인샤를 챠리지 못ᄒ고 다만 낭쟈의 옥슈를 잡고 항여 일흘가 노칠가 단단니 쥐며 슬피 늣기고 말를 못ᄒ거늘 낭지 쇼리를 가다드머 위로 왈 쳔리 원노의 곤핍ᄒ와 계시거늘 몸를 바리지 말고 침쇼로 오쇼셔 ᄒ거늘 학시 계유 졍신를 챨려 쟈셔히 보니 분 명ᄒ 쟈갸 집니오 좌우 시녀와 일가 노쇼 샹하 업시 젼후의 옹위ᄒ여 학샤의 실 혼ᄒ믈 위로ᄒ미 분명ᄒ거늘

129

다시 정신를 강잉ᄒ야 낭쟈의게 샤례ᄒ야 왈 쳔힝으로 급졔ᄒ여 벼슬ᄒ오니 몸은 곤치 안니ᄒ오되 낭즈를 위ᄒ야 죠셕의 간쟝을 썩이다가 올 길헤 니화졍에 오니 인젹은 커니와 시 쇠라도 업샵기로 반나마 썩은 간쟝니 거의 ᄯᆫ케 되엿써니 낭즈를 쳔힝으로 다시 만나 보아스오니 이졔야 무슨 부죡ᄒ미 잇스오리오 ᄒ고 희음업시 슬허ᄒ니 보는 샤람니 다 일오되 년분이 져러ᄒ거든 샹셰 엇지 말이리오 ᄒ더라 학시 낭쟈의 곤궁ᄒ던 일를 무른디 낭지 한숨짓고 왈 오늘은 티평이오니 쳡의 고힝ᄒ올 말샴 안니오미 훗날 죵용니 옛 말샴 ᄒ셔이다 ᄒ고 학샤의 관디를 가라 입펀디 학시 샹셔 계신 디 드러가니 승샹부뷔 보시고 못니 두굿겨ᄒ시더라 샹셔덕의셔 샴일 경연ᄒ고 슉모덕에셔 샴일 경년ᄒ니 원근 친쳑과 향니 샤람니 칭찬 안니ᄒ리 업써라 일일은 샹셰 학샤를 불너 왈 요사이 낭즈를 집니 두고 보이 힝모와 례졀 범빅니 극진ᄒ고 죠곰도 죠곰도 부죡ᄒ 일니 업스되 다만 남 모르는 취쳐를 ᄒ여시니 일졍 샤람의

130

시비 잇실듯 ᄒ고 ᄯᅩ 양왕니 구혼ᄒ는 거슬 니 허락ᄒ여쩌니 네 급졔ᄒ여시니 일졍 혼인를 지쵹ᄒ올 거시니 엇지ᄒ리오 학시 왈 그는 아죠 믈일칠 묘칙이 쉽샤오니 죠토록 ᄒ리이다 ᄒ고 즉시 샹경ᄒ야 황졔게 드러가 샤비 복지ᄒᄋᆫ 후 낭즈 어든 샤년를 쟈셔히 베퍼 샹쇼ᄒ온디 샹니 젼일의 낭즈의 일를 다 알아 계신지라 션의 샹쇼를 보시고 계신다려 일오샤되 니 녀쟈의 졀힝니 비록 옛 샤람이라도 밋지 못ᄒ리니 특별니 졍렬부인를 봉ᄒ라 ᄒ신디 니부샹셰 엿즈오되 무릇 녀즈의 벼슬리 그 가부의 쟉품으로 좃스오니 지금 니션이 아직 오품의 잇샵거ᄂᆞᆯ 그 안히를 먼져 일품를 봉ᄒ오시면 미안ᄒ가 ᄒᄂᆞ이다 샹니 젼교 왈 그리면 쳔하의 졀렬힝은 엇지ᄒ야 지아비 벼슬 업시 봉ᄒ문 엇진 일인고 졀힝니 잇셔도 봉치 못ᄒ랴 ᄒ시고 특지로 니션를 간의티우를 봉ᄒ시고 그 부인은 졍렬부인 직쳡를 ᄂᆞᆯ리시니 만됴 경황ᄒ야 감히 말를 못ᄒ더라 니러모로 니션의 명망니 크게

즁ᄒ야 간의틱우 옥당 할림학샤를 겸ᄒ시니 죠졍니 안이 공경ᄒ리 업더라 니젹의 양왕니

131

샹셔긔 샤람부려 혼샤를 (반 줄 판독 불능) 넘녀 마르쇼셔 ᄒ더라 이젹의 형쵸ᄯ히 년ᄒ야 흉년니 쟈로 들미 도젹니 만히 일어나니 샹이 가쟝 근심ᄒ시거늘 니션이 탑젼의 쥬왈 쳔지 변화ᄒ기는 인심으로죠챠 변화ᄒ오미 형쵸의 모든 관원니 어지지 못ᄒ와 빅셩를 무휼치 안니ᄒ오미 쳔변이 쟈로 이러나옵고 긔한를 이긔지 못ᄒ야 도젹니 일어ᄂᆞ 난를 지오니 쇼신니 비록 지죄 업샤오나 형쵸의 ᄒᆞᆫ 원니 되여 빅셩를 무휼ᄒ옵고 도젹를 평졍ᄒ오리이다 ᄒ온디 샹이 더히ᄒ샤 즉시 니션으로 형쥬 쟈샤를 ᄒ니시고 형쵸 ᄯ홀 가음알아 군슈 현령의 능부를 보아 츌쳑를 임의로 ᄒ라 ᄒ시니 쟈시 슈명 샤은ᄒ고 집니 도라와 그 샤년를 부모게 엿쟈온디 샹셰 왈 딕쟝뷔 되여 부모 셤길 날은 젹고 임군 셤길 날은 만타 ᄒ니 네 공명으로 가는 길히나 한치 안이ᄒ너니 다만 쳘리 외예 가니 니 마음니 결년ᄒᆞᆯ 뿐 안니라 그 ᄯᅡ혜 도젹니 만히 일어낫ᄯᅡ ᄒ니 넘녀 무궁ᄒ다 쟈시 엿쟈오되 니번 길혼 날아ᄒᆞᆯ 위ᄒ야

132

빅셩를 안보ᄒ고 아릭로 양왕의 혼샤를 거졀코져 ᄒ오니 근심 마르쇼셔 ᄒ고 부인다려 왈 나는 먼져 가오니 부인은 미죠ᄎᆞ 오쇼셔 ᄒ디 졍렬부인 왈 형쵸의셔 난계 고올니 얼마나 ᄒ오니잇가 쟈시 왈 난계는 형쥬 쇼속ᄒ 고을이온지라 가는 길이니이다 부인 왈 그러ᄒ면 쳡니 갈 길의 옛날 은혜 갑흘 고지 만ᄉ오니 엇지 ᄒ올잇가 쟈시 왈 그는 부인의 쇼견 잇는 일은 다ᄒ고 오쇼셔 ᄒ고 즉시 부모게 하직ᄒ고 형쥬로 나아가너라 이젹의 그 ᄯᅡ혜 도젹니 혜오되 시 쟈시 오면 져희를 죽일가 져허ᄒ더니 쟈시 친히 각관의 순힝ᄒ야 슈령의 능부를 보아 츌쳑을 임의로 ᄒ며 챵곡를 홋터 빅셩를 난화쥬고 농업를 권ᄒ야 힘쓰게 ᄒ니 도젹니

변호야 양민니 되고 빅셩니 평안호니 인심니 디치호야 쟈샤의 길리는 쇼리 원근의 진동호더라 니젹의 샹셰 황셩으로셔 도라와 낭즈를 불너 왈 션니 형쵸의 가 도젹를 잘 다스려 양민니 되엿짜 호니 이졔는 가기도 의심니 업고 쏘 션니 기달일 거시니 힝쟝를 챠려 슈히 가라 호시거눌

133

낭지 즉시 시녀를 명호야 (반 줄 판독 불능) 그 개 버린 음식를 먹거눌 졍렬부인니 개 등를 어루만지며 슬허 왈 내 견아 너 곳 안일넌들 니 짜히 진퇴될낫다 호며 젼일를 싱각고 슬허호더니 문득 그 개 짜를 씨져기며 울거눌 부인니 샬펴보니 글즈로 써시되 인년니 진호여스오니 나는 예셔 니별호너이다 호여써늘 부인니 놀나 일로되 널노 더부러 고힝를 호다가 이졔는 귀히 되여시니 맛짱니 네 은혜를 갑흘가 호엿짜가 너죠츠 갈려호이 슬푼 마음를 니긔지 못호리로다 시방 가려호는야 그 개 입으로 할미 분묘를 가르치고 부인게 졀호고 셔너 거름의 부인를 쟈로 도라보고 쇼리를 우리갓치 지르더니 문득 흑운니 둘너짜며 문득 갓곳지 업거눌 부인니 눈물를 먹음고 왈 하눌개죠츠 내게 와 고힝도 호여쏘다 호고 그 개 셧썬 디 의복를 갓쵸와 뭇고 개를 위호야 졔흔 후의 샹셔 양위게 하직호고 길흘 써나가며 하인의게 분부호되 가는 길혜 졔흘 고지 만호니 졔믈를 갓쵸와 가며 지나가는 지명

134

를 다 일으라 호시니 노젼의 와 화덕진군게 은혜를 싱각고 졔문 지여 친히 졔호더니 잔의 부은 슐니 업고 게유알만흔 거슬 담아거눌 보니 긔니흔 구슐이라 가져가더니 흔 믈ㄱ의 다다라는 부인니 문왈 니 믈이 포진인야 하인니 엿즈오되 니 믈이 포진를 년호여시되 포진은 슈뢰 쳔여 리옵고 믈 일홈은 양진니라 호너이다 부인 왈 그리호면 니 믈노셔 양진를 가는야 하인 왈 포진를 가려호시면 니 믈길노 가시나 슈뢰 하 긔험호오니 이 믈 건너 육노로 가너이다 부인니 심히 홀연호여 호시더라 비를 반은 건너더니 믄득 동풍니 디작호며 샤공니 밋쳐 비를

것잡지 못ㅎ야 노쳐발인니 바람은 졈졈 크게 일어나고 믈결은 하늘의 다하는디
비는 셔호로 샬가듯 ㅎ니 션즁 샤람들리 넉슬 다 일코 죽기만 바라더니 이윽ㅎ
야 바람니 쟈고 믈결이 고뇨하나 니 비는 관션이라 블과 숫츨 싯지 못ㅎ여쩌니
날리 졈졈 어두어가미 샤람니 다 쥬려 민망ㅎ야 가혜 다니고즈 ㅎ되 가을 보지
못ㅎ야 민망ㅎ더니 믄득 믈 우회셔 져 쇼리□

135

길흘 뭇고쟈 ㅎ더니 그 비 나는 드시 지나가며 그 아희 졀을 그치고 글을 을푸
니 그 글의 ㅎ여시되 쟉년 이날 니 믈의 와셔 슉낭즈를 맛낫쩌니 금년 오늘날의
는 슉부인를 만낫또다 반가온 마음이야 옛날의셔 십비나 ㅎ되 쟙인니 만하 졍언
를 못ㅎ리로다 어듸 가 화덕진군의 구슬를 어더 모든 샤람의 쥬림를 구홀고 ㅎ
며 지나가거늘 부인은 그 아희 얼골과 쇼리를 다 드르되 겻티 잇는 시녀와 모든
션즁 샤람들은 보지는 못ㅎ되 져 쇼리는 다 듯쩌라 부인니 혜오되 화덕진군의게
졔홀 졔 어든 구슬니 아니 화쥐런가 ㅎ고 쌀를 씨셔 그릇셰 담고 구슐를 그 우
회 언져두니 스스로 익어 박니 되거늘 션즁인들리 모다 신긔히 넉여 왈 우리 졍
렬부인은 션인니라 칭찬ㅎ더라 이윽ㅎ야 포진의 다다르니 샤공이 놀나 일오되
양진니 예셔 일쳔 구뷕니라 비록 슌풍를 만나도 오기 쉽지 안니ㅎ고 슈뢰 지극
히 험ㅎ니 뷔의 ㅎ나토 무스히 오기 어렵거늘 오늘은 평명의 비를 타고 오후의
왓시니 그런 이샹ㅎ 일 업쩌라 ㅎ더라 부인니 졔믈

136

갓쵸아 졔문 지여 용왕게 친히 졔ㅎ더니 믈 쇼그로셔 오운니 일어나며 션즁의
쟈옥ㅎ엿쩌니 이윽ㅎ야 구름이 것거늘 보니 졔믈은 아모것도 업고 그릇마다 은
금 보뷔 그득 담겨고 슐쟌의 구슬리 담겨시되 불빗갓고 크기는 올히알 만ㅎ더라
부인이 혜오되 분명 용왕의 부인니 흠양ㅎ시도다 ㅎ고 보뷔를 다 거두어 가지고
뭇혜 날리니 하인이 엿즈오되 이 짜흔 형쥐 쇽 남군 고을이라 ㅎ오니 햐쳐를
고을노 ㅎ너이다 ㅎ거늘 부인 왈 니 곳의 쟝승샹뒥니 잇짜 ㅎ더니 어듸 잇는뇨

하인니 엿즈오되 져 바라보는 동샨니 그 딕이로쇼이다 부인 왈 니 몸이 곤흐야
멀니 못갈 거시니 그 고을의 긔별흐야 위의를 촬혀 오라 흐고 하쳐는 쟝승샹딕
의 흐라 흐시니 하인니 즉시 남군 티슈의게 긔별흔디 티슈 한복니 디경흐야 즉
시 위의를 챠려 쟝승샹딕으로 디령홀셰 시위흔 군시 다 오식 갑오슬 갓쵸고 샴
쳔 웅병니 웅위흐여 디령흐여시며 향촉 든 시녜 이십여 인니 다

137

칠보 단장흐고 젼후 좌우의 꼿쌧치 되엿써라 부인니 금뎡를 타시고 풍뉴를 갓쵸
아 드러가니 잇쩌는 봄시졀이라 이젹의 쟝승샹니 디경흐야 각식 보진를 영츈당
외 비셜흐시고 졍렬부인 힝츠를 뫼실셰 일읍 촌니 일경니 크게 진동흐고 굿보는
샤람이 티샨갓치 뫼얏써라 니젹의 승샹 부인니 시녀 춘향를 불너 말샴를 부리시
되 누츄흐온 디 귀흐신 힝챠 오시니 쥬인의게 광치 찰난흐오나 즉시 나와 뵈옵
고쟈 흐오되 마츰 계샤 지닌는 일니 잇샤오미 니일노 나가 뵈오믈 쳥흐너이다
흐고 견갈흐시니 졍렬부인니 답왈 지나가다가 귀흐온 짜혜 죠흔 경기 보옵기도
과망흐옵거든 먼져 믈르시니 너무 황숑흐여이다 갓튼 부인니 허믈이 업샤오리니
니일 가올 졔 뵈올이다 흐고 답언를 젼흐니 승샹 부인니 듯고 춘향다려 왈 그
부인니 얼굴이나 긔쟈흐시더냐 춘향이 엿즈오되 시녜 여러히 시위흐여시니 말샴
를 젼츠로 젼흐오미 그 부인은 보지 못흐오니 용모는 엇쩌흐신지 모로오나 다마
듯즈오니 그 부인니 영츈당의 드르시며 풍월을

138

지여 계시다 흐고 모든 시녜 외오거늘 듯즈오니 그를 잘흐든가 시버이다 부인
왈 네 그 글을 외올숀야 춘향니 즉시 외오니 그 글 쓰즌 쟉년의 영츈 짜 봄를
마나니 져 옥계의 꼿치 더디 취흐믈 웃써니 금년의 쏘 영츈당 봄를 만나니 져
옥계예 꼿치 다시 만나믈 반겨 웃는쏘다 꼿츤 반가오믈 이긔지 못흐야 우스되
나는 옛일를 싱각흐니 마음이 시로니 굿부도다 흐엿써라 부인니 그 글의 니샹흔
쓰즐 승샹게 샬오니 승샹니 놀나 왈 어와 고니흐다 그 부인니 영츈당의 쳐음으

로 와셔 전일의 왔쓴 글노 지어 계시니 그 쓰즌 아지 못ᄒ건이와 글 바듸는 문
장의 지죄로다 ᄒ시고 젹어 긔록ᄒ시더라 졍녈부인니 시녀로 더부러 밤니 집도
록 안졋짜가 잠간 잠를 드니 꿈의 승상 부인긔 드러가니 방안의 화상를 걸고 옷
갓 음식를 쟝히 버리고 부인니 울며 왈 슉향아 슬푸다 샤라쩐들 귀ᄒ 듸 보니여
져 쟈샤 부인갓치 되는 양를 볼년야 ᄒ고 울거늘 부인니 듯고 ᄭᅢ치니 일몽이라
싱각ᄒ되 승상 부인과 날과는 흥싱 년분이 안

139

니로다 니 옛날 샤향의게 구박ᄒ여□□□ 오늘 표진믈의 와 ᄲᅡ져쩌니 부인니 날
를 위ᄒ야 싱각고 니 졔를 ᄒ시는쏘다 ᄒ고 감격ᄒ ᄆᆞ음과 슬푼 경샤를 이기지
못ᄒ시더라 날리 붉으며 승상 부인니 나오신다 ᄒ거늘 졍녈부인니 의복과 위의
을 셩비히 갓쵸와 마즈니 승상 부인니 보시고 엄엄ᄒ야 갈오되 우리는 더국 더
승상의 부인니 되엿시되 이런 셩ᄒ 위의를 보지 못ᄒ야쩌니 오늘은 손임 덕의
귀ᄒ 경샤를 보오니 만힝이로쇼이다 ᄒ시고 쟌치ᄒ시니 음식니 다 꿈의 뵈던 졔
믈일네라 졍녈부인 왈 먼 길의 구치ᄒ야 오오니 몸니 곤ᄒ와 고을가지 가지 못
ᄒ와 갓가니 쉬려ᄒ와 하인니 승샹덕를 비러 햐쳐ᄒ오니 쳔만 뜻밧게 귀ᄒ 경를
보옵고 깃버ᄒ옵는듸 부인니 이러틋 관듸ᄒ시니 지극 감격ᄒ와이다 승샹 부인
왈 그듸 년셰 언만나 ᄒ온이닛가 답왈 쳡의 나흔 이십이로쇼이다 승샹 부인니
탄식고 눈물를 흘이거늘 졍녈부인 왈 무샬 일노 져리 슬허ᄒ시는이잇가 승샹 부
인니 답왈 우리 젼싱의 죄 즁ᄒ와 무쟈식ᄒ옵쩌니 늣

140

ᄭᅢ야 남의 ᄯᅡᆯ 쟈식를 어더 슈양으로 기르더니 오년 젼의 오늘 죽어시미 밤의 그
졔를 지니엿삽쩌니 부인의 년셰를 드르니 쥬근 ᄌᆞ식의 년갑이미 쟈식를 싱각ᄒ
옵고 져도 잇쩌면 부인갓치 될넌가 ᄒ야 스스로 비챵ᄒ여이다 ᄒ고 말를 맛치지
못ᄒ야셔 문득 가치 난간 압혜셔 울거늘 졍녈부인 왈 젼일도 졔 와 우더니 이믜
ᄒ 슉향를 죽게 ᄒ고 ᄯᅩ 무슨 일노 우는다 승샹 부인니 디경 왈 그듸 엇지 승샹

부의 와셔 보지도 안이시고 슉향의 일를 쟈셔히 알르시는이잇가 경렬부인 왈 흔 샤람니 슈노흔 족즈를 풀거늘 샤온즉 족쟈 졔목의 슉향이라 흐여샤오미 슉향의 일를 디강 알아너이다 승상 부인 왈 힝여 그 족쟈를 가져오신니잇가 경렬부인니 즉시 시녀를 명흐야 족쟈를 너여 드리니 그 족쟈 그림의 흐여시되 슉향를 샤슴 니 어버다가 쟝승샹딕 동샨의 노흐니 슉향니 모란 덤불 밋티 안즈 죠올거늘 승 샹니 보시고 부인를 쳥흐야 보인 일과 부인니 품샤이에 길으던 일과 영츈당의셔 잔치흐다가 가치로 흐야 근심흐던 일과 샤향이

141

모함흐니 부인 압헤셔 죽으려 흐던 일과□□□□□ 울며 글 쓰던 일과 샤향니 구박흐던 일과 포진믈의 와 샌지던 형샹를 챠려로 그려시니 그 씨 일니 어졔런 듯 눈의 버럿쩌라 승샹 부인니 통곡나는 줄 모로고 울거늘 졍렬부인 왈 젼의 이 그림를 이기 보앗시민 니 집 일홈이 영츈당이오 쏘 갓치 와 울거늘 위넌니 흐온 말샴이올너니 부인니 하 슬허흐시미 도로혀 불안흐와이다 승샹 부인니 늣겨 아 모 말를 못흐다가 양구 후 갈오되 니 그림이 우리 집를 녁녁히 글여시니 그일 말샴이 죠곰이나 잇시리요 흐고 슉향를 어더 품쟈 기르며 샤향니 모함흐다가 별 악마즌 일이며 샤람 보너여 포지믈의 가 챳썬 일이며 슉향니 죽어쏘 통곡흐니 승샹이 부인 병들가 넘녀흐야 화샹 구흐야 어더온 일과 낫낫치 일르거늘 졍렬부 인니 왈 비록 친쟈식이라도 쥬근 후 희포되오면 쟈년 잇샵거늘 부인은 남의 쟈 식를 위흐야 엇지 그다지 잇지 못흐야 흐시는이잇가 승샹 부인니 답왈 이셩의셔 는 시로이 후싱의 가도

142

슉향를 다시 어더보지 못흐면 비록 쳔만년이라도 싱젼의 그리온 마음를 쎡이지 못홀가 흐여샵떠니 쳔만 몽미예 부인 가지신 족즈를 보오니 슉향를 보온듯 흐온 지라 죽어도 눈를 감으려 흐오니 져 족즈를 니게 풀고 가쇼셔 졍렬부인 왈 쥬인 니 가지고쟈 흐시니 그져도 들린런니와 쟈시 샤랑흐야 즁가를 쥬고 샤신 거시오

니 무단니 업시 ᄒ고 가기 고이ᄒ오미 즁갑슬 쥬시면 풀고 갈이니ᄃ 승샹 부인
왈 내 집니 가난ᄒ야 즁ᄒ 갑시 업쩐니와 숙향니 쟈라거든 쥬즈 ᄒ고 황금 일만
양를 두고 노비 샴쳔 귀를 두엇쩌니 이졔는 숙향니 쥭어스오니 무쟈식ᄒ온 샤람
니 눌를 쥬올잇가 그거슬 들일 거시니 죡즈를 쥬고 가쇼셔 졍렬부인니 쏘 갈오
되 숙향의 얼골리 엇쩌ᄒ던지 그 화샹니 잇짜 ᄒ오니 보아지이다 승샹 부인니
답왈 너 침쇼의 걸어시니 보쇼셔 ᄒ고 쳥ᄒ거늘 졍렬부인니 들어가 보니 쟈갸
얼골를 그려 부치고□샹를

143

들리오고 압헤 탁샹를 노코 온갓 음식를 먹는 양으로 버려노하쩌라 졍렬부인 왈
숙향를 지금 싱각ᄒ심은 져이 용모를 잇지 못ᄒ시미니 쳡이 비록 어엿부지 안니
ᄒ오나 숙향과 엇쩌ᄒ고 보쇼셔 ᄒ고 화관를 벗고 아희 민도리를 ᄒ고 쟝를 들
고 화샹 겻티 드러가셔 고쟝를 지우니 모다 보고 디경 실식 왈 숙향씨 화샹니
변ᄒ야 부인니 되얏거ᄂ 부인니 변ᄒ야 화샹니 되야쩌나 ᄒ다 ᄒ니 승샹 부인니
황홀ᄒ야 아모란 쥴 몰나 눈물만 흘이거늘 졍렬부인니 ᄂ려셔며 하당 지비 왈
부인니 지금가지 쳡을 잇지 못ᄒ야셔 이디도록 지극히 싱각ᄒ시는 쥴 엇지 알이
잇가 ᄒ며 쟈던 방를 갈으치며 왈 과년 쇼쳡이 숙향니로쇼이다 져 챵젼의 피로
쓴 글씨를 보시온잇가 부인니 크게 놀나 긔졀ᄒ엿짜가 씨여 안고 구을며 왈 너
쌀아 나는 너를 쥬근가 ᄒ여쩌니 이러틋 귀히 되여 날를 ᄎᄌ볼 쥴 엇지 뜻ᄒ야
시리요 ᄒ시며 디셩통곡ᄒ시니 승샹도 드르시고 챵황니 드러와

144

붓뜰고 디곡ᄒ시니 졍렬부인 왈 너무 슬허 말으쇼셔 내 집니셔 승샹 양위를 뫼
셔 낙봉연를 ᄒ오려 왓스오니 오늘은 티평낙으로 노르쇼셔 ᄒ고 시녀를 명ᄒ야
입으실 옷 ᄒ 벌식 드리고 팔진미를 갓쵸와 근쳐의 모든 부인를 다 쳥ᄒ야 샴일
쟌치ᄒ니 원근의 듯는 샤람니 뉘 안니 칭찬ᄒ리요 모다 일오되 승샹니 무즈식ᄒ
더니 유즈식ᄒ니도곤 더 호화롭다 ᄒ더라 졍렬부인니 승샹딕의셔 일샥를 유ᄒ야

하직ᄒ고 살오되 예셔 형쥐가 머지 안니타 ᄒ오니 쟈샤게 가 하인 보니옵거든 부디 와 단녀가쇼셔 ᄒ거놀 승상부뷔 응낙ᄒ신디 졍렬부인니 가져온 보비를 무슈히 드리고 인ᄒ야 하직ᄒ시니 승상부톄 영화를 즐겨ᄒ시ᄂ 니별ᄒ기를 가이업시 슬허ᄒ시더라 이날 졍렬부인니 쪄나 쟝스 짜의 니르러 한 뫼혜 청홍죠와 황식 두루미 무슈히 뫼야 사름를 피치 안니ᄒᆫ더 하인 등이 궁시로 잡고ᄌ ᄒ거놀 져 즘싱들를 샹히오지 말나 ᄒ시고 쟝샤 고을의

145

긔별ᄒ야 빅미 십셕를 올이라 ᄒ고 골 어귀에 (반 줄 판독 불능) 밥를 지여노코 부인니 친히 경계 왈 너희 날를 구졔ᄒ엿거늘 니 밥를 먹으라 ᄒ시니 각식 즘싱니 일시예 날아와 그 밥를 다 먹고 쇼러치며 부인를 ᄌ로 도라보며 가더라 부인 왈 니젼의 날 구ᄒ던 은혜는 다 갑하시되 오직 부모를 못어더 보아시니 부모의 은덕를 어느 시졀의 갑흐리요 ᄒ고 슬허ᄒ더니 ᄒᆫ 고디 다다르니 하인니 엿ᄌ오되 니 짜흔 계양 고을이로쇼이다 ᄒ거놀 부인니 가쟝 깃거 왈 할미 니별홀 졔 계양 티쉬 김젼니 니 부뫼라 ᄒ더니 이졔야 니 부모를 만나리로다 ᄒ고 마음를 죄우더니 이젹의 계양 티쉬 쟈샤 부인의 힝ᄎ 오신단 말를 듯고 일읍니 크게 진동ᄒ여 즁노의 나와 명쳡를 드리거놀 셩명를 쩌혀보니 계양 티슈 유되라 ᄒ얏거놀 부인니 디경ᄒ야 하인다려 문왈 니 이젼의 드르니 계양 티슈는 김젼니라 ᄒ더니 엇지 그 셩명니 달으뇨 쳔하의 ᄯ 계양니란 고을니 잇는야 하인니 디왈 져즘게 김젼니 이 고을 티쉬 되엿샵쩌니

146

빅셩를 쟐 다스려짜 ᄒ고 시로 오신 쟈시 김젼의 벼슬을 도도와 양양 티슈▢ ᄒ인니 유도는 그쩌예 왔짜 ᄒ거놀 부인니 가쟝 셔운ᄒ야 문왈 예셔 양양니 언마나 ᄒᆞ뇨 하인 왈 샴빅 니는 ᄒ여이다 부인니 다시 분부 왈 형쥐로 가는 길헤 양양를 지나랴 하인니 ᄯ 엿ᄌ오되 그리로셔 갈려 ᄒ오면 가쟝 멀리 도너이다 부인니 비록 그리로 가고져 ᄒ되 하인의게 폐도 되고 부인의 힝ᄎ 직노로 안니가

고 돌아가면 고을의도 폐가 될 분더러 남의 시비를 면치 못홀가 ᄒᆞ여 샤셰 난쳐
히 역니시더라 각셜이라 니젹의 김젼이 니위공의 며눌리 못쥭인 년고로 계양 틱
슈를 벌노 갓쩌니 잇쩌 니션이 쟈샤로 날려와 각관의 슌힝ᄒᆞ야 군슈 현령의 능
부를 보아 벼슬를 도두와 다른 고을노 보니며 혹 파직도 ᄒᆞ여 니치더니 김젼니
ᄒᆞ는 졍ᄉᆞ는 가쟝 아롬다온지라 빅셩 등니 쟈샤게 츅슈ᄒᆞ거놀 쟈시 벼슬를 도두
와 양양 틱슈를 ᄒᆞ이시니 양양은 형쥐 버금이라 긔귀 거록ᄒᆞ더라 할는 김젼니
형

147

(반 줄 판독 불능) 바회 우희 거러안ᄌᆞ거놀 김젼니 샬펴보니 죠곰도 웅ᄌᆞ기지
안니ᄒᆞᆫ디 하인니 쟙아 날리오고쟈 ᄒᆞ거놀 김젼니 그 노인니 샹녜 샤람니 안인
쥴 알고 하인를 꾸지져 물이치고 말게 날려 나아가 읍ᄒᆞ니 노인니 본쳬 안이ᄒᆞ
고 더옥 교만ᄒᆞ거놀 김젼 가쟝 슈샹히 넉여 혀오되 니 샴쳔 쳘긔를 거늘여 가니
범인니면 일졍 두려홀듯 ᄒᆞ되 더욱 교만ᄒᆞ니 실노 신긔ᄒᆞᆫ 샤람니라 ᄒᆞ고 합쟝ᄒᆞ
고 공슌니 지비ᄒᆞ니 노인니 답녜도 아니코 ᄒᆞᆫ 발를 달리 우희 언고 ᄒᆞᆫ 팔 베고
누으며 왈 가는 길니나 갈 거시어늘 니 네게 졀밧쟈 ᄒᆞ는야 김젼니 답왈 지나가
옵쩌니 노인의 나흘 위ᄒᆞ야 뵈옵너니다 ᄒᆞ거놀 그 노인 왈 나 만흔 샤람을 공경
ᄒᆞ고 위홀 쟉시면 멀니셔 졀만 ᄒᆞ고 갈 거시어늘 네 샤회 덕의 벼슬ᄒᆞ엿노라 ᄒᆞ
고 어룬를 업슈히 넉여 오라ᄒᆞᆫ 말를 업시 당도리 와셔 니 안젼의셔 감히 무슨
말를 뭇고쟈 ᄒᆞ는다 김젼 왈 니 노인의 나흘

148

공경ᄒᆞ엿거널 깃거는 안니ᄒᆞ고 엇지 욕ᄒᆞ야 샤회 덕의 벼슬ᄒᆞᆫ다 ᄒᆞ는뇨 나는 본
디 무ᄌᆞ식ᄒᆞᆫ 샤람이라 ᄒᆞᆫ디 노인니 셩니여 왈 네 무ᄌᆞ식ᄒᆞ면 슉향은 어듸셔 낫
는뇨 하늘노셔 쩌러지며 싸흐로셔 쇼샤시며 돌 굼그로 비여져시며 털돗친 즘싱
니 나핫는야 너 모로는 슉향를 뉘 나핫는뇨 김젼니 ᄎᆞ언를 듯고 더경ᄒᆞ여 고쳐
지비ᄒᆞ고 업쬐여 이걸 왈 미거ᄒᆞᆫ 인싱니 눈니 잇셔도 망울리 업스와 실쳬를 만

히 ᄒ와스오니 죄를 샤ᄒ쇼셔 ᄒᆫ디 노인니 낫빗츨 슌히 ᄒ거늘 그젹의야 김젼니 다시 ᄭ러 고왈 젼싱의 죄 즁ᄒ와 무ᄌᆞ식ᄒ옵써니 늣기야 과년 녀식를 나오미 일홈를 슉향니라 ᄒ옵고 쟈는 월궁션니라 ᄒ와써니 다슷 살의 난를 만ᄂᆞ 반야산 바회 틈의 두엇ᄶᅡ가 일혼 후는 죽은 쥴노 아옵고 챳지 못ᄒ와습써니 바라옵건디 노인게셔 슉향의 거쳐를 아옵거든 밝긔 갈ᄋᆞ치믈 발ᄋᆞ너이다 노인 왈 슉향의 샤싱 죤무는 쟘간 드러써니와 비곱하 말를 못ᄒᆞ기기로 일으지 못ᄒ리로다

149

ᄒ거날 김젼니 즉시 하인 (반 줄 판독 불능) 라 ᄒᆫ디 그 노인니 ᄯᅩ 셩너여 왈 하인니 가져온 음식를 먹으면 하인의 졍셩인니 하인의 ᄲᅡᆯ 간 디를 일으리라 ᄒ거늘 김젼니 친히 졈의 가 타고 간 말를 쥬고 샬문 듯 ᄒ나와 죠혼 슐 일빅 디야를 가져다가 드리니 노인니 죠곰도 샤양치 안니ᄒ고 다 먹은 후의 왈 니 슐리 ᄎᆔᄒ여 못 일르기시니 네 슉향 간 곳들 알고 갈야 ᄒ거든 달여온 아희를 다 보너고 내 슐씨도록 예 잇거라 ᄒ고 인ᄒ야 눈를 감고 잠를 깁히 드러 코홀 울레 갓치 고을거늘 김젼니 모든 쇼솔를 다 보너여 졈의 가 등디ᄒ라 ᄒ고 혼쟈 팔쟝 ᄭᅩᆺ고 공슌히 셧써니 믄득 날리 어두오며 큰 쇼낙이 퍼붓드시 오더니 평지예 믈리 엇게예 넘어가되 김젼니 죠곰도 움즈기지 안니ᄒ고 셧써니 이윽ᄒ야 비는 그치고 챤바람니 다시 일어나며 급헌 눈니 담아 붓드시 와셔 ᄯᅩ한 엇게를 넘어가되 죠곰도 움즈기지 안니코 셧시니 오시 다 얼고 몸니 치워 인

150

샤을 챨리지 못ᄒ거늘 그계야 노인니 ᄭᅢ여 일어 안즈며 쇼왈 니 그디 ᄒ는 거동를 보랴 ᄒ고 그러틋 곤ᄒ게 ᄒ여시니 졍셩이 과년 지극ᄯᅩ다 ᄒ고 샤미 안흐로셔 홍션를 두어번 부치니 그런 쟝셜리 일긱의 다 업셔지고 도로혀 여름니 되엿써라 김젼니 그져야 범인니 안인 쥴를 쾌히 알고 더욱 공경ᄒ야 지비 고왈 이져는 슉향를 간 고들 가르쳐 쥬쇼셔 슉향니 여러 곳의 갓시니 이르기는 다 일으마는 네가 쟐 ᄎᆞᄌᆞ갈쇼야 김젼니 지비 왈 아무려나 알게 갈으쳐 쥬쇼셔 노인 왈

네 반야산 돌 틈의 두고 가니 도적니 달려가니라 김젼 왈 그리ᄒᆞ오면 도적의 싸
헤 샤랏넌니잇가 노션니 ᄯᅩ 갈오되 도적니 ᄯᅩ 달려다가 유곡역 마을의 두고 가
니 봉황금죠가 인도ᄒᆞ여 명샤계예 후토부인 궁중의 갓시니 게 가 ᄎᆞ쟈볼숀야 김
젼 왈 그리면 죽엇샵는잇가 노인 왈 후토부인니 흰샤슴를 틔와 남군 짜 쟝승샹
집 동샨의 두엇시니 그 집니 무ᄌᆞ식ᄒᆞ야 슈양으로 길은

151

다 ᄒᆞ니 게 가 ᄎᆞ자보아라 김젼 왈 (반 줄 판독 불능) 노인 왈 그 후의 쟝승샹
집니 샤향니란 죵니 모함ᄒᆞ야 너치니 갈 디 업셔 포진물의 ᄲᅡ져 용궁의 갓싸 ᄒᆞ
니 게 가 ᄎᆞ쟈 보아라 김젼 왈 육지 갓스오면 시신이나 챠ᄌᆞ 보오련만은 물쇽의
어듸 가 ᄎᆞ쟈 보올잇가 노인 왈 옥하슈의 치련ᄒᆞ는 아희덜리 연넙쥬를 틔와다가
북노중의 노ᄒᆞ니 길흘 그릇 드러 노젼의 가셔 쟈다가 화지를 만나 불의 타 죽다
ᄒᆞ니 게는 육지미 믜골탄 지나 잇실 거시니 게 가 ᄎᆞᄌ 보아라 김젼 왈 일졍 게
가 죽어시면 진들 엇지 어더 보올잇가 노인 왈 게셔 화지를 만나 거의 죽게 되
여써니 화덕진군니 구ᄒᆞ야 마구홀미 드려갓쩌라 ᄒᆞ니 인간의셔 부즈런니 ᄎᆞᄌ보
면 안니 만나랴 김젼 왈 인간니 하 만스오니 어듸 가 ᄎᆞ쟈 보리잇가 노인니 졍
식 왈 네 슉향를 부디 어더보려 ᄒᆞ는 ᄯᅳᆺ은 무샴 일고 김젼 왈 늣기야 ᄒᆞᆫ ᄯᅡᆯ를
어덧샵쩌니 샤랑ᄒᆞ는 마ᄋᆞᆷ니 진치 못ᄒᆞ여셔 일허샤오니 싱각ᄒᆞ오면 쳔지 망극ᄒᆞ
와 죠셕의 눈물노 지너옵쩌니 오늘날 하

152

늘리 도으샤 셩인를 만나오니 쳔만 번 빌건디 슉향를 ᄎᆞᄌ 보게 ᄒᆞ옵소셔 노인
니 증너여 변싴ᄒᆞ고 갈오되 네 슉향를 그다지 ᄎᆞ즈려 ᄒᆞ면 무샴 일노 반야산의
셔 발리고 가고 낙양 옥중의 갓쳐실 졔 만나보지 안니코 도로혀 남의 말를 듯고
긔여히 죽이려 ᄒᆞ다가 인졔 와셔 늘근 날다려 폐로이 지근디며 챠쟈너라 ᄒᆞ고
어린 쟈식 보치듯 ᄒᆞ는다 김젼니 ᄯᅩ 지비 왈 반야산의 발리고 가옵기는 난중의
부쳬 다 죽기기로 망극크 바리고 간 일니오며 낙양 옥중의 갓쳐실 졔는 일홈과

나흔 갓스오되 쩌난 지 오리오미 분명니 니 쟈식인 줄 쩨닷지 못ᄒ와 챠챠 보지 못ᄒ오문 나의 어지지 못ᄒ온 일니온니 졔발 덕분의 니졔나 분명니 가르쳐 쥬옵 시면 노인의 쟈식 되야 은혜를 갑스오리이다 ᄒ고 익걸ᄒ거늘 그 노인니 웃고 왈 네 그릇ᄒ 죄 안니라 하눌리 졍ᄒ신 일니라 과년 나는 니 물 직컨 용왕일너 니 져즘게 니 쟈식니 거복니 되여 반하물 가의 갓다가 어부의 그물의 걸려 죽게 되여

153

쩌니 그디 구ᄒ물 힘입어 살아시니 또한 나도□□□□□□□그디 은혜를 갑고쟈 ᄒ는고로 샹졔게 엿잡고 슉향니 만나볼 길를 갈으치라 왓쩌니 만일 그디 졍셩니 지극지 안니ᄒ던들 일으지 못홀낫다 ᄒ고 갈오되 그디는 쟈셔히 드러보라 슉향 니 그 샤이예 다슷 번 죽을 익를 지너고 이졔야 귀히 되엿시니 죠만의 만나보련 이와 다만 슉향니 국기든 일를 몰나시니 비록 슉향를 만나도 그디 쟈식인 줄를 아지 못홀 거시미 슉향를 만나거든 말를 다 무러 보아서 니 말과 갓거든 그디 쟈식인 줄을 알나 김젼니 샤례 왈 슉향니 비록 니 쟈식이라도 쩌난 지 오리오니 셔로 만나와도 분별홀 길 업샵쩌니 용왕임 덕틱니 지극 감샤ᄒ옵쩌니와 또 감히 뭇잡너니 이졔는 쟈샤의 부인니 되야샵는잇가 명빅히 일르옵쇼셔 노인 왈 그디 쟈년 알 쩨 잇실 거시니 다시 보쟈 ᄒ고 문득 간디 업거늘 김젼니 가쟝 고이히 넉여 쇼솔를 불너 거놀이고 본관의 도라와 부인다려 용왕의 말

154

을 쟈셔히 일으니 부인니 듯고 하눌게 츅슈 왈 샤라셔 슉향를 다시 보오면 죽스 온들 무슨 한니 잇스올이잇가만은 다만 쟈샤의 부인니 되여 온들 어듸 가 감히 니 쟈식이라 ᄒ리오 ᄒ며 슬픈 마음를 이기지 못ᄒ야 ᄒ더라 각셜이라 니젹의 졍렬부인니 양양으로 가고져 ᄒ되 샤셰 비편ᄒ야 민망니 넉이더니 밤에 달리 발 고 잠니 오지 안니커늘 챵젼의 지혀 안쟈 길히 탄식 왈 나의 부모는 져 달를 보 건만은 나는 보고 슬허ᄒ는 줄 엇지 알르실고 ᄒ고 슬픈 마음를 금치 못ᄒ야 눈

믈를 흘이며 비회ᄒ더니 문득 ᄒ 션녜 굴음 쇽그로 날려와 부인를 향ᄒ여 오더
니 향니 싱동ᄒ고 셔긔 황홀ᄒ며 그 션녜 날려와 갈오되 오리 니별 후 부인은
무양ᄒ신이잇가 졍렬부인니 급히 일어 총망니 답녜ᄒ고 문왈 뉘시온지 밤니오미
쟈셔히 아지 못ᄒ오니 ᄀ르치쇼셔 그 션녜 왈 부인니 그 샤히예 날를 이져 계시
도다 나는 달은 니 안이라 텬틱산 마고한미로쇼이다 녀

155

동빈 젹숑자와 니젹션의 (반 줄 판독 불능) 부인니 부모를 보려 ᄒ시거든 니졔
바로 형쵸로 가시면 슈월이 못ᄒ여 보시리이다 ᄒ고 문득 간듸 업써라 부인니
눈물짓고 왈 할미 날를 잇지 안니ᄒ시고 길을 갈으치니 아무리 시비 잇셔도 형
쵸 짜흘 다다라 부모를 츠즈리라 ᄒ고 잇튼날 하인의게 분부ᄒ야 양양으로 노문
노코 지ᄂᆞ는 고을마다 원의 실니를 쳥ᄒ여 말삼ᄒ고 가시더니 양양 짜헤 다다라
ᄂᆞ는 김젼니 부인달려 일오되 쟈샤의 부인니 쳐음의 황셩 디로로 오려ᄒ면 쳐음의
양양으로 와야 길리 발읏듯 ᄒ되 남군 쇼로로 드러시니 고이ᄒ고 계양으로 형쥐
갈 길흘 도라가시니 져즘게 반하 농왕니 ᄒ기를 슉향니 쟈샤의 부인니 되여 오
리라 ᄒ더니 슉향니 안니 울리를 보러 오ᄂᆞᆫ가 ᄒ녀이다 쟝부인니 탄식 왈 간 밤
꿈니 ᄒ 슈샹ᄒ오니 나도 반가온 일니 잇실가 ᄒ거이와 그러나 그 부인의 근본
를 듯볼 거시라 ᄒ고 먼져 샤람 보니여 탐지ᄒ니 남군 짜 쟝승샹의 녀지라 ᄒ거
늘 김젼부쳐 가쟝 셔운ᄒ

156

여 ᄒ더라 니젹의 쟈샤 부인니 갓가이 드러오신다 ᄒ고 진동ᄒ거늘 쟝부인니 굿
보려 ᄒ고 즁노의 가셔 하쳐 잡고 귀경ᄒ더니 문득 슈노흔 갑옷 입은 군샤 일만
은 압뒤헤 옹위ᄒ고 슈빅 시녀ᄂᆞᆫ 녹의 홍샹의 칠보 단쟝ᄒ고 젼후 좌우의 시위
ᄒ여시며 긔이흔 향니ᄂᆞᆫ 촉비ᄒ고 가즌 풍뉴ᄂᆞᆫ 진동흔 가온디 졍렬부인니 금덩
를 타고 날호여 들어오시니 쟝부인니 보고 울며 왈 엇쩐 샤룸의 쟈식은 져럿틋
귀히 되엿ᄂᆞᆫ고 우리 슉향니도 잇쩐들 져 부인갓치 될ᄂᆞᆫ가 ᄒ시고 못ᄂᆞ니 슬허ᄒ시

더라 니젹의 졍렬부인니 킥샤의 들며 쥬인 실닉게 말샴 부리시되 젼의 뵈온 일 업ᄉᆞ오나 갓튼 부인니 혐의 업샤올 거시니 월야의 심심ᄒᆞ오믹 말샴니나 ᄒᆞ셔이다 ᄒᆞ여거늘 쟝씨 가쟝 감격ᄒᆞ야 회답ᄒᆞ시되 먼져 문안니ᄂᆞ 알외고쟈 ᄒᆞ오되 참아 황숑ᄒᆞ고 불감ᄒᆞ야 못보닉엿샵ᄶᅥ니 이럿틋 먼져 물으시니 지극 감격ᄒᆞ여이다 ᄒᆞ고 날호여 나오시니 졍렬부인니 화관를 쓰고 칠보쟝암를 ᄒᆞ고 쟈금 교위예 안쟈ᄶᅡ가 급히 날려 읍ᄒᆞ

157

고 팔를 밀어 동편 교위예 (반 줄 판독 불능) 부인으로셔 싱심니나 쟈샤 부인과 안젼의 감히 딕좌ᄒᆞ올이잇가 평좌를 ᄒᆞ셔이다 졍렬부인 왈 쥬킥지도의 엇지 벼슬을 굴희여 샤면ᄒᆞ오며 ᄯᅩᄒᆞᆫ 년셰를 안니 볼리잇가 쟝씨 샤양치 못ᄒᆞ야 동편 교위예 올나 안고 문왈 부인의 년셰 얼마나 ᄒᆞ신이잇가 답왈 이십이로이다 쟝부인니 눈믈를 지어 탄식ᄒᆞ거늘 졍렬부인 왈 엇지 져리 슬허ᄒᆞ시는잇가 쟝씨 왈 다만 ᄒᆞᆫ ᄯᆞᆯ를 나핫샵ᄶᅥ니 다ᄉᆞᆺ 샬 먹여 난즁의 일샵고 지금 샤싱를 몰오더니 부인의 년셰 쟈식의 동갑이시기로 져를 싱각고 슬허ᄒᆞ너이다 졍렬부인 왈 나는 얼여셔 부모를 일허샵ᄶᅥ니 울리 부모도 날을 싱각고 졀어틋 슬허ᄒᆞ시는가 ᄒᆞ고 눈믈를 흘인니 쟝씨 왈 감히 뭇쟙는니 부인은 몃 샬의 어딕 가 무샨 일노 부모를 일샵고 뉘 집니 가 쟈라셔 져러틋귀 귀히 되엿샵는잇가 졍렬부인 왈 다ᄉᆞᆺ 샬의 부모를 일샵고 노즁의셔 바쟝니옵ᄶᅥ니 한 샤슴니 어버다가 남군 ᄶᅡ 쟝승딕 동샨의

158

두오니 그 딕이 무쟈식ᄒᆞ야 슈양으로 길너 닉오이니다 쟝씨 반하 농왕의 말를 드러시믹 쟝승샹니 기르단 말를 반기 넉니되 국기단 말를 안니ᄒᆞ믹 급히 닉 ᄯᆞᆯ이란 말를 못ᄒᆞ더니 쟝씨 잔를 들고 부인 압헤 나아가 두 숀으로 공슌니 잔를 밧ᄯᅳ러 들일 졔 졍렬부인니 ᄯᅩ한 몸를 일어 양슈로 쟌를 바드니 쟝씨 잠간 보믹 숀의 옥지환 한 ᄶᅡᆨ니 ᄭᅵ여거늘 문득 싱각ᄒᆞ니 슉향를 니별ᄒᆞᆯ 졔 글너 치와 쥰

거시어늘 놀나 문왈 부인 씨신 옥지환니 본너 한 짝이신니잇가 졍렬부인 왈 부
뫼 쳡를 반야산 바회 틈의 너코 가실 젹의 글너 옷고롬의 치오고 간 거시오미
비록 한 짝니나 부모 뵈온 드시 샹시에 버슨 씨 업삽너이다 ᄒ거늘 쟝씨 그겨야
숙향인 줄 알되 닙써 일으지 못ᄒ여 즉시 시녀를 명ᄒ여 셩젹함를 너여 올아 ᄒ
고 눈믈을 먹음고 늣기며 왈 터쉬 쇼시젹의 벗 보라 미쥬셩찬를 가지고 반효믈
가를 지나더니 어부드리 거복를 잡아 구어먹으려 ᄒ거늘 쟌잉히 넉여 반젼미쥬
를 쥬고

159

그 거복를 밧고와 너흐□□□□ 그 후의 빅운교를 건너다가 큰 믈의 거의 쥭게
되여써니 그 거복니 와셔 구ᄒ고 진쥬 한 쌍를 쥬고 가옵기로 보온즉 그 진쥬
쇽의 글지 잇시되 ᄒ나흔 목슘 슈쩌요 ᄒ나흔 복 복쩌니 터쉬 너게 슝치ᄒ엿거
늘 울리 부뫼 보시고 신긔히 넉여 즉시 옥쟝인를 불너 옥지환 한 쌍를 밍그러
쥬시거늘 가져써니 늣기야 한 ᄯᆞᆯ홀 나흐니 잉틱홀 졔 하늘노셔 달리 압헤 쩔어
지고 희산홀 졔 향니 진동ᄒ거늘 졔 부친니 일홈를 숙향니라 ᄒ고 쟈는 월궁션
이라 ᄒ여샵써니 다숫 샬의 올앙킈 난의 피란ᄒ야 반야산의 갓짜가 도젹니 급히
ᄯᅳ르니 업고 가다가 못ᄒ야 반야산 바회 틈의 안치고 옥지환 한 짝를 글너 옷고
롬의 치오고 싱월 일시를 쎠 치오고 갓샵써니 지금 존망를 아지 못ᄒ와 ᄒ옵짜
가 마츰 터쉬 형쥬 쟈샤를 뵈옵고 오다가 길가의 한 노인를 만나 이리이리 ᄒ더
라 ᄒ고 터슈 긔록ᄒ여샵써니 오늘날 부인의 가지신 옥지환니 니 쟈식 숙향를
쥬온 거시오니 슬푸믈 졍치 못ᄒ리로쇼이다 ᄒ고 가졋쓴 옥지환 한 짝

160

과 반하 용왕의 말 젹은 거슬 나여드리니 졍렬부인니 이윽키 보다가 교위예 날
리달아 앙텬 통곡 왈 어마야 어마야 니 숙향이로쇼이다 ᄒ고 금낭를 너여 일홈
과 년월 일시 젹은 거슬 드리니 쟝씨 보미 김젼의 글씨여늘 쳔지 아득ᄒ야 안고
통곡ᄒ니 좌우의 샴쳔 시녀와 슈만 갑병니며 원근의 듯는 샤람니 안니 칭찬ᄒ리

업써라 니젹의 김젼니 외막의셔 지웅 범빅를 분별ᄒᆞ며 무슨 분뷔 잇실가 일시
마음를 놋치 못ᄒᆞ고 죠심ᄒᆞ야 등더ᄒᆞ여써니 쳔만 몽외예 니 말를 들으미 마음니
밋친 듯 취ᄒᆞᆫ 듯 진졍치 못ᄒᆞ야 불계염의ᄒᆞ고 니막으로 드리다라 슉향를 안고
구을며 실셩 디곡ᄒᆞ며 왈 낙약 옥즁의 갓쳐실 졔 찌닷지 못ᄒᆞᆫ 나의 불명이오
네 일니 귀히 되여 오늘 날를 만나ᄆᆞᆫ 너의 은근ᄒᆞᆫ 효ᄒᆡᆼ를 하늘리 도으시미라 ᄒᆞ
시고 도로혀 마음를 졍치 못ᄒᆞ여 ᄒᆞ더라 이늘 졍렬부인니 쟈샤의게 부모 만난
샤년를 쟈셔히 긔별ᄒᆞ니 쟈시 듯고 디희ᄒᆞ야 위의를 거록키 챠려 양양의 나아와
김젼

161

부쳐를 보고 형쵸 ᄯᅡ 모든 관원의 실니와 원근의□□□□□□□ 부인들를 다 쳥
ᄒᆞ야 낙봉년를 비셜ᄒᆞ야 닷시를 즐기니 원근의 듯는 샤람이 다 칭찬 안니리 업
써라 잇써에 양능 ᄯᅡ혜 샤는 양회라 ᄒᆞ는 샤롬니 간의틱우로셔 말믜ᄒᆞ고 집니
왓써니 이 글별를 듯고 긔특이 녁여 경셩 드러가 황졔게 엿쟈온디 황졔 위공를
불너 무르시니 위공니 젼후 슈말를 쟈셔히 쥬ᄒᆞ온디 황졔 가쟝 칭찬ᄒᆞ시고 왈
니션이 형쥐 쟈샤 되미 도젹니 화ᄒᆞ야 양민니 되엿시니 맛당이 니션를 한 고을
의 두기 앗가오미 반드시 쳔하를 다슬일 지쥐 겸젼ᄒᆞ여시니 형쥬의 올리 두지
못ᄒᆞ리라 ᄒᆞ시고 특지로 니션를 례부샹셔를 ᄒᆞ이시고 김젼으로 형쥬 쟈샤를 ᄒᆞ
이시다 니션이 죠셔를 보고 김젼게 고왈 황졔 불너 계시니 쇼졔 가오면 디인를
경셩으로 슈히 오시게 ᄒᆞ올 거시니 평안니 계쇼셔 김젼부쳐 슉향를 만나미 젹년
그리다가 반가온 마음를 ᄯᅥ나게 된이 결년ᄒᆞᆫ 졍를 이긔지 못ᄒᆞ고 졍렬부인도 가
기를 슬허ᄒᆞ거늘 김젼이

162

위로 왈 우리 귀히 되기는 다 너희 덕인니 경셩의 가셔 도모ᄒᆞ야 우리를 슈히
가게 ᄒᆞ라 ᄒᆞ고 ᄯᅩ훈 슬허ᄒᆞ니 졍렬부인니 ᄯᅩ훈 슬허 왈 비록 벼슬리 귀ᄒᆞ오나
부모를 뫼옵고 한 디셔 늙기만 갓지 못ᄒᆞ여이다 ᄒᆞ고 가쟝 슬허ᄒᆞ며 하직고 ᄯᅥ

나이라 이적의 니션이 올나가 궐하에 슉비 안니코 샹쇼 왈 신니 아뷔 벼슬과 동
품니 되오니 신의 벼슬를 가라쥬옵쇼셔 ᄒᆞ온디 쳔지 죠셔를 날리와 갈오샤되 날
아에 위공니 공이 즁ᄒᆞ니 위공은 다시 위공를 봉ᄒᆞ고 니션으로 병부샹셔를 겸ᄒᆞ
야 쵸공를 봉ᄒᆞ시다 위공 부지 여러번 샹쇼ᄒᆞ야 시양ᄒᆞ다가 마지 못ᄒᆞ야 샤은ᄒᆞ
온디 샹니 인견ᄒᆞ시고 슉향 맛난 말샴를 물으시거눌 쵸공니 전후 슈말를 다 쥬
ᄒᆞ오니 황졔 칭찬 왈 니는 다 경의 공이로다 짐니 ᄯᅩ한 경의 츙셩를 아너니 힘
쎠 도으라 ᄒᆞ신디 쵸공이 샤례ᄒᆞ고 복지 쥬왈 김젼의 지죠를 보오니 쟈샤의 두
기는 앗갑샵쩌이다 쳔지 갈오샤되 짐니 경의 공를 위ᄒᆞ야 디쳬를

163

쓸리라 ᄒᆞ시고 쟝슝를 사ᄒᆞ샤 승샹를 비ᄒᆞ시고 김젼으로 례부샹셔를 ᄒᆞ이시니
쵸공니 샤은ᄒᆞ고 물너오이라 쟝슝과 김젼니 죠셔를 보고 경셩의 올나와 샤은 슉
비ᄒᆞ온디 쳔지 인견ᄒᆞ시고 갈오샤되 경 등은 졍렬부인 김씨예 덕이라 쵸공과 ᄒᆞ
가지로 짐를 도을아 ᄒᆞ시니 양인니 샤은ᄒᆞ고 집니 도라오니라 이적의 쵸공니 쳔
쟈게 표를 올이고 졔왕과 만죠 지샹를 쳥ᄒᆞ야 낙봉연를 챠렷쩌라 이날 위왕이
잔를 잡아 모든 부인게와 쟝승샹 김샹셔게 샤례ᄒᆞ시니 쟝승샹 부인은 샤향이로
ᄒᆞ여 슉향의 이미ᄒᆞᆫ 악명를 못니 일으시고 김젼부쳐는 슉향를 일코 못어더 ᄒᆞ든
말과 졍렬부인은 쳐쳐의 가 굿기던 말를 ᄒᆞ니 모다 눈믈 안니 홀이리 업고 쵸공
은 위왕 궁젼과 쟝승샹 집과 김샹셔 집과 녀부인 집과 ᄒᆞᆫ디 짓고 네 집 부모를
ᄒᆞᆫ디 뫼셔쩌라 이적의 양왕은 쳔쟈의 셋지 아니라 다만 일녀를 두어시되 인물과
지죠 쎄혀나고 글를 잘ᄒᆞ니 샤람마다 칭찬ᄒᆞ기를 녀즁군지라 ᄒᆞ더

164

라 이 아기 슈틱홀 졔 양왕의 꿈의 일위 노인니 일으되 봉닉산 셜즁민 그디 집
이 쩌러지니 외얏남게 졉ᄒᆞ면 가지 번셩ᄒᆞ리라 ᄒᆞ더니 과년 그달부터 틱긔 잇셔
십샥 만의 일긔 옥녀를 탄성ᄒᆞ니 얼골리 일월갓고 쇼리 낭낭ᄒᆞ더라 졈졈 쟈라미
일홈를 미향이라 ᄒᆞ고 쟈는 셜즁민라 ᄒᆞ다 양왕니 샤회를 갈히더니 일일은 니션

니 어지단 말를 듯고 친히 위왕를 보고 구혼ᄒ니 위왕이 허혼ᄒ야 결쇽ᄒ얏쩌니 션이 다른 ᄃᆡ 췌쳐ᄒ단 말를 듯고 양왕이 ᄃᆡ로ᄒ야 다른 ᄃᆡ 구혼ᄒ니 미향니 울며 왈 쇼녀는 듯ᄉ오니 어진 신하는 두 임군를 안니 셤기고 졍렬 잇는 녀ᄌᆞ는 두 지아비를 안니 셤긴다 ᄒ오니 만일 다른 ᄃᆡ 구혼ᄒ시면 쇼녀는 죽기는 쉽ᄉ와도 챠마 다른 가문의는 가지 못ᄒ리로쇼이다 왕왈 위왕니 니션를 너게 먼져 허ᄒ야 졍혼ᄒ야쩌니 션이 샤오나 졔 아비 모로게 췌쳐ᄒ엿짜 ᄒ니 너는 고집히 니션를 바라고 늙으려 ᄒ는다 닉 아들리 업고 다만 너 ᄲᅮᆫ인니 샤회나 어진 거슬

165

(한 줄 판독 불능) 왈 부모임니 후샤를 맛기고쟈 ᄒ시면 족하 여러이 잇샤온니 맛쌍ᄒ 샤람를 양ᄌᆞᄒ시고 쇼녀갓튼 자식은 업슨 양으로 ᄒ오면 할나라도 부모를 뫼시련니와 구퇴여 쇼녀의 ᄯᅳ들 어긔여 다른 ᄃᆡ 보너랴 ᄒ시면 인간의 잇지 안니ᄒ리이다 양왕니 쟌잉ᄒ야 념녀 무궁ᄒ더니 일일은 왕비 갈오되 졔 마음니 발셔 쳘셕갓치 미쳐ᄉ옵고 다시는 부뫼라도 고칠 셰 업ᄉ오니 이졔 니션이 쵸공이 되여시니 족키 두 부인를 둘 거시오믹 왕은 위왕를 쳥ᄒ야 혼샤를 고쳐 졍ᄒ오믹 맛쌍홀가 ᄒ너이다 왕왈 왕의 ᄯᅡᆯ니 샹셔의 둘지 부인 되기는 남이 붓그러오니 엇지ᄒ리오 미향니 갈오되 니션의 쳡도 되지 말고 그 집 죵니 되여도 붓그럽지 안니ᄒ련니와 다른 가문의 가면 남의게만 붓그럽지 안야 쇼녀의 ᄆᆞ음니 붓그러올 거시니 엇지 남의 지쳐 되믈 한탄ᄒ리잇가 왕왈 네 ᄯᅳ지 그러ᄒ면 닌들 엇지ᄒ리요 아무려나 위왕과 ᄯᅩ 쳥혼ᄒ쟈 ᄒ고 잇튼날 죠회예 드러가 황졔 압헤셔 양왕니 위왕게 샬오되 젼의 니션를 너게 ᄒ고 엇지 다른 ᄃᆡ 혼인를 ᄒ신뇨 위왕니 붓그려

166

답왈 닉 실긔ᄒ오믹 안니라 그 ᄯᅢ예 쳔지 부르시거눌 경셩의 드러온 샤히예 맛누의 무ᄌᆞ식ᄒ야 니션를 슈양으로 길으셧쩌니 츄혼ᄒ엿ᄉ오나 닉 타시 안니로쇼

이다 황제 드르시고 갈오샤되 니션이 졍렬부인 어드문 임의로 못ᄒ야 쳥졍인니
셔로 닷토지 말나 이졔 어진 샤람를 갈희지 못ᄒ랴 양왕니 쥬왈 니리 슌ᄒ오면
구티여 다토지 안일 거시로되 신의 쟈식니 고집ᄒ와 니션의게 졍혼ᄒ엿쩐이라고
죽어도 다른 듸는 안니 가리라 ᄒ옵기로 글노 민망ᄒ여이다 쳔지 갈오샤되 니션
이 어진 연고로 샤람마다 졀를 직키니 이졔 니션의 벼슬리 쵸공이 되여시민 두
부인를 두어도 죡ᄒ리니 위왕니 아죠 혼샤를 결단ᄒ리로다 ᄒ시거늘 위왕니 두
번 졀ᄒ고 왈 폐하는 졀를 부르샤 친히 젼교ᄒ쇼셔 쳔지 즉시 쵸공를 피쵸ᄒ샤
불으시니 쵸공이 혀오되 양왕니 구혼ᄒ더니 오늘 만죄 뫼ᄒ야 죄회ᄒ는 듸 날를
블으실 일니 업슬 거시어늘 명뫼로 부르시니 일졍 어젼

167

에셔 양왕의 혼샤를 졍ᄒ려 ᄒ는가 시부니 안이 갈만 갓지 못ᄒ다 ᄒ고 병탈ᄒ
고 안니 갈야 ᄒ거늘 졍렬부인 왈 쳔지 불으시되 칭병ᄒ고 안니 가시문 어인 년
괴시니잇가 샹셔 답왈 오늘 어젼의셔 양왕의 혼샤를 졍ᄒ려 ᄒ시는가 시부오니
안니 가녀이다 부인니 졍식 왈 샹셰 국명를 슈홰라도 샤양치 못ᄒ려든 부인를
두려ᄒ고 어명으로 부르시는듸 거즛 칭병ᄒ고 안니 가시니 이는 신쟈의 도리예
맛쌍치 안니ᄒ여이다 샹셰 왈 올치 안인 쥴은 아오되 어젼의셔 혼인를 졍ᄒ시면
마지 못ᄒ여 두 부인를 둘 거시니 그듸 일졍 슬허ᄒ실 거시민 그듸를 위ᄒ야 부
인를 쇼ᄒ면 져는 양왕의 쌀니오 황졔 졍ᄒ신 비필이온이 일졍 셰력으로 가니
불평홀 듯 ᄒ오니 쳐음의 거졀홈만 갓지 못외다 부인 왈 그러치 안이ᄒ이다
양왕니 당쵸의 샹셔 부귀ᄒ 일니 안이오라 샹셰 션비 시졀의 부친게 허락바다
계신듸 샹셰 부모 모로게 쳡를 취ᄒ니 쳡은 샹셔를 뫼셔 영화를 만히 보앗삽고
부모와 쟝승샹듸 은혜를 갑하

168

시니 이 밧게는 다시 바랄 일니 업스오니 샹셰는 졍부인를 어드시고 쳡를 여염
의 니쳐도 훈이 업스올 거시니 죠곰도 념녀 마르쇼셔 졔 비록 셰를 밋고 츄셰를

호와도 쳡은 인의로 디졉호오며 샹셔긔 무삼 불가호 일니 잇스올리잇가 샹셰 왈
니 임의 쓰즐 졍호여스오니 부인의 알 비 업슬이입다 호고 죵시 안니가니 쳔지
어의를 명호여 니션의 병를 보라 호신디 샹셰 병든쳬 호고 누엇써니 어의 와셔
진믹호고 도라가 쥬왈 병은 드러샤오나 즁치 안니호더이다 쳔지 잠잠호시고 양
왕은 발연 디로호더라 일일은 황티휘 여러날 유종를 알터니 그 증니 두로 펴져
두 귀와 눈를 보지 못호고 말 못호는 병인니 되니 샹니 디경호샤 명의를 모하
병를 고치되 죠곰도 효험를 보지 못호니 죠졍니 경황호고 샹니 용녀호시더니 일
일은 호 도시 일으되 화타와 변쟉이라도 침약으로는 무효홀 거시니 봉닉샨 긔연
쵸를 어더다가 먹어야 말를 호고 쳔티샨에 가 별니용를 어더 귀혜 너허야 음

169

(반 줄 판독 불능) 계안쥬를 어더 눈의 싯셔야 만물□ 아라 보고 나흘 거시니
어진 신하을 보니여 약를 구호야 쓰쇼셔 호거늘 쳔지 빅관를 불너 감즉호 신하
를 의논호시더니 양왕니 쥬왈 죠졍의 니션이만호 신하 업샤오니 니션를 보니여
어더 오라 호옵쇼셔 죠졍 문부빅관니 다 알외오되 양왕의 말삼니 올흔 쥴노 고
호니 쳔지 니션를 불너 젼교 왈 짐니 본디 경의 츙셩를 아너니 이졔 황티휘 환
휘 위틱호샤 빅약니 무효호야 민망호니 봉닉샨 긔연쵸와 텬티샨 별니용과 셔히
용궁 계안쥬를 지셩으로 어더오면 짐니 쳔하를 반분호야 쥬리라 호신디 샹셰 지
비 왈 신하 되여 몸를 나라의 허호야샤오니 죽기를 엇지 샤양호오리니잇가 죽도
록 단니오며 구호여 올런니와 봉닉샨은 하늘 동남의 잇짜 호옵고 쳔티샨은 하늘
셔남의 잇짜 호옵고 셔히 용궁은 믈 쇼기오니 셰 고디 단녀오노라 호오면 일연
니 모자랄듯 호와이다 호고 하직고 도라와 즉시 부모게

170

와 녀부인 김샹셔 쟝승샹게 각각 하직호니 모든 집니셔 샹샤난 집 갓써라 졍렬
부인게 하직 왈 나는 몸를 나라의 하직호 샤룸인니 나라흘 위호야 죽으러 가건
이와 그디는 날를 위호야 쇽졀업시 슬허 말르시고 각되 부모를 날 본드시 셤기

쇼셔 부인니 탄왈 디쟝뷔 되여 임의 몸를 날아의 허ᄒᆞ여샤오니 날아 명으로 가
시며 무샴 일노 그다지 슬허ᄒᆞ시는이잇가 부모는 쳡니 잇샤오니 념녀 말르시고
아모려나 평안니 단녀오쇼셔 샹셔 왈 니번 길혜 무샤히 단녀오기는 긔밀치 못홀
거시니 져 챵밧긔 동빅남기 입히 니울거든 병든 줄노 알고 입히 누루거든 니 죽
은 줄노 알고 가지 다 북으로 향ᄒᆞ거든 니 무샤히 도라오는 줄노 아옵쇼셔 부인
왈 나도 샹셰게 표를 ᄒᆞ셔이다 ᄒᆞ고 옥지환 한 짝를 버셔쥬며 왈 니 진줘 누르
거든 쳡니 병든 줄노 알르시고 빗치 검거든 죽은 줄노 알르쇼셔 ᄒᆞ며 ᄯᅩ 한봉
글월를 쥬며 왈 니화졍의 잇쩐 할미 쳔틔샨의셔 치약ᄒᆞ는 마고

171

션녜니 차자셔 쳡의 셔간를 젼ᄒᆞ여 쥬쇼셔 ᄒᆞ며 샹셔 보는 디는 흔년ᄒᆞᄂᆞ 안ᄆᆞ
음의는 슬푼 졍를 이긔지 못ᄒᆞ야 눈물를 금치 못ᄒᆞ더라 샹셰 집를 ᄯᅥ나 남히 가
의 다다르니 믈결은 하늘의 다핫고 풍셰는 흉용ᄒᆞ더라 비를 잡아 탈셰 졔믈를
크게 비셜ᄒᆞ야 슈신게 졔ᄒᆞ고 즉시 ᄯᅥ나더이 비 노흔 보름만의 광풍니 크게 일
어나니 비 ᄀᆞ쟝 위틱ᄒᆞ야 션즁 샤롬니 죽기를 졍ᄒᆞ고 우더니 믄득 슈즁으로셔
큰 즘싱니 머리는 셔너 셤드리 뒤웅박 갓고 눈니 너히뇨 몸니 화광 갓고 크기
각지동만ᄒᆞ며 길히 빅쳑니나 한 거시 쇼리 벽녁 갓쩌라 그거시 쇼리 질너 왈 너
히 엇쩐 거시완디 지셰도 안니 물고 남의 ᄯᅡ의 당도리 지나가려 ᄒᆞ는다 너희 가
져가는 보비를 다 니여라 그러치 안인즉 션즁 샤람를 다 잡아먹으리라 ᄒᆞ는 쇼
리 쳔지 뒤눕거늘 샹셰 죠곰도 두려 안니코 비러 왈 나는 즁국 디샤마 디쟝군
쳔하도총독 병부샹셔 니션일너니 황틔우 병니 즁ᄒᆞ미 봉닉샨의 션

172

약 어드러 가더니 길을 빌이쇼셔 그거시 왈 네 나라 병부샹셔를 귀히 넉인들 니
바다 귀신죠ᄎᆞ 귀히 넉이랴 잡말 말고 슈히 닐아 ᄒᆞ고 비를 업치락 뒤치락 ᄒᆞ거
늘 샹셰 민망ᄒᆞ여 왈 니 양식밧게는 가진 거시 업셔이다 ᄒᆞ고 부인 쥬던 옥지환
를 니여쥬니 그거시 보고 디로 왈 니거시 셔히 용왕의 계안쥬니 네 어듸 가 도

격ᄒ여는다 ᄒ고 비를 쓰을고 달으니 샹셔와 모든 션즁 샤롬드리 망극ᄒ야 아무
리 홀 줄 몰나 ᄒ더니 ᄒ 궁젼의 다다르민 그거시 비를 미고 션즁 샤롬를 다 잡
아가지고 드러가 일오되 셔히 용궁 계안쥬 도젹ᄒ여 가든 놈를 잡아 왓너이다
ᄒ고 그 옥지환를 드려보니더니 이윽ᄒ야 한 관원니 나와 문왈 네 엇쩐 샤롬이
완디 용궁 보비를 도젹ᄒ야 가지고 어듸로 가는다 샹셰 답왈 나는 즁국 병부샹
셔 니션이옵쩌니 황졔 명를 밧즈와 봉닌샨의 션약 어드러 가옵는 길니옵고 옥지
환은 너 부인니 날를 니별홀 졔 쥬며 본드시 가져가라 ᄒ거눌 가져왓습쩌니 져
거시 셰니

173

라 ᄒ고 죠롱ᄒ거눌 쥴 거시 업셔 옥지환를 쥬엇노라 ᄒ고 일은디 그 관원니 안
흐로 드러가더니 이윽ᄒ야 쏘 나와 문왈 네 부인의 옥지환니라 ᄒ이 네 부인니
뉘 쌀이며 일홈은 무어시라 ᄒ는뇨 샹셰 답왈 너 부인은 낙양 짜 김젼의 쌀 슉
향이라 ᄒ너이다 그 관원니 드러가더니 이윽ᄒ야 왕니 나오신ᄃ ᄒ거눌 보니 궁
즁이 진동ᄒ며 용왕니 몸의 곤룡포를 입고 머리에 통쳔관를 쓰고 빅옥홀를 잡고
친히 즁문의 나와 샹셔를 쳥ᄒ거눌 샹셰 가쟝 황공ᄒ야 드러가 복지ᄒ니 왕이
친히 붓쓰러 젼샹의 올이고 샤례 왈 나는 너 믈 직힌 남히 용왕일너니 샹졔 더
러온 짜헤 지나가실 줄 어니 알이닛가 져즘게 내 누의 부왕게 득죄ᄒ야 반하믈
의 귀향갓쩌니 어부의게 잡혀 거의 죽게 된 거슬 김샹셰 구ᄒ야 샬와시니 그 은
혜 갑흘 길히 업셔 져 구슬 한 쌍를 밧쓰러쩌니 져 진쥬는 샹녜 진쥐 안이라 복
복자를 가져시면 몸의 잡거시 범치 못ᄒ고 죽을 익를 만나도 졀노 면ᄒ고 목슘
슈짜는 쥭근 샤롬를 눌너 두면 비록 쳔

174

년이라도 샬히 썩지 안니ᄒ미 용궁예도 극한 보비라 슈쥴리 다 아옵쩌니 오늘
니 하쥴리 슌힝갓샵짜가 멀이셔 발아보니 보비 잇셔 긔운니 하눌의 쑈혀쩌라 ᄒ
거눌 너 마츰 아스오라 ᄒ여쩌니 샹셰 가져가시는 줄을 엇지 알이잇가 샹셰 답

왈 황티후 병니 중ᄒᆞ무로 날를 명ᄒᆞ샤 봉ᄂᆡ샨 기년쵸와 쳔틱샨 별ᄂᆡ용과 셔히
용궁 계안쥬를 어더오라 ᄒᆞ시거늘 봉ᄂᆡ샨니 희중 동남의 잇짜 ᄒᆞ옵기로 이 믈를
ᄆᆞᆷ 지나옵쩌니 인간 미쳔ᄒᆞ온 샤롬를 구히 디졉ᄒᆞ오시니 지극 감격ᄒᆞ와이다
왕왈 샹셔는 날를 몰나보셔도 나는 샹셔의 일를 ᄌᆞ셔히 아옵너니 샹셔 봉ᄂᆡ샨의
가오면 게 잇는 신션니 보시고 반겨 약은 어더쥬련니와 다만 봉ᄂᆡ샨니 예셔 슈
로 샴쳔 샴빅인니 엇지 갈리잇가 샹셰 왈 굴리 ᄒᆞ오면 엇지ᄒᆞ올리잇가 왕왈 슈
뢰 험ᄒᆞ고 열두 나라흘 지나올 거시오니 죠심ᄒᆞ쇼셔 샹셰 왈 온 디는 얼마ᄂᆞ ᄒᆞ
□□□ 왕왈 중국 지경

175

이 예셔 샴쳔 샴빅 이니이다 샹셰 왈 오기도 쳔신 만고ᄒᆞ야 왓삽는□ ᄯᅩ 샴쳔
샴빅 나라 ᄒᆞ오니 갈 길히 아득ᄒᆞ와 득달치 못ᄒᆞ와 ᄒᆞ너이다 왕왈 오신 디는 험
ᄒᆞᆫ 곳 업샵쩐니와 이 압흔 여러 나라흘 지나가올 거시니 가쟝 험ᄒᆞᆫ 디 만코 약
쉬 년ᄒᆞ야시니 그 믈은 시 깃도 가라안ᄂᆞᆫ 믈이오니 인간 비로는 가지 못ᄒᆞ리이
다 내 샹셔를 위ᄒᆞ야 친히 가오면 약를 슈히 어더올 거시로되 하늘 명 업시 임
의로 츌입지 못ᄒᆞ옵고 쳔궁의 계실 졔 지은 죄 잇스오니 고ᄒᆡ를 지너와야 젼셩
죄를 쇠멸ᄒᆞ올 거시오니 부디 친히 가시련이와 이 압길히 하 험ᄒᆞ오니 가실 길
를 싱각ᄒᆞ오미 심녀ᄒᆞ너이다 ᄒᆞ고 큰 쟌치를 비셜ᄒᆞ야 디졉ᄒᆞ더니 밧그로 한 션
관니 녜ᄒᆞ고 안거늘 보니 나히 십오는 ᄒᆞ더라 용왕니 문왈 네 어니 온다 그 쇼
년니 답왈 션셩임계옵셔 네 공업은 다 일워시ᄂᆞ 마츰 쳔샹 틱을셩이 모든 셩신
과 션관를 가음아더니 샹졔거 득죄ᄒᆞ야 인간의 귀향왓시니 이졔 오십여 년를 지
너면 도로 쳔샹으로 갈 거시니 틱을션니 와야 네 일홈니 션관 안에 올을 거시미
이졔 틱을

176

션니 황티후 병를 구ᄒᆞ랴 ᄒᆞ고 봉ᄂᆡ샨으로 약 어더러 갈 졔 네 집으로 지닐 거
시니 네 틱을를 뫼셔 봉ᄂᆡ샨의 가 공부ᄒᆞ야 약를 어더오면 션관니 슈히 되리라

ᄒ시거늘 도라왓너니다 ᄒ온디 왕니 디회 왈 니샹셔는 틱을인니 네 뫼셔 가면 의심업스리라 길히 험흔 고지 만스오니 샹셰 쇽긱의 의복으로는 가지 못ᄒ올 거시니 션관의 오슬 입으시고 니 공문를 가져가쇼셔 샹셰 디회 왈 져 쇼년은 뉘시니잇가 왕왈 니 셋지 아들이올너니 신션 공부ᄒ려 ᄒ고 일광노의 졔지 되엿삽쩌니 져 션싱의 명를 밧쟈와 샹셔를 뫼셔가랴 왓삽너니다 샹셰 디회 왈 져 쇼년과 ᄒ가지로 가오면 니 다려온 하인은 다 엇지ᄒ리잇가 용왕 왈 그 샬암들은 져희 타고온 비예 시러 처음에 샹셔를 잡아오던 바다 귀신으로 드려다가 두라 ᄒ샤이다 ᄒ고 즉시 분부ᄒ야 보니다 샹셰 용왕게 샤례ᄒ야 하직ᄒ고 션관의 의복를 입고 믈ᄭᅵ의 나오니 용지 발셔 블근 죠롱박 ᄒ나흘 가지고 기달리더라 샹셰 용쟈로 더

177

부러 그 박를 타고 가니 젓지 안니ᄒ여도 샬가듯 ᄒ더라 용지 샹셔다려 왈 니 혼쟈 가는 길 갓스오면 아모디도 걸일 디 업시 슌으로 가오련만은 샹공게셔 인간의 ᄂᆞᆯ려와 진긱니 되엿시니 인간 샤람니 간 디로 션간의 드러가지 못ᄒ게 ᄒ야 지나가는 곳의 여러 실령니 직히여시니 게 가셔 부왕의 쥬신 공문를 들여 셩졉ᄒ며 갈 거시니 아모디 가셔도 다 니 ᄒ는디로 ᄒ쇼셔 샹셰 왈 슈궁의는 용왕니 읏뜸인니 발로 슈로로 가면 쉬오려든 엇지 뉵노로 가 폐로이 ᄒ여 공문를 셩졉ᄒ며 머믈이오 용지 왈 슈로로 가면 가마니 가련니와 하눌리 알르시면 용궁의 큰 변니 나고 지경 마튼 신령이 다 죠치 못홀 거시니 공문를 셩졉ᄒ야 후환를 업시 ᄒ리라 ᄒ고 가더니 ᄒ 나라의 다다르니 일홈은 혼의국니라 게 샬암은 발오 단니지 못ᄒ야 두로 단니지 못ᄒ야 ᄒ더니 게 직흔 셩황은 경셩이라 용지 믈가의 비를 다히고 혼쟈 드러가 셩황를 보고 공문를 들리니 셩황니 보고 왈 가

178

는 힝치 틱을셩인가 용지 디왈 긔로쇼이다 셩황니 즉시 공문를 셩졉ᄒ여 쥬며 나와 샹셔를 보고 가쟝 반겨ᄒ되 샹셔는 각별 공경ᄒ더라 용지 하직ᄒ고 샹셔를

달리고 쏘 훈 날아에 가니 그 곳든 합렬국이라 게 샤람은 화식를 안니먹고 쑬만
먹고 단니덜아 그 짜 직힌 셩황은 필셩니라 용지 공문를 들인니 보고 왈 그더
티을셩를 달려가거니와 이 압히 가장 험ᄒ니 죠심ᄒ여라 ᄒ고 공문를 번졉ᄒ여
쥬거늘 쏘 훈 날아에 가니 게는 위우국니라 그 짜 샤람은 다 중국과 갓트되 누
리고 비린 거슨 안니먹더라 그 짜 셩황신은 긔셩이라 용지 공문를 들니니 셩황
왈 션간니 길히 달으거든 범인니 임의로 들어오리오 ᄒ고 공문를 본체 안니커늘
용지 왈 티을셩니 인간에 눌려와 중국 병부샹셔를 ᄒ여쩌니 황졔 명령를 밧ᄌ와
봉녀샨의 긔연쵸 어드러 가옵짜가 므츰 울리 슈국의 왓샵거늘 쇼지 뫼셔가옵너
니 쇼ᄌ를 보셔 허ᄒ쇼셔 셩황 왈 그는 글어ᄒ건이와 감히 쇽긱니 짐쟉 드러오
리오

<h2 style="text-align:center">179</h2>

ᄒ고 마지 못ᄒ여 공문를 번졉ᄒ여 쥬거늘 가지고 쏘 훈 날아에 가니 게는 교위
국이라 그 날아 샬암은 곡식를 안니먹고 챠만 먹으니 몸니 가뷔야와 나는 즘싱
갓쩌라 그 짜흔 무샤히 지나갈리 업는지라 용지 샹셔긔 샬오되 니 셩황이 가쟝
거북ᄒ여 쳔의 ᄒ나토 무샤히 지나가리 업스오니 나 ᄒ는디로 ᄒ쇼셔 ᄒ고 드러
가 셩황게 뵈온니 셩황 왈 남히 용왕의 셋지 아들은 무샴 일노 왓는다 용지 답
왈 티을셩를 뫼시고 봉녀샨의 긔연쵸 어들어 가옵쩌니 부왕의 공시 왓스오니 셩
졉ᄒ여 가지이다 셩황니 디로 왈 봉녀샨은 극훈 명산이라 샹졔의 명영 업시는
신션도 임의로 츌립지 못ᄒ거든 티을셩니 비록 쳔샹의셔는 웃쁨 신션니나 졔 임
의 득죄ᄒ여 인간의 날려왓시니 이졔는 진직이 되엿는지라 졔 임의로 드러가며
쏘훈 너희 부왕니며 지나온 신령인들 샹졔의 명 업시 감히 샹녜 샬암를 드러보
니엿시니 너와 니션를 잡아 가도고 샹졔게 쥬문ᄒ야 회답보아 쳐치ᄒ리라 용지
민망

<h2 style="text-align:center">180</h2>

ᄒ야 빅가지로 비러도 듯지 안니ᄒ니 헐 일 업셔 앙앙ᄒ여 ᄒ더니 셩황신니 인

ᄒᆞ여 용ᄌᆞ와 니션를 구리셩의 가도니 그 곳은 지함 갓트여 하늘도 보지 못ᄒᆞᆯ네
라 용지 샹셔달려 왈 셩황이 ᄀᆞ쟝 거북ᄒᆞ여 아무의 말리라도 듯지 안니ᄒᆞ니 니
오늘 밤의 도망ᄒᆞ여 울리 션셩게 샬와 친히 와 쳥ᄒᆞ여야 지나가리니다 샹셰 두
려 왈 하늘도 보지 못ᄒᆞᄂᆞᆫ 곳에 혼쟈 잇셔 엇지ᄒᆞ며 ᄯᅩ 그ᄃᆡ 도망ᄒᆞᆫ 줄 알면 셩
황니 더욱 노ᄒᆞᆯ 거시니 엇지ᄒᆞ리요 용지 왈 샹셔는 넘녀 말르쇼셔 이졔 가면 날
리 시지 안여셔 돌아올 거시니 하 두려 말르쇼셔 샹셰 왈 그ᄃᆡ는 슈히 단여오라
ᄒᆞ고 더옥 겁ᄒᆞ더라 용지 변ᄒᆞ여 일진 쳥풍니 되여 도망ᄒᆞ여 일광노게 가니 일
광뇌 디경 문왈 너를 틔을을 죠ᄎᆞ 봉ᄂᆡ샨의 갈아 ᄒᆞ엿쩌니 어니 슈히 온다 용지
왈 규셩의게 죽게 되엿너이다 ᄒᆞ거눌 일광뇌 우으며 왈 그 손니 가쟝 거북ᄒᆞ니
니 안니가면 구치 못ᄒᆞ리라 ᄒᆞ시고 즉시 구름 타고 오시거눌 용지 먼져 달아

181

와 샹셔게 살오고 잇쩌이 잇쩌 일광뇌 근두운를 타고 슌식의 와 규셩를 보고 갈
오되 틔을리 쳔샹의셔 득죄ᄒᆞ야 인간의 날려와 고힝으로 지니여 쇽죄ᄒᆞ노라고
봉ᄂᆡ샨으로 가게 ᄒᆞ엿는지라 어니 가도고 놋치 안이ᄒᆞᄂᆞ뇨 규셩 왈 나도 아옵썬
이와 한참 곤욕ᄒᆞ여 보니랴 ᄒᆞ와샵쩌니 광뇌 엇지 알르신이잇가 광뇌 왈 남희
용왕의 아들리 니 졔ᄌᆞ미 알아너이다 규셩 왈 샴일만 가도와 두고 곤욕ᄒᆞ야 보
니랴 ᄒᆞ너이다 일광뇌 왈 황틔후 병니 진ᄒᆞ고 날리 머지 안녀시니 틔을이 더듸
가면 욕니 만ᄒᆞᆯ 거시니 그만ᄒᆞ여 보니라 ᄒᆞᆫ디 규셩니 용ᄌᆞ와 니션를 잡아드려
왈 너희 인간 샤람으로셔 당돌리 드러와 션경를 더러인니 그 죄 즁ᄒᆞᆫ지라 가도
고 만연이라도 놋치 안이려 ᄒᆞ여쩌니 일광노 션셩이 친히 와 쳥ᄒᆞ시니 이번은
노하 보니노라 ᄒᆞ고 마지 못ᄒᆞ여 공문를 셩졉ᄒᆞ여 쥬거눌 용지 샹셔를 달리고
물가의 나오니 물 가온디 오식 구름으로 ᄃᆡ를 뭇고 구 우희 두 션관이 풍뉴ᄒᆞ거
눌 샹셔 용지달려 왈

182

져 샬암은 엇쩌ᄒᆞᆫ 이완디 엇지 공즁의셔 노ᄂᆞ뇨 용지 답왈 동편의 안즌 이는 일

광뇌오 셔편의 안즈니는 규셩이로쇼이다 샹셰 가쟝 부뤄ㅎ며 일광노를 향ㅎ여
무슈히 샤례ㅎ더라 용지 왈 하 불워 말으쇼셔 올리도 올리지 안여셔 져리 되리
이다 ㅎ고 쏘 ㅎ 나라의 가니 게는 우오국이라 게 샬암은 킈가 십쳑이나 ㅎ되
밥를 안니먹고 즘싱이나 샬암이나 잡아먹쩌라 용지 왈 니 셩황를 보라 간 샤히
예 이 나라 샬암이 일졍 쟈부러 들 거시니 이 부쟉를 너여 더지쇼셔 ㅎ고 셩황
게 드러가니 그 짜 셩황은 어진진라 용왕의 공문를 보고 즉시 셩졉ㅎ여 쥬며 왈
니 짜 샤람들리 본니 강악ㅎ니 부디 슈히 가라 ㅎ더라 이젹의 샹셰 비예 혼쟈
잇쩌니 게 샤람드리 샹셔를 잡아먹으러 ㅎ거늘 샹셰 민망ㅎ여 용즈 쥬든 부쟉를
너여 더지니 문득 디풍이 일어 물결니 뒤누으니 그놈들은 믈 쇽에 드러 나지 못
ㅎ며 그 비는 바람의 것잡지 못ㅎ여 용즈도 보지 못ㅎ고 비 가는 디로 노하 가
더

183

니 ㅎ 신션니 고리를 타고 슐를 취케 먹고 믈를 평지갓치 가다가 샹셔를 보고
왈 니 너을 쟘간 보아ㅎ니 신션도 안이오 쇽긱도 안니오 용왕도 안니로되 어듸
가 용왕의 표쥬를 어더 타고 어듸로 가는다 샹셰 비례 왈 나는 즁궁 병부샹셔
니션이옵쩌니 황티후 병니 즁ㅎ시미 쳔즈의 명으로 봉니샨 긔년쵸 어드러 가옵
쩌니 브라건디 길를 가르치쇼셔 그 션관니 쇼왈 그디 비록 병부샹셔를 ㅎ여시나
옛글를 보지 못ㅎ엿쏘다 샴신산 십쥐란 말리 허무ㅎ지라 옛날 진시황 한무졔의
위엄으로도 엇지 못ㅎ엿짠 말를 듯지 못ㅎ엿는다 허랑ㅎ 말 말고 날리나 죠츠
단니며 풍경이나 귀경ㅎ고 슐집니ᄂ 챳즈 ㅎ거늘 샹셰 답왈 션관의 말삼니 다
올샤오나 남의 신해 되여 황명를 밧즈와 즁노의셔 머무지 못홀 거시 니 목슘니
맛도록 단니다가 엇지 못ㅎ면 혈마 엇지 ㅎ리잇가 길히나 갈으치쇼셔 그 션관
왈 니 니 고리를 틱고 구만 칠쳔 리를 슌식의 가되 아직 봉니샨이란 말도 듯지
못ㅎ고 보도 못ㅎ여

184

시니 헷길 가지 말고 날를 ᄯᅡ라 단이며 슐집니나 비화라 ᄒ고 비를 잡아 ᄭᅳ을고 동다히로 가며 온갓 곤욕의 말만 ᄒ고 노치 안니ᄒ거늘 샹셰 졍히 민망니 넉이 더니 ᄯᅩ 뒤혜셔 ᄒᆫ 션관니 반쵸입 갓튼 거슬 타고 쳥강검를 둘너메고 표연니 오며 왈 니젹션아 어듸 갓썬다 션관니 답왈 니 쇼년이 날달려 슐집 갈으치라 ᄒ고 노치 안니ᄒ기에 죽임 슐집을 갈으치라 ᄒ니 그 션관이 디쇼 왈 져 손이 비록 진긱이라도 한가히 와 슐집를 츠즈며 놀냐 ᄒ니 미호 유신ᄒᆫ 샤람이로다 그듸 돈이ᄂᆫ 만히 가져는다 샹셰 답왈 나는 인간의 미쳔ᄒᆫ 샤람이옵써니 쳔지 날를 명ᄒᆞ샤 봉닉산의 가셔 긔연쵸 어더오라 ᄒ시거늘 쳔심만고ᄒᆞ니 ᄯᅡ헤 들어왓 샵써니 션관이 잡고 노치 안니ᄒᆞ온즉 민망ᄒᆞ와이다 그 션관 왈 그듸 져 션관를 모로는다 당시졀의 한림학샤 벼슬ᄒᆞ든 니틱빅이라 그듸게 슐를 시기려 ᄒ니 져 슐리 취토록 먹이려 ᄒ면 만곡쥬를 어더야 ᄒᆞᆯ 거시니 슐갑

185

시ᄂᆞ 넉넉이 가졋는야 다려오든 샤람를 다 히즁 귀신를 만나 다 아니고 남히 용왕의 아들를 계유 비러 달리고 오다가 마ᄌᆞ 일코 혼쟈 왓ᄉᆞ온니 슐갑시야 푼젼인들 어듸 가 엇샤올리잇가 니젹션이 쇼왈 네 안히 옥지환를 파다야 날를 슐이야 안니 먹이랴 ᄒ며 무슈히 죠롱ᄒᆞ며 가더니 문득 멀이셔 옥져 쇼리 들이거늘 니젹션 왈 녀동빈아 져 부는 졋 쇼리를 알라들을쇼냐 그 져 쇼리 왕쟈균의 져 쇼리니 어듸로 가는고 ᄯᅡ라가보쟈 ᄒ고 고리를 지쵹ᄒᆞ여 오니 그거시 쇼리를 벽역갓치 지르며 샤죡를 일시예 허위니 ᄲᅡ르기 ᄇᆞ람갓써라 져 쇼리를 츠즈 가니 ᄒᆫ 션관니 거문고를 믈 우희 ᄯᅴ우고 그 우희 안쟈 져를 빗기 부다가 샹셔를 보고 왈 반갑다 틱을아 인간 쟈미 엇쩌ᄒᆞ더뇨 샹셰 지비 왈 황졔 날를 명ᄒᆞ샤 봉닉산 긔연쵸·어더오라 ᄒ시거늘 가옵써니 이 션관니를 만나 션경를 보오니 다힝ᄒᆞ오나 길히 밧부온듸 잡고 놋치 안니ᄒᆞ오니 민망

186

ᄒ와이다 니젹션이 쇼왈 니 숀이 졔 안히 옥지환를 파라 슐 샤먹니마 ᄒ고 잡고 져무도록 단이니 그런 곤ᄒ 일리 업너이다 녀동빈니 디쇼 왈 티을은 젹션의게 잡혀노라 ᄒ고 젹션은 티을의게 잡혀노라 ᄒ니 슈지오지쟈옹이리오 ᄒ고 셔로 웃쩌니 믄득 션녜 년녑쥬의 츌쥬를 싯고 가거늘 동빈니 문왈 그디 어듸로 가는다 두목지 션싱니 옛 벗 보랴 ᄒ시고 옥하슈로 마쵸아시니 그리 가너이다 왕ᄌ균 왈 일졍 티을 볼여 ᄒ는쏘다 니젹션 왈 두목지 졔 오다야 우리를 슐이야 아니 먹이랴 ᄒ고 그 슐를 들이라 ᄒ니 그 션녜 마지 못ᄒ야 슐를 들리거늘 니젹션니 먼져 가득 부어잡고 일오되 니 슐를 우리 혼쟈 먹고 져 숀를 안니 쥬면 무류ᄒ여 ᄒ 거시오 쥬고쟈 ᄒ즉 인간 쏭과 피만 너흔 푸디 쇽의 츌쥬 곳 드러가면 우연니 요관홀리로다 녀동빈니 쇼왈 그 부디 비록 그러ᄒ여도 젼의 츌쥬 너 혓썬 부디라 츌쥬를 너허짜가 ᄒ여 터질가 두

187

려ᄒ노라 왕쟈균 왈 터지거든 인간의 나가 말춍으로 호아쓰면 무계관홀 거시니 시험ᄒ쟈 ᄒ며 셔히 온가지로 희롱ᄒ니 샹셔는 붓쓰려 아모 말도 못ᄒ고 안꼿쩌니 셔다히로셔 ᄒ 션관니 샤지를 타고 오며 왈 그디는 무슨 곤욕를 그디도록 ᄒ는고 ᄒ며 샹셔의 숀를 잡고 안즈며 왈 그디 달려오던 용지 그디를 일코 못어더 ᄒ거늘 내 일오되 니젹션이 달려가시니 분별 말고 십나국 셩황게 고ᄒ고 봉니산으로 오라 ᄒ여시니 그디는 넘녀 말고 우리와 ᄒᆫ가지로 츌쥬를 갓치 먹고 봉니산으로 가즈 ᄒ고 쳥ᄒ거늘 샹셔 가쟝 깃거 샤례ᄒ니 그 션관니 샹셔달여 문왈 그디 우리를 알아볼쇼야 샹셔 왈 인간 무지ᄒᆫ 눈니 어니 알이잇고 그 션관니 갈오되 져는 왕ᄌ균니오 니는 녀동빈이오 져는 니티빅이오 나는 두목지러이 그디 울리와 지극키 친ᄒ 샤히라 이졔 그디 비록 인간의 날려갓시나 친ᄒᆫ 마음를 잇지 못ᄒ야 ᄒ더니 일광노의 말를 듯고 그디 봉

188

닉산으로 가기예 십니국 셩황의게 곤욕를 만히 보더라 ᄒ거늘 그ᄃᆡ를 위ᄒ야 샹
졔게 말뮈 바다 왓쩌니 니젹션이 그ᄃᆡ 거동 볼려ᄒ고 부러 긔롱ᄒ여시니 허물치
말나 샹졔 비례 왈 와셔 보시는 일도 지극 감샤ᄒ옵거든 긔롱ᄒ시는 말ᄉᆞᆷ를 엇
지 허믈ᄒ올리잇가 두목지 왈 ᄐᆡ을이 쳔샹의 잇실 졔 우리를 업슈히 너기더니 오
날날 이리 공경ᄒᆞᆯ 쥴 엇지 알이오 ᄒᆞ며 슐쥬를 셔로 권ᄒ며 가더니 한 쳥의동지
학를 타고 와 샬오되 안긔싱계옵셔 오늘 션셩를 다 쳥ᄒ여 직녀궁으로 보쟈 ᄒ
더이다 동빈 왈 얼운 버지 블으오니 안니 가든 못ᄒ올 거시미 ᄐᆡ을을 엇지 쳐치
ᄒ리요 두목지 왈 니 일니올 졔 쟝건니 봉니산으로 가거늘 니 학를 쥬고 져 ᄉ
지를 밧고와쩌니 예셔 봉니산니 머지 안니ᄒ니 ᄐᆡ을을 달려다가 봉니산의 두고
쟝건를 보아 학를 밧고와 타고 미죠츠 갈 거시니

189

그ᄃᆡ는 먼져 갈아 ᄒᆞᆫᄃᆡ 모다 깃거 샹셔달려 왈 그ᄃᆡ를 쩌난 지 올리미 반가이
보고쟈 ᄒ여 왓쩌니 어른 버지 부르니 안니 가든 못ᄒ여 슈히 니별ᄒ니 셥셥ᄒ
다만은 평안니 단녀가거라 오리지 안여셔 셔로 만나보리라 ᄒ고 셰 션관니 먼져
가거늘 샹셰 두목지로 더부러 동남간으로 향ᄒ여 가더니 ᄒᆞᆫ 산니 ᄒᆞᆫᆯ의 다핫고
오식 구름니 얼의여는 ᄃᆡ를 ᄀᆞ르치며 왈 져거시 봉니산니어이와 져 산를 어니
올나갈고 샹셰 왈 져 산를 다 올나가야 약를 어드리잇가 두목지 왈 져 산 샹샹
봉의 규루션니 잇시니 그 션관를 보아 쳥ᄒ여야 어드리라 ᄒ고 셔로 말ᄒ며 가
더니 비 그 산 아리 다다르미 용지 발셔 믈가의 와셔 기달리더라 두목지 샹셔다
려 왈 임의 다 왓고 용ᄌᆞ도 맛나시니 나는 예셔 하직ᄒ노라 ᄒ고 가거늘 샹셰
용ᄌᆞ달려 왈 그ᄃᆡ 어듸 갓쩐뇨 우의국 셩황의게 공문를 번졉ᄒ여 가지고 믈ᄭᅴ의
나오니 발셔 간ᄃᆡ

190

업거눌 못어더 두루 단니옵써니 두목지 션싱를 만나오미 니젹션이 달려 갓시니 너는 십니국 셩황게 고ㅎ고 예 와 기달리라 ㅎ시거눌 발셔 와 기달엿너이다 샹셰 왈 그 션관니 오면셔 하 괴롱ㅎ니 곤ㅎ미 가히 업써라 용지 왈 그 션관니는 다 샹셔의 지극ㅎ 젼싱 버지라 반가온 마음의 흥를 계워 괴롱ㅎ여 계시ᄂ 그 션관니를 만나지 못ㅎ던들 십니 졔국의 단여오노라면 이졔 아직 반도 못 왓시리니 다 ㅎ고 샹셔를 달리고 산즁으로 들어가니 한 바회 하늘의 년ㅎ여 싹가지른 듯 ㅎ거눌 샹셰 왈 니 짜헤 와셔 져 바회를 엇지 올르리요 용지 왈 그는 근심 말르시고 니 등의 올르쇼셔 ㅎ거눌 샹셰 용ᄌ의 등의 올르니 용지 문득 변ㅎ야 황농니 되여 한 번 쇼쇼와 그 바회 우희 올르니 샹셰 디경 왈 그더 지죠는 실노 신긔ㅎ도다 용지 왈 이져는 션산의 다 왓ᄉ오니 나는 믈가의 가 비를 직희여실 거시오미 넘녀 말르시고 져 골노 들어가

191

규루션를 ᄎᄌ 기연쵸를 어더가지고 믈짜으로 날려오쇼셔 샹셰 왈 비록 약를 어드나 니 바회를 엇지 날려오리요 용지 왈 도라올 졔는 ᄌ년 쉬올 거시니 넘녀 말르쇼셔 ㅎ고 날러 가거눌 샹셰 혼쟈 골고 드러가더니 빅발노인니 거문 쇼흘 타고 오다가 샹셔를 보고 문왈 그더 엇쩐 샬암인다 샹셔 지비 왈 나는 즁국 병부샹셔 니션이올너니 규류션를 챳너이다 노옹 왈 져 침향나무 밋터 드러가면 놉흔 바회 우회셔 바독 두는 션관 이시니 게 가 무러보아라 ㅎ거눌 샹셰 그리로 향ㅎ야 가니 가는 길히 다 옥바회요 오싀 구름이 얼릐엿고 온갓 꼿치 만발ㅎ고 난봉 공쟉니며 쳥학 빅학니 쌍쌍이 우지즈니 이야 진짓 별유쳔지 별건곤니 여긔러라 샹셰 칭챤 왈 인간의셔 샴신산니 잇짠 말리 허언이라 ㅎ여써니 이야 진짓 샴신산이로다 ㅎ고 나아가더니 놉흔 바회 우희 홍의션관과 쳥의션관니 바독 두거눌 샹셰 멀이셔

192

절ᄒ니 본체 안니ᄒ거늘 점점 갓가히 나아가 겻티 셧시되 ᄯᅩᄒ 본체 안니ᄒ거늘 샹셰 민망ᄒ여 ᄒ더니 ᄒ 쳥의동지 챠를 가지고 와셔 션관게 살오되 져긔 엇떤 쇽긱니 왓너이다 ᄒ니 그 션관이 그졔야 놀나 도라보고 바독를 밀치고 왈 엇떤 샤람이완디 이 션간의 드러와 션경를 더러이는다 샹셔 지비 왈 즁국 병부샹셔 니션이옵쩌니 규루션의 집를 ᄎᄌ 왓너이다 쳥의션관니 문왈 그디 규류션를 무 삼 일노 ᄎᆺ는다 샹셰 답왈 쳔ᄌ의 명를 밧ᄌ와 기연쵸 어드라 왓너이다 홍의션 관니 갈오되 규류션를 보려 ᄒ거든 져 샹봉의게 올나가 보아라마는 네 육신니 어니 잘 올을다 ᄒ거눌 샹셔 그 봉를 바라보니 놉기 샴쳔길나나 ᄒ고 갓파르기 어름쟝를 ᄭ가 셰운듯 ᄒ더라 몸의 날리 잇셔도 올을 셰 업스니 샹셰 민망ᄒ여 왈 션관네 덕틱를 입을가 바라너이다 쳥의션관 왈 규루션를 보아지라 ᄒ미 ᄀ르 쳐든 ᄯᅩ 못 오르노

193

라 ᄒ니 울인들 엇지 홀리오 홍의션관 왈 이간의셔 예 오기도 다힝ᄒ디 허믈며 더욱 위티ᄒ 디 가셔 규루션를 ᄎᆺ너니 우리와 ᄒ가지로 바독나나 두고 그쟈 ᄒ 거눌 샹셰 ᄯᅩ 지비 왈 더러온 몸이 니곳까지 오기도 쳔힝니옵쩐이와 쳔ᄌ의 명 를 바다 왓스오니 아니 가든 못ᄒ올 거시오니 션관 덕분의 약를 어더 가지이다 션관 왈 우리는 산슈만 구경ᄒ나 약은 아지 못ᄒ노라 ᄒ고 온갓 죠롱의 말를 무 슈히 ᄒ니 샹셰 가쟝 곤ᄒ야 ᄒ더니 문득 황학 탄 션관니 날려와 일오되 그디는 옛 버들 만나 반가온 회포란 안니ᄒ고 무슨 희롱를 그디도록 ᄒ는다 ᄒ니 이는 규루션일너라 샹셔의 손를 잡고 왈 반갑다 틱을아 인간 쟈미 엇쩌터뇨 셜즁미 그디를 위ᄒ야 인간의 날려갓써니 어더본다 샹셰 왈 니션은 인간의셔 고힝 쑨이 오 쟈미는 보지 못ᄒ엿고 셜즁미란 말삼를 더욱 아지 못ᄒ리로다 그 션관이 쇼 왈 틱을이 발셔 션간 일를 이져ᄯᅩ다 ᄒ고

194

동주를 불너 추를 드리라 흐니 동지 차를 드리거놀 바다 마시니 그제야 천샹 티을성으로셔 쟉죄흐고 인간의 귀향온 일과 샹계게 말뮈 바다 봉니샨의 와 노다가 능허션의 짤 셜즁민로 더부러 부부되엿든 일과 좌우의 안져는 션관이 다 슌알레 버진 줄 알고 눈물 지여 왈 나는 죄 즁흐야 인간의 날려가 고힝흐노라 션관 왈 능허션셩의 짤 셜즁민는 양왕의 짤리 되여시니 그디 둘지 부인니 되리라 샹셰 문왈 셜즁민는 무슴 일노 인간의 날려가며 쇼애는 어니 김젼의 짤리 되고 셜즁민는 어니 양왕의 짤리 되엿는고 능허션셩 부쳬 완경흐라 방쟝샨의 갓짜가 흔쎠 귤 진샹를 잘못흔 죄로 인간의 귀향갈셰 능허션싱은 남양 짜 우슈션싱의 아들니 되여 나고 기 쳐는 영쳔 짜 쟝호의 짤리 되여 나셔 쏘 만나 부뷔 되여시나 티을니 쇼아를 위흐야 셜즁민를 즁히 아니 너기는 쥴 알고 능허션싱니 미일 쇼아를 원망흐는 타스로 니싱의 나와 그 짤리 되여 나셔 오

195

셰예 일코 십오년 간쟝를 썩이게 흐엿고 셜즁민는 그디 인간의 날려ㄱ민 보려흐고 쟈슈흐야 약슈의 쌔져 죽으니 후싱의 귀히 되게 흐야 양왕의 짤리 되엿는니라 샹셰 왈 그리면 셜즁민 니 부인니 먼져 될 거시어늘 엇지 쇼애 먼져 되엿는고 션관 왈 그디 인간의 날려가문 쇼애를 위흐야 날려갓실 쑨 안니라 쇼애는 월궁항아의 아니라 항애 비록 무이 녁여 인간의 보니여시느 엇지 도라보지 안이리요 쇼아는 쳣 부인니 되여짜가 나히 칠십니 츠면 그디로 더부러 흔가지로 도로 쳔산의 올나올리라 샹셔 왈 니 양왕의 혼스를 거졀흐다가 이런 거름를 흐니 종시 거졀코져 흐여쩌니 쳔졍니오미 도망치 못흐리로다 흐고 젼싱 일를 일르고 인간 일를 이졋거놀 션관 왈 그디 도라가기 느겨가니 이 약를 가지고 밧비 가라 흐거놀 샹셰 문왈 니 약 일홈은 무어시라 흐년이잇가 션관 왈 쇠용의 너흔 믈은 황혼쥐오 져 풀은 기연쵸오니 환약은 화단니라 이제 도라가면 티후 죽어실 거

196

시니 그디 가졋는 옥지환를 죽엄 우희 언져두면 써근 살리 니살고 져 물를 입의
들리오면 혼빅니 도로 살아날 거시니 긔연쵸를 먹니면 말샴를 흐리라 샹셰 쏘
문왈 니 환약은 어듸 쓸고 션관니 답왈 그는 깁히 간슈흐여짜가 그디 나히 칠십
니 츠거든 칠월 망일 오시에 쇼애와 흐나식 먹으라 흐고 쏘 챠를 권흐거늘 샹셰
바다 먹으니 용지 기달이는 쥴과 인간의 도라갈 일리 밧뿐 쥴를 씨달아 션관게
하직흐고 도라갈야 흐거늘 션관니 샹셔를 다리고 믈ᄉᆞ의 나와 젼숑흐여 보니여
왈 훌훌흐나 회포를 다 못흐너니 쳔샹의 올나오거든 우리를 다시 보라 흐더라
용지 반겨 살오되 갈 길흔 올 졔와 달을 거시니 비예 올나 눈를 잠간 감으쇼셔
흐거늘 샹셰 비를 타고 눈를 잠간 감으니 발셔 남히 용궁의 왓써라 용왕니 샹셔
를 보고 못니 반겨 쳥흐여 젼의 드러가 디졉흐거늘 샹셰 왈 용왕의 덕분의 봉니
샨은 무샤히 단여왓ᄉᆞ오나 쳔틱샨 길흘 마즈 갈으치쇼셔 왕왈 쳔틱샨은 인

197

간의셔 머지 안니흐니 가기 쉽오련니와 마구션녜 만나기는 쉽지 못홀 거시니 샤
모흐너이다 흐고 졔 아들를 쏘 불너 왈 네 쏘 샹셔를 뫼시고 쳔틱샨를 갈으치고
셔히 포진의 가 네 누의를 보고 니 말흔 후 계안쥬를 구흐야 샹셔긔 들리고 그
리로셔 네 션싱게 뵈옵고 오너라 흔디 용지 슈명흐고 즉시 샹셔를 달이고 가더
니 한 곳의 다다라 일오되 니 샨이 쳔틱샨니이 져 샨를 두로 단니며 마구션녜를
츠즈 약를 구흐여 보쇼셔 나는 셔히 포진의 가 계안쥬를 구흐야 어더올리이다
흐거늘 샹셰 응낙고 그 샨를 발아보니 그 산이 쳔만쳡나 흐고 놉기 하늘의 다
핫거늘 져리 험흔 짜의 혼즈 단이다가 모진 즘싱싱를 만나면 엇지 죽기를 면홀
리오 용지 왈 니 산은 명샨니라 각별 모진 즘싱니 업샵너니 두려 말으시고 아모
샬암를 보셔도 공경흐고 번화니 말으쇼셔 힝혀 그릇흐시면 도라가기 어려오리이
다 샹셰 용즈를 니별흐고 혼쟈 쳔틱샨으로 드러가더니 흔 믈까의 다다르미 물리
깁고 달리 업거늘 건너지 못흐□

198

두로 단니더이 문득 동다히로셔 혼 아희 샤슴를 타고 오거늘 샹셰 니달아 길흘 뭇고져 ᄒ더니 그 아희 샤슴를 발노 박츠니 그 샤슴니 번기갓치 가미 밋쳐 가는 곳들 몰을네라 샹셰 샤슴를 짜라가더니 졈졈 샤슴은 보지 못ᄒ고 샨은 쳡쳡ᄒ디 인젹은 끈치니고 졍히 민망ᄒ더니 혼 쇼나무 밋티 걸엉니갓튼 노인니 헌 누비옷 입고 셕샹의 걸어 안져거늘 샹셰 졀ᄒ고 문왈 마구션녜 어듸 계신잇가 노인니 답왈 니 이 샨중의 샬안 지 오만 팔쳔 연니 지나시되 마구션녜란 말은 금시 쵸 문이로다 ᄒ거늘 샹셰 쏘 문왈 이 짜헤 인개 어듸 잇넌이잇가 비곱ᄒ 민망ᄒ오 니 아모 거시나 요긔나 ᄒ여지이다 노인니 답왈 이 샨중의 무슴 인가가 잇실이 오 ᄒ고 일어나거늘 샹셰 쏘 짜로려 ᄒ니 발셔 간디 업써라 샹셰 물를 건너지 못ᄒ야 물가의 안져써니 혼 즁이 뉵환즁를 집고 지나가거늘 샹셰 ᄀ쟝 공슌히 졀ᄒ고 문왈 마구션녜를 보고져 ᄒ오니 어듸로 가리잇가 그 즁니 답왈 그 할미 는 ᄎ쟈 무엇ᄒ려 ᄒ는듸

199

샹셰 답왈 나는 즁궁 병부샹셔 니션일너이 황졔의 명으로 별이용를 어드러 왓샵 써니 젼ᄎ로 듯ᄉ오미 마구션녜를 보아야 그 약를 어드리라 ᄒ미 찻너이다 즁니 답왈 니 믈를 건너 동다히로 옥포동를 ᄎ쟈 가라 ᄒ거늘 샹셰 왈 믈리 깁고 달 리 업ᄉ오니 건너지 못ᄒ와 민망ᄒ와이다 그 즁이 뉵환쟝를 믈의 더지니 변ᄒ야 달리 되거늘 샹셰 건너가 그 즁를 향ᄒ여 샤례ᄒ니 그 즁이 구름를 타고 알오되 더셩ᄉ 부쳬러니 그디 길흘 몰나ᄒ미 갈으치너니 옥포동를 ᄎᄌ가 마구할미를 보라 ᄒ거늘 샹셰 졀ᄒ여 왈 그 션녜를 엇지 ᄎᄌ볼고 샤렴ᄒ너이다 부쳬 왈 이 졔 만나는 볼련이와 황티휘 발셔 업셔 계시니 슈히 도라가라 ᄒ거늘 샹셔 그 즁 를 향ᄒ야 무슈히 샤례ᄒ고 동다히를 향ᄒ여 가더니 츄슈와 계슈며 그니혼 쏘치 며 고이혼 즘싱니 믈리지 단니며 우지즈니 슬푸미 그지업고 오식 구름니 쟈옥ᄒ 엿시니 길흘 분별치 못홀네라 샨은 갈쇼록 쳡쳡ᄒ고 인

200

젹니 업셔 민망ᄒ더니 흔 바회 우희 노옹니 걸어 안즈거눌 샹셰 지비ᄒ고 문왈 옥포동으로 가려 ᄒ오니 어늬 길노 가올지 갈으치쇼셔 그 노옹니 디답지 안니코 노리 부르되 쳔연를 흔 긱를 샴고 만연를 흔 날을 샴아 샤희팔방을 순식의 단니 는 날를 뉘라셔 감히 뭇는뇨 ᄒ고 눈를 감고 바회예 누흐니 슘니 업셔 거의 죽 어가는 샤람 갓거눌 다시 믈을 셰 업셔 동다히를 바라고 가더니 문득 산즁으로 셔 흔 녀지 옥슈리를 흰 샤슴의 메예 타고 흔 손의 쳔도를 쥐고 나오니 멀리털 은 눈갓고 얼골은 도화갓쩌라 샹셰 흔번 보고 복지ᄒ여 고기를 드지 안코 문왈 감히 뭇잡너니 옥포동으로 가고져 ᄒ오미 길을 갈으쳐 쥬쇼셔 ᄒ거눌 그 할미 총망니 슈리예 날려 답녜ᄒ고 왈 낭군은 뉘시며 옥포동은 츠즈 무엇ᄒ려 ᄒ시는 고 샹셰 지비 왈 나는 즁국 병부샹셔 이션이옵쩌니 황틔후 병니 즁ᄒ시미 날를 명ᄒ샤 쳔틔샨의 가 별니용를 어더 오라 ᄒ시미 왓습쩌니 젼츠로 듯즈온즉

201

마구션녜 그 약를 알르신다 ᄒ오미 챷너이다 할미 답왈 낭군은 길흘 그릇 와 계 시도다 너 니 산즁의셔 샤란 지 샤십 팔만 구쳔 샤빅 오십 칠년를 지녀여스온즉 니 샨이야 어늬 곳을 모로이오만은 마구션예 잇짠 말은 금시 쵸문니오 샨 일홈 도 금시 쵸문이로쇼다 샹셰 더경 왈 그리면 니 샨 일홈은 무어신니잇고 가르 쳐 쥬쇼셔 그 할미 디왈 니 샨 일홈은 포옥샨니라 ᄒ고 니 골 일홈은 틔쳔동이 라 ᄒ건니와 낭군니 임의 그릇 드러와 계시고 또 날리 발셔 져무러시니 도라가 시기 어려올 거시오 다른 디 인기 업스오니 니 집니 가 밤이나 지닉고 닉일 도 라가 쳔틔샨를 츠즈쇼셔 ᄒ거눌 샹셰 답왈 그리면 쳔틔샨니 어듸 잇샵는이잇가 할미 답왈 나는 아모디 잇는 쥴 모로너이다 ᄒ고 샤셔를 달리고 한 골노 드러가 니 그 골리 셔긔 어릐엿고 오식 바회와 쳔만가지 꼿치 골골이 쟈옥키 불거 잇고 오식 돌노 슈을 노하 박셕를 깔아시니 발부치기 엄엄ᄒ더라 멀리 발아보니 긔니 흔 향니 코흘 거슬리는디 흔 집니 은은이 뵈

202

거놀 다다르니 황졔 계신 궁궐 갓쩌라 문챵호 달리 긔니ᄒ고 셔긔 두우□ 쎄쳐
쩌라 그 할미 슐리예 날려 샹셔를 쳥ᄒ여 왈 니 집니 본니 남지 업슨 과부의 집
인니 귀긱나라도 디졉홀 샤람니 업ᄉ오니 셰 무너ᄒ라 니가 친히 디졉ᄒ게 되엿
시니 죠곰도 허믈치 말르시고 올나 안즈쇼셔 ᄒ거늘 샹셰 가장 샤양 왈 인간 더
러온 몸니 귀ᄒ 경를 더러니기도 황공ᄒ옵거든 싱심나 감히 젼의 올나 디좌ᄒ
올잇가 쳐마 밋터셔나 밤니ᄂ 지너옵고 붉는 날 가셔이다 ᄒ고 구지 샤양ᄒ고
안니 올르거눌 할미 쇼왈 남녜 비록 각별ᄒ오나 니 나히 만ᄉ오니 허믈리 업고
집니 비록 더럽지 안니ᄒ오나 다른 디 갈 곳 업ᄉ오니 샤향 말르시고 올나 안즈
쇼셔 샹셰 거스르지 못ᄒ여 올나 안즈니 황금 교위를 동셔의 난화 노코 샹셔를
동편 교위예 좌를 졍ᄒ거놀 샹셔 디경ᄒ여 업씌여 죽기로 샤양ᄒ니 한미 왈 니
말를 드르면 약를 어더 가련니와 듯지 안니면 약은 컨니와 도라가지도 못ᄒ리니
다 샹셰 왈 무슨 말샴인지 들

203

를 말샴이면 듯고 못들을 말샴니면 죽ᄉ와도 듯지 못ᄒ리로쇼니다 할미 왈 젼의
명샤계예 안회 되여 부귀로 누리다가 가군니 날아혜 득죄ᄒ야 이 싸혜 구향왓짜
가 먼져 가뵈 기셰ᄒ고 혼쟈 잇셔 여름를 지어 먹샵썬이와 다만 ᄒ 쌀 쟈식니
잇셔 과년니 챳시되 니졔 샤회를 못 어덧쩌니 그디를 다힝니 만나ᄉ오니 이는
하눌 졍ᄒ신 비필이오미 니 쌀리 비록 임견치 못ᄒ오나 낭군의 비필이 부죡지
안니홀 거시미 죠곰도 샤양치 말으쇼셔 샹셰 왈 비록 그러ᄒ오나 황틔휘 병니
즁ᄒ시미 황졔 날를 명ᄒ샤 약 어드러 보니시고 일야의 기달리시는디 이리 와
쥬식의 침익ᄒ고 황명를 발킈오면 하눌리 죄를 쥬실 거시니 하눌게 죄를 어든
후의야 어듸 가 빈들 도모ᄒ올리잇가 챨아이 니졔 죽ᄉ와 후회나 업게 ᄒ올 거
시니 챠마 이 말슴를 좃지 못ᄒ리로쇼이다 할미 왈 낭군니 만일 약를 어더다가
틱후를 샬오시면 벼슬도 놉고 부귀 극즁ᄒ오런니와 종시 엇지 못ᄒ와 허힝 곳
ᄒ오시면 문셩쟝군니 쇼

204

옹의 환를 면치 못홀 거시니 죽은 졍승니 산 기야지만 못혼다 ᄒᆞ여시□ 옛날 진
시황 한무졔의 위엄으로도 엇지 못ᄒᆞ고 죽기를 면치 못ᄒᆞ여거든 그ᄃᆡ 아무리 지
셩으로 어드려 혼들 쟈고로 엇지 못혼 약를 어ᄃᆡ 가셔 어드리요 니 집니 비록
가난ᄒᆞ나 젼답니 십만 팔쳔 셕 직니오 노비가 샤만 이쳔 칠빅여 귀오 뽕남기 팔
만 칠쳔 구빅 일흔 두 남기오 져 동편 고의는 은니 십만 칠쳔 독니 드럿고 셔편
고의는 황금니 샤만 오쳔 독이오 남편 고의는 명지 비단니 구만 동나나 ᄒᆞ고 북
편 고의 진쥬 보ᄇᆡ가 억만 슈리가 잇시니 평싱 드러누어도 실음업슬 거시니 부
ᄃᆡ 니 말ᄃᆡ로 ᄒᆞ라 ᄒᆞ고 언필의 혼 낭즈를 교위예 안치고 샹셔를 붓쓰러 올려
교위예 안치니 샹셰 황감ᄒᆞ여 쳥스건를 쟘간 슈기며 얼푸시 보니 졍렬부인 갓거
늘 안마음의 가쟝 반겨오되 올 졔 용지 당부혼 말리 잇시민 죽도록 샤향ᄒᆞ니 그
쇼졔 방으로 드러가며 일오되 황티후 발셔 죽어 계시민 죠신 등이 우리

205

가문를 죄쥬어지라 ᄒᆞ오되 쳔지 아직 기다려 보쟈 ᄒᆞ시니 슈히 도오쇼셔 ᄒᆞ거늘
그졔야 졍렬부인니 오신 쥴 알고 말을 ᄒᆞ고즈 ᄒᆞ되 발셔 드러가고 업스니 다시
보지 못ᄒᆞ고 물너와 긱실의 쟈다 보니 그런 큰 집니 간ᄃᆡ 업고 너짜 쇼나무 밋
졍지러라 샹셰 하 고이ᄒᆞ야 글지어 을푸며 나오더니 골 어귀예 헐버슨 할미 쳥
삽살기를 달리고 나물를 키거늘 샹셰 나아가 졀ᄒᆞ고 문왈 쳔틱샨니 어듸니잇가
그 할미 왈 니거시 쳔틱샨이라 ᄯᅩ 문왈 옥포동이 어듸이닛가 할미 왈 날려온 ᄃᆡ
니라 그리ᄒᆞ오면 마구션녜 어듸 계신이잇가 그 한미 숀를 이마의 언쪼 이윽키
보다가 일오되 니 눈이 어두어 그ᄃᆡ를 몰나보니 그ᄃᆡ는 뉘라 ᄒᆞ며 마구할미는
니로쇼이다 샹셰 반겨 두 번 졀ᄒᆞ고 왈 날을 몰나보시는이닛가 나는 낙양 북쵼
니위공의 아들 니션이로셔 황명으로 약 어드러 왓너이다 ᄒᆞ고 부인의 편지를 니
여 들니거늘 그졔야 본 얼골를 니고 반겨 왈 슉낭즈는 무양혼가 낭즈와 날과□

206

야 만년쵸를 보니라 ᄒ여도 앗기리오만은 만일 졍셩니 지극□□□던들 하마 허
힝홀 번 ᄒ여싸만은 그디 졍셩니 하 지극ᄒ 고로 그 샤히예 도다ᄯ다 ᄒ고 ᄒ
버스슬 쥬며 왈 김낭쟈의 말를 드르니 황티휘 죽어짜 ᄒ미 슈히 도라가라 ᄒ고
간디 업거늘 샹셰 셔위ᄒ야 옥포동를 향ᄒ야 무슈 비례ᄒ고 믈까의 나온니 용지
발셔 와 기달리더라 나는 그 샤히 셔히 포진의 가 슉모를 뵈옵고 계안쥬 말슴ᄒ
온즉 슉뫼 왈 계안쥐 두낫치 잇써니 ᄒ 낫츤 낙양 김샹셔긔 은혜 갑노라 ᄒ고
들리고 한 짝은 졍렬부인게셔 포진의셔 졔홀 졔 슐쟌의 담아 보니여시니 발셔
샹셔딕의 갓짜 ᄒ시거늘 그져 도라왓너이다 ᄒ며 샹셔다려 눈를 쟘간 감으쇼셔
ᄒ거늘 샹셔 용션의 안즈 눈를 쟘간 감고 안즈시니 발셔 황셩문 밧계 홰란 믈ᄀ
의 다다라쩌라 샹셰 믓터 날려 용즈와 니별ᄒ여 왈 만니 챵파의 험난 동고ᄒ야
고힝ᄒ다가 무샤히 고국의 도라와 홀홀리

207

니별케 되니 마음이 이연ᄒ나 다시 보쟈 ᄒ고 니별ᄒ기를 ᄀ쟝 슬허ᄒ며 평안이
도라가라 ᄒ고 황셩의 드러오니 황티후 죽언 지 이십일니 되여 볼셔 샬리 샹ᄒ
여쩌라 샹셰 망극ᄒ야 옥지환를 가지고 바로 궐니예 드러가니 만죠빅관니 합쥬
ᄒ며 궐니예 곡셩니 천지를 흔들더라 샹셰 각식 약를 가지고 죽엄에 임ᄒ야 옥
지환를 죽엄 우희 언져두니 이윽ᄒ야 샬빗치 완년혼듯 ᄒ거늘 황혼쥬를 입에 너
ᄒ니 숨니 통ᄒ는듯 ᄒ거늘 ᄯ 기연쵸를 쓰니 말슴ᄒ거늘 귀예 별니용를 너코
눈의 계안쥬를 쎅스니 안치 발그며 신샹 쳬되 다시 젼과 갓치 타년ᄒ야 쟈든 샤
람 일어 안즘 갓거늘 샹니 디경 디희ᄒ샤 샹셔의 숀를 쟙으시고 용누를 날리오
시며 갈오샤되 그디를 말리챵파의 보니고 쥬야 념녀ᄒ더니 쳔만 몽외예 이러틋
득달ᄒ야 황후 병환니 쾌츳ᄒ니 엇지 즐거오믈 어듸다가 비ᄒ올니오 진시황 한무
졔도 위엄니 쳔하의 진동ᄒ여시되 엇지 못ᄒ 약를 경니 어더시니 짐

208

니 엇지 이젼 언약를 비반ㅎ리오 ㅎ시고 쳔하를 둘에 난화 반를 가지라 ㅎ시거
늘 샹셰 복지ㅎ여 통곡 쥬왈 폐하는 티후를 위ㅎ시고 신은 폐하를 위ㅎ 일니온
니 이는 신ᄌ의 직분이옵거늘 니졔 쳔하를 반분ㅎ야 가지라 ㅎ시니 엇지 후셰예
역명를 면ㅎ올잇가 구타여 가지라 ㅎ시면 신니 부모 쳐ᄌ를 다시 보지 못ㅎ옵고
폐하 탑하에서 ᄌ슈ㅎ오리이다 ㅎ고 멀리를 두다려 쳥죄ㅎ니 쳔지 니션의 츙셩
를 감격히 넉니샤 니션으로 쵸왕를 봉ㅎ시고 위공은 위왕를 봉ㅎ시니 션이 샤은
ㅎ고 집니 도라와 부모 슬하의 나아가 지비 복지ㅎ온디 부모며 일가 친쳑과 샹
하 노쇼며 인리 샤람드리 죽엇쩐 샤람갓치 못니 반기며 졍렬부인은 낭낭 쇼왈
낭군니 가신 후의 챵 밧게 동빅남기 졈졈 씩씩ㅎ며 가지 다 북향ㅎ거늘 일졍 무
샤히 도라오시는 아라샵쩌니 할는 마구할미 쑴에 와 달려가옵거늘 싸라가셔 낭
군를 뵈옵고 이리이리 이르고

209

왓샵쩌니 슈히 도라오시니 감격ㅎ와이다 ㅎ더라 니젹의 쳔지 쵸왕를 만히 샹샤
ㅎ시고 어젼 풍뉴를 보니샤 낙봉년를 권ㅎ시더니 양왕니 쪼 혼인를 지쵹ㅎ거늘
쵸왕니 봉니샨의 가 션관의 말를 드러시미 거스지 못ㅎ야 위의를 갓쵸와 양부
의 일으러 신부를 마ᄌ 샴일 권귀ㅎ야 졔샤을 다시리니 부귀 쳔하의 웃씀이라
이러모로 부귀 쳔하에 웃씀인고로 공경 티휘 뉘 안니 불워ㅎ리오 이젹의 쳔지
특지로 미향를 졍슉왕비를 봉ㅎ야 샴ᄌ 니녀를 두고 졍렬부인은 니ᄌ 일녀를 두
어 인믈리 티월ㅎ니 쳔ᄌ의 며눌리 되고 쟝ᄌ는 졍승 벼슬ㅎ고 ᄎᄌ는 셔량 티
쉬 되엿짜가 쳔하도총독 디샤마 벼슬ㅎ야 남만 북젹를 다 쓸어 발리고 위엄니
즁ㅎ야 도젹를 잘 다시리니 쳔지 칭챤ㅎ시고 즁샹ㅎ시더라 쵸왕니 쟝승샹 부쳐
와 녀부인니 다 죽거늘 녜로써 영쟝ㅎ고 지니더니 슬푸다 쏘 위왕부뷔 별셰ㅎ시
거늘 쵸왕니 망극

210

ᄒ야 션산의 쟝ᄉᄒ고 샴년 쵸토를 지셩으로 지니더니 샴년를 □□ 후의 쵸왕니
오쟈를 달리고 샤원의 모다 활쏘며 여러 샤람를 모도와 힘를 결워 지죠를 보더
니 졍렬부인니 누 우회셔 쥬렴를 것고 샬펴보시니 그놈니 반야산의셔 구ᄒ든 놈
갓거놀 쵸왕게 그 샤년를 젼ᄒ니 쵸왕니 그 오랑키를 불너 왈 니젼의 반야산의
셔 구ᄒ 샬암니 잇쩌야 그놈니 가쟝 오리 싱각짜가 왈 그 쩌예 ᄒ 어린 아기 부
모 일코 돌 틈 업씌여 울거눌 그 아희 샹을 보오니 타일의 일졍 귀히 되리라 ᄒ
와 게 두면 즘싱의게 죽을가 ᄒ야 달여다가 유곡역 마을 압헤 두고 갓삽너니다
쵸왕니 부인게 젼ᄒ니 부인니 더희ᄒ여 즉시 불너 젼말슴를 일으신 후 쵸왕게
부탁ᄒ샤 샹샤 만히 ᄒ여 보니신니라 이젹의 쵸왕의 나히 칠십니 되엿쩌니 무슐
년 칠월 망일의 졍렬부인으로 더부러 완월누의 올나 놀으시더니 믄득 보니 공즁
으로셔 오식 구름

211

이 니러나며 ᄒ 션관이 드러오거늘 왕이 급히 일어 안즈니 여동빈 일너라 왕왈
어듸로 오시나잇가 여동빈이 왈 엇지 이젓는냐 엇지 육신이 쟐 올을다 ᄒ거늘
그졔야 규류션 쥬던 약을 한나식 부인과 난화 먹으니 몸이 가뷔야와 인간 일을
아조 이져브리고 여동빈으로 더브러 분인을 다리고 구름을 멍에ᄒ야 바로 쳔샹
으로 올나가니라 김젼부쳐는 쵸왕부부를 일코 미일 슬허 졍슉왕비로 더브러 비
를 타고 션유ᄒ더니 한 션관이 굴갓튼 거슬 세홀 쥬더니 믄득 일오듸 셜즁미화
한나식 먹으로 ᄒ거늘 바드니 그 션관 왈 쳔샹 일을 인간의 와셔 이져는냐 ᄒ거
늘 한나식 먹으니 쏘ᄒ 인간 일은 아죠 잇고 몸이 쏘ᄒ 가뷔야와 다시 집으로
갈 마음을 이져브리고 가쇽도 다시 보지 못ᄒ고 봉내산으로 가니라 이젹의 쳔지
드르시고 신긔히 너기샤 칭챵ᄒ여 갈오샤듸 하늘이 션관 션녀를 나려보내샤 짐
을 도앗다 ᄒ시고 문무 졔신을 모ᄒᄉ 김젼 양위와 쵸공 젼후 힝젹과 위공과 다
날하의ᄉ

212

즁샹ㅎ시고 초왕 일 (이하 전체 판독 불능)

세창서관본

  단기(檀紀) 4284년(西紀 1951)에 세창서관(世昌書舘)에서 발행한 국문활자본으로서, 매면 18~21행, 매행 35자 내외, 총 80면의 완결본이다. 겉표지에는 "傳香淑" 밑에 한글로 "전향숙"이 병기되어 있고 천연색 그림과 출판사 관인(官印)이 있으며, 1면 1행에는 "고대소설 숙향전 古代小說 淑香傳 上下卷"이라고 되어 있다. 그리고 권수(卷數) 표시 없이 바로 다음 행부터 내용이 전개되고 있는데, 37면 끝에는 "淑香傳 上卷終", 38면 1행에는 "고대소설 숙향전(권지하)", 마지막 80면 끝에는 "숙향전 권지하종"이라 되어 있다. 현재 국립중앙도서관 일모문고(一茅文庫)에 소장되어 있으며, 청구번호는 '일모 813.5 세299ㅅㅎ'이다.

세창서관본

1

고대소설   숙 향 전   古代小說   淑 香 傳 上下卷

화설 지나(支那) 대송 시의 일위 명공이 잇스리 성은 김(金)이오 명은 젼(佺)이니 대대로 명문 거족이라 그 부친 운수선생(雲水先生) 도덕이 놉흔 선배라 공명의 뜻이 업셔 산중의 은거하야 세월을 보내더니 텬재ㅣ 드르시고 그 도덕을 아름다이 녀이사 사관을 보내여 리부상셔로 브르시되 종시 나지 아니하고 산중에서 죽이니라 김전의 문장이 쌔혀나매 리적선 두목지를 압두하고 필법은 왕희지와 조하보를 묘시하니 슈학하난 선배 구름 모히듯 하더라 일일은 동학에 사는 붕우ㅣ 호주부에 벼살하여 부임하랴 갈새 십리 장정에 전송하랴 하고 주효를 가지고 반하몰(半河水) 가의 이르럿더니 모든 어부ㅣ 한 거분을 잡아 지고 구어먹으려 하거날 김전이 보고 쏘 자셔히 보니 그 짐생의 이마 우해 하날 텬짜 잇고 복상에 쏘 하날 텬차 잇스니 비상한 줄 알고 도로 노흐라 하니 어부 등 왈 우리 종일 낙시질하여 겨오 이 짐생을 잡아니 엇지 노흐리오 하니 그 짐생이 김전을 보고 눈물을 흘니며 죽기를 슬혀하난 형상이라 김전이 가져왓던 주찬을 주고 밧고와 물에 너흐니 그 거북이 물속으로 들어가며 김전을 도라보더라 김전이 벗을 전송하고 도라오난 길의 반하를 건너더니 문득 풍랑이 대작하야 다리 문허지며 사람이 쌔저 죽엇고 쏘한 김전도 죽게 되얏더니 홀연 압해 거문 매판갓튼 거시 물 우해 쎗거날 김전이 그 우해 올나 안지니 비록 은신하얏스나 이마를 맛대고 그 짐생으로 하야곰 네 굽을 허위며 쌰르기 살갓치 쒸여건너 륙디의 나라거날 생각하매 필위 반하물 가의 너헛던 거복이 은혜를 갑고저 하미라 젼 무슈 사례하매 그거시 입으로 안개갓튼 것을 토하니 광채 무지개 서듯 하야

2

황홀하더니 이윽고 그 긔운이 진하며 쏘한 간대 업고 새알 만한 구실(直珍) 뒤
개가 노혓거날 김전이 더욱 긔이히 여겨 두 손를 드러 자서히 보니 구실 가온대
오색 빗치 찬란한대 하나흔 목숨 슈자요 하나흔 복 복자여날 전이 마음에 혜오
대 일정 거복을 반하수의 너흔 연고라 하고 거두어 가지고 집의 도라왓더라 김
전이 나히 이십이로대 집이 빈한하여 취실치 못하얏더니 형초 짱해서 사난 장희
라 하난 사람이 공명의 쯧이 업서 벼살을 구치 아니하고 잇스나 본대 공후 자손
이라 집이 유여하며 슬하의 무남독녀를 두엇스니 위인이 쌔혀나고 재용이 현철
하니 장희부부 장중 보옥갓치 아라 택서하기를 범연치 아니터니 김전의 어질믈
듯고 구혼하니 김전이 반하에서 어든 진주로써 빙폐하매 장희 부인 왈 공경대부
ㅣ구혼하난 재 구름 뫼듯 하되 허지 아니하고 구타여 가난한 김전의게 허혼하야
이제 김전의 빙물을 보니 그 빈한을 가히 알지라 다만 일녀의 평생을 그르게 하
시나뇨 쟝희 왈 혼인은 인류대사라 부인의 알배 아니요 더욱 혼취의 재물을 취
하문 이적의 류라 쏘한 빙폐하난 진주를 보니 이난 천금으로 밧고지 못할 배라
장인으로 꿈여 지환을 만드니 광채 황홀하야 바로 보지 못할너라 이에 녀아를
주고 택일하야 김전을 마즈니 양인의 풍광이 서로 참치하더라 장희 김전을 보매
희색이 과망하야 사랑함이 친자 갓더라 김전이 장씨를 취하매 원앙이 록수에 놀
고 비취 연리 지에 기드림 갓더라 삼년 만에 장희부부 쌍망하니 장씨 망극하야
슬허하믈 마지 안이하고 김전이 장사를 예로 함후 조석 제사를 극진이 밧들고
세월을 보내더라 이러구러 여러 춘추지내되 슬하의 일점 혈육이 업서 슬허하더
니 이해 추칠월 망간의 김전과 장씨 루에 올나 월싹을 구경하니 홀연 공중으로
셔 꼿 하송이 써러저 장씨 압해 나려지거날 고이히 여겨 자서히 보니 이화도 아
니오 매화도 아니로되 향취 진동하거날 김전이 보더니 문득 광풍이 대작하야 꼿
치 산산이 흐터저 간 바를 아지 못할너라 장씨 마음의 연연하야 도라왓더니 차
야에 일몽을 어드니 달이 써

3

러저 금돗치 되여 품에 들어 뵈거날 놀나 깨니 남가일몽(南柯一夢)이라 크게 의
혹하야 김전을 깨와 몽사를 일울새 김전 왈 작일 게화 일지 알헤 써러저 뵈더니
금야 몽사 쪼한 여차하니 하날이 우리무자함을 불샹이 여겨 귀자를 점시하지도
다 하더니 과연 그달부터 태긔잇스니 김전부부 크게 깃거 아들 낫키 바라더니
십삭이 차매 장씨 곤비하야 이지 못하거날 김전이 의약으로 치료하더니 사월 초
팔일의 긔이한 향내나며 샹운(祥雲)이 집을 둘너싸며 밤이 깁흔 후 선녀 한 쌍
이 나려와 이로대 집을 쇄소하고 잇스면 세네 하강하리라 하고 산신(産室)로 드
러가거날 김전이 밧비나와 노복을 시겨 집을 쇄소하더니 이윽고 오색 재운이 집
을 두르며 향취 진동하거날 김전이 행혀 장씨 죽을가 하야 침소에 가 여허보니
그 부인이 순산하고 두 선녀 발서 문 박게 나왓스니 가난 것을 보라 한즉 보지
못할너라 김전이 놀나 즉시 방중의 드러오니 장씨 혼졀하얏거날 수족을 주물너
깨오니 반향 후 인사를 차려 보거날 김견이 대희하야 아해를 보니 옥골선풍(玉
骨仙風)이 비범탈속(非凡脱俗)하야 긔이한대 한낫 녀아라 남자 아니물 서운하야
일홈을 숙향(淑香)이라 하고 자를 월궁션(月宮仙)이라 하야 사랑하고 귀중함이
비길대 업더라 년광이 오세에 이르매 더욱 아름다와 월궁션아 하강하미 아이면
망월이 운무를 헛치고 벽공의 걸엿는 듯 사람의 눈이 현황하고 성음이 청아하야
백옥을 산호재로 두다리는 듯 하더라 백사의 진선진미하니 김견이 행혀 단수할
가 저허하야 상보는 사람 왕구를 청하야 숙향의 사주를 모르나 규왈 이 아해는
인간사람이 아니라 월궁항아의 정맥이라 일정 귀이 되리로소이다 다만 옥제쎄
득죄하고 인간의 나왓사오매 초분은 혐하고 그 후는 길하리이다 하니 김견 왈
우리 의식이 족하니 초분이 엇지 괴로우리오 규왈 미리 정치 못할 것슨 사람의
팔자니 오세에 부모를 리별하고 사방으로 포박(漂泊)하다가 이십이 되면 부모를
다시 맛나 부귀영화하고 이자일녀를 두어 부귀를 누리리니 쪼 칠십세의 도로 천
상으로

4

올나가리이다 김전이 밋지 아니하나 행혀 일을가 저허하야 생월생시를 써셔 금낭을 맨드러 숙향을 채왓더니 이째의 국운이 불행하야 금국이 반하야 황성을 침노하니 몬저 형초을 쌍 범하난지라 김전이 피란하니 중노에서 도적을 만나 행장을 다 일코 숙향을 업고 장씨를 다리고 다라나더니 도적이 점점 갓가이 오매 전이 진력하야 장씨다려 왈 도적이 짜름이 급하고 힘이 쇠진하야 급히 가지 못하니 우리 사라나면 자식은 다시 보려니와 우리 죽으면 시신을 뉘 거두며 조선향화 뉘 밧들니오 인정이 절박하나 숙향을 여긔 두고 급한 화를 피하엿다가 다시 와 다려가사이다 장씨 이 말을 듯고 망극하야 울고 왈 나난 숙향과 한가지로 죽를 거시니 군자난 급히 급히 피하야 천금 귀톄를 보전하야 우리 모녀 시신이나 거두어 주소셔 생이 탄왈 그대를 바리고 차마 엇지 혼자 피하리요 찰아리 한가지로 죽으리라 장씨 왈 그대 말삼이 그르도다 대장뷔 처자를 짜라 죽으리요 쌜니 피화하야 천금 귀톄를 보전하소셔 생이 장씨 손을 잡고 왈 그대를 엇지 바리리요 장씨 망극하야 통곡왈 군자ㅣ 이러틋 하시니 첩이 비록 절박하나 숙향을 여긔 두고 가사이다 생이 이 말 듯고 장씨를 급히 잇스니 장씨 숙향을 표자박에 밥을 다마 주고 왈 어엿불사 아녀야 배곱푸거든 이 밥 먹고 목마르거들 내가의 물을 쩌먹고 조이 잇스라 우리 명일 와 다려가리라 숙향이 발을 구르며 울고 어마님 아바님 날과 한가지로 가사이다 장씨 가삼이 뮈여지난 듯 하야 정신이 아득하니 말을 못하며 울며 숙향을 달내여 왈 잠간 네 잇스면 우리 도로 이리와 다려가마 소래 말고 잇거라 소래하면 도적이 죽이난이라 숙향이 더욱 울고 왈 모친은 엇지 홀노 나들 여긔 두고 도적의게 죽으라 하시나뇨 한가지로 가사이다 하고 놋치 아니하니 장씨 차마 써나지 못하야 안고 우니 생이 통곡 왈 적세 급하니 엇지 저를 위하야 우리 죽으리요 그대가 가지 아니하면 나도 한가지로 죽으리라 장씨 텬디 망극하야 옥지환 한 짝을 숙향을 주어 옷고름에 재오고 달내여 왈 우지 말고 예 잇스면 내 즉시 오마 하고

5

도라보니 도적은 발서 갓갑거날 생이 황망이 장씨를 잇글고 가니 숙향이 통곡
왈 어마니 날 바리고 어대로 가시난고 나도 한가지로 가사이다 부르고 우난 소
래 멀니 가도록 들니니 김생의 부쳬 간쟝이 녹난 듯 쒸노는 듯 하야 압히 어두
어 다다나니 그 형상이 참혹하더라 도적이 다다라 숙향을 보고 왈 네 아비 어미
어대로 갓나뇨 간 곳을 이르지 아이하면 죽이리라 숙향이 부모 찻난 거슬 놀나
울며 속녀 왈 이제 나를 바리고 갓거날 내 엇지 알니오 하며 무수이 애곡하니
도적이 로하야 죽이려 하거날 그 중 한 도적이 가로대 제 아비 어미 무상하야
바리고 가니 어린 거시 배곱파 우난대 무삼 죄로 죽이리오 여긔 두면 즘생의게
상하리라 하고 어버다가 마을 압헤 두고 가며 왈 나도 자식이 이만한 것이 잇난
지라 가련하다 네 부모ㅣ 너를 바리고 가며 오작 심사 상하랴 하며 함루하더라
숙향이 아모대로 갈 줄 몰나 부모만 부르고 길로 방황하더니 보난 재 잔잉히 넉
여 하더라 날이 저물고 인적이 쓴쳣스니 배곱푸고 길을 몰나 덤불 밋헤 업대여
우드니 문득 황새 여러히 나려와 날개로 덥흐니 칩지 아니하나 배곱흔지라 견대
기 어엽더니 이윽고 잔나뷔들이 살문 고기를 갓다 주거날 반색하야 먹으니 배부
른지라 명조의 까치 나라와 숙향이 압헤 안저 지저귀며 오락가락하야 인도하난
것 갓거날 숙향이 울며 까치를 싸라 여러 고개를 너머가니 마을이 잇난지라 숙
향이 드러가니 마을 사람들이 무르되 엇던 아해완대 길노 배회하난다 숙향이 울
며 왈 우리 부모ㅣ 내일 와 다려가마 하시더니 오지 아니하나이다 하고 울기만
하니 보난 사람이 다 불상이 여기더라 숙향의 얼골이 고으니 다려다가 기르고저
하리 하나 둘이 아니로대 병란이 급하야 피란 때가 되매 할 길 업난지라 밥을
주며 왈 우리 파란가기로 다려가지 못하니 너도 이 밥을 잘 먹고 어대로 가거라
하더라 이적에 김생이 장씨를 깁흔 산중에 감초고 가마니 나려와 숙향을 차즈니
종적이 업거날 일정 죽엇도다 하고 크게 울며 장씨다려 왈 필경 죽엇다 하니 장
씨 통곡하고 긔절하거날 생이 개유 왈 어이 너

6

모 슬허하나뇨 과도히 말나 어린 아해 멀니 가지 못하얏슬 거시니 어죽도 시신이 근쳐의 잇슬 거시로대 종적이 업스니 필연 아모나 다려간가 시부니 왕규의 말이 맛친지라 너모 애상침 말나 하니 장씨 통곡 왈 어엿불사 숙향이여 일정 죽엇도다 사라슬지라도 누를 의지하리오 하고 자로 혼졀하니 김생이 울며 위로 왈 숙향이 만일 사리슬진대 이 압해 맛나 보리니 왕규의 말을 미드쇼셔 하고 위로하더라 이적에 숙향이 피란하난 사람이 다 흣터지매 만뇌구적하고 월색이 죠요한대 배곱흐고 슬푼지라 언져셔 슬피 울더니 홀연 푸른 새 압흘 인도하거날 숙향이 쳥조를 짜라 한 곳에 이르러 본즉 젼각이 의의하고 풍경소래 요란한지라 홀연 쳥의 녀동이 가만니 나와 숙향을 안고 드러와 뎐 우해 노커날 보니 한 부인이 화관을 쓰고 칠보단장으로 황금 교위에 안잣다가 숙향을 보고 황망히 나려 동편 백옥 교위에 좌를 졍하거날 숙향이 아모란 줄 모르고 우니 부인 왈 션녜 인간에 나려가 더러운 물을 만히 먹어 정신이 샹하엿스니 경액(瓊液)을 나오라 시녜 승명하야 만호죵의 가득 부어 드리니 숙향이 바다 마시매 정신이 식식하야 젼생 월궁소아로 텬샹의셔 노든 일과 인간에 나려와 부모를 일코 고초하난 알이 역역하니 몸은 비록 아히나 음은 어룬이라 머리를 드러 부인께 사례 왈 쳡이 텬샹에셔 득죄하야 인갈에 나려와 고초이 단이압더니 부인이 다려다가 이러룻 관대하시니 감사하여이다 부인 왈 션녜는 나를 압쇼냐 숙 왈 쳡이 멀니 나와 정신이 혼미하여 째닷지 못하나이다 부인 왈 이 째흔 명사계요 나난 후토부인이로소이다 션녀 인간의 나려와 고초이 단이시매 잔나뷔와 황새 쳥조를 보내엿더니 보신닛가 숙향 왈 보와삽거니와 부인의 은혜 빅골란망이라 텬샹죄를 속하압고 부인 좌하의 시녀 되야 은혜를 갑삽고저 하나이다 부인 왈 션녀난 월궁소아라 불행하야 지금 인간의 잠간 격거하얏스나 칠십년 고락을 지내시면 다시 텬궁의 쾌락을 바드실 거시니 슬허하지 마르소셔 오날 날이 저무럿고 가신 곳이 머온지라 오날은 나와 한가지로 머

7

무시고 명일 도라가소셔 하고 잔채를 배셜하야 음식과 풍류를 갓초고 대접하니 인간에서 보지 못한 풍류러라 부인이 경액을 권하니 숙향이 정신이 쇄락하야 천 샹 일만 기록하고 인간 일은 전혀 이졋더라 숙향이 문왈 젼에 듯사오니 명사계 난 십왕이 계시다 하더니 올흐니잇가 부인 왈 연하여이다 숙향 왈 인간 부뫼 십 왕젼의 잇스면 맛나보리잇가 부인 왈 션녀의 부모난 인간의 그저 계시거니와 샹 례 사람이 아니라 봉래산 션관 션녀로 인간의 적강하얏사오니 한이 차면 다시 봉래로 가시리니 어이 이곳에 계시리잇가 인간의 나아가면 다시 부모를 차져보 리잇가 인간에셔부터난 숙향 말이라 부인 왈 월궁의 션녀 계실 째난 항아의게 득죄하야 쫏기시게 되얏더니 규셩이란 션녜 옥황게 득죄하야 나려와 장승상 부 인이 되얏사오니 션녜 그 댁으로 가셔 젼생 은혜를 갑고 바야흐로 째를 맛나 귀 하 되고 부모를 맛날 거시니 십오년 되오리이다 숙향 왈 인간 고행을 생각하면 일각이 삼츄갓사온대 십오년을 엇지 지내리오 찰하리 죽어 면코자 하나이다 부 인 왈 이난 텬명이라 텬샹에 득죄하야 밧난 배어니와 다섯 번 죽을 액을 지내고 젼생죄를 속한 후 인간 영화를 보시리이다 부상에 금계 울고 날이 밝아오니 부 인 왈 션녀를 뫼셔 말삼을 무궁히 하고져 하오나 가실 곳이 머압고 째 느저가니 어셔 가소셔 숙향 왈 째 느저가나 인간 길을 모르오니 뉘 집으로 의탁하오리잇 가 부인 왈 넘려마르소셔 가실 길은 내 지시하오리이다 쟝승상집으로 먼저 가소 셔 숙향 왈 장승상집이 예셔 얼마나 하니잇가 부인 왈 삼쳔 삼백리압거니와 그 난 염려마르소셔 하고 분의 심은 나무 한 가지를 썩꺼 흰사슴 쓸의 매고 왈 이 사슴을 타면 순식간의 만리라도 가시리니 시장하시거든 이 열매를 자시고 가소 셔 숙향이 사례하고 사슴의 등의 오르니 그 사슴이 한번 굽을 치매 만리 강산이 눈 압해 잇난지라 가난 새 업시 한 곳의 다다라 가지 안코 셧거날 숙향이 나리 니 배곱푼지라 그 열매를 먹으니 배부르고 텬샹 일은 다 잇치고 마음도 도로 아 해되야 사슴이 물가 두려하더라 이

8

곳은 초목이 무성하니 갈 바를 아지 못하야 모란나무 포귀를 의지하야 조으더니
이 싸흔 남군 싸 장승상집 동산일너라 장승샹은 한나라 장량의 후예라 일즉 벼
살하여 명망이 조정에 웃듬이라 사십 전 승상이 되여 부귀 공명이 일국에 제일
되더니 시종조 째에 간신의 참조를 맛나 사직하고 고향으로 도라와 세월을 보내
더니 슬하의 일점 골육이 업서 매양 슬허하다가 승상이 일일은 일몽을 어드니
션 구름을 타고 나려와 계화 일지를 주며 왈 전생의 죄악이 중하여 무자하게 하
엿더니 이 꼿을 주나니 잘 간수하라 차후로 조흔 일이 잇스리라 하거날 깨매 꿈
이라 부인다려 몽사를 일너 왈 우리 무자하여 슬허하더니 하날이 자식을 점지하
시도다 연이냐 우리 냐히 오십의 엇지 생산을 바라리오 하고 한탄하더니 예 업
든 상운이 공중의 어리엿고 긔이한 향내 원중에 가득하니 승상이 고히 역여 왈
째 겨울이라 오색 안개 어리고 꼿이 피여 향내날 째 아니여날 고이타 하고 청녀
장(靑藜杖)을 집고 등산하야 보니 모란 포귀에 새입나고저 하난대 일개 녀아 잠
을 자거날 승상이 놀나 부인을 청하며 시녀를 부르난 쇼래에 그 아해 째려 울거
날 승상이 나아가 문왈 네 엇던 아해완대 깁흔 동산에서 자난다 숙향이 울며왈
냐난 부모를 일코 거리로 다니더니 엇던 즘생이 업어다가 려기 두고 가더이다
승상 왈 네 냐흔 몃치며 일홈은 무엇시뇨 숙향 왈 냐흔 다셧살이요 일홈은 숙향
이로소이다 우리 부모 냐를 바회 틈에 안치고 가며 내일 와 다려가마 하시고 오
시지 안이하기로 우냐이다 승샹이 추연 탄왈 부모 일흔 아해로다 하고 부인을
청하야 뵈니 꿈에 뵌든 션녀 갓트매 부인이 크게 깃거 왈 이난 하날이 우리 자
식 업스믈 어엿비 녀이사 주신 것이니 거두어 기르사이다 하고 안고 드러가 음
식을 먹이고 옷슬 갓초와 닙피고 품에 기르매 세월이 려류하야 칠세 되니 얼골
은 일월갓고 베호지 아니한 글을 능통하고 수노키를 잘하니 승상부부 사랑하미
긔출에서 지나더라 이러구러 십세 되니 점점 긔이하야 어룬이 밋지 못할 일이
만흐니 부인이 크게 사랑하야 가중

9

대소사를 맛기매 숙향이 동동촉촉(洞洞濁濁)하며 숙흥야매(夙興夜寐)하야 승상
부부를 지셩으로 섬기고 모든 비복을 인덕으로 부리니 승상부부의 의향이 어진
가문의 저와 갓튼 배필을 구하여 후사를 맛기고저 듯보더니 비복 중 사향이라
하는 개집이 승상집 대소사의 다 감찰하야 제 집이 가계 요부하더니 숙향이 가
사를 맛튼 후난 쩌러진 뒤웅이 되야 손을 놀닐 곳이 업거날 매양 해할 뜻이 잇
스나 틈을 엇지 못하여 그윽히 게교를 생각하더니 일일은 숙향이 승상양위를 뫼
서 영춘당(迎春堂)의 잔채를 배설하고 춘경을 구경하더니 홀연 저녁 까지 숙향
을 향하야 세 번 울고 나라가거날 슉향이 놀나 생각하되 까치난 게집의 넉시라
허다한 사람 가온대 굿하여 내 압헤 와 울고 가니 길초가 아니라 하며 승상도
쏘한 고히 녀겨 한 쾌를 엇고 심중의 불락하여 이에 잔채를 파하고 근심을 마지
아니하고 부인 쏘한 염녀 적지 아니하더라 이날 사향이 승샹양위 숙향을 다리고
영춘당에서 셜연하믈 듯고 크게 깃거 부인 침소에 드러가 협실의 감촌바 승상의
장도와 부인에 금봉차를 내여다가 숙향에 방의 감초왓더니 십여일 후 부인이 동
니 경년(慶宴)의 가려 하고 금봉차를 차지니 업거날 여러 곳 두루 보나 업고 승
상에 장도도 쏘한 업거날 시녀를 다사려 사핵하더니 시녀 중 사향이 밧그로 드
러오며 그짓 모로난 체 하고 문왈 댁에 무삼 일로 엇지 이럿틋 소요하시뇨 부인
왈 조정에서 승상께 사송(賜送)하신 장도(粧刀)와 빙폐(聘幣)하신 봉차(鳳釵)
업스니 이 두가지난 가중의 큰 보배라 사향 왈 저적의 숙향 낭자가 부인 침소로
가거날 고이히 녀겨삽더니 행혀 가저간가 차저보압소서 부인 왈 녀아의 마음이
빙옥갓거날 나를 속이고 가저다 무어세 쓰리어 사향 왈 젼의는 숙향 낭자가 그
러치 아니터니 요사이 구혼하난 기미도 잇삽고 나히 점점 챠가매 자긔 세사를
보태려 그러한지 시비 등도 보는 바의 미안한 일이 만사오니 부인이 애중하시매
감이 누셜 못하엿삽더니 아모켜냐 차저보소서 부인이 숙향 침소의 가 일오대 봉
차와 승샹의 장도를

10

일헛스이 혹 너의 그릇에 잇는가 보이라 숙향 왈 소녀ㅣ 가저 오지 안이하엿거날 엇지 여기잇사오릿가 하고 세간을 내여 부인 압해 노코 상고하니 과연 성적함 가온대 봉차와 장도 드럿는지라 숙향이 대경 상혼하녀 일언도 못거날 부인 왈 네 아니 가저왓스면 엇지 예 잇는고 봉차와 장도를 가지고 드러와 승상께 고왈 우리는 숙향을 친자식갓치 사랑하여 가중사를 다 맛기고 혼인하여 후사를 막겨 저에게 의탁고저 하엿더니 저는 남의 자식이라 냐를 속이미 여차하니 엇지 애달 지 아니하리잇고 승상 왈 이거시 제게 불관하니 엇지 가저갓든고 사향이 겻해 셧다가 고왈 숙향 낭자ㅣ 근일은 젼과 달나 혹 글도 지여 외인 남자도 주며 부정 지사도 만으니 그 뜻을 모르냐이다 승상이 청파의 대로 왈 연즉 나이 찻스매 외 인을 통간함이 잇도다 집의 두면 불측한 환이 잇슬 거시니 수이 내여보내미 맛 당하다 하니 이째 숙향이 제 방에서 통곡하며 머리를 싸고 누엇거날 부인이 책 왈 우리 팔자 긔박하여 자식이 업서 너를 어드매 매사에 긔이하니 사부가 자식 인가 여겨 길너 상적한 가무의 혼인하여 우리 후사를 맛길가 하엿더니 네 상한 의 자식인가 행실이 불측한지라 황금이 수십만량이나 되니 잇지 생게를 근심하 리오 장도와 봉채를 가지고저 하면 날다려 달나 하면 줄 거시요 봉차는 녀자지 물이나 아즉 불관하고 장도는 더욱 가치 아니하니 무삼 일노 그리 한다 나는 너 와 정이 중하여 용서하나 승상이 진로하시니 뉘 능히 말니리오 아즉 로긔 쩌질 동안의 너 입든 옷시나 가지고 근처 마을 집의 가 잇스라 내가 종용히 승상께 고하야 도로 다려 오게 하리라 하고 슬픈 마음을 정치 못하야 쏘한 누수여우한 지라 숙향이 피셕 재배 고왈 숙향이 젼생에 죄 중하와 오세에 난을 맛나 부모를 일코 동셔로 개걸하야 밤이면 수풀 밋헤서 자고 배곱고 치우미 한두 번이 되 리잇가 혈혈 인생이 부모를 찻지 못하고 우더니 하날이 살니사 사슴이 소녀를 다려다가 이에 두고 가오니 승상과 부인이 사랑하사 금의 옥식으로 기르시니 숙 향에 몸이 간뇌도지(肝腦塗地)하와

11

도 은혜를 갈력 봉행하려 하옵더니 만만 의외에 악명을 시럿사오니 도시 숙향의 팔자라 누를 원하리잇가 봉차와 장도난 소녀 가저온대 업사오니 귀신의 조화 아니면 사람에 반간이오니 발명하야 무엇하리잇고 부인 안전에 죽샤와 소녀에 빙옥갓흔 마음을 표코저 하나니다 언파에 텬디를 부르고 통곡하다가 칼을 늘어 저문코저 하거날 부인이 저의 긔색이 조곰도 번치 아니코 언어 강개(言語慷慨)하물 깨다라 가마니 헤오대 일정 간인의 시긔로 숙향의 총애를 시긔하야 모함한인가 하고 숙향을 개유하여 왈 네 말이 당연하니 내 승상께 고하고 조토록 할 거시니 조급지 죽으려 하지 말나 하더라 샤향이 승상 명으로 부인계 전하되 숙향에 행실이 불측하기로 내치라 하엿더니 뉘라서 내 명을 거역하며 머믈너 두엇나뇨 밧비 내치라 하시더이다 부인이 측연하야 눈물을 흘니고 왈 승상에 로긔 풀니실 동안 잠간 문 밧게 노복에 집에 가셔 잇스라 내 조용이 고하야 너를 다려오리라 숙향이 배샤 왈 부인에 은혜난 백골난망(白骨難忘)이오니 죽은 후라도 다 갑삽지 못할이로소이다 하고 칼을 드러 죽고져 하거날 부인이 숙향에 손을 잡고 울며 왈 너로 하야곰 이러케 함은 나의 경히 말한 죄라 무수히 게유하니 사향이 고왈 승상 분부의 숙향이 샤족에 자식갓트면 그런 행실을 하리잇가 기생의 자식인가 부니 밧비 내치라 하시며 집에 두면 필경은 대화를 볼 거시니 일시도 더대지 말나 하시더이다 부인이 더욱 망조하야 비자 금향을 명하야 숙향의 의복을 내여 쥬라 하고 루수ㅣ 종횡하시니 숙향이 울며 왈 저적 영춘쌍에서 저녁까지 우더니 이런 애매하온 일을 당하오니 이난 하날이 소녀를 죽이시미라 엇지 텬의를 거역하리요 하며 다만 부모 리별하올 적에 옥지환 한 짝을 주고 가시오니 그거나 내 부모 본드시 가저가겟나이다 의복은 무엇하오릿가 부인이 그 잔잉함을 차마 보지 못하야 승상께 나아가 고왈 첩이 인졔야 생각하오니 봉차와 장도를 쳡이 가지고 숙향에 방에 갓다가 두엇삽더니 이제야 애매하온 숙향을 내치려 하시매 제 발명할 길이

12

업셔 죽으려 하오니 그런 잔잉한 일이 업난지라 승상은 다시 생싹을 하소서 승상 왈 당초 그런 줄은 모르고 내치려 하엿더니 일이 그러하면 내 마음은 더욱 내칠 마음이 업 하고 도로혀 부인을 위로 왈 내 거야에 꿈을 쑤니 앵무ㅣ 도화에 깃드리다가 한 중이 드러와 도채로 가지를 버니 앵무 놀나 다라나 보애 그 엇던 연괸지 몰나 오날 종일 마음이 중보를 일흔 듯 하야 심히 울적하니 부인은 주효 가쳐와 위로하소서 부인이 시녀로 주찬을 나와 승상에 울적하믈 위로하더라 이 째 사향이 승상과 부인이 숙향을 도로 두고저 하믈 보고 곳 숙향 방에 가서 왈 승상이 그대를 그저 둔다 하고 대로하야 부인을 대책하시고 날노 하야금 밧비 내치라 하시니 어서 가라 하고 성화 독쵹하거날 숙향이 울며 왈 부인께 하직이나 하고 가지라 하니 사향이 소래 질너 왈 조흔 의식에 싸이여 그런 몹슬 노릇하고 하 면목으로 부인을 뵈와 하직하려 하난다 부인이 쏘한 로하야 게시니 나오실 이 업스니 어서 어서 나가라 손목을 잡아 잇쓸어 내거날 숙향이 부인께 하직도 못하고 가믈 더욱 망극하야 저 잇든 방에 드러가 손가락을 깨무러 하즉하는 글을 지여 벽상의 혈서로 쓰고 눈물을 홀이며 나오이 사향이 독쵹하야 발이 째해 붓지 아니케 쎄내치니 천디가 망망하며 동셔를 분별치 못하며 아모대로 갈 줄 모르니 사향이 쏘 일오대 승상이 로하사 근처에도 잇지 말나 하시니 멀이 가라 하고 문을 닷거날 숙향이 망극하야 부모를 부르며 정쳐 업시 냐갈새 승상 집을 자조 도라보며 가더니 압해 큰 물이 막혓거날 숙향이 그 물에 빠저 죽으라 하고 물가의 가 하날께 재배 왈 박명한 숙향이 전생의 죄 중하와 오세에 부모를 여희압고 낫이면 거리로 바장이다가 밤이면 수풀을 의지하오니 혈혈단신이 의탁할 곳지 업셔 눈물노 지내다가 천행으로 장승상택에 의탁하와 태산갓치 은혜를 밧잡고 일신이 안한하압더니 참혹한 악명을 짓고 축화를 맛나오매 참아 사지 못할지라 부모에 얼골을 다시 보지 못하고 슬품을 먹음고 몰에 지빠지니 천지 신명은 숙향의 악명을 벗겨 주옵소서 하

13

고 슬퍼우니 왕래 행인이 보고 눈물 아니 흘일이 업더라 숙향이 한 손으로 치마
를 뷔여잡고 쏘 한 손으로 옥지환을 쥐고 물의 쒸여드니 수세 급하고 풍랑이 일
매 행인이 구코저 하다가 밋처 구치 못하고 다만 차석(嗟惜)할 뿐이러라 숙향이
물속에 들매 믄득 물 가온대로서 매판 만한 것이 밧거날 숙향이 그 우해 올나서
니 편하기 륙지 갓흔지라 이윽고 오색 체운 이러나는 곳에 서양머리 한 녀동들
이 옥저를 불며 련엽주(蓮葉舟)를 급히 저어 이르러 갈오대 룡녀는 부인을 뫼서
이 배에 오르소서 하니 매판이 변하야 고은 여자 되여 숙향을 안고 배에 오매
려동들이 숙향의게 절하야 왈 부인은 엇지 천금지신을 가배야이 바리려 하시나
뇨 우리 항아(娥娥)의 명을 밧자와 부인을 구하라 하압기 오옵다가 옥화수의 여
동빈이 술내라 하고 놋치 아니하기로 진작 오지 못하얏더니 일정 룡녀 아니런들
하마 구치 못하야 항아의 명을 그릇할 번 하얏도다 하고 쏘 룡녀에게 시레 왈
그대는 어대로서 와 부인을 구호한나뇨 룡녀 답왈 석년의 사해 룡왕이 우리 수
궁에 와 잔체할 제 내 사랑하는 시여 옥종을 깨첫거날 행혀 죄를 닙을가 저허하
야 고치 못하얏더이 발각되매 부왕이 진로하사 첩을 반하물의 내치시거날 맛참
물가히라 어망의 싸이엿더니 천행으로 김상서를 맛나 구함을 심입어 샤라나매
은혜를 갑고저 하나 수부와 인간이 다른고로 은혜를 갑지 못하더니 이제 부왕이
옥제께 조회하시고 옥제 말삼을 듯사오니 월궁소아 텬상의 득죄하고 인간 김상
서의 쌀이 되야 반야산 도적에게 죽을 액을 지내고 쏘 포진물의 죽을 액을 지내
고 쏘 화재를 맛나고 이후 락양 옥중의 사향을 지낸 후 태을을 만나 귀히 되리
라 하시니 물직힌 신령을 분부하야 죽지 안케 하라 하시더라 하옵거날 내 감상
서에 은혜를 갑고저 하야 자원하야 나왓더니 선녀 와 게시니 나는 가는이다 숙
향에게 하직하고 가거날 숙향이 아모란 줄 모르고 그 녀동다려 문왈 저 사람은
물을 평디갓치 단이나뇨 녀동이 답왈 저는 동해 룡왕의 졔 삼여요 표진 룡왕에
부인이라 전일 부인에 부친이 기

14

를 구하신 은혜로 부인을 구하고 가나이다 첩이 어려서 부모를 여회고 혈혈한
몸이 의탁할 곳 업서 남에 고공이 되엿다가 애매한 악명을 싯고 이 물에 빠저
죽으려 하거날 이러틋 구제하시니 감사하여이다 첩은 어려셔 부모를 난중에 여
희고 유리표박(流離漂泊)하야 이리 되엿노라 녀동이 소왈 부인이 인간 화식을
먹어 우리를 모르시난도디 찻던 호로병(胡蘆瓶)을 기우려 차를 따라 주며 왈 이
를 자시면 알니이다 숙향이 바다 마시매 정신이 씩씩하야서 텬상이 력력하며 자
긔 분명 월궁소아로셔 옥제 압헤셔 태를진군으로 글지여 창화하고 월영단을 도
적하야 태을을 준 죄로 인간의 귀양온 줄 력력히 알애 두 녀동은 자긔에 부리든
시녀인 줄 깨다라 대경하야 붓들고 대성통곡함을 마지 아니하니 녀동이 위로하
더라 숙향 왈 부모를 일코 누명을 시릿스니 매친 한이 죽어도 잇지 안니하리로
다 녀동 왈 부모난 봉내산 선관 선녀로 상뎨께 득죄하고 인간의 나려와 녀아를
일코 간장을 살와 죄를 속하게 하미니 엇지 한하며 장승상집에는 십년 연분이
잇스니 쏘한 더 잇지 못하리이다 사향이란 종이 부인을 모해하야 누명을 애매히
시른 죄로 항아끠시 로하사 상제께 고하사 벼락치게 하얏스이 부인에 애매한 줄
은 승상부부ㅣ 임의 아르시고 물가에 와 찻다 못하야 그저 갓나이다 상제 귀향보
내실 제 다섯 번 죽을 액을 지내여야 부모를 맛나게 하얏스니 이제 세 번 액을
지내엿스나 압 두 번 액이 잇나이다 조심하소서 숙향이 대경 왈 쏘 무삼 액이
잇나뇨 여동 왈 로전(蘆田)의 가 화재를 보시고 낙양 옥중에 부친께 죽을 액을
지내시고 태을을 맛나 영화 부귀를 누리리이다 숙향이 탄왈 이전 지낸 액도 텬
디 망극하거든 쏘 두 번 액이 잇다 하니 엇지 살기를 바라리오 장승상 부인이
지극히 사랑하사 나의 애매한 줄 이르시면 나를 생각하시리니 도로 그리로 가
액을 면코저 하노라 려동 왈 임의 하날이 정하신 배니 도로 가시나 면치 못하실
이다 태을을 맛나지 못하며 부인 힘으로난 부모를 만나기 아득하고 태을 게신
곳이 삼천여리니 길이 심원합니다

15

숙향 왈 태을은 뉘며 리생의 성명은 무엇시뇨 여동 왈 항아의 말삼 듯사오니 태을이 낙양 북촌 리위공의 자제 되야 일생 부귀를 누리게 하더이다 숙향이 탄왈 한가지로 좌를 짓고 저네 엇지 부귀 극진하며 나는 이대도록 고생을 격게 하는고 쏘한 태을 잇는 곳이 삼천리라 하니 맛나지 못하면 누를 의지하며 부모를 언제 볼꼬 하며 누슈여우하거날 동왈 부인은 근심마르소서 류노 가면 일년이라도 득달치 못하려니와 련엽쥬를 타시면 순식간에 득달하니 염녀마르소서 쏘 텬태산 마고선네 부인을 위하야 인간의 나려와 기다린지 오래매 의탁할 곳이 자연 잇스리니 염녀마르소서 말을 맛치며 배를 노흐니 빠르기 살갓흔지라 이윽고 이 곳에 다다라 선네 배를 머무르고 왈 임의 다 왔스니 부인은 나려 저 길노 가소서 자연 구할 샤람이 잇스리이다 하고 샤매로서 동정귤(洞庭橘) 갓흔 실과를 주며 시장하시거든 자시면 요괴되리이다 햐고 서로 리별하기를 슬허하더라 숙향이 배의 나려 바라보니 배 발서 간대 업더라 마음의 신긔이 여겨 공중을 향하야 샤례햐고 점점 나아가더니 배곱푸거날 과실을 먹으니 배난 부르되 텬상 일은 아득하고 인간 고생한 일만 생각나난지라 스샤로 헤오대 내 몸이 장성한 녀자라 색옷슬 닙고 대로로 가다가 욕을 볼가 두엽다 하고 촌가의 드러가 헌 의상을 밧고아 닙고 낫테 더러온 거슬 바르고 한 눈 멀고 한 다리 져는 모양으로 동다히로 가니 져마다 보고 왈 절문 녀자 불상한 병인이라 하더라 이째 쟝승상 부인이 술을 나와 심사를 위로하더니 술이 반감에 고왈 내 이제 미과한 타스로 숙향이 애매한 악명을 싯고 엇지 슬허아니하리오 불너오소서 제 마음을 위로하야 펀케 하사이다 부인이 대히하야 즉시 시녀로 숙향을 부르니 사향이 알고 대경하야 밧그로 전도히 드러오며 손벽치고 왈 우리난 그런 줄 몰냐삽더니 그럴 대가 어대 잇스리오 하고 차찬하거날 부인이 대경하야 급 문왈 네 무심 일을 져러틋 놀나난다 사향이 대왈 소비 등은 숙향 랑자를 양반 사유의 생츌노 아라삽더니 진짓 상인의 녀자라 하고 손벽치며 왈 아

16

가 부인께서 승상 계신 곳의 가신 사이에 숙향이 제 방 드러가 무어신지 싸가지고 다름질 주어가거날 소비난 그 가져가난 거슬 보려하야 짜라간즉 급히 가기로 짜를 길 업서서 부인게 하직도 아니코 간다 한즉 도라보고 종종거려 왈 부인이 나를 구박하야 내치니 무슨 정으로 하직하리오 하고 엇던 행인 남자를 짜라가며 온갓 정설과 온갓 비양스러운 말을 수업시 하더이다 부인이 대경 왈 내 부대 저다려 무를 말이 잇스니 밧비 불너오라 사향이 대답하고 밧비 가난 체 하고 마을 집의 안젓다가 드러가 왈 발셔 멀니 갓삽거날 소비 진력하야 짜라가 부인 말삼을 전하온즉 숙향이 닙을 비저기며 왈 내 얼골과 내 재조를 가지고 그만 의식을 어대 가 못어드리오 비소(鼻笑)의 말을 무슈히 하며 악소년대로 억개를 엇지고 손목 잡고 회롱을 랑자히 하고 가더이다 소비난 비록 천인이나 그런 행실은 듯고 보도 못하얏나이다 분한 형상으로 분한 긔운을 니기지 못하난 체 하더라 문득 밧그로 누비옷 입은 중이 바로 내당으로 향하야 드러오거날 보니 행지 비상하야 예사 산승(山僧)이 아니라 승상이 부인을 협실노 치우고 몸을 이러 중을 마저 당의 올나 읍하고 안거날 승상이 문왈 선사난 어대로셔 와나뇨 그 중이 답왈 옥황상데의 명을 바다 승상에 옥석(玉石)을 갈히려 하나이다 승상 왈 내 집의 벌노 옥셕을 갈일리 업거날 선승이 수고로이 오시도다 중이 답왈 승상댁에 숙향과 사향을 아르시난잇가 승상이 미쳐 답지 못하야 사향이 내다라 왈 숙향은 본대 비러먹난 걸인으로 승상과 부인께셔 불상이 녁이사 댁에 두고 금의 옥식으로 길너 내엿거날 행실이 불측하야 가중에 중보를 도적하야 감초앗다가 들켜스니 또 심지어 내쪽길 째를 당하야 남의 은공을 모르고 도로혀 원수로 말을 하나 몹슴 거슬 내여보내엿스나 중놈을 엇던 중놈이완대 숙향의 부촉을 듯고 감히 내 상가 내각의 드러와 무어슬 아난 체 하고 숙향을 위하야 신원코저 하난다 노복을 불너 잡아나리워 처죽이소셔 하니 그 중이 웃고 왈 네 승상랑위난 속이려와 하날조차 속일소냐 네 승

17

상댁 가사를 맛타 온갖 것을 도적하야 네 가사를 보태다가 숙향이 장성하야 가사를 맛튼 후 네 손대일 대 업스매 매양 숙향을 해코저 하다가 승상량위 삼월 삼일의 영춘당에셔 잔채하난 새에 네가 부인 침방의 드러가 봉차와 장도를 도적하야 숙향에 협시에 너코 숙향이가 도적한 양으로 부인게 모함하고 양위를 속여 허무한 말노 위조 전갈하야 내치고 그짓 부르라 난 체 하고 마을 집의 안젓다가 드러와 맹낭한 말을 내여 승상을 속이고 너의 간악은 감초고 악명을 숙향의게 보내니 승상과 부인은 간정(奸情)을 깨닷지 못하야 속으려니와 하날이야 능히 속이랴 하고 샤매로서 저근 불근 거슬 내여 공중으로 던지더니 뢰성벽력이 진동하며 큰 비 담어 붓듯 하며 텬암디흑(天暗地黑)하니 일가 상해 황황망조하야 아모리 할 줄 모르고 뜰의 나려 축수하더니 이윽고 공중으로서 동홰갓흔 불덩이가 나려와 샤향을 별악치니 가중이 다 긔절하엿다가 오랜 후 정신을 차려 부인이 울며 왈 샤향은 제 죄로 텬벌을 닙어거니와 숙향은 어대가 뉘게 의지하얏난고 불상하다 무죄한 숙향이 필연 길노 다니며 나를 생각하리라 내 소루히 생각하고 쏘 샤향의 말을 아혹히 고지 듯고 숙향을 내치게 하니 도시 내 탓이라 하고 울며 숙향의 방의 드러가 보니 백중이 고요한대 다만 혈서 쓴 글이 노현 잇고 창젼의 눈물을 뿌럿거날 그 글을 보니 숙향이 오세의 부모를 일코 동서로 유리하다가 장승상댁의 십년을 의탁하니 그 은혜 하해갓도다 일죠의 악명을 어드니 차마 세상의 잇지 못할 터이라 유유창텬아 어엿비 여겨 루명을 벗기소서 하얏더라 부인이 남필의 탄식 왈 숙향이 일정 죽엇도다 승상쎄 알외되 숙향이 샤향의 모함을 닙어 일정 죽엇스리니 그런 잔잉할 데 업도소이다 승상이 뉘웃처 왈 부인이 엇지 죽음을 아나뇨 부인이 그 혈서를 고하니 승상이 차악히 넉이더라 맛참 승상의 당질 장

18

원이 이르릿다가 이 말을 듯고 왈 어제 물가에서 소질이 멀니 보니 십오세된 려재 하날쎄 재배하난 거슬 보고 왓더니 그 아히로소이다 승상이 즉시 노복을 보

내여 차지라 한대 노복 등이 즉시 물가흐로 차지되 종적이 업고 사람이 이로되 발서 빠저 죽엇다 하거날 도라와 그대로 고하니 부인이 더욱 슬픈 마음을 이기지 못하야 실성통곡(失聲痛哭)하며 숙향에 화월갓흔 얼골과 미옥갓흔 음성이 이목에 어리엿시니 이즐 길이 업서 식음을 전폐하고 쥬야노 슬허하난지라 승상이 근심하야 그림 잘 그리난 화원을 어더 오라 한대 장원 왈 숙향이 십적의 소질을 업고 슈정에 가 구경하옵더니 장사 짜혜 잇난 됴적이라 하난 사람이 숙향에 얼골을 보고 왈 내 경국지색을 만히 보앗스되 이 처자 갓흔 이난 보지 못하엿노라 하고 숙향을 그려갓사오니 됴적에게 구하압시면 조흘가 하나이다 승상이 그 말을 듯고 장원을 됴적이게 보내여 구하니 됴적 왈 그 화상을 발서 팔앗나이다 하거날 장원이 도라와 그 말대로 고한대 승상이 즉시 황금 백량을 주어 물너 오라 하니 됴적이 금을 밧고 그림을 차자다 올니거날 승샹량위 바다 보매 진실노 숙향이 도라온 듯 하여 화상을 안고 통곡함을 마지 아니하며 침방의 거러두고 조셕으로 식상을 노코 슬허하더라 이 째 숙향이 울며 동다히로 가니 한 곳에 이르매 되히 놉하 하날에 다앗고 갈대밧치 자옥한지라 길을 차저가더니 날이 저물매 갈수풀에 의지하야 조으더니 밤중은 하여 광풍이 대작하며 난대 업난 연해(烟火) 창텬하니 숙향이 아모란 줄 몰나 하날께 재배하여 왈 전생에 죄 중하와 이생에 나려와 어려서 부모를 여희고 천만가지 고초를 격고 부모에 얼골이냐 다시 보려 구차히 목숨을 부지하자 하엿삽더니 이 짜해 와 죽게 되오니 명텬이 살피샤 부모에 얼골이나 다시 보고 죽어지이다 하니 홀연 한 노옹이 죽장을 집고 서 다히로서 와 일

19

오대 네 엇던 아해완대 이 밤중의 참화를 만나는다 숙향이 대왈 나는 난중의 부모를 일코 의탁할 곳이 업서 동서로리 하옵다가 길을 그릇 드러 이 째의 와 화재를 만나 죽게 되엿사오니 노옹은 구하소서 노옹이 답왈 네 이르지 안아하야도 내 다 아노라 화세 급하니 입은 옷슬 다 버서서 이곳에 노코 몸만 내 등에 엄피라 숙향이 입엇든 옷슬 다 바리고 노옹의 등에 오르니 불이 발서 섯든대 왓거날 그 노옹이 사매로서 붓쳬를 내여 붓치니 불꼿치 갓가이 오지 못하더라 그 노옹

이 숙향을 업어다 노코 소매를 떼허주며 왈 일로 압히나 가리고 동다히로 가라 이제는 화재를 면하여시니 후에 은혜를 잇지 말나 숙향이 이 사레 왈 선용은 어대 게시며 성호를 누라 하시나잇가 노옹이 소왈 내 집은 남천문 밧기오 부르기는 화덕진군이라 하거니와 네가 나 곳 안니면 사천 삼백리를 엇지 지내리오 하고 간대 업거날 숙향이 공중을 향하야 사례하고 청춘 녀차로 벌거벗고 가지 망연하여 길가에서 우더니 홀연 한 할미 광주리를 엽헤 끼고 지나다가 숙향을 보고 겻헤 안저 물왈 너는 엇한 아해완대 점자는 것시 벌거벗고 갈 길을 몰나 안저나요 너 어대서 득죄하고 내치엿느냐 남에 것 도적질하다가 쏙기엿나냐 불안당을 맛낫나냐 숙향이 대왈 나는 본대 부모 업는 아해라 어버이게도 내친 일이 업고 자연 곤하여 안자나이다 할미 왈 네 본대 어버이 업스면 어대로서 는다 네 부모 너를 반야산의 바리고 갓니 내치나 다르며 장승상집 장도와 봉차 연고로 나와스니 쏙겨나나 다르냐 하고 무수 조롱하거날 숙향이 놀나 일오대 할미 엇지 그리 자세 아난다 할미 왈 남이 일으기로 드럿노라 그러나 네 이제 어대로 가려 하난다 숙향이 답왈 갈 곳 업서 방황하나이다 할미 왈 나난 자식업는 과뷔라 날과 한가지로 살미 엇더하요 숙향이 울며 일오대 바리시지 아니하실진대 내 좃치려니와 지금 내가 바슨 몸 되고

20

배가 곰하 민망하외다 하니 할미 광주리로서 살문 나물 한 뭉치를 내여주며 먹으라 하거날 바다 먹으니 긔이한 향내나며 배부르고 정신이 씩씩하더라 할미 옷을 버서 입히고 어서 가자 하거날 할미를 짜라 두어 고개를 너머가니 마을이 정결하고 가장 부요하더라 그 중 조고마한 집으로 드러가며 이 집이 내 집이라 하거늘 드러가 보니 집이 크지 아니하되 심이 정결한지라 집안의 남자업고 다만 청삽살이 한아히 잇는지라 그 개 마조나와 숙향을 보고 쏘리치며셔 반기는 듯 하더라 숙향이 할미의 집에 온지 반월이로대 종시 병인인 체 하더니 할미 왈 내 그대 보니 얼골이 가을달이 구름에 장깃 듯 하고 진짓 병인이 아이라 나를 속히지 말나 숙향이 웃고 대답아니하거늘 내 집이 본대 술집인고로 마을 사람이 자로 출입하는대 저리 더러이 하고 잇스면 오직 더러니 녀길 거시니 낫치나 씻고

잇스라 하거날 숙향이 오래 잇서 보되 녀자는 출입하나 사나희는 드러오지 아니
커날 숙향이 아미를 다사리고 의복을 가라입고 수를 놋터니 할미 나갓다가 드러
와 낭자를 안고 대회 왈 어엿분샤 내 딸이여 전생의 무삼 죄로 광한전을 리별하
고 인간에 나러와 그대도록 고생을 격는고 숙향이 한숨지고 대왈 할미 나를 친
녀갓치 여기시니 엇지 기이릿가 란중의 부모를 일코 의탁할 째 업서 유리하옵더
니 사슴이 업어다가 승상집 뒤 동산에 두고 가오니 그 댁이 무자하여 나를 친녀
갓치 기르더이 비자 사향이란 녀이 모해하여 승상양위께 참소되여 내치오이 악
명을 싯고 차마 사지못하여 표진물에 빠저 죽으려 하엿더니 채련하는 아해들이
구하여 동디히로 가라 하오니 정처업시 가다가 화적을 맛나 화덕진군에 구하시
믈 엇사오며 쏘한 할미를 맛나 할미 나를 친녀갓치 사랑하시니 나도 친모갓치
아나이다 할미 이 말을 듯고 일어 절하여 왈 낭재 실로 그러한가 하며 이후는
더욱 사랑하더

<h1 style="text-align:center">21</h1>

라 낭자는 대본 총명하야 배호지 아니하야도 대사의 모를 거시 업스니 수만 노
아 파라도 가게 족한지라 할미 더욱 사랑하더니 할미집의 온지 이듬해 춘삼월
망간의 할미는 술팔나 나가고 낭재 홀노 슈놋토니 푸른 새 나려와 매화 가지의
안저 슬피 울거날 낭재 탄왈 저 새도 날과 갓치 부모를 일코 우는가 하니 마음
이 비창하야 창을 의지하여 잠을 드럿더니 믄득 그 새가 낭자다려 이르대 낭자
에 부모가 다 저긔 게시니 나를 좃차 가샤이다 낭자 그 새를 싸라 한 곳에 다다
르니 백사정 연못 가온대 구슬노 대를 모고 산호 기동의 집을 지엿스되 호박 쥬
츄와 오색 구름갓치 아로삭여 광채기 찬란하매 바로 보지 못할너라 숙향이 우러
러보니 전각 우의 황금 대자로 썻스되 요지보배료라 하엿거날 엄숙하야 드러가
지 못하고 문 밧게 섯스니 믄득 서다히로서 오색 구름이 이러나며 향내 진동하
며 무수한 선과 선녀 등이 혹 학도 타고 혹 봉도 타고 쌍쌍이 드러가고 그 뒤헤
채운이 어리엿난 대 룡이 황금 수래를 멍에하야 가니 이난 상제 타신 연이라 그
뒤헤난 석가여래 오신다 하고 오백나한이 차례로 시위하야 오니 각생 풍류와 향
내 진동하더라 여러 행차 지나되 숙향을 본 체 하난이 업더니 이윽고 한 구름이

이러나며 백옥 교자의 또한 선예 연화를 쥐고 단정히 안젓는대 무수한 선예 시위하엿시니 이는 월궁항아의 행차라 항애 숙향을 보고 이로되 반갑다 소아여 인간 고생이 엿더하더뇨 나를 좃차 드러가 요디(瑤地)를 구경하고 가라 숙향이 쳥조를 압헤 세우고 항아를 짜라 드러가니 그 집 형용이 찬란할 쑨 아니라 팔진경장과 눅각하난 곳의 한 보살이 절믄 선관을 뒤해 세우고 드러와 상제께 뵈오니 샹제 그 선관다려 무르시되 태을이 어대 갓더뇨 반갑다 인간 자미 엇더하더냐 소아를 만나본다 항애 상제께 고왈 소애 발서 죽을 액을 네 번 지내엿스니 그만 죄를 사하시와 셕가여

<h1 style="text-align:center">22</h1>

래께 수한을 점지하되 칠십을 점지하옵소서 상제 가로사대 칠성을 명하야 자손을 점지하되 이자 일녀를 점지하라 남두성을 명하야 복록을 점지하시니 남두성이 엿자오대 아들은 정승하고 쌀인즉 환후 되게 하나이다 상제 소아를 명하야 반도 둘을 주고 계화 한 가지를 주시거날 숙향이 명을 밧자와 옥반의 반도와 계화 일지를 가지고 나려와 태을을 준대 그 선관이 복지하야 두 손으로 바다가지고 소아를 눈주어 보거날 소애 그러 몸을 두루힐 제 손의 쒼 옥지환의 박은 진주가 쩌러지거날 몸을 굽혀 집으려 할 제 태을이 집어 손애 쥐거날 소아ㅣ 붓그러 할 즈음의 도라오고저 하다가 믄득 할미 술을 팔고 드러와 무삼 잠을 그대도록 자시나뇨 하거날 그 소래의 깨다르니 요지연 풍류 소래 귀의 쟁쟁한지라 할미 왈 냥자 텬상을 보시니까 엇지엇지하더뇨 낭자 대경 왈 내 쑴쑨 줄을 할미 엇지 아나뇨 할미 왈 쳥조ㅣ 낭자를 짜라갈 제 날다려 이르기로 아랏나이다 낭자 고이히 녀겨 쑴말을 자서히 이르니 할미 왈 그런 경을 보시고 이저바리기 앗가온지라 냥자의 재조로 이제 수를 노아 그 경을 긔록하야 후세에 전하소서 낭재 올히 녀겨 즉시 수를 노아내니 할미 보고 대찬 왈 긔득한 일이로다 하고 후날 쟝에 가 파라보사이다 낭재 왈 이 경치난 천금 싸고 공력은 백금이 싸나 사람이 뉘 아라보리오 그 후 쟝에 가 팔려 하되 아모도 아라보리 업더니 됴적이란 사람이 그런 거슬 숭상하야 아난지락 수를 보고 반겨 왈 이 수를 뉘 노앗나뇨 할미 왈 어린 쌀이 노앗나이다 됴적 왈 할미난 어대 게시며 뉘라 하시나잇가 할미 왈

나난 낙양 동촌 리화정 술파난 마고할미니 짤이 노혼 배라 만금이 싸니다 됴젹
이 오백금을 주고 사거날 바다가지고 집에 도라와 낭자다려 수 판 말을 이르니
낭재 왈 인간에도 하날 경을 아나니 잇도다 하더라 됴젹이 즁가를 쥬고 삿쓰되
제목이 업난지라 텬하 명필을 어

<h2 style="text-align:center">23</h2>

더 제목을 써 텬하 보배를 삼고저 하야 두루 광문하더이 낙양 동촌 리위공의 아
달이 문장이 텬하의 유명하야 리두를 압두한다는 말을 듯고 낙양 동촌을 차저가
니라 어시의 병부상셔 리위공이란 사람이 졀머셔붓터 문무겸젼하니 명망이 사해
에 진동하매 황뎨 아름다이 넉이사 위공을 봉하시고 국사를 맛기려 하시매 위공
이 후래의 화를 당할가 두려 병드럿다 일컷고 고향의 도라가니 황제 위공의 츙
셩과 재죠를 앗기시더라 위공이 고향의 도라와 농업을 심써 가세 유여하나 다만
자식이 업셔 매양 슬허하니 이째 추칠월 망간이라 부인으로 더부러 완월류(玩月
樓)의 올나 달을 구경하더니 공이 부인다려 왈 내 공명 부귀 조정의 웃듬이로대
자녀 업셔 후사를 의탁할 곳 업스니 조종 제사를 뉘 밧드리요 타문의 숙녀를 취
하야 자식을 보랴 하니 부인은 불안이 넉이지 마르소셔 부인이 차언을 듯고 기
리 탄식 왈 내 박복하야 무자하니 여러 부인이 드러온들 엇지하리잇가 이러틋
한담하다가 왕씨 본가의 도라가 부친 왕승상끠 뵈압고 샹셔의 말을 젼하니 승상
왈 무자한 죄난 죄즁의 데일 큰 죄라 내 드르니 대셩사(大聖寺) 부쳐가 령험(靈
驗)이 창하다 하니 네 가서 비러나 보라 왕씨 깃거 택일하야 재게하고 친히 가
정셩으로 빌고 잇더니 이날 밤 꿈에 한 부쳬 이로대 샹셔 젼생에 죄업난 사람을
만히 살해한고로 차생에 무자하게 졍하얏더니 그대 졍셩이 지극하매 귀자를 졈
지하나니 밧비 집으로 도라가라 한대 왕부인이 감사하야 사례하다가 깨다르이
깃부믈 이긔지 못하야 즉시 본부로 도라오매 샹셔 문왈 무삼 연고로 여러 날 계
시더요 부인 왈 상공이 나를 무자타 하야 내치려 하시매 산쳔 긔도하라 갓더이
다 상셰 소비 왈 러자식을 나흐면 세상에 무자하리 뉘 잇스리오 하고 한탄하다
가 취침하얏더니 샹셔 일몽을 어드니 태을진국이 옥황끠 득죄하야 그대개로 보
내

24

시니 귀히 보중하소셔 하고 간대 업거날 꿈을 깨여 부인다려 문왈 그대 자식 빌
기를 지성으로 하야 몽사 여차하니 모를 일이로소이다 상셔ㅣ 부인 혼공을 위로
하거날 그제야 대성사 부처의게 빈 말을 하고 또 몽사를 일너 부부 처로 깃거하
더니 과연 그달부터 잉태하야 익년 사월 초파일의 이르러 상세 마참 나가고 부
인 혼자 잇더니 그날 오색 구름이 집을 두루고 긔이한 향내 가득하거날 부인이
시녀로 집안을 소쇄하더니 오시부터 부인이 긔운이 불평하야 침상을 의지하얏더
니 학의 소래 나며 사양 머리한 션녜 한 쌍이 드러와 이로대 째 느저가오니 부
인은 침셕에 누으소셔 하며 발셔 아해 소래 나난지라 션예 옥병에 물을 짜라 아
해를 씻겨 뉘이고 가려 하거날 부인 왈 그대난 뉘시관대 누사(陋舍)의 이르러
수고를 하시니 분안하오이다 션예 왈 우리난 텬상에서 해삼 가음아난 션녀러니
옥제 명을 밧자와 아기 나으시난 거슬 보라 왓삽고 배필은 남군 짜해 엇기로 그
를 밧비 보라 가나이다 하더라 부인이 션녀의게 사례 왈 이 아해 배필은 뉘 집
에서 나며 셩명이 뉘니잇가 션녀 대왈 김상서의 녀아요 일홈은 숙향이라 하나이
다 하고 간대 업더라 부인이 필목을 내여 노코 션여의 말을 긔록하니라 이날 상
세 꿈을 꾸니 하날로서 서관이 나려와 부인을 벼락을 쳐 뵈거날 상세 놀나 깨엿
더니 텬자의 부르시난 명이 잇거날 곳 조회에 들어갓다가 텬자께 엿자오대 간
밤 꿈의 신의 처가 벼락을 마저 뵈오니 도라가 보아지이다 상이 문왈 경의 부인
이 잉태하미 잇나냐 위공이 주왈 늦도록 자식이 업삽더니 홀연 잉태하야 금월이
산월이로소이다 상이 대희하사 왈 짐이 텬문을 보니 낙양성에 태을성이 쩌러젓
스매 긔이한 사람이 나리라 하엿더니 과연 경의 집이로다 귀이 길너 짐을 도으
라 공이 사은하고 집에 도라오니 과연 부인이 아들을 나아더라 공이 대희하야
밧비 드러가 보니

25

그 아해 얼골이 꿈의 보든 선관갓거늘 일홈을 션(仙)이라 하고 자를 태을(太乙)

이라 히다 선이 나흔지 오륙삭의 말을 하고 사오세의 글을 몰을 거시 업서 십세
에 이르러 문장이 텬하의 일홈이 나 공경대부들이 다토아 구혼하여도 선이 매양
희롱의 말노 나의 배필은 월궁소아 아니면 배필 되리 업다 하니 위공이 택부하
기 심상치 아니터라 선이 부친께 엿자오대 과거가 갓갑다 하오니 구경코자 하나
이다 위공 왈 네 재조난 족하나 나라의 몸이 매엿슨즉 우리 너를 그리워 엇지하
리오 아즉 더 기다리라 선이 마음이 울울하여 근쳐 산수를 유람하기를 일삼더니
한 곳에 다다르니 대성사란 절이 잇거날 드러가 난간을 의지하여 잠을 드럿더니
부체 일오대 오날 서왕모 잔채의 선관 선녀 만히 모인다 하니 그대 나를 짜라가
구경하라 선이 깃거 사례하고 부처를 짜라가더니 한 곳에 다다르애 연화 만발하
고 루각이 층층하여 그 위의 름름하니 엄숙함을 층량치 못할너라 부쳬 선다려
왈 저 오색 구름 모흔 탑 우해 안즈신 이난 옥황이시고 뒤해난 삼태성이 모든
별을 거나리고 안젓고 동편 황금탑 위해는 월궁항아시니 모든 선예 근심하고 셔
편 백옥탑 우해 안즈신 이는 석가여래시니 모든 부처을 거나려 게시니 내 몬저
드러갈 꺼시니 그대 조차 드러오라 선왈 하도 엄엄하니 동서를 분변치 못할까
저허하나이다 부처 웃고 사매로서 대초 갓흔 것슬 주니 선이 바다 먹으애 정신
이 소연하여 자기는 태을진군으로서 상뎨 압헤서 매사를 봉승하는 일과 월궁소
아로 글지어 챵화하든일과 약 도적하야 주든 일이 역역하고 모든 선관이 다 벗
이 반가움을 이긔지 못하여 옥뎨께 사례 왈 이제야 전생일을 생각하나이다 하고
모든 선관에께 뵈이니 모다 반겨하더라 상제 문왈 태을아 인간 자미 엇더하뇨
소아를 만나본다 선이 복디 사죄한대 상뎨 한 선녀를 명하야 반도 둘과 계화 한
가지들

26

주라 하신대 선녀 옥반의 반도를 담고 계화 일지를 들고 나오거날 리션이 복디
하야 바다가지고 문득 선녀를 겻눈으로 보니 그 선녀 붓그러 몸을 두루킬 제 손
의 씬 옥지환의 박은 진쥬 계화 가지의 걸여 써러지애 리션이 집어 손에 쥐고
섯더니 절 죵치는 소래에 놀나 깨니 한 꿈이라 요지연이 눈에 암암하고 텬상 풍
류 소래 귀에 쟁쟁한대 손에 진쥬 쥐엿거날 극히 고이히 억여 글을 지여 꿈을

긔록하고 부처께 하직하고 집으로 도라오니라 이후로부터 소아만 생각하더니 일
일은 소동이 고왈 밧긔 남성 짜에 사는 사람이 공자께 뵈믈 청하나이다 리선이
보려하야 부르니 기 인이 하례 고왈 소생은 남성 짜 됴적이압드니 한 족자를 어
드매 그 경치를 그려 찬을 짓고져 하되 문장이 업서 여의치 못하더니 드르니 공
자 문필이 텬하 제일이라 하압기 불원천리하고 왓사오니 쳥컨대 한 번 수고를
앗기지 마옵소셔 하고 족자를 드리거날 선이 바다보니 꿈에 보든 선경이라 역역
히 그럿거날 심중에 경아하여 문왈 이 족자를 어대서 어더나요 한대 됴적 왈 공
자 엇지 놀나시나잇가 하고 심중에 생각하되 그 한미 이 집 족자를 도적하야 파
랏는가 의심하더니 선이 소왈 내 전일 본 거시니 그대는 난 곳을 긔이지 말나
됴적이 답왈 낙양 동촌 이화정 술파는 할미에게 삿냐이다 공자 왈 이난 텬상 요
지도오니 우리게난 가하거니와 그대에게는 불가하니 수즉자가 잇스매 밧고아 주
거나 즁가를 줄 거시니 팔거나 하라 됴적나 왈 는본대 취라 하는 사람이라 오백
금을 주고 삿스니 더 주시면 팔고 가라이다 선이 즉시 륙백금을 주고 사서 대성
사 절에 밧쑤고 지은 글을 금자로 그림 우해 쓰고 족쟈를 꿈여저 족자는 방에
걸고 주야 꿈로니 몸은 비록 인간의 잇스니 마음은 다 요지의 잇는 듯 하여 다
만 소아를 찾고져 원이러니 일일은 스사로 깨다라 왈 나는 요지의 단여왓거이와
이 수노흔 사람은 엇지하여

27

인간에서 텬상 일을 력력히 그럿스니 필연 비상한 사람이로다 화정 할미를 차져
수노흔 사람을 차지리라 하고 부모께 유산하믈 고하고 노싸를 채처 이화정을 차
저가니라 이째는 하사월이라 숙향이 루상에서 수롯터이 홀연 청주가 석유꽃을
물고 낭자의 압혜 와 안젓다가 북역으로 가거날 냥자 고이히 넉여 새 가는 곳을
보여 하고 주엄을 들고 보려 하더니 한 소년이 청삼을 입고 노새를 타고 할미집
을 향하여 드러오거날 낭재 자세히 보니 꿈에 요지에 가 반도를 바다갈 제 진주
를 집어가던 신선의 얼골 갓거날 마음에 반갑고 일변 놀나와 주엄을 지우고 안
젓더나 그 소년이 바로 할미집으로 와 주인을 찾거날 할미 나와 보니 북촌 리위
공댁 귀공자러라 마자 드러가 좌정한 후 할미 왈 공재ㅣ 이 누디에 오시니 지극

감격하야이다 생이 소왈 한잔 술이나 앗기지 말나 하고 이의 말삼할새 선이 문
왈 요디 그림을 할미가 팔드라 하니 엇던 사람이 수노앗는고 할미 왈 소아라 하
는 아해가 노앗거니와 엇지 아시나요 선이 왈 조적에게 드럿노라 할미 왈 차저
무어하려 하는고 텬삼년분이 잇기로 차지여 하노라 할미 왈 소애 본대 전생의
죄 중하야 병인이 되야 귀먹고 한 다리 한 팔 못쓰는고로 쓸대 업는 터의 구하
여 하시는 망계(妄計)로다 선이 왈 소와 곳 아니면 혼인치 안이리니 밧비 이르
할미 왈 공자는 공자여날 제왕의 부마(駙馬) 아이면 공경대부에 서량이 되리니
엇지 그런 천인을 구하는고 다시 허황한 말을 마르소서 선이 왈 만승(萬乘)에
공주(公主)랴도 실으니다 할미는 잇는 곳만 가르치라 할미 왈 소아를 본지 오래
니 잇는 곳을 모르거니와 남양 따 김전을 차자보와 만일 게 업거든 낭군 따 장
승상집으로 차즈소셔 차생 일홈은 숙향이라 하더이다 리선이 즉시 하즉고 도라
와 부모께 고하되 형초 따해 긔이한 문장이 잇다 하니 소재 차저가 보고저 하나
이다 공이 허락하

28

며 수이 단여오라 하니 생이 절하야 하직하고 황금을 싯고 형주로 이르러 남양
을 향하야 녀러날 만의 김의 집에 이르러 문에 가 무르되 상공이 게시냐 한즉
하인이 대왈 게시니이다 생왈 냑양 동촌 리위공의 아들 선이 뵈오라 왓스믈 고
하라 하니 드러가 고한대 김전이 청하거날 생이 들어가니 김전이 나려와 마자
례필 좌정 후에 왈 귀객이 누디의 오시니 고이하도다 생왈 소생이 이에 입음은
다름이 아니라 령녀의 향명(香名)을 듯고 구혼코저 하나이다 김접이 청파의 함
루 대왈(含淚對曰) 학생이 팔재 긔박하야 남녀간 자식이 업더니 늙게야 려아를
나흐애 위인이 남의 아래 아니러니 오셰의 란중에 실산하고 지금껏 사생 존망을
모르더니 그대 말을 드르니 더욱 비창하도다 생이 할 일 업서 김전을 하직하고
남군 장승상집을 차자가 명함을 드리니 승상이 청하야 례필의 생왈 소자는 낙양
동촌 리위공의 아들이러니 남양 따 김전이란 사람의 딸 숙향이란 녀재 댁의 잇
다 하오매 불원천리하고 구혼코저 왓나이다 승상이 눈물을 흘녀 왈 숙향이 오셰
의 즘생 무러다가 내 집 동산에 바렷거날 우리 무자하기로 십년을 양육하야

자식을 삼앗더니 사향이란 종년이 모함하야 내치니 표진강 물에 빠젓다 하기로
사람을 보내여 차즈되 종적이 업스니 사생을 몰나 슬허하노라 리선 왈 쇼생이
분명 여긔 잇는 줄 알고 왓스니 추탁(推托)지 마르쇼셔 승상 왈 숙향이 내 친녀
라도 그대와 결혼하기 과분하거날 어이 기이리오 다 우리 박복한 타시로다 생이
다시 고왈 숙향이 병인이라 하는대 사향이 구박한들 어대로 가리잇가 승상 왈
로부의 부인이 숙향을 여힌 후 화상을 그려 방중에 거럿스니 나의 말을 밋지 아
니켜든 보라 하니 과연 방중에 한 폭 족재 걸녓거늘 다시 보니 요디의서 보든
선녀갓거늘 반기믈 이긔지 못하야 왈 숙향이 병인이라 하압더니 화상은 병체 업
사오니 고이

<h1 style="text-align:center">29</h1>

하외다 승상 왈 숙향은 본대 병이 업고 화상은 십세 전에 낸 거시요 숙향이 십
세 후는 더욱 아름답다 함애 생왈 숙향을 위하야 왓다가 그져 가오니 저 화상을
파르시면 중가를 드리리다 승상 왈 그대 말을 드르니 정성이 지극하나 로부인이
족자를 마자 업시하면 실셩하리니 이럼으로 못하노라 생이 할 일 업서 하즉하고
표진물 가의 와서 두루 차지되 알 길이 업더니 한 로옹이 이르되 수년 전 모양
이 긔이한 녀재 장승상댁으로 나와 이 물의 사배하고 빠저 죽으니라 생이 슬프
믈 이긔지 못하야 향촉을 갓초와 제하더니 물 우에서 저 부는 소래 세 번 나더
니 한 청의동재 일엽선을 타고 저를 불며 와 리선다려 왈 숙향을 보고저 하거든
이 배의 오르라 하니 생이 배에 오르매 빠르기 살갓더라 한 곳에 다다라 동재
왈 내 이 물 직힌 신령을 알더니 날다려 이르되 숙향을 구하야 동다하로 보냇다
하니 그리로 가 차지라 생이 사례하고 동대히로 가더니 한 중이 지나거늘 길을
무르니 중왈 이 압해 노감토 쓴 로옹이 잇슬 거시니 그 로옹다려 무르면 알니라
생이 갈속으로 오다기 보니 소나무 아래 바위 우해 한 로옹이 노감토를 쓰고 안
저 죠는지라 생이 나아가 절하야도 본 체 아니하거늘 민망하야 갈오대 지나가는
행인이압더니 길을 몰나 뭇나이다 로옹이 눈을 써보고 왈 무삼 말을 뭇나뇨 귀
먹은 사람이니 크게 말하라 생왈 소자는 리위공의 아들이압더니 숙향으로 연분
이 잇다 하와 불원천리하고 왓사오니 가르쳐 주심을 바라나이다 로옹이 씽그리

고 가로대 숙향이란 말은 듯도 보도 못하엿는대 네 아해로서 깁흔 밤해 들어와
늙그니 잠을 깨와 수다히 구나요 생이 다시 절하고 왈 표진물 직힌 신령이 이리
가라 지시하매 왓스니 로옹은 이르소셔 노옹 왈 저적에 엇던 녀재 표진물의 빠
저 죽엇다 하믈 드럿더니 포진 룡왕이 그대의 제몰을 바다먹고 대일대 업서 내
게로 지시함이오 전일에 예

30

와 불 타 죽은 그 아해로다 하고 왈 저 제무덕이의 가 빠나 어더가라 생이 가보
니 불 탄 재는 잇스되 해골 탄 재는 업스니 로옹다려 이로대 로인은 속이지 말
으소셔 로옹이 조으다가 이로대 그대 넘어 애쓰니 내 잠을 들어 숙향을 어대 잇
는가 보고 올 써시니 네 두 손으로 내 발바당을 문지르라 리선이 저물도록 발바
당을 문지르니 이윽고 쌔여 왈 내 그대를 로위하야 마고할미 집에 기소 보니 숙
향이 루 우에서 수노커날 불똥을 쩌르처 봉의 날개를 타이고 왓스니 마고할미를
차자 숙향을 찻고 봉의 날개를 보면 내 갓던 줄 알이라 리선 왈 게서 처음에 무
르니 여차여차 가르치기로 이리 오이다 로옹 웃고 왈 할미쎄 지성으로 빌면 이
르리라 선이 하직하고 도라스니 로옹이 발서 간대 업더라 인하야 집으로 도라오
이 부뫼 왈 네 어대를 가 그리 오래 잇던다 선이 대왈 산수를 구경하오니 더대
엿나이다 하더라 이적의 리정 할미 리랑을 보내고 드러가 랑자다려 왈 앗가 소
년을 보시이잇가 숙향 왈 못 보왓나이다 할미 왈 그 소년이 전생의 태를선관이
니 랑자의 배필이니이다 그러나 전생의 죄 중하야 한눈 멀고 한 다리 절고 한
팔 못쓰는 더러온 병인이러이다 랑자 왈 진실로 태을일진대 병인인들 관게하오
리잇가 내 옥지환에 진주 가진 사람이 태을이니 할미는 자서히 살펴소서 하더라
일일은 루 우에서 수롯터니 홀연 난대 업난 불똥이 나려 봉의 달게를 태왓거날
할미 보고 화덕진군이 왓든가 후일 알니라 하더라 이쌔 리선이 집에 온지 삼일
만에 목욕재계하고 요지의 가 어든 진주와 족자를 가지고 금은 멋 천량을 시러
가지고 마고할미 집으로 오니 할미 리랑을 보고 반거 읍하며 초당에 드러가 좌
정 후 가로대 저적의 공자를 만나 약간 술을 먹은 후 섭섭히 지내얏더니 오날은
실토록 먹사이다 생 왈 그날도 할미 술을 먹고 갑슬 진즉 주지 못하얏스니 금일

갑노라 전일 할미 말을 고지 듯고

31

낭양과 남군과 포진물까지 두루 다니다가 이제야 도라왓나이다 할미 대소 왈 주
시는 일천 양이 감사하와 사양치 아니하거니와 내 집이 비록 가난하나 술독 아
래 주천이 잇고 우해 주성이 잇스니 유주영준한지라 무삼 갑슬 바드리잇가 공
자ㅣ 또 무삼 일로 그리 멀니 가 게시니잇가 생이 한숨 짓고 답왈 숙향을 위하야
갓더니이다 할미 왈 공자는 진짓 신사로다 그런 병신을 위하야 천리를 지척갓치
단이시니 숙향이 오작 감격해 하오릿가 생왈 숙향을 보왓스면 감격하려니와 못
만낫스니 갓던 줄 엇지 알니잇가 할미 거짓 눌나난 체 하고 왈 발서 다른 대 혼
인하얏드니잇가 생이 소왈 할미 속이기를 그만하라 화덕진군에 말을 들엇스니
할미집의 잇서 수를 놋타라 하이 할미쎄 비나이다 바로 이르소서 할미 정색 왈
공자에 말삼이 실노 허사로다 화덕진군은 천상 남천문 밧게 불 가음아난 신관이
엇지 맛나보며 마고할미난 텬태산에 약 가음아난 선녀가 인간의 나여올이 업고
숙향을 다려가단 말은 더욱 허사로다 생이 진군의 불쏭 쩌러치고 와 징험하라든
말을 이르이 할미 왈 그러면 이화정이란 곳이 쏘 잇는가 생이 이 말을 듯고 술
도 먹지 아이하고 탄왈 내 진심하야 삼산 사해를 다 다이되 만나지 못하이 내
쏘한 죽으리로다 하고 이러나거늘 할미 왈 공자는 공후가 귀공자로 아름다온 배
필을 어더 원앙이 록수에 놀고 추월 춘풍을 지내며 내 몸이 괴로시물 모르시나
잇가 생왈 모를 제는 무심하더니 그 배필을 안 후난 숙향을 위하야 침식이 불평
하고 날을 위하여 고생을 만히 격고 병인까지 된다하이 철셕 간쟝인들 엇지 이
즈리오 숙향을 찻지 못하면 인간에 잇지 안이하리라 할미 왈 공자는 염녀치 마
르소서 정성이 지극하면 디셩이 감텬이나 아모커나 우리 두리 엇어 보사이다 생
왈 맛나고 못 맛나기난 할미쎄 달넛스니 어엿비 넉이소셔 하고 도라와 삼일 후
맛참 문 밧게

32

섯더니 할미 나귀를 타고 지나거늘 리선이 인사하고 문왈 어대를 가시며 단여오
시난고 할미 왈 공자를 지극히 위하야 숙향을 어드라 갓더니이다 생왈 엇어보시
니잇가 할미 왈 숙향이란 일홈 가진 아해 세홀 엇어 보앗스이 공자는 그 중의
택취하소서 어대 잇더니잇가 할미 왈 하나은 산의대부 진갈의 녀요 한나은 비러
먹는 아해요 하나은 만고절색이나 병신 아해니 이로되 내 배필은 진주 가져간
이라 하고 진주를 본 후에 몸은 허하려 하노라 하더이다 리생이 듯고 대회 왈
이는 나의 숙향이로다 내 요디에 갓슬 제 반도 주던 선여의게 진주를 엇어왓스
니 이를 보라 하고 드러가더니 제비알 만한 진주를 내여주며 왈 할미 수고로오
나 이 진주를 갓다가 병신 아해를 주어 졔 진쥬라 하거든 다려다가 할미집의 두
고 택일하야 보내면 혼사 계구난 내 담당하리라 할미 응답하고 도라와 리생의
말을 이르고 진주를 내여주니 랑지 진주를 보고 눈물을 먹음고 이로대 이난 내
거시니 할미 마음대로 하소서 할미 이대로 리생의게 견하니 생이 황금 오백량을
주며 혼수의 쓰라 한대 할미 왈 혼사 지내기난 내 비록 구간하나 자연 지내리니
이것은 두엇다기 랑자나 주쇼서 하더라 리생의 고모난 좌복야 여홍의 부인이라
청년의 과거하야 자식이 업스매 선을 친자식갓치 사랑하더라 생이 숙모집의 나
아가니 부인이 반기며 왈 내 밤 꿈을 꾸니 백룡을 타고 광한뎐이라 하난대 드러
가니 한 선예 이로대 내 사랑하든 소아 그대를 주나니 며나리를 삼으라 하거날
내 너를 주려하고 다려와 뵈니 일정 아름다온 아해를 어들너라 생이 견후사를
다 고하니 부인이 대회 왈 네 부뫼 성정이 유다르니 빈천한 아해를 며나리 삼을
리 업스애 엇지하나뇨 생왈 쇼질이 죽어도 다른대 취처치 아히하이리다 부인 왈
네 벼살 곧 하면 두 부인을 둘 쩌시오 또 네 부친이 경성에 가고 업스니 이번
혼사난 내 주장하고

33

둘재 부인은 네 부친이 주잡하면 안이 조흐랴 생이 사례 왈 숙모의 유덕으로 소
질의 원을 일우게 하소서 하고 생이 집에 도라와 날만 기다리더이 임의 날을 당

하애 부인이 숙향의 집에서 긔구 업스리라 하야 채단과 긔구를 돕더라 채단 가
저가든 시녀 등다려 그 집 모양을 무르니 이 댁 갓치 긔이한 대난 처음 보앗나
이다 하매 부인이 깃거하더라 리선이 이에 위의를 숙모집에서 차려 할미집으로
가니 모든 긔구와 좌우 빈객이 요지 션관처럼 모엿더라 전안지례를 맞고 동방화
속에 나아가 교배할새 텬정한 배필인 줄 알너라 리생이 요조숙녀를 맛나매 견권
지정이 원앙이 록슈의 놀고 비취 연리지의 길드림 갓트니 무궁이 즐거워하더라
잇튼날 부인끠 뵈오니 부인이 낭재 병인이라 하더니 엇더하뇨 다려다가 보고 시
부되 네 부친이 나려오거든 권귀차로 긔별하고 다려오려 하노라 생왈 낭자를 보
랴 하시거든 이 족자를 보옵소셔 하고 족자를 드리니 부인이 보고 대희 왈 이거
시 꿈의 뵈든 션녀라 하 보라 이적의 리상세 경셩의 잇서 변방 일을 의론하고
나려오지 못하얏더니 부인이 션의 하난 일이 전과 다름을 보고 시녀 등의게 무
러서 알고 상서의게 긔별하니 상세 대로하야 냑양 원의게 긔별하야 그 계집을
잡아다가 처죽이라 이째 낭재 옛일을 생각하고 슬허하더니 홀연 저녁 까치 와서
울거날 랑재 놀나 왈 장승상댁의 영춘당에서 저녁 까치 우러 불측한 봉변을 당
하얏더니 오날 쏘 우니 무삼 연괴 잇쓰리로다 하고 가장 념려하더니 밤중은 하
야 관채 이르러 불문곡직하고 성화갓치 잡아가니 숙향이 아모란 줄 모로고 잡혀
가 아문의 이르니 좌우의 등촉을 발키고 원이 좌긔하야 무르되 네 엇던한 계집
이완대 리상서택 공자를 고혹게하야 죽을 죄를 지엇는다 상서 긔별하시기를 너
를 죽이라 하시니 너난 날 원치 말고 형벌을 바드라 하고 올녀 매고 치려하거날
숙향이 울며

34

왈 오세의 부모을 일코 할미를 만나 의탁하얏사옵더니 리생이 구혼하옵거날 상
민의 자식이 사부가 배필이 되오미 쳡의 죄 아니리이다 태슈 왈 낸들 엇지 거역
하리오 어서 치라 하니 집장과 사령이 매를 메고 치려한즉 팔이 무거워 치지 못
하거날 원이 이로대 무죄한 사람을 치려하니 그런기 시푸되 상서의 명을 어기지
못할지라 동혀다가 물에 너흐라 하더이 이째 원의 부인이 꿈을 쑤이 숙향이 절
하고 울며 왈 부친이 소녀를 죽이려 하시난대 모친은 엇지 구치 아니하시나잇가

장씨 놀나 끼여 시녀를 불너 문왈 로야 어대 계시뇨 시비 대왈 리상셔댁 청촉으로 그댁 며나리를 쳐죽이러 좌긔하시나이다 장씨 놀나 태슈를 청하야 울며 왈 숙향을 일흔지 십년이로대 일절 꿈의 뵈지 아니터니 앗가 꿈을 꾸니 숙향이 와서 여차여차하오니 그 녀자난 엇더한 사람이니잇가 원왈 리위공의 아달이 취쳐젼에 작첩하야 그 계집을 리위공이 죽이라 하니이다 부인 왈 무자식한 사람이 쪼 엇지 적악을 하리오 그 계집을 노흐소서 하더라 이째 낭재 울며 왈 이 싸흔 어대뇨 락양 옥중이라 하나이다 랑재 망극하야 리공자에게 죽난 줄이나 알게 긔별코자 하나 전할 사람이 업서 울더니 홀연 청조 나라와 압해 안저 울거날 랑재 깃거 손가락을 깨무러 깁젹삼 사매를 쩌혀 글을 써 발의 매고 경계하야 왈 숙향이 락양 옥중의서 죽게 되엿스니 죽기난 셜지 아니나 부모와 리랑을 다시 보지 못하니 명목지 못하겟고 쪼 비명의 죽으니 원통치 아니하리오 청조난 유신커든 소식을 전하라 청죠 두 변 울고 가더라 리생이 고모집의서 자더니 자연 마음이 산란하야 잠을 이루지 못하고 울울불락하더니 청죄 나라와 리생의 팔에 안거날 보니 발목의 서찰이 매얏스되 랑자의 혈젹이라 그 사연을 보니 락양 옥중의 갓친 사의라 크게 놀나 그 글을 부인쎄 드리고 옥으로 가 랑자를 구코저 하거날 부인 왈 아즉 경션

35

이 구지 말나 하며 할미집의 시녀를 보내여 아리 오라 하고 일변 상서 부중 로복을 불너 슈말을 무르니 로복이 자세 고하난지라 부인이 대로 왈 션이 비록 상셔의 아들이나 내가 양육하얏스매 내 주혼한 일이어늘 상셰 장매를 대접한 것 갓타면 남다려 뭇지 아니코 락양 원의게 긔별하야 애매이 사람을 죽이려 하니 내 친히 경셩의 가 샹셔를 보아 듯지 아니커든 황후쎄 알외여 처치하리라 하고 행장을 차려 경성으로 가니라 이적의 김젼이 과거하야 락양 원이 되엿더니 리위공의 말을 거역지 못하야 마암이 자연 비창하나 마지 못하야 내아로 드러가 좌긔하고 랑자를 잡아올니니 랑재 옥면의 눈물을 흘니고 약한 몸의 큰 칼 쓰고 붓 들려 드러오애 김공이 무르되 네 나흔 멋치며 성명은 무엇시며 어대 사람의 자식인고 자시 알외라 랑재 정신을 겨우 차려 고왈 아비난 김상서라 하고 일홈은

숙향이요 나흔 십오세로소이다 부인이 이 말을 듯고 눈물이 여우하야 왈 그 아해 얼골을 보니 우리 숙향이와 갓고 나히 더욱 갓트며 김상서의 딸이라 하니 근본을 사실 하와 아직 다사리지 마르소서 공이 올히 녀겨 도로 하옥하고 그 사연을 리위공의게 긔별하니라 부인이 숙향을 생각하고 울거날 공이 분부하되 그 형상이 참혹하니 칼이나 볏겨주라 하다 이적의 리공이 락양 원의 편지를 보고 대로하야 김젼을 게양 태수로 음기고 다른 이로 락양 원을 식여 그 계집을 그엿코 죽이려 하더니 믄득 하인이 고왈 여로야댁 부인이 오시나이다 샹셰 반겨 하당하야 마자 문후하니 부인이 믄득 대로 왈 요사이난 벼살이 놉고 위엄이 중하면 동긔도 업수이 녁여 절제하려 하나뇨 샹셰 황공하야 대왈 엇지 이르시난 말삼이잇니가 부인이 대로 왈 내 선을 길너 친자갓치 알거날 맛참 맛당한 혼처를 맛나 네계 밋처 긔별치 못하고 성혼하얏스며 또 몽사가 여차여차하기로 내 슬하 적막하야 다리고 잇스랴 하

36

엿더니 네 내게 이르도 아니코 무죄한 자를 죽이려 하니 대장부 져러하고 텬하 병마를 엇지 부리리오 크게 책하니 위공이 황공 대왈 져쳐의 주혼하신 줄을 모르고 잘못하얏나이다 요사이 양왕이 구혼하옵거날 사례 허락하엿삽더니 션이 미천한 계집에게 장가 드럿다 하고 시비 만사오니 그리 하얏나이다 혼인은 일륜대사이오니 엇지 인력으로 하리잇가 락양 원의게 대단이 긔별하야 죽이지 말고 근처의 두지 말나 하리이다 하더라 여황후난 여부인에 시고모라 황휘 청하야 궁중에서 머무니 부인이 션에게 편지를 붓쳐 랑자 노히믈 긔별하니라 이째 위공이 아재 호탕하애 학업을 폐할가 져허하야 션을 경성으로 다려가니 생이 랑자를 다시 보지 못하고 경사로 가게 되매 모부인께 드러가 하직하고 눈물을 흘니니 부인 왈 네 인물 풍채 하등이 아니여날 배필을 구할진대 어대 업스리오 부모를 속이고 천한 게집을 어더 성경이 그릇되니 네 부친이 부르시난 거살 슬허하나뇨 션이 그제야 숙향과 혼인하든 수말을 셰셰이 고하고 왈 모친은 소자에 텬정을 생각하사 숙향을 부르소서 부인 왈 진실노 그러하면 텬졍연분이니 엇지 구박하리요 너의 부친도 아지 못하시미라 염례 말고 과거나 하야죠히 도라오라 벼살하

면 네 하고저 하난 일을 부모라도 말니지 아니하리라 생이 할미나 보고 가고저
하되 부명을 지환치 못하야 할미쎄 편지하야 숙랑자 보호하물 당부하고 경성에
올나가 부친쎄 뵈니 공이 불고이취(不告而娶)하물 대책하고 태학으로 가라 하심
을 이르 후 이의 황제쎄 하직하고 집의 도라오니 이째 김전은 경양 태수를 하야
가고 신관이 도임하매 랑자를 노아 근처에 잇지 말나 하니 할미 문 밧긔 잇다가
랑자를 붓들고 집의 도라오니 생의 보낸글이 잇거날 랑자 쎄여보니 만단정화라
이에 탄식 왈 리랑이 이제 경사로 가지고 고을서는 이 근처에 잇지 말나 하

37

니 이제 어대 가 의탁하리요 할미 왈 이제 내게 오래 잇스면 쏘 환을 볼 거시니
쏘 을마 살 거시라 하고 즉시 셰간을 옴긴 후 낭자를 다리고 집을 쎄나 사더니
일일은 할미 왈 나는 본래 천태산 마고선여러니 랑자를 위하야 나려와 급화를
다 구하엿고 이제는 쏘한 연분이 진하야 쎄나게 되니 여러 해 동처하든 정리의
결연함를 이기지 못하리로소이다 랑자 이 말을 듯고 대경하야 배사 왈 인간 무
지한 눈이 신선을 아지 못하고 이제는 연분이 박하야 내치여 좃기심믈 당하고
할미에 은혜를 입어 일신이 안활하더이 할미 이에 도라가시면 누구를 의지하리
오 하며 슬허하이 할미 왈 청삽살을 주고 가나이 낭자의 어려운 을 돌보리이다
낭자 왈 가시는 길이 얼마나 하오며 어나 날 가시려 하시나잇가 할미 왈 나의
길은 오만 팔천리오 가기는 이제 가려하나이다 낭자 욱 촉급하야 울며 왈 하로
나 더 묵어 서로 놀다가소셔 하고 슬품을 이기지 못하니 할미 기리 한숨지고 이
로대 내 간 후 입엇던 옷슬 빙염하고 관곽을 갓촌 후에 저 청방이 가서 굽으로
파는 대 무더주시고 행여 어려운 일이 잇거든 내 분묘의 오면 자연 구하리이다
하며 입엇던 적삼을 버서 주고 이에 리별하니 두어 거름에 간 바를 아지 못할너
라 낭재 망극하야 적삼을 붓들고 통곡하더라

淑 香 傳   上卷終

38

고대소설 숙 향 전(권지하)

차설 낭자ㅣ 망극하야 통곡하다가 할미 유언대로 장사코저 례복을 갓초와 한업시 가려하니 청방이 이윽히 보다가 치마를 무러 못가쎄 하는 형상이어날 랑자ㅣ 가지 안이하고 가는 사람다려 이로대 이 청방을 짜라가다가 청방이 가지안코 머무는 곳에 장사하라 하고 슬허하며 조석으로 제전을 극진이 하야 제하더라 랑자ㅣ 청방을 의지하야 세월을 보내더니 일일은 달이 밝고 청전에 한 점 구름도 업스이 잠에 일루지 못하고 사창을 의지하야 탄식하는 글을 지어서 안에 노코 조으다가 쌔여보이 글도 업고 개도 업난지라 더욱 망극하야 울며 왈 가련타 팔자여 사람은 켜령 개마저 일헛스이 밤에 적적하야 잠을 이루지 못하리로다 이쌔 리랑이 태학에 가서 공부한 후는 랑자의 소식을 들을 길이 업서 주야 체읍이러니 멀이 바라보니 청삽살리 생을 향하야 오거날 생이 살펴 보이 랑자 집에 개라 생의 압희 와 입을 툐하거날 보니 이 곳 동촌 리화정 숙랑자에 필적이라 급히 써여보이 하얏스되

슬푸다 숙향에 팔쟈여 무삼 죄로 오세에 부모를 일코 동서로 표박하다가 텬우신조하사 리랑을 맛낫스나 다시 리별하고 혈혈무의한 나의 신셰 할미를 의지하엿더이 여액이 미진하야 일조에 상텬하니 혈혈단신이 어대 가 의탁하리요 생전의 리랑을 보지 못하면 부모를 어이 차지리오 슬푸다 나의 신세여 죽고저 하나 짜히 업도다 하얏더라

생이 보매 슬품을 금치 못하고 할미 죽은 줄노 알고 더욱 슬허하며 음식을 내엿개를 먹

39

이고 편지를 써 게 목의 걸며 경게 왈 할미마저 죽고 랑자ㅣ 너만 의지하난지라 쌀니 도라가 편지를 전하고 랑자를 잘 보호하라 그 개 머리를 쓰다겨 응하난 듯하고 나는다시 가더라 이쌔 랑자 개를 일코 종일 체읍하더니 날이 저무러 인적은 커녕 새즘생 소리도 듯지 못하니 고적하물 이긔지 못하야 원텬을 관망하며

비회를 금치 못하더니 홀연 청방이 나난다시 압해 와 업대거날 어대 가 죽은가
하다가 반색하야 나아가 쓰다드머 왈 네 아모리 즘생인들 나들 바리고 어대를
갓던다 오작 주렷스랴 하고 두루 쓰다드므니 청방이 또한 흔연이 바겨 두 발을
허위며 목을 숙이고 잇거날 랑자 보애 목에 일봉 서찰이 매엿거늘 글너보니 그
글에 왈
숙랑자 젼에 부처나니 랑자의 옥안을 사렴하야 생각을 밤낫 업시 하더니 천만
몽상지외의 청방이 글을 전하거늘 가히 감동하야 우리 량인의 평부를 전하는도
다 그대의 전후 고초난 다 선의 죄라 한번 리별하애 약수가 가리엿고 청조 끈처
쓰니 셔산에 지난 날과 동령에 돗는 달을 대하야 속절업시 간쟝만 사로울 쑨이
러니 청방이 한 소식을 전하니 옥안을 대한 듯 든든하며 반가온 마음을 정치나
못하나 할미 죽엇다 하니 누올 의지하며 그 고고한 신세를 생각하니 나의 마음
이 엇더하리오 지필을 대하애 마음을 진정치 못하고 눈물이 압흘 가리도다 싸인
회포를 다 긔록지 못하나니 옛사람이 이르되 홍진비래요 고진감래라 하니 혈마
매양 그러할 것 아니오매 과거 긔별이 들니니 혹 방목의 잠예하야 뜻을 이루면
나의 평생 원을 풀고 랑자의 은혜를 갑흐리니 옥보 방신을 안보하사 생의 도라
가기를 기다려 사생을 한가지로 하물 원하노라 하엿더라
랑자 견필의 오렬 왈 황성이 예서 오천여리라 도로ㅣ 요원하고 운산이 망망하니
헐헐 녀

40

자 발섭이 극난하고 또한 강포지욕이 두려온지라 좌사우량하나 백계무책이라 일
일 간장을 살을 쑨이러니 드르니 도내의 도적이 성하는 중 동리의 불량지인이
잇서 할미조차 업스물 알고 쟈물을 취하고 랑자를 겁탈코저 한다 하거날 랑자
대경하야 동리에 소동을 불너 자서이 무르니 소동이 답왈 길에서 드르애 이 집
에 보화 만흐니 오날 밤에 겁탈하야 보화를 난호고 랑자는 저히가 다리고 산다
하더이다 랑쟈 듯고 모골이 소연하고 망극하물 이긔지 못하야 아모리 할 줄 모
로더이 황혼이 되애 더욱 초조하야 망지소위러니 한 게교를 생각하고 청방을 불
너 경계 왈 앗가 지나가는 아해 말을 드르니 오날 밤의 도적이 드러 재물을 수

탐하고 나를 긔여코 겹촉한다 하니 만일 이럴진대 내 죽어 절개를 완전이 하리
니 이제 할미 분묘의 가 명을 쓴허 할미 해골과 한가지로 뭇치미 나에 원이라
너는 할미 분묘를 가라처 날노 하야곰 이 욕을 면케 할소냐 하고 눈물을 흘니니
청방이 다만 고개를 드러 듯난 듯 하고 응하미 업거날 랑자ㅣ 의복 두어 가지를
보에 싸고 개가 가기를 바라되 그 개 누어 이지 아니커날 낭자 더욱 황황하야
쏘 경계 왈 네 비록 즘생이나 사세 급한 줄 알거든 이리 지원하다가 도적에 욕
을 엇지하려 하난다 청방이 그제야 이러나 보자에 싸인 거슬 무러 당긔난지라
보를 버서 노흐니 무러 졔 등에 언고 나가거날 낭자 짜리 갈새 한 뫼의 안쏘 가
지 안는지라 랑자 살펴보니 한 무덤 잇스니 반다시 할미 무덤이라 하고 분묘를
어로만저 통곡하더 리째 리부상셔 부인으로 더부러 완월루에 올나 월색을 구경
할새 멀니서 더자에 곡성이 은은이 들니거날 고히 녁여 부인다려 왈 야심한대
엇더한 녀자ㅣ 저리 슬허한나고 창두로 하여곰 보라 하니 마침 공자 유뷔 사환하
다가 수명하야 우름 소래를 차자가니 한 소년 녀자 홀노 안저 울거날 나아가 절
하고 문왈 랑자난 뉘시완대

41

심야에 홀노 여긔 와 우시나요 낭자 눈을 드러 보니 늘근 사람이라 우름을 긋치
고 답왈 나난 동촌 리공자의 낭자러니 도적에 욕이 급하매 할미 분묘의 함끠 뭇
치러 왓나이다 기 인이 청파의 대경하야 부복 왈 소복은 리공쟈의 유복압더리
부인이 소저의 곡성을 드르시고 인고를 아라오라 하시애 왓슨즉 소저 이곳에 게
신 줄 엇지 뜻하엿사오잇가 소복에 집으로 가시면 자연 평안하리이다 랑자 왈
그대 랑군의 유부라 하니 극히 반가온지라 이제 죽어도 여한이 업도다 로야께서
나를 죽이라 하시거날 졔 명 업시 갓다가 아르시면 내 반다시 죽을지니 나 죽기
는 설지 안이하나 그대에게 연좌가 비경할가 하나니 그대는 도라가 랑군이 오시
거든 내 이곳에서 죽은 줄 아르시게을 하면 은혜가 태산갓흘가 하노라 유부 왈
랑자에 말삼을 듯자오니 맛당하오나 소복이 부인쎄 품하고 오리니 기다리시고
천금 귀체를 가배야이 마르소셔 하고 나는다시 가는지라 청방이 옷보를 내려노
코 랑자로 하여곰 입고저 하거날 랑자 왈 네 나를 죽게 하라 하거든 싸을 파면

내 거기 누어 죽을 것이니 나를 덥허 두엇다가 랑군이 오시거든 가르치라 하고
옷을 입으니 청방이 상서댁으로 향하야 안거날 랑자 생각하되 상서 이르시면 반
다시 죽일 거시니 나중에 샹서 신상에 시비될지라 내 스사로 죽어서 시비들 긋
치고자 하는이만 갓치 못하다 하고 깁수건으로 목을 매려하니 청방이 수건을 물
어 목을 못매게 하는 지라 랑자 울며 이로대 네 나를 죽지 못하게 하니 구차이
사랏다가 랑군을 보리라 하거든 할미 분묘를 향하야 절하면 죽지 안코 네 뜻을
바드리라 청방이 말대로 할미 분묘를 향하야 절하고 안거날 랑자 어로만저 왈
네 나를 죽 못지하게 하니 사랏다가 욕을 볼갸 하노라 잇째 유부 밧비 도라가
제 게집다려 그 말을 이르고 자결할까 지부니 밧비 가보라 하고 급히 드러가 부
인께 사유를 고하

42

니 부인이 잔잉하야 상서께 고왈 차인의 청상이 가련하오니 바라견대 인정의 박
절하오니 다려다가 제 근본이나 알고 아자 총명하니 저의 하는 양을 보사이다
상서ㅣ 허하니 부인이 하리로 하야곰 일승 교자를 가저 유모를 보내여 다려오라
하다 잇째 유랑자 압헤 이르러 갈오대 소첩은 공자의 유모러니 저적에 듯자온즉
공자 성취하시다 하오나 고모 부인께압셔 주장하시기로 아지 못하얏삽더니 그
후 옥중의 곤경을 당하오매 차탄하압더니 앗가 지아비 말삼을 듯사오니 공자를
뵈온 듯 반가오물 이기지 못하와 밧비 왓나이다 랑자ㅣ 탄왈 공자의 유모라 하니
나에 정회를 펴리리 하고 전후 수말을 다 일을새 유부ㅣ 시비를 거나려 교자를
가저 부인에 말삼을 고하니 랑자 갈오대 부르시는 명이 게시니 엇지 거역하리오
마는 쳔신(賤身)에게 교자 불긴하니 거러가리라 한대 유부 왈 부인의 명이 게시
니 교자를 사양치마르소서 랑자 마지 못하야 교자의 올나 리부의 이르메 시비
나와 분분이 부인 명으로 완월루로 뫼시라 하니 교자 루하에 이르거날 랑자 교
자의 나리니 향촉든 시비 좌우에 나렬하야 밝기 낫갓더라 한 시비 인도하거늘
짜라가 멀리서셔 사배하니 상서부부 병좌(幷坐)하고 나아오라 하야 좌를 갓가이
하야 주고 용모 동지를 살핀 후 차탄 왈 색태가 져렷듯 탁월하니 아해 엇지 무
심하리오 부인이 탄왈 홍안박명이라 하니 만첩 수운이나 긔질 여차하니 수심을

책탕할진댄 쟝강의 색태라도 밋지 못하리로다 문왈 네 고향이 어대며 성명은 무
엇시며 나흔 얼마나 하뇨 랑쟈ㅣ 염용 대왈 첩이 오세에 부모를 일삽고 도로의
개걸하압더니 백록(白鹿)이 업어다가 락양 장승상댁 동산에 바리오니 그 댁의
자녀 업는고로 첩을 십년을 무휼하옵더니 기간 사고 잇사와 그 댁을 떠나오매
본향과 부모의 성명을 모르나이다 상서 왈 장승상댁에셔 무삼 일노 나와 리

43

화정 할미에게 왓더뇨 랑자 대왈 시비 사향이 모해하야 승상의 장도와 부인의
봉차를 도적하야 첩에 상자에 두고 부인께 참소하오니 발명이 무익하와 포진물
에 빠지오니 채련하는 션동이 구하야 동다히로 가라 하오니 아녀자에 행색이 란
처하와 병인인 체 하고 가다가 긔운이 진하야 갈수풀의 의지하엿삽다가 로젼에
서 화재를 만나 의복을 다 태이고 거의 죽게 되엇삽더니 화덕진군이 구하엿사오
나 의복이 업사와 진퇴를 정치 못하압다가 의외에 리화졍 할미를 만나 의지하엿
삽더니 생각지 안인 공자에 구혼하오믈 이하와 셩례하엿삽더니 락양 옥중 사액
을 지내옵고 다시 하령하야 멀니 좇차 내치라 하오매 을마 북촌에 가 사옵더니
할미가 마저 죽사오매 더욱 망극하야 겨오 영쟝하고 다만 쳥방을 의지하엿더니
금야에 도적에게 쫏기여 할미 분묘의 와 죽으려 하엿삽더니 부르시믈 입사와 이
리 대령하엿나이다 샹서 왈 남군서 몃달 만에 왓더뇨 랑쟈ㅣ 왈 로젼에서 하로를
묵고 할미를 맛낫나이다 상서 대경 왈 남군이 에셔 삼천 오백리라 일삭이라도
오지 못하려든 잇흘 만에 오니 극히 고이하도다 부인이 쏘 일홈과 나흘 무르니
랑쟈 대왈 일홈은 숙향이오 나흔 십륙세로소이다 쏘 문왈 생일은 언제뇨 사월
초팔일이로소이다 부인이 양구 후 갈오대 내 과연 이젓도다 션을 나을 제 션녀
여차여차하거날 긔록하엿더니 이것 깨다랏다 하고 시녀로 하여곰 긔록한 거슬
내여다 보니 락양의 거하는 김젼에 녀아요 일홈은 숙향이라 하엿거날 부인이 쏘
문왈 네 부모의 성명을 모로며 사주를 어이 아나뇨 랑자 복디 대왈 어버이 일을
째에 금낭이 너허 채왓사오매 아니이다 하고 즉시 금낭을 쌍슈로 밧드러 드리니
부인이 바다보니 금자로 써스되 일홈은 숙향이오 쟈난 월궁션이니 긔축 사월 초
팔일 해시생이라 하얏더라 부인이 남필에 긔특이 넉여 왈 년월시 우리 아

44

해와 갓흔대 성을 모르니 답답하도다 낭자 갈오대 저적 꿈에 신인이 일오대 락
양 김전이 첩에 부라 하더이다마는 어이 알니잇고 상서 왈 그럴진대 엇지 다행
치 아니리오 부인 왈 엇더 한 사람이니잇고 상서 왈 운수션생의 아들이니 더 무
를 거시 업나이다 부인이 깃거 근본을 알아 아자의 정실을 삼으려 하더라 이후
로붓터 랑자를 부인 좌우에 두어 그 행동을 보니 백사 진선진미하야 한 일도 그
름이 업난고로 부인에 사랑이 갈사록 더하더라 일일은 소저 잇든 집의 가장지물
을 가저오기를 청하니 부인 왈 도적이 엇지 남겨 두엇스리오 소저 ㅣ 왈 싸흘 파
고 무덧스리 도적이 엇지 알리잇고 부인 왈 네 아니가면 차자오기 어렵지 아리
랴 소저 념룡 대왈 첩이 아니도 쳥방을 다리고 가면 알니이다 부인이 즉시 유부
를 불너 이로되 저 개를 다리고 소저 잇던 집의 가서 긔명과 집물을 가저오라
하고 심중에 헤오대 저 엇지 인사를 알니요 가장 고이하도다 하고 의심하믈 마
지 아니하더라 유부 창두를 거나려 나아가셔 개 발노 허븨난 곳을 파고 긔명을
다 수운하야 가지고 와 고하니 부인이 문왈 개를 다리고 가 엇지 차저온다 유부
사유를 고하니 부인이 차탄 왈 신부난 범인이 아니로다 더욱 사랑하미 비할대
업더라 일일은 부인이 소저다려 문왈 네 침션 방적을 능히 하난다 소저 대왈 일
즉 어버이를 실산하고 도로에 주류하와 배온 배 업사오나 본이 잇사오면 아무
거시라도 그대로 하리이다 부인이 그 재조를 시험코저하야 비단 한 필을 쥬며
왈 샹공이 불구에 상경하실 째 관복이 무색하니 네 이것을 보고 지어내라 소저
수명하고 비단을 바다가지고 침소에 도라와 그 비단을 보니 곱지 못하거날 잇든
비단을 밧고와 반일 만에 지어내니 시녀 부인게 고한대 부인이 밋지 아니하야
왈 관복은 녜사 옷과 다르니 내 소년적에 침재 남에게 뒤지지 아니하엿스되 닷
새에 지엇든 것이라 소저 아

45

모리 재조 능하나 엇지 그럿듯 속히 하엿스리요 일정 허언이로다 인하야 소저를

불너 무르니 랑자 대왈 과연 지엿사오나 엇지 하올지 모로와 즉시 고치 못하엿
나이다 하고 관복 드리니 부인이 바다보니 슈품 졔도 견관복에서 나을 뿐 아니
라 비단이 자긔 준 거시 아니라 더욱 고이히 력여 무르니 소져 대왈 비단이 이
거시 나을 듯 하압고 할미집에서 짜은 비단일너니 맛참 동색이옵기 지엇삽나이
다 부인이 대경 대찬 왈 이런 재조 어대 잇스리요 하고 즉시 관복을 가져 상셔
쎄 드리여 왈 관복을 새로 지엿사오니 닙어보소셔 상셔 관복을 닙고 대희 왈 근
래 부인이 늙으매 몸에 맛난 옷슬 닙지 못할너니 이 관복은 가쟝 잘 맛사오니
로래의 극한 호사를 하나이다 부인이 소왈 첩이 소시에도 슈품 졔도 이럿치 못
하엿거든 허물며 로래에 엇지 이러하리잇가 이난 자뷔 제 손으로 비단을 짜고
제 손으로 지은 배로소이다 상셔 경악 탄북 왈 만일 그럴진대 자부난 진실노 무
쌍한 재조로다 하고 칭찬하믈 마지아니하더라 오래지 아냐 상이 상셔를 패초하
시니 상셔 바야흐로 치행할새 즁배를 보고 묘흔 관대의 흉배가 무색하니 다른
흉배를 사오라 한대 부인이 대왈 상공 직품의 맛난 흉배를 창졸의 사기 어렵고
길이 지완하실짜 하나이다 이째 소져 시좌러니 공경 문왈 대인 직품은 엇더한
흉배를 다르시나잇가 부인 왈 상셔난 일품이매 쌍학을 부치나니라 소져 왈 첩이
약간 슈노키를 하압더니 노흐려 하나이다 부인 왈 흉배난 다른 수와 달나 사람
마다 노흘 줄 모를 뿐 아니라 명일 상경하시리니 자부 비록 재조 능하나 엇지
밋치리오 소져 즉시 침소로 물너나와 종야토록 슈를 노와 명조의 정당의 나아가
드리니 상서부부 대경 대찬 왈 자부난 진실로 신통한 재조를 가졋도다 하고 애
중하믈 마지아니하더라 차일 상셔 상경하니 텬자ㅣ 인견하사 조사를 의론하시더
니 상셔의 관복을 보시

46

며 쏘 흉배를 보시고 문왈 경의 관대와 흉배 어대셔 나뇨 상셔 주왈 신에 며나
리 수품이로소이다 상아 우문 왈 경의 이달이 죽엇나냐 상셔 주왈 사랏노이다
상왈 경의 관북을 보니 하날 은하수 문채요 흉배난 바다 가온대 짝 일흔 학에
외로은 형상이니 경의 아달이 사랏스면 엇지 이러하리요 상셔 부복하며 션이 슉
향 만나든 일을 주달하니 상이 칭션 왈 이러한 녀자 행실과 재죄 희한하도다 경

의 충성이 지극하매 하날이 현부를 주사 복을 도으시미로다 하시고 비단 일백
필을 상하시니 공이 사은하고 부중에 도라와서 셩상 하교를 전하고 상사지물을
다 소저를 주니라 소저 리부의 온 후 일신이 안한하니 용모 더욱 쇄락한지라 상
셔부처 애중하미 날노 더하더라 이째 공자 태학에서 랑자에 쇼식을 듯지 못하니
심신이 울울하야 회포를 정치 못하나 임의로 도라가지 못하매 주야 탄식만 하더
니 일일은 태학 관원이 상소 왈 근간 태을성이 장안에 빗취엿사오니 가히 셜과
(設科)하와 인재를 일치 마르소서 상이 의윤하사 즉시 택일하야 셜과하시니 잇
째 리션이 과장의 나아가 평생 재조를 다하엿는지라 의외에 장원에 쌔여나니 풍
채 동탕하고 긔질이 헌양하야 만인 중에 쌔여나니 상이 일견에 대경 긔애 하사
즉시 한림학사를 제수하시니 학사ㅣ 사은하고 고향에 도라와 영천 소분하려 할새
지나간 길에 리화정에 이르러 랑자에 침소에 이르리 사람은 고사하고 쳥방도 업
스며 일용긔물이 하나토 업스리 분명 도적이 드러 랑자를 죽이고 간 줄노 아라
심회 통박하야 하날을 우러러 탄식 왈 랑자여 날노하야 쳔만고초를 격고 몸이
사망지경에 이르리 유명간 엇지 원혼이 되지 아니리요 내 비록 몸이 헌달하나
무어시 귀하리요 내 쏘한 죽에 사생간 저바리지 아니리니 나의 명이 쏘한 오래
지 아니리로다 슬허하다가 날이 셔에 쩌러지니 정신을 정하고 생각하매 이제 울
어도 부졀

47

업스니 부모께 뵈온 후 랑자 분묘 차자 한날 죽으믈 본바다 저의 절을 표하리라
하고 눈물을 거두고 본부로 도라오니 공에 붓처 아자를 보고 일변 반기며 영화
를 깃거하고 상하 환셩(上下歡聲)이 낭자하니 공에 부처 학사의 손을 잡고 애중
함을 이긔지 못하되 학사난 낭자를 위하는 마음이 간절하여 수색이 만면하니 공
이 고히 녁여 문왈 네 소년 등과(少年登科)하야 부모에게 영효와 일신에 영광이
극하고 문호에 경사 극하거날 무삼 일노 수색을 쯰엿나뇨 학새 대왈 소자야 열
친지도에 엇지 깃부지 아니리잇고마난 행역에 일신이 곤비하와 자연 그러하여이
다 상셔부처 그 뜻을 짐작하고 현부ㅣ 죽은가 하야 그리하난다 학사 부복 왈 어
이 그러하오릿가 부인이 소왈 네 뜻을 알고 다려다가 부중에 두엇스니 근심치

말나 학사 의혹하야 공수 대왈 엇지 텬부를 위하야 이우를 깨치리잇가 풍한촉상
하와 신긔 불평하미니이다 부인이 시녀를 불너 소저다려 학사를 구호하라 하
나 소저 안에서 나오니 학사 이 말을 듯고 심사 산란하더니 눈을 드러보매 이난
곳 숙랑자라 반가오믈 이긔지 못하야 거지 당황하나 소저 나작이 갈오대 군자ㅣ
일즉 청운에 족답하사 영광이 무비하오니 치하하나이다 학사ㅣ 대왈 요행 득의하
니 문호에 경사요 그대를 위하야 조운모월(朝雲暮月)의 간장을 살오다가 오는
길에 리화정에 다다라보니 인적은 커니와 개도 업스매 비월한 심사를 정치 못하
더니 이제 서로 만나니 무삼 한이 잇스리요 소제 염용 대왈 군재 행역에 곤비하
얏스니 구고께서 침쇼의 편이 쉬라 하신즉 조리하실까 하나이다 학새 깃거 옥수
를 잡고 봉루당의 드러가 피차 사모하던 정이 탐탐하고 할미 상사를 치위하니
소제 왈 첩에 비희난 칩칩하오나냐 오날은 질기난 날이니 이후의 말삼하리이다
학사 옷을 곳치고 한가지로 정당의 나아오니 상셔부처 희불자승하야

48

탄상하시고 상하 칭찬하믈 마지 아니하더라 명일에 린리 친척을 모와 잔채를 배
설하야 즐기고 우 명일에 여복야 부중에 이르러 잔채할새 부인이 쏘한 깃거 제
부인을 청하야 즐기며 숙랑자의 일을 좌중에 설과하니 다 긔특이 녀기고 잔잉이
녁여 칭찬함을 마지 아니하더라 일일은 학사 부친께 문안하니 상셔 왈 소부를
슬하에 두고보니 백사 영리하야 자못 사랑하나 그대 역을 몰나 타인이 미천한대
취하다 하야 시비 날뜻 하고 저적에 양왕이 구혼하매 허하얏더니 네 현부를 하
엿스매 중지하얏더니 네 임에 입신하엿는지라 다시 성친함을 재촉하면 엇지 하
리오 학사 부복 대왈 이난 소조 재토록 하올 거시니 대인은 염녀마옵소져 인하
야 행장을 차여 경사로 향할새 부모께 하직 왈 소자 몸을 나라에 허하오매 슬하
를 떠나오니 엇지 마음이 편하리잇고 침소에 이르러 소저를 리별하야 갈오대 그
대로 말미암마 적년 심사를 허비하고 이제 서로 만나 좌셕이 덥지 못하야 떠나
니 심사 울울하나 사세 마지 못하야 가니 그대는 시봉 감질을 극진이 하야 나에
바라난 바를 저바리지 마르소셔 소저 염용 대왈 남애 입신하매 사군지일은 다하
고 사친지일은 소하다 하오니 구고 시봉은 첩이 스사로 하올 거시니 군자난 갈

충부국하사 유방백세하실 짜름이오니 엇지 아녀자를 겸연하야 일신 영위와 문호 경사를 도라보지 아니하리잇고 학사 그 숙덕 현행을 탄복하고 경사로 향하더라 차시 양왕이 위공께 혼일을 재촉하니 상서 임의 허락하 일이라 막지 못하야 학 사로 쳐단하라 하니 학사 수명하고 장첫고 거절하기로 사양하더니 형초 지경의 이르러 봄즉 한재 심하야 백성이 긔근(飢饉)을 이기지 못하야 양민이 모혀 도적 이 되니 상이 근심하샤 현사를 구하라 하시니 학사 주왈 인심이 산란하믄 세황 한 시절을 당하와 수령이 엇지지 못하와 백성을 무휼치 안이하오매 긔근을 긔지

49

못하이 란을 짓사오니 신이 비록 무재 박덕하오나 형초를 진무하야 백성을 인보 하고 성상 근심을 덜니이다 상이 대회하사 즉시 학사로 형주 자사를 하여 급히 발행하라 하시이 학사 사은하고 본부의 도라와 하직할새 부모 반겨 왈 남애 입 신하면 충즉진명하나이 맛당이 백성을 사랑하고 정샤를 부지러이 하야 인군의 바라시난 뜻을 저바리지 말나 학샤 대왈 이번 행도난 텬은을 갑삽고 아래로 양 왕의 혼인을 거절코 하나이다 하고 봉루당의 가 부인을 작별 왈 내 몸이 나라를 허하야 형디에 부임하게 되리이 친지 정이 간절하고 부인이 마자 나려오면 봉친 지절이 난감하도다 부인 왈 이러무로 예부터 중효쌍전하미 어렵다 하오니 상공 은 물념하소셔 첩이 나려가면 가난 길에 은혜 갑흘 곳이 만흐니 엇지 하리잇고 쟈사 왈 이난 다 부인 임에로 하려니와 나의 심회를 위로하소서 연필에 행하미 총총하매 작별하고 위의를 휘동하야 형주의 이르러 부임하고 좌긔를 여러 관속 을 점고힐새 사람의 얼골을 보고 소래를 들어 선악을 밝히고 출척을 실노 명백 히 하고 상벌을 고로게 하며 창곡을 여러 긔민을 진휼하고 어진 말삼으로 교유 하야 정새 일신하니 도적들이 신관이 임하매 저희를 다 죽일 줄노 일고 혹 도망 코저 하며 혹 작란코저 하더니 문득 사자의 교유하난 말을 드른즉 무비인덕이라 도적이 교유에 열복하야 스사로 죄하고 물너가 롱업을 힘쓰이 자사 친이 순행하 야 손쇼 장기를 잠아 권롱하고 백성을 들을 보난 대로 효제충신지도를 교유하니 라 일삭디내에 형주 지경이 격양가를 불너 즐기미 이로 측양치 못할너라 이재 본부에서 학사를 험디내에 보내고사 렴려하믈 마지 안이하더니 이 소식을 듯고

대회하야 소저를 불너 일오대 당초 형주 소식을 드르매 내행 보내물 염여하엿더
니 이제 드르매 아자 부임한 후로 열읍이 요텬순일(堯天舜日)이 되다 하니 이제
다른

50

넘녀 업스니 현부난 수히 향하야 아자의 울젹한 심사를 위로하라 소제 수명하고
즉시 행리를 차릴새 졔젼을 차려 할미 분묘에 하즉하려 하니 쳥방이 싸라가 졔
물을 다 먹고 안거늘 소저 그 등을 어로만저 왈 네 비록 즘생이나 내 너 곳 아
니면 발서 죽엇스리니 은혜를 무엇스로 갑흐리요 하고 셕사를 생각하야 슬푸믈
정치 못하더니 쳥방이 흙을 발노 글거날 자세 보니 글자를 써스되 슬푸다 인연
이 진하니 나난 여긔서 영 리별하나이다 하엿거날 부인이 대경하야 경게 왈 내
너로 더부러 한가지로 고초를 격다가 내 이제 귀히 되리 네 은혜를 갑고저 하거
늘 이제 리별을 하리 비화를 정키 어엽도다 그 개 할미 분묘를 가라치며 부인을
도라보고 한 소래를 크게 우니 그 소래 우래갓더라 문득 흑운이 그 개를 두루더
니 이윽고 구름이 거드며 개가 간대 업스리 부인이 유유한 루수를 쑤려 챠탄 왈
과연 비상한 즘생이로다 개 안젓던 곳에 의복과 관곽을 갓초아 뭇고 제문지어
제하고 통곡하리 산쳔 초목이 다 슬허하난 듯 하고 보난 사람들이 다 긔특이 녁
이더라 제를 파하고 부중에 도라와 구고끠 하직하고 발행할새 구고 결연하물 마
지아냐 옥수를 잡고 원로에 보중하물 당부하더라 자사 부인이 행중에 분부 왈
지나는 곳에 셜제할 데 만으니 제전을 갓초와 대후하고 지나난 곳마다 디명을
알외라 하니 하리 쳥령하고 행하야 노젼에 일르러 디명을 알왼대 부인이 화덕진
군을 생각하고 제문지여 제하더니 제 파의 보리잔에 술이 업고 게란 만한 구슬
이 담겻거늘 거두어 간수하고 행하야 한 곳에 이르러 디명을 알외거날 부인 왈
포이 어대뇨 하리 고하되 이 물은 양진이니 포진을 연하엿나이다 하고 멀기는
쳔여리나 하니이다 부인 왈 연즉 수로로 가미 엇더하뇨 하리 알외되 에서 포진
을 가려 하오면 여러 강을 건너 길이 가장 험하오니 륙노로 행하미 맛당하니이
다 부인이 가장 서운이 역

51

이나 하리의 폐를 아니보지 못하야 바로 행코저 하더니 믄득 광풍이 대작하며
배 가기를 일주야를 정처업시 행하니 제인이 망극하야 죽기만 대후하더니 바람
이 자고 물결이 잔잔하거날 디명을 무르니 포진이라 하매 제인이 크게 놀나고
의심하야 일오대 양진서 포진이 천여리어늘 엇지 일일지내에 왓난고 하며 고이
히 녁이더라 부인이 드르니 청아한 옥저 소래 나거늘 눈을 드러보니 무 선녀 련
엽수를 타고 오며 노래 불너 왈 석년 오날 이 물의 와 슈랑자를 만나더니 금년
오날 숙부인을 만나도다 모로미 뭇지 말나 하고 지나가니 간 곳이 업난지라 부
인이 크게 고이히 역이더라 제인이 긔갈을 이긔지 못하야 쌀을 써서 솟헤 담고
노전에서 어든 구슬을 담아두니 쌀이 절노 익어 밥이 되니 못다 먹고 사례하야
부인을 신인이라 하더라 이난 부인이 의사로 긔갈을 구하미러라 쏘 행할세 부인
이 장승상댁으로 하쳐를 청하라 하니 하리 승명하고 장승상댁으로 나아가니 부
셩한 위의 층양 업더라 부인이 당후에서 밤을 지낼새 일몽을 엇으리 자귀 몸이
날나 내당의 드러가니 한 화상이 벽에 걸니엿고 진수성찬을 버럿거날 약간 하져
하고 도라왓더니 명조에 승상 부인이 자사 부인을 청하야 셔로 보고 찬성을 드
러 권하거날 부인이 먹으니 승샹 부인 갈오대 존가 루지의 림하시니 광채 배승
하오나 마참 일이 잇사와 즉시 청치 못하엿사오니 미안하여이다 부인은 루인의
무례함믈 용셔하소셔 소부인이 답왈 하로 밤 숙소하려 왓더니 정부인은 무삼 참
경을 보시니잇가 거야의 찬절한 곡성를 듯어사오니 첩의 심사를 정치 못하온지
라 존부인의 대접을 당치 못할까 하나이다 장부인 왈 밤이 죽은 뜰의 대긔라 너
머 지원하야 곡성이 처량턴가 하난이다 부인 왈 령녀에 나히 얼마나 되엿나니잇
가 장부인 왈 십오세의 나갓스니 슬허하나이다 자사 부인 왈 첩의 동갑이로소이
다 쏘 문

52

왈 숙향이 나갈 제 사향의 참소를 면치 못하고 나갓다 하오니 그 시녀 그저 잇
나잇가 쟝부인이 그 말을 듯고 대경 왈 부인이 엇지 숙향을 아시나니잇가 숙부

인 왈 자년 아나이다 장부인이 눈물을 드리워 갈오대 부인의 아난 곡절을 이르소서 숙부인이 대왈 슈족자를 파는 것이 잇셔 아나니이다 장부인이 경아하야 왈 그러면 족자를 보사이다 부인이 좌우로 족자를 가저오라 하야셔 벽상의 거니 승상이 부인으로 더왈러 동산의셔 숙향을 안고 드러가는 일과 승상양위 영춘당의셔 져녁 까치를 맛나 근심하든 일과 악명을 듯고 부인 압해셔 자결하려든 일을 력력히 그렷난지라 장부인이 일견의 방성대곡하니 자사 부인이 위로 왈 그림을 보시고 이리 하시니 불안하여이다 장부인 왈 왕사를 력력히 다 아랏스니 은휘할 배 잇스리요 하고 전후 사연을 다 이르고 설워하니 자사 부인이 이르대 천생지녀라도 죽은 후난 할 일 업거날 남의 자식을 이러틋 잇지 못하시니잇가 숙향이 비록 죽엇스나 감사하리로소이다 부인이 이르대 그 족자를 파소셔 내 비록 자식이 업스나 숙향이 사랏거든 주려 하고 황금과 채단을 두엇더니 이제 뉘를 쥬리오 이거슬 드릴 거시니 그 족자를 주옵소셔 하니 자사 부인이 대왈 존택의 숙향의 화상이 잇다 하오니 구경코저 하나이다 장부인 왈 로신의 침소에 거러 두엇스니 드러가 보소셔 인하야 한가지로 드러가니 과연 자긔 아희적 모양이 호발도 다름이 업는지라 화상을 벽상의 걸고 청사로 기우리고 상탁의 온갓 음식을 생신 갓치 버렷거날 쟈사 부인이 감은각골(感恩刻骨)하야 슬푸미 극한지라 슬푸믈 강잉하이 갈오대 부인이 숙향을 저럿틋 못이저 하시니 첩이 비록 곱지 못하오나 숙랑자와 엇더하이엇고 하며 화관을 벗고 화상 겻해 셔리 모다 보고 놀나 왈 화상이 변하야 부인이 되엿나냐 부인이 변하야 화상이 되얏나냐 진실노 고이하고 이상

53

상하도다 장부인은 눈물만 흘니고 슬허하난지라 자사 부인이 그제야 부인게 재배하고 갈오대 첩이 과연 당년 숙향이로소이다 가군이 형주 자사로 도임하매 소녀 임소의 가난지라 부인긔 뵈옵고 당년 은혜를 사례코저 이르러삽더니 부인이 소첩을 이때까지 잇지 아니샤 이러틋 권렴하시니 그 은혜난 차세의 다 갑지 못하리로소이다 부인이 자사 부인의 말을 듯고 꿈이냐 생시냐 나를 희롱하야 속이나냐 아모리 할 줄 모르거날 자사 부인이 붓드러 위로 왈 엇지 꿈이릿가 정신을

슈습하샤 격년 그리든 회포를 펴사이다 하고 자긔 침당을 가라쳐 왈 소녀 그째
나갈 제 혈셔를 창젼에 쓴 줄 보아 계시니잇가 부인이 그졔야 쌔닷고 통곡한대
위로 왈 쳡이 사향의 구축을 맛나 귀택을 쩌날 째 엇지 오날날 슬하의 뵈올 줄
알리오 하고 인하야 션녀 구함을 닙엇더리 화재를 맛나 화덕진군이 구하야 사라
나고 텬태산 마고션녀 만난 사연을 셜화할 지음에 맛참 승상이 이 말을 듯고 밋
쳐 신을 신지 못하고 드러와 통곡하니 숙부인이 재배하야 눈물을 먹음고 위로하
난지라 숙부인이 승상양위를 뫼셔 잔채할새 승상양위께 고왈 빈한 락이 상반하
온지라 소제 금일은 뫼시고 갓치 즐기리이다 하고 즉시 시녀를 명하야 나의 행
장의 큰 롱 봉한 거슬 드리하야 승상양위의 의복을 가저오라 하야 드리니 자긔
근로하야 지은 거시더라 근쳐 제부인을 쳥하고 삼일 잔채하야 크게 질기리 모다
칭찬 왈 승상이 비록 자녀 업스나 이 영화난 십자를 불워 아리하리로다 하고 원
근의 환셩이 진동하더라 숙부인이 일삭을 머무러 승상양위를 뫼셔 하로 질기하
다가 하직하고 갈새 현주가 머지 아리하매 자사의게 고하고 거마를 차려오리이
다 승상부쳐 새로이 리별하매 슬허하더라 자사 부인이 장부를 쩌나 장사 짜의
이르리 뫼히 긔이하고 사슴과 잔나비와 황새 오작이 무리 지어 진치고 사람들을
피

54

치 아니하거날 부인께 고왈 즘생이 사람을 피치 아니하오니 궁뇌를 발하야 쏘아
잡아지이다 부인이 명하야 말리고 장사 본관을 분부하야 쌀 닷셤을 가저다가 밥
을 지여 놋코 골 어귀의 슈례를 머므르고 부인이 친히 경계하니 그 즘생이 일시
에 밥먹고 다 흐터지니 일행 제인이 비상하물 일캇더라 잇째 부인이 생각하되
이제 내 젼일 은혜를 다 갑헛스나 다만 부모를 맛나지 못하미 한이로다 하고 가
장 비창하여 하더라 한 곳의 다다라 하리 고하되 이곳은 게양 짜히로소이다 부
인이 대열하야 젼일 할미 리별할 졔 계양 태수 김젼이 나의 부친이라 하더니 이
제 여긔 이르럿스니 가히 부친을 맛나리로다 행거를 재쵹하야 게양 태수 잇난
곳에 다다러난 게양 태수 나와 부인을 영졉하거늘 부인이 그 셩명을 무르니 유
뢰라 하거날 부인이 대경 왈 내 젼의 드르니 계양 태수난 김젼이라 하더니 이제

성명이 다르리 쏘 계양이 잇나냐 하리 고왈 이 짜 백성의계 드르니 갈녀간 태수 김전이러이 백성을 어질게 진무하기로 송성이 헌자하매 벼살을 도도아 양양 태수를 하고 유태수로 교대햇다 하나이다 부인이 가장 서운하여 문왈 예서 양양이 얼마나 하뇨 하리 대왈 삼백리니다 부인이 우문 왈 형주 가난 길이냐 하리 대왈 그리 가면 만히 도나이다 부인이 그리 가고저 하나 하리의 폐를 보아 그져 가나 결연하물 마지 아니하더라 션시에 김전이 락양 령으로 숙향을 죽이지 아니한 연고로 위공이 계양으로 옴겻더니 리션이 자사로 도임하고 각 읍의 순행하야 수령의 션불션을 살펴 혹 파직도 하고 혹 승차도 하니 김전이 정사 명백하야 백성을 무휼하니 숑셩이 휜자하애 승직하야 양양을 하이니 양양은 형주 버금이라 위지 장여하야 자사와 다르지 아닐너라 일일은 김전이 자사를 보고 도라오더니 반야 물 가의 이르러 한 로옹이 바회 우에 누엇스애 하리 등이 잡아 나려 치죄하려 하거날 태수

55

보니 범인이 아니라 하리를 분부하야 물니치고 나아가 읍하고 공경한대 그 로옹이 본 체도 아니켜날 태수ㅣ 가쟝 의혹하야 생각하되 내 벼살이 놉고 삼쳔 병마를 거나럿스니 위의 잇거날 심상한 사람이면 감히 만모치 못할 거시로대 이러틋 거만하니 비상한 사람이로다 하고 아모려나 죵말을 보리라 하고 공수 배례하니 로옹이 아른 체 아니하고 한 발을 드러 자긔 다리 우회 언고 팔을 베고 쓰러지거날 태수 더욱 공경하야 공수 시립하니 로옹 왈 네 갈이나 갈 쎠시지 너다려 절하라터냐 공이 공경 대왈 지나난 행객이나 로인 행색을 공경하야 졀함이다 네 나를 공경할진대 멀니서 전할 배라 네 사회 덕의 그만 벼살을 어더하얏다고 어룬을 능모하야 잡말을 하난다 공이 로하야 갈오대 로인을 공긩하거날 도로혀 사회의 덕에 벼살하얏다 하니 내 본대 자녀 업거날 사회가 어이 잇스리요 로인이 대소왈 숙향은 하날노서 쩌러지고 짜으로서 소삿나냐 숙향이 어대서 낫나뇨 김전이 숙향 두 자를 듯고 다시 재배 왈 소자ㅣ 실례하얏사오니 죄를 샤하소서 로옹이 그제야 로색을 풀거날 공이 다시 고왈 소자ㅣ 전생의 죄악이 지중하와 무자하더니 늣게야 숙향을 어더 장즁보옥갓치 샤랑하다가 란즁의 일허 지금 존망

을 모르더니 로옹은 숙향의 간 곳을 아르시거든 가르치소서 로옹 왈 숙향의 잠 간 잇난 곳을 알거니와 배곱푸니 말하기 실토다 공이 행중에 다과를 내여 들인 대 종시 부족하야 하거날 공이 하인을 명하야 주점에 가 주찬을 갓초와 오라 하 니 로옹 왈 하리 가저오면 하리 정성이니 하리에 자식 간 곳을 무르려 하나냐 공이 차언을 듯고 친이 주점에 나와 주찬을 만이 갓다 드리니 로옹이 사양치 아 니하고 다 먹거날 그제야 숙향의 거처를 무르니 술이 취하엿스매 이로지 못하나 진정 알고저 하겨든 하 추종을 다 보내고 너만 쩌러저 잇서 알고 가라 공이 이 에 하리를 보내

56

고 홀노 섯더니 문득 급한 비오니 공의 허리에 물이 지내난지라 공이 움작이지 아니코 섯더니 이윽고 비 긋친 후 대풍이 이러나며 눈이 다마 붓는 듯 하니 거 의 몸이 뭇치되 쏘 움작이지 아니하고 섯더니 옷시 다 어름이 되여 장찻 죽게 되엿더니 로옹이 그제야 잠을 쌔여 보고 일오대 그대의 하난 양을 보니 과연 정 성이 지극하도다 하고 사매로서 불근 붓채를 내여 공을 향하야 붓치니 눈이 다 녹고 여름이 되여 더운지라 공이 다시 절하고 문왈 숙향의 간 곳을 가라처 흉금 을 싀원케 하소셔 로옹 왈 이르려니와 숙향이 여러 곳에 갓스니 네 능히 차질까 공이 왈 아모려나 이르시면 쇠신이 다달토록 차자보리이다 로옹 왈 그대 반야산 바회 틈의 바려 도덕이 업어다가 다리고 가니라 공이 문왈 그러면 도적에 집이 어대니잇고 로옹 왈 도적이 다려다가 마을에 두고 가 청죠와 금작이 다려다가 가고 쏘 후토부인이 다려갓스니 게 가 무러보라 공이 차악 왈 연즉 죽엇도소이 다 로옹 왈 후토부인이 백록을 태와 장승상집 동산에 두어 그 집이 무자하야 양 녀로 기른다 하니 그곳의 가 무러보라 공이 왈 그리로 가 차지리엇가 로옹 왈 내 쏘 드르니 그 집 시녀 사향이 숙향을 모해하야 내치니 갈 곳이 업서 포진 룡 궁으로 가려하야 물에 싸지니라 공이 놀나 왈 연즉 죽도소이다 차지려 하오나 룡궁은 수부라 엇지 차지리잇고 로옹 왈 쏘 드럿노라 채련하난 아해들이 구하야 륙지에 내노으니 길을 그릇드러 노전에 가 불타 죽다 하니 그 말이 올흐면 그 곳은 륙지라 백골이나 차쟈 가라 공왈 백골이 지금 남앗슬리 업고 쏘 화중 귀신

이 되엿스면 슬허저 재 되엿슬이니 혼백인들 어대 가 보리잇가 로옹 왈 화덕진군이 구하야 냇스나 의복을 다 태이고 압흘 가리지 못하야 나무 밋해 숨엇더니 마고할미 다려가다 하니 게 가 자서히 차자보라 하이 공이 왈 그럴진대 진심하야 차자보리이 마고할미 잇는 곳을 자

57

서히 가라치소셔 로옹 왈 내 드르이 인간에 두엇다 하더라 공이 대왈 하날 아래는 다 인간이라 어대를 지향하리잇고 디명을 자사히 가라치시면 차즈리이다 로옹 왈 그대 자식을 차지려 하난 뜻은 무삼 일고 공왈 저를 늣게야 어더 사랑하는 마음을 펴지 못하여서 란중에 리별하이 셔로 비회을 정치 못하옵더이 텬행으로 선생을 만나오니 종적을 자셔히 가라치시믈 텬만 바라나이다 로옹이 변색 왈 네 숙향을 저리 못 이즐진대 반야산 중의 바람은 무삼 일이며 쏘 찻기는 무삼 뜻고 공이 왈 도적에게 급하야 다 죽게 되엿스매 마지 못하야 바럿나이다 로옹이 익로 왈 그는 네 살기를 위하엿거니와 락양 옥중에서는 엇지 죽이려 하던다 공이 더욱 망극하야 왈 그째 일홈과 나흔 갓트나 인간 무지한 눈이 아득하야 째닷지 못하엿나이다 로옹이 소왈 이는 그대 불명하미 아니라 하날이 정하심이라 엇지 인력으로 한 배리요 쏘 나는 과연 이 무 직한 룡왕이러니 저적은 내 자식이 물 밧게 나아가 놀다가 어부의게 붓잡힌 배 되여 거의 죽게 되엿더니 그대의 힘을 입어 사라낫스매 나도 자식을 위하야 그대에 은혜를 갑고저 하야 상졔쎄 고하고 그대로 하여 숙향을 맛날 길을 가라치라 하엿더니 그대 정성이 지극지 안이하엿던들 찻지 못할넌이라 하더라 아래 숙향의 굿기던 일을 엇지 다 칭양하리요 비록 만나보와도 그대 자식인 줄 아지 못할 거신고로 그 소경사를 자서히 이르나 나의 말을 명심불망하야 숙향을 맛나는 날 그 굿기던 일을 무러 내 말과 갓거든 그대 자식인 줄 알지어다 김공이 대회하야 이러 배사 왈 로선(老仙)의 가라치심을 밧자오니 지극 감사하거니와 일로 보건대 자사 부인이 숙향이란 말삼이니잇가 로옹 왈 자연 일 째 잇스리니 엇지 텬긔를 미리 누설하리요 문득 간 대 업거날 공이 가장 고이혀 넉여 춘몽을 쌘 듯 한지라 이의 아즁으로 도라와 부인다려 룡왕의 말을 갓

58

초 전하니 부인이 청파에 비한이 상반하야 앙텬 장탄 왈 우리 생전의 숙향을 맛
나보면 사무여한(死無餘恨)이라 이제 자사 부인이 도라온다 하나 엇지 우리 자
식이라 하리잇고마는 시험하야 무러보사이다 비회를 금치 못하더라 차시 숙부인
이 양양을 가고저 하나 사세 란처하야 정치 못하더이 차야의 일몽을 어드니 함
미 모든 압헤 와 이로대 부인이 이번의 부모를 찾지 못하면 십년 후야 맛나리니
부대 시를 허송치 마르소셔 한대 부인이 크게 반겨 다시 뭇고저 하더니 할미 문
득 간대 업거늘 나 깨다르니 침상일몽이라 마음에 긔특이 역여 즉시 하리의게
분부하야 양양으로 살새 고을마다 유련하야 실내로 더러 말삼하야 각별 살피더
니 양양 짜해 다다를새 김공이 실내다려 왈 자사 부인이 이 길노 도라가니 반하
룡왕의 말이 숙향이 자사에 부인이 되야 오리라 하더니 그 아니 숙향이 우리를
보려하는가 장부인 왈 오날 우리 꿈이 반다시 깃분 일이 잇스리라 하시고 시비
를 보내여 자사의 근본을 탐지하더니 장승상의 쌀이라 하거늘 김태쉬 가장 서운
하야 하더니 자사 부인이 갓가이 온다 하거늘 장부인이 놀납고 반가온 마음이
유동하야 중로에서 사쳐하야 구경할새 일만 갑새(甲士) 전차후웅(前遮後應)하며
칠보장염한 시비 좌우의 옹위하엿는대 정열부인이 금덩을 타고 드러오니 장부인
이 보고 울며 왈 엇던 사람의 자식은 저리 귀히 되엿난고 숙향도 잇던들 행여
저리 될가 하고 슬허하더라 부인이 객사의 들며 태수 실내게 말삼을 부리되 전
의 뵈온 적이 업샤오나 갓튼 부인이니 서로 보오미 무방하온지라 달밤이 심심하
오니 말삼이나 하사이다 장씨 가장 깃거 답왈 내 몬저 문안할 쎠시로대 불감하
왓삽더니 지극 감사하여이다 하고 즉시 나오니 숙부인이 화관을 쓰고 칠보단장
의 교위에 안잣스니 백여명 시녀 차례로 버려스며 향내 진동하더라 숙부인이 교
위

59

의 나려 장시를 마자 쥬홍 교위의 좌를 청하니 장씨 사양 왈 각관 수령의 안해

감히 자사 부인과 대좌하릿가 정렬 왈 주객이 되여 엇지 벼살 차례를 갈히며 년
긔 존장이시니 엇지 겸손하시리잇가 장씨 그졔야 교위의 안고 문왈 부인 년세
언마냐 하시니잇가 답왈 십이로소이다 장씨 눈물을 무수히 흘니거날 부인이 문
왈 엇지 년치를 뭇고 이대지 슬허하시냐잇가 장씨 답왈 첩도 한 딸이 잇더니 란
리의 일코 주야 슬허하나이다 정렬이 이 말을 듯고 반갑고 슬푸이 겸발하야 눈
물을 나려 이의 휘루 왈 첩도 란중의 부모를 일코 이제까지 맛나지 못하얏더니
부인이 또한 이러하시왈 우리 부모도 첩을 생각하시미 또한 이러하시리니 인샤
정리의 엇지 참아 견댈 배리오 하고 눈물을 쑤리거날 장씨 우문 왈 부인이 부모
를 실산하고 뉘 집에서 생장하엿나뇨 원컨대 듯고져 하나이다 정렬이 염슬 대왈
첩이 오세에 부모를 일코 소경사를 긔록지 못하오나 그째 사슴이 업어다가 남군
짜 장승상집 동산에 두엇더니 승상부뷔 거두어 십년을 양육하엿사오니 전사를
엇지 알니잇가 부인이 청파에 그 말삼이 유리하믈 보고 마암의 가쟝 반가와 이
의 좌를 갓가이하야 왈 첩이 또한 부인에 회포와 일반이니 피차에 비척한 심사
를 위로하사이다 하고 잔을 잡아 정렬쎄 전하니 정렬이 잔을 잡을 제 손에 옥지
환 한 짝을 찌엿거날 장씨 보니 숙향을 리별할 제 채워보낸 지환 갓거날 놀나
문왈 부인이 어대 가 저 옥지환을 어더 게시니잇가 대왈 부뫼 첩을 리별할 제
옷고름에 채운 거시매 부모를 본다시 항상 손에 찌나이다 장씨 그졔야 정령한
숙향인 줄 알고 반가온 마음이야 오히려 진적지 못하미 잇슬 듯 하야 시녀를 명
하야 부중에 가 지환든 상자를 가저오라 하야 옥지환 한 짝을 내여놋코 다만 눈
물을 흘녀 왈 태수 소시의 반하 룡왕에 자를 구하고 그 거복이 진주들을 주든
말이며 그 진주 속에 은은한

60

글재 잇서 하나흔 목숨 수쨔 하나흔 복 복쨔니 태수 첩에게 봉채 하얏난지라 이
버어 보시고 보배라 하야 옥지환을 맨다라 가젓더니 늣게야 한 딸을 나흐니 기
시에 채운이 왼집을 돌너삽난대 이향이 만실하니 긔이히 넉여 일홈을 숙향이라
하고 행혀 단수할가 생월 일시를 써 금낭에 너허 사랑하미 무비하더니 오세에
란을 만나매 우리 부뷔 피란할새 반야산에 이르러 도적이 급한지라 엇지 할 길

업서 너아를 바회 틈에 두고 갈새 옥지환 한 짝을 속옷고름에 매고 잠간 피하엿
다가 도적이 멀니 간 후 다시 와 차지니 딸의 종적이 업난지라 주야 슬허하더니
저즈음게 가군이 길에서 한 로옹을 맛나 여차여차 수작하얏스니 가장 신긔하긔
로 긔록한 배러니 금일 부인을 맛나 우연이 지환을 보니 녀아에 채인 바와 일호
차착이 업사온지라 시고로 자연 슬푸물 억제치 못리하로소이다 하고 옥지환 한
짝과 긔록한 거슬 내여 노흐니 정렬이 한번 보매 정신이 황홀하야 자긔 생월 일
시 써너흔 금낭을 내여드리며 대성통곡에 혼절하니 장씨 대경하야 급히 붓드러
구호하며 그 적은 거슬 자시 보니 태수의 글시어날 그제야 분명한 숙향인 줄 알
고 궁굴며 통곡하니 백여명 시녀 이상이 녀기고 모든 사람이 다 이 말 듯고서
희한히 녀기더라 태수 이 말을 듯고 대경 대희하야 회불자승하고 여취여광하야
엇지 할 줄을 모로더라 부인이 자사에게 사람을 부려 부모 맛난 말을 긔별하니
자새 대희하야 즉시 위의를 차려 양양으로 와 김공을 보고 형초 짜해 렬읍 태수
에 실내를 다 청하야 락봉연(樂逢宴)을 배설하고 즐기니 원근 사람이 칭찬아니
리 업더라 이적에 강릉 사람 양회 간의대부 벼살을 하야더니 수유를 바다 집에
왓다가 이 긔별을 듯고 긔특이 녁여 경성에 드러가 텬자께 엿자오니 텬재 공을
불너 무르신대 위공이 전후사연을 다 주달하니 천재 가장 신긔히 녁이샤 칭찬하
야 왈 리선이 한번 형주 자사 되여 그런 도적이 다 화하여 양민이 되니 션은 일
도 자사만 될 재목이 아니라 맛

61

당이 텬하를 다사릴 재죄니 형주 자사로 오래 두지 못할 거시라 하시고 김전으
로 형주 자사를 하이시고 부르시니 자사 김공다려 왈 텬재 내직을 제수하시니
내 경성에 드러가 황상께 품하와 빙장도 내직을 제수하야 숙히 올나오시게 할
거시니 악장은 아직 치민하옵소서 하니 태수부뷔 숙향을 만난지라 여러 날이 되
지 못하야 쏘 리별하게 되니 셥셥한 정을 이기지 못하더라 정렬은 머리를 싸고
누어 이지 아니하거날 김상셔부뷔 위로하야 왈 우리 이리 귀히 되기난 다 너의
덕이니 너난 경성의 올나가 도모하야 우리를 수이 경성으로 올나가게 하라 정렬
이 울며 왈 비록 벼살이 귀하오나 부모를 뫼셔 한 대셔 늙음만 갓지 못하여이다

하고 가장 슬허하니 부뫼 위로하더라 이에 하직하고 경성으로 가니라 리자새 경
성에 이르러 입궐 숙사 후 수일이 지내매 상소하여 왈 신이 아비로 동풍이 되기
미안하오니 신에 벼살을 가라치다 한대 상이 비답 왈 나라에 위공 만하니 업
스니 위공의 벼살을 더하여 위왕을 봉하고 김전으로 병부상서를 하이시고 리션
으로 초국공 대승상을 제수하시니 위왕부재 여러번 돈수 사양하되 듯지 안니시
니 부득이 사은숙배한대 황제 인견하시고 슉향을 만난 사연을 무르신대 초공이
전후사연을 일일히 고하니 상이 칭찬하사 왈 이난 다 경의 넓은 덕이로다 짐이
쏘 경의 덕을 닙고저 하나니 나라홀 심써 도으라 하시니 초공이 사은하고 남군
짜 승상 장송이 애매히 오래 금고하엿스믈 주달하오니 상이 장송을 셔용하사 우
승상을 하이시니 장승상 부인과 즉시 상경하여 정렬을 잡고 반겨 루수여우하니
초공이 위로 왈 양대인은 모로미 과상치 마르소셔 하고 이의 주찬을 나와 종일
질길새 정렬이 승상양위와 부모를 만나매 반가우믈 이기지 못하더라 초공이 이
에 락봉연을 다시 개설할새 조정백요을 다 청하니 구름갓흔 차일은 반공의 표표
하고

62

생소고악은 텬디를 흔드난지라 금수병장과 긔용집물이 아니가즌 거시 업스니 장
함이 쳔고에 가히 처음 될너라 문무 친관이 모다 셔로 잔을 날녀 치하할새 제객
이 몸을 이러 잔을 늘고 상셔께 하례하고 초공을 향하여 왈 명공의 문장은 임의
아난 바어니와 음률을 익이 아신다 하니 우리 취후 놉흔 흥을 도와 아름다온 거
문고를 한번 회롱하물 앗기지 마르소셔 초공이 밋처 답지 못하여 위왕이 흔연이
우음을 씌여 초공을 도라보아 왈 네 비 음률이 소호하나 제공이 너를 사당하무
로써 오날날 이런 조혼 잔채의 한번 듯고저 하미니 니난 사양처 말고 한번 시험
하여 좌상객의 일시 우음을 도으라 초공이 부교를 듯자오매 사양치 못할 줄 알
고 이의 칠현금을 나와 슬상에 빗겨 노코 한 곡조를 타니 기 성이 청아하여 단
봉이 구소에 내림갓고 률성이 신기하야 귀신이 늣기더라
그 곡조의 갈왓시되 인생은 초로갓고 공명은 부운이로다 선생의 언약이 중하미
여 이생의 맛나기를 다하도다 인연이 느지미여 만고풍상이 일장충몽이로다 요지

의 꿈을 이루미여 평생 한을 일윗도다 성은이 능승하미여 작위 일신 무겁도다
충성을 다하미여 만분지일이나 갑사을까 하엿더라

제인이 취흥이 재로와 그 률성의 쳥양함과 뜻시 신기하물 대찬하고 다만 위왕의
복록을 하례하더라 이윽고 일모 도혼하애 제객이 각기 귀가할새 벽제 추종이 십
리의 버럿더라 초공이 이에 장승상 김상서 집을 격린에 짓고 각각 사이에 문을
두어 졍렬이 삼양위 부모를 일체로 셤기더라 화셜 양왕은 텬자에 셋제 아오라
다만 짤이 잇스니 용모와 재질이 빠호나고 겸하야 시서를 능통하니 시서에 일캇
난 배라 왕이 소저를 나흘 째 일몽을 어드니 한 선관이 매화 인지를 주며 왈 이
난 봉내산 셜중매니 그대에 매화를 외얏 남게 졉하여

63

야 지엽이 번셩하리라 하더니 과연 그달붓터 부인이 잉태하야 십삭 만에 공주를
생하니 이를 인하야 일홈을 매향(梅香)이라 하고 자를 봉내선(蓬萊仙)이라 하다
졈졈 자라매 비상하니 왕이 애중하여 택수하기를 심상치 아니터니 우연이 리션
을 한번 보애 대현 군재인 줄 알고 구혼하애 위왕이 허락하애 장찻 길일을 택코
져 하더니 션이 다른 대 취쳐하물 듯고 대로하야 퇴혼하려 하니 공주 왈 충신은
불사이군(忠臣不事二君)이오 렬녀는 불경이부(烈女不更二夫)라 하니 대인이 임
에 리랑에게 허락하시고 이제 다른 대 구혼하시려 하시니 소네 찰아리 불효를
끼쳐 몸이 맛칠지언졍 결단코 타문에 가지 이니리이다 양왕이 차언을 듯고 침음
양구의 왈 내 아들이 업고 다만 너뿐이라 어진 사회를 어더 후샤를 의탁하고져
하거날 네 녀차하니 이 도시 로부의 박복한 타시라 하고 희어장탄하니 공주 재
배 왈 소네 부모의 교령을 수화라도 불피하오나 지어차샤하와 순종할 배 아니오
니 그은 죄 만사무셕이로소이다 그 뜻을 도로혀지 못할 줄 알고 가장 우민하더
니 션이 벼살이 초공에 이르물 보고 왕비 최씨다려 왈 이제 리낭에 벼살이 초국
공에 이르고 위인이 특출하니 녀아로 그 둘졔 부인을 삼고져 하니 부인 뜻이 엇
공햐뇨 비왈 저다려 무러 보샤이다 하고 즉시 공쥬를 불너 이 말을 이르니 공쥐
대왈 타문에난 가지 아니하려햐애 초공의 차비 되물 엇지 욕되다 햐올릿가 왕왈
연즉 위왕을 보고 다시 의론하리라 명일 조회에 드러가 어전에서 위왕을 보고

왈 혼인을 임에 허하시고 타차에 하시문 엇지미니잇고 왕이 참괴하야 사왈 나에
실악함은 낫둘 곳이 업사오나 당초에 학생이 경사에 올나온 사이에 맛누에 선을
수양하엿더니 소제에 결혼한 줄 모로고 타문에 혼인하엿시니 실노 학생에 한 배
이니리로대 이제 발명무로하여이다 상이 이 말을 드르시고 양왕다려 리선

64

에 일은 짐이 아난 배니 저에 불민함도 아니라 이난 텬정홈이니 닷토지 말고 다
른 대 구혼할지어다 양왕이 고두 주왈 성교 지당하시나 신녜 구중에서 늘글지언
졍 타문을 밟지 아니려 하오니 가장 민망하여이다 상이 칭찬하사 왈 경녜의 절
행이 족히 고인에 나리지 아니리로다 이졔 선이 벼살이 족히 두 부인을 두리니
경의 뜻에 엇더하뇨 왕이 성교를 사은하고 위왕은 부복 주왈 양왕지녀는 금지옥
엽이라 선의 차위의 꿀하미 불가하올지나 엇지 성교를 위월하릿가 상이 가로대
짐이 이제 리선을 불너 걸단하리라 하시고 선을 패초하시니 초공이 일정 양왕의
혼사줄 알고 칭병하고 조현치 아니하니 정렬이 문왈 황상이 명초하시거늘 엇지
칭병하나잇가 초공 왈 상이 부르시미 양왕에 혼사 일절이리시고로 칭병하미니
부인이 정색 왈 공이 비록 첩을 위하미나 신자의 도라에 불가하여이다 공 왈 긔
망하미 불가한 줄 아나 어전에서 사혼하면 죄를 면치 못할지라 시고로 만일 그
녀자를 취하야 불미지사 잇슬진대 부인에 피로오미 적지 안일 거시오 허믈며 이
졔 국척이라 위세를 빙자하야 가중을 탁란하면 오문청덕(吾門淸德)이 일노조차
손장하리니 황송하나 거절함만 갓지 못하다 부인이 대왈 그러나 불가함미 두
가지니 하나흔 군명을 거역하미 시재의 도리 아니요 들은 그 녀자ㅣ 타문에 줄가
치 안이하고 백년을 독수공방하오면 그 원한을 대장부 할 배 안니이다 공이 맛
참내 듯지 아니니 사관이 도라와 이대로 고한대 상이 양왕다려 신의 류병하물
전하시니 양왕이 초공의 칭탁함을 짐작하고 불승분한하야 장찻 해할 듯이 잇더
라 이째의 황태후ㅣ 병을 어드사 증세 고이하야 귀먹고 말못하며 눈으로 쏘한 보
지 못하시니 만조 황황하고 상이 쏘한 우려사 식음을 전폐하시더니 일일은 한
도사ㅣ 바로 전상의 이르러 텬자다려 하 빈도는 운류하는 도사러니 드른

65

즉 황태휘 병환이 중하시다 하매 약으로 치려코자 왔나이다 하고 인하야 갈오대
이 병이 침약으로는 능히 곳치지 더하리니 봉내산 개연초를 어더야 가이 말을
할 거시오 동해 통왕에 게안주를 어더야 다시 만물을 볼 거시니 가히 어진 신하
를 보내여 구하옵소셔 하고 믄득 간대 업거날 상이 또한 신기히 역여 이에 됴신
을 모하 차사를 의론하실새 양왕이 주왈 조정 신하 중 리션이 재조ㅣ 과인하오니
가이 보내임즉 하아이다 상이 언가 연하사 즉시 초공다려 왈 짐이 본대 경의 충
성을 안은지라 한번 수고를 앗기지 말고 약을 어더 올진대 짐이 맛당히 강산을
반분하야 은혜를 갑흐리니 경은 모로미 사양치 말지어다 초공이 면관 돈수 주왈
신이 몸을 국가에 허하오매 수화를 불피하옵고 사생을 도라보지 안이미 신자의
직분이오니 충성을 다하야서 구하올 연이와 봉내산은 종남의 잇삽고 해는 수궁
이오니 가히 회환하미 지속을 정치 못하리로소이다 하고 의에 하직하고 집의 도
라오니 위왕과 승이 다 죽은 사람갓치 슬허함을 마지 아니터라 초공이 길이 밧
분고로 이의 하직할새 수이 도라옴으로 고하고 물너 부인 침소의 도라와 이별한
새 초공 왈 나의 길이 회환을 기필지 못할지라 부인은 나를 위하야 부모를 뫼셔
지성으로 밧들어 나의 바람을 저바리지 마르소셔 부인이 타왈 행도 비록 지행업
다 하시나 충성을 다하와 구하시면 텬의 또한 무심치 아일 거시오 구고 감지난
첩의 직분이니 조곰도 심두에 거지까지 마르시고 도라오실 날을 정치 못하오니
행로에 텬만 보중하야 수히 회환하심을 축수하나이다 하고 옥지환 한 짝을 주며
왈 이 진주ㅣ 눅루거든 첩이 병든 줄 알고 검거든 죽은 줄노 야소서 공이 바다
간수하며 왈 내 또한 표하나이다 하고 이의 북창 뱃게 선 동백나무를 가라쳐 왈
저 남기 울거든 내 병든 줄 알고 가지 무성하거든 내 무사이 도라오는 줄 아르
소서 즉

66

시 작별할새 부인이 한 봉글을 주어 왈 날과 한가지로 잇던 할미는 텬태산에서
약 가음아난 션녀라 그를 차자 이 글을 주소셔 하니 공이 즉시 작별하고 길을

나 남다히로 향하더니 배로 행할새 십여일 만에 대풍을 맛나 배가 물속으로 출몰하애 선중이 다 두려하더니 문득 물 가온대로서 한 짐생이 나오거날 모다 보니 크기 산악갓고 눈이 뒤웅박 만하야 광체 불빗갓더라 그 짐생이 소래 질너 왈 너희 엇더한 사람이완대 이 싸을 지나며서 디세도 아니내고 당돌이 그저 지내고저 하난다 공이 대왈 나는 중국 병부상서 리션리러니 황태후ㅣ 환후 중하시애 황명을 밧자와 봉내산에 선약을 어드러 갓더니 맛참 귀한 디방을 지내애 잠간 길을 빌니라 그 짐생이 이로대 잡말 말고 가저가는 보배를 내여 길세를 주고 가라 하고 배를 잡아 업치려 하거날 공이 망극하야 비러 왈 가저가난 배 양식밧게 업노라 하니 그 짐생이 성내여 왈 를 흔들며 흉악을 부리거날 상서 애걸 배 무어슬 달나 하고 이러틋 하난뇨 아모 것도 줄 것이 업노라 그 짐생 왈 네 몸의 가진 보배를 주어야 망정 그럿치 아니하면 이곳에서 목숨을 밧치고 사러 도라가지 못하리라 상서 민망하야 부인이 리별할 제 주던 옥지환을 내여주니 그거시 보고 대로 왈 이거시 동해 룡왕에 게안주 어대 가 어더 왓나뇨 하고 배를 쓰을고 다라나니 선중 사람과 상서ㅣ 망극하야 하더니 큰 궁뎐의 다다르니 그거시 배를 매고 그 배사람을 잡아 드려 왈 모쳐에 순행하러 갓삽다가 동해 룡왕 게안주 도적하야 가는 놈을 잡아 왓나이다 하고 옥지환을 드러보내더니 상서ㅣ 고이녁여 엇더한 사람이 쏘 나올까 기다리더니 이윽고 안으로 조차 홍포 관대한 관원이 나와 상서를 대하여 문왈 네 엇디한 사람이완대 수궁 보배를 도적하야 갓난다 샹서 민망하야 대왈 이는 나의 세전지보 아니라 내 황명을 밧자와 선약을 구하라 가매 회환이 지속업는

67

지라 부인이 일노써 신물을 삼은 배니 나도 그 근본을 자서이 아지 못하노라 야채 드러가 이대로 고한대 왕이 불승 의아하야 이의 션관을 명하야 나아가 그 부인에 성명을 자세 아라오라 하니라 차시 초공이 야채를 보낸 후 마음의 가장 우려하더니 이윽고 홍포 션관이 물속으로 나오더니 상서를 보고 읍하야 왈 그대 옥지환이 부인이 준 배라 하니 그 부인이 뉘 쌀이며 성명이 무엇시뇨 공이 왈 나의 부인은 락양 김전에 쌀이요 명은 숙향이요 나는 락양 북촌리 리모에 아달

선이로다 그 션관이 드러가 이대로 고하니 왕이 크게 깨다라 왈 내 이것도다 하
고 즉시 위의를 갓초아 니올새 헌화지셩이 진동하더니 이윽고 한 왕자ㅣ 몸의 곤
룡포을 입고 머리에 통텬자 금관을 쓰고 손의 백옥홀을 쥐엿스니 위의 거록하더
라 초공을 보고 례하거날 공이 가젹 송구하야 나아가 절하니 왕이 붓드러 전의
올녀 좌를 정한 후 왕이 사죄 왈 나난 이 물 직흰 룡이러니 귀인이 이곳 지내시
물 엇지 뜻하얏스리오 져젹 나의 누에 부왕계 득죄하고 반하의 귀양갓다가 어부
의계 잡혀 거에 죽게 되엿더니 김상서 구하심물 입어 사라낫사오니 은혜를 갑흘
길이 업기 진주로 보은하미니 이난 슈궁의 극한 보배라 복 복자를 사람이 가지
면 오래 살뿐이라 죽은 몸의 언저 두면 쳔년이라도 살이 썩지 아니하난 보배니
상서의 긔운이 두우의 쏘이난고로 소졸이 순행하다가 그 긔운을 보고 그릇 존위
를 놀나시게 하 죄 크도소이다 연이나 황태후 병환으로 봉내산으로 약을 구하라
가신다 하니 상게 일만 이쳔리라 열두 나라흘 지나느니 길이 가장 험할뿐 아니
라 약수 가로졋스니 인간 배로난 건너기 어려올까 하나이다 공이 놀나 왈 연즉
봉내산을 득달치 못하고 리션은 헛도이 죽을 짜름이로소이다 왕왈 비록 그러하
오나 쳔생죄오니 인력으로 못하려니와 너무 과려치 마르소셔 하고 인하여 잔채
를 버려 관대하더

68

라 밧그로서 한 소년이 드러와 안거날 왕이 문왈 네 어이온다 소년이 대왈 선생
게오서 이르시되 네 공부난 임의 일윗스나 내두의 태을에 험을 어더야 선로의
막히지 아니리라 이제 태을이 옥제께 득죄하고 인간의 젹강하엿더니 황명을 바
다 봉내산으로 약을 구하러 가다가 필경 수부를 지낼 거시니 네 편히 뫼서 두고
오면 반다시 그 은혜를 타일 갑흐미 잇스리라 하기로 왓나이다 왕이 대열 왈 연
즉 의복을 곳처 션관의 맨도리를 하고 나의 공문을 가지면 의이심 업스리라 하
더라 소년이 공을 향하야 왈 소생은 수부 왕재러니 일광노의 제자로 스승의 명
을 밧아 상공을 뫼시라 왓나이다 초공이 대희하여 왕을 향하야 왈 다려온 사람
은 엇지 하리잇고 왕왈 그 사람과 배난 도로 보내사이다 하고 수신을 불너 영거
하여 보내라 하니 공이 하직고 강변의 나오니 룡재 발셔 나아가 표주를 가져 대

후하엿거날 공이 배의 오르니 그 배 가난쩌 업시 순식간의 아모 대로 간 줄 모
르너라 행하여 갈새 룡재 공다려 왈 공은 진세 속객이라 임의로 선경을 왕내치
못하시리니 이 길에 못신령이 직혓스니 부왕의 공문을 빙자하려와 소동의 하난
대로 하소서 하고 한 곳의 이르니 이난 회회국이라 사람들이 다 바로 단이지 아
니하고 도라다니더라 쏘 한 직힌 왕이 잇스니 성명은 정성(井星)이니 성미 심히
온순하더라 룡재 드러가 왕을 보고 부왕의 공문을 드리니 왕이 즉시 일홈 두고
인처 주거날 룡재 이 사연을 고한대 왕이 이의 나와 상서를 보고 반기되 상서난
공경헐 뿐이러라 용재 하직고 행하더니 쏘 한 나라의 이르니 이난 호밀국이니
인민이 밥을 먹지 아니하고 쑬만 먹더라 이 나라 왕의 성명을 필성(畢星)이나
상세 모일 선군의 후예러라 룡재 드러가 공문을 드리니 왕이 즉시 답안하야 주
고 왈 그대 태을을 다리고 가거니와 이 압길이 가장 험하니 부대 조심하라 우리
난 텬상 이십팔수로서

69

상제쎄 득죄하고 이 짜해 격거한지라 이후의 수성을 만나면 가장 어려오리라 룡
재 사례코 행하야 유구국의 이르니 이 짜 사람들은 의관문물이 주옥과 갓트나
누리고 비린 거슬 아니먹더라 직힌 왕의 성은 긔성(箕星)이니 룡재 드러가 공문
을 드린대 왕왈 이곳은 선경이라 범인이 임의로 출입지 못하거날 엇지 잡인을
다리고 온다 하고 본 체도 아니하거날 룡재 태을을 다리고 가난 사연을 고하니
왕이 소왈 내 그대의 낫츨 보아셔 죄를 사하노라 하고 일홈 두고 인처주거날 룡
재 즉시 하직고 행하야 교지국의 이르니 그 짜 사람들은 오곡을 먹지 아니하고
차만 먹으니 몸이 달내거날 이런고로 사람들이 다 즘생갓더라 그러나 왕의 성명
은 규성(奎星)이니 본성이 사오나와 타국 사람이 지경을 범하면 비록 아모 사람
이라도 시비를 뭇지 아니하고 치죄하는지라 룡재 초공다려 왈 이곳이 가장 어려
온 곳이니 수이 가지 못할까 하노라 하고 이의 드러가 공문을 드리니 왕왈 봉내
산을 령산이라 네 태을을 다리고 가거니와 제가 임의 인간의 적객이 되엿거날
엇지 이 곳을 지나고저 하나뇨 하고 룡자와 리션을 잡아다가 구리셩의 너흐니
룡재 초공을 보아 왈 이 션관이 본대 사오나와 아모의 말을 듯지 아니하니 내

선생께 청할 꺼시니 잠간 이곳에 게시소셔 하고 가마니 도망하야 일광로인 게신
대 가니 문왈 네 태을을 다리고 봉래산으로 아니가고 어이 이곳의 온다 룡재 규
성의 일을 고하니 광로 왈 그 왕이 본대 거북하니 내 아니가면 구치 못하리라
하고 즉시 구름을 타고 오거날 룡재 몬저 와 상셔와 갓처 잇더니 일광뇌 규성을
와 보고 일오대 태을이 텬상의 득죄하고 인간의 나려와 고초를 지내여 텬상죄를
속하고 봉내산의 약을 가질녀 가더니 태을이 가난 길의 만일 지쳬할진대 황태후
에 병을 구치 못할 것이니 즉시 노흐라 규성 왈 그리하리다 리선과 룡자를 잡아
내여 일광로의

70

청하물 이르고 답인하여 쥬거날 초공과 룡자 사례하고 물너나와 강변의 이르러
배를 타고 행할새 믄득 물가온대셔 오색 구름으로 탑을 모앗난대 그 우해 선관
이 안자 풍류하며 놀거날 룡재 왈 동으로 아즌 이는 우리 사부시고 서흐로 안즌
이난 규성이라 하거날 쵸공이 차탄하물 마지 인니한대 룡재 왈 우리도 오래지
아니하야 저러하리이다 하고 가더니 한 곳의 이르니 이 나라 일홈은 부회국이니
사람들이 키가 열자이나 되고 즘생과 사람을 잘 잡아 먹나니 왕에 셩은 진성(軫
星)이니 수성즁(水星中) 말재 별이라 하더라 룡재 초공다려 왈 내 답인하라 성
즁의 가면 필연 이 짜 샤람들이 공을 침로할 것이니 이 부작을 부치소셔 하고
공문을 드리니 왕이 즉시 명함 두고 인처 쥬더라 차시 초공이 룡재를 보내고 관
역에 머무더니 여러 사람들이 초공을 해코저 하거날 초공이 민망하야 부작을 더
지니 믄득 바람이 크게 이러나 물결이 뛰노니 그 놈들이 물속에 들고 배난 바람
에 쌜니 다르니 것잡지 못하야 가는 정처를 모르고 룡자도 보지 못하매 가장 민
망터니 믄득 물속에서 한 신선이 고래를 타고 술이 취하야 초공을 보고 왈 네
모양을 보니 신선 아니오 속객도 아니오 룡왕도 아니어날 어대 가 완연이 룡왕
의 표쥬를 어더 타고 어듸를 가난다 초공 왈 나는 중국 병부상셔 초국공 리선이
압더니 황태후 병이 중하와 텬재 나를 명하사 봉래산에 가 약을 구하라 가압더
니 바라건대 길을 가르치소셔 선관 왈 가소롭다 그대 병부상셔라 하니 옛 글을
보앗난다 삼신산 십주란 말이 다 허무한지라 진시황 한무제도 맛참내 밋지 못하

얏거든 그대 엇지 봉내산으로 득달하리오 상세 답왈 비록 그러나 군명을 밧자와
스니 몰신토록 어드려 하나이다 선관 왈 나의 탄 고래 구만리 장쳔을 순식간에
왕래하되 봉래산은 보지 못하엿스니 날과 한가지로 다니미 조토다 하고 배를 쯰
을고 가며 온가지

<h1 style="text-align:center">71</h1>

로써 죠롱하며 행하더니 뒤해 한 선관이 파초선을 타고 오며 불너 범적선아 어
대로 향하나냐 답왈 이 손이 날다려 술집을 가르치라 보재니 내 쯰을녀 가노라
선관이 소왈 가장 조토다 하고 공을 향하야 왈 그대 돈이나 마니 가졋난다 초공
이 대왈 나난 텬자의 명으로 봉내산의 약을 구하라 가거날 이 선관이 잡고 놋치
아니매 민망하야이다 그 신관이 소왈 그대져 선관을 모로난다 당현종 시절의 한
림학사 리태백이라 이제 취토록 먹고저 하니 술갑시나 가져왓는가 상세 왈 몸에
푼전이 업스니 엇지하리오 적선 왈 네 가진 옥지환이 술갑슨 족하리라 하고 배
를 쯰을고 가더니 멀이 드르니 옥저 소래 나거날 적선 왈 이 아이 여동빈에 저
소랜가 우리 짜라 가보자 하고 급히 조차가니 한 선관이 칠현금을 물 우해 쯰우
고 그 우해서 저를 부다가 왈 반갑다 태을아 인간 자미 엇더하요 초공이 대왈
진세 속객이 엇지 선관을 알니오 길이 밧분대 놋치 아니니 민망하여이다 격선이
소왈 이 손이 저에 안해 주던 옥지환을 파라 나를 술사 먹이마 하고 종일 쯰을
고 단이되 술은 사머기지 안이하니 가장 분하도다 동빈이 소왈 너의 서로 쯰을
여 단인다 하니 가마귀에 암괴수를 아지 못하리로다 하고 웃더니 문득 한 션녜
년엽주에 술을 짓고 오거날 동빈이 문왈 그대 어대로서 나오요 대왈 목지 선생
이 벗슬 보려 하고 옥화주로 가실새 그리로 가나이다 왕자유 왈 일정 태을을 려
할이로다 적션이 손을 드러 가르처 싯오난 배 그 배 안인가 하고 모다 보니 한
선관이 소요관을 쓰고 자색 학창의를 입고 일업주를 밧비 저어 오며 초공을 향
하야 왈 반갑도다 태을아 인간 자미 엇더하요 우리 술이나 먹자 하고 서로 권하
더니 공중에서 청의동재 나려와 고왈 안기션생께서 사부님들을 직여궁으로 쳥더
하이다 동빈 왈 태

72

을을 엇지하리오 두목지 왈 장진이 나의 학을 밧고아 타고 봉내산으로 갓스니
내 궁장을 다려다 두고 학을 타고 조차가리다 모다 깃거 초공을 향하야 왈 우리
이제 리별하니 섭섭하거니와 미구의 다시 만나 보리라 하거날 두목지 초공을 다
리고 가니 한 곳에 이르러 큰 산이 하날에 다앗고 상셔의 구름이 어리엿거날 두
목지 공다려 왈 이 산이 봉내산이니 구류선을 차저 약을 구하라 하고 하직고 가
거날 상셰 드러갈새 산천을 완상하며 차탄 왈 리태백의 시에 삼산은 반락청전외
(三山半落靑天外)오 이수중분백로주(二水中分白鷺洲)라 하엿더니 진짓 허언이
아니로다 하고 수리를 가터니 용재 문득 이이와 기다리거날 공이 놀나 그 연고
를 무르니 대왈 나는 상셔의 간 곳을 몰랴 방황하니 마참 리적신을 만아매 두목
지를 다리고 봉내산으로 갓다 하기로 리에 와 기다린 지 오래도다 상셔 왈 그
선관둘에게 보채인 이리로 층량업노라 룡재 소왈 그 선관리 다 전생의 벗신고로
반가와 희롱하미라 만일 그 선관들을 만나지 못하엿거든들 엇지 리곳 득달하리
오 하고 점점 나아가더니 한 곳에 다다라난 큰 바회 하날의 다앗거날 룡재 호공
을 업고 그런 험지를 순식간에 올라 나려놋코 왈 나는 도로 배의 가 기다릴
거시니 약을 어더가지고 배로 오르소셔 초공 왈 약을 비록 어드니 엇지 나려가
리오 룡재 왈 도로 올 제는 자연 쉬울 거시니 근심마르소셔 하고 가거날 상셰
홀노 한 놉흔 뫼로 올나가니 한 백발노인이 거문 소를 타고 오다가 문왈 그대
엇던 사람인다 초공리 재왈 나는 중국 병부상셔 초국공 리선이압더니 구류선을
차나리다 로공 왈 저 침양나무 밋혜 드러가면 놉흔 바회 우에서 바독을 두니 계
가 무러보라 하거날 초공이 대회하야 그 밋츠로 가터니 과연 선관들이 안저
바독을 두

73

거날 초공이 나아가 복왈하니 선관 왈 그대 엇던 사람이완대 감히 이 곳에 드러
오나요 공재 배왈 인간 병부상셔압더니 구류선을 뵈오려 왔나이다 청의선관 왈
그대 구류선을 보아 무엇하라 하난다 대왈 황후 병환이 중하샤 황명을 밧자와

약을 어더가려 하나이다 홍의선관 왈 구류선을 보려하거든 져 상봉으로 올나가
라 불연즉 못 보리라 상세 왈 황태후 중하시압고 을 신재 군명을 지체치 못하리
니 수이 어더가게 하소서 선관 왈 우리난 약을 모로노라 상세 민망하야 하더니
문득 청학 탄 선관이 오며 왈 그대을 맛나 구정을 폇나냐 하고 인하야 공의 손
을 잡고 왈 그대 인간 재미 엇더하며 셜중매를 맛나본다 공왈 인간 고생할 뿐외
라 전생 일을 다시 보지 못하든 셜중매를 엇지 알니잇고 선관이 소왈 텬상 일을
다 이것도다 하고 즉시 동자로 차를 부어 권하니 공이 바다 먹으애 그제야 자긔
텬상 태을진군으로서 득죄한 일과 봉내산의서 노다가 능허선의 쌀 설중매로 부
처되엿든 일이며 문득 선관이 자긔 수하로서 지내던 배 어제 갓거날 공이 탄왈
내 홀연 득죄하니 여차 고행이 자심하거날 그대 등은 다 무고하니 다행하거니와
셜중매는 어대 잇나뇨 선관 왈 능허선부부난 인간 리부상셔 김전이오 셜중매는
양왕의 쌀이 되엿스니 장찻 그대 둘재 부인이 되리이다 공이 기리 한숨지고 문
왈 능허선 설중매난 무삼 죄로 인간에 나려가며 소아는 김전의 쌀이 되고 셜중
매는 양왕의 쌀이 되게 하믄 엇지미니잇고 선관이 답왈 능허선부부는 방장산에
구경 갓다가 상제께 귤 진상을 더대한 일노 인간의 귀양가되 그대 전생 소아를
위하야 셜중매를 흠모하던 줄 보고 항상 소아를 원망하더니 전생 원수로 후생의
부체 되야 셔로 간쟝을 썩이게 하고 설중매는 상제께 득죄한 일은 업스되 부모
와 그대 인간에 나려갓스애 보려 하고 약수에 빠저 죽엇스니 후생에 귀히 되야
양왕의 딸이 되

74

엿난지라 상세 왈 내 양왕의 혼사를 거절코자 하다가 이 고행을 맛나니 죽어도
혼인을 말나 하엿더니 하날이 정하신 일이니 도망치 못하리로다 하고 인간 일을
이젓더라 선관 왈 그대 도라갈 째 느젓스니 이 약을 가지고 가셔 말을 말나 하
고 세 가지 약을 주거날 상세 문왈 이 약 일홈이 무엇시뇨 답왈 저 소용에 든
물은 환혼수(還魂水)오 저 누른 거슨 개언초(開言草)오 저 약은 우화환(羽化丸)
이라 이제 도라가면 황태후 발셔 승하하여슬 써시니 그대 가저온 옥지환을 택후
죽엄의 언저두면 다 썩은 살이 내살 것시니 그 소용에 물을 입에 칠하라 혼백이

도라와 사라나거든 개연초를 먹이면 말을 하리라 공이 또 문왈 이 약은 어대 쓰
리잇가 선관이 답왈 그대 감초앗다가 나히 칠십이면 칠월 망일에 소아와 하낫식
먹으라 하고 또 차를 권하거날 먹으니 그제야 룡재 기다리는 줄 깨다라 하직하
고 룡자 잇는 곳에 오니 룡재 공을 업고 순식간에 남해 룡궁에 오니 왕이 마자
잔채하야 즐길새 공왈 룡왕의 덕분에 봉내산을 무사이 단여왓거니와 또 텬태산
을 가르치소셔 룡왕 왈 텬태산은 속히 가시라 하고 즉시 룡자를 불너 상셔를 뫼
시고 수이 행하라 하니 룡재 슈명하고 한가지로 배를 타고셔 한 곳에 이르러 배
에 나려 왈 산이 텬태산이니 약을 구할 터이면 마고선녀를 맛나야 쉬우리이다
공이 응락고 홀노 사중으로 가더니 한 시내를 맛나매 가장 깁흔지라 정히 방황
하더니 문득 동쪽으로서 한 동재 사슴을 타고 오거날 공이 반겨 길을 뭇고져 하
더니 그 동재 사슴을 채처 나난다시 지내거날 공이 밋처 뭇지 못하고 그 가는
곳을 바라고 가더니 소나무 아래 한 로옹이 해여진 누비옷슬 입고 석상에 거러
안젓거날 공이 진전 재배 왈(進前再拜曰) 소자는 중국 병부상셔 초국공 리션이
더옵니 황명을 밧자와 약을 구하라 왓삽더니 심히 배곱푸고 갈 길을 모르오니
인가를 가르치시면 긔

75

갈을 면하고 또 마고선녀의 집을 가르쳐 쥬시며 약을 어더 갈가 하나이다 로옹
왈 심산 궁항의 인개 어이 잇스며 내 이의 잇슨지 오만년이로대 마고선녀란 말
을 금시초문이로다 하고 이러나거날 공이 다시 뭇고져 할 지음의 홀연 간대 업
거날 공이 할 일 업서 방황하더니 또 한 로옹이 석장을 집고 오거날 공이 나아
가 절하고 마고선여의 집을 무르니 답왈 무삼 일노 찻나요 공이 이의 약 어드러
온 사연을 자세 고한대 로옹 왈 이리로서 한 물만 지나면 옥포동이 잇니니 게
가 차자보라 공왈 물이 깁흐니 견너가지 못할까 하나이다 로옹이 집헛턴 석장을
더지니 번하야 다리 되거날 이의 사예코 건너가니 로옹이 믄둑 간대 업고 공중
에서 외여 왈 나는 대셩사 부처러니 그대의 길을 가르첫노라 하거날 공이 공중
을 향하야 무수 사예하고 가더니 문득 한 로옹이 암상에 안젓거날 공이 절하고
옥포동 길을 무르니 로옹이 답지 아니코 기리 노래를 부루며 눕거날 공이 가장

민망하야 하더니 한 선녀 청학을 타고 손의 천도를 들고 오거날 공이 공손이 예
하고 옥포동을 무루니 선녀 황망이 답례 왈 랑군은 뉘시며 옥포동을 무루시니
무엇하려 하나요 마고선녀를 차자 약을 구코저 하나이다 선녀 왈 연즉 공재 길
을 잘못 드러게시도다 내가 이 산중에 잇슨지 오래되 텬태산 마고선여를 보지
못하엿나이다 상세 대경 왈 연즉 이 산 이름은 무엇시라 하나요 선녀 답왈 이
산 이름은 옥포산이오 골 일홈은 텬태동이언이와 날이 임의 저무러스니 내 집의
가며 무러 명일 자즈소셔 공이 따라가니 좌우의 긔화이초 란만하야 이향이 촉비
하고 선가의 청방이 도원에서 짓더라 선예 상서를 인도하야 집의 드러가니 집이
크지 안이하나 가장 정결터라 공이 할미를 따라 드러가니 할미 공을 청하야 왈
내 집이 과부의 집이러니 손님 대접할 사람이 업서셔 손수 대접하리 허물치 마
루소셔 공이 좌정하니 황금

76

교의를 동서로 놋코 좌를 동편 고에로 청한대 상서 구지 사양하니 할미 로공 왈
자ㅣ내 말을 듯지 아니하시이 나도 공자의 가실 길을 가루치지 아이하리로다 하
거늘 공이 민망하야 교의에 오루이 할미 시여로 팔진미를 권하이 라화정 할미집
음식갓더라 내심에 의혹하야 문왈 이제 텬태산이 어대니잇가 할미 왈 나도 금시
초문이니 수고로이 헷길을 가지 말나 내 말을 조치면 유익할싸나이다 상세 왈
조칠 만하면 조치리이다 할미 깃거 왈 나도 명산의 잇슬뿐 아니라 명사의 안해
되여 가장 영화로이 지내더니 남편이 득죄하야 이 따해 귀양올새 인하야 장뷔
기세하시매 어린 쌀노 더부러 도라갈 길이 업셔 인하야 이곳에서 사압더니 녀
애 바야흐로 장성하매 그 배우를 정치 못하야 저애란 심혜질노 일월을 공송하믈
탄식하난 배러니 텬행으로 그대를 맛나니 진짓 대군자라 그대난 위태한 길을 가
지 말고 나에 백년 아름다온 손이 되여 진세 인사를 이즈미 엇더하뇨 공이 공경
대왈 그 말삼이 맛당하오나 임의 군명이 잇스니 몰신토록 단이다가 구치 못하면
찰하리 죽어도 불충지귀 되지 아니리이다 선녀 왈 그대 말이 정대하나 그난 불
통한 말이라 속담에 왈 죽은 정승이 산 개만 못하다 하니 무삼 일노 남을 위하
야 고초만 하다가 비명원사 하리오 내 비록 반곤하나 노비가 삼천여 구요 견답

이 수천 결이니 족히 군핍지 아니리라 상세 구지 사양하고 가쟝 민망하더니 이윽고 살공야정하고 만뇌구적한지라 선녜 즉시 시녀를 명하야 협실을 소쇄하고 공을 뫼셔 편히 쉬라 하니 공이 협실에서 차야를 지내고 명조에 보니 집이 문득 간대 업고 몸이 시내가에 누엇난지라 불승황홀하야 반향후 이러나 고국을 생각하고 글을 지어 읇고 길을 차자 수십보를 행하더니 한 노괴 관주리를 엽해 찌고 길가에서 나물을 캐거날 공이 나야가 졀하고 틴태산을 무른대 답왈 너머오던 산이락 하거

77

날 옥포동을 무르니 이 골이라 하난지라 공이 대희하야 우문 왈 연즉 마고선녀는 어대 잇나니잇가 노괴 답왈 내 눈이 어두어 몰나보니 그대 뉘시니잇가 내 마고선녀로소이다 공이 크게 반겨 두 번 절하고 왈 나는 락양 북촌 리션이러니 로션을 차자 약을 구코저 왓거니와 엇지 나를 몰나 보시나잇가 노괴 반겨 왈 실노 그러하신잇가 서로 써난지 오래고로 쏘 나히 만하 선망후실하야 생각지 못하미로다 하고 왈 연즉 숙향 낭자 무양하시니잇가 공이 이부인에 글을 전하니 할미 소왈 내 이졔 그대를 취맥하미라 하고 글보기를 맛고 반겨하믈 마지안코 왈 내 공자를 위하야 이 약을 어더 기다린지 오래도다 하고 이의 약을 주며 왈 구정을 펴고자 하나 언제 숙낭자를 맛나 드리니 황태후 승하하시다 하니 빨니 도라가소셔 공이 밧아가지고 사례코저 하더니 믄득 간대 업난지라 공중을 향하야 무슈 사례하고 길을 차자 강가에 나오니 용재 포주를 가저 맛거날 서로 반길새 용재 왈 내 공을 보내고 셔해 용궁에 가니 숙뫼 이르시되 내게 계안주 잇더니 김상셔에 은혜를 갑노라 드리고 저적에 정렬부인이 표진물에 와 졔하거날 정표할 거시 업셔 술잔의 담아 밧자왓난지라 하니 발셔 상공댁에 갓더이다 상공은 급히 도라가소셔 지금 황태후 붕하셔다 하더이다 하고 공을 청하야 배의 올니고 눈을 감으라 하거늘 공이 황황망극하야 배에 올나 눈을 감으니 이윽하야 한 곳에 이르러 눈을 써보매 발셔 장안성 밧 십리해 경하란 물가이러라 공이 대희하야 용자를 리별하고 경성의 드러오니 황뎨 즉시 인견하시니 공이 드러가 복지하야 즉시 도라오지 못하믈 청죄하니 텬재 위로하시고 약을 드러 시험하실새 몬저 옥지환

을 신톄 우에 언지니 상한 살이 산 사람의 살갓고 입의 환혼수를 드리오니 가삼의 숨

78

긔 잇스되 말을 못하거날 입에 개언초를 너흐니 이윽고 말하거날 쏘 계안주를 가저 태후쎄 드려 눈을 세 번 문지르매 만물을 보시난지라 텨자와 백관이 모다 깃거하며 상이 이에 공의 손을 잡고 반기사 왈 경이 이 약을 엇지 구하뇨 그 고생하믈 가히 알니로다 공이 전후수말을 고하니 상이 칭찬 왈 셕에 진시황과 한무뎨의 위엄으로도 능히 엇지 못하얏거날 경이 이제 션약을 구하야 황태후를 재생하시계 하니 이난 불셰지공이라 엇지 그 공을 갑흐며 엇지 한시나 이즈리오 맛당히 텬하를 반분하리라 공이 부복 주왈 쥬욕신사라 하오니 엇지 여차 과도하사 미신으로 하야곰 후셰에 억명을 면치 못하계 하시나니잇고 복원 성상은 살펴 소서 하고 머리를 두다려 피흐르난지라 상이 뜻이 구듬을 보시고 장히 녁이사 이에 초왕을 봉하시고 김전으로 좌승상을 하시고 공믈을 다 갑지 못하믈 한탄하시니 부득이 사은퇴조하야 부중에 도라오매 부모와 승상부부며 김승상부처와 정렬부인이며 가중 상해 죽엇던 사람을 다시 본 듯 하야 큰 잔채를 배설하니 텨자 드르시고 어악을 보내사 긔구를 도으시더라 정렬부인이 초왕다려 왈 동백가지 날노 쇠진거날 즉시 도라오지 못하실가 매일 염여하옵기로 대신 방명한 목슴이 진하기로 텬지쎄 축수하와 한 목숨을 보전하야 기약을 바라옵더니 일일은 꿈에 마고할미 와 이로대 부인이 상셔를 보려 하거든 나를 좃차 가자 하거날 한 산골노 드러가니 한 궁전이 잇거날 상셔를 만나서 이배리 이리 니르고 왓더이다 상셔 아모리 양왕의 딸을 사양하셔도 임의 하날이 정하신 필이니 아니치 못하리이다 하니 왕이 텬태산 선녀의 집의 갓든 일을 이루고 양왕의 딸이 김견에 달노셔 전의 제 부인이 되얏든 줄 이르니 정렬부인이 더욱 혼인을 권하더라 양왕이 위

79

왕을 보고 혼인을 쏘 정하니 왕이 탄식 왈 결단코 그 뜻을 저바리지 아니리다

하고 도라와 초왕을 대하야 수말을 권하니 초왕이 쏘한 텬정이믈 헤아리고 즉시 선관들에 말을 고하니 왕과 가중이 모다 회환히 여기더라 위왕이 이에 양왕에게 통혼하야 택일 셩예하니 텬자ㅣ 드르시고 대회하사 숙향으로 정렬왕비를 봉하시고 매향으로 정숙왕비를 봉하시니 혼가ㅣ 사애하고 공주는 김승상부부를 부모갓치 섬기고 정렬은 양왕부부를 친부모갓치 대접하더라 삼위 부부 화락하야 정렬은 이자일녀를 두고 정숙은 삼자이녀를 두어 할갈갓치 다 소년등과하야 벼살이 놉고 자손이 번성하며 정렬에 장자는 태자태부 겸 병부상서로 잇고 여아는 태자비 되고 차자는 정서대도독으로 오원 주천이란 짜해 가 오랑케를 치려 하야 적병을 무수히 죽일새 기 중 한 도적을 주기려 하니 창금이 드지 아니하고 맨 거시 절노 글너지며 일시의 활노 쓰니 혹 화살이 너무며 혹 쩌러저 맛지 안이하고 마자도 상치 안이하이 도독이 고이역여 심중애 혜오대 내 일정 애매한 사람을 죽이려 하야 하날이 도으미 잇서 이러하도다 하고 인의로 항복밧아 일절 상하지 아니하고 종을 삼아 다리고 부중에 도라와 부모께 그 사연을 자서히 고하니 초왕부부 쏘한 신기히 녁여 가중에 두고 가장 친근히 부리더니 그해 상원일에 초왕이 모든 가정 로복을 불너 전정에서 씨름을 붓치더니 그 오랑캐가 가장 용역히 잇서 여러 사람을 지으니 초왕이 칭찬하거날 정렬히 자서히 보니 그 놈이 반야산에서 보던 도적갓거날 즉시 자긔가 가진 바 족자를 내여 보니 자긔 오세 적에 반야산에서 울 째에 업어다가 마을에 두던 사람과 방불한지라 즉시 왕을 청하야 족자를 뵈고 밧긔 사람을 가라치니 호발도 틀니이 업는지라 초왕이 가장 신

80

기히 역여 이의 가인다려 문왈 전일 반야산에서 사람을 구함이 잇나냐 기 인이 대왈 과연 그째 한 긔집 아해 부모를 일코 돌 틈에서 울거날 다른 도적이 죽이고자 하압기 소졸이 그 아해 상을 보오니 가장 비범하온지라 이에 유곡촌에 두고 왓나이다 왕이 말을 듯고 태희하야 부인께 소유를 전하니 왕비 크게 반겨 기인을 불너 그째 은혜을 일이고 셩명을 무르니 답왈 소졸은 신비해로소이다 왕비 즉시 금은을 후상하고 왕과 제자 등도 쏘한 만히 샹사한이라 초왕이 차 사를 샹

쎄 주달하온대 텬자ㅣ 긔특히 여기사 평서장군 진셔태수를 하이사 모든도적을 진정하라 하시니 이후로는 북방이 평하야 도적이 업더라 이적에 장승상부처ㅣ 졸하니 예로써 안장하고 정열에 애통함은 칭양치 못할너라 위왕양위 쏘한 기세하니 선산에 왕례로 안장하고 이후 초왕이 칠십에 이르러 칠월 망일에 제자 제손과 가족을 거나려 궁중에셔 잔채하더니 한 선배 바로 궁전으로 드러오거날 초왕이 보니 이난 녀동빈이라 왕이 문왈 그대 어대로셔 오며 엇지 이르럿나뇨 답왈 내 옥데에 명을 밧자와 그대를 다리러 왓나니 밧비 가사이다 초왕 왈 속객이 되야 엇지 텬상을 득달하리오 선관 왈 전일 봉내산에셔 구선이 주던 약을 이제 가져 계시니잇가 초왕이 쎄다라 즉시 약을 내여 왕에 삼부처ㅣ 하나식 먹으니 몸이 공중으로 올나가 매왕의 삼녀오자ㅣ 망극하여 공중을 향하야 애통하고 왕례로 헷장하더라

숙 향 전　권지하종

◇ 김진영(金鎭英)

　　서울대학교 국어교육과, 동대학원 국어국문학과 졸업. 문학박사.
　　현재 경희대학교 국어국문학과 교수

　　〈주요저서〉　이규보문학연구(집문당, 1984)
　　　　　　　　춘향가 · 흥보전 · 심청전 · 토끼전(공역주; 박이정, 1996-8)
　　　　　　　　김유신전(공역주 : 고려대 민족문화연구소, 1996)
　　　　　　　　춘향전 · 심청전 · 토끼전 · 흥부전 · 적벽가 전집(공편; 박이정, 1997-8)
　　　　　　　　최치원 · 이규보 · 이인로 · 임춘 · 홍간 · 이덕무 한시집(공역주; 민속원, 1997-8)

◇ 차충환(車充煥)

　　경희대학교 국어국문학과, 동대학원 졸업. 문학박사.
　　현재 경희대학교 국어국문학과 강사.

　　〈주요논저〉　이규보 · 이인로 한시집(공역주 : 민속원, 1997-8)
　　　　　　　　춘향전 전집(공편, 1999)
　　　　　　　　숙향전 연구(박사논문, 1998)
　　　　　　　　숙향전의 구조와 세계관(1999) 등

숙향전 전집 1

1999년 09월 20일 인쇄
1999년 10월 01일 발행

　　　　지은이 : 김진영 / 차충환
　　　　펴낸이 : 박찬익

펴낸곳 : 도서출판 **박이정**
130-070 서울시 동대문구 용두동 129-162
전　화 : 922-1192~3,　FAX : 928-4683
온라인 : 주택576037-01-001536 우편010447-0053403
등　록 : 1991년 3월 12일　제1-1182호

ISBN 89-7878-366-X　　　　　　　정가 25,000원